中国铁路人

恒传录 著

第三届现实主义网络文学征文大赛一等奖

华东师范大学出版社

图书在版编目（CIP）数据

中国铁路人 / 恒传录著. —上海：华东师范大学出版社，2019
ISBN 978-7-5675-9324-4

Ⅰ.①中… Ⅱ.①恒… Ⅲ.①长篇小说—中国—当代 Ⅳ.①I247.5

中国版本图书馆CIP数据核字(2019)第135741号

中国铁路人

著　　者　恒传录
策划编辑　王　健
项目编辑　魏　锦
审读编辑　魏　锦
责任校对　李琳琳
装帧设计　卢晓红　刘怡霖

出版发行　华东师范大学出版社
社　　址　上海市中山北路3663号　邮编 200062
网　　址　www.ecnupress.com.cn
电　　话　021-60821666　行政传真 021-62572105
客服电话　021-62865537　门市（邮购）电话 021-62869887
地　　址　上海市中山北路3663号华东师范大学校内先锋路口
网　　店　http://hdsdcbs.tmall.com

印 刷 者　上海龙腾印务有限公司
开　　本　787×1092　16开
印　　张　27.5
字　　数　502千字
版　　次　2019年8月第1版
印　　次　2019年8月第1次
书　　号　ISBN 978-7-5675-9324-4
定　　价　98.00元

出 版 人　王　焰

（如发现本版图书有印订质量问题，请寄回本社客服中心调换或电话021-62865537联系）

谨以此书
献给所有参建电气化铁路建设的兄弟姐妹们!

目 录

引　子　001

第一章　**京郑纪事**　003

第二章　**广深纪事**　037

第三章　**武广纪事**　100

第四章　**天兰纪事**　161

第五章　**京沪纪事**　197

第六章　**浙赣纪事**　229

第七章　**大包纪事**　246

第八章　**襄渝纪事**　266

第九章　**郑州纪事**　325

第十章　**厦门纪事**　378

后　记　432

引 子

铁路承运能力关系着国家的物资、人才的流动,是我国经济全方面、全地域高速发展的决定性因素之一。到20世纪90年代初期,解决铁路运输压力已成为国家基础建设中刻不容缓的问题。

此时上马的电气化铁路工程项目成为我国经济命脉的"输血管"。这一重大项目是如今我国"国家名片"——高铁工程的重要一环。

时势造英雄。那个年代的电气化工人有幸亲身参与高铁工程,为成就国家复兴强盛的历史使命贡献自己的一份力量,这是时代赋予他们的机遇。从中原腹地到祖国边陲,从沿海滩涂到高原深岭,铁轨上流淌着他们的汗水,电网上凝结着他们的青春。

他们有一个共同的名字——中国铁路人。

白玉传就是千千万万个铁路人中的一员。从一个拿着扳手、钳子的电气工人到一个手握数项国家专利的铁路高工,他用自己的青春推动火车飞驰,也成就了自己的飞驰人生。

白玉传热爱自己的工作,以自己的工作为荣,他是平凡岗位上的英雄。

第一章

京郑纪事

1994年的三四月间,南粤大地已是春色盎然,到处姹紫嫣红。

白玉传,一个来自中原伏牛山区的山里娃,在繁华大都市生活了三年多,已经洋气了许多。这不,他脚上那双新买的暗红色皮鞋在明媚的春光下光可鉴人;他白净的脸上,一副金边眼镜更加衬托出他的书生气息。

他一个人坐在流溪河畔的石凳上,跷起二郎腿,喇叭裤底边调皮地往上翻着,露出纯棉的白色袜子。他眯起眼睛,望着远方穿梭不停的渔家小船,沉思良久,方才打开他那本最喜爱的英文原版小说 Moment in Peking,津津有味地看了起来。

那年月,中专是了不起的学历,能看得懂英文原版书的工程专科生更是凤毛麟角。

"白玉传,白玉传!"突然从远方传来阵阵呼喊,还伴着银铃般的笑声。

白玉传抬起头来一看,原来是生活委员应莉莉。

"找我啥事呢?我在看书呢。"他稍有不满地问道。

应莉莉从包里拿出一封信,向他晃了晃,问道:"你的信,要不要?"

白玉传原本不耐烦的脸上顿时喜出望外,迫不及待地说:"快给我!"

应莉莉说:"看你猴急的样子,是不是老家女朋友的情书呢?让我也看看啊!"说着,她假装做出要撕信封的样子。

白玉传一下子急了,扑了上去抢信,红着脸尴尬地说道:"别……别……别拆信呢。"

应莉莉扑哧一笑,说:"逗你玩呢,谁稀罕看你的情书!"

应莉莉走后,白玉传急忙打开信,看着那熟悉的娟秀字迹,幸福地笑了。

信里也没啥重要事,女友叙完思念之情后就是问他毕业后分配工作的事。

一提起毕业后的工作,白玉传的心一下子就揪了起来。听同省的校友说,他们这批毕业生是定向委培生,要全部分到工程单位去呢。要是到工程单位去上班,就不能和自己谈了多年的女友长相守了。

他们是铁路机械学校，铁路工程就是他们未来的归宿。祖国那么大，他们就是丈量祖国大地的尺子，留给个人的时间很少很少。

转眼间，热闹的毕业典礼就到了。热闹过后，同学们纷纷离校，白玉传就算再留恋花城都市的繁华，也没有理由继续赖在学校里了。

"嗯，票买好了，今儿就回，大概后天就到咱们县城了。"白玉传在电话里告诉"发小"刘飞。

刘飞是他的初中同学，更是帮他和女友牵线的"月老"。

刘飞念书不太行，留级了，遇见了一个叫白文婵的姑娘，没事儿就吹自己的"发小"哥们儿："我哥们儿，白玉传，比你们高一届。别看我这成绩不咋地，我哥们儿可是我们那届中招考试全县第三名，被全国铁路系统重点中专花城铁路机械学校录取。铁道供电专业，知道不？这可是建设祖国的重点专业！"

就这么个"大嘴巴"，把白玉传的事迹念叨进了白姑娘的心里。前两年，白文婵成了与白玉传书信相知的女朋友，说起来还要感谢刘飞呢。

白玉传隔着衣服摸了摸口袋里的车票，无比留恋地看了这座生活、学习了四年的城市最后一眼。这座城市是当时中国最现代化的大都市。

刘飞不懂，白文婵也不懂，中招考试全县第三只是一个好听的名头，一旦走出洛城、走出象牙塔，今后的一切都只能靠自己了！

白玉传背起简单的行囊，提着给家乡父母和心爱女友买的礼物，在花城火车站踏上了北归之路。

回到故土小县城，习惯了都市生活的白玉传看家乡的一切都很不顺眼，忽然感到自己与家乡格格不入。

白玉传的母亲杨桂花看着离开多年的小三子，咋看都不嫌多，变着花样地做好吃的给家里最有出息的儿子，可白玉传在南方吃惯了白米、蛋糕、河粉，再也咽不下家乡的馒头、面条、饺子了。

生活习惯上的差异让父母都对白玉传有些小心翼翼，只有二哥白玉亮看不惯他那副吊儿郎当的样子，每次从粮所上班回来，就毫不客气地臭骂他："爹娘送你出去念书，还惯出个少爷了？还不快点滚去看你那个小女朋友，在家里看着都碍眼！"

这下，白玉传方才醒了过来：回来几天了，还没去见女朋友呢。

白文婵家在县城，人却不在。

白文婵毕业后在洛城铁路机车厂实习，每月回家一趟。

白玉传他们的县城离洛城不算远。中午吃过饭后，他就搭上长途汽车，又倒了两次公交车，一路打听，才在黄昏时分来到了洛城铁路机车厂。

白玉传向工厂门卫通报了女友的姓名，不一会儿便见白文婵穿着工作装，一路小跑着迎了出来。

白玉传远远地看着他心爱的女友，觉得她更加漂亮了，乌发飘扬，皮肤白净，苗条的身材婀娜娉婷，他激动万分。

"你咋来了？"白文婵俏脸微红，气喘吁吁地问道。

"想你了，就来看看你。"白玉传目不转睛地盯着人家大姑娘说道。

白文婵娇羞地咬咬唇："走吧，我们到宿舍里去说吧，这儿人多呢。"

一起来到宿舍后，白玉传把带着的包袱打开，一样样东西往外拿："这是俺娘晒的核桃、柿子饼，你在厂里闷的时候，就当零嘴吃。"然后又笑着对白文婵说道："你先闭上眼睛，俺送你一件礼物。"

白文婵撅了下小嘴，听话地闭上双眼，嘟囔道："还神神秘秘的……"

白玉传迅速把一件黄色连衣裙拿了出来，说："睁开眼睛吧，你看看喜欢吗？"

白文婵睁开双眼，又惊又喜。花城那儿的时兴款式和料子在内地是买不来的！

白玉传看见女友激动得俏脸微红的模样，心里更是甜蜜。

"你怎么知道我穿多大的？"白文婵仰着小脸，狡黠地问道。

"俺当时是央求一个身高、身材和你差不多的售货员帮忙给试穿的呢。"

"哼，那个售货员是不是很漂亮？"

白玉传哪能上这种当，当下立刻使出一招声东击西："你不喜欢吗？不试试合不合身？不合身就扔了吧。"

"那怎么行！"白文婵扭身拿了衣服，把白玉传推到门外，等她换好后再让进来。

不一会儿，白玉传进门看见一袭黄裙的女友俏生生地站在那儿，眉眼精致，青春靓丽，一时愣在那里，久久不动。

白文婵用手指点了他一下脑门，假装生气地说道："看够了吗？"

他说："不够！我一生都看不够呢！"

如果一切定格在此时，那白玉传的青春一定是明媚的黄色。

七月里的一天，白玉传接到工程单位的通知，通知让他8月1日到单位报到培训，单位所在地是省城中州市，培训后就奔赴工程段，上工地去。

很快，白玉传被分配到铁道部中原电气化局三处五段三队（队部驻扎在河北省邯郸市磁县县委老大院内），参建北京—郑州电气化铁路建设。

他的新生将从这个叫做"磁县"的地方开始……

到磁县县委老大院的第一天，白玉传和他的三个同学经过5个多小时的绿皮车颠簸，都像打了霜的茄子一般没有精神。

四个半大的小伙子，提着行李，人生地不熟的，手都不知道搁哪儿才好。

正是响午，大院里人来人往，有人拎着暖瓶去打水，有人拎着饭盆去打饭，更是让这四个新人忐忑不安，不知所措。

白玉传正打算鼓起勇气，找个面善的人问一嗓子，就看见边上正排队进食堂的一位妇女看着他们笑红了脸。

白玉传有点恼："大姐你笑啥？"

"你们看看，这样的文弱书生如何干工程？恐怕连一块坠砣都搬不动呢！"大姐见他出声，更是笑开了嗓门。

白玉传他们四个相互望了一下，果然，个个都是白面书生的模样，跟排队的大姐们比都嫌太嫩了点。

白玉传羞红了脸，梗着脖子问："俺们是新来的工人，请问李书记办公室怎么走？"

大家伙看着他那害羞的样子，本来排列整齐的打饭队伍，顿时笑得东倒西歪了。

白玉传正尴尬，耳边忽然传来了一声乡音："你们这几个娃是今年分来的新人？"

白玉传想不到，在此还能碰到老乡呢，抬起头看了看，只见那人三十多岁，一米八几的身高，黝黑的脸上露出丝丝笑意。瞬间，他心里泛起阵阵亲热感。

"俺们都是从花城铁路机械学校毕业的中专生，请问谁是李书记？"白玉传问道。

"俺就是李书记，代表三队欢迎你们的加入！"说完，李书记就热情地招呼其他人来帮忙拿行李、找住处，不一会儿就忙得头冒热汗。

安顿下来后，白玉传吃了晚饭就早早休息了，第二天一早还要参加部队早点名呢。

第二天早上7点，白玉传准时来到楼下大院内参加早点名。只见100多位职工分成五排，排得整整齐齐，清一色的青壮小伙，年龄大概在二三十岁之间。望着这充满朝气的队伍，白玉传想起了昨天那位大姐的话。在这支充满朝气的工程队伍里，自己是否真的啥也干不了呢？正当他内心忐忑不安时，队部正式开始早点名了。

魏队拿着队部花名册，每喊到一位同事的名字，那位同事就响亮地回答"到"。

正低头深思的白玉传隐隐约约听到一个声音："白玉传（zhuàn）！"他没应答。

"白玉传（zhuàn）！"魏队又喊道。

还是没人应答。

魏队急了，再次提高声音喊道："白玉传（zhuàn），来了吗？"这次，他听到了如蝇声的回答："俺不叫白玉传（zhuàn），俺叫白玉传（chuán）。"

魏队又看了看说话的人，大声问道："大声点，你叫啥？"

白玉传壮了壮胆，大声回道："俺不叫白玉传（zhuàn），俺叫白玉传（chuán）！"

这下，整齐排列的队伍顿时像炸了锅，大家纷纷望向他。他呀，羞得红了脸，大家伙看着他那害羞的样子，笑得更欢了。大家七嘴八舌道："以后你就叫'大传（zhuàn）'吧！你看，这名字多响亮呀！"

这时，李书记站了出来，对大家伙说道："你们这帮小子，就喜欢给人起外号。别笑了，赶快出工干活吧！"

早点名后，白玉传被分到三工班。他刚站直了腰，就听到一个粗犷的声音传来："你小子，过来！"

他抬头一看，只见一个脸上挂着大墨镜的光头，凶神恶煞的。他吓一跳，以为是水泊梁山好汉鲁智深转世了呢。

"看你那个怂样！是个爷们，就提起胸，大声说话，好好做人！""鲁智深"斜了白玉传一眼，大声喝道，"我们三工班不要孬种！今天别出工了，在家把个人工具领了，再到外面买点个人用品。明天正式上班吧！"说完就风风火火地走了，留下白玉传一个人又是胆战心惊又是摸不着头脑。

李书记看到了，笑呵呵对白玉传说："刚才那个是你工长付战武。别看他说话冲，待人可瓷实着呢，你和他处久了就知道了！走，到俺屋里，咱们谈谈心吧。"

听了书记一席话，白玉传才回过劲儿来，于是跟着李书记来到了办公室。

李书记先给白玉传倒了杯水，白玉传喝着开水，觉得心里暖了许多，书记才接着说道："小白，这几天呀，付战武心里不顺。他手下前年来的一个大学生，王文才，前段时间被队部任命为四工班工长了，他舍不得放走爱将，心烦呢！"

说到这儿，李书记看看白玉传那副小身板，笑着说道："俺知道你们工长心里的那点花花肠子，他是嫌弃你这个'新瓜蛋'用着不顺手呢！"

白玉传听了书记的一席话，更加迷茫了，而且对这个"鲁智深"产生了深深的惧意。

李书记看看这个"新瓜蛋"的脸色，不紧不慢地接着说道："我先给你讲讲咱们电气化工人的特点和咱三队工班的施工作风吧，你也好熟悉熟悉，知道自己从事的到底是个啥行业。"

白玉传的好奇心被勾了起来，催促道："书记，你快点讲给俺听听！"

"在中国做工程的人，在外人眼里都是些性格豪爽、作风粗野的汉子，常年奔波在祖国的大江南北，看到的是异乡的山山水水，听到的是他家的欢歌笑语，自己的心事只有在夜晚和星星、月亮倾诉了。小白，你说对不对呀？"李书记突然问道。

还没等白玉传答话，李书记又接着说道："其实也不尽然。我们电气化工人，风餐露宿，夜以继日地奋战在电气铁路工程建设一线，个个都具备'铁军精神'——'特别能吃苦，特别能战斗，特别能攻坚，特别能奉献'，但是我们也会幽默风趣，也能够苦中作乐。不管怎么说，虽说我们来自五湖四海，但有缘相聚在这里，大家就是兄弟。"

说到这儿，李书记也很动情。他喝了口水，接着说道："咱们三队有四个工班，每个工班可都有自己的工作作风：一班稳，二班安，三班急，四班精。"

听到这儿，白玉传迷糊了。

"别心急嘛，听我慢慢道来，"李书记看着一脸迷惑的白玉传，笑呵呵地说道，"一工班追求一个'稳'字，干啥都早有预谋，按部就班，干啥啥成；'二班安'，一个'安'字就说明了一切，这个工班的施工安全做得相当到位，危险系数高的施工区段就得这个工班上了；'三工班急'是干啥都急，一接到施工任务，全班都是不怕累、不怕苦，蜂拥向前，各自'瓜分'施工任务，然后分头行动，早早干完，早早休息；'四班精'是说这个工班不仅个个专业技能水平精湛，而且对自己干的每道工序都爱琢磨，精雕细琢，专出精品工程、样板工程。而四工班的带头人，就是我刚才和你说的王文才，他可是文武全才呢。"

白玉传听了李书记的介绍，不由地对四工班工长王文才充满了好奇和神往。至此，"王文才"这个名字在他脑海里深深地烙下印记。

正式上班那天，白玉传早早地起了床，吃了早饭就把安全帽、防护服穿好，等着早点名。说实话，他心里七上八下的，不知道工地到底是啥样，第一天上班要干啥。

7点半，付工长一声令下，三工班20多个人坐的解放牌汽车发车了。大家坐在后面的敞篷车厢里吹了一个多小时的风，才来到工地现场——马头站—北张庄站区间，施工任务是接触网支柱基坑开挖。

工班全体施工人员刚到现场，付工长都还没分任务呢，大家就自觉地两人一组，抢占有利地势，纷纷开挖。

眨眼功夫，全班人员就剩下白玉传和他同学皮建业两人了。他们俩你看着我，我看着你，不知所措。付工长看到此情景，无奈地说："你们看看，这帮弟兄呀，都猴精得很。这不，我还没下施工任务呢，就迫不及待地自己开工了。土质松软的基坑都被他们占了。你俩别灰心。走，一起去看看给你俩剩下啥难啃的骨头。"

付工长一边走一边对两人解释："所谓的基坑，就是在距离铁路轨道中心3.2米左右处挖一个长1米、宽1米、深3米的大土坑，就像北方农村冬天储存红薯用的窖那样的土坑，只不过这样的土坑是在铁路旁，而且铁路上还跑着火车呢，所以咱们的工作环境蛮危险的。"

两人耷拉着头，跟在工长的屁股后面。一路走过去，大家伙七嘴八舌地喊："新来的，加油干呢！"

漫长的铁路线上就只剩下一个支柱号了——144#，用红色油漆写在轨腰上。工长付哥会意地笑笑，给定测好基坑位置后就走了。

白玉传抬头看看附近的师傅们，见人家的基坑已经挖了近1米，心里那个急呀，二话没说，撸起袖子，弯下腰，拿起洋镐就开始干活了。可气人的是，人家的基坑的土质都很软，他们这个基坑的土质却很坚硬，还夹杂着鹅卵石蛋，洋镐砸到地面上，留下的只是一个个白点。

白玉传和皮建业轮番上阵，忙乎了两个小时，却只挖了30厘米深。白玉传越干越生气，扔了洋镐，一屁股坐在地上，抹了把满头的汗，气喘吁吁地对他同学皮建业说："这啥鬼地方？干了这么久，累死了，不干了！"

"你歇会儿，我再试试！"皮建业不甘心地说道。

可是，不管两人如何拼命挖，就是挖不下去，忙乎了一上午，才挖了80厘米深，坑底面积却是越挖越大。

白玉传只好跑到附近去看看其他师傅的进度。真是不看不知道，一看吓一跳，有的人已经挖好了，正三三两两地坐在基坑边抽烟谈笑呢。

再看看他们这该死的144#基坑，还是岿然不动。两人无奈地看着挖了一半的浅坑，一脸愁云。

"你俩真是怂娃呀！咋干的？一上午就干成这样？你俩这是在挖坑呢还是在编簸箕呢？你看你们这坑挖的，都四不像了！明天上午就要立支柱，知道吗？要在营运的铁路上申请一次施工封锁点多难！你们说这咋办？"付工长走来看了白玉传和皮建业的工作成果，气不打一处来。

两人被工长劈头盖脸地一顿臭骂，顿时，满头热汗消失得一干二净，像电线杆子似的竖在那里，一脸无辜，眼巴巴地看着工长，不敢说话了。

付工长看着他俩的窘迫样，再也无法假装严肃了，笑眯眯地说："你俩是新来的，不知道别人是咋看咱干接触网的。在别人眼里，干接触网的，是个人都会干呢！可是，新人要想上手也不是那么简单的！"

付工长乐呵呵地接着说："你俩不是孬种，也有股'初生牛犊不怕虎'的拼劲，可惜只知道蛮干，不会动脑子找窍门。放心吧，我下午安排徐阿祥大哥来帮你们。他呀，施工经验可丰富了，对各种地质情况的基坑，他都有独门秘籍呢。"

听了工长的一席话，白玉传和皮建业如梦初醒，忙屁颠屁颠地对工长连声道谢。

吃了中午饭，徐阿祥大哥带着发电机和风镐来了。两人在徐大哥的指导下，先把坑内表面清干净，然后拉起发电机，接上风镐。通上电的风镐威猛无比，很快就打碎了土里的石头。每挖下去三四十厘米深，就要把碎石和土清到坑外。就这样，白玉传和皮建业整整干了5个小时，终于啃下了这块硬骨头。

京广线北京—郑州段是我国铁路网中最繁忙的一段，高峰期每五分钟就有一趟列车飞速通过。在这样繁忙的铁路段上施工，必须掐分掐秒地卡住施工时间，以便减少封闭铁路施工带来的运能损失。

这一天正是在繁忙的京广线上进行接触网承力索架设施工的日子。完成这道工序最少需要一个小时，而铁路局调度所批复的封闭时间只有45分钟。就这45分钟，队上的调度贾调不知道跑了多少趟铁路调度所，人家才帮忙调整繁忙的客货运车次。全队上下都清楚此次封锁点来之不易。这么紧的施工时间，当然得由速度最快的三工班完成，也就是白玉传所在的工班。

出工前点名时，付工长对全班讲话："今天，我班的主要任务是在承力索起锚后配合作业车完成1 750米长的架线任务。由于封锁时间短，作业车在架线后须及时返回前方停靠车站，然后该封锁区段就开放运行了，我们班组利用行车间隙人工进行承力索下锚的施工任务。"

由于有新工人参加此项施工任务，队部技术孟主管还专门到三班进行技术交底，他补充说道："人工下锚作业主要是把作业车放出的散落在铁路上方临时固定的承力索（就是一种铜绞线），在线路封锁点结束前用人力先通过滑轮组拉起到一定高度，再通过手动葫芦进行线索与下锚装置的精准对接，使零部件连接牢固。该项施工任务对个人体力消耗极大,安全隐患也极大。希望全体参建人员精神高度集中,认真对待,确保施工安全。"

随后是付工长分工,白玉传被分到和徐阿祥大哥一组,负责承力索下锚紧线的施工任务。

就在白玉传和徐阿祥大哥一起撅着屁股,一边用报话机与起锚负责人取得联系,一边一起卖力地摇起葫芦的时候,一列货车呼啸而来,他俩一心都在摇葫芦,浑然不知死神正悄悄地向他们步步逼近。

付工长发现情况后大声提醒两人,可空旷的铁路线上充斥着各种高分贝的噪声,正埋头苦干的两人如何听得见付工长的声音?于是,付工长立马抓起铁路边的石头向两人砸去,偏偏着急之下竟没砸到。付工长急了,以百米冲刺的速度飞奔而来,先是一脚踢飞了白玉传,随即一拳把徐阿祥打翻在地,然后自己匍匐在地,把葫芦摇把平放在道砟上,手紧紧握住葫芦摇把。此时,那列货车的机头离三人仅仅5米之遥。

火车呼啸而过,带起的风吹得三人脸上飞沙走石,三人都不觉得痛。白玉传和徐阿祥早已吓得腿都哆嗦了,一脸煞白,傻站在那儿一动不动。付工长见他俩那个怂样,气得大吼道:"不要命了?平时说的话都忘了吗?今晚回去,好好给我反省下,明天不用上班了,写份深刻检查交给我!"

骂完了,付工长叹口气,又疼爱地拍拍两人,关心地问道:"打疼你们了吧?以后一定要注意安全。今晚我请客,给你们压压惊,咱哥仨一醉方休!"

"不疼,不疼,谢谢付哥!"两人连声答道。

经过了施工现场的惊魂一刻后,白玉传好长时间都处于极端后怕中。他好长一段时间都不说话,下了班后一个人抱着那本《平凡的世界》看了又看,惶惶不可终日。

就在白玉传被吓破了胆的日子里,1994年初冬的第一场雪不请自到了。大雪一下起来就没个停,雪花漫天飞舞,西北风无情地吹打着干枯的树枝,整个世界一片苍白。

队上的后勤早早买好了煤,给每个宿舍都添置了火炉子。说实话,若是天天猫在屋里,这个冬天过得也算惬意。可是,工程单位的工厂就是野外工地,工作就是安装设备。如果冬天不开工,没了施工进度,哪来的收入呢?

没法子,白玉传还是得一大早就戴上大头皮帽子,身着军用绿大衣,脚蹬皮毛靴子,全副武装地坐上那辆老爷车开工去。

天上飘着雪花，天寒地冻的。虽然汽车上也做了御寒措施——加装了帆布挡风棚，但是汽车一开起来，刀割似的寒风就会从缝隙里刮进来。工班里的几十个弟兄们，你贴着我，我贴着你，低着头，闭着眼睛，一路无语。

等到了施工现场，大家伙鱼贯下车，可轮到白玉传了，他却下不去了。原来，他的军大衣被人用铁线牢牢地捆绑在汽车四周的边框上了。更可气的是，他的钳子、扳手也不见了。显然，他被人恶作剧了。

"人下完了吗？我要返回队部了！"司机师傅在驾驶室里大声喊道。

这下，白玉传更急了！

"师傅，等一下，我还没下去呢！"白玉传一边手忙脚乱地解铁线一边大声喊道。

付工长见了，二话没说，一个箭步跃上汽车，拿过一把手钳，咔咔几下就把铁线剪断了，随后拉着白玉传一起跳下了汽车。

付工长看着欲哭无泪又手足无措的新人，心下也是生气得很，马上现场组织全班人员开会，严厉说道："我说了多少次了，人到了咱三班，就是咱三班的人！只要谁欺负大传，就是欺负咱们整个三班的兄弟，就是和我叫板！今天的事谁干的？自己站出来，向大传认个错，否则让我查出来，绝不轻饶他！"

全班工人在工长的威慑下一阵躁动，然后就看到"小锤子"低着头站了出来。他的脸憋得通红，结结巴巴地说道："对……对……对不起了！是……是……是我跟你开个玩笑呢！"

付工长见此情景，哭笑不得，调侃道："'小锤子'长本事了，学会欺负人了！你咋不找个高手练练呀？"

大家听了，哄堂大笑。

事后，白玉传心里很不是滋味。周围的同事们挺好的，虽然有时候会调侃作弄他一下，可让自己手足无措的最重要的原因还是那次在施工现场经历的生死事件。那种害怕已在他脆弱的心里留下了深深的阴影。

一个深冬的晚上，白玉传一个人走在陌生的县城小道上，望着那轮高悬夜空的弯月，心里不由得惆怅不已。女友好长时间都没给他写信了，也不知道女友现在过得好不好，想不想他。想到这儿，白玉传心里一阵酸痛，对女友的思念之情更甚，一连几天都愁眉不展。

徐阿祥大哥见白玉传不高兴的模样，就对他说："大传，有啥心事？今晚咱哥俩一起出去坐坐，喝点酒，解解闷，可好？"

白玉传抬头一看，原来是外号叫"飘飘"的徐阿祥大哥。"俺不会喝酒，俺不去！"他一脸不屑地说道。

"你小子，敢不去？下次再碰到施工难题，甭找我了！""飘飘"大哥一脸诡笑。

白玉传无奈，只得和"飘飘"大哥一起出去找了个小饭馆，买了瓶酒，点了几个小菜。

在饭桌上，白玉传对"飘飘"大哥说："天天猫在这兔子不拉屎的地方，穿得脏兮兮的，每天早出晚归，饥一顿饱一顿的，干着体力活，啥时候才是个头呢？"说到这儿，不会喝酒的他也端起杯子，一口喝了。一股热浪直冲脑门，瞬间辣得他满眼泪花。

"你慢点喝，吃口菜压压！""飘飘"忙道。

白玉传很听话，大口吃了几样菜。心里好受些后，他又满脸怨气地哀叹道："你知道吗？更可气的是，一次现场干活时，一位当地大妈看到我们一个个穿着破大衣，脸上、手上都是灰，就好奇地问咱同事'盼盼'：'孩子呀，干啥坏事了？被判了几年了？天天看着你们这样干，大妈也心疼呢！唉，好好改造，出去了要好好做人呢。''盼盼'听了很生气，没好气地对大妈说道：'判了无期了，一辈子都交给电气化了！'就这样，现在咱们这儿都有一个顺口溜了：'远看是逃犯，近看是要饭，仔细一看是干电气化的。'"

白玉传边说边喝，几杯酒下肚，几乎要趴在桌子上嚎啕大哭了。良久，他才抬起头来，哽咽地对"飘飘"大哥说道："你说俺当初，成绩在县里也是拔尖的，上了这四年中专，谁不给咱叫好？这毕业了，你看看咱们干的是啥活呢？再说，那大妈当时说的那些话，还有当地老百姓给咱编的顺口溜……说句实话，太伤自尊了！咱们这儿，工期紧，队上不让回家探亲。我好想我的女友，好想我家！活着有啥意思呢？我真的不想活了，我想自杀呢！"

"飘飘"大哥眯着眼打量着这位酒后吐真言的小兄弟，心想：干电气化的，可不就是又苦又累？他撂下筷子，在盘子上敲了一下，端起杯子点着白玉传："瞧你！男子汉大丈夫，志在四方，这些事在人的一生中算个啥？以后要走的路长着呢！来，大传，端起杯子，咱哥俩干了这一杯！啥也别说了，都在这酒里了！这酒是好东西，喝吧，喝了就啥也不知道了！"

当晚，哥俩喝得那叫一个爽。

走的时候，"飘飘"大哥对着白玉传的耳朵说了一句悄悄话："根据心理学研究，自己说要自杀的，都是很惜命的！你小子吓唬谁呢？平时你自己不小心，流点小血啥的，你都吓得不行，你说你自杀，鬼才信呢！"

经过此次与"飘飘"大哥的一醉方休，两人的关系老"铁"了。"飘飘"大哥是个"开心果"，知识渊博，乐观向上，性格开朗。和他在一起，总有说不完的话、笑不完的事。有啥烦心事，只要和他交流，顿时烟消云散，一切都变得美好幸福了。

总之，"飘飘"大哥人如其名，日子过得极潇洒，简直就是"飘飘"人生。有时候，白玉传也不知道"飘飘"大哥整日都在乐个啥。

年关将近，同事们都张罗着给家人买些新年礼物带回去，白玉传也想给父母和女友买些东西捎回去，可围着这小县城转了几圈，实在是买不到令人满意的礼物。也是，毕竟在大都市花城学习生活了四年了，这内地偏僻的小县城里的东西确实看不上。就这样，白玉传两手空空地坐上了回家的列车。

此次回家，白玉传就带了个小旅行包，里面放了几件换洗的衣服。他的心里一点期盼都没有，他实在想不出这半年多来有啥能让他高兴的事。

女友白文婵也几个月没给他写信了，他写给她的信全都是有去无回，仿佛石沉大海。想到这儿，他更加忧伤起来。

白玉传无意间摸到口袋里那厚厚一叠钱，有两千多块呢。这是他半年辛劳换来的血汗钱，一分也舍不得花，想回家交给他娘杨桂花。

记得在上中专时，每次寒暑假回家，娘都让他给抓抓头，老说头疼。以前年少不懂事，现在大了，也了解了一些医学常识，他想着，用这钱把娘接到洛城，找家大医院，好好给娘看看。

想起娘，他鼻子一酸，流下了眼泪。娘这一辈子不容易。家里地少人多，上有爷爷、奶奶，下有他们四个兄妹。他记得小时候，娘每顿饭总是把最好吃的留给爷爷、奶奶和父亲，还有她的四个儿女，自己却凑合着吃。每次回家看到娘满头的白发和那双由于长期劳作而变形的双手，他都会偷偷地抹眼泪。现在，大姐、大哥、二哥都工作、结婚了，连他这个娘最疼爱的小三子也能挣钱了，是到了让娘享清福的时候了。

他坐在飞驰的列车上，只恨火车跑得太慢。他想尽快见到娘，好带着她去洛城，找个大夫看看是咋回事，娘的头为啥总是疼呢？

下了火车，白玉传又坐上从洛城开往老家县城的长途汽车。

别离故乡半年多，终于又回来了。虽然故乡还是那样，一点儿变化也没有，可是白玉传整个人已是大变样了。说话粗了，语速快了，走起路来也是雄赳赳气昂昂的,尤其是那张小白脸,经过风吹日晒,现在黝黑通红,反倒显得人有些男子汉的气质了。

杨桂花见到心爱的儿子后紧紧抓着儿子的手不放。半年不见,儿子的变化咋这么大呀?手上都起茧子了。她不知道儿子在外面的工作情况到底咋样,只是看着儿子,眼泪吧嗒吧嗒地掉下来。倒是父亲白文宣看着儿子变得像个大人了,高兴地连声说好。

白玉传从兜里拿出一沓钱,交到娘的手里,对娘说道:"娘,这是2 500元钱,是我半年的工资,你收起来。等过几天,我带着你去洛城给你看看病。"

"我有啥病呢?不就是平常头有点疼吗?没事的,休息休息就好了。这钱呀,娘可不舍得花!娘给你攒着,到时候给你盖新房、娶媳妇用。"杨桂花见儿子孝顺,心里开心,嘴上却不同意。

白玉传一听就急了,对他娘吼道:"你懂啥?平时头疼呀,弄不好就是高血压病发的前兆呢。我不管,等过几天我联系好了,你就得和我一块儿去大医院检查检查。"

过了几天,白玉传通过同学联系了洛城第一人民医院,杨桂花拗不过儿子,只得一起去了。经过检查,大夫对娘俩说道:"血压有点高,血脂稠,平时注意休息,少吃肉,多吃些蔬菜和菌类食品。"

"那俺娘需要吃药吗?"白玉传着急地问。

大夫在处方上写了一连串外人看不懂的洋文后,抬起头来对他说道:"药是断不了了,记着按时吃药。平常呀,多量量血压。"

出了医院,白玉传本想带着娘去一个好点的饭店好好吃一顿,可娘死活不去。刚好医院外的马路边有卖汤面条的,娘看到了,就说:"咱们来碗汤面条吧。吃了面条,喝了热汤,刚好暖暖身子呢!"白玉传只得叫了两碗汤面条,和娘一起吃。

转眼间就到农历小年了。在家这几天,白玉传天天窝在家里看小说,娘劝他出去逛逛,他也没心思去。大姐白玉梅回娘家时见到他那魂不守舍的样子,笑着对他说:"你呀,真是死要面子活受罪,是不是想她了?想了就去找找人家。男孩子嘛,得主动些!"

"俺才不去呢!大半年了,俺给她写了那么多信,她半个字都没回。"白玉传恨恨地说道。

大姐用手点了一下他的脑门,劝道:"你真是个笨娃!咋不知道女孩的心思呢?去,明天到人家里去看看人家!问个究竟也好,省得你一个人在家胡思乱想。都这么大了，还让咱爹娘为你担心。"

第二天，白玉传心一横，吃完早饭就去了女友家。可到了女友家门口，他又不敢上前去敲门，只好在门口走来走去。正在他徘徊之际，门突然开了，出来个八九岁的小姑娘。

小姑娘一脸惊讶地问道："你找谁呢？"

白玉传一阵紧张，脱口而出："俺……俺不找谁！"说完扭头就走。

"文娟，外面天冷，快回来。你冻着了，妈妈又要打我了。"屋里传出了熟悉而亲切的声音，白玉传听到了，怔怔地站在那儿，一动不动。

"姐，姐，快来，快来看！咱家门口有个怪人呢。"小姑娘一边笑一边向屋里喊。

只听到一阵脚步声，一股淡淡的清香扑鼻而来。白玉传闻着这熟悉的香味，想想这半年来女友的绝情，眼泪再也忍不住了。

"你是？传！"女友惊喜地叫道。

白玉传不想让女友看到他悲伤的样子，头也不回地说："俺给你写了那么多信，你咋一封都没回呢？工作都那么忙吗？"

"是，是一封信都没回！"女友赌气地说道。

"你可知道，俺在工地现场，有段时间住在偏僻的农村老乡家，离最近的镇上邮局有十几里的山路呢，路滑，又不通车。可俺为了给你寄信，哪怕要冒着风雪来回走一两个小时，也一趟趟地跑。生怕你收不到信，每次寄的都是挂号信呢！"白玉传埋怨道。

"你真的一封信都没收到？俺可是每次收到信都给你及时回信了呢。"白文婵这才急道。

此时，白玉传再也忍不住了，扭过头来，没想到一下看到的就是女友那双哀怨的眼睛。

"俺以为你出去了，心就变了，问你的事，啥都不和俺说了。"白文婵望着她心爱的人，泪如雨下。

白玉传此时才如梦初醒，狠狠地掐了一下自己的胳膊，对着白文婵连声问道："真的吗？你说的是真的吗？"

他俩紧紧地抱在一起，一会哭一会笑。

"羞羞羞！这么大的人了，又哭又笑，俺告诉妈妈去！"小文娟指着他俩说道。

白玉传忙从口袋里拿出一张10元钱，递给小姑娘，说道："哥哥给你钱，上街去买糖吃。"

小文娟接了钱，向他俩做了个鬼脸，蹦蹦跳跳地走了。

"快进屋吧，外面冷。"白文婵拉着白玉传的手一起进了屋。看着白玉传黝黑的面孔、杂乱的头发，白文婵心疼地问道："你干的是啥活呢？咋半年多就变成这样了！"

白玉传望着女友一脸关切的模样，心里一激动，一把抱着她，对着她的耳朵小声说道："咋？现在这样，你不喜欢俺了？是俺模样变得粗鲁了吗？"

白文婵急忙推开他，向外望了一眼，娇声说道："半年不见，你胆子变大了。等会儿妈回来看见就不好了！"

白玉传深深地望着梦里的女神，心里被幸福装得满满的，真希望时间就此停住，永远留在这美好纯真的时光中。

相聚的时光总是短暂的，分离的时刻转眼就到了。一想到在那个鬼地方，女友的信都收不到，白玉传就恨得牙根疼。说实话，他一点都不想去上班，再也不想去那鬼地方了。

他想起假期里和女友一起到县城后山凤凰山里玩耍，在漫天飞舞的雪花里，他们站在一棵腊梅前，白文婵拉着他的手，一双美丽的大眼睛深情地望着他说："每次到了周末，俺上街看到马路上一对对情侣手拉着手，在百花树丛中亲密无间的样子，俺都会想到你，不知道你一个人在工地上工作得咋样，吃得可好？睡得可香？"

说到这儿，白文婵突然气道："以后再也别把你在工地上画的漫画给俺寄了。有次被同事看到了，笑话俺找了个'蜘蛛侠'呢！你说你就不能换个工作吗？天天在外，长期不回来，以后咱们一起生活了可咋办呢？"

白玉传听了后，沉默良久，没有答话。他理解女友对他的关爱，却不理解女友对他所从事的工作的不满和偏见。

离家归队的前一个夜晚，冷冷的夜空里泛起点点星光，街旁昏黄的路灯也在低声地呜咽。白玉传一个人在女友的楼下，望着女友屋里发出的微弱的灯光，仿佛能透过那层薄薄窗帘看到女友那熟悉的身影。他知道女友此时没休息，一个人在屋里等着他的到来。可是，他不敢去见女友，害怕看到她那双满是哀怨的眼睛。他恨自己无能，无法满足女友对他的期盼和要求。

带着无限的惆怅和无奈，带着女友对他深深的牵挂，白玉传满腹心事，匆匆踏上了归队的列车。

到了队部，首先映入眼帘的是那高高悬挂在大门上的红布，上面写着五个大字："欢迎您回家！"大院里到处都是同事的笑脸和亲切的问候。

白玉传却一点高兴劲儿都没有，匆匆向各位同事打个招呼就上床蒙头大睡了。

"大传，大传，开开门！咋这么早睡了？"突然，门外传来急促的敲门声。

白玉传起身打开门，看到李书记站在门外，忙让书记进来，问道："您找我有啥事呢？"

"俺来是和你商量一件事呢。咱们食堂的巩师傅家里有事，要晚来十来天，只能高师傅一个人给大家伙做饭，那烧锅炉的活儿就干不过来了……"

"您是让俺去烧锅炉吗？可俺不会呢！"白玉传一脸疑惑地问道。

"不会，没关系，就看你愿不愿意学呢。咱干电气化的，个个都是百变高手呢。你看，你王文才大哥，不仅专业技能高，还会电焊呢！"

一提到王哥，白玉传的心里就一阵激动，没想到他会的还真不少呢。一股不服输的劲儿顿时涌上心头，白玉传大声地答应书记："好，我试试！"

李书记听了，满意地笑笑，说："那你今晚就和高师傅先学习学习咋烧锅炉，明天起就跟着高师傅在食堂里帮帮忙，可好？"

吃了晚饭，白玉传就帮着高师傅和食堂管理员周姐一起打扫卫生，然后就跟着高师傅来到食堂大院旁的那个锅炉旁。

高师傅指着那火苗突突的锅炉说："这个可是咱们队上的宝贝呢！全队人早晚喝的、用的开水全靠它了。来，大传，我先教教你咋在晚上封锅炉吧！"

高师傅一边示范一边说："首先要封闭风门，让火小下来。再放中型炭块，这样下面的空隙就不至于捂死。中型炭块上面放碎炭填缝，再放点炭沫。最好留一两条能看见红丝的缝。做这些之前要把底部的炭渣都晃出来。每晚十点半左右封炉子，早上六点前起来鼓捣，要不然就烧没了，工班里那帮混小子可要骂娘了！"

封完了煤，高师傅不放心地再次问道："大传，你会了吗？"

白玉传心里想这也没啥难的，就脱口说道："我会了，放心吧，高师傅！"

半夜，白玉传做了一个噩梦。在梦里，一大早，锅炉里的煤炭真的烧没了，大家伙敲着脸盆，七嘴八舌地在那骂娘呢。他被噩梦惊醒就再也睡不着了，干脆披上外套起床，一路小跑来到食堂大院旁的锅炉前，仔细检查。待他打开锅炉上的封门一看，只见里面一层薄薄的炭灰，几股火苗调皮地从炭沫缝隙里窜了出来。

看到此景，白玉传就把高师傅教给他的话全都抛到脑后了。他二话没说，拿起一个铁钩子就直捅进去，来回一搅，顿时火苗四起，煤炭发出了吱吱声。不一会儿，他就觉得暖融融的。他抬起头，看看夜空中的那轮明月，心里一阵小激动，于是又弯腰拿起那个铁钩子，使劲地在炉里翻来翻去。突然，一股火苗迸射出来，一下子把他前额的头发烧了起来，吓得他一把扔了铁钩子，赶快用满是煤灰的双手胡乱地揉着头发，好不容易才打灭了头发上的火苗。此时，摸着通红的前额和被火燎弯的头发，白玉传哭笑不得。

"咋办呢？咋办呢？"白玉传远远地站在锅炉边，不知所措。

也不知道过了多久，锅炉里的水烧得咕噜咕噜直叫；又不知道过了多久，锅炉里的煤炭渐渐烧完，只留下一堆煤渣，残留着一丝余热。

"大传，大传，醒醒，醒醒！你咋在这儿睡着了？"

黎明的曙光照在白玉传那通红的前额、杂乱的头发和一道黑一道白的脸上，可是他依然睡得那么香，任其他人如何呼喊，就是没醒。

突然，一只温暖的大手贴在白玉传的前额上摸了摸，赶忙把他推醒了。白玉传费力地睁开双眼，看到书记蹲在身边，后面还站着一大群人，个个拿着脸盆，都看着他。

白玉传被人围着，吓得连声气都小了，嘟囔道："俺……俺……俺不是故意的……锅炉灭了……"

大家伙看着他那狼狈样，心里又好气又可笑。"飘飘"大哥对着大家伙说道："看看，看看，咱们队上今后又多了个国宝熊猫呢，以后盼盼不孤单了。"

"别闹了，散了散了！俺刚才摸了摸大传的额头，热得很，恐怕发烧了，得去医院看病去。"李书记打发了围观的大伙，就陪着白玉传一起到医院看病。

一路上，白玉传愧疚地跟着书记，心里好不是滋味。

白玉传的这场病，过了半个月才好。别说烧锅炉的任务了，他自己还得让别人照顾呢。一想到这儿，他心里就很不好受，觉得自己对不起李书记对他的一片殷切期望之心。

"我们队上王才子的诗歌发表了，大家快来看！"四班"猴子"一路高呼着，从白玉传的宿舍门前走过。

白玉传伸着脖子向那边看去，真是羡慕啊！怪不得自己来队里时付工长那么不开心，谁班里要有个这样的人物，得多挣脸啊！

就在白玉传满眼艳羡的时候，他自己班的信也来了。

"大传，别看了，你也有信了！拿好了！"班里拿信的兄弟把一封白色的信交到他手里。

"我也有？"白玉传一阵欣喜，他好久没收到女友的信了呢。

他满怀喜悦的心情打开信，却越看越伤心。这封女友寄来的加急挂号信是一封分手信。

信里，女友用委婉的语气倾诉内心所想：她要的是一份能陪伴、能相守的爱恋，而在祖国大地上四处辗转的白玉传不是她的归宿……

　　白玉传读完信,早已泪眼模糊。他知道,他一生中最美好、最纯净的初恋情缘结束了。

　　刚分别一个月不到的时间,女友咋就变心了?

　　再回头看看自己所从事的工作,永远在路上,啥时候才是个头呢?

　　就这样,从没抽过烟的白玉传抽上了烟。他整个人仿佛丢了魂似的,整日昏昏沉沉的,要不就含着泪一遍遍地读王哥发表在杂志上的那首《铁路人的情》。

《铁路人的情》

我是

一名接触网工

一个人

背起行囊

别离家人

默默行走

在异乡的山山水水间

看着

漫长的电气化铁路线

蜿蜒千里

我在这头

你在那头

妈妈的呼唤

爸爸的期盼

妻子的无语

儿女的不舍

这一切的一切

都深埋于心

呼啸而过的列车轰鸣声

带着路旁的花香

在动情地传递着

你我彼此难舍的情

白玉传想着自己的孤独人生，只觉得绝望、无奈，于是奋笔疾书，给女友写道："但愿人长久，千里共婵娟。此情天上有，牛郎不羡仙。遥祝心上人，非也广寒宫。月娘宫中泪，香飘苦寒依。伊情画漫天，伊泪洗大地。"随信一并寄出路遥大师的呕心沥血之作《平凡的世界》和那曲千古绝唱《梁祝》的曲谱。

然而，这封信或许永远都不会有回音。

和女友分手之后，白玉传仿佛变了一个人，说起话来前言不搭后语，在工地上也是一个人拼命干活。王哥看到此景，心里不好受，觉得得找个时间和他好好谈谈心。

一个下午，收工后闲着没事，白玉传正一个人窝在床上看书，王哥突然推门进来，笑呵呵地说道："大传，起来，到哥屋里去，咱哥俩好好聊聊，行吗？"

白玉传连忙说道："好好，我马上去！"

一进到王哥屋里，就看到床头放着三本《接触网施工工艺手册》。那书皮透着浅浅的黄色，散发出淡淡的书香。王哥给白玉传倒了杯水，说道："大传，你别客气，坐，坐，坐！你的事，我多少也听说一些。哥从学校毕业刚来时，也做了许多浑事。说实话，咱工程队的老师傅大多都看不起学校出来的书生娃娃呢。"

听了王哥的话，白玉传不紧张了。望着久仰的前辈，他准备把心中的苦恼一一倾诉。

"王哥，俺知道俺笨，身体弱，又是近视眼。施工上的活儿，俺有时候老干不好，俺们工长付哥也老骂俺，但是俺知道他是恨铁不成钢呢。他老拿俺和你比，俺心里老有压力呢。俺就想知道你有啥窍门，能不能和俺说说？俺也想进步，想让俺工长夸夸俺呢！"

王哥听了，哈哈大笑道："你小子呀！干咱接触网的哪有啥捷径呢？只会在一线工地盲干，不知道原理可不行呀。只有自己琢磨透了基础理论知识，才能不断地在施工中发现问题、解决问题。"

说到这儿，王哥从床头拿起三本电气化局编制的《接触网施工工艺手册》送到白玉传手里，接着说道："记着老哥一句话：干工程的，玩不得半点虚假。会就是会，不会就是不会。你若糊弄它，它就糊弄你，一点也不能含糊。以后在现场多看、多学、多思考。没事多看看这几本书，有啥不懂的，随时来找我。"

白玉传看着手里的专业书，心里很激动，连声谢道："谢谢王哥，我一定会努力的。"

说到这儿，白玉传望着王哥，欲言又止。

王哥看着他，笑呵呵地说道："大传，我也略微知道些你个人的事。谈了多年的女友分手了，我知道你心里苦闷，想不开呢！"

"王哥，都是这工作给闹的。我恨电气化，恨工程单位。说实话，我不想干了。"白玉传满腹牢骚地埋怨道。

王哥听了，没生气，耐心劝道："大传，电气化铁路事业是值得干一辈子的事业。你只有不断地学习，才会找到这行真正的乐趣。人的一生就这么些年，撇开咿呀学语的婴幼期、老眼昏花的晚年，咱们能奋斗的生命还剩多少？在有限的时光里看到更高处的风景，让自己的名字铭刻在电气化铁路事业的历史里，这才是咱电气化铁路人的意义！你说对不对呢？"

白玉传听了，脑海里不由地浮现出苏联奥斯特洛夫斯基的长篇小说《钢铁是怎样炼成的》中主人公保尔·柯察金的那句名言："人最宝贵的东西是生命。生命对每个人只有一次。人的一生应当这样度过：当他回首往事时，不因虚度年华而悔恨，也不因碌碌无为而羞愧；这样，在临死的时候，他能够说：'我的整个生命和全部精力，都已献给世界上最壮丽的事业——为人类的解放而斗争'。"

"大传，明天你和'飘飘'去刷杆号。好好干，做个样板标准出来！"工长付哥对白玉传命令道。

刷杆号虽然施工简单，质量却要求很严。若把接触网工程比作一个人的话，那刷杆号就是人的一张脸，关系着一个施工单位的对外形象问题。因此，付哥临走前不放心地叮嘱道："去找孟主任给技术交下底，要吃透技术标准。这个小活，可别给我干砸了！"

"放心吧，付哥，保证完成任务！"白玉传满怀信心地答道。

到了队部技术室一问，孟主任笑呵呵地说道："你俩可别小看刷杆号，虽然没啥技术含量，但若真的想干好也不是件容易的事。刷杆号的基本技术标准是涂白底、刷黑框、喷红色字。"

白玉传他们到料库领了材料后，就坐上了送工车来到施工现场，开始了工作。

一上午的功夫转眼即逝。真是不干不知道，一干吓一跳。他俩忙活了整个上午，模具用坏了两个，油漆也浪费了不少，可硬是一处合格的都没有。

说实话，这涂白底、刷黑框都好办，最困难的是喷红色字。因为红色油漆会顺着号码模具四处横流，印在白色底子上特别明显。刚巧碰上上午刮风，那油漆流得更欢了，不但流，还随着风儿四处飞溅，弄得他俩身上、脸上到处都是。这可好，杆号没刷好，他俩却成了红脸关公了。他俩在阵阵刺骨的寒风里冻得瑟瑟发抖，就像寒号鸟一样悲惨。白玉传气得一把扔了那桶红色喷漆，一屁股坐在支柱旁，一句话也说不出来。

中午回队部吃饭时，工长问上午的施工进度，白玉传红着脸对工长说："一个也没刷好，都刷脸上了。这活不好干呢，老涮心了！"

"我是叫你去刷杆号，你咋去刷脸了！我不管，你负责的区间必须一个礼拜内干完。若干不完，就别要奖金了！"工长气坏了，厉声说道。

挨了工长一顿训，白玉传老实了许多。他闭上双眼，一个人静心地琢磨自己上午刷杆号时的点点滴滴，查找问题所在。

你可别说，穷则变，变则通，通则顺也！经过仔细思考，还真找到问题所在了：在大风里刷杆号，一是要防风，二是要防流。防风好解决，做个防风罩就行了。最主要的是防流，如何能不让油漆四处乱流呢？

白玉传百思不得其解，想得这脑袋疼得要命。正在他愁得抓耳挠腮之时，无意间抬头发现了墙上铝合金窗的推拉滑道，一下子茅塞顿开，想到了防止油漆在喷涂时四处流动的办法：改进杆号模具，在模具两边装边沿，刚好卡紧支柱边沿，并在模具上下部加装海绵垫。

他高兴地喊来"飘飘"大哥，一边画草图一边讲解自己的设想。

"你小子，还行，不愧是科班出身！我看行，要不咱们试试？""飘飘"大哥赞许道。

第二天，两人带上经过改进的模具和防风罩，来到施工现场进行试验。先在支柱上装上防风罩，再把特制模具往支柱上一卡，拿起喷漆，刷刷几下就干完一处。两人稍等了几分钟，拿下模具一看，咦，效果好极了！

这下，施工效率大大提高，原定一个礼拜的施工任务，三天就全部干完了。这个小小的工艺改进得到了队部领导的好评并在整条铁路线上推广使用，这让白玉传得意了好几天。

"四班这个月完成任务又是全队第一名，并且人家在马头车站做的接触网调整还被指挥部评为标准样板站呢，过几天要组织其他单位来现场观摩学习。"工长付哥羡慕地说道，"真是没想到，王文才这小子这次可露脸了呢！"

说到这儿，付哥回头白了一眼白玉传，埋怨道："都是科班出来的，你看看你，整天就知道给我惹事，咋不知道多练练本事，提高下专业技能呢？人和人，差距咋那么大呢？"

白玉传听了，吓得不敢抬头。

"你说，你有信心学好技术吗？"付哥却不放过他，盯着问道。

"俺……俺……俺能！"白玉传低声嘟囔道。

"看你那熊样，说个话都像个娘们！我可跟你说好了，我打算把你推荐到咱队部技术孟主管那里，你小子可得好好学习，再给我添乱，小心我收拾你！"

白玉传不敢相信自己的耳朵，连声问道："这是真的吗？是真的吗？"

"你小子给我好好学，知道吗？别给咱三班丢脸，记着了吗？"付哥捶了他一拳，大声嘱咐道。

提起孟工，三队的人无不由衷敬佩：佩服他的技术，佩服他的敬业，佩服他的为人。在三队，孟工是"赛诸葛"，神机妙算，经他计算出的腕臂、软横跨、吊弦，基本上是现场一装就好，很少返工的。当然，这与他严谨的工作态度和高度的敬业精神是分不开的。孟工的施工经验丰富，好多知识是书本上学不来的。当时的那些计算，可没有啥计算机、啥编程软件，全靠孟工手把手计算、手把手绘图。他早已把这些计算公式了然于心，前因后果均考虑到位。

不过，听别人说，孟工他老人家近期有点烦。他的儿子孟小辉是名牌工科大学毕业，本来他想着儿子来工程单位，他好把自己毕生的施工技术和经验传授给他，可孟小辉看不上他爸那些"野路子"的经验技术，私自报考了国外一所名牌大学的研究生，出国深造了。因此，孟工对所有科班出身的学生都有点偏见，听说不大好相处呢。

白玉传带着激动和忐忑，带着对未来的期盼，来到了技术室。孟主任正埋着头计算腕臂呢，好半天才伸了个懒腰，说道："这下全好了！手算一遍，核对一遍，没啥问题了，可以交给工班预配、安装了。"

白玉传赶紧道："孟工，我来报个到！您看有啥干的，尽管吩咐！"

"哦，是小白呀。马上要开始邯郸站软横跨的测量、计算了，所以我向队部要个助手。我计算完后，你帮忙绘制下预配图纸，可要好好学。"孟工顺手就扔给白玉传一个笔记本，接着道，"这是我日常写的技术总结，你先看看，不懂再问我。"说完，孟工拿起安全帽就去工地了。

来了技术室几天了，白玉传一直在研究孟工的笔记。但笔记毕竟是死的，碰上问题了，他还是手里捏把汗，颇有几分对不上手的艰涩感。

一天，孟工对白玉传吩咐道："小白，今天你和宋工去邯郸站测支柱斜率，准备软横跨计算用。"

"知道了，孟工。"说完，白玉传就扛着经纬仪和宋工一起出工了。

到了工地，宋工先教他如何把尺子放在支柱底部，以便于从镜子瞭望数据，并反复叮嘱他一定要记录好支柱斜率的测量数据。

由于是第一次从事此项技术工作，心里紧张，加上记录内容又多，白玉传忙得是手忙脚乱，不一会儿就满头大汗了。回来后，他把测量数据交给了孟工，孟工连夜复核当日的测量数据。

第二天一早，孟工就把白玉传叫到办公室里问道："小白，你这个数据怎么做的？支柱倾斜半米呢，这数据对不对啊？这不影响线路上跑火车了吗？赶快，上报队部领导抢险吧！"

孟工的双眼布满血丝，白玉传知道，那是因为自己的数据对不上，让孟工不知算了几遍。他心里很是愧疚，说道："对不起孟工，我大概是记错了，可能多写了个零吧。"

孟工听到这儿，突然发火了。他猛地站起身来，一掌拍在桌子上，吓得白玉传都懵了，也不知道自己说错了啥。

孟工大声说道："大概？可能？白玉传同志，我们干技术的，'可能'这个词是绝对不能出现的！是就是，不是就不是！要有严谨的工作态度。咱们不是坐机关的，不是看看报纸、喝喝茶，工作起来敷衍敷衍就行了。一个数据的错误，你知道后果吗？不仅会造成材料浪费、返工误工。如果上马使用了，你想过火车跑过去的后果吗？那是一车子的人命！"

"去，我安排宋工，你们马上再到现场，对这个支柱及邻跨的支柱斜率重新复测！"孟工厉声道。

于是，白玉传跟着宋工，回到现场去复测那个支柱的斜率。

测完数据，宋工也有点恨铁不成钢地对白玉传说道："你可真马虎！测量数据结果是支柱斜率38 mm，你咋记录为500 mm呢！你看看你，惹得孟工发多大的火呀！"

白玉传不但记错了，还听错了。他把临近支柱的测量数值记录到了这个支柱上了，并且还多写了个零。真是马虎到家了！

事后，孟工专门把白玉传找到他的办公室，关上门对他说："大传，前段时间因为工作忙、压力大，对你态度不好，请你原谅。不过，也请你记着，咱们干技术的，自己稍微不严谨，就会造成大错，工班弟兄会骂娘的，领导会拍桌子训人的。俗话说得好：'树活一层皮，人活一张脸。'咱们干技术的，一定要记着，干啥呀都别把这张脸丢了,知道吗?"

白玉传在技术室工作马虎的事最终还是让工长付哥知道了。他一听到此事,就气不打一处来,下班后连工作服都来不及换,戴着安全帽就闯入白玉传的宿舍,指着白玉传的鼻子厉声喝道:"你小子,咋这么不争气了呢?到了技术室还这么马虎,真是丢死人了!你可知道,为了让你到技术室去学习,我给书记、队长说了多少好话呢!"

"俺……俺真的不是故意的……对不起,付哥!"白玉传低声答道。

"你明天不要上班了,给我停工反省三天,好好做个检查交给我!"付哥接着说道。

白玉传听到要停工三天,还要写检查,心里别扭得很,也不知哪儿来的勇气,对着工长脱口而出:"俺不想干了!啥好工作呀!"

"你说啥?再说一遍!这个不争气的家伙,气死我了!信不信我抽你?"付哥气坏了,边说边抬起了大手掌,作势就要修理白玉传。

"算了,算了!付哥,大传也不是故意的,再说也没造成啥大事故,饶了他这一次吧!"王哥不知啥时候进来了,把正在气头上的付哥劝了回去。事后,王哥又向付哥求情,让白玉传回家探亲一段时间,稳定一下情绪。

在白玉传离队回家的头天晚上,王哥专门找来白玉传,和他促膝长谈。

王哥说道:"你此次回家探亲,一来和家人相聚团圆,二来好好反省一下自己,想清楚自己是否愿意在电气化工程铁路上干一辈子。你这马虎的毛病,可要好好改改呢!"

"知道了,谢谢王哥!"白玉传谢了王哥,第二天就踏上了回家的路。

一到家,白玉传看到娘杨桂花,忙问道:"娘,你按时吃药了吗?平常去量血压了吗?身体现在咋样呢?"

"俺好多了,你放心吧。你一个人在外可要多注意身体呢,平时要和单位领导、同事搞好关系。"杨桂花看着儿子,也是一连串的叮嘱。

这娘俩谈起话来没完没了。

突然,娘问道:"你和女友现在关系咋样呢?要不这次回来,咱托个媒人,把你俩婚事先定下来吧。这样,我们做大人的也放心了!"

听到这儿,白玉传一阵心酸,哽咽道:"娘,你别管了,这事俺现在不想考虑呢!"

杨桂花看到儿子满脸不高兴的样子,小心问道:"咋了?你们闹别扭了?你个男孩子，要多包涵人家女子呢。有些事，要主动些、大度些！"

白玉传再也忍不住了，含着泪对娘说道："人家不要我了，分手了！"

杨桂花听了，半响不说话，最后说道："三儿，你放心，娘再托托人，一定给你找个你满意的好姑娘！"

就这样，杨桂花不停地央求大儿子、大女儿们帮白玉传寻觅另一半，父亲白文宣也放下脸面，到处求人。皇天不负有心人。在二哥白玉亮的介绍下，白玉传和在老家教书的李娜认识了。初次见面，两人的感觉还行。李娜是个爱学习的青年，别看人家年轻，可已经是县级的教育先进工作者了。

在娘的催促下，白玉传在周末和李娜一起到洛城去玩。他原本想给李娜买些新衣服作为来洛城玩的礼物，没想到李娜不愿意去大商场逛："我们去教育书店吧，买些专业书籍。现在工作了，才知道知识缺乏得很，我想进一步深造呢。"

白玉传听了李娜的话，心里暗想，真是个爱学习的好姑娘。他立马答道："好，好，我们去书店。刚好，俺也想买点英语小说，打发一下工程单位的寂寞时光。"

"你爱好英语，咋不利用工作之余去自学报考大学呢？这样一来，不仅学习了，而且还能有个大学文凭呢，说不定工作上还能用得上呢。"李娜扭过头，笑了笑，好心劝道。

"啥自学考试？还能上大学、有文凭？俺不知道咋办呢？"白玉传一头雾水。

"你呀，长期在工程单位，人都傻了。放心吧，报名考试的事包在俺身上，我替你都办好！"李娜看着他那憨样子，笑道。

在书店买完书，两人一起去吃饭，李娜又不愿意去大饭店吃饭，说道："大饭店的菜太贵了，咱俩找个路边饺子店就行了。俺爱吃饺子呢。"

白玉传望着李娜朴素的衣着和善良的大眼睛，心里对她的倾慕之情油然而生。

在白玉传的一再央求下，李娜才勉强答应去一趟商场。白玉传帮她挑了一条黄围巾系上，她咯咯地笑着。白玉传看着风中的李娜，幸福地笑了。

一个月的探亲假期一晃就结束了。白玉传离家的前一晚，李娜对他说："你放心去吧，在外好好工作，争取早日干出点成绩。俺会利用周末，替你回家看看阿姨，叮嘱她记得吃药，带她去卫生所量量血压，常和阿姨聊聊天、解解闷。"

新女友的善解人意使白玉传对今后继续从事电气化铁路工程建设的工作信心百倍、充满希望。他踏上归队的列车，只恨火车跑得太慢，等不及要早点和他的好兄弟们见面呢。

工长付哥看见白玉传归队非常高兴，捶了他一拳，笑呵呵地道："你小子还生哥的气吗？不经历挫折的兵不是好兵，来了就好好干，哥看好你！"

经过了这场思想斗争，白玉传归队后踏踏实实地钻研起技术来，没事儿就往王大哥那边跑，到他的宿舍里看书学习，也真的把女友说的自考放在了心上，日子都过得有盼头起来。

邯郸站是当时电气化局指挥部管辖区段最大的一个车站，而软横跨施工是施工中最重要的一个环节，其安装成功与否直接影响着后续架线和调整工作是否可以顺利进行。

何为软横跨呢？技术主管孟工有个形象的比喻："若把站场接触网比作一个人的话，支柱是四肢，线索是大脑，那软横跨就是心脏了，可见软横跨的重要性呢。"

软横跨主要用于站场，是多股道悬挂接触线的一种安装方式，用来固定多股道上的承力索和接触线。

工长付哥对大家伙说道："这次邯郸站软横跨安装，其中一组跨越13个股道，总长67.32米，为中国电气化铁路建设史上第一跨。这组超级大的软横跨，施工方式是利用行车间隙进行作业，其施工复杂性、安全性要求极高。这要是干好了，可在全国都露脸了。"

指挥部领导高度重视，要求从三队各班组抽调精兵强将，组建青年突击队，到时候路局领导还要现场观摩指导呢。

四班工长王文才被任命为青年突击队队长，由他从各班组推荐的人选中选拔出最优秀的青工，组成青年突击队。

白玉传听到这个消息，心里一阵激动，也想参加这个青年突击队，锻炼一下自己。可他一想到自己的实战技能，又摇摇头，心里一阵暗叹。

付哥看到白玉传一个人在那儿傻站着，一会儿笑一会儿愁，就上前问道："你小子是不是也想参加青年突击队呢？"

"谁不想参加呢！"白玉传嘟囔道。

做梦也没想到，公布青年突击队名单时，他白玉传的名字也在其中。就这样，他投入到紧张而又忙碌的青年突击队的前期准备工作中了。

技术主管孟工非常重视此次软横跨的现场定测计算工作。他这次从测量、计算、画图、预配全程盯控，每个尺寸都精确到毫米级，并严格要求预配工艺标准，做到统一美观。

"孟工，我想先带领青年突击队到咱新建车站——新坡站进行一次现场模拟试装，也借此机会检验一下突击队员间的协同作战能力，您看行不行呢？"突击队长王文才向孟工请示道。

"搞那花架子干啥呢？没事多琢磨琢磨如何提高自己的实战技能就行了。"孟工听了他的话，摇摇头说道。

"俺看行！孟工，你就让小王试试嘛！这小子有文化，又爱琢磨事，领导把这'中国第一跨'的重担交给咱队，也是看重咱队技术上有您老人家把控，施工上小王身上有股巧劲儿呢！"李书记在旁边帮忙圆场道。

"那行，你们就试试吧！"孟工说完，头也不回地走了。

于是，接下来的几天里，王哥带着他突击队里的虎狼猛将，天天泡在现场，琢磨现场一切可能发生的安全风险源和防范措施。你别说，经过现场模拟试安装，队友间的配合协同作战能力提高了，可预见的安全隐患也清楚该如何防范了，还根据现场条件提前策划了几套安装方案呢。最重要的是提高了效率。试安装的时间从一个小时缩短到50分钟，最后一次试安装仅用了45分钟。

白玉传第一次参加这么大的项目，心里跃跃欲试，也想上杆去操作锻炼一下，可队长王哥不同意。他根据每个人的特点来安排岗位，白玉传的工作是安装前复核校验软横跨的各段尺寸，确认软横跨端头连接支柱号的方向正确且符合技术要求，可一次安装到位。

经过前期大量的周密的准备工作，在深秋的一天，终于迎来了"中国第一跨"的正式安装。

出发前，魏队召集青年突击队全员进行施工前的动员，他讲道："此次邯郸车站'中国第一跨'软横跨安装是上级领导对我们三队施工技术能力的一次严峻的考验，希望你们现场组织有方，配合密切，协同作战，一战必胜，为咱三队增光添彩。弟兄们，有信心没有？"

"有，有信心，我们一定要战之必胜！"一阵阵豪言壮语响彻天空。

上午八点，青年突击队带着材料工具准时来到现场，做安装前的准备工作。

九点左右，指挥部领导、路局领导陆续到场。驻站调度向杨指挥长汇报道："杨指挥长，我是驻站调度贾万华。根据与车站调度室调度员的协商，上午10点到10点40分期间有行车间隙。不过，此次安装的那组跨越13股道的软横跨只有正线和测线4股道空留，其余均有车辆停靠，调度员让我们确认是否可以安装。"

杨指挥长回头看看九个股道上停得满满的列车，心里不由地吸了一口凉气。他转过头来，向王文才道："小王，你看40分钟能行吗？"

王文才看着眼前的施工条件，再想想模拟试装的最短时间是45分钟，心里一阵打退堂鼓，迟疑地答道："40分钟呀，我要不试试？"

"行就是行，不行就滚蛋，别在这里给我丢人现眼！"杨指挥长将了王文才一军，厉声喝道。

王文才紧张得满头大汗，死死地盯着眼前的股道和列车，大脑高速运转，突然，他笑着大声对杨指挥长说道："您放心，40分钟，保证完成任务！"

旁边的李书记不放心了，他把王文才拉到一边，一脸严肃地小声问道："这么多股道上都有停靠的列车，就你们20多人，要在40分钟内安装60多米长的软横跨，能行吗？"

王文才把自己的实施方案简要地跟书记讲了讲，李书记听了，会心一笑："你小子，有两把刷子呢。"

随即，青年突击队队长王文才紧急召集队员进行分工："此次软横跨安装分测量组、上杆组、连接组、辅助组。测量组由大传负责，你和'段段'一起复测软横跨尺寸，记着一定要细心，长度精确到毫米。上杆A组由小吴负责，负责在行车间隙将软横跨一端先安装到位。连接组由小李负责，主要工作是分段软横跨跨越股道后的连接工作，到时候只给你们15分钟。辅助组由'飘飘'负责，你主要负责绑绳索和拉大绳，记住，给你们的时间只有10分钟。上杆B组由'盼盼'负责，你主要负责紧起后软横跨的对接工作，记着到时候别慌，稳住神。到时，辅助组一定听从'盼盼'的指挥，要你们拉就拉，要你们放一点就慢慢放一点。记着，给你们的时间只有10分钟。留下5分钟时间，应对突发事件。听明白了没有？"

各个小组的负责人大声回道："明白！"

顿时，紧张的大会战拉开了序幕。

白玉传拿着尺子，和"段段"一起对软横跨分段长度一一仔细核对，再确认软横跨端头书写的支柱号与现场一致后，然后向王哥比出一个"OK"的手势。只听到"嘟"的一声口哨声，上杆A组的小吴犹如猴子上树般，麻利地攀登到软横跨安装的指定位置。辅助组的"飘飘"一看到他们就位了，立刻绑好了绳子。王哥一声令下："拉！"辅助组的弟兄们迅速拉起一段软横跨到指定位置，上杆作业人员迅速连接好。整个动作一气呵成。

王哥看到此景，心里方才踏实了许多。

上午9时50分，驻站调度贾调正式向杨指挥长报告行车间隙已确认为10时至10时40分。

上午10时，杨指挥长向青年突击队队长王文才正式下达施工命令。

随着王队一声"走"，辅助组人员在"飘飘"的带领下，犹如猛虎下山，一段段地拉起软横跨，迅速接向另外一头。在每个股道的列车上方均有一人负责盯着软横跨安装过程中是否有刮碰。白玉传和其他三人被分到空留的四个股道上托起软横跨，以免误接短路轨道，造成信号短路。"飘飘"一见软横跨分段长对接完成，迅速把大绳绑好，让辅助组的队员拉起软横跨。突然，"飘飘"大哥的报话机里突然传来白玉传急促的叫停声："停，停，线卡住了！"白玉传一边大声叫着一边用手去扯被轨道上的道钉卡住的线。

"危险，大传！"旁边的王哥看到后忙大声提醒。

可惜已经晚了。"飘飘"大哥听到白玉传的呼叫后还没来得及叫停，线索就被拉起，一下子打在白玉传的左脸上。白玉传眼前一黑，叫了声"哎呀"，就跌倒在轨道旁。

王哥迅速跑过来，着急地问道："咋样，大传？打到哪儿了？让哥看看！"他一边说一边看手腕上的表。

"别管俺，俺没事！你快让弟兄们拉绳呀！"白玉传忍着痛，催促王哥道。

王文才看了白玉传一眼，大声地对着报话机说道："拉！"

电气化铁路建设上最大的软横跨正被一点一点地拉起，在阳光的照耀下发出耀眼的光芒。最后，"盼盼"仅用了5分钟就做好了软横跨的连接工作。

此时，现场沸腾了。仅仅35分钟，中国接触网第一跨就稳稳地安装到位了。

路局的一位主管生产的副局长看到此景，忍不住赞叹道："这样的施工队伍让人油然起敬，你们是好样的！"

白玉传忍着脸上的疼痛，听着路局领导的赞叹声，心里不由得也产生了"我参与，我自豪，我建设，我骄傲"的自豪感。

经过"中国第一跨"的成功安装后，白玉传深深地爱上了电气化铁路建设这个行业。在工作上，他抓紧锻炼自己的实战技能；工作之余，除了向孟主管学习施工技术，他还让女友李娜帮他报考英语自学考试。

这段时间，他过得踏实、幸福，和女友互相鼓励、共同进步，大家伙都说他像变了一个人似的。

听说，近期全国要举行一次接触网技能大赛。"皮皮"问白玉传参不参加。白玉传白了他一眼，说道："就咱这水平，在这小小的三队里都赛不出去，还参加全国大赛呢！"

白玉传嘴里说不参赛，心里却暗暗憋着一口气。只见他平时干活更卖力了，学习专业技能知识的劲头更足了。现在的白玉传，越来越像王文才大哥了：他也会在干活时发现些工艺、工法上存在的小问题，也会一边向老师傅们学习施工经验，一边结合现场经验和理论知识提一些小的建议。王哥每次听到他提的小建议，都会表扬他一番呢。

"现在的白玉传，简直就是四班工长王文才的跟屁虫，王哥让他干啥就干啥！"一次，白玉传路过工长付哥的宿舍，听到"飘飘"在那儿嘀咕。

"你呀，懂个啥！大传爱学习，值得表扬呢。再说，人家王文才也是要文凭有文凭，要技术有技术。你看看上次软横跨安装，你说说咱们队上有几个人敢站出来说自己能干好呢？"付哥对着"飘飘"训斥道。"你小子就知道贪玩，也不知道趁年轻时好好学习些技能！记着，以后这种话别再提了！"

白玉传在楼道上听到工长付哥的话，回想起这两年多来付哥对自己的帮助，自己有啥理由不好好进步呢？

"付哥，听说过一段时间，全国要组织一次接触网技能大赛，我也想参加一下。"在一次工地检查时，白玉传对工长说道。

付哥看了他一眼，说道："你小子，这段时间呢确实是变化很大。这理论知识，你的确进步很大，可是你的现场实操技能还欠火候呢！不过，你别灰心，以后干活时我多带带你，给你讲讲施工中的小窍门，让你提升一下技能水平。"

白玉传感激地说道："谢谢付哥，让您多费心了！"

"你小子还跟哥客气起来了呢！"付哥假装生气地说道。

于是，白玉传在工长付哥的亲自教导下更加拼命地苦练自己的基本功。

十一月份的一天，全国要组织一次接触网技能大赛的正式通知下发到了队部，李书记在传达通知精神时说道："此次全国接触网技能大赛，局里、处里、段里的领导都高度重视，要求每个队进行班组间选拔赛，选出一人代表全队到段里进行选拔，段里再精选三人去处里进行复赛选拔，最后选出三人代表处里去局里参加决赛选拔，局里则是从各个处里选拔出十人去参加全国大赛，大家伙听明白了没有？"

"我的亲娘呀，这比封建社会选皇帝老婆还繁琐呢。""飘飘"大哥调侃道，下面的人顿时笑得东倒西歪。

"胡说啥呢，'飘飘'？你小子咋啥时候都没个正形呢？"李书记呵斥道。

白玉传也报了名，参加此次的队部选拔大赛。此次大赛分笔试和实操两个环节。

白玉传的笔试居然考了个全队第一名。可一到实操环节，他就不行了，排到了十几名后。

最后还是王文才大哥代表三队去参加段上的选拔赛。王哥真牛呀，一路过五关斩六将，居然代表局里参加全国接触网技能大赛了。进行全国接触网技能大赛的那几天，整个三队都异常激动。

"老魏呀，你队上那个叫王文才的小伙子，可是给你长脸了！这小子居然是此次全国接触网技能大赛的状元呢！到时候，你可要好好表扬他一下。咱们丁局长高兴得很呢，在比赛现场一连说了几个'好'呢。"五段段长邱段报来了喜讯。

这一下，整个三队都沸腾了，魏队都高兴得不知说啥了。

"我们要隆重迎接我们的英雄归来。后勤老高呀，多准备些好菜、好酒，到时候，全队部不分男女，同庆同贺，不醉不归！"李书记大声地向大家伙宣布。

白玉传记得，王哥回来时，胸口戴着大红花，手里拿着大奖杯。他一进队部大门就被弟兄们团团围住，扛起来、扔上去，又扛起来、扔上去，好几趟才住手。

那个夜晚，英雄王文才真是敞开了怀，大口喝酒，大口吃肉，每个向他敬酒的弟兄，他都来者不拒，一口干完。真的如李书记所说，整个三队的兄弟姐妹们都喝醉了。

白玉传打心底里为王哥高兴，就好像自己也成了代表局里参赛的英雄一样！他坚信自己也会有这么一天！

四年间，白玉传跟着三队走遍了邯郸—安阳电气化铁路线上的每个小站、每个区间。终于，他参建的北京—郑州电气铁路在1997年底全线开通运营。

整个队部一片欢腾，大家伙载歌载舞，热闹非凡。

"飘飘"对白玉传说："走，大传，咱们去磁县站铁路旁看电客车吧！"

"好嘞，多叫几个人！要不，咱们全班都去，在电气化铁路边合个影，可好？"白玉传充满激情地问道。

"可咱没有照相机呀，到哪儿去找？""飘飘"一脸遗憾地问道。

"没事，王哥有，我去借借看。"

白玉传说完就去找王哥了。他向王哥说明了来意，王哥说道："你们这个主意好！走，我们一起去！我不但要给你们拍照，还要写首诗做个纪念，给咱们宣传宣传。"

于是，白玉传一行人来到了磁县火车站，和站长说明了来意，站长特意开通了绿色通道，让他们来到站台上，合个影，做个纪念。

在站台上，他们遇到了一位机务老司机雷师傅。他在铁路上开火车已20多年了，开过蒸汽机、内燃机，现在又开起了电力机车。他一见到工长付哥，就笑哈哈地说道："你们修电气化铁路工程的人真伟大！我在京郑铁路上开电力机车，感觉又快又稳。我们司机的驾驶室里也有空调了，冬暖夏凉，舒服得很呀。"

付哥听了此话，转身对其他人说道："大家说说，我们干电气化的，有没有意义呀？平时受的那些小委屈，现在看来都不算啥！到咱老了，对着咱家里的小孙子、小孙女说：'你看，这条线是你爷爷当时参与修建的，那个接触线是你爷爷亲自架设的！'等那时候，咱们回忆回忆自己的一生，多有意思呀！"

白玉传他们站在有"南北大动脉"之称的京广铁路边，望着一列列呼啸而过的列车、钢轨旁那整齐划一的接触网支柱、在阳光下发出点点金光的铜导线，不由得回忆起这四年多来所走过的风风雨雨，不由得一阵热泪涌出，感慨万分。

"来来来，大家站好了，拍个照，留个纪念。"王哥架好相机，对着大家吆喝道。

后来，王哥还专门写了首诗，发表在《铁路报》上。

《蜘蛛侠，不哭！》

大江南北

塞外草原

在祖国万里电气化铁路建设行程中

活跃着千千万万名接触网工

他们

是电气化铁路建设中的蜘蛛侠

他们

背井离乡

抛妻离子

不畏酷暑严寒

伴晨曦而做

与落日同辉

用辛勤的汗水

精心编制着

一道道靓丽的风景线
一把汗水
一把灰尘
长期的阳光照射
黝黑的皮肤
通红的面颊
个个成为"黑旋风"李逵
走在闹市繁华的街道上
换来的是现代人的讪笑和不屑
常年与家乡亲人分离
妻子的不理解
孩子的陌生感
让蜘蛛侠泪流满面
我可爱的兄弟们
心中的蜘蛛侠
不哭！
是你们架起电气化铁路长长腾飞的金龙
不哭！
是你们编制电气化铁路安全可靠的天网
不哭！
万里电气化铁路上的接触网支柱
排列着整齐的队形向您行注目礼
不哭！
呼啸而过的列车
为您辛劳的汗水和付出的青春岁月鸣笛呐喊
你们是当代最可爱的人
祖国的山水记着你们
矫健的身影
熟练的工艺
你们的汗水和辛劳
在祖国电气化铁路建设历史上描下最浓的一笔

没多久，队部就接到命令，要求三队在休完年假后即刻开赴深圳，参建广州—深圳准高速电气化铁路工程建设。听说，广深线是中国第一条准高速电气化铁路，许多新的设备、材料都是国外进口的，还会使用新的工艺、工法。白玉传对自己即将参加中国第一条准高速电气化铁路的建设向往不已。

第二章

广深纪事

1980年8月26日，第五届全国人民代表大会常务委员会第十五次会议中通过了由国务院提出的《中华人民共和国广东省经济特区条例》，批准在深圳设置经济特区。深圳经济特区为我国改革开放早期的四大经济特区之一。

白玉传在花城铁路机械学校上学期间，曾在1994年上半年来到当时亚洲最大、技术最先进的深圳站变电所实习，当时就对经济发达的深圳颇为惊讶。时隔四年，白玉传即将再次来到深圳。此时的他，经过在河北邯郸的磨练，已经成长为一名合格的铁路工人。

1998年的元宵佳节刚过，白玉传就告别亲人，再次踏上了征程。他先到中州本部与久违的队部的兄弟姐妹们团聚，再到中州附近的新中站办理行李托运，随后与大家一起一路南下。经过一天两夜的颠簸，白玉传一行人终于来到了队部驻地——深圳市平湖镇。

一下火车，一股热浪迎面扑来，穿着棉衣的白玉传顿感一阵眩晕。

放眼望去，远近都是高楼大厦，一片繁荣似锦。白玉传心想，这四年，深圳的经济发展果真是一日千里呢。这小小的平湖镇，就是老家洛城也望尘莫及。同来的同事们更是一个个睁大眼睛，看啥都是稀奇的。

不一会儿，一辆小中巴开过来，"二光"师傅从车窗里伸出手挥舞，吆喝道："我亲爱的兄弟姐妹们，深圳欢迎你们！来，快上车，到队上给大家伙接风洗尘！"

听着"二光"大哥爽朗的招呼，大家伙长途奔波的劳累顿时烟消云散了。

车子顺着平直的马路一路开去，拐了几个弯就来到了队部。李书记早就等在大门口迎接，一见大家就说："弟兄们的到来，就是咱们三队施工能力的保障，我在领导面前说话也有底气了。走，先吃饭去！"

初春，南粤大地上已是骄阳似火了。铁路区间少有树林，一点树荫都没有。

工长付哥带着班组到区间进行接触网支柱基坑开挖。他定测好基坑位置，大家伙就干了起来。

白玉传刚干了半个小时，就已是满头大汗。看到其他弟兄都带了菊花冰糖茶，他忍不住咽了几下口水，舔了舔干裂的嘴唇。此时，铁轨在骄阳的暴晒下泛着白光，一阵风吹过，热浪扑面而来。白玉传顿时一片眩晕，整个人瞬间虚脱。

离白玉传最近的"飘飘"看到了，二话没说，忙把自己带的水喂给白玉传喝。白玉传一口气喝下了三分之一的水，才感觉好受些。

"飘飘"笑着说："大传，你小子图省事，不带水，这下知道太阳的厉害了吧！以后出工记着带水！"

白玉传感激地连声答道："知道了，知道了。"

"飘飘"又说道："快干吧，别影响明天封锁点立支柱。"

白玉传抬头望望空中的骄阳，咬咬牙，继续挖基坑。

中午时分，白玉传的基坑已挖了2米深了。别说，南方的土质比北方的柔软些，挖起基坑来不费劲儿，白玉传才没有拖工班的后腿。直到此时，他心里的石头才落了地。

吃了队部送来的午餐，班组全体成员稍作休息，然后开始完成下午的施工任务。

下午，白玉传被分到和潘强一组。他挺高兴，因为潘强长得魁梧，又有力气，两人关系也好，潘强会照顾他的。

果然，潘强主动到下面挖土，让白玉传在上面提土。两人都不说话，闷着头不停地干，想尽快结束工作，下班了好到外面逛逛去。

一个多小时眨眼就过去了，一个基坑挖完了。白玉传把尺子递给坑底的潘强，让他量量坑底尺寸是否符合技术标准。潘强把基坑前后左右都量了，向白玉传竖起两个手指，表示成了。等潘强上来后，他们又做了支柱立前基坑防护工作。

两人稍作休息，又开始了另一个基坑的深挖作业，依旧是潘强挖土、白玉传提土。

白玉传望着底下全身汗水的潘强，心里有些过意不去，就对潘强说道："你上来，让俺挖会儿。"

潘强在坑底问道："你行吗？"

白玉传不服气了："你小看人呢！俺也干了几年电气化了，基坑深度就剩这七八十厘米了，俺能行！"

于是，白玉传下去挖土。别说，这坑底还凉快呢。挖了一会儿，白玉传停下喝水。这时,坑顶边上多了一个人。此人四十多岁,戴副眼镜,直勾勾地盯着坑底看,看一下,摇摇头,再看一下,又摇摇头。白玉传在坑底百思不得其解,忍不住问道:"看啥呢?没见过挖基坑吗?"

那人也不生气,笑呵呵地问道:"小伙子,欠锻炼呀!你看看你挖的基坑,像个啥?像不像个倒金字塔呢?这支柱能立上吗?"

白玉传上下左右看看自己忙活了半天的杰作,基坑确实是越挖越小了,羞得满脸通红。

那人见白玉传一脸窘相,又耐心说道:"你呀,别太心急。挖基坑时,每挖二三十厘米,就要停下来修修边角,保证基坑的尺寸符合技术标准,再继续挖下去。你看,这基坑的上半部分挖得多好呀。你做个比较,就知道人家的窍门了,你说对不对呀?"

白玉传感激地说道:"谢谢师傅,俺知道了。"

此时,坑顶上的潘强告诉白玉传:"大传,这是咱们局指挥部的何指挥长呢。"

白玉传很惊讶,没想到一个局的指挥长这么年轻,还这么懂技术!

白玉传的心里更愧疚了,何指挥又笑呵呵地说道:"小伙子,好好学,好好干!咱接触网讲究窍门,平时得多看、多学、多琢磨。"

白玉传不好意思地答道:"知道了,何指挥长,今后俺一定好好学。"

最后,何指挥长还不忘交代注意施工安全、做好避暑降温,说完就去检查下一个基坑了。

听说,安装广深线的腕臂*要用到一种新的安装方式。白玉传闲来无事,就到中心料库去瞧瞧。

料库主任姓吕,大名叫吕发财,但同事们都叫他"马三有"。为啥呢?原来,吕主任在工作上向来奉行"对工作有心、对同事有情、对业务有才"这三个"有",而且他还有句口头禅,不管啥事,他都是"马上好"。初次和吕主任打交道的人可能会觉得这人不太好相处,其实,他可是队上的"香饽饽"呢。工程上需要的材料、工机具、器械等全靠他一个人管理着。上个月的一次基坑开挖过程中遇到大量地下水,发电机在施工现场坏了,修了很久都没修好。若不及时修好,必将严重影响铁路路基的稳定性,给正常行车带来安全隐患。最后还是吕主任亲自赶到现场,不一会儿

---

* 腕臂:一种由钢管组装成的三脚架,用来固定线材。——作者注

就修好了发电机,确保了基坑开挖的正常进度。正是因为有吕主任这样的"马三有"型的人才,三队才能总是按时完成任务。

白玉传终于找到了这趟来料库的目标——腕臂。他正兴致勃勃地观察腕臂,身后突然传来了吕主任的声音:"大传,看啥呢?"

"吕主任,俺来看看新腕臂,以前没见过,学习学习。"白玉传扭过身来回答道。

"你小子运气好!这条线是咱国家第一条准高速电气铁路,好多新材料都是花重金在国外购买的,够你学习的了。"吕主任笑呵呵地道。

吕主任见白玉传想学,心生欢喜:"走,再带你去见识一下其他新材料,让你小子饱饱眼福。"

吕主任带白玉传来到一间大库房,白玉传一进门就傻眼了。他看到的全是不认识的材料,而且材料上面标的全是英文。虽说白玉传自我感觉英语水平还行,可他转了一圈,愣是一个词都不认识。吕主任看到他一脸懵样,便笑着指着那排列有序的材料一一向他解释道:"这个是一次性吊弦线夹,没见过吧?它可没有螺栓、螺母。那个是不锈钢斜拉索,固定承力索用的……"

白玉传疑惑地问道:"这些材料都没汉字标志,你又不懂英语,咋啥都知道呢?"

"你小子看不起我老头子!走,到我办公室去,让你看看我的法宝。"

白玉传跟着吕主任来到办公室,惊喜地看到办公桌上放着一台电脑。在白玉传上学时,电脑可是学校里的宝贝,整个学校没几台,只在上计算机课时给学生们用。

"呵呵,主任,你现在办公也鸟枪换炮了,都用上高科技了。"白玉传一脸羡慕地说道。

"那可不!这材料都金贵着呢,都是国家用外汇买来的。以前的材料管理水平,可跟不上现在的物资管理要求了。"吕主任说道。

白玉传斜眼往电脑旁边一看,见一摞全是电脑专业书籍,有些书都翻烂了。他望着吕主任布满血丝的双眼,心里感慨万分。

吕主任从抽屉里取出一本厚厚的字典,递给白玉传,说道:"大传,这个就是我跟你说的法宝,翻译材料上的英语全靠它了。你英语好,以后没事时多来料库,帮我翻译翻译,可好?"

白玉传一看,原来是本《电气化专业术语专用英汉字典》。他连声说道:"可以,可以!不过,主任,你得好好教教俺呢。"

"你小子,只要你肯学,这条线上的新材料、新工艺够你学的了。"说完,吕主任见白玉传瘦弱，又疼爱地说道："来工程队上班挺苦的。尤其是咱干电气化的，每天早出晚归，而且干的都是高空作业。你这小身板儿，平时得多锻炼，多向你的工长小付学学。"

白玉传从料库回来后就下定决心要好好学习专业英语。他多年来坚持学习英语，这下不仅是学以致用，更可以借机让领导们对他另眼相看。

于是，白玉传一有时间就去料库。他对着那本字典，把一套套零部件、一台台设备的英文标志都翻译成中文，还制作了一份材料名称英汉对照表，便于现场施工时使用。在这段时间里，他还跟着吕主任学习了不少物资方面的专业知识。

一次，在安装腕臂的现场，工长付哥对着白玉传说道："大传，去检查一下腕臂的尺寸！"

白玉传脱口而出就是一串英文："Good, I go to check cantilever."

"你小子胡说啥呢？还不快去干活！"工长付哥厉声喝道。

旁边的"飘飘"听了，调侃道："大传现在可迷英语了，做梦都想当'二毛子'呢。"

周围的弟兄们也纷纷指着白玉传笑嚷道："二毛子，二毛子！"

白玉传羞得很，委屈地向工长求助。付哥大手一挥："别闹了，都给我干活去！"

白玉传没有就此打住，反而更加勤奋努力，就连吃饭时嘴里嘟囔的也全是英语。大家伙都说白玉传走火入魔了。

与白玉传同屋的"猴子"侯果对此颇有同感。他对大家伙说道："在一个深夜，我们睡得正香呢，可恶的大传突然从床上坐起，嘴里嘟囔道：'不对，不对，不是吊弦、斜拉索，英语不是这样的……'后面嘟囔的就全是洋话，听不懂了。"

"猴子"还不解气，继续埋怨道："害得我们同宿舍的一晚都没睡好呢。你们说说，他是不是鬼迷心窍了？好好的一个中国人，在这荒山野岭，学什么英语呀？学了，说给谁听呀？"

白玉传学英语也十几年了，直到现在才尝到学英语的甜头，心里正得意。可惜，周围除了料库吕主任支持他学英语，其他人都不理解他，也不明白他为啥这么痴迷英语。

白玉传感觉很孤独，就在和女友通信时把自己近期学习专业英语的事和女友说了。女友回信对他表示理解，并说了许多鼓励的话。此后，白玉传在给女友写信的时候，有什么悄悄话，就用英语来写。

一天晚上，白玉传和工班里的几个好友一起聚餐喝酒，"飘飘"借着酒劲儿问他："你小子这段时间真是对英语着迷了，咋不找个外国女人做你老婆呢？"

白玉传当时也喝高了，端起杯子就对"飘飘"说道："你还别不信，俺和女友写信都用英语呢。"

"吹牛吧！大传，难不成你交的女友是白雪公主吗？""猴子"在旁边听了，也跟着瞎起哄。

白玉传被"猴子"一激，当场便写了一封全英文的信，第二天寄了出去，心里还洋洋得意着。然而，这封信寄出后就石沉大海了，白玉传再也没收到女友的来信。一开始，白玉传并未觉得有什么异常。但秋去冬来，那本专业英语字典都被啃得卷边了，还没等到女友的消息。白玉传特别想念女友，女友这么长时间不搭理他，他心里很难受。

然而，对电气化铁路专业英语的学习热情很快就冲淡了对女友的思念之情。每天都有那么多新设备、新材料进场，白玉传看啥都是新奇的。这些漂洋过海来到中国的洋玩意儿在白玉传的心头掀起了巨大的波澜。懵懵懂懂的，他好像看到了今后电气化高速铁路发展的方向……

一天，白玉传正站在料库大院里，顶着似火骄阳，面对那堆刚从国外新进的接触网材料，照着全英文的货单一一清点材料规格型号和数量。他正忙得满头大汗的时候，只听吕主任在身后说道："下个月，法国接触网专家要到项目部进行施工检查。你小子这段时间专业英语也学得差不多了，到时候兼职做个翻译，可好？"

白玉传听了，擦擦汗，忐忑不安地问道："主任，俺能行吗？就俺这英语，那是中国人听不懂，英国人听迷糊。再说，人家是法国人，俺不会法语，可咋办？"

"你真是个土老帽，国际惯例一点都不懂！国际上都说英语呢。我看你行，好好准备下，我要向咱书记推荐你。"

一个初夏的上午，李书记在早点名时通知全体人员不用出工，全部到会议室参加国外专家的施工检查。他要求大家伙："会议上要注意谈吐，不要大声喧哗，提问题时要有礼貌。注意形象！"

"有朋自远方来，不亦乐乎？大传，你个'二毛子'！这次亲人来了，看把你激动的！""飘飘"笑呵呵地道。

白玉传听了此话，气不打一处来："'飘飘'，俺平时利用工作之余去学习些英语，拓宽一下自己的专业范围，有啥不对呢？咱干了这么长时间了，你没看到人家国外接触网技术水平先进吗？整日就知道瞎咧咧！再这样，不和你玩了！"

"飘飘"听了也不生气,只是对着白玉传翻了翻白眼。

不一会儿,一辆中巴车缓缓驶进队部大院,司机"二光"大哥跳下车,优雅地打开车门,弯下腰,大手一挥,做出个"请"的姿势,操着他那河南普通话向车内喊道:"包力嘶先生,中国深圳特区欢迎您!请下车,您走好!"

大家听了他的河南普通话,都憋着不敢笑。只有李书记指着他的脸,假装严肃地说道:"'二光',你可'真二',并且'光亮'得很!没你的事了,回屋歇着去吧!"

"得令,书记!"说完,"二光"师傅一路小跑,一溜烟就不见了。

这时,大家伙才注意到从车上下来一位身材魁梧的中年人,约摸50岁,穿着蓝色T恤和牛仔裤。可笑的是,那牛仔裤的双腿膝盖处有两个大口子呢。他笑眯眯地说了一通谁也听不懂的洋话:"Bonjour, je suis de France, je m' Appelle Boris."

同来的那位美丽的翻译小姐向大家解释道:"你们好,我从法国来,叫鲍里斯。"

这时,大家伙才知道为啥"二光"大哥刚才叫这位国际接触网专家"包力嘶先生"了。大家再也憋不住了,顿时哄堂大笑起来。

翻译小姐接着向大家伙说道:"我姓吕,大家叫我小吕就行。不过,我对你们的专业术语不懂呢,只负责日常交流。此次是施工检查,你们得找个专业翻译配合我,培训效果才会好。""我们这儿有顶级专业翻译家白大师,他会很多专业术语的。""飘飘"一边说一边把白玉传推到了法国专家和翻译小姐的面前。

白玉传回头瞪了"飘飘"一眼,满脸通红,结结巴巴地说道:"俺……俺可不懂法语,只是懂一点专业英语。"

吕小姐看到白玉传那紧张的样子,笑着对他说道:"别担心,鲍里斯先生和我都懂一些英语。"

白玉传听了,便壮了壮胆,用英语向鲍里斯先生问好:"Nice to meet you, Mr. Boris. My name is Bai Yuchuan."

鲍里斯先生听了,笑着说道:"Nice to meet you too."

白玉传听着语速不快的法国味英语,一下子放心不少。

下午两点整,鲍里斯先生和翻译吕小姐在技术主管孟工的陪同下准时来到会议室。

鲍里斯先生进来后看到台下的人都整齐地坐在凳子上,每个人的面前都放个记录本,会议室里有拍摄用的架子,墙上还贴着欢迎标语。他没说啥话,拿起记号笔,在那块白色的演示板上画了一个大大的圆,又在圆内画了一辆手推车的简图,回过身来，对坐在第一排的白玉传说道："Mr. Bai Yuchuan, shut oneself up in a room making a cart, such check the work, I am not interested."

白玉传听了，大概知道他要表达的意思，便问道："Excuse me, Mr. Boris, do you have any good suggestions?"

"Let's go to the scene, to the warehouse, check the work. This works better."鲍里斯先生一个单词一个单词地说，怕白玉传听不懂。

白玉传笑眯眯地说道："You're right. Let's go."

孟工在旁边听得迷迷糊糊的，他着急地问白玉传："大传，咋回事？人家外国专家对咱会议室不满意吗？"

"孟工，鲍里斯先生说，咱这样的检查方式，他不赞同。他要到现场和料库去，才能发现问题、解决问题。"

孟工听了，这才放心。他拍了拍白玉传的肩膀，说道："看不出来，你小子英语说得挺不错的。"

就这样，他们一行人先来到了料库。鲍里斯先生看到料库内的材料、设备排列有序，笑笑没说话。他走到一台接触网隔离开关处，蹲下腰，仔细查看设备底部的情况，然后戴上白手套，把手伸到设备与垫木间的缝隙里来回摸。看到一尘不染的白手套，他才会心一笑，对翻译吕小姐说道："La gestion est en place et je suis satisfait. Je ne savais pas que les ingénieurs chinois étaient géniaux."

大家见鲍里斯先生的举动很奇怪，非常想知道这个老外说了啥，都七嘴八舌地问白玉传："大传，快给大家讲讲他说的啥！"

可白玉传也是一头雾水——人家讲的是法语。

翻译吕小姐忙对大家说道："鲍里斯先生没想到咱物资管理得这么好，他很满意。他还夸奖咱们中国工程人了不起呢。"

鲍里斯先生又对翻译吕小姐说道："Dis-leur que je vais voir sur le terrain."

"鲍里斯先生说，让你们带着他去现场看看。"翻译吕小姐对孟工说道。

很快便来到平湖火车站。鲍里斯先生看到已安装完的腕臂在风里来回摇摆，顿时脸色大变，很严肃地用英语对白玉传说道："No, no, it's not right that you don't take any reinforcement when you install it."

就在白玉传思索着如何回答这个问题时，鲍里斯先生又说道："After the cantilever is installed, temporary reinforcement should be taken to ensure product safety."

这次鲍里斯先生说得有点快，白玉传没全听明白，而翻译吕小姐又对专业术语不太熟悉，也是急得满头大汗。

"Comme ça, il faut le renforcer."鲍里斯先生突然用法语严厉地对翻译吕小姐说道。

这下，吕小姐听懂了，对着白玉传急呼道："鲍里斯先生说这样安装不行，要全部进行加固。"

"俺知道，他是说腕臂安装后要做临时加固。"白玉传大声对孟工说道。

"告诉他，我们将立即对瓷瓶进行包扎防护，对腕臂用铁丝进行临时加固。"施工经验丰富的孟工立刻把补救方案说给白玉传听。

"Sorry, Mr. Boris! We'll protect the porcelain bottle, and use the iron wire for cantilever temporary reinforcement."白玉传立即大声向鲍里斯先生转述加固方案。

鲍里斯先生专心致志地听着，一边听一边思考，然后，对白玉传说道："Good. Please arrange someone to handle it immediately. I want to see it now."

白玉传立马翻译给孟工："鲍里斯先生要我们立马整改，他要现场监督。"

"这老外，工作可真负责呀！"孟工听了感叹道。

于是，孟工立刻安排工长付哥回去拿工具和材料，并特别叮嘱活儿要干漂亮点。

不一会儿，工长付哥就带着工具和材料回到了现场。这次，他亲自上场。只见他灵活地爬上支柱，熟练地扎好安全带，先用小绳把防护腕臂瓷瓶用的软橡胶垫传上去，把腕臂瓷瓶包得严严实实，再用细扎丝连续绑扎三道，最后用铁线一头绑在腕臂管与瓷瓶连接处，另一头在支柱上的底座角钢处绑扎牢固，绑扎时还考虑到刮风时腕臂摇摆所需的空间，预留了一定的驰度。做好后，付哥再次检查确认各个部位是否牢固后才结束加固工作。

自始至终，鲍里斯先生一声不吭，等全部加固工序都完成后才满意地笑了，并向大家伙竖起了大拇指，赞叹道："Génial, l'ingénieur chinois!"

翻译吕小姐听了，一直吊着的心才放了下来，高兴地对大家说道："鲍里斯先生很满意，他夸咱们中国工程人真棒！"

孟工听了此话，脸上露出了会心的一笑。

送走法国专家鲍里斯后，队里上上下下都对学习专业英语产生了浓厚的兴趣，就连孟工也买来了英汉字典。李书记看到此景很高兴，特意从外面高薪请来了英语老师，每周六给大家集中授课。

自然，工长付哥对白玉传此次的表现非常满意。

过了几天，三班正在车站端头正线岔区安装腕臂的时候，胡队长来到施工现场进行干部盯梢。

胡队长是上级新派到队部的生产副队长，叫胡大力。听说他有"三急"——吃饭急、说话急、干活急，所以人送外号"猛张飞""胡司令"。他来队上主持生产工作也有个把月的时间了。队上的人都很怕他，因为他脾气不好，老骂人，有时急了还打人呢，不过都是为了工作和施工安全，所以没人记恨他。

三班这天做的这类施工都是利用行车间隙进行作业，不占用股道，不用封锁线路。施工人员正在对接腕臂连接件时，报话机里突然传来驻站联络员的紧急呼叫："K211次客车一次接近，请现场施工注意行车安全！"这意味着留给施工的时间只有短短几分钟了。

胡队见此景，在下面急得不行，大声喊道："咋回事？穿个螺栓这么难吗？"

他越是喊，上面的人越是手忙脚乱。胡队看不下去了，拿过安全带系在腰上，顺着支柱就爬了上去。扎好安全带后，他一边用劲扛起腕臂端头的棒瓷一边大声指挥："快穿螺栓！"

这一次一下就穿好了螺栓。

这时候，现场防护员急报："K211次客车三次接近，请现场施工人员注意安全。"

胡队立刻从支柱上爬下来，领着现场人员确认没有任何异物留存在轨道上，随即带着大家全部撤离到安全地带，方才通过报话机向现场防护员呼叫："现场施工完毕，一切安全，不影响行车。"

不一会儿，K211次客车呼啸而过。

胡队望着疾驰的客车，悬着的那颗心才放了下来。他回头向大家笑笑，刚要张嘴说话，突然捂着肚子蹲下了，大滴大滴的汗珠顺着脸颊流了下来。

大家都吓坏了，赶紧围上去，七嘴八舌地问道："胡队，你咋了？哪里不舒服？"

胡队疼得都说不出话来了。

工长付哥见了，赶紧用报话机联系驻站联络员通报此事，并要求紧急联系附近医院的急救中心。然后，他俯下身来，背起魁梧的胡队，一路小跑出站。白玉传和其他人见了，忙跟在后面陪着。

付哥一口气把胡队背出车站，来到广场上，着急地等待120急救车。

急救车到后，急救人员简单地问了问情况，就用担架把胡队抬上了车，由付哥和白玉传两人陪着来到了医院。

经过检查，镇医院的医生初步诊断胡队的病是自发性气胸，说通俗点儿就是

"肺炸了"，是长时间在烈日下工作却没有及时补充水分，再加上脾气暴躁导致的。这不是什么大病，不过需要进行微创手术，而做这种手术得去军区医院做。

于是，付哥急忙向指挥部汇报，请领导联系军区医院，随后让白玉传和指挥部医务室的肖大姐陪同胡队转院并负责护理工作。可是，白玉传对护理工作一窍不通，全靠肖大姐忙前忙后、事无巨细地操持，他只能做点跑腿的事儿。

就这样，白玉传陪着胡队在军区医院，一住就是半个月。半个月后，胡队康复出院，白玉传终于可以归队了。

在回队部的路上，白玉传路过一处工地，见工地上坐着一群身穿少数民族服装的人，正嚎啕大哭呢。这群人中间蹲着个50多岁的老人，捂着脑壳，一句话都没有。

"你们咋回事？"白玉传好奇地问道。

那位老人看了看白玉传，操着不太流利的汉语自我介绍说："我叫海来木呷。我们都是彝族人，是一个村的。我们都是第一次到深圳打工，在这个工地上跟着个湖南老板干些零碎小工。"

老人顿了顿，继续说道："他们都不太懂汉语，就我略懂些，所以让我给大家记工分。我呢不太会写汉字，就只能画'正'字。做一天就写一画，做满五天就是一个'正'字。"

白玉传听了点头道："这个方法倒也实用。"

老人却带着哭腔道："可是，现在记工分的本子找不到了，不知道每个人到底几个工分，老板娘就不肯给钱呀！"

白玉传奇道："本子咋会丢的？"

老人叹了口气："都怨我呀！"说着便捶胸顿足，泪流满面。

白玉传忙安慰道："您别着急呀！您快给我说说，说不定我能帮上忙呢。"

老人的眼睛一下子亮了，感激地说："谢谢，谢谢！"接着，他就把事情原原本本地告诉了白玉传。

原来，不久前的端午节晚上，老板娘突然请老人喝酒并把老人灌醉，紧接着第二天就让老人拿出记工本来对账、结账。这时，老人才发现记工本不见了，怎么找都找不到。老板娘见此，突然翻脸不认人，坚决不肯付工钱，还说这些彝族工人们吃得多、干得少，让她亏了本。最后，老板娘只给这些工人们每人200元钱，说是让他们买张火车票回老家去。

老人说完，掏出那200元钱，对白玉传说道："我们辛辛苦苦干了几个月，才200

元，这啥世道呀？"

白玉传也是越听越生气，恨死了那个奸诈无耻的老板娘。

老人又说道："后来，有人说看到当晚老板娘从我枕头下面把记工本偷跑了，拿到外面一把火烧了。那人因为害怕老板娘，才一直不敢说。"

白玉传听到这儿更气愤了。他突然想到李书记和镇上的书记很熟，说不定能让李书记帮帮这些可怜的彝族人。于是，他对海来木呷老人说："你先别慌，俺回俺们单位找找书记，看能不能帮你们要回你们的血汗钱。"

海来木呷听了，再次表示感谢。

白玉传一回到队上就去找李书记，把事件的经过向李书记汇报了。李书记听了也很生气，说道："现在都啥年代了，居然还有这样的事情？走，现在就去看看！"

白玉传带着李书记回到那片工地，见那些彝族人还在那儿发愁。

白玉传向海来木呷老人介绍道："这是俺们李书记。俺回去把你们的事向李书记汇报了，他很重视，特意来看看大家。"

海来木呷听了，连忙迎上去，紧紧握住李书记的双手，感激道："谢谢，还劳烦书记您亲自来一趟，实在是感激不尽呀！"

李书记眼见一双双无助的眼睛，心头一热，对着大家说道："你们选几个代表，和我一起到镇上找齐书记，他一定会帮你们要回血汗钱的。放心吧！"

到镇上见了齐书记，海来木呷又把他们的悲惨遭遇详细地向齐书记说了一遍。

只见齐书记一拍桌子，怒问道："是谁敢在咱们深圳特区干出这种黑工人血汗钱的勾当？"

海来木呷忙回答："我们在富华皇家花园工地干活儿，施工队老板叫杨大强，老板娘叫胡丽梅。"

齐书记当即通知当地派出所到工地现场办公，还叫来了该项目的开发商老板参与旁听。

施工队的杨老板夫妇见齐书记来处理此事，还是不肯支付工钱，老板娘甚至撒起泼来，又是喊冤，又是胡搅蛮缠地说不是她不给钱，而是海来木呷拿不出记工本，没办法结账。

齐书记也不多废话，只让开发商老板去叫监理拿工程日志来。老板娘一听，马上就不哭不闹了，站在一边一句话也不敢说。最后，在齐书记和派出所民警的见证下，海来木呷等人按照实际的工时领到了全部的工资，就连这几天也给算了基本工资。

李书记在一旁看了，也很高兴，推了一把海来木呷，对他说道："你呀，还不谢谢齐书记？"

海来木呷噙着泪哽咽道："谢谢，谢谢，齐书记！"

齐书记听了此话，连忙站起身，双手紧紧地握住海来木呷那双布满茧子的手，动情地对大家说道："我们特区的繁荣离不开劳动人民的辛勤工作。谁要是想黑了劳动人员的血汗钱，党不答应，政府也不答应！"

大家听了此话，纷纷鼓起掌来，掌声久久不息。

送走了齐书记，李书记拍拍海来木呷的肩膀，突然问道："老海，你们今后有啥打算呢？这就回家吗？"

海来木呷听了李书记的话，无奈地说道："这地方的人太坏了，要不是碰到你们，这血汗钱可要不回了。唉，还是回去吧……"

李书记问道："老海，要不你们到我们电气化来找点活干干？我保证你们的工钱按时发放，可好？"

海来木呷听了，连忙说："那感情好！可是，我们都没技术，只知道出把蛮力，你们要吗？"

李书记回头对白玉传说道："大传，过段时间，咱们管辖的施工区段就要进行大面积的接地极安装了。你看，老海他们干这，咋样呢？"

白玉传看那群彝族兄弟都用期盼的目光看着他，忙回答道："我看行！海叔，欢迎加入电气化，跟着我们干吧！"

海来木呷还是不放心，继续问道："啥叫接地极呀？这是个啥活呀？别到时候我们干不来，影响你们了，可就不好了。"

白玉传听了哈哈大笑道："海叔，在老家地里挖没挖过地沟呀？"

"就这活呀？这个我们干过。"海来木呷见问这，心里有了底气，大声说道。

白玉传笑着继续解释道："只不过这地沟是在铁路边，铁路上还要跑火车，而且干活的地方不固定，很分散，沟深也有要求，距地面得有七八十厘米深，然后还要注意地下是否有电缆啥的。"

"这些都没问题，只要不是技术活就行。我看就是干活时要心细，不能马虎，还要注意安全。"海来木呷果然见识多，一说就懂。

"沟挖好了，还要把2米多长的角钢顺着挖好的沟，用铁锤砸进去，最后用土把沟填夯实即可。"白玉传又说道。

"这都不成问题！我们这里有几个专门在家打铁的，干这活，小菜一碟！"海来木呷自信地答道。

李书记最后又问了一遍:"老海,想好了吗?愿意跟我们干吗?"

"我愿意!"海来木呷答道。他那群兄弟们也异口同声说道:"愿意!我们都愿意干。"

李书记听了,笑着对大家说道:"那好,每月给你们700元,干得好还有奖励。"

李书记说完就安排车把海来木呷他们接去队部,第二天就开始安全培训。

经过几天的安全培训后,队上还给这些彝族兄弟们做了体检、发了工作服。海叔深刻地感受到电气化大家庭对他们的关心,十分过意不去。他一连找了几趟李书记,说他们想到工地干活去,不能光吃饭不干活。

李书记听了,对他说道:"老海,放心吧。活儿有的是,就怕你干不完呢!"

海来木呷听了,不服气地问道:"您看不起我?是不是嫌我老了,没力气了?告诉你吧,我现在扛个百儿八十斤的还能扛得起。"

李书记对他解释道:"老海呀,哪有瞧不起你呀?知道你们能干,肯吃苦!可你们即将从事的工作环境,可不比你们以前干的活儿。这是在跑火车的铁道边进行作业,安全工作很重要。我们这儿都是要通过安全考试后才能上岗作业的,可你们不太会写汉字……"

"那咋办?"海来木呷急了。

"我这几天正在联系指挥部、安质部,把你们的情况专门向领导作了汇报。何指挥长听说了此事,很重视,也对你们以前的遭遇表示同情。他特意嘱咐安质部特事特办,对你们采取现场口试的方式,只要你们到现场把关于施工安全的几条注意事项答对就行了。"

"那还要等多久呀?我的弟兄们歇得人都懒了。"海来木呷还是着急。

"就这一两天吧,指挥部、安质部会派人来的。"李书记说道。

就这样,海叔他们顺利通过了安全考试,安质部给他们发了正式的上岗证。队部领导研究决定第二天就让他们正式上班。

在考虑带班人员时,队部领导们也是煞费心血。思来想去,领导上决定给这个彝族班组派一老一少两个带工。老的不用说,队部领导早有人选了,就是李大虎,外号"虎子",干了20多年的接触网了,是位经验丰富的老同志。那年轻的带工选谁呢?

这时,白玉传毛遂自荐道:"俺去,能行不?"

"你小子去不行,没有带工管理经验。"胡队看了白玉传一眼,说道。

"我看行。本来这群彝族弟兄就和大传熟悉，尤其是他们领头的老海，一直对大传心存谢意。他去，一方面可以帮助'虎子'干好工作，一方面可以和彝族弟兄们搞好关系。"经李书记一分析，队部领导们都同意了。

第二天，白玉传早早起了床，匆匆吃了早饭，就跑到李大虎的宿舍找李大虎，问道："李师傅，咱今天都带些啥工具？具体干啥活？我好带着海叔去提前准备。"

李大虎白了白玉传一眼，说道："俺有那么老？师傅师傅地喊着，不老也叫你喊老了！以后记着，叫俺'虎子'大哥！"

白玉传的同学"皮皮"在一边笑着说道："看看，拍马屁拍到马蹄子上了吧？以后学着点！"

白玉传看了"皮皮"一眼，埋怨道："都是老同学了，你也不提前打个招呼，诚心看俺笑话不成？"

"虎子"大哥听了，大手一挥，说道："好了，好了。今天是他们第一次上工地，活儿不能安排得太满，施工区段也不宜太分散。这样吧，让他们五个人一组，每组选一个组长。老海任他们工长，全面监督质量和负责现场安全。今天就先挖沟吧。你带着他们先把洋镐、铁锹领了。记着，进入现场一定戴安全帽、穿防护服！还有，别忘了佩戴上岗证！"

白玉传对"虎子"大哥的安排佩服得很，由衷地道："放心吧，都交给我吧！"

早上八点左右，海来木呷这个工班准时出发，半个小时后来到施工现场——塘头厦车站。

"虎子"大哥找到了需要打接地极的支柱后，向海来木呷说道："老海，你今天就和大传一起负责现场安全和质量把控。记着，沟深80厘米，现场注意瞭望行车。"说完，"虎子"大哥就拿着图纸和本子去前方调查，以便安排后面几天的工作。

这帮彝族兄弟干起活儿来，个个争着干、抢着干。

转眼间就到了中午，"虎子"大哥对白玉传说道："你在现场盯着，尤其要注意安全，别让他们乱跑。我到站外等着送饭车去，给咱拿饭。"

"虎子"大哥刚走，只见海叔一路跑来对白玉传说道："你快去看看，好像沟里挖到电缆了！"

白玉传一听到此事，赶快和海叔一起到那处接地极沟去看看。

在沟内距地面60厘米深处有一小段黑色的东西。白玉传跳进沟内，用手小心地拂去那东西表面的覆土。真的是电缆呀！他赶紧让人用塑料布进行缠绕保护。

正在白玉传忙得手忙脚乱之时，一个小组长从远处跑来，他一见海叔，也不说话，先哭了起来，气得海叔大声嚷道："哭啥呢？快说咋回事！"

"他们……他们被警察逮住了，警察不让他们走呢！"

白玉传一听，头都大了。他想不通，咋挖个沟还被警察逮住了？

当白玉传赶到那处接地极沟时，真是又好气又好笑。只见笔直的接地极沟一路沿着道床，走向了铁路派出所的后院，还破了人家的墙，一直冲向草坪，并且沟深都一致，误差竟然不超过2厘米。即使在过墙时，沟深误差也在1厘米内。这接地极沟挖得好精准！再看看那几个彝族兄弟，浑身是土，站在旁边一动也不敢动，由两个警察看守着。

一位警察见到白玉传，厉声问道："你们哪家施工单位的？好大胆子，连派出所的墙也敢破，还把我们的草坪也挖了！"

白玉传忙赔笑脸，小心翼翼地说道："俺们是干电气化铁路建设的。是我们不对，所有破坏的设施，我们尽快给您恢复。求您帮俺给所长求求情，可好？"

"那不行！让你们领导来，当面向我们所长解释清楚。"那位警察没好气地说道。

正在白玉传束手无策之时，"虎子"大哥拎着饭来了。他一看现场的情况，转身就向那位警察递了根烟，笑着说道："张警官，不好意思！俺就离开一会儿，没想到手下的小兄弟就捅了这么大的篓子。都怪俺平时管教不严。您看能不能给说说？您放心，俺们今天下午就给您恢复，行不行？"

"是你呀，'虎子'！我们以为是谁呢，这么无法无天，派出所的东西也敢随意破坏！都是老朋友了！走走走，你去和我们所长解释下，写个事情经过，就行了。"

"虎子"大哥来深圳早，和派出所的人都认识，人家这才没有追究责任，还免费提供修复材料呢。

"虎子"大哥没有说大家，只是挥下手，说道："下午先把现场挖的接地极沟防护好后，再把人家派出所的墙修好。现在先吃饭！"

回去的路上，"虎子"大哥半开玩笑地问那个小组长："你们干活咋这么实诚呀？又不是造原子弹，偏一点或者路径拐一下弯，不就不用破墙而入了吗？"

那个小组长委屈地说道："海叔说了，沟要挖得笔直笔直的，还要挖得一样深，这样才对得起电气化对我们的恩情呢。"他看了一眼海叔，小声嘟囔道："海叔交待的事，我们哪敢马虎呀？当时就只记得海叔的话，干到那地方，也没想那么多，就砸了墙一直向前挖。"

海叔不好意思地对"虎子"大哥说道："对不起，都怨我。我只想着好好表现，没想到给您添了这么大的麻烦。"

"虎子"大哥听了,也是哭笑不得,只好挥挥手,说:"算了,今天大家也都辛苦了,以后谁也别提这事了。"

白玉传望着这群可爱的彝族兄弟,对他们是又爱又恨。他们干起活来不惜力,可这种一根筋的干活方式也确实让人头疼。幸好今天有"虎子"大哥在,否则非乱成一锅粥不可。

后面就是打接地极的工作了。

虎子大哥在早点名安全讲话时说道:"打接地极这个活儿,看着只是个力气活儿,但因为是在铁路边施工,安全很重要。有几个施工安全隐患点讲给你们听听,在施工中一定要引起重视。"

说到这儿,"虎子"大哥严肃地看了一眼这群站没站相、坐没坐相,还嘻嘻哈哈的彝族兄弟,提高声调,大声说道:"站直了!笑啥呢?等出了安全事故,就晚了!说你呢,老海!你作为他们的工长,要时刻把安全这根弦绷紧了,知道吗?"

"虎子"大哥接着道:"大家记着,搬运接地极时一定要戴手套。发给你们的手套是让你们戴的,不是让你们攒着拿回家的。手套戴烂了、戴坏了,可以继续领。在干活时必须戴上,以免铁刺划伤手指。"

说到这儿,他指着大多数没戴手套的人说道:"把手套都给我戴上!"

"还有,搬运接地极的人员在过铁路钢轨时要注意,严禁把接地极与两条钢轨搭接!这一点可要不得,这会造成轨道信号短路,是'红光带'行车事故。记清楚了吗?""虎子"大哥真是苦口婆心,"在打接地极时,一定要先把接地极展开,在接地极角钢位置做电缆探测点。一般要挖到距地面1.5米后才能用手锤往下打接地极,打完后才能把沟内的接地极用土逐层夯实回填。"

"知道了!不就打个铁棒棒?弄得这么复杂,听得脑壳都疼了!"彝族兄弟们七嘴八舌地埋怨道。

"虎子"大哥听了,不禁苦笑一声,只得叮嘱白玉传道:"到了工地,你啥也别干,盯好安全就行。"

一到工地,这群彝族兄弟就把"虎子"大哥的话抛到了脑后,一拥而上,扛的扛,抬的抬,然后各自奔向自己的施工点,任凭"虎子"大哥在后面喊得嗓子都哑了,也无济于事,只得一路紧跟,牢牢盯着。

"把接地极抬高些,快把钢轨搭接短路了!""还有你,把接地极往下放放!离枕木太近了,你是要把火车掀翻吗?""虎子"大哥一会儿关照这个,一会儿嘱咐那个，忙得满头大汗。

他不经意间一扭头，见白玉传站在一边傻笑，气不打一处来："大传，笑啥呢？去，给我好好盯着安全！"

"知道了，'虎子'大哥！"白玉传吐了吐舌头，不敢笑了，连忙去现场盯着了。

好一顿忙活后，现场施工才走上正轨。

"虎子"和白玉传把海来木呷叫到跟前，"虎子"大哥说道："老海，以前的安全培训全白费了？我说的话也不听！你看看你们，一点儿不像正规队伍，没有一点组织性。再这样，就让你们停工学习了！"

海来木呷一听要停工，那不就挣不着钱了吗？他连忙赔着笑求道："李工，您放心！我回去好好教训这群兔崽子，保证下次服服帖帖的，你叫他们往东，他们绝不敢往西。"

"行了行了！老海，人家干活挣钱，你们干活要命呀！下次再这样无组织、无纪律，就坚决停工整顿！""虎子"大哥一脸无奈。

就这样，这群彝族兄弟一直跟着白玉传他们干工程，虽然干的都不是啥技术活，但他们不怕苦、不怕累的精神却深深地打动了队部领导的心。队部领导还挑了几个头脑灵活的年轻人，把他们转成合同工呢，让他们跟着工班里的老师傅多学点专业技术。

一天吃午饭时，白玉传看到胡队一个人在那儿边吃饭边唉声叹气，就问道："胡队，咋了？是不是身体不舒服了？"

"大传，我是为塘头厦—平湖区间的那座大桥犯愁呢。这桥不但长，而且交通极端不便，可咱接触网架线前所需的材料、设备都需要提前到位，靠作业车来运输肯定得误了工期，可咋办？真是愁死我了！"胡队道出了憋在内心已久的烦恼。

海来木呷在一边听见了，凑上前，自告奋勇道："胡队，我就不信邪了，这世上还没道路走了？在我老家山里，上山下山的道路多了去了，只要用心去找，一定会找到的。"

"老海，那这个任务就交给你了。明天，你就和大传去现场探探路。这个干好了，我奖励你们这个工班。"

第二天，白玉传和海来木呷就来到那座大桥旁。由于没有路，汽车开不过去，两人只能在车上远远地看着桥。放眼望去，附近不是沼泽地就是农田和鱼塘。老海靠着车门，仔细观察路边的地形和地貌，突然在一大片鱼塘边叫司机停车，回头喊道："白工，咱们下车吧，一起沿着这鱼塘走走！"

下了车，白玉传望着那片大鱼塘和远处的桥梁，再看看脚下那条弯弯曲曲的小路，一脸疑惑地问道："海叔，这条路又不能过车，咱们去看个啥劲？好多材料和设备呢，没有车，咋运到铁路上呀？"

海来木呷满怀信心地说道："放心吧，只要这条小路能一直通到桥梁下，我就有办法把材料和设备运到铁路边。"

没法子，白玉传只好陪着海来木呷去探个究竟。两人沿着小路一直往前走，大约走了1公里多，就遇到了一条1米多宽的小水沟。海来木呷看了看，从路边捡了块被丢弃的木板搭在水沟上。他们从木板上跨过了水沟，又一直向前走，拐了几个弯，又遇见一片杂草地。海来木呷取下腰上的砍刀，一边砍杂草一边招呼白玉传继续前行。过了这片杂草地，不到200米的地方就是桥墩了。海来木呷一路小跑到桥墩下，抬头望着20多米高的桥墩，思索良久，才对白玉传说道："走吧，我有办法了。"

"海叔，你有啥好办法？说来听听！"白玉传迫不及待地问道。

"到时候，你就知道了。"这老海还卖起了关子。

回到队部，两人找到胡队，海来木呷说道："今天找到一条小路，可以直通到桥墩下，虽然中途有条小水沟，但是搭块木板就能过去了，至于那片杂草地，砍出一条路就是了。"

"可那条路很窄，又弯弯曲曲的，汽车根本进不去呢。"白玉传插嘴道。

"我压根就不用汽车运输，汽车只要开到马路边就行，然后我们靠人力，走这条小路把材料和设备运进去。"海来木呷胸有成竹地说道。

"那到了桥墩下，你咋把材料、设备运到铁路边上呢？"胡队担心地问道。

"这个桥墩对你们来说有点高，但对我们山里人来说不算啥。我让两个人提前坐作业车来到桥上，用滑轮和葫芦做个简易的起吊装置。您放心，绝对不会影响行车的。这样就可以源源不断地把材料、设备运到铁路边了。"海来木呷笑呵呵地答道。

"老海，还是你有办法。只要你们把这活干好了，我不但奖励你们钱，还报请指挥部全线通报嘉奖。"胡队拍了拍海来木呷的肩膀说道。

就这样，高架桥区段上下行6个锚段的接触网架线材料、设备，全靠这帮彝族兄弟人拉肩扛地运上去，一干就是一个多月。那段时间，队上最苦最累的就是他们。队部领导专门让食堂给他们开小灶，啥时候回来都有热菜热饭，还派专车每天把绿豆汤送到现场，队部的医务人员也是每天在现场待命，以防有人中暑。

"飘飘"有次见到海来木呷，远远就打招呼："老海，你现在可是我们队上的功臣了。你看你这待遇，都赶上皇帝老子了，真是羡慕呀！"

海来木呷也半开玩笑地说道:"要不您也加入,感受一下这皇帝老子的待遇?"

"飘飘"连忙说道:"别介,我可无福消受。"说完这话就溜之大吉了。

白玉传有个现场技术问题,想到队部技术室去找孟主管问个究竟,刚走到楼道上,就听到技术室传来几句英语:"No, no, you can't do that."

白玉传心想,这是谁呀,敢在孟主管屋里大喊大叫?用的还是英语,是欺负孟主管不懂英语吗?他走进屋一看,原来是法国接触网专家鲍里斯先生和翻译吕小姐。

只见鲍里斯先生手指着桌子旁边孟主管的计算本和旧算盘,连声责问:"Now it's 90s, your calculation is based on the ancient Chinese abacus, how to improve the accuracy of calculation and how to ensure the quality of technology?"

吕小姐一脸尴尬地翻译:

"现在都是90年代了,你们的计算还是靠古老的中国算盘手算,如何提高计算精度?如何确保技术质量?"

孟主管听了,一脸不服气,正要和鲍里斯先生好好说道说道,鲍里斯先生又瞄见了一边的手绘软横跨预配示意图,再也压不住火气:"You build a quasi high-speed electrified railway, speed demand 200 km/h, technical calculation only by the abacus is not good, the need to configure the computer. I can give you calculation software and teach you how to use it."

白玉传听到此处,高兴地说道:"Thank you, Mr. Boris. Thank you so much. We will configure the computer as soon as you want. I hope you can teach us how to use the calculation software as soon as possible."

鲍里斯先生听了,脸上终于露出笑容。他拍了拍白玉传的肩膀,笑呵呵地说道:"Very well, I believe you, Chinese. I hope you can do it."

孟主管他看着鲍里斯先生一会儿生气一会儿大笑,心里直嘀咕,忍不住把白玉传拉到一边,问道:"大传,你小子和他胡咧咧啥?可不能胡说!"

"我没有胡说,我……我……"白玉传一紧张,一下子说不上来了。

吕小姐笑着接口道:"鲍里斯先生说,你们建设的是准高速电气化铁路,时速要求200 km/h,技术上的计算仅靠算盘是不行的,必须配置电脑,他可以给你们计算软件并且教你们如何使用。"

孟主管一听要配置电脑,不愿意了:"我干了几十年的电气化了,都是用这算盘算出来的,都没问题,怎么洋鬼子一说不行就不行了?配置电脑要花多少钱呀?"

说到这儿，孟主管白了一眼白玉传，生气地责问道："见了洋玩意都觉得稀奇，都想学！你也不打听打听，一台电脑要花国家多少钱？你也真敢想！还和人家外国专家们乱夸口，真是不管家不知柴米贵呀！"

说完，孟主管推开门就出去了。

良久，翻译吕小姐用法语说道："Boris, Monsieur, on va où maintenant?"

鲍里斯先生耸耸肩，不解地问道："Meng Gong quoi, en colère, c'est parti sans dire au revoir? Trouver leur leadership, leur demander comment gérer le travail technique."

吕小姐答道："Mr. Boris, je vais contacter."

这次轮到白玉传懵了，一句也听不懂，只能问吕小姐。吕小姐对他说道："鲍里斯先生对孟主管的不辞而别很不满意，他要求见你们领导。"

白玉传无奈地说道："那好吧，我带你们去见我们李书记吧。"

见了李书记，白玉传先把鲍里斯先生发火的前因后果做了简要的汇报，李书记听了，就对吕小姐解释道："我们孟主管干电气化接触网这一行20多年了，现场施工经验丰富，是个技术精湛、责任心极强的老同志。他平时节俭惯了，别说给他配置电脑了，前段时间给他买了个电子计算器，他都不舍得用。"说到这儿，李书记动了感情，接着又说道："这条线是我们国家第一条准高速电气化铁路，全部材料和设备都需要从国外进口，听说一个小垫片都需要花费好几块钱的外汇。老孟是心疼国家的钱呀，想把钱用到刀刃上。你要是在他身上花个几千元，那简直是要割他身上的肉呀。所以，他一听要买电脑就很生气，会不辞而别，做出不礼貌的行为来。这点，请吕小姐多多理解，并向鲍里斯先生多多美言几句。"

吕小姐听了，感动得眼睛都湿润了。她强忍着泪水，对李书记说道："您放心，我会向鲍里斯先生解释的。"

"那好，请您转告鲍里斯先生，他提的关于配置电脑的事，我们保证半个月到货。到时候，还请他亲临现场，多多指导计算软件的使用。"李书记果断地说道。

"Boris, Lee, Secrétaire dit à configurer l'ordinateur a besoin de temps pour un mois et demi, rassurez-vous."

鲍里斯先生听了，紧紧握住李书记的手，连声说道："Bien, bien, je vais vous apprendre comment utiliser personnellement un logiciel de calcul。"

吕小姐赶紧一脸笑意地翻译道："你们放心吧，鲍里斯先生说他到时候一定教会你们如何使用计算软件。"

送走鲍里斯先生和翻译吕小姐后，李书记带着白玉传来到孟主管的办公室，商量着给技术室买台电脑。可孟主管还是拗不过劲儿来，依然坚持："干了多少年了，不都是这样过来的吗？凭啥他老外一句话，咱就要花那么多冤枉钱呀？李书记，你说说，我在哪个工程的技术计算上耽误过施工进度，给咱队上完成施工任务拖后腿了？"

"孟师傅，你看看你，才40多岁，就满头白发了，眼睛也不好使了，可你还是每天加班加点。说实话，我们做领导的也不忍心呀。你可是我们队上的技术宝贝，我还指望你多带出几个徒弟娃，以后好挑大梁呢。"李书记看着疲惫不堪的孟主管，心疼地说道。

孟主管听了李书记的话，还是舍不得钱："买台电脑，要花多少钱呀？再说，咱们队上谁会用呀，别到时候成了摆设，反而让老外看咱中国人的笑话。"

"这个，您放心好了。咱们指挥部的工程部部长夏长河是西南交通大学毕业的大学生，刚好学的就是计算机专业。至于队上的人，我也想好了，就让他们几个中专生和您一起成立个计算软件学习小组。再说了，有啥不会的，不是还有咱们的法国专家鲍里斯先生吗？"李书记耐心地对孟主管说出了自己的想法。

孟主管看了李书记一眼，说道："既然领导都考虑好了，那就买吧。不过，我丑话说在前面，若是队上花了几千块钱买台电脑，到时候成了摆设，反而不如我这老算盘，我可和你没完。"

"孟师傅，时代在前进，科技也在不断进步，早日接触新科技，对咱单位今后更好地建设电气化铁路有帮助。你可要在专业技术、理论上多多指引年轻人，做好科技攻关带头人呀。"李书记笑着对孟主管说道。

孟主管没说话，只看着那个陪伴他多年的老算盘。由于用的时间长了，算盘的边框早裂开了，用红色布条绑着，算盘珠子也磨得发亮。他用手指拨弄起珠子，发出清脆的声响，嘴里喃喃道："老伙计，以后要用电脑了，就不用你了，你也该歇歇了。"

白玉传看到此情此景，方才明白孟主管抵触队上买电脑的原因，还有一个是舍不得他那个老算盘呀。他内心不由得一阵激动，对孟主管说："师傅，您今后有空就教我打算盘，可好？"

孟主管看了白玉传一眼，不解地问道："大传，队上都要买电脑了，你不好好学电脑，学这干嘛？"

李书记在旁边听了，就劝道："既然大传想学打算盘，孟师傅您就好好教教他。若是电脑坏了或者停电了，咱技术上就不计算了？那可不就影响咱队上的施工进度了？"

孟师傅一听此话，笑着说道："看来电脑也不是万能的呀，也有歇菜的时候。我看，关键时候还得用我这个老算盘呢。"

"那是，那是，啥时候都不能少了您。您若不在，我们干活都没个底。大传，你说是不是呀？"李书记突然问白玉传。

白玉传听了，马上领会书记的意思，连忙说道："师傅，您就教教我打算盘吧，我可想学了。"

孟主管听了，抱起他的算盘，就像抱个宝贝似的，对白玉传说道："真想学呀？那也行，就看这老算盘答应不答应。"

白玉传一脸迷惑，脱口问道："我想学打算盘，还要问算盘答应不答应呀？它又不是个人，咋会说话呀？"

李书记和孟主管听了，都会心一笑。李书记对白玉传说道："你真是个憨娃呀！到时候就知道了。"

说完两人就走了，留下白玉传一个人在那儿摸不着头脑。

半个月的时间转眼就到了。新买的电脑已在技术室安装调试完毕，指挥部的工程部部长夏长河也来到队上对技术人员进行电脑基本操作培训。经过一周的封闭性集中培训，白玉传和他的几个同学已基本具备了电脑入门操作水平。经指挥部领导和法国专家鲍里斯先生联系，鲍里斯先生决定下周三到队部对白玉传他们进行接触网计算软件的使用培训。

鲍里斯先生和翻译吕小姐很准时，那天早上10点来到队部。此次鲍里斯把自己的笔记本电脑也带来了。这可是白玉传第一次见到这么小、这么薄的电脑，很是稀奇。他再回头看看桌子上的那台庞然大物，心里不由得感叹国外科技真发达呀。

鲍里斯先生打开电脑后，大家伙全傻眼了——全是看不懂的洋文。

"皮皮"调侃道："大传，你不是懂英语吗？给大家翻译翻译！"

孟主管也笑着说："是呀，大传，这次学习机会很难得，可别像前几次就你一人和鲍里斯先生说话，把我们都晾一边干着急。"

白玉传听了，一脸无辜道："哪有呀！这次，俺也看不懂了，全是法语呀。我们都得靠吕小姐翻译。"

大家听了，哄堂大笑。

鲍里斯先生不明就里，向吕小姐问道："Mlle Lucy, ils ont de quoi rire, rire de moi（露西小姐，他们笑什么，笑我）？"

吕小姐笑答道："Boris, Monsieur, ce n'est pas rire de toi, ils ont ri debaiyuchuan（鲍

里斯先生，他们不是嘲笑你）."

"Pourquoi ils ont ri（他们笑什么）？"鲍里斯先生不解地问道。

吕小姐耸了耸肩，双手一摊，说道："Je ne sais pas, vous avez besoin de lui demander（我不知道，你需要问他们）."

鲍里斯先生笑笑，对吕小姐说道："Dis-leur, la formation a commencé（告诉他们，训练已经开始了）."

白玉传忍不住对鲍里斯先生说道："Mr. Boris, can you speak English while you are training? Thank you！"

鲍里斯先生听了，很干脆地答道："Yes! I can speak English."

于是，鲍里斯先生打开接触网软件，从安装软件到操作程序，再到打印结果，一步一步地详细讲解。可即使鲍里斯先生讲英语，白玉传由于专业英语水平不够，还是学得一知半解。吕小姐因为对专业英语不太在行，所以也帮不上啥忙。

孟主管听了一上午，问白玉传："大传，你学习得咋样呀？你小子做梦都想要电脑，现在电脑有了，洋老师也来了，若到计算时还要靠我的老算盘，那这花了这么多钱买来的玩意可就成了摆设了。小心我收拾你！"

白玉传是又委屈又着急，只得向鲍里斯先生求助："Mr. Boris, a morning's training, due to language barriers, we have not been able to learn well. What should we do?"

鲍里斯先生说道："Don't worry, Mr. Bai Yu Chuan. I have long thought of it. I brought a training video, you can see the video."

"Thank you, thank you, Mr. Boris."白玉传谢了鲍里斯先生，赶紧告诉孟主管："放心吧，孟师傅，鲍里斯先生带了软件操作视频呢，我一定好好学习."

下午，白玉传他们又在一起观看了接触网计算软件操作培训视频教材。虽然视频里全是用英语讲解，但是内容很详细。经过一下午的学习，大家伙的心里总算有点谱了。

第二天，鲍里斯先生把接触网计算软件安装在队部电脑上，并手把手地教白玉传他们几个中专生上机操作。鲍里斯先生严谨的工作态度、耐心细致的工作作风深深地打动了孟主管的心，他紧紧拉着鲍里斯先生的手，说道："鲍里斯先生，我干了大半辈子的电气化，没有服过谁，你是第一个！"

鲍里斯先生虽然听不懂孟主管的话，但能感觉出是善意的话，便扭过头来对翻译吕小姐问道："Please give me a tribute to the Chinese engineers. They are good."

吕小姐先对鲍里斯先生说道："Mr. Meng expressed his lofty respect to you."

随后，她又向孟主管说道："鲍里斯先生向中国工程师致敬，你们很棒！"

鲍里斯先生和孟主管紧紧地拥抱在一起，为彼此精湛的技术水平和敬业态度而深深感动……

现场掌声四起，大家纷纷向鲍里斯先生和翻译吕小姐表示感谢。

鲍里斯先生和翻译吕小姐走后，白玉传他们又继续研究学习接触网计算软件。半个月后，他们才初步掌握了基本的操作流程，并在指挥部工程部部长夏长河的带领下，把软件上的英语全部翻译成汉语，编制了一本《接触网计算软件操作指南手册》。

一天，白玉传兴冲冲地向孟主管报告："师傅，这个计算软件太神奇了！一个区间的腕臂，一个下午就全部计算完毕，可比你那老算盘快多了。"

"是吗？那确实是个好事。不过，不经过我的同意，严禁你们把计算软件算出的数据给工班，否则，若造成返工，都由你们几个承担后果。"孟主管听了，警告说。

"为啥呀？若不试试，咋知道对错？"白玉传一脸不解地问道。

"你小子才干了几条线？懂个啥？还一下午就能算一个区间的腕臂呢！有我在，就由不得你们几个娃胡来！"孟主管严厉地说道。

"师傅，你就是不相信科学，总是迷恋你的老算盘。都啥年代了？你看看，国外的科技多发达呀！"白玉传忍不住说道。

"大传，你小子不服气，是不是？你懂腕臂计算原理吗？你以为，一个啥都不懂的人，靠个机器，就能算好？鬼才信你呢！"孟主管调侃道。

"可这计算软件是人家国外专家编制的，鲍里斯先生不也现场操作了吗？当时，您也看到了呀！"白玉传继续辩解。

"好，我给你们一个机会。别一个区间了，就一个锚段吧，你们先用软件算算，然后再和我手算的结果做个比对。若没问题，那就用软件算；若有问题，咱们就到现场去看看，是谁对谁错，可以吗？"孟主管给白玉传他们几个下"战书"了。

不到10分钟，白玉传他们几个就把一个锚段的20多套腕臂全部计算完毕，可软件计算出的数据和孟主管手算的结果一个都对不上。白玉传哥儿几个一头雾水，不知怎么回事。

孟主管看了他们一眼，笑着说道："走吧，一起到现场去看看已安装好的腕臂，看谁对谁错。"

到了现场一看，白玉传他们全都傻眼了——孟主管的计算一个都没错。难道这软件真不靠谱？还是鲍里斯先生留了一手，有什么关键的地方没讲？

"你们呀，把啥都想得那么天真！你们以为这技术是好干的呀？不付出艰辛，不刻苦学习，能干好吗？从明天起，你们哥儿几个一起跟着我学习手算腕臂，算盘也不许用，听到了吗？"孟主管教训道。

"好，师傅，我们都听你的！"白玉传他们几个异口同声地说道。

经过一个星期的学习，白玉传他们几个全部掌握了计算腕臂的公式原理并顺利通过了孟主管的闭卷考试。

然后，孟主管对白玉传说："走，咱们一起去看看你们那神奇的计算软件是哪儿短路了，给它治治病。要不，这宝贝疙瘩可真成了摆设了。"

说完，孟主管又拿起了他的老算盘，和白玉传哥儿几个来到了电脑前。

孟主管又说道："咱们今天就来个人机大战，一起算10套腕臂，看谁算得快、算得准，好吗？"

结果很快就出来了：孟主管的速度肯定不如机器快，而且数据还是对不上。

孟主管拿着两份数据，对白玉传他们说道："你们几个看看这数据。软件算的腕臂各个数据都比我算的数据长了90毫米，这是为啥呢？"

白玉传哥儿几个听了，面面相觑，都不知道。

孟主管又看了他们一眼，说道："这段时间，你们白跟着我学习手算腕臂了。记着一句话：'尽信书不如不读书。'不仅要知道原理，还要会用原理，要善于分析使用原理时出现的技术问题，并查找出解决方案，这才算是活学活用。"

白玉传听了，忍不住说道："师傅，您快告诉我们到底错在哪儿了，我们都急死了。"

"大传，你小子呀，干着急有啥用呢？就这，还兴冲冲地找我说这软件如何神奇？错了都不知道错在哪儿！"孟主管将了白玉传一军，接着又说道："好了，我告诉你们吧。经过我的初步分析，这软件一定在扣料长度上出了问题。我们这条线用的腕臂棒瓷采用的是单绝缘方式，而软件里的却是双绝缘棒瓷，它们之间刚好差90毫米。若不相信，你们可以打开软件扣料数据参数校验一下。"

白玉传听了，赶紧在计算软件里找参数文件，可是文件设置有密码，打不开。这下，白玉传算是领教了高科技的厉害了，不知所措了。

孟主管见此，也很着急，赶紧对白玉传说道："傻站着干吗？还不快去联系指挥部的夏部长，让他和鲍里斯先生联系，要密码去？要不，全完了！"

经过夏部长与鲍里斯先生的沟通，要来了文件密码，这才打开了扣料数据参数表。白玉传进去一看，真神了，和孟主管说的一模一样。他修订数据后再进行计算，结果就和孟主管算的数据一模一样了。

白玉传还是不放心，他和计算小组的其他成员再次来到施工现场测量了几组腕臂数据，输入电脑进行计算，见计算结果与孟主管的一样，才放心让工班预配。他还全程亲自测量、复核腕臂上每个零部件的位置，生怕预配再出现偏差。随后，工长付哥带领工班的兄弟们，不到一小时就装完了此次试验的腕臂，安装后测量数据全部符合设计技术参数要求。

付哥当场问白玉传："大传，这些腕臂是你们用电脑算的吗？"

"一开始用电脑算还是不行，后来经过孟主管的指点，找到了问题所在，及时修正，这下看来是没啥问题了！"白玉传抬头望望已安装好的腕臂，信心百倍地说道。

付哥听了，对白玉传说道："甭管啥计算器和电脑，那都是机器，虽然算得快，但咱干工程的讲究的是经验，啥也比不过咱孟主管手中的那把老算盘。每次只要听到那老算盘噼里啪啦的声音，这干活就安心。你呀，还年轻，好好跟孟主管学本事，要学实实在在的基本理论知识和丰富的施工经验才行。"

白玉传听了使劲点头。

后来，在用电脑进行大面积计算时，孟主管还是不放心，依然坚持每天手算确认。他为了不影响次日的施工任务，每晚工作到深夜。每次看到孟主管布满血丝的眼睛，白玉传都被他高度敬业的精神而深深折服。

在腕臂安装完毕后的总结会上，何指挥长和工程部夏部长亲自来到队上参加会议。何指挥长紧紧握住孟主管的手，满怀激情地说道："老孟呀，听说你为了电脑计算腕臂的事付出了许多心血。现在，不但计算数据的速度大大加快，而且腕臂安装良好，这可为咱电气化铁路建设的发展打下了夯实的基础。我代表指挥部向您表示敬意。"

"这不算啥，都是我应该做的！"说到这儿，孟主管看了一眼手边的那把老算盘，笑呵呵地说道："老伙计，看来你该歇歇了……"

工班正在平湖站进行接触网拉线安装。

"飘飘"突然过来神神秘秘地对白玉传小声说道："大传，你看站头边那个女的，站在那儿一动不动，眼睛死死地盯着来往的列车，恐怕要出事吧。"

"就你能，啥都能看出来！也许人家在等人呢！"白玉传没当回事。

不过，他还是抬头来看了看不远处的站头。只见那儿确实站着个40岁左右的大姐，身穿白色连衣裙，一头短发，身上斜挎着一个黄色的小坤包。她一脸绝望地站在那儿盯着来来往往的列车。

白玉传也觉得不对劲儿，便跑去对工长付哥说道："付哥，你看站头上那个大姐，站在那里好长时间了。你说会不会出事呀？"

付哥听了，远远看了一眼，只摆了摆手，对白玉传说道："好了，我知道了，去干活吧！"

打发走了白玉传，付哥就假装巡视线路旁边的设备，拿着报话机慢慢往前走着，眼睛却紧紧盯着那个大姐。就在付哥只离那个大姐十几米远的时候，一列飞速行驶的列车呼啸而来。只见那位大姐不知是吓傻了还是故意的，竟然要往铁路上跳。真是不要命了！

此时，列车司机也发现情况异常，紧急拉响鸣笛，刺耳的笛声中夹杂着列车的隆隆声。白玉传他们都看傻了。就在这千钧一发之际，只见付哥一个猛扑，把那位大姐拉了回来，死死地按在地上，不让她动弹，列车随即快速驶过。

见没事了，付哥才站了起来，满头大汗地问道："你不要命了？火车来了，咋还往铁轨上跑！"

那位大姐突然哇的一声哭了起来，歇斯底里地喊道："你救我干吗？我不想活了！这日子没法过了，我还不如去死，一了百了才好！"

付哥连忙把她拉起来，好心劝道："人呀，谁没个难，没个灾啥的？若是稍微遇到些不顺心的都想去死的话，自己是一时痛快了，可年迈的父母、年幼的儿女今后可咋办？"

那位大姐听到"儿女"二字，顿时又泪流满面，声音哽咽道："那个挨千刀的，和他结婚四五年了，全都是在骗我。在老家时好吃懒做，后来出来打工，三年都不回家，一分钱也不往家里寄。我平时不但要种田、养猪养鸡，还要抚养儿女、赡养公婆。今年雨水多，家里发大水了，庄稼收成也不好，偏偏公婆又生病住院了，我实在没法子了，这才一个人到深圳来找他。"

说到这儿，大姐恨得直捶自己的胸脯，气得说不出话来，好久好久才缓过气来，绝望的双眼里流露出的全是恨意："好不容易找到他，他却说厂子里大半年都没发工资了，一分钱都没有。我不相信，问了同来的老乡。起先，人家也不愿意和我说实话，但经不起我百般请求，最后，一位好心的老乡说了实话。说他坏了良心，放着家里的老婆孩子不管，看上了一个发廊小姐，钱都被人家骗走花完了。"

大姐恨得直哆嗦，她抬起头看了一眼付哥，埋怨道："谁让你救我了？就让我去死吧！活着有啥意思？尽让人看笑话了！"

付哥听了大姐的一席话，没说话，扭头就吩咐全班大集合。

付哥对着全班人说道："大姐的话，大家伙都听到了吧？啥也别说了，都把自己口袋里的钱掏出来吧。大家都凑凑，帮大姐一把。"

说完，付哥带头把自己的200元钱交到白玉传手里，说道："凑齐了就交给大姐，帮大姐买张火车票，让大姐回家。记着，再给大姐买点吃的喝的，火车上吃。你花的钱，回去我给你。"

就这样，全班20多个人凑了将近2 000元。

白玉传把钱送到大姐手里，对大姐说："走，大姐，咱去吃饭吧！"

大姐拿着钱，激动地满脸泪花，哽咽着问道："好兄弟，刚才救我的恩人是谁？你们又是谁？"

白玉传回答道："刚才那位是我们的工长，我们是干电气化的！"

大姐听了，连声说道："谢谢你们，你们都是好人呀！"

最后，白玉传给大姐买了返乡的火车票和路上的干粮，把大姐送上火车，才回到队上。

后来，指挥部知道了此事，安质部门高度重视，不仅把此事做成铁路线路上路外突发事件应急预案并及时宣贯到每一名一线施工人员，还对有关人员进行了通报嘉奖。

大姐白玉霞的一封加急电报将母亲病重住院的消息带给了白玉传。

白玉传一接到电报，心里就有种不祥的感觉。他们这些干电气化的，常年在野外施工，平时不方便和家里通电话，更没有手机、网络，所以只能写信和拍电报。谁要是收到老家来的电报，那肯定是家里出大事了。

白玉传一想到自己的母亲住院了，心都碎了，立刻去找队上领导请假。李书记听闻此事，二话没说就批了假条，还特意安排车辆把白玉传送到火车站。

白玉传经过一天两夜的长途跋涉，终于回到老家。他顾不上回家，直奔医院。一进住院部病房，看到母亲杨桂花正躺在病床上打点滴，一张脸被病痛折磨得憔悴不堪，他心里就气不打一处来，对着大姐白玉霞吼道："娘是咋了？平常你们是咋照顾娘的？平时，娘都按时吃药了吗？俺走之前，不是和你说了嘛，娘这高血压的病得按时吃药。"

大姐白玉霞一脸委屈，刚想解释，父亲白文宣开口了："这不怨你姐。这次你娘犯病，都是她自找的。你平时给她买的药，她都偷偷地扔了，还骗我们说她吃了。"

白玉传一听，气得哭笑不得。刚好杨桂花醒了，他忙上前拉着娘的手，问道："娘，你现在感觉咋样？好点了吗？"

杨桂花睁开眼睛，望着她疼爱的小三子，嘴里嘟嘟囔囔道："传……传娃，你……你咋回来了？娘……娘没事！"

这时，白玉传才发现娘的嘴是歪着的，一说话就流口水，话也说不清楚。他心里一阵心酸，热泪夺眶而出。他把父亲拉到门外问道："爹，娘这病能治好吗？会不会留下啥后遗症呀？"

白文宣看着儿子着急的样子，忙转述医生的话："大夫说这次是初次犯病，应该能治好，可若下次再犯，就难说了。"

白玉传听了，急了："爹，你说你都多大年纪了，还要出去打工挣钱。你养的儿女都长大了，你就不能待在家里陪陪娘，平时监督她按时吃药？"

白文宣听了，无奈地说道："唉，你大哥、二哥、二嫂都下岗了，这一大家子总不能全靠你大嫂和你的工资养活吧？再说，你还没结婚呢。你看看咱家现在住的房子，多年没修了，一下雨呀，那是外面下大雨，里面下小雨。你眼看都二十好几了，也没姑娘愿意嫁给你，就是因为住着破房子呀。俺就想着，趁俺还能干得动，出去打个工，挣点钱，给你盖个新房子，娶个老婆，我也算是尽到做父亲的责任了。"

听到这儿，白玉传望着父亲那双满是茧子和血泡的手，无声地哭泣起来。

白文宣拍拍儿子的肩膀，劝道："男子汉，大丈夫，哭个啥？你一个人在单位，一定要好好干活，别给爹娘丢脸。"

杨桂花住了半个月的医院，恢复得还不错，除了嘴稍微有点歪，其他没啥大碍。白玉传走之前给娘买了药，自己只留了50元钱，剩下的钱全部留给了爹。修建电气化铁路的工人坐火车是免票的，这50元够他一路的吃喝了。

此次回家，白玉传一心牵挂病中的老娘，也没去看女友李娜。后来也听说，女友这段时间去外地参加教学交流培训了，得一个月才能回来。一想到女友李娜，白玉传的心里就暖洋洋的。只是，自从那封英文信后，好久都不见回信了，也不知道人家心里是咋想的。女孩子的心真是猜不透呀。可白玉传管不了这么多了，想想自己家里的现状，爹都快六十的人了，还在老家打零工挣钱贴补家用，自己年纪轻轻的，又有啥理由不好好工作来养家糊口呢？

走之前，大姐白玉霞给他烙了许多他爱吃的白面饼子，还特意给他灌了一瓶野蜂蜜，让他平时冲水喝。白玉霞望着自己从小疼爱的幼弟，这么年轻就要一个人在几千里之外的野外工作挣钱，心疼不已，不禁流下了心酸的眼泪。

白玉传看到大姐哭了，连忙笑着说："姐，好好的，哭啥呢？俺在外面挺好的，工班上的兄弟都对俺挺照顾的，你放心吧。在家好好照看娘，尤其是看着娘按时吃药，可不敢再让娘犯病了。"

白玉霞听了，答道："你一个人在外，干啥都小心点。家里的事，你甭操心了，有俺和爹呢。"

白玉传说完就背起了行囊，准备去汽车站坐车去。大姐陪着他一起来到车站，在开车前又给他买了些鸡蛋和水，并且递给他一张纸条，说道："这是大姐家刚通的电话，有啥事就给姐打电话。你放心去吧。俺会经常回家照看娘的，保证每天盯着娘按时吃药。其实爹出去打短工，俺也不放心，毕竟爹年龄大了。俺让你姐夫平时多跑几趟车，多挣些钱补贴家用就是了。"说到这里，大姐又忍不住哭了。

白玉传不想再看大姐流泪的样子，于是挥了挥手，大声对姐说道："姐，你回家吧，待会儿车就开了，家里还有好多事呢。"

白玉霞听了，没说话，抹着眼泪就下车了，只是站在车下久久不愿离去。白玉传则强忍泪水，埋下头去，不再看一眼大姐。

就这样，白玉传带着对家乡的不舍和对亲人的牵挂，再次踏上了南下深圳的火车。

白玉传刚到单位，工长付哥一见他就连连问道："大传，你妈妈的病咋样了？身体恢复好了吗？家里缺钱不？哥这有。需要钱的话，提前说。"

"谢谢付哥，俺娘已经出院了，身体恢复得还行，暂时还不需要钱。到用钱的时候，再向您开口。"白玉传满怀感激地答道。

付哥听了才放下心来，说道："来了，就要静下心来好好干，干出些成绩，给大家伙看看！过几天就要去深圳北站大干一场了，这几天没事就多和孟主管学习学习技术，多往现场跑跑，结合现场编个放线流程。"

"放心吧，付哥，我会一门心思上班、努力学习的。"白玉传向自己尊敬的工长保证道。

白玉传说到做到，一心扑在工作上，因为只有拼命工作，才能忘记对娘的牵挂。他连自己心爱的《英语报》和《南方周末》也舍不得买了，把钱省下来，帮娘买些日常用药和保健器材寄回家。他多么想让娘早日身体康复，多么想再次看到娘的笑脸、再次听到娘那亲切的呼唤呀。

白玉传第一次买了电话卡，每个礼拜给大姐打一个电话，问下娘的恢复情况。

虽然电话费很贵，1分钟就要1块多钱，而白玉传一个月也就几百块钱的收入，可他还是愿意花这钱，这能让他安心。

白玉传偶尔也会想起女友李娜，但一想起她心里就会蓦然生出一股莫名的自卑感。家庭中的这一变故彻底地摧毁了他的自尊心，他一赌气，好久都没再给女友写信了。女友李娜也仿佛在这个世界上消失了，再没有一点音讯。

窘迫的家庭现状让白玉传一下子从一个莽撞的青年长成了一个成熟的男人。他知道，他再也不是家里的那个宝了，再也不是娘眼中的小三子了。他长大了。他是这个贫穷家庭里学历最高、眼界最开阔的人。父辈已经老去，他理应勇敢地担起家庭的重担，为父母分忧，给哥哥们帮忙。因此，他再也没有资格去埋怨枯燥的工程单位生活、艰苦的野外工作环境。他只有更加努力地工作，方能报答父母的养育之恩。

听付哥说，此次深圳北站的架线是全线工程中一块难啃的"硬骨头"。深圳北站是连接内地与深圳、香港的铁路大动脉上的一个繁忙的编组站和转换场，每天有一百多列货车组在此编制转换。因此，封锁线路的工作时间少之又少。

指挥部和深圳北站调度所经过多次协调，方才从繁忙的编组站场调剂出了7个封锁点，封锁时间均在深夜10点半至凌晨5点半，有7个小时的施工时间。

如何利用好这7个封锁点？如何最大限度地利用作业车进行作业？如何优质高效地按期完成深圳北站接触网施工任务？这些都是指挥部的头等大事，也是队上领导最头疼的事。

这不，主管生产的胡队长已为此忙得满嘴起泡了，孟主管的双眼也布满血丝。

大家都知道，只有把现场调查清楚，使实施方案更加贴近现场，提前将所有材料、设备、工机具都准备到位，全面进行人员安全技术培训，才能完成这项艰巨的任务。

为了啃下深圳北站这块"硬骨头"，特意成立了以王文才大哥为队长的中原电化铁军突击队，从各个工班调选精兵强将。文才大哥亲自带领突击队成员进行实地调查达5次之多，实施方案更是几易其稿。他还根据现场环境、施工条件、施工特点，借用军事战场室内模拟演练系统，独创了"施工沙盘模拟演练操作平台"。他用沙子绘出深圳北站场段股道布置图，重点区域为车站两头岔区，用小木棒搭成三角形放在轨道边代替腕臂，用木板做成作业车模型，用红、蓝、绿、黄、白、黑的线模拟架线情况，用红、蓝、绿等颜色的小旗标志各道工序小组组长。作业车模型按照换算后的车速用人力缓缓推进，这样一来，一下子就可以从不同颜色的线绳里看出哪条线放错了、哪条线的放线流程不对。这一方法不仅能发现施工中存在的问题，还能校验各小组间的配合默契程度，大大提高工作效率。

文才大哥的这套"施工沙盘模拟演练操作平台"一经推出，就获得了指挥部和建设单位领导的认同和赞许。

更让人感到兴奋的是，法国专家鲍里斯先生也从法国远道赶来，专门参加《深圳北接触网架线实施方案》评审会。他和翻译吕小姐一进门，就看到了这套"施工沙盘模拟演练操作平台"。在整个模拟演练的操作过程中，他不停地向吕小姐问这问那，还拍了许多现场照片。最后，鲍里斯先生带头鼓起了掌，并向文才大哥伸出了大拇指，用英语说道："This set of simulation platform for overhead contact line construction is also first seen in the construction of the world catenary project. The Chinese railroads are great, and I salute you."

不等吕小姐翻译，白玉传就抑制不住内心的激动，脱口而出："Thank you, Mr. Boris. Thank you very much for your compliments. Our Chinese railway people have the ability and confidence to build the first quasi high speed electrified railway in our country."

鲍里斯先生听了白玉传的话，满怀热情地说道："Yes, I believe in your ability. You are very good."

说到这儿，鲍里斯先生再次向会场的全体人员伸出了大拇指，连声说道："Chinese railmen, you are great."

会场顿时响起了经久不息的掌声，大家再次欢迎鲍里斯先生和翻译吕小姐此次到会指导技术工作。

经过一个月的精心组织，全队上下都铆足了劲儿，时刻准备投入战斗，夜战深圳北站的序幕即将拉开。

由于法国专家鲍里斯先生这次要全程盯控施工，指挥部领导专门派工程部部长夏长河到队部进行技术指导工作。

夏部长不仅专业知识扎实，还有丰富的施工经验。像这样大场面的攻坚战，必须得由夏部长这样厉害的人物来任军师，才能运筹帷幄，决胜千里之外。

夏部长一到队部，就带着工程技术人员和作业队长胡队亲历一线现场，听取孟主管的具体实施方案汇报，并根据现场情况，针对方案中存在的问题提出合理化建议，随后在队部会议室召开专题方案实施讨论会。在会上，夏部长提出了此次攻坚战的具体思路："分工明确，责任到人，做足准备，忙而不乱，优质高效。"

队部领导根据夏部长的思路优化了实施方案，决定现场总指挥由"胡司令"担任,技术指导由孟主管负责,现场负责人由王文才主责,下辖起锚组、架线组、下锚组、加固组、机械组、后勤组,对外专家联络由白玉传负责对接。为了切实打好此次攻坚战,此次攻坚战还专门设置了宣传组和备用组。

万事俱备,只欠东风。

然而,在施工前夜,一阵急促的电话铃声划破了寂静的队部大院。只听"胡司令"那大嗓门在电话里一连声地保证,他挂了电话便吹哨通知全队集合。

胡队对着排列整齐的队伍说道:"接指挥部领导最新指示,今晚给咱队上下达的施工任务为20条承力索架设,并且限制人员,只需要一个工班的人力投入。何指挥长亲口说,今晚要创造中国电气化铁路建设史上新的架线纪录。大家说,有没有信心呀?"

大伙儿听了"胡司令"的话,全都你看我,我看你,谁也不敢说话。

"胡司令"见没人答话,急脾气的毛病又犯了,亮开大嗓门嗷嗷叫:"看你们一群熊样儿!一听这话,都吓趴了?是个爷们不?反正我不管,我可是向何指挥打过包票了。到时候,还给咱们发新的工作服呢。对了,还有一件大事忘了,中央媒体到时要来现场进行实况采访呢。"

大家伙顿时炸了锅了。

"飘飘"说:"这活,我可不去!完不成,可在全国丢脸了!到时候媳妇见了,还不骂死我!"

"胡司令"听了,气得指着"飘飘"的脸斥道:"趁早滚蛋!就你,别说你不去,就是想去,还不让你去呢。"

就连一向稳重的孟主管也忍不住埋怨道:"这不是乱弹琴吗?咱们是在夜里施工,施工时间有限,不具备架线破纪录的条件呀。再说,这咋不早说?怎么到了临门一脚时才说?更要命的是,还有中央媒体和法国专家鲍里斯的现场盯控,若完不成任务,可咋办?我说你呀,老胡,答应得太草率了!"

"胡司令"听了孟主管的一席话才反应过来,嘴里不停地嘟囔道:"这可咋办?这可咋办?"

夏部长听了也是紧皱着眉,沉思良久,才对王文才说道:"你小子一贯鬼点子多,现在就靠你了。我觉得,要想在夜里7个小时的有效时间里完成20条承力索的施工任务,关键是人和机械。只要安排合理,现场忙而不乱,还是有希望的,你说对不对?"

王文才也不敢贸然答应,毕竟这是一场硬仗呀。

一种绝望无助的气氛弥漫在整个队部,大家伙的心里都没底呀。

夏部长见此，突然大声对王文才说："我今晚在施工前紧急从其他队里再调一组架线车过来，并安排指挥部机械主管阎工亲自过来督战，确保机械、材料不耽误你的事，这样行吗？"

王文才还是低头细细思索。

"胡司令"在旁边可急了，他捶了一拳王文才，大声说道："就你小子，还是啥接触网状元呢？咋了，到了啃硬骨头时怵了？"

王文才此时才抬起头来，似是有了自己的想法，笑着对"胡司令"说道："今晚只要您亲自参战，我就保证完成任务。"

"只要你有办法完成任务，别说让我亲自参战，就是让我亲自干活也行。""胡司令"一口答应。

王文才这才全盘托出自己的实施方案："架线过程中最关键的工序为架线和下锚。下锚有付哥负责没问题，架线就得靠您了。您施工经验丰富。再说，有您亲自在作业车操作平台上，那弟兄们还不玩命地干呀？"

"只要能完成任务，今晚叫我干啥都行呀！""胡司令"见有方案，高兴坏了。

"我还有个要求。"王文才回头看了看手下的弟兄们，转身对"胡司令"说道，"我要求，如果今天晚上我们完成任务，您得请客，不醉不归。还有，我们要求休息一天。"

"胡司令"听了，手指着王文才的鼻子，笑呵呵道："你小子，说着说着还上脸了，竟然敢对我提要求了。好了，你若是今晚能顺利完成任务，这都不算事。到时候，咱一起请上夏部长和鲍里斯先生，一醉方休。"

施工当天下午3点，何指挥长亲临队部，给大家伙带来了崭新的工作服、安全帽和安全带，还带来了一副宣传横幅，上面写着10个黄色的大字："夜战深圳北，架线破纪录。"同来的宣传干事刚好是白玉传的同学王红，她私下问道："白玉传，你今晚参加此次攻坚战吗？都准备好了吗？"

白玉传骄傲地对同学说道："我参加，你就看好吧！"

下午4点，一辆银灰色的中巴缓缓地驶进队部，远远地就能看到那熟悉的央视标志在阳光的照耀下闪闪发光。

车上下来一群人，有指挥部的其他领导，还有一男一女两个记者以及一个摄像师。指挥部的何指挥长首先代表单位全体参建人员对记者的到来表示热烈欢迎，然后向记者们简单介绍了工程概况和此次攻坚战的主要施工任务。

何指挥长指着王文才对记者说："他叫王文才，是个大学生，扎根一线已有四五年了。他不仅理论知识扎实、现场施工经验丰富,而且还是全国接触网状元呢。今晚现场的负责人就是他了。他身上的故事可多了,你们就好好采访采访他吧。"

王文才一听何指挥长点了他的名,紧张得脸都红了,连回答记者的话都说得结结巴巴的。

那位女记者很是善解人意,她笑着对王文才说道:"你不用紧张,咱们就随便唠唠嗑就行。"

王文才这才不紧张了,还主动邀请道:"要不,你们和我一起到会议室看看我们的'施工沙盘模拟演练操作平台',我给你们演练一下今晚即将施工的内容,可好?"

记者们一到会议室,看到桌面上那"施工沙盘模拟演练操作平台"和五颜六色的"蜘蛛网",都惊呆了。他们一边看一边听王文才讲解。听完后,那位女记者不禁感叹道:"你们真了不起,把军事沙盘模拟演练成功引入电气化施工中,在中国还是首例呢,值得我们大力宣传推广呀。"

女记者话没说完,就听到门口有人用英语说:"No, no, no, you are wrong. The use of this method is the first time in the construction of electrified railway in the world."

白玉传抬头一看,原来是鲍里斯先生和翻译吕小姐来了。

"Really? Is it really the first time in the world?"央视女记者好奇地再次问道。

"Yes, I confirm."鲍里斯先生肯定地答道。

那位女记者听了,对这"施工沙盘模拟演练操作平台"更加感兴趣了,连连招呼摄影师对其全面取景摄像,并特意说要回去写个专访呢。

晚上6点半,队部食堂特意包了手工水饺,用北方人的美食来盛情款待远方到来的贵客们。

鲍里斯先生不会用筷子,只见他用叉子把水饺一个个地送入口中,吃得满嘴流油,连声说"好吃,好吃"。

封锁时间是晚上10点半至次日凌晨5点半,共计7个小时。

晚上8点半,何指挥长在队部大院内进行班前安全讲话和技术交底。他看着排列整齐的班组成员都身穿崭新的工作服、头戴崭新的安全帽,一个个精神抖擞、充满朝气,仿佛看到了年轻时的自己。他充满激情地说道:"今晚是我们铸就电气化铁路建设史上新的辉煌时刻。我们要继续发扬'特别能吃苦,特别能战斗,特别能攻坚,特别能奉献'的光荣传统,力争圆满完成此次架线任务,大家有没有信心?"

"有！请领导放心，我们一定完成领导交给我们的施工任务！"25个汉子铿锵有力的回答博得了阵阵热烈的掌声。

晚上8点45分，全部施工人员和央视记者一起从队部出发，白玉传随鲍里斯先生、翻译吕小姐稍晚出发。

晚上9点，全体施工人员抵达施工现场——深圳北站，立即投入紧张的准备工作。大家搬工具的搬工具，倒运材料的倒运材料，检查机械的检查机械，整个现场工作开展得有条不紊。即使累得满头大汗，大家伙的脸上也始终保持着微笑，心里都知道要把电气化铁路建设工人最美的一面展现给媒体记者，好让全国人民了解电气化铁路工程建设、了解电气化人的工作和生活。

晚上10点半，深圳北站的第一锚段长达1 450米的承力索开始架设。长短不一、起伏有序的口哨声划破沉寂的夜空，准确无误地传递着特定的信息。一条条金灿灿的线索在夜晚灯光的照耀下发出淡淡的光芒，短短半个小时就顺利完成了第一条承力索的架线任务。

随后是第二条、第三条、第四条……

不知不觉间已经凌晨4点半了。此时，工班人员已架设了17条承力索了，已是疲惫不堪。离封锁时间结束只有1个小时了，只见王文才急匆匆地跑到何指挥长面前，急促地小声说道："报告何指挥长，现在是不是启动备用组呢？你看，现场的工班人员已连续作业6个小时了，大家都有点吃不消了，手脚都不利索了。"

"不行。告诉兄弟们，再坚持一下。这就和打仗一样，狭路相逢勇者胜！"何指挥长回头看了一眼不远处的记者们和鲍里斯先生，咬紧牙关，果断地命令道。

王文才听了此话，眼睛里噙着热泪，二话没说，回头就跑向现场，使尽全力用口哨吹出了紧急动员令。三长两短的口哨声传向四面八方，各小组组长听到此声，立即回复一声声长长的口哨声。白玉传听到此口哨声，知道他那些可爱又可敬的弟兄们今晚是要拼了。

只听到作业车操作平台上传来"胡司令"豪迈的声音："弟兄们，走起！"

早已疲惫不堪的工班弟兄们此时仿佛打了鸡血似的，一个个犹如猛虎下山，喊叫着冲向战场。

鲍里斯先生看到此景，很是惊诧，不解地问道："The terrible Chinese, the dreadful whistle. Did the Red Army come back again? This is incredible. You work so hard, why?"

白玉传望着远方一路拼杀的弟兄们，眼里噙着热泪，哽咽着说道："For the future of our motherland is better. For the country's electrified railway construction. We do this, and we feel the meaning of this life."

鲍里斯先生听了，连声说道："Incredible. Incredible."

何指挥长回头问道："小白，鲍里斯先生在说些啥呢？"

白玉传连忙答道："他在问我们这么拼命地干活是为了啥。"

何指挥长听了，笑道："他永远不会理解我们中国人的想法，所以会对咱们的行为感觉到惊诧，这个可以理解。我们一定要干好工程，让人家心服口服才行！"

凌晨5点20分，经过将近7个小时的连续作业，王文才班组顺利完成了大小20条承力索的架设任务，成功刷新了架线纪录。

凌晨5点40分，在返回基地的作业车上横七竖八地躺着筋疲力尽的工人们，他们崭新的工作服已是油渍斑斑，脸上、手上到处是黑乎乎的一片，在温暖的晨曦下，他们幸福地进入了梦乡。

那位央视女记者望着身边这群可爱的电气化工程人，忍不住热泪盈眶。她用颤抖的双手按下快门，真实地记录下这感人的一幕。

啃完了深圳北站这块"硬骨头"后，"胡司令"没食言，他不但让食堂加餐，还真的让所有参建深圳北站的施工人员全部休息一天。

就在白玉传沉醉在幸福的梦乡里的时候，门外传来一阵急促的敲门声。还没等白玉传下床去开门，只见付哥冲了进来，一把掀起被子，连声说道："大传，别睡了！快点起来，和我一起到李书记屋里看看谁来了。"

白玉传一头雾水，来不及洗把脸就被付哥拽着来到书记屋里。一进书记屋里，他就看见一位十七八岁的柔弱书生。那书生和他刚上班时一个样，戴着一副眼镜，上身穿一件海军蓝条纹T恤，下身穿一条宽松的蓝裤子，脚上蹬着一双军用绿鞋，坐在那里，一动不动，低着头，羞红了脸。

李书记看了，笑呵呵道："这位叫叶小飞，是上次你们救助的那位大嫂的弟弟，今年高考没考上大学。这不，他大姐就让他来投靠咱们电气化，来找些活干呢。"

叶小飞站起来，对着付哥和白玉传深深鞠了一躬，轻声细语道："上次救我大姐的事，谢谢你们！"

付哥看了看这位白面书生，又看了看白玉传，苦笑道："得，又来一个！能吃得了这苦吗？"

叶小飞听了，急忙说道："我啥苦都能吃，千万别赶我走。我要是就这样回家，完不成大姐交给我的任务，大姐非骂死我呢。"

"啥任务？说来听听。"白玉传好奇道。

这小伙却不说了，只红着脸。

李书记对付哥说道："这小伙也不容易，一千多里地，大老远来寻咱们。听说，他姐也没告诉他咱们的具体地址，只和他说了一下咱单位的名称。他下了火车，硬是足足走了一天一夜才寻到这儿。我看呀，要不先让他留下，跟着你干一段时间。你付工长培养书生还是有一套的。"

李书记又对着那小伙说道："你先跟着付工长干，工钱按照实习工资给，一个月500元，可以吗？"

叶小飞听了不让他走，还有工钱，很是高兴，连声道谢。

最后，李书记还特意叮嘱让他参加安全培训，合格后方能进场作业。

付哥没法子，只好答应下来。他把叶小飞安排在白玉传的宿舍，交待白玉传好生照顾这位白面书生。

经过一段时间的接触，白玉传发现叶小飞不仅数理化学得好，而且脑子好使，经纬仪、水准仪这些仪器教一遍就会了，接触网基础知识也学得很快，孟主管很喜欢他。

不到一个月，整个队上的人都喜欢上了这个小伙。他整日里都不闲着，谁叫他干活，他都去，仿佛有使不完的力气。

更加难能可贵的是，他忙完一天的工作后还偷偷学习文化知识。有一次，白玉传看见了，问了他几句，他不甘心地说道："打小家里就穷，家里但凡有好吃的、好穿的，父母和姐姐都紧着我用。其实，我姐小时候学习也很好，可是家里穷，为了让我上学，她初中毕业后就出来打工了。这不，才碰到我那不争气的姐夫。现在，姐的生活也不容易。上次高考，我总分离分数线就差4分，可是家里太穷了，实在是供不起了。姐让我来找你们，她说你们都是好人，不会不帮助我的。可是，我打心里不服气，我还想再试一试。"

白玉传听了叶小飞的一席话，再想想自己的经历，更加同情他了，对他的照顾也更周到了。

一眨眼，几个月就过去了。

在一次发了工资后，叶小飞找到白玉传，说道："白哥，来之前，我姐交待我，让我把头几个月挣下的工资都攒起来，把上次你们借给我姐的钱全都还了。姐说，你们都是工程人，常年在外，也不容易。"

说完，叶小飞从口袋里拿出一沓钱递给白玉传，说道："白哥，听我姐说，当时你们给了她2 000元，还给她买了火车票。这是2 500元，您点点。看都是谁的钱，帮忙给还了吧。在此,我代表我姐先说声谢谢了。"

白玉传见这柔弱书生竟几个月没乱花一分钱,全攒着替他姐还账,又看他的目光中透露着一股不服输的韧劲,心里很不是滋味。他对叶小飞说道:"这事呀,早过去了,谁还记得都是谁掏的钱?再说,就付哥那脾气,你这钱,我可不能要呀。"

叶小飞却把钱往白玉传怀里一塞,就出了房间。

白玉传拿着钱,没了法子,只好去找付哥和李书记。

付哥一听此事就急了,大声对白玉传说道:"这钱你也敢收?去,给我还回去!别给我在这儿丢人现眼了!"

白玉传刚想解释,李书记说话了:"我看呀,这样把钱送回去,人家小叶是不会要的。我也对他观察许久了,咱这里恐怕不是人家的久留之地。他这次来,主要是替他姐来还人情债的。"

"是呀,小叶每晚都在复习高中课本呢。"白玉传忍不住把叶小飞的秘密说了出来。

李书记吩咐白玉传去把叶小飞找来,对叶小飞说道:"小叶,你来我们单位也有几个月了,你的表现,大家伙都记在心里,大家伙打心里喜欢你。你给我说句实话,还想上大学吗?"

小叶看了看满脸笑容的李书记,低头沉思良久,方才说道:"我……我……我做梦都想上大学,可是家里太穷了,上不起呀!"

"那这样好不好呀?现在咱们签个君子协议,这2 500元,你先拿回去,钱不够呢,我们三人再给你凑3 000元。你可听好了,这钱是我们借给你的,是让你复读考大学用的,是要还的。你看,你敢不敢签这个君子协议呢?"李书记望着叶小飞那双求知若渴的眼睛,不紧不慢地问道。

"这……这……这是真的吗?我都不敢相信自己的耳朵。"叶小飞一脸激动,不知道说啥了。

"你敢不敢签这个君子协议?是不是对自己没信心呢?"李书记将了叶小飞一军。

"我敢,我签!我保证,有钱了就还给你们。"叶小飞看着一脸严肃的李书记,斩钉截铁地说道。

"那好,大传,去拿纸和笔,我们起草个君子协议吧。"

白玉传在一边听着,不由得对书记心生佩服。

很快,李书记就拟好了这个君子协议。李书记说,他和付哥各垫付1 300元,剩余的400元让白玉传垫付。书记知道,白玉传家里也不宽裕。

君子协议一式四份，每人留存一份。叶小飞还要求大家把联系电话写上，说他今后不管考没考上大学，这钱都会还的。最后，他对着李书记三人深深鞠躬，表示谢意。

付哥哈哈大笑道："走，咱们一起给小叶送行，喝杯送行酒。"

就这样，叶小飞带着电气化人对他的美好祝福，踏上了回家的路。

一次，白玉传照常给大姐白玉霞打电话，大姐吞吞吐吐地对他说："传娃，俺……俺……俺想告诉你一件事……"

大姐说了一半又不言语了，白玉传在这头只听到大姐急促的喘气声，只觉心急如焚，连声问道："姐，你到底想说啥呢？快点说吧！长途电话很贵的，你在那边不说话，急死人了！"

"俺说了，你可千万别着急上火呀！"大姐在电话那头慢吞吞地说道。

一听此话，白玉传顿时大脑一片空白，首先想到的就是娘的病。他心想，我不是才离开两三个月吗？不会这么快吧？他接着又想到了年迈的老爹。爹为了这个家，还到处打零工，挣点微薄的血汗钱，补贴这一大家子的日常开销。白玉传想到二老，心里一阵心酸，忍不住流下泪水。

只听大姐小心地继续："是你对象李娜。人家托你二嫂传话了，说你大半年都不回家，也不经常和人家联系，好不容易写封信，用的还是英语，欺负人家不懂英语吗？人家说要和你分手，不处对象了。"

白玉传没想到大姐说的是李娜。他想想自己的家庭条件，自觉确实配不上人家。再加上自己是干工程的，不能经常回家，可不只能写信吗？怪只怪自己酒后糊涂，写了那封倒霉的英文信。

正在白玉传胡思乱想之时，大姐埋怨他道："唉，你这个笨娃，真是没谈过恋爱呢。你说你一个中国人，写的哪门子英文信呢？人家也是有文化的，你在人家面前臭显摆啥呢？"

白玉传只淡淡地回道："不谈最好，省得耽误人家姑娘的大好年华。"

大姐听白玉传异常冷静，不由得担心起来，劝道："传娃，你可千万想开些。这世上，好姑娘多着呢。等你过年回家探亲，大姐再给你找个好的。你一个人在外工作，可千万别为此事分心呀。本来这件事，咱爹就不让我和你说，怕你一个人在外胡思乱想。"

"知道了，大姐。告诉咱爹，不用担心俺。俺不是一个人在外，俺在这里有许多兄弟姐妹，他们对俺都挺好的，放心吧。记着，天天看着娘，让她按时吃药，钱不够了就对俺说，俺给娘买药。"白玉传不放心地叮嘱道。

挂了电话，白玉传才继续想分手的事。说实话，他刚开始也不太满意这个对象，可李娜有知识、有理想，不仅朴素善良，而且敬业爱岗，这都让他越来越喜欢她。李娜就像一壶陈年的老酒，外表看着不起眼，可越品越有滋味。

想到酒，何不一醉方休呢？

于是，白玉传叫上贴心的哥们"飘飘"，找了家小饭店，点了几个热菜，叫了一瓶二锅头。

"飘飘"很惊讶，忍不住问道："大传，今天有啥喜事？给老哥说道说道，让老哥也沾沾喜气，乐呵乐呵。"

白玉传听了，苦笑一声，叹道："你说，俺这命咋这么苦呀？这次谈的女友又跑了，不和俺处对象了。平常看大嫂对你那么好，我心里真的好羡慕呀！"

说到这儿，白玉传端起酒杯，一饮而尽。二锅头的辛辣劲儿直冲脑门，他不由得抱起了头，流下了眼泪。

"飘飘"听了白玉传的话，心里也不好受。回想他们在一起的四五年，白玉传确实过得也不太容易。"飘飘"二话没说，又给白玉传倒满了酒，端起酒杯就是一口干了。

这顿饭，哥俩谁也不说话，就是喝。一瓶二锅头不一会儿就见底了，白玉传又要了四瓶啤酒。

深夜10点，"飘飘"搀扶着东倒西歪的白玉传回宿舍，还特意叮嘱"猴子"说："这小子今天不高兴，喝了不少酒，夜里勤照顾着点儿。"

"猴子"回道："放心吧，我知道了！"

深夜两三点，一股刺鼻的烧煳味把"猴子"从梦里呛醒了。他睁开眼睛一看，可吓坏了。只见白玉传蹲在地上，一页页地烧他最宝贝的英语报纸和英语书籍，嘴里还嘟嘟囔囔着："该死的英语，都怪你，害我又没了女朋友！"

"猴子"赶紧起来，拍了拍白玉传的肩膀，轻声问道："大传，咋回事？大半夜的，你不睡觉，瞎搞个啥？"

白玉传不说话，只是诡异一笑。"猴子"看着白玉传的怪模样，心里没了主意，只好去找"飘飘"和李书记。

李书记听了情况，对"猴子"说道："看你那怂样！都是同事，有啥大不了的？看把你吓得！这事我不管，今晚大传就交给你了。"

"猴子"听了书记的话,吐了吐舌头,只得回去照顾白玉传。白玉传折腾一番后也着实累了,倒头就睡,这一睡就是一天一夜。白玉传醒来后得知自己酒后失态,也感到很愧疚。

孟主管听说此事后,专门找来白玉传,苦口婆心地劝道:"大传,你看,你之前和人家法国专家鲍里斯先生做过技术对接,你应该知道英语是电气化新人的必备技能。我们这群老人要退出历史舞台了。新时代需要的是你们这些会英语、懂专业的年轻人呀。学习英语本身没有错,可不能因为个人感情的原因就冲动地放弃英语呀。"

听了孟主管的话,白玉传顿时豁然开朗,心情也好了许多。他向孟主管表决心:"谢谢师傅!俺知道,把专业英语学好了,就是俺自己的本事了。放心吧,我会继续努力工作,学习好专业英语知识的。"

广(州)深(圳)铁路的东端是深圳河,宽不过50米,水深不足5米,河上静静地卧着一座秀丽庄严的钢铁桥梁——罗湖桥,连接着深圳站与香港九龙站。罗湖桥历史久远,饱经沧桑。据史料记载,它始建于1906年,由詹天佑担任顾问,是中国人自行修建的。1941年抗日战争时期,英军为阻止日军入港,将其拆毁。日军占领香港后复建罗湖桥,后又毁建两次。现在的罗湖桥是1957年重建的,桥长32米,宽12米,广(州)九(龙)直通列车、京九直通列车每天往返于桥上。改革开放之后,香港与内地的联系越来越紧密。为适应两地日益密切的经济、社会往来,广深铁路公司决定对罗湖桥进行电气化改造,使之成为连接内地与香港的大动脉,计划日均过境旅客以10万计。这个艰巨的任务就落在了白玉传所属的施工单位——中原电化局身上。

听说,港铁公司对施工要求的严格程度在全世界都是出了名的。港铁公司对编制电气化铁路改造工程实施方案的要求与内地不一样,他们要求方案必须务实、简约、便于现场操作,并且尽量少用文字描述,要大量采用表格、数据来阐述。指挥部领导高度重视这一任务,特派指挥部的工程部部长夏长河负责建立前期技术调查小组,成员由各个作业队的技术骨干和施工经验丰富的一线工班长组成,并把施工任务交给了赫赫有名的施工干将"猛张飞"胡队长。

胡队一接到这命令,激动得几天合不上眼,乐得那八字胡一翘一翘的,走起路来都仿佛年轻了几岁。

因为白玉传前段时间表现出色且英语底子不错,所以也幸运地进了前期技术调查小组。这对他来说可是个千载难逢的学习机会。

前期技术调查小组全员一取得边防出入证，就跟随夏部长来到历史悠久的罗湖桥上进行实地调查。一踏上罗湖桥，放眼望去，大家都不由得为詹天佑大师的精美设计而赞叹。铁路旁还赫然树立着一块巨石，上书"罗湖桥第一哨"六个大字，巨石旁边则站着两名荷枪实弹的武警战士。

夏部长掏出通行证，向边防战士说明来意，随即安排调查小组开始工作："我和孟主管负责调查大桥的主体结构、制定接触网悬挂方式，胡队和王文才负责现场施工环境调查，小白负责跨距测量和记录。"

白玉传很快就测完了跨距和锚段长度，但他不放心，又吆喝着进行复核。复核完后，他便拿着记录本，去找夏部长汇报数据，刚好听见夏部长摇着头对孟主管说道："孟师傅，你发现没有，这座桥的上下行钢结构不一样？当时在设计时只考虑桥梁的整体美观了，而且当时也没有电气化铁路，所以没考虑到接触网悬挂方式。你看，若上下行全部采用支柱悬挂方式，由于桥墩是斜行的，不垂直于铁路，所以组立的支柱也不会垂直于铁路，那就会影响后续的支持装置安装和线索固定，进而严重影响弓网关系呀。"

孟主管听了，又仔细地看了看这座桥的钢结构，直佩服夏部长的细心和敏锐的观察力。他思索良久，指着铁轨上方的钢结构梁说道："夏部长，你这个技术问题提得好，分析得也很透彻。你看，钢轨上方的钢结构梁刚好垂直于铁路，我们可以在这上面想想办法。这是座老桥了，我估计火车通过时的速度不会太快，估计在60公里/小时以内。"

夏部长听了孟主管的建议，连忙跑过去看了看，果然如孟主管所说。他大喜过望，激动地拉着孟主管的手，连声赞道："孟师傅，你这个建议好！我们可以在钢结构上安装悬挂底座，就能解决这个技术问题了。"

于是，夏部长吩咐白玉传带着测量人员再次复核钢结构悬挂点之间的跨距比是否超出设计要求。经测量和比对后发现，跨距比符合设计要求。夏部长看着测量数据，长长地出了口气。他又抬头看了看高悬在钢轨上方的钢结构，接着对孟主管补充道："为增加其稳定性，我建议采用吊柱腕臂型悬挂方式，你看可以吗？"

"这个建议好。但是，钢结构表面有角度，并不垂直于钢轨，这对生产吊柱的厂家来说有难度，而且咱们在安装时也会有很大的困难。这得问问老胡和小王，看他们有啥好的建议。"孟主管说着，招手叫胡队和王文才过来，把情况告诉了他们。

胡队抬头看看钢结构，说："看来用作业车施工是不行的，用梯车作业也不够高度，只有靠人工安装。可这么高，有几个工人可以攀上去，并且在上面连续作业一个多小时呢？这的确是个问题……"

白玉传在旁边搭腔道："胡队，咱们有海叔呀，彝族同胞们肯定行。"

"他们攀高可以，但是对接触网安装不熟练。"王文才担心地说。

胡队听了，大手一挥，斩钉截铁地说道："就他们了！挑四个年轻力壮、头脑机灵的，回去就对他们进行封闭式训练，能赶上安装的时间。"

夏部长听了也很高兴，对大家伙说道："此次调查很成功，不但技术方案初步定稿，连现场安装实施方案也讨论了。"

最后，夏部长让白玉传多拍几张现场照片，以便回去后再细细研究。

现场调查回来后，夏部长没有回指挥部，而是马不停蹄地来到队部会议室组织大家进行编制方案讨论会，吃了晚饭又召集大伙到王文才的施工沙盘模拟演练操作平台上效验方案是否可行。

经过模拟演练，该套方案基本可行。但是，孟主管在一旁提出了疑问："实际上，该套方案最大的技术难题是解决吊柱底板与钢结构连接的平直度。我们知道，钢结构下表面与钢轨存在着一个偏差。我们得通过现场测量来计算出这个偏差是多少，然后再自己制作一个浓缩模具。若现场试装后可行，就万事大吉了。"

大家纷纷表示同意。

随后，夏部长部署了下阶段的工作任务："现场测量由孟主管亲自负责，作业队配合。根据港铁公司要求，施工方案初稿要在5天内编制完成，然后在7天内翻译成英语，此事由白玉传负责。"

第二天，胡队长让彝族大叔海来木呷带上两名能爬高的彝族弟兄，跟着孟主管和白玉传到罗湖桥上去测量。孟主管这回带来了一把角度仪。他先指导两位彝族弟兄使用角度仪，然后安排海来木呷和白玉传去桥的两端瞭望火车、设好防护。利用行车间隙，两位彝族兄弟开始了此次测量任务。只见他们麻利地戴好安全帽、扎好安全带，然后就顺着钢结构框架的斜撑开始攀爬桥上的钢框架。他们动作敏捷，很快就完成了测量任务。

孟主管让白玉传去照相馆里把现场照片加急冲洗出来，然后就拿着测量数据和照片去找料库的吕主任，让他帮忙给加工个吊柱模具。

吕主任听了孟主管的描述，又仔细看现场照片，二话没说就坐在桌子旁埋头绘制加工图。半个小时不到，一张加工图就画好了。

孟主管看了图纸后非常满意，接着问道："老吕，我明天就要吊柱模具，你能做好吗？"

吕主任笑着说道："你呀，若不是遇到啥技术难题，你会找我呀？你每次一找我，都是棘手的事儿。放心吧，马上好！"

白玉传听了吕主任的口头禅，忍不住在旁边笑了起来。

在回队部的路上，白玉传一脸担忧地对孟主管说道："时间这么紧，咱要的吊柱可是带角度的呀，吕主任明天能加工好吗？"

孟主管看了一眼白玉传，笑道："都是老伙计了，哪一次在关键时刻掉链子？放心吧，明天早上你就擎好儿吧。"

第二天来到料库一看，还真如孟主管所说，吊柱模型已经静静地躺在那儿。孟主管赶紧上前用角度仪仔细测量这个吕主任连夜加工的模具，看是否符合技术要求。就在这时，只听身后传来吕主任不满的声音："老孟，你还不放心我加工的东西了？"

孟主管直起腰来，笑着对吕主任说道："不错不错，角度正合适。真有你的，在这么短的时间内就完成了，并且精度这么高。这下，你可给罗湖桥电气化铁路改造工程立下了头功！"

吕主任听了，又是那句口头禅："有事，你找我，马上好！"

白玉传看着吕主任布满血丝的双眼，心里不由得一阵心酸，哽咽道："吕主任，您辛苦了，赶快去休息休息吧！"

吕主任摇了摇头，坚定地说道："大传，现在是施工最关键的时候，哪里有时间休息呀？大家都在没日没夜地干，我们做物资的就更不能懈怠了。"

吕主任刚说完，料库门口就响起了汽车喇叭声，他抬起头往外看了看，对白玉传说道："你看看，工班人员来领料了，我得赶紧发料去了。"说完，吕主任一路小跑着去忙活了。

孟主管带着模具到现场试装，效果很好。这下，他那颗一直悬着的心才放了下来。

罗湖桥的电气化铁路改造工程实施方案终于确定，接下来就是编制和翻译的工作。按照港铁公司的要求，这一方案内容简练、现场实操性强、文字少而表格多。因此，白玉传的翻译工作进行得格外顺利。通过此次实施方案的英语翻译工作，白玉传学到了不少专业英语词汇，还提高了笔译能力。回头想想之前竟因为和女友分手而怪罪英语，甚至打算放弃英语，简直是幼稚极了。现在看来，英语不仅能为自己的工作带来便利，还能给自己带来实现个人价值的机会，进而给自己带来荣誉。于是，白玉传暗下决心："一定要学好专业英语，为提升自己的专业技能而努力！"

最后，夏部长还特意找来了设计院的设计工程师冯总和专业翻译专家杨总，给最后的定稿把把关。

就这样，中原电化局在半个月内就完成了编制罗湖桥电气化铁路改造方案的全部工作。何指挥长和夏部长即刻启程，带着方案，来到位于香港九龙湾德福广场的港铁公司总部大楼，向港铁公司的高层管理人员全面阐述实施方案的设计构思、实施计划和安全质量保障措施。

港铁公司的一位副总在听了夏部长的汇报后竖起了大拇指，连声称赞："了不起，了不起呀！在这么短的时间内，你们竟能编制出这么专业、详尽、实用的实施方案。把这个工程交给你们，我们很放心。祝我们合作愉快！"

何指挥长听了，首先对港铁公司领导的信任和支持表示谢意，随后总结道："现在，我们所走的道路只是万里长征的第一步，以后的路还很漫长。但是，我们坚信，通过我们中原电化局广深指挥部全体参建人员的不懈努力、砥砺奋进，一定会把罗湖桥电气化铁路改造工程建设成世界一流的铁路工程，为祖国争光，为粤港两地人民的出行更加便利快捷而奉献自我！"

此次罗湖桥电气化铁路改造工程方案专题汇报会在热烈的掌声中胜利闭幕，同时罗湖桥施工会战也即将开始。

队部大院内，青年突击队的红旗迎风飞扬，红旗下是20多名参建罗湖桥电气化铁路改造工程的施工人员。这些铁路人精神焕发，穿着统一的服装，排着整齐的队伍，正听大嗓门的"胡司令"做会战前的总动员："弟兄们，此次罗湖桥电气化铁路工程改造是我们作业队第一次进入香港特区进行施工。我们不干则已，一干就要成名！全体参建人员，工作态度要端正，思想要高度集中，要把咱电化局高超的专业技能、精美的工艺标准展现给港铁公司。让他们看看，我们干的工程也不孬！"

白玉传听着胡队的话，心里激动不已。罗湖桥是深圳最古老的桥，见证了近代中国的沧桑巨变。在灾难深重的旧中国，西方列强就是通过罗湖桥，把从我国掠夺的物资、矿产运出去的。那时候的罗湖桥上洒满了中国人的血泪，罗湖桥也成了中华民族的"耻辱桥"。然而，新中国成立后，特别是改革开放以后，罗湖桥的内地一边发生了翻天覆地的变化：原来的小山岗和荒草滩都不见了，取而代之的是鳞次栉比的高楼大厦和人流如织的深圳站。如今，年轻一代的铁路人即将在这座拥有百年历史的古老桥梁上写下新的历史篇章。白玉传为自己能参加这一具有历史纪念意义的工作而深深地感到骄傲和自豪。

此次施工的封锁线路时间是深夜11点半至次日凌晨4点半，而且一连批复了10

次封锁点。

第一次封锁点内,胡队安排的主要工作是装吊柱、底座、下锚装置等。港铁公司派技术代表梁工全程参与施工。由于是第一次在港铁公司进行作业,施工任务安排得不多,因此仅2个小时就全部完工了。于是,胡队马上安排白玉传和港铁公司的技术代表梁工一起对已完工的工程进行现场验收。

梁工是土生土长的香港人,一口粤语,普通话讲得不太好。幸好白玉传在花城上了四年学,虽然不太会讲粤语,但能听懂个大概。

在进行吊柱质量验收时,只见梁工从口袋里掏出个长方形的洋玩意儿放在轨道上,手一按,就有一个红色的亮点打在吊柱底部的一边,再按一下,轨面距吊柱底部的高度就在夜光显示屏上显示出来了。梁工又把测量工具放到吊柱的另一边,同样测量出了轨面距吊柱底部的高度。更可怕的是,这个测量仪器还能自动计算出吊柱的垂直度呢。

这下可把白玉传看懵了。他盯着那洋玩意儿看了很久,好奇地问梁工:"梁工,这是个啥玩意?咋这么神奇?"

"这是激光测距仪呀,主要用于测量高度和长度,还能测角度。"梁工解释道。

白玉传这才知道有这么一种先进的测量工具。他不由得想到前几天孟主管让彝族兄弟爬上钢结构测量的事。虽然测量结果都一样,可在安全性、准确性、效益性方面都是无法与这种先进的测量工具相媲美的。

过了一会儿,梁工又从工具包里拿出一把模样古怪的扳手,白玉传也是第一次看到。这把扳手带有套筒,扳手底部还会显示数据。梁工用这把扳手随机抽检了几处底座的螺栓力矩,把测量数据记在随身携带的工作记录本上。接着,他用照相机把现场安装的情况都拍了下来。最后,梁工对白玉传说道:"我的复检工作完成,你们施工质量合格。"

白玉传向梁工表示感谢,又趁机问道:"你那工具是干啥用的?咋和我们的扳手不一样?"

"这个呀,是力矩扳手。它自带力矩值,可以在拧紧螺母时自动校验螺母紧固力矩是否符合设计标准要求。"

第一次和港铁公司打交道,人家那先进的检测工具和完整的检查体系,让白玉传大开眼界并且由衷地佩服。

之后的工作都开展得非常顺利。

青年突击队全体队员精诚团结,在胡队长的带领下,连续奋战了10个工作日,圆满完成了罗湖桥电气化铁路改造工程。他们所付出的艰辛、所展现的精湛技能以及最后所打造的精品工程，都获得了港铁公司相关领导的一致好评。

这次与港铁公司的工作交流对白玉传的触动特别大。他心里清楚地知道，他们现在取得的这些成绩都是用比别人多出几倍的汗水换来的。中国的电气化铁路建设水平若要赶超发达国家，还有很漫长的道路要走，尤其是在科技创新方面，更得加倍努力。从这时候起，科技创新的种子悄悄地在白玉传的心里生了根。

广深线电气化铁路是我国第一条时速200公里以上的电气化铁路，整个工程采用了大量的新技术、新设备、新材料，在高速区段更是采用了钢结构形式的硬横跨，并且引进了国际上先进的无交叉线岔新技术和符合高速受流要求的预留弛度、整体吊弦、新型锚段关节、自动过分相装置等新技术和新工艺，极大地提高了供电设备的技术质量和接触网供电的安全性、可靠性。于是，中原电化局决定认真总结施工经验，做好高速电气化铁路工艺标准化图集展示，为争创中国建设工程鲁班奖做好充分的准备工作。为此，局里专门成立了"争创鲁班奖领导小组"，局总工邵德华亲自任小组组长。经小组讨论，建设接触网专业工艺标准化样板车站的重任交给了白玉传所在的作业队了，而样板车站则选择了祖国特区的窗口——深圳站。

深圳站位于深圳市罗湖区，紧靠罗湖口岸，与香港仅一桥之隔，是广深铁路的南端起点。深圳站始建于1950年，于1990年6月动工改建，于1991年10月改建完毕并投入使用。1991年10月12日，深圳站改建完毕之际，邓小平同志欣然题写了"深圳"两个大字。因此，局里选择用深圳站来争创"鲁班奖"是有深刻的历史意义的。

邵总工对接触网工艺标准化车站提出了十六个字的要求："横平竖直，紧固到位，排列有序，整齐划一。"根据这一指示，指挥部何指挥长亲自点名要求由王文才担任现场创优负责人，孟主管担任现场技术指导，命令全队人力、物力、财力向其倾斜，限期在半个月内把广深线深圳站接触网工程打造成"绣花工程"，以便迎接局里检查小组的初步验收。

胡队听说由小王负责现场，不高兴了，向何指挥长埋怨道："咋不让我去现场负责？让小王去，我不服气！他才干了几年了，有啥施工经验呀？""老胡，这不是大干抢工阶段，这是做'绣花'的活儿。时间紧，要求高，就你那火爆脾气，能干这'绣花'的活儿吗？"何指挥长耐心解释。

"我不管！种树是我，摘苹果时成了他小子，我不服。就是不服！""胡司令"又胡咧咧了。

"你糊涂！这是啥时候？是在争创中国建设工程的最高奖项鲁班奖。成败在此一举，关系着全局的荣辱。你不知道这次创优，局里领导多重视？总工邵老都出马了。你呀，都老同志了，还在这儿争风吃醋。你也不想想，让王文才去干，要是干好了，你这个做队长的也脸上有光啊。"何指挥长的语气严厉起来，"老胡，你若再犯浑，我立刻把你这队长撤了，让你回家抱娃娃去！"

胡队长吓得连声讨饶："别……别……何指挥，您消消气！我全力以赴还不行吗？"

胡队长一撂下电话就命令全队集合，向大家宣布："接何指挥长的指示，此次争创'鲁班奖'的样板车站已选好，就是深圳站。此次创优，现场负责人由王文才同志担任，技术指导是孟主管，工期为15天，过几天就开始。全队上下，除了食堂、财务外，全部参加此次创优活动，任何人不得无故请假。"

"我……我可担当不起这重任。"王文才连忙推托。

"你小子文武双全，这次是何指挥长亲自点的你。你敢不去或者到时候'绣花'不成，自己去找何指挥长报去！""胡司令"将了王文才一军。

"我没啥施工经验，这么重的担子压在我身上，干不好可咋办？"王文才没上"胡司令"的当。

"小王，也没啥难的，只要把技术标准吃透就行了。"孟主管鼓励道。

王文才还是犹豫不决，低着头不说话。

"飘飘"在旁边看着，心里急得不行，嘟囔道："这还不去？是鲁班奖呀！你不去，就让给我们工长付哥去。我就不信了，咱队上还没个人能领着大伙干了？"

"你小子瞎说个啥？还嫌这儿不乱吗？"付哥推了一把"飘飘"，厉声喝道。

"我看呀，关键还是工艺标准。我提个建议吧：凡是能够展示接触网整体外观美的具体工艺，就安排一名经验丰富的工人去干，比如电连接、拉线回头绑扎等工序。一个人的手干出的活一定是一样的标准，也比较美观。"李书记给出了个主意。

"那好吧，我就去试试。可事先得说好，孟主管得亲自到现场做技术指导，胡司令也得每天到现场督战。"王文才终于勉强答应了。

"你小子呀，看你这点出息，还没干就要求这、要求那的。""胡司令"听了，笑着对王文才说道。

"您和孟主管不在现场，我心里没底呀！"王文才苦恼道，接着又对李书记说道："对了，李书记，这段时间，您得让食堂师傅做好饭后给我们送到现场去。任务重，工期紧，我们打算就不回队上吃饭了。"

"好、好、好，只要你小子把鲁班奖奖杯给拿回来，别说送饭了，天天吃肉都行呀！"食堂班班长高师傅抢着答应了。

"就你鬼点子多！别吞吞吐吐的，还有啥？全都说出来吧！"李书记笑呵呵地对王文才说道。

王文才怯生生地看了一眼旁边的料库吕主任，不说话。

"老吕，你整日绷着个脸，也不笑笑，把人家小王吓得都不敢和你说话了。"孟主管忍不住打趣吕主任。

"小王，你有啥就说嘛！若有啥事，和我说，马上好！"吕主任向王文才说道。

"吕主任，我……我……我想说，此次创优工程可能得浪费一些材料，您到时候可不能不发料呀！"王文才小心翼翼地说道。

"吕主任，这次这小子要浪费好多材料呢！""飘飘"在旁边不怀好意地插嘴道。

"啥？你要浪费材料？那可不行！都是进口的，一个萝卜一个坑，我可没有多余的材料让你小子到现场去练手玩儿。"吕主任那头摇得跟拨浪鼓似的，说啥也不同意。

"胡队，你看'飘飘'，净添乱！若是主任不给我发料，我可咋去创优呢？这活没法干，我不干了，让'飘飘'去干吧。"王文才只得向"胡司令"求救。

"'飘飘'，滚一边去！再胡说八道，小心我抽你！""胡司令"作势就要打"飘飘"，吓得"飘飘"再也不敢说话了。

"胡司令"这才笑着对吕主任解释道："老吕，这次咱们干的活儿是个'绣花工程'。那'绣花'可不得要'绣'呀，免不了有些碎线头啥的。你可不能在材料上抠抠索索的，别影响了咱局里申报鲁班奖的工作呢。"

"这些材料都是漂洋过海来的洋货，进口的，老贵了！"吕主任心疼地说，仿佛材料已经被浪费了。

"你呀，真是个吝啬鬼！有我在现场把关，你还不放心？每次领料，我都亲自在上面签字画押，这样行了吧？"孟主管给吕主任吃了颗定心丸。

"那好吧。记着在现场省着用，别动不动就浪费，这都是花国家外汇券买来的呀！"吕主任这才松了口。

第二天，王文才和孟主管带着几个工班长，一起来到深圳站检查接触网安装情况，并让白玉传把需要整改的项目及数量全部记录下来，回去后按类别、工序整理出来，要细化到每个支柱。经过整整一天的详细检查，王文才对创优的初步方案已了然于心。

王文才看着白玉传记录下的问题，对孟主管说道："孟工，您看看，仅仅拉线回头不齐整和绑扎不规范一项就有30多处，还有许多其他问题呢。短短半个月时间，干起来确实很吃力呀！"

"你放心，我今天回去就让大传把记录的问题分门别类地统计出来，好尽快把所需材料提出来；再把今天拍的工艺标准的照片和工艺不规范的照片都冲洗出来，让大家对比着看，也是提前对所有参加此次创优的施工人员进行技术培训。你按照总体工作量，细化到每天，再落实到工班，由各工长负责。他们每天将完成情况汇报给你，第二天就安排作业队安质、技术进行现场检查，一旦发现质量问题或技术问题就现场整改，确保整改一处，达标一处，形成闭环管理。"孟主管提出了具体的思路和想法。

王文才听了，不由得对孟主管心生敬慕，连声说道："好，好，好！孟主管，您讲得太好了！有理有据，操作性强。听了您的话，我对此次创优工作有了很大的信心。"

王文才和孟主管一回到队上就根据现场检查的情况对这次创优工作做出了统筹安排，并且对全队参建人员进行了分工和技术培训。

施工正式开始后，全队人员顶着如火的骄阳，挥汗如雨，都憋着劲儿要给局里争得荣誉，王文才更是事必躬亲，一刻也不敢放松。

"'飘飘'，你看看你的拉线绑扎回头都'上墙'了！就这水平，还创优呢，丢不丢人呀？""飘飘"正埋头苦干，耳旁传来了王文才的训斥声，一点儿不客气。

"飘飘"抬头看了一眼自己绑扎的回头，确实都互相"打架"了。他不好意思地对王文才说道："王工，不好意思，是我大意了。我立刻拆掉，重新做！"

就在"飘飘"要用拆下的绑扎线重新绑扎时，王文才制止道："技术培训时孟主管咋说的？绑扎回头若不符合要求，绑扎过的材料就不能用了，再用的话，绑扎效果肯定不美观、不密贴。你咋不听话，由着性子来呀？"

"那这绑扎线就不用了？扔了怪可惜的。若让吕主任看到了，不心疼才怪呢！""飘飘"看看手里的绑扎线，也有点心疼。

"你现在知道浪费材料可惜了？那刚才咋不一次干好？咱这次是申报鲁班奖，来不得半点马虎。赶快换新的绑扎线！"王文才听了"飘飘"的话，也是哭笑不得，只得耐心解释。

"那好吧，我换新的绑扎线。""飘飘"吐了吐舌头，向王文才答道。

"'飘飘',你可别忘了,来之前,咱可是说好了,若是因个人技能水平造成返工,浪费的材料钱由本人出。到时候,吕主任不发料,你可得自己掏钱买材料了。"王文才不得不吓唬吓唬马虎的"飘飘"。

"飘飘"听了,果然认真起来,不一会儿就干完了。

王文才看着"飘飘"重新绑扎的拉线回头,放心地舒了一口气,对"飘飘"说道:"你自己看看,这不是工艺很标准吗?都啥时候了,你那马虎的毛病还在犯!小心'胡司令'知道了,你又该挨骂了!"

"好了,好了,我保证认真对待此次创优工作,还不行吗?""飘飘"一边推着王文才走一边讨饶道。

王文才继续往站台股道内去看吊弦的情况。他一进入深圳站二站台,就看到工长付哥站在站台上拿着个线坠,一根一根地校正吊弦。站台内的两个股道上架着两台梯车,其操作平台上各有一名工人,拉着同一根线绳,控制两台梯车同步缓缓前移。到了吊弦的安装位置,先校正吊弦横向位置,再检查吊弦的螺栓穿向和载流环的大小是否一致以及方向是否统一。接着就是吊弦安装的关键工序——吊弦安装承导间上下位置的微调。这个工作必须由工长付哥完成。只见他拿着线坠不停地指挥着:"'猴子',上面吊弦线夹向深圳方向微调10毫米。好,别动,暂时拧紧螺栓。'盼盼',你下面吊弦线夹向广州方向微调25毫米。好,你们两个低下头,让我再复查一遍。好了,上下都紧固到位,锁紧螺栓。"

王文才做梦都想不到,一向大大咧咧的付工长也有心细的时候,干起这"绣花工程"来也是有模有样。他放眼望去,经过付哥校正的吊弦,每根都是横平竖直,螺栓穿向也一致,载流环的大小也统一,看上去赏心悦目。

王文才望着在炎炎烈日下辛苦工作的付哥,眼睛不由得湿润了。他走上前去,递给付哥一瓶水,对付哥道:"休息一下,喝口水。真有你的,这活干得没话说,很棒!"

付哥喝了口水,用毛巾擦了擦脸上的汗水,说道:"咱是要么不干,要干就干好。不能给咱们局丢脸不是?"

就这样,全队上下100多人,天天吃在站上、睡在站上,连续奋战了十几天,终于使深圳站接触网工程的质量发生了翻天覆地的变化,在规定时间内完成了此次创优任务。

何指挥长来到现场进行检查,一边看一边不停地点头称赞,一向严肃的脸上露出了久违的微笑。最后,他在给大家伙讲话时说道:"首先,我代表指挥部向你们全体参建人员表示感谢。是你们,不畏酷暑,顶风冒雨,连续奋战,用自己的汗水铸成了这么精美的工程。通过今天的检查,我对申报鲁班奖的信心更足了。再次感谢你们!"

随后是局里总工邵德华率领"争创鲁班奖领导小组"成员,在广深线指挥部何指挥长的陪同下,亲临深圳站进行现场实地复验工作检查。邵总工和局里专家组在分组对深圳站接触网工程的各个分项工程进行了详细的检查后对现场的接触网工艺标准赞不绝口。

邵总工在总结大会上发言道:"广深线电气化铁路是我国第一条时速200公里以上的电气化铁路,引进了各种国际上先进的新材料、新技术、新工艺,而且是由咱电气化局独立设计和施工的。此次申报鲁班奖,也是咱电气化局第一次用独立承建工程项目来申报。若能申报成功,将是一个会被载入建筑史册的巨大荣誉。当然,我们最要感谢的是你们这些日夜奋战在一线的工人们。"邵总工说着就站了起来,向会场下面的一线职工代表深深鞠了一躬,接着充满激情地说道:"你们在实践中摸索出了一套新标准,将为今后祖国的高速电气化铁路工程建设探索出一条可行的道路。所以,我们要在工程结束后组织相关的技术人员、施工人员、安质人员、物资人员进行经验总结,编制一本高速电气化铁路施工工艺标准手册。"

邵总工说到这里,突然回头问何指挥长:"王文才今天来了吗?"

"小王呀,他可是此次创优任务的现场负责人呢,今天肯定来了。"何指挥长一边向邵总工汇报,一边拿起麦克风对着下面喊道:"王文才,请你来到主席台。邵总工啊,想见见你。"

王文才听说邵总工要见他,激动得脸都红了,赶快站起来,来到主席台上。

邵总工见了王文才,紧紧地握住他的手说道:"小王同志,你好,我代表局里领导班子成员向你问好,并对你在广深线电气化高速铁路工程建设中的出色表现表示最崇高的敬意!"

王文才听了邵总工的话,激动得都不能说上一句囫囵话了,只会站在那儿憨憨地笑。

"我可是在中央电视台上看过你的专访呢。听说你搞了一套'施工沙盘模拟演练操作平台',不仅是国内首例,在国际上也是没有先例的,还得到了外国专家鲍里斯先生的大大赞扬。你可是给咱电气化局争光添彩了!这次申报鲁班奖,你可要好好总结一下,做个样板推广一下。"邵总工对王文才赞不绝口。

"我……我保证完成任务,为成功申报鲁班奖添砖添瓦!"王文才马上向邵总工保证。

随后，邵总工又向大家介绍了申报鲁班奖的流程，并鼓励大家道："只要你们好好总结施工经验，把自己的先进技术和工艺标准展示给专家看，我想，我们此次申报鲁班奖就一定会成功！大家有没有信心呀？"

会堂里顿时响起了热烈的掌声，大家异口同声地回答："申报鲁班奖，我们一定行！"

广深铁路高速双线电气化工程竣工后，经建设单位和接管单位验收，各项技术指标均符合设计文件要求，工程质量优良；后又经过中国建筑业协会和鲁班奖评审委员会的严格审定，终于在2000年12月22日被授予"2000年度中国建设工程鲁班奖（国家优质工程）"。

这是电气化局第三次获得这一全国建筑行业工程质量最高荣誉，却是第一次以独立承建单位的名义获此殊荣。白玉传为自己有幸能参与其中而倍感骄傲。

1998年7月23日对白玉传来说又是一个难忘的日子，因为广深铁路全线电气化工程建成后将于这一天正式送电开通。届时，列车的最高时速将达到220公里。

这天一大早，全队人员穿上干净的工作服和防护衣，戴上崭新的安全帽，个个精神抖擞，人人喜笑颜开。根据队上的统一安排，大家三人一组，带上干粮和水，来到各自所分的站区，对开通送电后运营了24小时的接触网设备进行巡视工作。

白玉传、"飘飘"、"猴子"是一组，被派到了樟木头站，三人都按捺不住内心的激动。

"飘飘"拿着报话机，不停地向驻站联络员贾调催问："第一趟车啥时候到樟木头站？"

"急啥呢？放心吧，到时候会提前通知你的。"电话里传来贾调的笑声。

上午9点50分，报话机里传来贾调的喜讯："10点，第一辆客车将通过樟木头站，请现场巡视人员做好巡检工作。"

"现场巡视组收到，接触网设备一切正常。""飘飘"对着报话机信心百倍地答道。

上午10点，一组高速列车呼啸而过。白玉传望着经自己双手架设的导线在阳光的照耀下闪闪发光，看着疾驶而过的列车，回想起自己参建广深线以来所遇到的困难以及所付出的汗水，还有大家对他的帮助和关怀，心里不由得感慨万分。他身边的队友也是同样的激动。最后，三人紧紧地拥抱在一起，任那幸福的泪花流淌。旁边站台上的站务人员也纷纷向他们表示最崇高的敬意。

直到此时，白玉传才觉得饿了。今天从一大早到现在，他一直都在激动地等待列车通过，连口水都没想起来喝。他连忙招呼"飘飘"、"猴子"一起坐下来吃干粮。

就这样，他们三人通宵坚守在樟木头站，每趟列车通过后都仔细检查接触网设备是否运行正常，还按时分项地做了记录。

第二天上午10点，驻站联络员贾调通知大家，此次开通送电巡视工作结束，可以返回了。不一会儿，"二光"师傅就开着"依维柯"来接他们了。白玉传在车上看着其他和他一样熬了24小时的队友们，虽双眼通红，却面带微笑，深受感动，回去后就写了一首小诗。

《电气化之魂》

我们

来自祖国四面八方

为了心中一个梦

"广深电化"

我们

远离家园

带着故乡亲人的期盼

来到南粤大地

我们

顶风冒雨

我们

不畏酷暑

我们

是一群特殊材料做成的蜘蛛侠

迎着晨曦

我们在精心编制着接触网

伴着夕阳

条条金光闪闪的巨龙腾空而起

多少个日日夜夜

我们在一线工地上默默奉献

多少项施工难题

我们在科技创新道路上不断前行

> 为了建设祖国电气化铁路
>
> 我们的付出
>
> 我们的青春
>
> 我们的奉献
>
> 我们的汗水
>
> 这一切的一切
>
> 都悄无声息地融化在这片热土上
>
> 你听
>
> 你听
>
> 在深圳经济腾飞的速度里
>
> 有我们电气化人忙碌的身影
>
> 我们
>
> 是最好的加速器
>
> 那起伏优美的滴答声
>
> 就是对我们
>
> 最好的报答

　　X2000列车由瑞士Adtranz公司自1989年起开始研发和生产，最高时速达到210公里，属于摆式列车，即能够在经过轨道曲线时，由车载电脑控制对每节客车作出精确的倾摆（最多左右8度），以提高通过速度。

　　X2000列车不同于意大利的Pendolino及日本的国铁381系、JR九州885系等动力分布式摆式列车，采用的是动力集中式设计。每组标准编组的X2000列车只有一台电力机车及五节无动力的客车。其中，只有客车部分才有车体倾摆功能，机车部分是没有的。然而，倾摆功能并非每次通过轨道曲线时均会产生作用。如果列车的运行时速低于70公里，摆式系统就会自动锁定。因为低速运行时，倾摆会使旅客产生不适感。

　　X2000的另一项重要技术是径向转向架。其配备的自导向径向转向架容许各个轮对自由独立运动，大大减低了轮对对轨道曲线产生的作用力，令X2000在通过弯道时的速度可以最多提升50%。配合摆式列车技术，列车在大部分线路上的运行时间平均可减少30%，此外也能提高旅客的舒适度。

　　X2000配备了三套可独立运作的制动系统，分别为盘式制动、再生制动和电磁轨制动。在控制系统方面，X2000列车采用了自动行车控制系统（ATC），能持续向司机提供前方线路的信号信息。如果司机没有即时做出反应，ATC会自动取代司机进行控制。

广铁集团于1996年11月与瑞典Adtranz公司签订了租用一列X2000列车的合约，租期两年，租金为每年180万美元。这列X2000将在广铁集团运营的广深线铁路上服务，目的是尝试以最快速度引进X2000的技术及测试摆式列车在中国的可行性。

引进X2000的主要考虑是摆式列车能广泛应用于既有线的提速，无须建设新线，只须在现有铁路信号系统加装部分设备即可，所以投资较少。

列车于1998年初运抵中国天津，被命名为"新时速"高速列车，其编组比北欧的列车增加了一节客车。1998年8月28日，"新时速"在广深线电气化铁路上举行首发仪式。由于白玉传在广深线电气化铁路工程建设中表现突出，所以有幸与胡大力、王文才、孟主管等一起被广深线电气化铁路建设指挥部评为"十大先进工作者"，并代表所属施工单位前来参加此次活动。

这一天是白玉传一生中最神圣的日子。早上六点，他身穿崭新的铁路夏季制服，头戴铁路大盖帽，胸前佩戴着大红花，从深圳平湖出发，前往首发仪式的始发站——广州东站。

热闹隆重的首发仪式启动活动后，白玉传来到站台上，首先映入眼帘的就是X2000的奇怪的车头。

白玉传有点害怕了，对孟主管道："师傅，这是个啥怪物呀？会不会不安全？我不敢坐……"

"你呀，就是胆子小。你看看你身边多少市民代表，听说还有许多领导也来体验高科技呢。对了，还有许多国家级的媒体呢。大家都对咱祖国第一条高速电气化铁路的开通运营充满了期待和好奇呢。"孟主管看着白玉传，笑着说道。

送行的"二光"师傅看到此景，迫不及待地挤到白玉传面前，说道："大传，你若不想去，就把你的大红花借老哥用用。我不怕，我想上去感受一下这洋玩意儿，看看到底有没有像宣传的那样玄乎。"

"那可不行，俺也想上去坐一坐、看一看呢。"白玉传紧紧护住胸前那朵大红花，一路小跑着上了火车。

一进车厢，白玉传就傻了眼。他第一次看到这么干净整齐的座位，而且每个座位后面都有个可以翻起来的小桌板，小桌板上还特意设计了放置茶杯的位置。这外国人的设计真是人性化！更神奇的是，座椅后面的布兜里还有当日的报纸，可免费阅览。

上午9点，列车徐徐驶出广州站，随后即提速。

白玉传抬头看了一眼车厢门框上方的显示屏，惊呼道："师傅，你……你快看，现在的时度达到了201公里！"

孟主管没有答话，只是一动不动地望着窗外一闪而过的支柱和导线，一直等列车经过了两个区间和车站后，才长长舒了口气，回头对白玉传说道："列车高速运行通过的这两站两区，我细心地观察了一下，列车在通过区间曲线段、锚段关节、车站道岔区段时接触网设备一切状态良好。总算放心了！毕竟，这也是咱们第一次干高速电气化铁路工程建设。可见，咱们使用的工艺、工法、技术标准经受住了实践的考验。"

白玉传听了孟主管的一席话，对师傅的敬业精神更加佩服。

这时，"胡司令"爽朗地笑道："这洋玩意儿，还真玄乎！你看，我放在桌上的茶杯，那茶杯里的水还真的是一动不动呀。列车开这么快，人坐着也没觉得有一点点的颠簸呢！"

"那是！胡队，这钱花到哪儿，哪儿舒服。你知道吗，这组列车，仅一年的租赁费就要180万美元呢，折合咱人民币1 000多万元呢！"白玉传听了忍不住说道。

"你说啥？咱就租一下，一年要花掉1 000多万元？这洋玩意儿也太贵了吧！"胡司道。

"老胡呀，你说咱国家以后不发展高速电气化铁路技术行不行呀？这条线呀，干下来，我最大的感触就是以后干工程可不能再仅仅依靠传统工艺、工法，用人海战术去抢工了，得多向人家发达国家学技术、学施工管理经验才行呢。"孟主管特意凑到"胡司令"面前，笑呵呵地问道，"胡大司令，你对国外这科技水平服不服呀？"

"孟工，您说得对！俺老胡这回是真服了这洋玩意儿了！就是那啥，这价格也忒贵了点吧！"胡司令还在心疼那租赁费呢。

不知不觉间，列车顺利地抵达了此次首发仪式的终点站——深圳站，仅用50多分钟。

在深圳站二站台上，白玉传和工友们一起来到这组神奇的高速摆式列车前合影留念。人人脸上都是微笑，个个竖起大拇指，留下了一生都难忘的回忆。

广深线电气化铁路工程建设圆满完成后，白玉传所属队部就接到上级的紧急通知，命他们即刻奔赴武广线开展电气化铁路工程施工建设。队部前期后勤人员已在衡东县新塘镇找好了队部驻扎所在地——衡山火车站附近的一处部队大院。

至今为止，白玉传已经很久没回家了，特别想念家中的老母亲，于是想趁此工地搬迁之际回家探亲。他来到胡队长办公室，说明了来意，"胡司令"一听，脸一沉，说道："不行！武广线的施工任务重、工期紧，急需施工人员进场作业。"

白玉传急了，再次央求道："俺就回家几天，看看俺娘，然后立刻归队。求你了，胡队长！"

"就让大传回家吧，他也出来几个月了，况且家里还有个生病的老母亲！"李书记在一旁帮忙求情道。

"胡司令"听了，低头沉思良久，方才对白玉传说道："这个时候请假，谁也不准，这是上级领导下的'死命令'，我也不好为你破例。若这样，其他人就会有意见。谁不是大半年没回家了？谁不想回家和妻儿父母团聚一下呢？你若真想回家，就得为队上此次工地搬迁出点儿力。现在有趟苦差事，就是押运搬家的运输车。到了衡山驻地，办理好交接手续，你就可以回家休假几天了。"

白玉传一听说可以回家，立马答应："俺愿意负责此次押车工作，保证完成任务！"

"你小子可听好了，这次押车非同寻常。咱们一共有五辆长途运输车，三辆为料库物资设备，两辆为队部办公住宿设施，从深圳出发，要开1 300多里，近20个小时，才能抵达衡山队部驻地。途中停车时，你要不间断地巡检，确保一切物资设备设施的安全。还有，吃住都在车上。你行吗？"李书记有点儿不放心。

白玉传像是生怕别人把这活儿抢走似的，迫不及待地向领导们表决心："这点苦，俺能受！没事，放心吧！我一定按时把物资、设备设施押运到指定地方。"

"那好，这事就交给你去办。你下午就去找下后勤主任甄师傅和料库主任吕主任，办理好清单，明日一早就出发。我们大部队随后坐火车过去。""胡司令"正式对白玉传下达了押运任务指令。

此次回家，白玉传特意托人从香港给爹白文宣买了几瓶治疗腰椎痛的特效药——"黄道益"牌活络油。他把要带回家的东西都收拾好，就急匆匆地去后勤和料库办理清单移交手续。

料库吕主任一听说是白玉传来负责此次押运工作，头摇得跟拨浪鼓似的，说道："大传，这么重要的工作，咋会派你去？你又没有啥押运经验，一旦出事了，可咋办？不行，我要去找胡队长理论理论。"

白玉传听了，一把拉住吕主任，赔着笑脸说道："吕主任，这工作是我自己争取来的。您现在就教教我押运期间的注意事项，我都记在本子上，还不行吗？再说了，现在不都有手机了吗？遇到啥不懂的，我再给您打电话。"白玉传掏出自己新买的那部"西门子"小手机，晃着对吕主任说道。

"可以呀，大传！为了此次押运工作，你挺舍得下血本呀！这手机，少说得花个千把块吧？"吕主任看了看白玉传的手机，调侃道。

"那是，这手机花了我1 600多元钱呢。"白玉传到现在还心疼这钱呢。

"你呀，咋不了解师傅的心？我是心疼你！这押运的活儿可不是个啥好活呀，是个苦差事，白天夜里都睡不好、吃不香的，而且出力不讨好，一不小心丢个啥，都是你的责任。"吕主任这才把心里话告诉白玉传。

"俺都知道，可俺特想回家看看俺老娘。这谁也不让回家的命令是上级领导下的，胡队长也很为难，好不容易才说，只要俺顺利完成此次押运工作，就可以回家一趟。"白玉传只得把实情告诉吕主任。

"那好吧……你路上注意安全。天热，记着多带点人丹或清凉膏，小心中暑。路上少吃路边的小饭馆，不干净的，就自己买点方便面、面包啥的，一路上凑合吃吧。对了，别忘了出发前记录下每辆车里程表上的数据，到了衡山队部驻地后再抄个数据，到时候和交接表一并发个传真给我，就行了。"吕主任把工作交待得清清楚楚。

白玉传临走前，吕主任还特意从自己宿舍里拿出一兜东西，送给他："这是我平时攒下的劳保用品和咱单位发的一些消暑降温的药品，你一并带回去，家里人用得上。"

白玉传接过吕主任给的东西，连声说道："师傅，谢谢，谢谢！"

第二天一大早，白玉传吃了早饭就背上小包，提前到料库来等运输车。不一会儿，五辆装满货物的长途运输车就来到料库门口，从头车上跳下一位30多岁的司机师傅，他操着带有浓重广东口音的普通话向吕主任问好："您好，我们可以出发了吗？"

吕主任对白玉传说道："这是此次运输车队的负责人梁师傅。"

然后，吕主任又把白玉传介绍给梁师傅。在梁师傅的陪同下，吕主任和白玉传一起对每辆车的货物绑扎情况进行检查，看是否加固到位，最后再到每辆车的驾驶室内登记司机的证件和车辆的里程表数据。办完所有交接手续后，吕主任才放心地把白玉传送到第一辆车的驾驶室内，对梁师傅特意交代道："小白是第一次负责押运工作，希望你们在路上多多照顾他。祝你们一路顺风，平安到达目的地。"

白玉传坐进货车驾驶室，摇下玻璃窗，对路边的吕主任挥手话别后，五辆运输车一起鸣笛，缓缓地驶离了料库。

路上，梁师傅见白玉传很紧张，便轻声说道："路长着呢，你困了就闭上眼睛休息会儿，等到了服务区，我会叫你的。"

说完，细心的梁师傅还放起了邓丽君的歌儿，白玉传很快在这熟悉的歌声中进入了梦乡。

不知过了多久，梁师傅推醒了白玉传，对他说道："醒醒，醒醒，咱们到服务区了，下车方便一下，稍作休息。"

白玉传睁开迷蒙的双眼，看了一下表，已是中午12点了，长途运输车已上了高速公路。他忙跳下车仔细巡检，看看货物的情况。

梁师傅和其他四位师傅看到此景，一起对他说道："小白师傅，我们都是老司机了，经常跑长途的。放心吧，不会丢一件货物的。"

白玉传仔细检查后才放心地对师傅们说道："谢谢你们。我是第一次干押运的工作，后面还需要你们多多帮忙才行。"

他们一行人在服务区里大概休息了半个小时，就又开始长途跋涉了。

转眼就是黄昏了。在高速公路上飞驰了几个小时后，白玉传一行早已驶出广东省，来到了湖南境内的郴州服务区。梁师傅对白玉传说："为了安全，夜里就不跑车了。今晚在这服务区里休息一晚，明天一早再出发，预计到达衡山的时间为中午12点左右。"

白玉传坐了一天的车，只觉得浑身酸疼、筋疲力尽，早早吃了晚饭就上床睡了。

第二天一大早，师傅们早早起床，吃了早餐后来到各自的车前，仔细检查车辆状况和所装货物的捆绑情况，白玉传也跟着一起仔细排查，确认一切正常后，大家再次上路。

中午11点半左右，梁师傅让白玉传跟队部联系，希望派个车在新塘高速路口引道，以便尽快抵达队部驻地。

白玉传拨通了队部电话，电话那头传来了一个清脆的女声："您好，请问您找谁？"

白玉传心想，不会打错电话了吧？他忐忑不安地说道："我是广深线的白玉传，负责此次驻地搬迁押运工作。请问您是武广线三队队部吗？"

"是白师傅呀，我是办公室新来的小丁，我叫丁燕。你们是不是快到衡山了呀？"电话那头的女孩惊喜起来。

"对，我们预计12点左右到达新塘高速路口。麻烦您到时候安排一辆车来引下道，可好？"白玉传继续问道。

"可是咱队上的人都上工地了，家里就剩下我了。要不，我和王师傅去吧！"丁燕自告奋勇地说道。

"那好吧，谢谢您！"白玉传说完就挂了手机。

中午12点10分，五辆运输车陆续驶离高速公路。白玉传一眼就看到路旁停着一辆崭新的面包车，边上站着一位清秀的女孩。女孩一头乌发，穿一件白色连衣裙，在风里亭亭玉立。白玉传忙上前做自我介绍，然后让车跟着丁燕来到队部驻地。

丁燕招呼大家到食堂吃饭，然后又忙着给大家找个休息的地方。

白玉传心里很是感动，对丁燕说道："谢谢你。这一通忙活，看把你累的，早点休息吧。"

"哪有呀！白师傅，我这点累算个啥？和现场师傅们的辛苦是没法比的。"丁燕憨憨一笑，转身离开。

白玉传归心似箭，找到后勤和料库负责人办好交接手续后，就来到衡山火车站，踏上了返乡的列车。当然，白玉传没有忘记抄下每辆车的里程表数据，并特意告知料库负责人要把这数据和交接表一并传真给吕主任，也没有忘记给远在深圳的"胡司令"和吕主任打电话报平安。

第三章

武广纪事

白玉传回到家,见他娘杨桂花的身体恢复得还不错,大哥、二哥、二嫂也都陆续找到了工作,这个家算是暂时渡过了难关,他爹白文宣的脸上也露出了久违的笑容。

这次白玉传回家探亲,他的婚姻大事又被家里人提上了日程。

大姐白玉霞实在是着急了,就跑去对爹白文宣说:"咱家传是不是在谈恋爱上不开窍呢?要不找个算卦的去算算吧!"

白文宣听了女儿的话,觉得很有道理,就托熟人去找了个"大仙"帮儿子算一卦。

"大仙"看了白玉传的生辰八字后,让人捎话来:"放心吧,你家孩子的姻缘到了。这个月底,就会有媒婆把一个好姑娘带到你家。"

没想到,这"大仙"还真的说中了。月底,同村的毛大娘来给白玉传说亲了。她找到白文宣说道:"你看咱村岳老大家的二丫头和你家老三处对象,咋样?"

白文宣一听是岳老大家,不太敢答应:"人家会看上俺家老三吗?听说,岳家二丫头可是岳老大的宝贝疙瘩呢,他还花钱让他家姑娘去省会大城市上学呢。"

毛大娘听了,笑着说道:"你家老三是岳老大和他媳妇看着长大的。他们两口子呀,是怕二丫头在外自由恋爱,到时候女大不由娘,一嫁就千儿八千里的,他两口子还不是心疼自己的姑娘吗?"

白文宣听了,激动地说不出话了,好久才喃喃道:"要是这样,这感情好!全靠您成全了!"

毛大娘道:"那我再去人家家里探探口风,看人家咋回话。"

这岳老大的大名叫岳文魁,据说是岳飞的后代,颇有侠者风范,在县城里也算一个响当当的人物。他年轻时勤劳能干,在改革开放初期就下海经商了,现在在县城有家批发部和几家干菜店,是全县酱油、醋的总经销商呢。他家是村里第一个买汽车的，也是第一个有彩电的。老两口育有两男两女，大的早已成家立业了，现在就剩下那宝贝二女儿了，还在省城上学呢。

岳老大和白玉传一个村，两家前后排，相距也就二三十米远。白玉传打小就和他们一家熟，和岳家大姑娘岳小花还是同班同学呢。

过了几天，毛大娘又来到白玉传家里，对白文宣说道："真是你家老三的福气呀！我去岳老大家，刚和老两口谈起你家老三，他老婆就很高兴，对着俺连声说好，还说你家老三人有文化，又老实。他两口子没意见。"

"那岳老大是啥意见？"白文宣志忑不安地问道。

"这你还不知道？他家还不是他老婆说了算呀！放心吧，她还说过几天让他家老大去省城把二丫头接回来，和你家老三见个面，若两个娃娃没啥意见，就把这婚先订下来。"毛大娘说到这儿，笑着对白文宣说道："你看看俺一路忙活，又说了这么多的话，嘴干舌燥的，也不给俺倒杯水喝。"

白文宣听了，二话没说，连忙吆喝大姑娘去厨房打鸡蛋茶，还叮嘱道："多打几个鸡蛋！你毛大娘这次可是帮咱家大忙了，回头咱还得亲自上门道谢呢。"

白文霞听说弟弟的婚事有门儿，也很高兴，不一会儿就给毛大娘端来一碗热气腾腾的鸡蛋茶，里面有四五个荷包蛋，还特意放了几根麻花。

毛大娘也不客气，端起碗来，先吃了一个荷包蛋，又喝了几口茶润润嗓子，才接着往下说："这俩孩子都是咱们看着长大的，再说岳老大一家是啥人，你们也是知根知底的。如果俩孩子见面没啥意见的话，我看还真是一场好姻缘呢。"

"那是，那是！人家岳老大不嫌弃俺家现在这状况，还有老三的工作性质，这真是老三这小子的福气呢。"白文宣赔笑道。

毛大娘喝完鸡蛋茶，对白文宣说道："这次，你大可放心，我看岳家两口子对你家老三满意得很呢。"

毛大娘又坐了会儿就走了，白文宣和大姑娘一直把她送到大门口。

下午，白玉传一回来，白文宣就迫不及待地对他说了此事。

白玉传不可置信地问："是岳家二丫头？她不是我同学岳小花的妹妹吗？我记得她长得不高，黑黑的。再说，我比人家大四五岁，听说人家现在还没毕业呢，会同意吗？"

"老三，你知道啥？人家岳小燕现在是要模样有模样，要身高有身高。再说，人家这几年在省城上学，也是个有文化的年轻人。只要人家不嫌弃咱家这情况和你的工作性质，你还犹豫个啥？"大姐白玉霞在旁边数落道。

白玉传听了大姐的话，不言语了。

没过几天，毛大娘捎话来："人家姑娘回来了，岳老大家里让你们今晚上俺家一趟，先让孩子们见个面。"

白文宣高兴地答应了。

吃了晚饭，白文宣特意交待白玉传穿上新衣服，跟着上街去买了糕点和水果，就一起来到毛大娘家里。

人家姑娘还没到，毛大娘先把白家父子俩带到客厅里说话。

大概7点左右，只听到一阵敲门声，毛大娘赶紧站起来去开门。不一会儿，只见毛大娘带着岳家母女进屋了。白文宣赶快站起来打招呼，白玉传也跟着爹站了起来。他一看，进来的年轻女孩大约1.65米高，穿白色连衣裙和高跟凉鞋，皮肤白净，一头乌发。好一位洋气的都市女郎！

岳小燕看白玉传都羞红脸了，便大方地伸出手来，对白玉传说道："我叫岳小燕。小时候经常听俺姐提起你，一直说你是学霸呢，今天总算见到真身了。还别说，你和俺平常想的一个样。"

白玉传连忙也把手伸出去，轻轻地握了握岳小燕的手，笑着说道："那都是以前的事了，俺现在在电气化都上班四五年了。"

毛大娘听了，笑着对大家伙说道："让他俩到里屋去说说话，彼此了解了解，咱们在客厅唠唠嗑吧。"

说完，毛大娘拿了水果、瓜子和茶水，陪着两个年轻人来到里屋，放下东西后就掩门离开了。

屋里就剩下白玉传和岳小燕两人了，两人都不知说啥，还是岳小燕先开口，轻声问道："你是干'电气话'？这电话和气有啥联系呀？俺还是头次听说呢，你给俺讲讲吧！"

白玉传听了，扑哧一笑，拿起桌上的一支铅笔，在一个小本子上写下"电气化工程"五个大字，指着本子上的字，耐心地对岳小燕解释道："我干的是电气化铁路工程，不是'电气话'，和电话没一点关系，主要工作就是在铁路上架线，给火车输送电能量。"

岳小燕听了，笑了笑，轻声说道："还是你吐字不清，把俺都搞迷糊了。"

白玉传一听，有点着急了，刚想辩解一番，可一抬头，看见岳小燕那一脸灿烂的笑容，便一下子怔住了，只傻傻地看着人家。

这下，岳小燕害羞了。她低下头，正好看到白玉传腰间挂着一个手机套，就问道："这个是啥？是BB机吗？"

白玉传连忙取出那个西门子小手机，对她说道："这是我在深圳华强北路买的香港货，是个小手机。内地买不到的。这也是为了和家里联系方便才买的。"

岳小燕拿着那蓝色的小手机，问道："这就是手机呀？比BB机先进，能打电话，是吗？"

"那是，全国都可以打，就是话费贵了点，一分钟要一块多呢。"白玉传见岳小燕拿着手机看了又看，就说："你要是喜欢，就送给你，以后我们联系也方便些。"

听了白玉传的话，岳小燕的脸又红了一下，顺手就把手机扔回给白玉传，还白了他一眼，说道："谁稀罕你的东西？我只是好奇，看看就是了。"

白玉传这才知道自己说错话了，应该说给人家买个新手机，而且也不该说电话费贵。但是，话已说出，后悔也没用了。

就这样，两人又没了话题。等了一会，岳小燕站起身来对白玉传说家里还有事，要回家了。白玉传就把岳小燕送到客厅，岳家母女俩就回家了。

等岳家人一走，毛大娘特意问白玉传对人家姑娘的印象咋样。

白玉传脱口而出："挺好的，就是怕俺不会说话，得罪人家姑娘了。"

"看你，第一次见面就怕得罪人，那后面还咋谈恋爱呀？"毛大娘打趣道。

第二天，毛大娘就传来了人家姑娘的回话。姑娘说自己还小，不想这么早谈恋爱，还说白玉传有点显老。

白玉传听了也没啥，白文宣倒是急了，他问毛大娘："他大娘，这事就没商量的余地了吗？俺看俺家老三挺中意岳老大家里这二丫头的。要不，你再问问岳家当家的，可好？"

"你还是不死心呀？人家姑娘不愿意谈，这事俺看悬。要不，俺再问问她妈叶百合吧？"毛大娘只得同意再帮忙。

"那就麻烦您了，您可要给我们传好好美言几句。"白文宣叮嘱道。

"放心吧，俺知道咋说。"毛大娘说完就走了。

又过了几天，白玉传对父亲说："爹，这次回来主要是想看看娘和家里的情况。现在，家里情况有了好转，俺也放心了，俺要去上班了。"

白文宣听了，心里一酸，哽咽道："不能在家多待一段时间？再等等，看你毛大娘有啥消息再走，可以吗？"

"不等了，假期结束了，队上还有许多事呢。俺打算后天就走。"白玉传答道。

白文宣听了，没再说什么，急匆匆地就出去了。白玉传知道，爹对他的婚事不甘心，又去找毛大娘了。望着满头白发的年迈父亲，白玉传心里不由得感慨万千，一股热泪夺眶而出。

不一会儿，只见白文宣一路小跑进了家门，大声喊白玉传出来，激动得都说不上话来了："老三，告诉你一个好消息！人家姑娘暂时不同意，可你叶姨对你印象可好了。她答应了这门婚事了，还把人家姑娘的联系方式给了俺，让俺转给你，说让你经常给她姑娘写信呢。"

"这能行吗？人家姑娘又不同意。俺不想写信给人家，这不是让人家笑话俺吗？"

"你呀，就是老实！你也处了两个对象了，咋不自己分析一下为啥到最后人家都不愿意了？男孩子在谈恋爱上面要主动些，要多关心人家姑娘。俺看，这次只要你坚持和人家姑娘联系，这感情就可以慢慢培养。"大姐白玉霞在旁边劝道。

"你看看你的工作性质，一出去就是大半年不回家。你说，俺和你娘眼看着一年比一年老了，到时候哪有精力管你的婚姻大事呀？你小子必须听话，多给人家姑娘写信，知道吗？"白文宣再次叮嘱道。

白玉传看着着急的爹和大姐，只得答应道："爹，大姐，您俩放心吧，俺知道咋做了。"

就这样，白玉传带着岳小燕的联系方式，再次离开故乡，奔赴一线工地——衡山火车站。

白玉传一回到工地，就跟着孟主管来到衡山火车站，去进行车站接触网软横跨数据计算测量。

衡山火车站距离队部不足1公里，所以他们没有坐车，而是步行前往现场工地。一路上，孟主管介绍了衡山火车站的情况："衡山火车站是京广线衡阳段的三等站，主要为衡东、衡山、南岳及周边的攸县、湘潭、茶陵、安仁等县区服务，是出入南岳衡山旅游胜地的门户，也是通往罗荣桓元帅故居等旅游景点和革命纪念地的通道。衡山火车站有站房（含2个候车室）16 999平米，旅客站台、货站台、货房面积分别是17 177平米、8 004平米、3 589平米，设5条股道。"

来到衡山火车站，驻站联络员上车站调度室去登记，白玉传他们就和现场防护员来到现场进行测量工作。

白玉传看了看图纸，笑着对孟主管说："干来干去，又干回去了！这条线上的接触网设计标准不高，没啥难的。"

孟主管听了，笑了笑，把大尺子递到白玉传手里，说道："那这次软横跨的数据计算测量就由你来独立进行，我来辅助你，可好？"

白玉传听了，心想，这软横跨测量，自己跟着孟主管也不知道干了多少遍了，只是从来没独立完成过。既然孟主管今天让他试试，那何不就试试呢？也验证一下自己独立承担测量任务的能力。于是，他一口答应道："好！师傅，您就瞧好吧！"

车站中间的每组测量都进行得很顺利。白玉传很细心，每次都是测量两次，以确保数据准确。他还不忘让拉尺子的人注意尺子起测点位置是否为尺子的零点位置，还亲自复验测量数据。同时，他也提醒现场测量人员注意人身安全，时刻与现场防护员保持联系，确保无行车安全隐患，尤其是反复提醒中间股道辅助人员注意避免将金属尺子搭接轨道而引起信号短路。

孟主管看白玉传这么认真负责，频频点头。

在火辣辣的太阳下，大家一干就是三个小时，转眼间就到了车站端头岔区段了。由于连续进行测量作业，弟兄们个个满头大汗，孟主管连忙说道："得了，上午就干到这里吧！弟兄们休息一下，回去整理下测量数据，也到吃中午饭的点了。"

白玉传看看剩下的那几组软横跨，对孟主管说道："师傅，俺们再加把油，争取在上午把这几组软横跨都测量完，您就可以进行软横跨计算了。"

"那好吧，你们就抓紧测量吧！我到前面去看看。"孟主管说完就走了。

白玉传回头对弟兄们说道："加把油，咱们把这几组软横跨测量完，下午就可以在队上休息了。等孟师傅计算完，就是软横跨预配，这活儿是在料库里干，不用再晒太阳了。"

哥儿几个听说下午不用再晒太阳了，擦了擦汗水，又鼓足劲儿干了起来。又过了一个小时，终于全部测量完了，刚好孟主管也从前面检查回来了，大家就一起收工归队了。

到了下午两点左右，孟主管来到白玉传屋里，一把就把白玉传从床上提溜起来，气呼呼地对他说："你看看你测量的数据，岔区这几组软横跨咋计算分段长呢？就这，你小子还看不起这条线的设计标准？白瞎了你跟着我这么多年学技术了！"

白玉传睡得迷迷糊糊的，被孟主管劈头盖脸一顿训斥，一时不知道该怎么办了。

孟主管看到他那傻样，吼道："大传，你还愣在那儿干嘛？还不快去喊其他人，一起再到现场去复测下。"

白玉传这才回过神来，忙去招呼其他弟兄一起去现场。

到了衡山火车站岔区现场，白玉传对着股道间看了又看，接着进行了复测，可复测的数据和早上的一模一样。这下，他有点不知所措了。

孟主管在一边看着，气得直摇头，对白玉传说道："这是岔区段软横跨！好好想想以前测量时我是咋教你的，还有我给你的施工经验笔记。好好回忆回忆！"

白玉传低下头，仔细想了想，脑海里浮现出许多以前自己和孟主管一起测量软横跨的场景，真是越想越乱，急得他满头大汗。

孟主管又对他说道："大传你记着，任何时候都不要看不起接触网。你看不起它，它就看不起你；你糊弄它，它就糊弄你。如果弄不明白到底错在哪儿，以后就会重复犯错。实际上，接触网技术有时候就差那一点点，你自己悟到了，那技术水平就会大大提高。"

白玉传听了孟主管的话，擦了把汗，静下心来仔细分析。突然，他眼前一亮，高兴地对孟主管说道："师傅，我知道了！我忘记测量道岔曲股和直股间的线间距了。若没此项数据，计算出的软横跨的节点位置就不准确。"

孟主管听了，哈哈大笑，对白玉传说道："你小子，这不是知道吗？咋一到你自己独立测量的时候就忘了呢？今天，你的表现很好。这下，你今后就不会再记不住了吧？"

白玉传听了，不仅打心眼里佩服孟主管这套独特的教育方法，更为自己能有这样一位经验丰富的师傅而感到骄傲和自豪。

听说，指挥部安质部部长刘大姐过几天要亲自来队上给大家伙进行一场特别的培训，具体培训内容不知道，但培训后要闭卷考试，分数达不到85分的就不让进场作业。这一下，队上可炸了锅了。尤其是彝族大叔海来木呷，急得不行，天天去找李书记问咋办。"飘飘"也是遇到人就发牢骚："考考考，安质部就会考试！咱们干工程的是考出来的吗？还85分呢，姥姥！这又不是考清华、北大，这么严干嘛？"

工长付哥在旁边听了，笑着说道："'飘飘'，就你这样还张口北大、闭口清华的？你也不看看你自己几斤几两！快可别再胡咧咧了，小心到时候考不过，真的不让你上班了！"

"飘飘"听了工长付哥的话，不敢再说啥了，哧溜一下就跑了。

就在全队上下一百多人的焦急等待中，指挥部安质部刘大姐一行三人坐着指挥车来到了队部大院，培训主题也就揭晓了——"如何防范毒蛇及其他毒虫叮咬及采取有效的应急措施"。

刘部长讲道："我们的施工区段大多在南方山区，交通极为不便。许多线路，运输车辆无法抵达施工现场，需要人工二次倒运，得走很长的崎岖山路。山区环境复杂，毒蛇及其他毒虫无处不在，这严重威胁到我们一线施工人员的人身安全。"

说到这儿，刘大姐提高了嗓门："指挥部领导何指挥长高度重视，责令安质部紧急到一线现场，对全体参建人员进行安全专题培训，普及对毒蛇及其他毒虫的认知和应急防范措施。医务室也会特意购置一批毒蛇及毒虫叮咬的专用药。请大家高度重视此次培训，尤其是北方来的职工，要特别认真听、认真看、认真记、认真学。"

说完，刘大姐就让安质干事小张放录像带。录像带对湖南地区的银环蛇、草鱼蛇、臭蛇、眼镜蛇等主要毒蛇和蜜蜂、黄蜂、蜈蚣、螨虫等毒虫及其应急防范措施做了详细的介绍。

在休息时，彝族大叔海来木呷咧着大嗓门说道："我以为培训啥呢，原来是对付毒蛇呀。这方面我可是很在行的，不用愁考试了。"

"飘飘"听了，心里只发怵，嘴里小声嘟囔着："我的妈呀，没想到这地方这么可怕呀！一不小心被毒蛇咬一口，不出七步就死了，今后咋办呢？"

"放心吧！今后出工去现场，我们彝家兄弟保护你们！我们对付毒蛇都有一套自己的法子。"海来木呷拍着"飘飘"肩膀保证道。

随后，安质部刘大姐又讲了些施工人员被毒蛇咬伤的案例及防范措施。此时，大家都被录像吓着了，个个竖起耳朵仔细听着。白玉传的心里也是胆战心惊的，心里暗想，这干工程可真不容易，稍不留心，小命都有危险。

刘大姐见底下鸦雀无声，突然哈哈大笑道："咋了？都被吓到了？想当年我干电气化铁路时，施工环境可比现在艰苦多了。一群老爷们，看了这毒蛇录像带，就吓破了胆？当年，我们女工班的姐妹们都和男人们一样爬高上低，一样风餐露宿，一样流血流汗。咋到了现在，新一代电气化的男子汉还不如我们女的吗？"

"胡司令"听了，站起来对大家伙吼道："看看你们这群怂包蛋！就这毒蛇，还没见呢，只是听听，就吓成这样，丢不丢人呀？我记得古代有个成语，叫个啥'蛇杯弓影'？就是你们此时生动的写照。"

刘大姐听了，笑得直不起腰来，指着"胡司令"道："老胡呀，你个大老粗，连个成语都说不全！那叫杯弓蛇影！不过，你这个成语说得好呀，还真贴切。"

大家顿时哄堂大笑，"胡司令"羞得脸通红，嘴里直嘟囔："那是，那是，刘大姐教育得对！我今后一定加强学习文化知识，要不老闹笑话也不成呀！"

经过这个小插曲，现场气氛顿时活跃起来。

最后，刘大姐让安质干事小张把几十副以毒蛇、毒虫的安全防范为主题的扑克牌发给大家，笑着说道："工作之余，大家打牌时也可以寓教于乐，加强对这方面知识的学习。"

下午是闭卷考试。说来也奇怪,此次考试,没有一个人不合格。看来,关系到自身安全的培训,不用催,大家就会认真对待。

刘大姐走之前特意拉着海来木呷的手,亲切地说道:"大兄弟,你对毒蛇、毒虫的防范要比我们懂得多,我们这些北方来的弟兄们在今后施工中的人身安全,还靠您多费心了。"

"放心吧,刘部长,我会尽力的。"海来木呷激动地答道。

指挥部安质部部长刘大姐走了后,作业队李书记对现场预防毒蛇及毒虫咬伤的安全工作很重视,他把彝族工班的弟兄们打乱,重新分到每个工班里,还特意安排彝族大叔海来木呷利用一个礼拜的时间走遍队上所管辖的施工区段,在各分站区进行专项预防毒蛇及毒虫咬伤的安全隐患等级划分及制定防范措施,并及时组织全队人员进行安全专题培训和交底。凡是毒蛇频繁出现的区间,各工班进场作业前需要提前到安质部进行备案,队上派海来木呷大叔到现场保驾护航。

没过几天,白玉传所属工班要到区间去进行架空地线架设。这个区间长达14.5公里,在山间蜿蜒而行,是作业队所辖区段中毒蛇最多的区间。

说实话,工班里的人,谁也不想到这个最危险的区间去施工。工长付哥知道大家的心思,于是在出发前召集大家进行班前讲话:"咱工班接到队部领导给我们的这个施工任务,我知道大家心里都发怵。说实话,我也害怕。可是,大家都不干,那谁去干?难道这个区间的电气化铁路建设工程就不做了?"

"反正我不想去!""飘飘"在旁边嘟囔道。

工长付哥听见了,厉声说道:"'飘飘',你看你那怂样!遇到点困难,就往后退缩。你不去还不行,必须给我到现场参加架线工作!"骂完"飘飘",工长付哥继续讲道:"大家都别怕。咱们都对预防毒蛇咬伤的措施进行过系统的学习,而且队上医务室还特意买了特效药。不但如此,今天,海来木呷也来到咱们工班参加此次架线任务。"

这个区间的交通极为不便,运输车辆无法到达铁路线上,所以架空地线架设所需的材料及工机具均由作业车提前利用封锁点运输到铁路线上。白玉传他们前往施工现场,也是坐作业车去。

一路上没人说话,大家都紧张。海来木呷见此,笑着大声说道:"其实,毒蛇也不像培训时说的那么吓人。若是真那样,我们这些住在山区的南方人还怎么活?"说着,他指着"飘飘"打趣道,"你们看'飘飘'的脸都吓白了!这要是大姑娘呀,还省了不少化妆品呢。"

"去，去，去！你当然不怕，你是南方人，毒蛇见多了，我可是一次也没见过呀。你看那培训课上讲的，人若被毒蛇咬了，立马死翘翘！想想都后怕……""飘飘"猛吸了一口烟，不禁又担心起来。

"我告诉大家，只要大家不单独一人去树林或杂草丛中，一般毒蛇是不会自己跑到铁路上的。你想想，这铁路线上的火车一开，那轰隆轰隆的声音吓也把毒蛇吓跑了。"

"你咋不早说？看来，铁路上还是很安全的。""飘飘"这才松了口气。

大家伙听了海来木呷的话，都放心不少。

这次架线，队部领导考虑到施工人员的安全问题，特意安排采用封锁点机械架设方式，以减少在危险区段作业的时间。利用作业车进行作业，施工效率那是杠杠的：一个锚段1800多米长的架空地线，不到一个小时就架设完了。剩下的就是对架空地线进行归位和紧固了。大家伙齐心协力，又忙活了大半个小时，当日的施工任务算是基本完成了。

就在大家伙坐在作业车上稍作休息的时候，突然从铁路线附近的草丛里传来一声撕心裂肺的惨叫声："救命呀，俺被毒蛇咬了！"

工长付哥一听，赶紧跳下作业车，向着声音传出的方向跑去，海来木呷和其他弟兄们紧跟其后。大家扒开草丛一看，只见二毛整个人趴在地上，光着个大屁股，在那儿嚎哭着。

大家伙七嘴八舌地问道："二毛，你咋回事呀？谁叫你一个人跑到铁路线外面去的？"

"俺……俺干完活，急着上厕所，又不能在铁路上当着那么多人解手，于是就想找个地方方便一下。没想到，俺在解手时被毒蛇咬了屁股了！哎呀，好疼呀！俺会不会死呀？"二毛哭着问道。

"好了，好了！我看了你屁股上的蛇牙印，不是毒蛇的。若是毒蛇咬的，你还能在这干嚎吗？"海来木呷一边安慰二毛，一边从水壶里倒了些水出来帮他清洗伤口，又从随身工具袋里拿出些草药给他敷上，才又道："二毛，这次算你命大，以后可千万不敢再一个人随意乱跑了。我现在已给你做了简单的处理，等回到队上再去医院注射破伤风针，然后养几天就好了。"

"海叔，你说的都是真的吗？确定不是毒蛇咬的吗？俺没事了吗？"二毛不放心地问道。

"你小子，还不相信海叔吗？他现在可是咱队部防范毒蛇咬伤的专家呢。放心吧，回去后让'飘飘'他们再陪你到医院去找大夫好好看看。"工长付哥对二毛说道。

回去后，李书记派了辆车，让白玉传和"飘飘"几个弟兄陪二毛到衡山医院找专业大夫确诊。经检查，确实和海来木呷在现场判断的一样。护士给二毛打了破伤风针，大夫又给二毛开了几天的药。

后面几天，二毛只能趴在床上，靠工班的其他弟兄们照顾起居了。

经过此件事，队上对一线施工安全的意识大大加强了，大家再也不敢糊弄安质部门开展的各项安全培训了。只是大家没想到，真正的悲剧还未到来。

在白玉传上班的第二年，也就是1995年8月，单位进来一批新同事，其中就有吕全贵。他当时刚刚高中毕业，1米75的个儿，身材匀称且魁梧，一看这身板，就是干接触网的好苗子。经过这四五年在一线的锻炼，他已是副工长了。平日里，吕全贵不爱说话，唯一的爱好就是唱老家的曲调秦腔。他比白玉传早来武广线一年多，在区间里主要负责接触网下部基础施工作业，长期在大山里，几个月都难得出来一趟，队部领导都对他的敬业很是认可。

这几天，队上办公室收到了吕全贵老家发来的一封电报，便立即利用封锁点让作业车给他捎去。吕全贵打开电报一看，高兴得都蹦了起来，对身边的同事说道："我爹在老家给我找了个对象，让我回家相亲呢！"

大家听了，都为吕全贵高兴。

吕全贵赶紧去向工长付哥请假，付哥对他说："等我回到队上向胡队长报告一下，派个人来顶替你，你交接一下工作，就可以回家了。"

小吕子许是太高兴了，他等不及队上派人来与他交接工作，就把交接工作写在本子上，然后穿上一套崭新的西装，决定自己走出这大山，再坐班车到队部去，这样晚上就可以坐上回家的火车了。他万万没想到，就是这个草率的决定断送了他年轻的生命。

第二天一早，队上派来与吕全贵交接的李大虎没在工地现场找到人，当时就心里发毛了，于是立即问现场人员："你们谁看到吕全贵了？他去哪儿了？"

大毛听了，忙答道："我看到吕工长昨天吃了午饭就走了，这是他让我给你的工作交接记录本。"

"可我来时没在队上见到吕全贵呀。按理说，他昨天下午就能赶到队部的呀！"李大虎听了，觉得不对劲儿。

"也许吕工长昨天晚上就坐上火车回家了。"大毛笑着说道。

"不可能！根据吕全贵一贯的工作态度，他回家前一定会和交接人当面嘱咐一下现场施工情况的。我觉得这里面有问题。"李大虎认真地说道。

"也许吕工长被幸福冲昏头脑了，着急回家相亲去了。李师傅，放心吧，他一个大活人，还能跑到哪儿去呀？"大毛不觉得有啥。

"这可不行呀，我心里不踏实。大毛，你给我盯着，今天谁也不能到现场干活去。我跟着队部送工车回队部一趟，向李书记报告此事。记好了大毛，今天谁也不能到现场干活去。"李大虎一边叮嘱大毛一边坐上了回队部的送工车。

到了队部，李大虎直奔李书记办公室，着急地问道："书记，你看见吕全贵了吗？"

"没有呀，你不是今天和他对接吗？"李书记反问道。

"我到了现场后没见到吕全贵。听大毛说，他昨天下午就自己回来了。可我想，他要是回到队部，依他以往的脾气，肯定会和交接人当面说清施工现场情况的。我越想越不安，于是就回来看看他到底回来了没有。"李大虎向李书记简单汇报了情况。

李书记听了，眉头一皱，感觉事态严重。他立马带着李大虎到了吕全贵的宿舍里，一看，人不在，回家用的包却都在。他们还问了队上的其他人，都说没见到吕全贵。这一下，李书记也慌了，忙去找胡队长说了此事。胡队长也着急了，嘴里嘟囔道："这小吕子到底去哪儿了？按理说，他要是昨天下午回来，肯定要来找我打个招呼的，不会不辞而别的，这也不符合他一贯的工作作风呀！"

"他是不是昨天下午就直接去衡阳火车站买票回家了呀？"这是大家最后的希望了。

"这不难。衡阳站是个小站，上车人不多，再说了，车站卖票的和站务人员，大多都认识吕全贵。咱现在就去车站问问。"李书记说完，就叫了辆车，他们三人一起来到衡阳火车站，询问车站工作人员昨天下午有没有看见吕全贵，可车站工作人员也都说没见到呀。

最后，一个站务大姐说道："你们别慌。昨晚卖票的叫李阿香，她是夜班，是最晚一个离开车站的。她家就住在衡阳县城，这是地址和电话。要不，你们去找她再确认下吧！"

李书记接过字条，说了声谢谢，立刻让汽车直奔衡阳县城，顺利地找到了李阿香。

李阿香听了情况，说道："你们找的吕全贵，我认识他呀，挺精神的一个小伙子,可是昨晚我没见他来买票呀!"

"你再仔细想想,确定没见过他吗?"胡队长着急地大声问道。

李阿香被胡队长这一嗓子吓着了,一下子怔住了。

李书记忙解释道:"对不起,我们胡队长这是着急上火了,说话有点冲,多有冒犯了,还请您多多谅解。您再想想?"

李阿香这才缓过劲儿来,肯定地回答道:"我确定昨晚没有看见吕全贵来买票。"

在回队的路上,胡队长一路不停地嘟囔着:"小吕子,你到底去哪儿了呀?急死老哥了!"

李书记在旁边看胡队长心神不定的,就劝道:"老胡,先别着急,等下午咱们队上的人都回来了,再问问他们,尤其是同宿舍的人,看谁见着吕全贵了。"

晚上,李书记问遍了全队上下,都说没见到吕全贵。

吕全贵同志失踪的消息顿时传遍了全队,大家都在猜测他到底去哪儿了。

第三天一大早,李书记将情况上报了指挥部和电气化局本部领导,请求立马与吕全贵家取得联系,确认他是否已安全到家。电气化局本部领导高度重视此事。由于吕全贵家里没有电话,就通过当地公安局,让他们帮忙到吕家确认。晚上八点左右,电气化局本部终于得到消息——吕全贵没有回家。于是,李书记报警了。

"吕全贵到底去哪儿了"成了队部和指挥部关心的头等大事,全队上下也都人心惶惶。于是,李书记找来胡队长,对他说道:"老胡,现在队上人员思想不稳定,我想,在找到吕全贵前,现场施工任务就安排半天,下午就安排技术和安质进行集中培训吧!"

"好,我听书记的,立马调整施工任务,这就安排通知下去。"胡队长说完,就去找那几个工长安排工作去了。

在吕全贵失踪5天左右时,派出所终于传来了消息:"在离事发地点100多公里的河流下游发现一具身份不明的尸体,请队部派人去确认。"

听到此消息,李书记顿时眼前一黑,昏了过去。大家忙七手八脚地把李书记扶起来,他才慢慢缓过劲儿来。他一醒过来,就着急地问道:"这不会是吕全贵吧?"

胡队长听到此消息后没说话,立马和付工长坐上汽车,去了事发地点。

中午吃饭的时候,胡队长带回了噩耗:经现场确认,那具尸体就是吕全贵。

胡队长哽咽道:"人都不成样子了……我们是看到那西装,才知道是他。"

听此噩耗,全队上下都无心吃饭了,人人都在抹眼泪,为失去一位好兄弟而悲痛不已。

下午三点左右，指挥部领导何指挥长、后勤陈主任以及安质部部长刘大姐都来到队部。刘大姐一见胡队长，就责问道："老胡，到底咋回事呀？好端端的一个小伙子说没就没了，这咋让我们向老吕交代呀？"

原来，吕全贵的爸爸是老电气化人，半辈子以来四处奔波，为了祖国的电气化铁路建设奉献了自己的青春和汗水。他退休后又亲手把自己的孩子送到电气化，替自己继续为电气化铁路工程建设事业做贡献。

"我对不起吕师傅，他把孩子交到我手里，我没给照顾好呀！"李书记满脸泪水。

刘大姐也是老泪横流。

整个队部笼罩在悲伤的气氛里。

何指挥长对大家讲道："同志们，我和吕师傅当年是在一个工班里挖坑、爬杆子的。在那艰苦的岁月里，我们互相帮助、互相激励，一路走过这几十年的风风雨雨。没想到，现在咱们施工环境好了，却出现了这样的悲剧！我们一定要化悲痛为力量，好好总结经验教训。指挥部要全部停工整顿，认真反思，集中安全培训，并且要切实做好家属的安抚工作。"说到这里，一向刚强的何指挥长也忍不住了，哽咽着说不下去了。

三天后，吕师傅一家四口来到队部。望着一头白发的吕师傅，刘大姐忙走上前去，紧紧拉着他的手，话还没出口，就已是泪流满面了。

吕师傅却一滴泪都没流，只是简单地问道："额家小吕子到底咋回事？"

于是，胡队长把派出所的调查结果详细地告诉了老爷子。

原来，吕全贵走出大山后就来到那条与公路相连的河边。河上没有桥，只在河中央有段连接河两岸的石条。吕全贵常见当地人从石条上走过去，就没多想，踏上了石条。没想到，这石条不仅被水冲刷得异常光滑，而且还不是直线。他一不留神，一脚踩空，整个人就掉进了河里。他是北方汉子，不会游泳，而且又是中午，天气炎热，河两岸附近也没有人。悲剧就这样发生了。

吕师傅听了胡队长的话，低头无语，一行老泪却顺着那张布满皱纹的脸无声地流了下来。许久许久，他才抬起头，仰天长叹道："这都是命呀！"老爷子说完这话就再也不说话了。

刘大姐上前劝道："老哥哥，我知道你心里悲痛，要不你就放声大哭一场吧，这样会好受些！"

吕师傅没说话，一个人默默地走了，留下吕家的其他家属继续哭泣着。

在刘大姐和陈主任的陪同下，吕家人见了儿子最后一面，然后就将吕全贵的尸体火化了。

在吕老爷子即将返回故乡的时候,指挥部何指挥长紧紧握着他的手,说道:"老哥哥,你家里现在有啥困难?还对组织有啥要求?尽管说出来,我们尽力满足您!"

老爷子抬起头来,看看身边都噙着泪花的大家伙,突然伸出手来,指着那些年轻人,对何指挥长说道:"老伙计,这些娃娃都是爹娘含辛茹苦养大的,交给咱电气化,那是他们爹娘对咱单位的信任呀!你也知道他们这群娃娃,他们的工作和生活都不容易。"说到这儿,老爷子提高了音调,"额家里没啥困难,额能自己克服,一切后事按照规章制度去办就行了。放心,额也是老电气化人,不会胡搅蛮缠的,不会给国家增添不必要的负担和麻烦。只是请你平时在施工安全工作上多下功夫,别再让这类悲剧发生了。"

听到老爷子的一席话,白玉传他们感动极了,哭得更凶了。

工长付哥拉着吕师傅的手,充满感情地说道:"吕师傅,以后我们三队的这些年轻人都是您的孩子。家里有啥事,您尽管吩咐,我们可要多联系呀。"

听到这话,老爷子走到每位年轻人身边,和他们紧紧地握手。一股难以割舍的亲情在两代电气化工程人的心里默默地流动着。

吕全贵的溺亡让每个人的心情都很沉重。安质部门特意修订有关安规制度,新增了一条:"任何时间、任何地点均不允许一个人单独进行作业,并且要求有关部门严格执行职工探亲制度,办公室做好登记工作。"

虽然大家伙心里都很难受,但是工程还是要继续进行。于是,全队人员在停工进行集中安全培训后便开始在全区段展开承力索的架设了。

山区交通不便,因此大部分材料已经利用铁路封锁点,用作业车提前运到施工现场,施工人员只要直接进场作业就行了。

这一天天没亮,白玉传他们工班就坐上了开往施工现场的架线作业车。作业车一路蜿蜒前行,大家都抓紧时间在隆隆的车轮声中再打个盹。大概20多分钟后,作业车戛然而止,司机崔师傅大着嗓门吆喝道:"弟兄们,到了,到了,快醒醒,开始干活吧!"

工长付哥一个激灵就醒了,先推醒了身边的几个人,然后大声说道:"大家都醒醒,全部下车集合!"

大家伙一个个地睁开了眼,望望天边的那轮月亮,深深吸了口气,便跳下作业车,在铁路边上站成整齐的一排,听工长安排工作。

只听工长付哥大声说道:"今天咱们班的主要任务是承力索架设。'飘飘'负责起锚,'盼盼'负责下锚,我和'小锤子'负责架线,大传负责确认线盘配盘与锚段长度核对及巡线工作。听明白了没有?在干活时,大家都精神点儿,互相提个醒,注意安全。"

"知道了,明白!"大家伙齐声应道,然后就分头开始做准备工作。

就在大家伙干得热火朝天的时候,二毛突然在起锚支柱下大声地嚷嚷道:"这坠砣哪儿去了?咱们提前运到现场的坠砣,咋一块都找不到了?这可咋放线呀?"

工长付哥听了,立马从作业车的操作平台上下来,来到起锚支柱边仔细查看。真是奇了怪了,的确是一块坠砣都没看见。

若是没有坠砣,可就无法进行架线工作了,那今天的施工任务就完不成了。

大家都放下了自己手头的活儿,在起锚支柱附近到处乱找,又发现堆在对面的起锚支柱边的坠砣也全部不翼而飞了。

工长付哥气得嗷嗷叫:"这坠砣难道自己长了翅膀飞了不成?可别让我逮着是谁偷了咱的坠砣,否则我非狠狠修理他不可!"

这时,去下锚支柱处做准备工作的"盼盼"也在报话机里喊道:"付哥,下锚支柱附近的坠砣全部不见了!这线可咋放呀?"

"'盼盼',看来今天是完不成施工任务了,你回到起锚作业车处吧!"付哥没好气地命令道。

"这段时间咋回事?咱干啥都不顺,气死人了!""飘飘"在旁边抱怨道。

没法子,工长付哥只好吩咐大家收拾好东西,等线路封锁点结束后,再坐着作业车返回衡山火车站,去中心料库搬坠砣去。

"这一下子丢了几百块坠砣,料库吕主任可不会轻饶咱们呀,这可咋办?"听白玉传提到料库主任,大家伙的心里不由得紧张起来。是呀,回去可咋交差呢?

工长付哥也着急,嘴里不停地嘟囔着:"是呀,这可不是个小数目呀,是几百块坠砣呀!吕主任这下可有话说了,又该不停地絮叨了。"

到了料库,付哥赔着笑,小声地把现场坠砣丢失的情况向吕主任汇报了。吕主任不信,笑着说道:"付工长,骗鬼吧!在那种鸟不拉屎的地方,坠砣会不翼而飞?而且还是几百块坠砣一起失踪了,怎么可能?"吕主任说到这里,看了一眼付哥,继续问道:"你小子是不是不想干活,在这儿忽悠我吧?"

工长付哥一听就急了,他一急,说话都不利索了:"师傅,你……你……你不相信我?你说,我们这么多人,还出动了作业车,一大早赶过去,不为了干活,为了啥？你这么说有意思吗？"

"吕主任，坠砣真的丢了，我们在现场找了好久呢。"白玉传见付哥生气了，连忙上去圆场道。

吕主任听了白玉传的话，没再说啥，又给发了坠砣。

第二天，白玉传所在工班的全体人员都憋着一口气，到了现场就拼命干活。这承力索架设的工作对他们来说本来就是小菜一碟，不一会儿就干完了。工长付哥见弟兄们个个满头大汗，就对白玉传和彝族大叔海来木呷说道："待会儿我们对已架好的承力索进行加固时，你俩到附近村里去找找，看有没有水或者西瓜啥的。记着路上千万注意安全，若在半个小时内找不到，就赶快回来。"付工长边说边递给他俩两个水桶。

海来木呷和白玉传一人拿上一个水桶，就走出了铁路线。两人边走边聊，不一会儿就走出了二里地左右。在一片山坳里，他们惊喜地发现了一片西瓜地，西瓜个个都又圆又大。彝族大叔海来木呷蹲下身子，伸手在旁边一个西瓜上敲了敲，笑着对白玉传说道："这西瓜熟了，可以吃了。咱们快点去附近找找看是谁家的西瓜地，和人家谈个价钱，买几个带回去给弟兄们解渴。"

白玉传听了此话，心里也很高兴。

两人赶紧顺着崎岖不平的山间小路，往不远处的一幢小房子走去。过了一条小河沟后，白玉传惊奇地发现脚下那弯弯曲曲直通小屋门口的小路上竟铺满了坠砣。

白玉传一把抓住海来木呷大叔，小声说道："海叔，您看脚下这条路，上面全是咱的坠砣。你说，咱们的坠砣咋会自己长了腿，跑到这里入地了呢？"

海来木呷停下脚步，看了一眼这用坠砣铺成的小路，气得话都说不出了。

"你在这儿守着，我去找工长付哥汇报去。"海来木呷对白玉传说道。

"那你回去的路上可要小心些，注意安全，快去快来。"白玉传嘱咐道。

"放心吧，这山路对我没啥难的。"海来木呷说完就急匆匆地走了。

不一会儿，海来木呷就带着工长付哥和其他四五个弟兄们回来了。

工长付哥一看到路上的坠砣，心里就气不打一处来，连声说道："走，咱们一起找他们去问个究竟！"

到了小屋前，海来木呷大叔叫开了门，从里面走出一对四十多岁的中年夫妇，惊诧地看着门前的不速之客。

还是海来木呷大叔有经验，他笑着说道："这位小老弟，我们是来此地修电气化铁路的，中午回不去，想在您这里讨口水喝。"

那位大嫂听了,连忙把大家伙请到院子里,从水缸里舀出几碗水,让大家喝。

"大嫂,您这水还真甜呢!""飘飘"喝了水后笑着赞美道。

付哥狠狠地瞪了一眼"飘飘",吓得他再也不敢乱说话了。

那中年夫妇见工长付哥凶神恶煞的模样,吓得也不敢说话了。

付哥看了他们一眼,用手指着他们家门前那铺满坠砣的小路,没好气地问道:"这铺路的坠砣哪儿来的?"

那位大哥哆哆嗦嗦地走上前,对着工长付哥说道:"这些水泥墩子都是我们从铁路上拉过来的。我们看放在那儿好久也没啥用,就拉过来垫路用了。"

"你可知道这些水泥墩子是干啥用的?是我们修电气化铁路工程建设用的。我们辛辛苦苦地搬来搬去,来回倒腾好几趟,好不容易才运到了铁路沿线。你可倒好,说没啥用了,就私自拉到自己家里垫路用了。"工长付哥又是好气又是好笑。

"你们可知道,你们私自搬运铁路工程材料,可是犯法行为?我们要报警的!""飘飘"在旁边威胁道。

那位大嫂一听说警察要来,吓得扑通一下跌坐在地上,一边哭泣一边解释道:"我们也不知道这些水泥墩子是干啥用的呀,也是费了好大的劲儿才拉到我们屋前铺了路,就是为方便走路,可不能让警察来抓我们!我们知道错了还不行吗?我们现在就把这些水泥墩子还回去,你们看行吗?"

望着这对朴素无知的中年夫妇,工长付哥心里的火也发不出来了。他走过去,搀扶起那位大嫂,对着他们俩说道:"念你们是初犯,而且不知者不怪,这次就算了。以后可不要将铁路上的东西私自乱拿乱放了,这对工程建设的影响很大。"

"不会了,以后再也不敢了!"这夫妻俩这才松口气,异口同声地说道。

"好了,弟兄们,这水也喝了,坠砣也找到了。这样,咱们赶快把这200多块坠砣用他们家里的手推车运到作业车上去,可不能影响下次的架线工作。"工长付哥吩咐道。

就这样,这批丢失的坠砣全部被装上了作业车。

最后,那对夫妇还给大家伙送来了十几只大西瓜。那位大嫂愧疚地对工长付哥说道:"对不起,都是我们影响了你们的工作,这些西瓜就送给你们解解渴吧。"

工长付哥连忙摆手说不要,可是那夫妻俩不由分说,把那十几只西瓜全都搬上了作业车。

工长付哥只得从口袋里拿出一张百元大钞,递给那位大哥,说道:"你们在大山里种西瓜也不容易,我们不能白吃你们的,这钱给你们,你们就收着吧。"

大哥刚要接钱，那大嫂就一把抓过钱去，又顺手扔还给付哥，说道："这钱，我们可不能要。这些西瓜都是我们自己种的，留给你们吃吧，就当我们赔礼道歉了。"

工长付哥见大嫂一脸着急的样子，也就不勉强了。他接过了钱，招呼着弟兄们上了作业车。就在作业车发车的瞬间，付哥偷偷用钱包了块小石头，扔给了站在铁路旁边那对朴实憨厚的中年夫妻俩，大声说道："钱拿好！我们不能白吃你们的西瓜，这是我们电气化人的纪律！"

工长付哥望着那对一直朝他们挥手的夫妻俩，笑着对弟兄们说道："看来，咱们指挥部对铁路沿线居民的宣传力度不够啊，以后得加强这方面的宣传工作才行。"

南方一到梅雨季节，这雨下起来就没个完，现场施工是无法进行了，队部只是不定期地组织一些安全、技术方面的培训，这下可把白玉传憋坏了。

一日无事，白玉传想去找王文才大哥讨教一些关于接触网施工的技术问题。刚一进屋，他就看到文才大哥趴在桌上写东西呢。悄悄地走进一看，原来人家是在给家里写信呢。白玉传正想转身离去，文才大哥发现了他，笑着说道："大传，你来了，有事吗？你看，这雨一下就好几天，没啥事，就给你嫂子写封信，交流一下感情。做咱电气化工程人的媳妇不容易呀，整日不见咱回家，还要一个人赡养老人、抚养孩子。有时候，想想就对你嫂子愧疚得很。"说到这里，文才大哥的眼睛有点湿润了。

"大哥，我没啥事。那您就先写信，我不打扰您了。"白玉传本来就不愿意打扰文才大哥给嫂子写信，连忙要走。

"大传，听说你上次回家探亲，家里又给你找了个对象。你小子平时闲了，得多和人家姑娘联系，可别一到单位就杳无音信了。咱电气化工程人可不好找媳妇呀！"文才大哥关心地说道。

"俺这次回家就和人家姑娘见了一面，说起来也没啥感情，写不出来呀！"白玉传一脸无奈。

"亏你小子还谈过几次恋爱呢！不是听说你挺会写信的吗？这次咋就不想给人家姑娘写信了？"文才大哥问道。

"写点啥呀？别俺一写，再把人家姑娘写跑了！"白玉传心有余悸地说道。

"你小子呀，在这方面是有心结呀。也不能怪你，都是咱们从事的工作性质不好。可也不能几个月都不联系，这放到任何一个姑娘身上，人家都不会愿意呀。"文才大哥继续劝道。

白玉传听了文才大哥的话，也想给岳小燕写信了，于是去找李书记要些稿纸。李书记听说白玉传要给对象写信，打趣道："大传，这次写信可要好好写呀，可不能再用英语写信了。"

"哪能呢？书记，俺这次写信一定好好写。"白玉传不好意思地说道。

拿着书记给的厚厚一叠稿纸，白玉传来到了空无一人的会议室里。可当他真的拿起笔来要写信时，又不知道从何写起了。他拿着笔冥思苦想，好久都憋不出一个字来，只得踱到窗前，望望外面的绵绵细雨。突然，他想起小学时有一次回家路上路过岳小燕家门口，她大哥站在路中央蛮横地拦住去路，不让白玉传走过去，当时可把白玉传快急哭了。就在两个男孩僵持不下的时候，从屋里跑出一个三四岁的女娃娃，嘴边还淌着鼻涕，急匆匆地跑到白玉传面前，竖起她那小手指，指着白玉传凶道："就不让你过去，俺就不让你过！"那个刁蛮小姑娘就是现在和他处对象的岳小燕呀。如今，女大十八变，岳小燕长成了一个漂亮的新时代知识女性。

对岳小燕，白玉传是一见钟情的，但是，他也知道自己家里穷，娘有病，自己的工作性质又不好。一想到这些，白玉传心里刚刚涌起的丝丝暖意瞬间就不见了。

白玉传一个人在会议室里来回踱步，思绪万千。最后，他决定，这第一封信就从小时候写起。

一个上午，白玉传写了整整五页纸，才把这第一封信写好。他一边看一边笑，心想，若是岳小燕看了这封信，说不定也会大笑起来呢。

吃过午饭，白玉传躺在床上午休，迷迷糊糊地进入了梦乡。在梦里，他看到岳小燕收到了他的信，在宿舍里红着脸读信，一边读一边笑，最后终于忍不住捧腹大笑起来。就在他与岳小燕相会时，突然耳旁传来了"猴子"的声音："大传，你小子咋回事？大中午的做啥好梦？看你一个人在那儿又说又笑，瘆人得很。"

白玉传睁开迷蒙的眼睛，看了一眼"猴子"，问道："俺都说了啥？"

"谁知道你说的是啥，都是你的家乡话，倒是听到你叫小燕。看来是你小子想你对象了吧？""猴子"嘿嘿地笑道。

被"猴子"这么一闹腾，白玉传在心里给自己定下了一个目标：他打算一口气给岳小燕写24封信，让她感受一下彻底的震撼。

说干就干。白玉传到镇上买了几本稿纸，一连数日都一个人躲在会议室里写情书。

白玉传的诡异行为引起了"飘飘"的注意，他非常想知道白玉传到哪儿去了、去干啥了。

在白玉传写完最后一封信的时候,"飘飘"终于逮到了白玉传。他悄无声息地走到白玉传背后,突然大声问道:"大传,你在干嘛呢?写了这么多,都是啥呀?"说着"飘飘"就拿起一页纸要看。

这下,白玉传可着急了,他一把抢回稿纸,气呼呼地说道:"你要是敢看,俺就和你绝交,不把你当好哥们!"

"有这么严重吗?到底写的啥?""飘飘"一脸疑惑地问道。

"俺告诉你,你可不许到处瞎说去。这是俺写给对象的情书,一共24封信,震撼吧?"白玉传悄悄地告诉"飘飘"。

听到此话,惊得"飘飘"张开他那大嘴巴,半天合不上。他望着那厚厚一叠情书,对白玉传说道:"看不出来呀,你小子平时挺老实的,没想到泡妞还真有一套呢。"

"去,去,去!啥泡妞?俺这是谈对象呢。"白玉传拼命要把"飘飘"推出去。

"你……你别推!老哥问你,想不想让你的情书更浪漫,更能打动人家姑娘的芳心?""飘飘"笑着问道。

"你就别卖关子了,有啥好建议,快点说!"白玉传催促道。

"你呀,在这谈恋爱上还是个生瓜蛋,老哥可有经验。想当年,我在追你嫂子时,我可是煞费苦心呢,能想到的全都做了。""飘飘"陷入了美好的回忆中。

白玉传看着"飘飘"一脸幸福的样子,着急地问道:"快别美好回忆了,给俺讲讲你的建议。"

"你呀,得去买些带香味的彩色稿纸,信写好后叠成千纸鹤,用加急快件寄出。你想想,你对象若收到这么别致的情书,还不高兴地蹦起来呀?""飘飘"得意地说。

白玉传听了,转身就出门了,去衡山县城买到了带香味的彩色稿纸。回来后,他把那些情书工整地抄写在新买的稿纸上,叠成了24只小船寄了出去。他望着这24只彩色的小纸船,心里激动万分。

一连数日的暴雨让铁路沿线的安全成了大众媒体聚焦的热点。当地铁路部门24小时进行不间断的巡检,发现汛情就及时上报。同时,广铁集团公司要求下属的所有施工单位的一线施工人员任何人不得请假,随时待命,时刻准备抢险。

听说,此次暴雨是百年不遇的灾害天气,持续时间长、范围广,而白玉传所属指挥部及作业队管辖的这段区域是重点防汛抢险区段。指挥部已成立了抢险防汛应急小组,所有抢险人员、物资、机械全都准备到位。

七月中旬的一个下午,从指挥部传来了紧急支援铁路塌方抢险的通知,胡队长即刻命令全队集合,下达抢险命令:"接指挥部转发广铁集团紧急抢险通知,今天下午1点50分,一列货车行驶在衡阳站到耒河站下行线K1748+230-350区段时,因区段地质松软,连续暴雨天气造成铁路长达百米区段山体滑坡,泥石流瞬间淹没铁轨。幸好货车司机采取紧急措施,现需要所有沿线施工单位即刻全员出动,紧急到达事发地段,参与此次抢险工作。"

说到这里,胡队抬起头看了一眼大家,提高声调说道:"此次抢险工作处于我们的管辖区段。大家都知道,该区段为山区,交通极为不便,大型设备无法抵达现场参与抢险,因此需要投入大量人力来进行作业。根据铁路部门的'先保开通,后维护加固'的一贯要求和抢险指示精神,咱们队除了女工,全员参与此次抢险工作。女工在家也不能闲着,要做好看护队部及料库的巡视工作。"

"下面,我给大家分分工。"胡队长打开工作本,说道,"此次抢险共分五个小组,队部所有人员为第一组,由李书记带队,其余四个工班分别独立成组,由各自工长带队,后勤保障由料库吕主任负责。"

李书记在出发前又给大家做了动员,他严肃地说道:"到了现场,要一切听指挥,团结一致,力争在最短的时间内完成任务。谁也不能偷懒,体力顶不住了,后续队员就要随时顶上。不能给咱电气化人丢脸!"

随后,胡队长大手一挥,大声说道:"全体参与此次抢险工作的人员,即刻出发!"

一百多人纷纷坐上送工车,浩浩荡荡地来到衡山火车站,把所有抢险用的材料、设备等运上两组作业车,再由驻站联络员在车站值班调度内申请临时作业令,随即开往事发地点。

大概10分钟后,作业车在离事发地点100米处停了下来。

白玉传他们向前方一望,只见那列货车车头方向的几节车厢的轮子已被泥石流埋了一半。先到达的铁路工务、供电、电务、机务、信号的工作人员已开始进行人力抢险工作。胡队长立刻跑步上前,向现场抢险领导小组组长大声汇报:"我们是中原电气化局,接到通知后即刻组织第一批抢险人员100多人参与此次抢险工作,请领导指示!"

那位现场抢险领导小组组长听说是广铁集团工务处处长,他看着眼前排列整齐的队伍,很高兴,说道:"好好,你们来得太及时了!请即刻参与此次泥石流清理工作。每组不得少于30人，轮番人工清理淤泥。记着，人可以停，但抢险工作不能停。我们要争分夺秒，尽快使咱们国家这条南北铁路大动脉恢复畅通。"

"请您放心，保证完成任务！"胡队长说完就开始组织现场清理工作了。

他大步流星地来到全队人员面前，大声命令道："所有党员、团员，出列！由我亲自带队，参与第一轮清理淤泥工作。"

在胡队长的带领下，队上的30多名党员、团员立刻开始清理工作：先用洋镐、铁锹等工具把淤泥铲入蛇皮袋里运走，再爬进车厢底下，用手一点点把淤泥抠出来。暴雨过后，阳光更为毒辣，直晒得人燥热难耐，不到10分钟就个个都满头大汗了。胡队长一看到有人体力不支了，动作慢了，就让其他人顶上。虽然大家都累得快虚脱了，但一想到要尽快让铁路恢复通车，就都咬紧牙关，拼命干活儿了。

现场抢险领导小组组长看到此情此景，由衷地赞叹道："你们是好样的，我代表广铁集团谢谢你们！"

半个小时后，中原电气化局的第二批抢险人员也来到了现场，再加上其他施工单位组织的人手，共有七八百人参与此次抢险工作。大家伙也不管是哪个单位的，统一调配，统一分工，干得热火朝天的。

经过3个小时45分钟的连续作业，最后一段枕木内的淤泥也被彻底清理干净了。工务部门人员对轨道进行加固和检查后确认路基稳定，轨道各个参数符合技术要求。于是，现场抢险领导小组组长向广铁集团总调度室通告此次抢险工作圆满完成，现场满足车辆运营要求，可以解除该区段的封锁，恢复通车。

那位立了大功的货车司机向参与此次抢险的所有人员表示感谢后，就跳上了驾驶室。鸣笛数声后，火车启动，缓缓向前方驶去。

白玉传所属工作队因在此次抢险工作中展现了"特别能吃苦，特别能战斗，特别能攻坚，特别能奉献"的电气化人的光荣传统，后来获得了广铁集团的一致认可和通报嘉奖。

由于梅雨季节阴雨不断，现场的施工几乎停滞不前，天气渐渐放晴后，繁重的施工任务立刻压了下来，以致单靠机械作业已不能满足施工进度需求，因此，大部分施工项目的施工模式都改为手工模式了。

这天的施工任务为接触网粗调。啥叫接触网粗调呢？通过定位装置、电连接、吊弦等设备对铁路上方的铜线进行固定，以便火车能在运行中获取持续的供电。这一任务的施工方式有两种，即梯车作业和利用作业车施工，通常是不用人工作业的，尤其是在曲线上作业，人工施工的效率不高，安全风险却大。可是，由于雨季已严重地影响了今年的施工总体计划的执行和投资产值，所以不得不采用人工作业。

白玉传所在工班所承担的施工任务刚好就在曲线区间，如果要确保施工人员的安全，就必须对现有的工艺、工法进行革新。因此，工长付哥在开工前号召全班人员群策群力，一起想个万全之策。

在一次讨论的时候，白玉传望了一眼付哥，小声说道："付哥，俺对曲线区段腕臂上卡定位有个想法，就是不知道管用不管用。"

"大传，你小子有啥话就尽管说，小声嘀咕个啥？"付哥鼓励道。

"俺记得刚上班的时候，在钢柱整正的时候，在困难地段上紧固螺母时需要用450毫米的大力扳手带着劲儿，才能将螺帽拧紧。可是，由于扳手手柄太短，不便于用劲，咱料库就会特制一个加长杆的加力棒。这样，一个人也能轻松地完成此项工作。"

付哥听到这里还是一头雾水，便生气地说道："我们现在是在讨论如何在曲线上卡定位的事，你给我说钢柱整正的事干嘛？这两件事风马牛不相及嘛。"

"我觉得大传说的这个加力棒是个好法子。付哥，你别心急嘛，让他继续讲嘛。""盼盼"在旁边说道。

"俺是想，咱们能不能在平腕臂端部加装一个加力棒，以缓和曲线上接触线的力？当然，这只是初步设想，还不知道如何保证加力棒与腕臂端头的连接及如何保证连接之间的牢固性。"白玉传吞吞吐吐地说出了自己的想法。

"你这个法子，还别说，我觉得可行。走走走，咱们一起去找找料库吕主任，请物资专家给咱们画个草图，先加工几套，拿到现场去试试，看看效果咋样。"付哥拉着白玉传就走。

来到中心料库，见了吕主任，付哥让白玉传把他的建议再详细地解释一番。吕主任听了，笑着说道："大传，现在不简单了，干活会动脑子了。你们稍微坐一会儿，我先把加工图给画出来。"

不一会儿，吕主任就按照白玉传的设想把草图画好了。吕主任看着草图说："这法子好是好，可加力棒也要承受一定的力，如何固定好它与腕臂端头的连接是关键。"

"这也是我们所担心的，现在还没想到好法子呢。"白玉传在旁边担忧地答道。

"你们看这样行不行？腕臂管内径为2寸，咱们的定位管为1.5寸，我们采用套接方式，为保证它们连接牢固，我们可以在定位管端部50毫米长处拉开三道缝隙，以便增大它与腕臂管的接触面积，并且在定位管、腕臂管连接处附近分别安装几个定卡子，用铁线可靠连接，进一步增加安全系数。然后在定位管上安装定位环，以便挂滑轮，用于绳索拉线。"

听了吕主任的设想和构思，白玉传和工长付哥都佩服得五体投地。

"那……那主任您就赶快给加工四五套吧，我们明天拿到现场去试一试，可好？"工长付哥一激动，说起话来都结结巴巴的。

"放心吧，不会耽误你们干活的，明天一大早来拿吧。"吕主任笑着说道。

第二天，白玉传他们拿着新改进的工具，信心十足地来到施工现场。工长付哥把施工人员分成四组，决定在现场试试，看这新玩意儿到底行不行。

"盼盼"听了，二话没说，扎好安全带就想往支柱上爬。工长付哥见了，忙一把拽住他，说道："你小子吃得这么胖，不用你高空作业，给我老老实实地在下面拉大绳。'小锤子'，你上。"

"小锤子"听了，像只猴子似的迅速爬上支柱，不一会儿就来到腕臂上，扎好安全带后就用绳索把加力棒拉了上去。大家伙都在下面目不转睛地看着。只见"小锤子"打开平腕臂端头的管帽，用力把加力棒往腕臂管里一插，随后试着往外拔了拔。别说，还连接得挺牢固的。随后，他又用铁线把相临的卡子连接上，把滑轮挂在定位环上，用绳索穿过滑轮，一头与接触线绑牢，就朝下面做了个"OK"的手势，示意下面的人可以拉绳子了。付哥忙在一边嘱咐道："开始的时候要慢慢拉。"大家齐心协力，接触线一点点地向定位器的方向移动，"小锤子"则紧盯着加力棒，看是否有险情出现。在接触线一点点地移动的时候，付哥命令拉绳的人临时把绳索扣好，让"小锤子"解下临时固定接触线的铁线。这个环节至关重要，可说是成功与否在此一举了。待"小锤子"解开临时固定接触线的铁线后，大家见加力棒纹丝未动，这才放下了悬着的心。随着工长付哥一声令下，大家一齐使劲拉绳，接触线一下拉到定位器位置，"小锤子"立刻用定位器卡住了接触线，迅速拧紧螺母。整个过程耗时还不到8分钟。

见试验成功，全班人员都高兴地抱在一起欢呼。

有了这个新玩意儿，接触网粗调工作的施工进度推进得很快，安全系数也大大提高了。胡队长知道后，立刻在全队其他工班全面推广此项工法革新技术。

后来，这项技术革新还参加了集团公司组织的年度合理化建议及技术改进活动，获得了一等奖的优异成绩。

白玉传在这次工法革新活动中表现突出，获得了工长付哥和队上其他领导们的一致好评，于是付哥又给了他一项新任务。

一天，工长付哥把白玉传叫了过去，对他说道："大传，我想派你到衡山站去带领民工打基础帽，你敢去吗？"

白玉传听了，笑着说道："不就是个打基础帽吗？这个简单，有啥不敢去的？"

"你小子呀，可别把打基础帽的活儿想得太简单了，这可是咱工程的脸面呀。工程干得好不好，外行人都看这个呢。"付哥耐心地解释道。

"放心吧，付哥，我保证保质保量地完成此项施工任务！"白玉传信心十足。

就这样，白玉传暂时离开了工班的弟兄们，到衡山火车站独立带领民工完成打基础帽的施工任务。

一个炎热的上午，白玉传正带人在衡山站一站台进行接触网钢支柱基础帽浇制施工，站台边一位候车的大叔饶有兴致地看他们干活看了许久，然后问道："小伙子，你们做的这个帽帽是干啥用的呢？"

白玉传回头一看，这位大叔大概40多岁，穿件白衬衣，戴副眼镜，像是个文化人，就解释道："俺们在做基础帽施工，主要是保护基础螺栓及钢柱，起到防水、防锈、防盗的作用。"

那位大叔指着白玉传他们已做好的基础帽表面与钢支柱主角钢连接处，摇着头说道："小伙子，你过来看看，基础帽表面中间高、四周低，只考虑到了基础帽表面的散水效果，却没想到雨水会流到与钢支柱主角钢连接处。南方雨水多，雨季长，这个关键部位如果长期浸泡在水里，又如何能达到防水、防锈的作用呢？"

白玉传低头一看，确实如这位大叔所说，可他又想，你一个外行懂个啥？和你说这么多有啥用呀？于是，他没好气地说道："这都是设计院设计好的，我们只管干活。"

那位大叔听了，没再说话，不一会儿，等火车来了就走了。

那位大叔是走了，可他说的话却一直在白玉传的脑海里盘旋。他再次逐个检查已完成的基础帽，的确如人家所说，基础帽表面很光滑，散水坡也很齐整，可就是基础帽与钢柱主角钢连接处还存在一些问题，若雨水多了，来不及流走的话，还真的会积水呢。此处若是长期积水，还确实会对钢柱使用寿命产生很大的影响，并且导致运营后的接触网设备产生安全隐患。

他越想越觉得刚才那位大叔说得有道理。刚好，站台上走来一个车站工作人员，正是王大姐，他就向王大姐打听刚才那个大叔是啥来头："王姐，刚才和俺聊天的那位大叔是干啥的呢？你知道吗？"

"他呀，叫刘明理，在我们衡山县科技文体局上班，发明了许多东西，听说还获得了多项国家专利呢。他在我们这儿科技创新领域是家喻户晓的名人，还是全国人大代表呢。"王大姐向白玉传介绍道。

"原来是位发明家呀！"白玉传叹道。他回想起自己对人家的态度，心里懊悔万分。

白玉传回到队上，特意把这件事和孟主管、文才大哥说了，可惜当时工期太紧了，大家伙都没太把这件事放在心上。

白玉传万万没想到，与这位发明家的偶遇竟是他走上科技创新之路的最初动力。之后的十多年间，白玉传先后参建宝天、夹孟、京沪、大秦、浙赣、大包、襄渝等电气化铁路建设，发现每条线上都少不了基础帽。可见，小小的基础帽在电气化铁路工程建设中却是不可或缺的。尤其是在南方山区，铁路沿线区间多是高架特大桥，做基础帽所需的混凝土、工机具都需要花费大量人力、物力去准备，而人工搅拌制成的基础帽又普遍存在着外观不美观、表面易出现裂缝等缺点。每每看到此情此景，白玉传都是寝食难安。

那段时间，他就像着了魔似的，日日想、夜夜思，经过多年的不懈探索，一个改进基础帽施工工法工艺的创新思路初步形成："基础帽做成两瓣式连接套装式。在与钢柱连接缝处密封方面，在顶面、侧面、底面分别采用密封胶圈和防水胶并采用紧固螺栓紧固，特别是底部带锥度设计的紧固装置，能确保底部密封。密封圈采用防水性能好，过热水及水蒸气等性能好，耐老化性能好，防腐蚀性能好，化学稳定性极佳的乙丙胶材料，紧固螺栓、螺帽、垫片采用镀锌件，螺帽采用防盗性螺帽。还可以根据各地风土人情来对基础帽进行涂色、绘图。"

但是，白玉传清楚地知道，若想把改进基础帽的科研进行下去，仅靠他一人是完成不了的，需要组建一个科研攻关团队。于是，他找来了高工专家唐志新师傅，把研发新型基础帽的想法告诉他，请让他把设计草图绘制出来。

不知经历了多少个不眠之夜，白玉传和他的科技创新团队终于成功了，由他们报送的科研攻关项目《新型易安装基础帽》在2015年获得了国家专利局正式颁发的国家专利证书。这是白玉传收获的第一个国家专利，对他的一生影响巨大。

一天深夜，大家都进入了甜甜的梦乡。突然，一阵阵急促的哨子声响了起来，只听胡队长在大院内大声喊道："全队人员紧急集合，咱们料库被盗了！"

全队上下100多人一下子都惊醒了，纷纷向距离队部大院不到300米的中心料库飞奔而去。

等白玉传来到料库，大家基本上都到了。只见料库大门敞开，里面灯火通明，吕主任正带着人在清点库里的材料，统计丢失情况。现场一片狼藉，门外不远处，那两只看门的大狼狗已经倒在血泊中奄奄一息了，而今晚值班的料库管理员卫易飞和黎明明的手上、脸上全是鲜血，显然是和盗贼进行过一番搏斗。

胡队长看着两人的伤，心疼地说道："'飘飘'，你快陪着他俩先到队部医务室找大夫简单包扎下。"

然后，他又着急地问吕主任："老吕，快说说此次的材料丢失情况。这可真要命呀，偏偏到了工程攻坚阶段。可恶的贼，别让我逮着他们，不然，我非活剥了他们的皮不可！"

"好了，好了，老胡，你也别太心急了。我们现在需要及时报警。放心吧，咱们武广线是国家重点铁路工程，当地派出所很重视的。"李书记一边劝胡队长一边拿手机拨打110。

"此次料库被盗，看起来是团伙犯罪。他们提前做了详细的现场调查，是有组织的，分工明确，作案时间也很短。幸好咱们的线材没被盗走，只丢了些软铜线和铜配件。大概算了一下，此次被盗软铜线400米和铜配件200多套，主要是电连接线夹。"吕主任看着记录本向胡队长和李书记汇报。

"这可咋办？工期这么紧，近阶段正是大面积进行接触网粗调的关键时刻。"胡队长听了吕主任的汇报，气得直跺脚。

这个时候，卫易飞和黎明明简单处理了伤口后又回到了现场，胡队长立马说道："快，你们说说当时的情况。"

两人正要开口，一辆辆警车响着刺耳的警笛声，呼啸而来。警车一停下，先下来三位警官。胡队长忙迎上前一看，原来是派出所雷所长。雷所长和胡队长握了握手，骂道："他奶奶的！是哪路毛贼，敢在我老雷的管辖区犯案？真是不想活了！他们吃了豹子胆了，这国家重点铁路工程物资也敢抢！放心吧，胡队长。我们一接到你们的报警电话就向衡阳县公安局齐局长汇报了，现在我们已在所有出县路口及高速路口设置了临时检查站，还通知了临近的衡东县公安局，在周围方圆300公里内布下了天罗地网。我就不相信了，现在离事发时间仅仅过了28分钟，他们还能长翅膀飞了不成？"

"谢谢，谢谢，雷所长！"胡队长听了雷所长的一席话，再次握住了雷所长的手，表示感激之情。

警方随即开始了作案现场勘察工作，寻找有价值的破案线索。胡队长特意把案发时在场的料库管理员卫易飞和黎明明叫过来，让他们向雷所长讲讲当时的情况。黎明明说道："大概在晚上12点10分左右，我听到院子里那两只狗的狂叫声，想着是不是施工现场出了啥事，急需连夜领取材料呢。于是，我叫醒了和我同屋的卫易飞。待我俩穿好衣服，打开料库大院的灯，刚开门出去的时候，就遇到门口站着的两个魁梧的大汉。他们二话没说，上来就和我们打了起来。同时，我们看到另外三人开着一辆工具车，直接开到料库门口停下，从车上下来一个个子矮矮的人，拿起大锤，一下子就把锁砸坏了。他一脚就踹开了门，其他几人就冲了进去，把屋内的软铜线和铜配件不断地搬出来装上车。"说到这里，黎明明伸手摸了一下头上的纱布，纱布上渗出了丝丝鲜血。

雷所长见此，关心地问："你没事吧？要不要上医院呀？"

"我……我……我对不起队上领导对我们的厚爱，没有看管好料库。这下，我们的工程可咋干？工期咋保证呀？"黎明明没有回答雷所长的话，而是想着国家财产的损失情况和由此对工期造成的影响。

雷所长深深地被电气化工程人的敬业精神感动了，扭头向身边的一位警员命令道："小张，你立马把这两位伤员送到咱们县人民医院进行治疗。"

李书记还特意让"飘飘"陪着一起去。

警车刚要开动，黎明明突然摇下车窗，急促地说道："我在和他们搏斗时，发现一个大汉的脸上有块刀疤。他们开的车好像是灰色的……不对，当时夜里光线有点暗，应该是一辆白色工具车。我还听到他们在招呼同伙时说的是当地话，我听不太懂，但是记得他们招呼那个小矮个子时叫的是'耗子'。"

雷所长听了黎明明的描述，大喜，走上前紧紧握住了他的手，说道："谢谢你提供案发现场这么多有价值的线索，这对破案有很大的帮助。"他当即把这些信息上报了。

此时，案发现场的勘察也基本结束了，雷所长看了看料库大院内黑压压的人，对胡队长说道："胡队长，让你们的人都散了吧。大家聚在这里，对破案也没有啥用。让大家回去好好休息休息。放心吧，我们一定组织警力，全力以赴，尽快破案，不会影响你们的工程进度的。"

说完，雷所长安排了几个警员继续留守案发现场，然后就坐上了警车去进行下一步抓捕罪犯的行动了。

此时，白玉传和他的队友们一点睡意也没有了。大家回到队部后，都着急地等待破案的消息。

次日早晨太阳升起的时刻，雷所长给胡队长打来了电话，通报了一下抓捕罪犯的进展情况，他说："截至目前，所有临时检查站均未发现有白色工具车通过，衡阳市公安局和衡东县公安局也没发现白色工具车。也就是说，罪犯和赃物还没离开衡山县，他们还隐藏在附近。我们下一步计划对附近进行地毯式排查。"

胡队长听了雷所长的话，这悬着的心暂时放了下来。他转身对大家伙说道："这群罪犯还没走远，咱们被盗的材料有希望了。"

这个时候，指挥部胡警官和安质部长刘大姐也来到队部调查此事。胡警官和安质部长刘大姐简单了解了现场情况后，胡警官就开车直奔衡山县公安局，去和地方公安部门取得联系，做好沟通交流工作，刘大姐则留在队部和大家伙一起等待消息。

一直到下午5点左右，胡警官才给刘大姐打来电话，他在电话那头高兴地说道："案子破了，案子破了！就在咱料库不远处一家农村院落里发现了这群团伙作案分子。赃物一件不少，白色工具车也在，都被警察一窝端了。明天上午，咱们作业队来公安局办个接收手续，就可以把咱们的材料拉回料库了。"

刘大姐听了也很高兴，她对胡队长和大家伙说道："放心吧，案子破了，咱们的材料一件没丢。老胡呀，听说这次作案分子就住在咱们料库附近的村庄里，他们每日看着咱们料库那些金灿灿的铜线和设备，就起了歹心了。真是胆大包天呀！以后，你们可要引起高度重视，夜里要在料库周围安排足够的人手进行巡逻，发现情况及时上报，并且要切实做好周边村落老乡们的宣传工作。"

"刘大姐，您说得对，我们一定照办。我们材料没丢，我心里就放心了，保证完成指挥部交给我们作业队的任务。"胡队长高兴得像个小孩子。

"老胡，看把你高兴的！你这个做队长的，以后安全管理工作要做得再细一点。"刘大姐笑着叮嘱道。

第二天一大早，胡队长和料库吕主任就开着队上的那辆解放牌大汽车去公安局了。路上，胡队长还特意在衡阳县城做了面锦旗，表达电气化工程人对当地公安机关的感谢之情。

后来，听说这个犯罪团伙的主犯及从犯分别被判七年、三年及一年的有期徒刑，受到了他们应得的处罚。

白玉传听李书记说，今年段上新分到作业队上的两个人，都是衡水电气化铁路学校毕业的，学的也是接触网专业。这两人分别叫史金辉和孟小亮，都被分到了白玉传所在的三工班。

白玉传一想到队上要来两位新工，不由得感慨万分。想想自己上班已有四五年了，这也是自己干的第三条电气化铁路线了，可自己直到如今都还没出师呢。想到这里，他心里又惆怅起来。

在一个阳光明媚的上午，李书记让白玉传10点到衡山火车站去接这两位新工。他特意换了一套崭新的工作服，一大早就来到衡山火车站。在一站台上等候新工时，他看着自己参建的这条电气化铁路，一股自豪感油然而生。

10点左右，一列客车缓缓驶进衡山火车站。很快，他就看到了一高一矮、一胖一瘦的两个小伙子从火车上下来，他们都背着一个大包，手里还拉着一个密码箱，急匆匆地向出站口走去。

白玉传忙迎上去，笑着对他俩问道："你们是来电气化上班的吗？"

那高个子停住了脚步，答道："是，我们都是来电气化参加工程建设的，我叫孟小亮，他叫史金辉，您是？"

"俺叫白玉传，是李书记叫我来接你们的。队部不远，咱们边走边聊吧。"说完，白玉传就领着他俩出了车站，向队部方向走去。

一路上，那个又矮又胖的小伙子比较安静，低着头只管走路，而那个叫孟小亮的却是个话痨，不停地问这问那，白玉传就把自己知道的都和他俩详细说了说。不一会儿，他们仨就到了队部。白玉传把他俩带到李书记办公室，这趟差事就算完成了。

随后几天，孟小亮和史金辉和所有新工一样，先进行安全培训，再到料库去领个人工具和安全用品，然后就开始进场工作了。

他俩第一天参加工作就碰上了接触网调整的工作。队上技术部门将参数不符合设计要求的接触网都汇总编制成整改施工表，然后工班人员根据测量结果，对着支柱号把接触网调整到位。这是开通送电前的最后一道工序了，因此要求很严格。

孟小亮和白玉传分到一个小组，小组长是"盼盼"。来到现场后，大家对着表，开始逐个调整接触网。有一处需要更换腕臂，孟小亮和其他三个工友在地面负责拉绳作业。"盼盼"考虑到孟小亮初来乍到，没啥施工经验，因此分给他的任务是扣绳。

啥叫扣绳呢？在进行电气化铁路工程接触网腕臂作业时，要利用滑轮将腕臂拉到指定位置。当腕臂与连接件进行对接时，就需要先把绳子在地面钢轨或支柱侧面扣好,再压着绳索,一点一点地靠近指定位置,让上部施工人员精准对接。

这个活儿对内行人来说是最轻松的工作了,可是对刚从学校毕业的学生来说还是不简单。

眼看着旧的腕臂已顺利拆除,新的腕臂也已拉到指定位置,"盼盼"一声令下:"小孟,快把绳头扣好了!"

孟小亮听了,拿着绳头站在钢轨上四处转圈。"飘飘"见了,气得大声喊道:"你小子在干嘛呢?快点把绳头扣好呀,我们拉大绳好累的。"

孟小亮听了,更加不知所措了,急得大喊:"啥叫扣绳呀?咋扣呢?"

白玉传听了,连忙跑过去,接过孟小亮手中的绳头,麻利地把绳头从一边钢轨枕木间的空隙处穿过去,然后在钢轨上缠绕了几圈,笑着说道:"绳子扣好了,大家可以松口气了。"

等把这处腕臂调整好后,"盼盼"找来孟小亮,气鼓鼓地问道:"你咋那么笨?就这,还想来干电气化呀?真丢人!"

孟小亮羞得满脸通红,解释道:"我……我……我不知道啥叫扣绳,这是个专业术语呀。"

"飘飘"听见了,调侃道:"看他是大城市长大的,哪儿干过这活呀?甭训他了!这样的人能干电气化吗?"

孟小亮傻傻地站在那里,低着头不说话了。

白玉传看到此情此景,回想起自己刚上班的样子,不由得走上前去说道:"小孟今天是第一天上班,咱们就别再埋怨人家了,谁第一次干活啥都会呀?"

然后,白玉传拍拍孟小亮的肩膀,劝道:"小孟,甭嫌丢人,俺第一天上班还不如你呢。"

孟小亮听了,感激地说道:"谢谢,白师傅。"

"可别这么称呼俺,俺可当不了你师傅。"白玉传直摆手。

"飘飘"在旁边听了,笑着说道:"那是,大传,你还有点自知之明。小孟,你要学英语,他可以的;要拜师呀,还是找我吧。"

白玉传对着"飘飘"说道:"'飘飘',你还好意思当人家师傅?教人家啥呢?打麻将呢还是喝酒呀?"

这时,工长付哥从远处走来。他看到大家伙这么高兴,就问道:"啥事情这么高兴?说来听听,让我也高兴高兴。"

"飘飘"刚要说话,白玉传就一把拉住他,对工长付哥说道:"付哥,'飘飘'让小孟拜他为师呢。"

工长付哥听了，笑着说道："'飘飘'，你打算教人家小孟点啥呢？"

"飘飘"尴尬极了，一句话也说不出来。

付哥又看看一脸通红的小孟，亲切地问道："小孟，这群臭小子没为难你吧？"

小孟听了，连声答道："没……没有，他们对我挺好的。"

付哥还不放心地对大家伙说道："人家小孟刚来咱们工班，可不许欺负他，听到了没有？"

"放心吧，付哥，哪能欺负人家新工呢？"大家七嘴八舌地答道。

"好了，大家伙快干活吧。天气越来越热了，早干完，早收工。"说完，工长付哥就到下一组去查看施工进度了。

望着工长付哥渐渐远去的身影，大家伙谁也没说话，个个鼓足了劲儿，再次投入紧张的施工中。

忙碌一天，施工任务终于宣告结束了，白玉传所在工班的全体施工人员坐上送工车，伴着晚霞，返回队部。

大家伙换下工装，洗把脸，纷纷到食堂去吃晚饭。白玉传刚打上饭菜，小孟拿着空碗来到他桌前，着急地问道："白师傅，我同学史金辉咋到现在还没回呀？我问了咱工班其他人，他们都回来了呀。"

白玉传听说这个时候史金辉还没回来，一下子就慌了，马上把这消息告诉了工长付哥。付哥听了，也很着急，连忙找来"小锤子"问是咋回事。"小锤子"听了，觉得很奇怪，他说："今天的施工任务就是在衡山站进行软横跨调整，因为离队部路程不远，就没叫车接送。施工完毕后，我们都结伴回来了。对了，还剩下一大捆铝绞线，我让小史和一个民工把剩余材料扛回料库。这路程也不远呀，咋还没回呢？"

付哥听了，气得对着"小锤子"发起了火："你小子咋不长记性呀？咱队上前不久才出了小吕子那件事，你还敢安排一个新工独自去执行任务？这不是给咱惹事吗？他头次来，迷路了咋办？"

听工长付哥这么一说，全班弟兄们都无心吃饭了，纷纷出了队部大院去找史金辉。

大家顺着去衡山火车站的路一路寻去，一直走到衡山火车站，也没找到史金辉。这下，大家都慌了神了，你看看我，我看看你，都不敢说话了。

"'小锤子'，今晚若是寻不到史金辉，看我咋收拾你！"工长付哥气得对着"小锤子"就是一通臭骂。

"小锤子"这个时候也是急得满头大汗，吓得不敢言语了。

小孟在漆黑的夜晚里无助地喊着："史金辉，史金辉，你去哪儿了？"

当大家伙拖着疲累的身子回到队部门口时，隐隐约约地看到远处有两个人抬着东西慢慢走来。

小孟看到后大声呼喊："史金辉，史金辉，是你吗？"

那头传来一个疲惫声音："孟小亮，我在这儿，累坏了，快来帮帮我！"

大家伙听了，连忙一拥而上。等走近一看，只见史金辉的衣服也烂了，手上、脸上还有些伤。工长见了，着急地问道："你们这是去哪儿了？不到一公里的路，你们俩硬是走了将近三个小时，这还挂彩了？"

史金辉放下那一大捆铝绞线，站在那儿不说话。旁边那个民工看了一眼工长付哥那生气的模样，哆哆嗦嗦地答道："对……对……对不起，这不能怨史工，都怨我。我说有条近路可以去料库，本想省点劲儿，没想到这条近路需要经过一个小村庄，我们刚一走进小村庄，就遇到四五个当地老乡挡住了去路。他们叫我俩把这铝绞线放下，就让我们过去。"

说到这里，那个民工看了一眼旁边的史金辉，继续说道："我就和他们说，这是铁路工程材料，不能给他们留下，还和他们讲了不久前发生的料库盗窃案件，可他们不听，就是不让我们过去，还说，不留下材料的话就要打我们。当时可把我吓坏了，站在那儿一动也不敢动。还是你们这位史工厉害，他一句话也没说，抽出一个腕臂管，对着我就交待了一句'看好咱的材料'，就站在材料面前，和他们对峙了一段时间。"

说到这里，那位民工用敬慕的眼光看了一眼史金辉，继续讲道："没过多久，他们领头大哥突然说拿家伙。不一会儿，他们就从家里拿着锄头、洋镐啥的出来了。说实话，当时我都吓死了，我哭丧着脸对史工说道：'史工，要不咱把这些铝绞线给他们吧。'没想到，你们这位史工胆子真大，他大喝一声说道：'给他们？没门！'说着他就挥起腕臂管，准备迎战了。那位领头大哥也被他这架势给镇住了，愣在那里好久不说话。就这样，又僵持了一段时间。也许这位大哥觉得若这样放过我们，他面子上挂不住。就在他犹豫不决的时候，只见史工突然把腕臂管扔在地上，大声对着那位领头大哥说道：'咱们都把手中家伙扔了，你敢不敢和我单挑？赢了，我把材料留下；输了，你让我们过去。'那位领头大哥听了，看了一眼史工，爽快地答道：'成交，来吧！'就这样，咱们史工就和他对打起来了。别看咱们史工个子小，可他会拳术，三下五除二，眨眼功夫就把领头大哥放倒在地上了。这还真是不打不相识了。经过这一番交战，领头大哥对史工那是佩服得五体投地。他不但不要铝绞线了，还说让几个人帮我们把材料给送回来呢。可是史工不让送。就这样，我们才算脱离了虎口，继续抬着铝绞线上路了。"

"那他的伤又是咋回事呢？"工长付哥疼爱地看了一眼站在旁边傻笑的史金辉，继续问道。

那位民工笑着说道："他那伤可不是搏斗时受的伤。那是因为我们怕你们着急，就急忙往咱队部赶路，天太黑，史工一不小心就踩空了，掉进了路旁的小沟里，被石头划破了皮。"

大家伙都大晚上的站在队部门口，听史金辉讲遇到的惊险波折，连吃晚饭都忘记了。工长付哥一边吩咐其他弟兄们把那捆铝绞线送到队部大院，一边笑着对史金辉说道："你小子，这身手不赖呀，遇事不慌，颇有我年轻时的气概。这伤疼不疼呀？回队部后赶快去医务室处理下。"

这个史金辉真是个闷葫芦，听了工长付哥的话，也不说话，只是憨憨一笑。

第二天一大早，"史金辉"这个名字可在全队上下都传开了，大家都知道三班来了个"梁山好汉"。这件事也传到了李书记的耳朵里，他立马感到事态严重。一来，队上不久前才发生料库盗窃案件，当地老乡咋还是那么猖狂？二来，小吕子的事才过去不久，这工班安排工作咋还是这么粗心大意呢？最重要的是，又来了一个"拼命三郎"，听上去还比当年的付战武厉害，是练过拳术的，这要是不好好教育，不知道后头会捅多大的娄子呢。

想到这里，李书记立马向雷所长通报了此事，要求当地公安部门做好对当地老乡，尤其是电气化铁路工程沿线的老乡的宣传工作，加强他们的法律意识。给雷所长打完电话，李书记就把工长付战武、组长"小锤子"、新工史金辉三人叫到办公室，对他们进行训话，并责令三人停工一天，每人写份深刻的检查交上来。

李书记还特意把工长付战武单独留下，严肃地对他说道："你小子，甭给我装，我还不了解你？你小子这心里肯定是在偷着乐呢！是不是觉得可算是来了个令人满意的徒弟娃？是不是仿佛看到了你年轻时的模样？"

工长付战武听了，笑着说道："这啥也逃不过书记您的法眼！我这心里的小九九，您都知道了。"

"甭给我嬉皮笑脸的！我看小史这小伙子不错，你得把他往正路上带，可不能带歪了。好好带着他锻炼一个工程，将来说不定他比你还强呢。到时候，你这做师傅的脸上也有光呀。"李书记苦口婆心地劝道。

"好、好、好，我都听书记的。放心吧，他就交给我了，保证咱三队三年后又出一个好工长。"付哥拍着胸脯道。

"你平时可要把他给我看好了，千万别出去惹是生非，否则我可轻饶不了你。"李书记不放心地叮嘱道。

就这样，新工史金辉和孟小亮开始了作为电气化工程人的生涯。

而对白玉传来说，他万万没想到，这个"拼命三郎"后来会成为他在单位最好的朋友，两人互帮互助，兄弟情深。

办公室的丁燕拿着一封信找到白玉传，说道："白师傅，您这里有封加急挂号信。"

白玉传还以为是自己的对象岳小燕写回信来了，心里大喜。等丁燕走远后，他仔细看了信封，才发现不是岳小燕写来的信。

这封信是从湖北省寄来的，寄信人是叶小飞。看到这个名字，白玉传才恍然大悟，于是急忙打开信封，读了起来。

叶小飞说，他今年再次参加了高考，考得不错，总分681分，是他们孝感市的理科状元。他本来是可以上清华大学的，可是由于前段时间对电气化铁路工程产生了感情，于是就报考了中国电气化铁路的摇篮——西南交通大学，填报的专业是该校的王牌专业"电气工程及自动化"。

他还说，由于自己是理科状元，市里特意帮他解决了四年的大学学费，县里还奖励了他1万元。他没有忘记电气化铁路上的这群大哥对他和他大姐的大恩大德，所以此次随信寄来了5 500元钱，是通过邮局汇款的，让白玉传留意查收。

白玉传一口气读完了叶小飞的这封长信，心里也为叶小飞感到骄傲。他拿着这封信，兴冲冲地去找工长付哥和李书记，把这一好消息告诉他们。

工长付哥得知这一消息后，高兴地说道："小叶真不错，真给他大姐争气。"

李书记听了也很高兴，笑着说道："叶小飞将来很有可能成为电气化铁路工程专家呢。"

白玉传突然想起了钱的事，就问道："那他寄来的5 500元钱咋办呢？咱们是要还是不要呢？"

"哪，哪能要呀？你按照寄来的地址再给人家寄回去吧！"工长付哥连忙说道。

李书记在旁边听了，摇着头说道："这样办，我看不妥。"

工长付哥急了，反问李书记："难道咱当时帮助人家都是假的吗？再说，小叶家里的经济情况，大家都很了解，这些钱对咱几位来说不算啥，可他大姐却能用这些钱开个小店做个生意啥的，那他们一家就不会再这么困难了。"

白玉传听了工长付哥的话，也不由得点头称赞。

李书记看看他俩，耐心地解释道："你们两个还是年轻呀，只看到一点，不会换位思考。你们回头想想，小叶大姐当初接受了咱的帮助，小叶就来咱们队上打零工挣钱还债。这一家子人虽然穷，但性格刚强，是不会无缘无故地接受帮助的。若是咱们一厢情愿，硬还给他们，他们反而会觉得没面子。也许这些钱会压在他们心里，成为一个沉重的包袱，一辈子都压得他们喘不过来气。这对叶大姐和小叶将来的工作、生活都不太好。"

"书记，那您说咱咋办？我们都听您的。"工长付哥问道。

"我是这样想的：由我亲自给小叶写封回信，代表咱电气化对他此次考上大学表示祝贺。至于钱嘛，我建议就别再给人家寄回去了。"李书记还没说完，白玉传就插嘴道："这钱咱们若是收了，咱三个的钱好说，都很清楚。其余的钱，可记不得当时都是谁给的，具体给了多少，咋还给大家伙呀？"

李书记听了，笑着说道："大传，你小子就是一根筋，谁跟你说这钱要分了呀？"

"那钱要回来，干嘛用呀？"工长付哥也是一脸的疑惑。

"我是这么想的，到银行开个专门的账户，把这笔钱存进去，以咱们三队工会的名义成立个'电化圆您大学梦'基金，专门帮助像叶小飞这样的有志青年。咱们可以提前约定赞助一位学生，和人家签订君子协定。若到时候他有能力返还这笔钱的话，最好；若人家确实困难，无法还上这笔钱，那咱们就再次号召大家伙自愿捐款。也就是说，在这个账户上始终有这笔助学基金。当然，如果咱们内部职工谁家孩子上不起学，也可以动用这笔资金。你俩看看，这个法子是否可行呀？"

白玉传和工长付哥听了，都很赞同李书记这个建议。

就这样，"电化圆您大学梦"基金诞生了，这也成了三队工会最有意义的一项活动，体现着电气化铁路工程人的社会责任感。

经过几个月的全线接触网调整工作，全线接触网终于在年末具备了送电条件。

接触网绝缘、导通测试是送电前的最后一道施工程序，它看似简单，却需要在开展此项测试工作前投入大量人力，去区间车站逐个排查接触网所有设备是否安装到位、绝缘距离是否满足设计要求、临时地线是否全部拆除、跨越铁路的高压线对接触网带电体的安全距离是否符合验收标准等。

在进行接触网绝缘、导通测试前的巡检工作时，一般情况区间是4个人一组，上下行各2人；车站由技术、安质人员组成检查组，进行重点检查。

白玉传、"飘飘"、史金辉、孟小亮被分到一个组，他们拿着测量仪器和记录簿坐上了送工车，一大早就出发了。由于他们巡检的区间最长，中午可能回不来了，所以四个人都带了些水和干粮。

南方的冬天虽然不像北方那样白雪满天飞，但潮湿阴冷得很，尤其是大风一刮，就更冷了。

大家一到区间，就各自分了工：白玉传和史金辉一组，走上行线路；"飘飘"和孟小亮一组，走下行线路。史金辉一直都不说话，只是一边走一边看，随时把发现的问题记录下来。

白玉传看了一眼身边的这个"闷葫芦"，没话找话："小史，你平时咋都不说话呀？"

史金辉回头看了一眼白玉传，答道："我爸爸就是干电气化的，我对咱这行业早就不陌生了，对咱们的工作性质太了解了。"说到这里，小史深深地叹了一口气。

"咋了？你有心事呀？"白玉传关心地问道。

"说实话，我长这么大，和我爸爸待在一起的时间还不到一年半呢，家里一切全靠妈妈一个人操劳。"小史无奈地说道，"不过，既然我自己选择了电气化，这辈子就得好好干，不能给老一辈电气化人丢脸不是？"

白玉传这才知道史金辉当初为啥那么拼命地护着那捆铝绞线了。原来，他是把电气化当成自己的家了。

"所以，我来到咱单位后就感觉没啥话可说了。一想到父辈们在干电气化铁路工程时所付出的汗水，我就心疼。外面不知情的人，谁会懂咱们这群工程人？谁会真心理解咱们内心的苦楚呀？"这个"闷葫芦"一打开话匣子就停不下来了呢。

就这样，白玉传和小史一边聊一边走。在一个支柱斜腕臂上，史金辉发现了一处临时地线。白玉传随口说道："那好，我记录下来，回去向工长付哥报告，让他们随后一起处理吧。"

小史却笑着说道："白师傅，别记了。这点小活儿，记下来挺丢人的，我上去一会儿就处理了。"

"你行吗？你才刚上班，这种上杆作业是不允许新工独立操作的。"白玉传慌忙阻止道。

小史晃了晃腰间的安全带，笑着说道："这点小活儿难不倒我的。我在学校里进行过现场实习,还考了个接触网中级工的证呢。"

说完,小史就像只猴子似的,哧溜一下爬上了支柱。他到了腕臂上下底座间的位置,扎好安全带,麻利地把这处临时地线拆除了。

白玉传看得目瞪口呆,等小史下来后,拍了拍他的肩膀,赞许道:"你小子不简单,比俺刚上班时强多了,是个干接触网的好手。工长付哥要是看见了,不定有多高兴呢。听说,付哥也是你们学校毕业的,还是你大师兄呢。以后,你可得好好向他学习接触网施工呀。"

"放心吧,我一定好好干,不会给我爸爸丢脸的。"小史充满信心地答道。

眼看到了中午时分,白玉传对小史说道:"咱们现在也巡检了大半个区间了,停下来休息休息,等等'飘飘'和孟小亮他们。"

"那好,我们就先吃点东西吧,我还真有点饿了。"小史嘿嘿一笑,拿出了带来的干粮。

干面包就凉水,两人都觉得难以下咽。这时,"飘飘"和孟小亮来了。

"飘飘"一看到白玉传和史金辉的狼狈样,就哈哈大笑起来:"你俩咋了?走不动了?坐在这里偷懒呢?"

"谁偷懒了?俺们不是走到你们前面了吗?"白玉传不服气地说道。

"大传,可别不服气,你知道我们为啥走在你们后面了吗?""飘飘"忍不住打了个嗝,从嘴里飘出一股鸡蛋的香味,"我们俩到附近老乡家找吃的去了。不贵,只掏了两个菜的钱,才十几块。米饭管饱。那鸡蛋炒得可好吃了。对了,还有腊肉呢。"

孟小亮拍了拍吃饱的大肚皮,美美地回味了一下:"好香的腊肉呀,我吃了整整两大碗米饭呢。"

白玉传一听说有这好事,把面包往袋子里一装,装出很生气的样子,问道:"'飘飘',有这好事,你也不提前在报话机里吆喝一声,净自己独吞了。你俩吃饱喝足了,我俩还在忍饥挨饿呢,你忍心吗?"

"飘飘"听了,笑着说道:"我可不敢用报话机喊呢,要是让工长付哥知道了,还不训死我呀?再说了,我一吆喝,来了一大群人,人家一个小家家的,哪有那么多的米饭和鸡蛋呀?"

"俺不管,你得带俺们去,让俺俩也吃个饱,下午好干活呢。"白玉传一把拽住"飘飘"的衣领,让他带着去寻中饭。

"飘飘"笑着说道:"你看看你呀,咋这么小心眼呢?老哥呀早把你们的饭菜让人家留好了。还有,今天中午我请客,钱也早掏了。"

白玉传这才笑着捶了一拳"飘飘",说道:"早不说!快点,带我们去吧,饿得不行了。"

于是,他们哥儿四个一起来到了离铁路线不远处的一户农家小院。他们刚走进院子,就有一位中年妇女出来热情地招呼着:"快,进屋坐!这么长时间,还以为你们不来了。你们看看,这菜要是凉了,我再给你们热热去。"

白玉传和史金辉坐下后先吃了口香喷喷的腊肉,白玉传笑着说道:"谢谢大嫂,这菜还热着呢,不麻烦您了。"

那位大嫂听了,笑了笑,就走进里屋去了。

白玉传一边吃着可口的饭菜,一边对"飘飘"说道:"你还真是个人精呀,到了哪里都不会亏待了自己的肚子。还好今天有你在,要不,我和小史上哪去吃这美味佳肴呀?"

"飘飘"听了,扬起了头,很骄傲地说道:"大传,在这方面,你服不服大哥呀?"

"服、服、服、我服!"白玉传一连数声地赞叹道。

四个人要离开时,那位大嫂又拿着一壶刚烧开的热水出来,对他们说道:"我看天气这么冷,你们这些在野外工作的工程人也不容易,就特意给你们烧了壶热姜汤。来,把开水倒到你们的杯子里,下午干活时,渴了就喝口热水,让身体暖和暖和。"

白玉传感激地道:"谢谢您,大嫂,谢谢!"

四个人吃饱喝足后,下午的工作效率大大提高,还不到五点就全部巡检完成了,于是来到前方车站和队上其他人会合。至此,今天的接触网巡检工作就告一段落了。

一连三天的接触网绝缘、导通测试前的巡检工作在全队上下的不懈努力下终于全部完成。作业队技术员根据各个站区组长的巡检情况,把发现的问题逐站、逐区间地进行分类统计,然后下发给各个工班负责整改,期限为2个工作日。

待巡检发现的问题全部整改到位后,就开始进行接触网绝缘、导通测试了。接触网绝缘、导通测试的主要测量仪器是2 500 V兆欧表,主要工具有接地线(绝缘棒)、钢轨卡子、报话机、隔离开关钥匙等,所采用的方法就是分区段、分供电臂逐一进行测试。

经过一整天的接触网绝缘、导通测试后,各项检测数据、指标、特性良好,均符合设计要求和施工规范标准。接触网绝缘、导通测试取得了阶段性的成功,为即将进行的全线接触网送电、接触网热滑以及列车上线调试的顺利开展奠定了坚实的基础。

白玉传在衡山站带着人打基础帽的那段时间，接到过爹的电话。

电话里，爹白文宣用浓厚的乡音问道："传娃，你在那里还好吧？工作都顺利吧？你娘的身体恢复得可好了，你一个人在外多注意身体，不要担心家里，家里都挺好的。"

"爹，俺知道了，你快说找俺有啥事情呀？"白玉传听爹一个人在电话那头絮叨，着急地问道。

"俺是想着和你商量商量，把咱家老房子拆了，也学你新跃大哥那样，盖个二层小洋楼。这样一来呀，你结婚就有新房了，也算全了俺这辈子最后的念想。"白文宣道。

白玉传担心地问道："爹，那盖房子的钱够吗？还有，我近段时间工作忙，回不去呀，这盖房没个人照顾可咋办？"

"钱的事，你放心吧。这几年你给家里寄的钱，爹都没舍得花，现在也有三四万元吧。这次，俺和你二哥商量了一下，你弟兄俩的新房一起盖，可以节省一点工钱。至于现场监工的事呀，俺也想好了……"说到这里，电话那头传来爹的一阵干咳声。

"爹，爹，你咋了？"白玉传不放心地问道。

"爹为了给你和你二哥盖房，他一个人把盖房用的砖头和石头都准备好了，都是咱爹一个人一车一车拉到家门口的。俺说他，他也不听。这不，这几天又给你家拉盖房用的木头呢，累着了。"大姐白玉霞在一边插嘴道。

白玉传的心里不由得一阵酸楚，心想，爹这一辈子，生活得的确不容易呀，好不容易和娘一起把他们四兄妹拉扯大了，娘却病倒了，大哥、二哥又接连下岗在家，这个贫穷的家全靠爹支撑着。小时候，听娘说起爹性格刚强，极要面子，很少求人办事。所以，他现在一个人默默地承受着家里的一切，很少笑，也很少说话，只是不停地干活、不停地挣钱，自己却一分一厘都舍不得用。为这个大家庭，爹付出的已经够多了。

白玉传一个人站在那轮冷冷的月牙下，眼前不由得浮现出爹拉车运建材的景象：在似火的骄阳下，爹拉着车走在回家的上坡路上，累得汗流浃背，走一步停一步，好心的乡亲们在后面帮忙推一把，他才爬上了坡，回头给了乡亲一个憨憨的微笑。白玉传心疼得流下了泪水。

"传娃，你还在吗？你岳伯也答应说到时候来咱家帮忙看着建房子。有他在，你就放心吧。"电话那头又响起了爹沙哑的声音。

"爹，俺在呢。你也别太辛苦了，年纪大了，得学会自己照顾好自己。娘还病着，也需要你照看呢！"白玉传忍着泪叮嘱道。

"俺的身体俺知道。就是担心你一个人在外，可要事事小心，多听领导的话，把工作干好。"爹再次叮嘱道，"好了，没啥事就挂了吧，电话费挺贵的。记着，没事了多和人家岳家二丫头联系联系，她爹她娘说了，等她毕业了，不让她在外面乱找工作，让她回咱老家帮着看店铺就行了。"爹说到这儿，难得地笑出声来。

白玉传心里清楚，现在这个家里，他的婚姻大事是爹最牵挂的事。

"爹，俺知道了，可俺给人家写了24封信了，却一封回信也没有，也不知道人家心里是咋想的。"白玉传闷闷不乐道。

"这个俺也不懂，要不让你毛大娘上她家里去问问？是不是地址给得不对呀？"爹听了，担心地问道。

"不用了。这谈恋爱是俺俩之间的事，你可别去找毛大娘，说出来还不让人家笑话俺！"白玉传赶紧嘱咐爹。

这段时间，因为爹在家盖新房，白玉传也不敢乱花钱了，能省一分是一分。他知道，家里挣钱不容易，大哥、二哥家里都不宽裕，还有孩子要养，而且娘吃药也少不得花钱呀。这个家总不能老让姐夫帮衬，大姐家也不容易呀。一个人挣钱也是很不容易的。

"人生之路本不平坦，贫穷也不是错，普通人的命运还是要掌握在自己的手里，自己的人生之路还需要自己在风雨岁月里去创造那属于自己的幸福。"白玉传在日志里写下了一段激励自己的话。

没想到，就在白玉传为武广线接触网开通送电做着最后准备工作的时候，爹又来电话了："传娃，你快点请假回老家吧。你的新房，爹盖好了，家里也装修好了，你岳伯也同意他家二丫头岳小燕和你结婚了。"爹沙哑的声音里透着抑制不住的激动。

白玉传一听，整个人都懵了。咋回事呀？自己给岳小燕写的24封信，人家可是一封都没回呀，也不知道人家心里咋想的。这恋爱还没谈，怎么就结婚呢？白玉传连忙问道："爹，这咋回事呀？我们都还没好好谈恋爱呢，就要直接结婚，开玩笑的吧？人家岳小燕同意吗？"

爹笑道："谈啥恋爱呀？就你那工作性质，天天不能见面，你叫人家一个姑娘家的咋和你谈恋爱？再说了，俺和你娘不也是没谈恋爱就直接结婚了吗？你看，这不也过得挺好的吗？"

白玉传听了爹的话，哭笑不得："爹，都啥年代了，难不成要父母包办婚姻吗？到时候人家后悔了，可咋办？咱这个家可经不起折腾呀！"

"这事你小子就不用管了。你小子有福，是你丈母娘相中你了。你叶姨说，你啥时候回来办喜事都中，她姑娘听她的。我也不和你瞎扯了，实话告诉你吧，我和你岳伯把你俩的属相及生辰八字都找了算命先生看了，结婚日子都定了，就在腊月十三。你快点请假回来吧。现在离你俩结婚的日子还剩不到一个月，你娘也说了，不能亏待了人家姑娘，叫你早点回来，带着人家到省城去买些衣裳或首饰啥的。"爹都高兴得不知该说啥了，只是一个劲儿地催儿子快回老家。

白玉传去向李书记请假，李书记听了此事也很高兴，笑着说道："行呀，大传，平时还看不出来你小子在谈恋爱上有两把刷子呢，这说结婚就结婚呀。咱干工程的也挺不容易的。你小子啊，结婚后可要对人家姑娘好点。"

就这样，白玉传立刻买了当晚的火车票，往老家赶去。

到了家门口，白玉传见一幢崭新的二层小洋房拔地而起，大门也是崭新的红色双开大铁门。他推开大门，大声喊了声"爹，俺回来了"。爹一听见就赶紧从屋里出来，一把手拉住自己最小的三儿看了又看，嘴里嘟囔道："回来就好，回来就好。走，咱先到你岳伯家去坐坐。"

"爹，俺还没见娘呢。再说，这次回来得急，也没买啥礼物，咱总不能空着手去人家家里吧，这不让人家笑话咱吗？"白玉传一边说一边就进里屋去看娘了。

娘杨桂花躺在床上，盖着被子，正睡呢。白玉传看着睡梦里的娘，他忽然想起小时候娘对他的关爱，心里一酸，眼泪不由得流了出来。此时，杨桂花突然睁开了双眼，发现她疼爱的小儿就站在身旁，惊喜得不得了，刚想说话，嘴一歪，口水就顺着嘴角流出，话也说得含糊不清的："传……传娃，你……你回来了？回来……就……就好！"

白玉传拿起旁边的手帕给娘擦口水，对娘说道："娘，俺回来了，你还好吗？"

"俺……俺还好！"杨桂花拉着儿子的手，一刻也不愿放掉，生怕儿子又要走了。

爹在旁边看了，笑着对娘说道："这次，传娃回来要在家里待上一段时间的，他要结婚了。"

娘听了，脸上露出笑意，说道："传娃要结婚了？好……好……好呀！"

这时候，大姐白玉霞也回来了。她知道白玉传今天回家，特意上街去割了些肉，准备给小弟包饺子接风呢。他姐俩一起包饺子的时候，大姐对白玉传说道："传娃，你可不知道你这新家是咋盖起来的，爹可是出大力了。他啥都想省钱，盖房所需的所有材料都是咱爹和你二哥一架子车一架子车自己拉回来的。你结婚用的家具也都是咱爹和你二哥从山里买回木料自己加工的。"

说到这里，大姐白玉霞抹了把眼泪，继续说道："爹为了咱四兄妹成家立业操碎了心。自从咱娘得了病，他就更忙了，不但要照顾好咱娘，还得为你的婚姻大事操心。你看，咱爹都老成啥样了，人家不知道的，都说咱爹有八十多了呢。"

就在他姐俩说体己话的时候，白玉传的大哥、二哥一家也来了。大嫂一进家门就嚷嚷道："传娃在哪呢？都要结婚成大人了，还那么害羞，回来了还躲在屋里不敢见人呀？"

白玉传听了忙从里屋出来，说道："俺和大姐在包饺子呢。"

大姐看了一眼大嫂，笑着说道："他大嫂，中午这饺子可不管你吃，你来也不提前打个招呼。"

大嫂听了，风趣地说道："说啥呢？传娃是你弟，就不是俺弟了？刚才俺还让他大哥上街去买肉呢。"大嫂扭头对大哥吩咐道："你傻看个啥？还不快去把肉拿进来！"

大哥听了，笑了笑，没说话，马上出去拿肉了。

这个家好久没这么热闹了。白文宣看着自己的四个孩子有说有笑的模样，心里甭提多高兴了。包饺子呀，他帮不上啥忙，就带着孙子、孙女玩儿。白文宣突然想起了女婿，忙对自己姑娘说："俺去叫他姐夫一起来吃个团圆饭。再说，他姐夫还得为传娃结婚的事多参谋呢。"

大姐白文霞听了，对爹说道："甭去了，俺让他在家带着孩子们自己下面条吃呢。"

"就让咱爹去吧。在咱这家里，爹最看得起的还是俺姐夫。咱家啥事，爹都是和姐夫商量。"大嫂笑着说道。

白文宣也没说话，就去找女婿去了。望着爹那渐渐远去的身影，白玉传的心里一阵酸楚。这个家，近年来生活磨难接踵而来，压得爹多年来气都喘不上来。若是自己的婚事能给这个家庭带来好运和幸福，也就知足了。

不一会儿，姐夫带着孩子们过来了。中午吃饺子的时候，爹特意把家里的那张古董八仙桌擦了又擦，又出门买了几瓶酒，准备好好喝一壶。

大姐下好头锅饺子后，先盛了一碗，对大家伙说道："俺先去喂咱娘，他大嫂、二嫂，你们看着锅下饺子吧。"

待热腾腾的饺子端上桌子，爹给三兄弟和女婿都斟满了酒，笑着说道："传娃这结婚用的新房也盖好了，过些日子，咱再把他婚事办了，俺和你们娘就算完成任务了，俺也就放心了。"

说完，爹端起酒杯："来，干了这一杯！"

随后，一家人一边吃着饺子一边商讨着给传娃筹办结婚大事。

大嫂笑着对白玉传说道："现在结婚可不像我们当初那样简单了，听说这'三金'是少不了的。还有呀，要到大城市里去拍婚纱照呢。"

爹听了大嫂的话，笑着说道："传娃，你明天上趟你岳伯家，见了人家姑娘，好好和人家说，人家提啥要求，咱都尽量满足。你这婚姻来之不易呀。"

"知道了，爹。我明天一大早就先去买些礼物，到时候，你和俺一块儿去。"白玉传答道。

第二天一大早，白玉传就来到县城超市给岳父家里买礼物。他按照当地的礼数，买了两条烟、两瓶酒，还有四盒糕点，又买了些水果。然后，他就和爹白文宣一起来到了岳小燕家。

叶姨一见到白玉传，很是高兴，忙喊住要去送货的岳伯，说道："传娃回来了，这货先不送了。"

随后，她把白文宣父子俩迎到里屋坐下，笑着问道："这一大早的，吃早饭了吗？"

白玉传听了，连忙答道："叶姨，俺吃过了，您甭操心了！"

爹听了笑着说道："传娃，该改口了，喊娘。你说你和你娘还说谎呢？没吃早饭就说没吃过嘛。"

爹这一说，可把白玉传羞得满脸通红，话都不敢说了。

叶姨看了一眼白玉传的尴尬样，笑着说道："传娃，你爹说得对，以后这就是你家，跟娘还客气个啥？刚好小燕也起床晚，还没来得及吃早饭，俺这就去给你们卧几个荷包蛋，再放些麻花吃。"

说完，叶姨就出去忙活儿了，屋里就留下岳伯他们三人聊天。

岳伯先问白玉传一个人在外面辛苦不辛苦、生活上习惯不习惯，白玉传一五一十地回答了。

这个时候就听到屋外传来一阵银铃般的笑声："娘，可把俺冻坏了！快，给俺做碗辣面条，俺吃了暖暖身子。"

一会儿，白玉传就看到一个穿白色羽绒服、系红围巾的姑娘进来，脸蛋冻得红红的，正是岳小燕。岳小燕猛一见了白玉传，脸更红了，低声问道："啥时候回来的？"

"俺昨天回来的。这不，今天就过来看看你。"白玉传忙答道。

白玉传和爹吃了叶姨做的荷包蛋后，爹就说家里还有事，让儿子留下和岳小燕在一起说说话，自己先回家。

岳小燕把白玉传带到她的闺房里，白玉传就问道："俺给你写的那些信，你收到了吗？咋不给俺回信呢？"

岳小燕听了，笑着说道："你呀，这信要不就不写，一写就是24封。俺收到你的信，全班同学都笑俺呢，说俺找了个作家呢。俺一生气，就不给你回信了。"

"那俺写给你的那些信你看了没有？"白玉传又问道。

岳小燕听了，从桌子抽屉里拿出一沓信递给白玉传，说道："谁稀罕你的信？俺一个字都没看。"

白玉传接过信，仔细一看，信封是打开的，心里一阵欢喜，笑着说道："你骗人！你没看，那这信封是谁打开的呢？"

岳小燕听了，脸羞得一阵通红。她顺手打开了身旁的录音机，里面传出了当时最流行的一首歌曲《枕着你的名字入眠》。两人你看着我，我看着你，沉醉在这动听的歌声中……

良久良久，岳小燕才抬起头，娇羞地问道："咱俩这恋爱一天都没谈，就要一步到位结婚了。别人对结婚都是很期盼，可俺咋觉得一点都浪漫不起来呢？日子是早就定了，结婚需要的物品，双方父母都早已准备好了，咱俩就数着日子等待就是了。"

"都怨俺是干工程的，常年不在家。放心吧小燕，你答应嫁给俺，俺会对你一辈子好的。"白玉传一把抓住岳小燕的手，真心表白道。

"俺可不怕你，你到时候要是不对俺好，俺就让俺两个哥哥揍你。"岳小燕笑着威胁白玉传。

白玉传一听岳小燕说到他那两个哥哥，这头皮就发麻。他那两个大舅哥呀，都长得人高马大的。他小时候被岳家大哥堵在家门口不让走的那件事，直到现在都对他留有阴影。

随后的日子里，白玉传和岳小燕按部就班地进行着结婚前的准备工作：他们一起去省城拍了婚纱照，给岳小燕买了"三金"和新衣服。

幸福的日子终于来了。腊月十三这天，白玉传和岳小燕举行了婚礼。由于两家离得实在是太近了，所以没动用婚车，两人在漫天飞雪中，相互依偎着，打着一把小红伞，顺着铺在白雪上的红地毯，走向了神圣的婚姻殿堂。

按照家乡的风俗，婚后第三天新郎要陪新娘回娘家，新娘家也要办女婿回门酒席，这结婚仪式才算结束。

婚礼过后，眼看着就要过年了。岳小燕是家里老幺，打小娇生惯养，洗衣、做饭一概不会，更别说准备年货了。今年过年，白玉传家都是靠丈母娘帮衬着准备年货，才像样地过了个年。而且，白玉传还吃到了丈母娘做的年夜饭。

大年初二，白玉传一大早就上街买了些礼物，然后陪老婆岳小燕一起回娘家。一进门，白玉传就遇到了他以前的同班同学岳小花，现在已是他的姐姐了。岳小花看到白玉传，就笑着说道："传，你们离咱娘家最近，咋回娘家这么不积极，还不如俺这远到的先来？"

"姐，看你说的，就你知道孝顺咱爹娘！俺传一大早就上街给咱爹娘买礼物去了。"岳小燕在旁边狡辩道。

"好了，好了，都结婚了还这么好强，不和你争了。"岳小花看了一眼妹妹，笑着说道。

白玉传见岳小花正打扫院子，便也拿起扫把，说："俺帮你打扫院子吧！"

"行了，这点活用不着你。你今天是新女婿头次回娘家过年，俺可用不起你这贵客，别到时候让咱娘知道了，又该骂俺了。去、去、去，上屋里和咱伯，还有你大庆哥聊天吧。"岳小花对白玉传说道。

白玉传记得，岳小花读书时个子特别高，长发飘飘，又爱笑，是个善良的好姑娘。听说她初中毕业就到县城毛巾厂上班了，在毛巾厂里遇到一位机修工，叫赵大庆，后来他们就恋爱、结婚、生子了，现在有个2岁的小姑娘。因经济不景气，毛巾厂倒闭了，他俩双双下岗回家。但是，这两口子闲不住，在老丈人的帮助下在县城里开了个小商店，做起了生意。

白玉传进了里屋，和他老丈人岳伯、大庆哥一起聊了聊日常工作啥的。他问起了大舅哥、二舅哥，娘说道："他们今天也要陪媳妇回娘家，所以家里就剩下俺和你伯两人。待到中午，娘给你们多做些好吃的，你们爷仨一起好好喝一壶。"

说完，娘就出去招呼她那俩姑娘一起忙活做中午饭。白玉传在里屋隐隐约约地听到他老婆岳小燕对她娘说："俺不想做饭，你和俺姐做吧。"

"你这姑娘，这样可不行！你现在都结婚了，成大人了，不学做饭哪行呀？娘也不可能跟着你一辈子。等过几年，你有了小孩，看你咋办！"娘数落着岳小燕。

"是呀，小燕，你现在可要多跟着娘学做饭，别到时候没饭吃，可咋办？"岳小花笑着说道。

"俺还小，就不学，俺让娘跟俺一辈子！"岳小燕笑着对娘撒娇。

"好了，好了，不学也成，就先在旁边看着吧！"娘看了一眼自己的小女儿，无奈地说道。

"娘，你就惯着她吧，早晚她要独立成家的。"岳小花不服气地对娘说道。

"叫你管？俺就要娘跟俺一辈子！"岳小燕拉着娘的手，幸福地说道。

"好、好、好，娘管你一辈子。"娘心疼地答道。

中午，娘做了一大桌子好菜，笑着招呼两个女婿说道："现在小燕也结婚了，你们姑爷俩今后要多联系，互相帮忙，要像他们姐妹俩一样亲如一家。"

大庆哥站起来给伯和白玉传斟满了酒，然后端起酒杯对白玉传说道："来，传，咱哥俩端起酒杯，一起给咱娘和伯他二老敬个酒，感谢他们给咱送来这么善良、漂亮的媳妇。"

说完，赵大庆一仰脖子，就喝完了。

"就你能说，少喝点不行？"岳小花在桌子下面狠狠地踹了一脚大庆哥，劝道。

"你甭管，今天是俺和传第一次在一起喝酒，俺高兴。娘，你说对不对？"赵大庆又端起酒杯，对着娘说道。

"小花，今天你甭管大庆，让他兄弟俩喝个痛快。不过，你们喝酒前多吃菜，先垫垫肚子。"娘说完就给两个女婿夹了几块肉。

"你看咱娘，现在都不对咱俩好了，肉都先夹给他俩吃。"岳小燕在旁边笑着对姐说道。

"你姐妹俩以后听好了，在家里要知道心疼自己的男人，他们在外干活也不容易，回家了，都对他们好点。"娘看了一眼她那两个姑娘，笑着劝道。

"知道了，娘，俺们会对你姑爷好的。"姐俩异口同声地答道。

就这样，一家人边吃边聊边喝。家里的酒是杜康酒，纯粮食酿造的，喝起来顺口不上头，白玉传和大庆哥一高兴起来就都喝大了，最后都被自己媳妇搀了回去。

直到正月初五，白玉传和岳小燕都在走亲戚，可把他俩累坏了。

白文宣见了，笑着对他俩说："现在不都流行婚后出去旅游嘛？要不，你俩也找个好玩的地方一起去浪漫浪漫。"

白文宣又扭头对儿媳妇岳小燕说道："传娃的工作性质不好，常年在外，你以后多体谅些。俺听说你们毛大娘过几天要下广州去找他儿子，要不你们和她结个伴，一起去广州找你汝生大哥玩几天？"

说起毛汝生，他在县城老家人心目中可是个响当当的人物。他是个职业军人，中校副团级干部,现在在广州军区后勤部做科研工作。他的一项"温度、湿度传感器"发明获得了国家级科研大奖。他还曾出访前苏联进行科研交流呢。白玉传在广州上学期间,也没少得他照顾。

白玉传笑着对岳小燕说道:"广州是俺母校所在的城市,到了那里,俺可以给你当向导,领着你去白云山看日出,去北京路逛超市。不过,去广州得坐一天一夜的火车,咱们要是去,得提前买火车票,现在火车票不好买。"

岳小燕听说要去广州,也很高兴,说道:"买火车票的事,包在俺身上。"

"你有啥门路?现在可是春运期间。"白玉传惊诧地看着岳小燕。

岳小燕不理他,只是站在旁边笑。

爹笑着说道:"传娃,你还不知道呢,小燕他亲叔叔在洛城是开火车的,那还买不到几张火车票?"

就这样,爹去找毛大娘商量此事。毛大娘听了,很是高兴,笑着说道:"这俩娃的婚事是俺做的媒,现在也结婚了。再说,咱两家的关系就别提了。传娃在广州上学的那四年,常听汝生说起,咱传娃可懂事了。"

岳小燕她娘听说女儿女婿要去广州旅游度蜜月,心里很不放心。她姑娘这可是第一次出这么远的门。她多次来到白玉传家里叮嘱岳小燕路上注意安全,还提前准备好了几大兜好吃的路上吃。

白玉传笑着对娘说道:"放心吧,娘,这次又不是去其他地方,广州那地方俺熟悉得很。再说,不是还有毛大娘和汝生哥他们吗?到了那儿,俺就立马给您打个电话报平安。"

还是熟人好办事,去广州的火车票买得很顺利,还都是卧铺票呢。

正月初十的上午,白玉传带着他的新娘岳小燕和毛大娘一起坐上他姐夫开的长途客车,经过两个多小时的颠簸,来到洛城火车站。他们先一起到岳小燕他叔叔家去拜个晚年,晚上10点上车出发。大家都累了一天,上了车不一会儿就进入了梦乡。

第二天一早,岳小燕一睁开眼,只见外面已是一片翠绿,颇有春天的气息,不由得对白玉传感慨道:"咱们中国真是地域广阔呀,现在咱老家还是白雪皑皑,你看这里,到处春意盎然、一片生机了。"

"你呀,到了广州就知道了。你穿这么厚,有你热的。"白玉传调侃道。

"哎呀,坏了!俺没带几件薄衣服,到了广州可咋办?"岳小燕突然担心起来。

"没事的,小燕,你穿得那么厚,刚好太阳照不透,就不用担心晒黑了。"白玉传笑着说道。

这时,毛大娘也睡醒了,对岳小燕说道:"小燕,放心吧,等到了广州,俺让你大嫂带着你上商场去买几件薄衣服,可不能让你这新娘子热着了。"

大家一路说笑着打发时间,终于在第三天的上午八点左右到了广州火车站。

下了火车,白玉传提着行李,岳小燕搀扶着毛大娘,向出站口走去,远远就看到一身戎装的汝生哥站在站台上等候。

"汝生哥,俺在这里!"白玉传一看到汝生哥,就忙着打招呼。

"传娃,你们这一路还顺利吧?"汝生哥一边接过白玉传的行李,一边关心地问道。

"还好,多亏人家小燕这姑娘一路的细心照顾呢。"毛大娘在旁边指着岳小燕向他儿子说道。

"小燕是?"汝生哥抬头看了一眼岳小燕,问道。

"她是你岳叔家的二丫头,现在是传娃的媳妇。这次,他们来你这里度蜜月,你可要好好招待呀。"毛大娘笑着说道。

"娘,放心吧,我让她大嫂孔静带着他们在广州好好玩玩。"汝生哥拍着胸脯说道。

他们来到出站口,在广场停车场坐上一辆军用吉普车,就向部队驻地驶去。车子穿越繁华的广州市区,大概行驶了四五十分钟,就来到了广州军区后勤部。

部队分给汝生大哥的是一个小院子。走进院内,毛大娘惊喜地发现,这小院子里还有片小菜地呢,种了些小白菜、辣子、西红柿、黄瓜啥的。她高兴地说道:"汝生,都几十年了,你种菜的习惯还保留着呢?俺看着这片庄稼地,心里就很踏实。"

"是呀,娘,闲暇时打理打理这片小菜园,也是舒缓工作压力的一种方法呀。"汝生笑道。

汝生把他们引到客厅坐下,又沏了壶茶,笑着说道:"你们先洗漱洗漱,歇歇脚,喝口茶。待会儿孔静就下班了。今天中午到白云酒店给你们洗尘接风。"

毛大娘听了,连连摆手说道:"俺这一连坐了几天几夜的火车,这老身子骨都快散了架了。中午,俺就不去了。汝生,你让你媳妇给俺做碗面条就行了。"

"娘,人家岳小燕第一次来咱家,你说啥都要去陪陪嘛。"汝生大哥在旁边劝道。

"没事的,汝生大哥,要不中午咱们都在家里吃面条?这一路上俺大娘也确实累坏了。"岳小燕笑着说道。

"要不这样吧，娘，中午咱们都在家里吃，晚上接上您大孙子，咱们一起去吃海鲜，可好？"汝生提议道。

毛大娘听了，拉着岳小燕的手，疼爱地说道："还是俺姑娘心疼俺，就按你大哥说的办。"

不一会儿，孔静大嫂下班回来了，听说毛大娘中午要吃面条，二话没说，换了衣服就进了厨房去和面擀手工面，岳小燕见了，也来到厨房，问道："大嫂，您看俺能帮啥忙呢？"

"你呀，坐了几天的火车了，也很累，出去歇着吧，不用你帮忙了。"孔静大嫂笑着把岳小燕推出厨房。

毛大娘见了，笑着对岳小燕说道："小燕，你可千万别外气，来到你汝生大哥这里，就把这当成自己家，想吃啥，想去哪里玩，就和你大嫂说。"

"没想到，俺大嫂啥都会做，还会擀面条呢。"岳小燕一脸羡慕地说道。

"那是，俺在广州上了四年学，最喜欢吃的还是大嫂做的手工面，吃起来有股家的味道。"白玉传看着厨房里大嫂忙碌的身影，一脸幸福地回忆道。

吃了中午饭，汝生大哥和大嫂都去上班了，他们几个人也都困了，就在卧室里休息。到了下午，汝生大哥早早地把孩子犇犇从幼儿园接了回来，晚上一起出去吃海鲜。一大家子人坐在珠江边望着川流不息的船只，到处灯红酒绿，真是一片繁荣景色。

第四天，孔静大嫂特意请了假，陪着岳小燕和白玉传去北京路上的新大新商场逛一逛，给岳小燕买几套衣服。北京路是当时国内城市少有的步行街，而新大新商场里的衣服，听说大部分都是从香港过来的，那款式在内地是买不到的。

孔静大嫂精心给岳小燕挑了几套衣服，白玉传看着一身新装的妻子，笑着赞叹道："小燕，你真美！"

岳小燕听了，羞红了脸，低声说道："嫂子在这儿，瞎说个啥？"

孔静大嫂听了，笑着对岳小燕说道："让自己老公夸，有啥害臊的？再说，小燕，你确实长得好美呢。"

到了付钱的时候，孔静大嫂死活不让白玉传付，她对白玉传说道："你汝生大哥说了，你们结婚，我们也没给你们随个礼啥的，是我们不对，这些衣服就算我们给妹子的新婚礼物了。"

白玉传还想推辞，孔静大嫂拿出一张会员卡，对着服务员说道："好了，请您去刷卡吧。"

她又回头对白玉传说道："你汝生大哥早就把你当亲兄弟了，这几年你到工程单位上班了，工作地点不稳定，你也不经常给你大哥打个电话，他平日里经常念叨你上学时的情景呢。"

中午，孔静大嫂请他们去吃了西餐，下午又带着他们来到一家金店，帮白玉传给岳小燕选了一条香港最新款式的金项链。

这一天，岳小燕过得很开心，也很幸福。

晚上到家后，汝生大哥对大嫂说："这后面几天的活动，你就不要瞎掺和了，让人家小两口一起出去浪漫浪漫。"

然后他又对着白玉传说道："明天，你带着小燕去世界大观看看，听说那是新建的一处旅游胜地，号称'一天走遍全世界，尽览各地名胜古迹'，景区内还有各种免费的表演呢。"

"好，汝生大哥，那俺们明天就不再打扰您和大嫂了，俺带着小燕出去走走。"白玉传道。

"那到时候记着带个相机，多拍些照片，留个纪念。"孔静大嫂在旁边提醒道。

第五天吃了早饭后，白玉传打了一辆出租车，和岳小燕一起直奔世界大观。

这世界大观景区建在广州郊区，离市区大概几十公里路程，出租车行驶了快一个小时才到。景区广场好大，门也修得很有特色，具有欧洲风格，四个醒目大字"世界大观"在明媚的阳光下闪闪发光，广场四周种满了极富南国特色的树木、花草，到处姹紫嫣红。

白玉传先到景区小商店买饮料，一结账，这价格翻了好几倍。岳小燕见了，埋怨道："亏你还经常在外面跑，也不知道提前买些喝的，在这里买多贵呀。"

白玉传听了也没说话，赶紧到售票口去买票。一打听，一张票要160元。岳小燕听了，一把拉住他，说道："这么贵呀，这价钱在家可以买套衣服了。要不咱不进去了吧？就站在门口拍张照片就行了。"

"咱们是出来度新婚蜜月的，只要你高兴，俺就高兴！这钱，俺看花得值！"白玉传买了票，笑着对岳小燕说道。

就这样，两人手拉着手，走进了世界大观。一进门，首先是亚洲区，有中国的长城、日本的富士山、泰国的泰姬陵等等，长城上还有一群化妆成古代士兵的演员在表演节目呢。

到西湖景区时，一位景区服务员拿着一套汉服，过来对岳小燕说道："你好，穿汉服拍个照，留个纪念吧。"

"多少钱一次？"白玉传问道。

"不贵，15元一次。"那个大姐笑着说道。

"俺不穿，一次15元，太贵了！"岳小燕听了连忙走开。

"小燕，你来穿上这汉服试试，俺在这西湖旁给你拍个照嘛。"白玉传顺手就把钱给了人家大姐，然后拉着小燕的手央求道。

岳小燕看钱都付了，只好穿上汉服，来到西湖旁，白玉传拿起相机，给妻子一连拍了好几张照片。

这一下子，白玉传就一发不可收拾了，拉着他美丽的妻子到处租赁特色服装穿着拍照，陆续花费了两三百元，把岳小燕心疼得不行。

到了下午三四点，岳小燕累得不行了，捶着腿对白玉传说道："咱别再逛了，俺累了，也饿了。"

白玉传连忙说道："好，咱们不逛了，出去找家饭店吃饭去。"

两人走出世界大观，赶紧找了家饭店，点了四菜一汤。三下五除二就吃了个精光。到了结账时，居然要278元，连筷子、碗、纸巾啥的都要钱。两人傻眼了，可饭菜都吃了，岂有不掏钱的道理？白玉传只得咬咬牙，把钱付了。

此时已是夕阳西下了，天渐渐黑了下来，于是他们打车回去了。

晚上，夫妻俩坐在床上一算账，这一天下来，小一千块钱出去了。

岳小燕心疼地对白玉传说道："这大城市啥都好，可就一点不好，啥都要花钱。"

本来，白玉传还打算带岳小燕到白云山上看日出，到珠江上坐坐邮轮，还想带着她一起回母校看看去。可是，大姐的一个电话把他们的蜜月行程全部打乱了。

大姐在电话里着急地说道："传娃，咱娘的病又犯了，现在已经住院了，爹让你俩赶紧回来。"

白玉传一听娘的病又犯了，头都大了，再也没兴致玩了，当天就买票回家。

汝生大哥和毛大娘一起把他俩送到火车站，汝生大哥递给白玉传一个包，说道："本来想周末时我和你大嫂带你们到深圳特区去玩一玩，没想到我白婶病又犯了。这些特产、烟酒、茶叶啥的，你们带回去，让我岳叔和白叔尝尝。"

毛大娘看白玉传紧张得都心不在焉了，关心地劝道："传娃，你也别太担心了，你娘的病会好起来的。回去代俺向你爹和娘问个好。"

就这样，白玉传和岳小燕匆匆结束了蜜月之旅，一起回家了。

白玉传和岳小燕一回到县城，连家都没回，就直接到人民医院去看望杨桂花。

他们一到住院部就在楼道上碰到了大姐白玉霞来给娘送饭。他们一起进了病房，只见大哥、二哥和爹都在。娘睡着了，还在打点滴。

白玉传问爹："咋回事？俺出门没几天，怎么娘就又犯病了？"

白文宣生气地说道："你娘呀，不吃药的毛病又犯了。前几天晚上让她吃药，她说药苦，把药都吐了出来。你姐再喂她吃，她说啥都不吃了。"

大姐白玉霞看了一眼疲惫的岳小燕，心疼地说道："小燕，你坐了这么久的火车，看完娘就先回去休息休息吧。"

岳小燕听了，连忙说道："俺不累，要不先让大哥、二哥回家，他们还要上班呢。"

爹听了，说道："传和小燕都先回家休息休息，你娘一连昏迷几天不醒，你大哥、二哥这几天都请假了。"

大姐听了，就对大家伙说道："这病房这么小，人家护士也不让这么多人来陪护病人。要不，咱姐弟几个合计合计，轮流来看护娘。就白天两人，晚上两人吧。爹年龄大了，这几天也劳累了，就不让爹来陪护娘了。"

大姐安排自己和大哥一组，二哥和白玉传一组，白天、晚上两班倒。

白玉传一直盯着躺在病床上的娘看，可是娘却一直都没醒，他不放心地问道："娘昏迷几天了？咋还不醒呀？"

"娘已昏迷两三天了，主要还是血压高引起的。住院时各项检查都检查了，也没啥其他病因。"二哥在旁边说道。

爹这个时候说道："人家大夫说你娘这次是脑出血，不过面积不大。你娘年纪大了，也不能贸然进行手术，只好采取保守治疗。这次你娘住院，幸好你们四姐弟都在，俺也放心了。"

白玉传又看了一眼熟睡的娘，着急地问道："爹，要不咱俩再去问问大夫，看俺娘啥时候会醒？"

"好了好了，你和小燕先回家休息休息，到晚上再来陪护娘就是了。俺听大夫说了，娘在身体恢复期时是不会那么快苏醒的，还得过几天呢。等娘醒了，俺就多给娘熬点鸡汤，补补身体。"大姐白玉霞一边说一边催着白玉传他俩赶快回家。

白玉传和小燕先来到小燕的娘家，小燕她娘一见他俩回来，二话没说，赶紧给他们做了许多好吃的。吃了饭后，白玉传立马回家休息。这一连几天的折腾，还真是乏了。他倒头就睡，一下子睡到晚上七点，睁开眼一看，天都黑了，心里想着这晚上还得去陪护娘呢，于是赶快爬起床，来到前面小燕家，问小燕她娘："娘，小燕呢？咋不见小燕了？"

娘一边给他端饭一边说道："小燕看你累了，就没叫醒你，自己先吃了饭去医院陪护你娘了。"

"这可不行，晚上俺去就行了，可别让小燕熬夜，她这次折腾得也够累了。"白玉传对小燕她娘说道。

白玉传简单吃了几口饭，就急忙往医院赶。到了病房，他就看到小燕和二哥在那儿陪着娘呢。他忙走上去对小燕说道："你咋来了？晚上有俺和二哥在就行了，你快点回去吧，早点睡觉。"

小燕笑着说："咱二哥今晚还有事，要不咱俩陪护娘吧？"

二哥在旁边不好意思地说道："今晚厂里临时有事需要加班，要不，我让你嫂子来？"

"别让俺二嫂来了，家里还有孩子呢。"小燕笑着说道。

"二哥，你就回去吧，今晚俺和小燕陪护娘。"白玉传说道。

"你俩行吗？可别半夜睡着了，忘了给娘换药了。"二哥不放心地问道。

"放心吧，二哥，俺前半夜值班，后半夜让传看护娘。"小燕对二哥说道。

二哥听了，又到床前看了看娘，然后低下身子，指着那尿袋，对白玉传说道："夜里不仅要盯着换药，还要看着这尿袋，可不敢让尿袋满了。"二哥说着就放了尿袋里的尿，然后端起尿盆走了出去，不一会儿就把刷干净的尿盆拿回来放到床底下。

二哥又问白玉传他们俩："夜里你们想吃啥？哥出去给你俩买点，别到了后半夜饿了，这医院可没啥好吃的。"

"不用了吧，俺都不饿，你快点走吧，没事的。"小燕说道。

二哥这才离开医院，去厂里加班了。

二哥走后，白玉传心疼小燕，就对她说道："要不你也回家吧，俺一个人就行了。"

"那可不行，夜里你困了咋办？俺留下来还能陪你说说话。咱可要把娘看好了。"小燕执意要留下陪着白玉传。

白玉传看了一眼疲惫的岳小燕，心里一阵感动：妻子是多么善良呀，又多么的善解人意。这辈子能娶到这么好的妻子，他也知足了。

白玉传想了想，出了病房去找护士问道："请问咱医院夜里有没有临时床呀？俺想租一张，夜里休息休息。"

护士小姐听了，说道："有，不过是个折叠钢丝床，只能睡一个人。押金100元，每晚租金20元。"

白玉传连忙付了钱，办了手续，拿着钢丝床回到了病房。他把床支好，铺好铺盖，笑着对小燕说道："你若是困了、乏了，就躺在上面休息休息。"

岳小燕看到这钢丝床，心里也是一阵暖和，她笑着说道："看不出来，你还挺细心，还真会心疼你媳妇呢。"

"那是，俺又不傻，自己的媳妇，俺还不知道心疼呀？"

就这样，他俩一边聊天一边看护娘，前半夜时间过得很快。

到了深夜10点左右，娘今天的点滴打完了，护士拔了针头，临走的时候嘱咐道："病人输液一整天了，你们得给病人翻翻身，让病人侧卧睡几个小时，然后再平躺。这样，病人会好受些。还有，多给病人按摩按摩，疏通疏通筋骨，促进血液循环。"

两人听了护士的嘱咐，连忙给娘翻翻身，让娘侧卧，岳小燕还给娘按摩起来。

白玉传见了，好奇地问道："小燕，你咋还会这个？"

"平时，俺娘累了，就是俺给娘按摩的。"

岳小燕这一按摩起来就是半个小时，看着她额头上渐渐渗出的滴滴汗珠，白玉传慌忙拿出手帕，一边给她擦汗一边心疼地说道："累了就歇歇。"

岳小燕一边按摩一边答道："俺再把娘的胳膊给按摩按摩。这长时间不动，娘这胳膊一定很酸痛的。"

等岳小燕给娘按摩完后，白玉传就让她赶紧在那简易钢丝床上躺下休息。

岳小燕也的确是累坏了，一沾床就睡着了。白玉传看着睡梦里的妻子，心里感觉到一股家的幸福和温暖。

第二天一大早，大姐白玉霞和大哥来到医院，替换下白玉传夫妇俩，让他俩回家休息。

就这样又过了四五天，娘终于苏醒了。她睁开双眼，咧着嘴，有气无力地对爹说道："他爹，俺……俺饿。"

白文宣听了，没好气地答道："你还知道饿？谁让你当时不吃药？你看你这一犯病，全家都围着你转，就连传娃人家的新婚蜜月都无法进行了。"

娘听了，不好意思地看了一眼身边的白玉传和岳小燕，难为情地说不出话来了。

白玉传见娘醒了，还会开口说话了，就对爹说道："俺娘刚醒，你和她说这些干啥？娘不是说饿了吗？快叫俺姐去给俺娘做点好吃的。"

这个时候就听到病房外传来一阵脚步声，隔着窗户就听到小燕他娘的声音："老嫂子，俺来看你了。"

爹赶紧把小燕他娘让到病房里，小燕他娘走上前去，一把拉着杨桂花的手，笑着说道："老嫂子，你说说你，平时脾气就是倔！既然生病了，就应该按时吃药。你这一生病，把俺姑娘的新婚蜜月都搅黄了。俺可不管，等你好了，你可得给他俩再补一次。"

爹听了，也笑着对小燕他娘说道："这都怨你嫂子，她这人平时就这样，嫌药苦。那药要是不苦，能治病呀？放心吧，俺答应您，再给孩子们补一次新婚蜜月。"

小燕她娘听了，哈哈大笑道："好了，大哥，你也别说了，俺是盼望着老嫂子尽快好起来。到时候，她还要抱孙子不是？"

小燕他娘说到这里，顺手就打开了自己带来的饭盒，一股鸡汤的香味扑鼻而来。她拿起小勺子，就给杨桂花喂了起来，一边喂一边和杨桂花聊家常："老嫂子，这鸡汤香不香呀？"

"香、香、香。"娘一边喝着一边答道。

"那老嫂子以后还好好吃药不？"

"吃、吃、吃。"娘继续答道。

"那你想不想给传娃家抱孩子啊？"

"想、想、想。"娘高兴地答道。

看着娘大口地喝着鸡汤，听着她俩姐妹之间唠着家常，大家伙这几天悬着的心也终于放了下来。

杨桂花又在医院住了一个礼拜才出院。出院前，主治大夫王主任特意嘱咐家属道："病人这次脑出血，可得引起你们家属的高度重视。以后必须按时吃药，平时要多量血压，千万不能让血压再高了。若再犯病了，可就不好治了。此次从治疗效果上来看还不错，病人身体恢复得不错，但是可能有些后遗症，比如走路不太稳当了。平时多陪着病人到户外走走，加强锻炼。"

白文宣听了，对王主任说道："谢谢您，住院期间让您费心了。"说完，就让二哥去办理出院手续了。

白玉传则赶忙到外面去找辆出租车，准备把娘送回家里。

等大家把娘安顿好后，白文宣看了看躺在床上的杨桂花，笑着问道："霞他娘，这住院的滋味好吗？平时让你记着吃药，你不听，这下可好了，路也不会走了。若想到外面去转转,还得让别人扶呢,多不方便呀。"

杨桂花听了,也不说话,只是笑笑。

大姐白玉霞看着憔悴的娘,心疼地说道:"爹,别再埋怨娘了。你看娘这住院十来天,啥也没吃,都瘦了许多了。中午,俺给娘擀面条吃。"

白玉传在家这段时间,每天都陪着娘,看着她按时吃药。娘也很听话,每次都按时吃药,再也没说过药苦不愿吃的话了。白玉传还特意给娘买了一副拐杖,每天和岳小燕一起陪着娘到外面走走,锻炼锻炼身体。小燕她娘也是隔三岔五地给白玉传他娘炖个汤,做个排骨啥的,加强营养。

这段日子虽然辛苦,但是白玉传每天和妻子一起陪伴着娘,尽一尽做儿子的孝心,夜里和妻子坐在床上唠唠嗑,说说心里话,他觉得这样的日子才算是生活。

乡亲们每次见到白玉传和妻子小燕一起搀扶着杨桂花锻炼身体时,都赞不绝口:"你看看人家这老三家媳妇多贤惠呀,老白家能找到这么好的媳妇,真是几辈子修来的福气呀!"

白文宣每次听到这话,心里都美滋滋的。

这段时间,大姐白玉霞也没闲着。她在家里一口气给娘做了几十个棉布尿布,因为这次娘犯病落下大小便失禁毛病。二哥给娘买了个气垫床垫,还买了个简易充气坐垫,这样,娘在床上休息时就不会因为长期卧床而缺乏运动,引发褥疮了。大嫂也给娘买了血压计,还特意跑到卫生室向大夫学习如何操作,回到家里手把手地教会了白文宣。小燕也特意买了几个本子,让爹每天把娘的血压数值记录下来,这样每隔一段时间就能对测量数据做个分析。小燕还从电视上看到,有台仪器叫啥"周林频谱仪",对疏通经络有好处,于是就央求洛城的叔叔给买了一台,托人捎了回来。

白文宣看着他们四姐弟忙来忙去的,心里很是高兴,调侃道:"你们看看,咱家都能开个卫生所了。这医疗器材啥的,咱都买齐了。这下,俺对你们娘的身体恢复很有信心呀。"爹说完,哈哈大笑。

小燕一边洗娘的尿布一边回头对爹说道:"放心吧,爹,娘有我们姐弟几个轮流照顾,俺相信娘的身体很快就会恢复的。"

白文宣看一眼挂满院子的尿布,又看看正在洗尿布的儿媳妇,眼睛一酸,一行老泪流了下来,说道:"没想到你们四姐弟都大了,现在个个都成家立业了。这个时候,本来也该是你们娘享清福的时候,可谁想到你娘却病倒了。唉,想想你娘这辈子跟着俺吃了多少苦,流了多少泪,一天好日子都没过上,到了该过好日子的时候,她却倒下了。一想到这里，俺就心痛得很。"

　　大姐白玉霞听了爹的话，也是一阵心酸。她强忍悲痛，劝道："爹，你也想开些，既然娘得病了，咱们就好好地治疗。"

　　白玉传听了，走上前去和爹商量道："爹，要不咱再买个洗衣机吧？俺结婚时买的洗衣机就专门给娘洗尿布。要不，到了冬天，没了日头，尿布就不好干了。"

　　大姐白玉霞听了，笑着说道："传娃，你是不是心疼你媳妇，害怕到了冬天，把小燕的手冻裂了呀？"

　　"那是，谁的媳妇谁心疼。"白玉传接着大姐的话答道。

　　"好，听你的，咱就再买个洗衣机吧。"爹笑着说道。

　　第二天，白玉传就和妻子小燕一起到县城的一家电器商场买了一台新的洗衣机。

　　转眼间，白玉传在家待了也有两个多月了，这也是白玉传上班以来和亲人团聚时间最长的一次。

　　一天下午，白文宣找来白玉传，对他说道："传娃，你这次回来结婚，加上你娘住院这档子事，在家里待的时间也够长了。现在，你娘的身体恢复得不错，你也结婚成家了，要不，你看看是不是给单位领导打个电话，问问看啥时候上班呀？"

　　白玉传听了爹的话，答道："那好。爹，其实这几天，俺也在考虑去上班的事了。明天早上，俺就给单位领导李书记打个电话问问。"

　　第二天一大早，白玉传就打通了李书记的电话，问道："李书记，俺啥时候上班呀？俺家里的事都办完了。"

　　李书记听了白玉传的话，对他说道："大传，你回家准备结婚后不久，咱们修建的武广线就全线送电开通了。现在，咱们队部正在准备往宝兰线搬迁呢。听说队部驻地在天水市甘谷火车站对面。现在队部驻地还没建好呢，要不你在家里先多陪陪新娘子，等那边队部驻地建好后，我就通知你来上班吧。"

　　白玉传听后，对李书记说道："谢谢李书记，那俺到时候就等你消息了。"

　　又过了十几天，李书记来电话通知白玉传可以去上班了。

　　即将离开家乡，重返电气化工程施工现场，白玉传看着新婚不久的妻子岳小燕，心里依依不舍。说实话，他不想离开新婚不久的妻子，自己一个人独自在外漂泊。他心里很难受，哽咽着说道："俺这一走，再回来的时候说不定就到过年了。你一个人在家，多注意身体，照顾好自己。"

　　"放心吧。你是去上班，又不是上战场。俺会自己照顾好自己的。娘你也放心，我平时会多陪陪娘，每天看着她按时吃药。"岳小燕笑着说道。

"要不，这次俺走，你送俺到洛城，可好？到了洛城，俺想给你也买个手机，到时候咱们联系就方便些。"

"那好，俺就去送送你。"岳小燕答应道。

在离开老家的时候，小燕她娘特意给白玉传送来两双亲手做的布鞋，还有许多好吃的东西，嘱咐道："传，你一个人在外可要照顾好自己，家里的事别太担心了，有俺和你爹呢。"

白玉传接过布鞋，穿在脚上，大小刚合适。他笑着对小燕她娘说道："娘，你咋知道俺的鞋码？这大小穿上刚好。"

还没等娘回答呢，岳小燕在旁边说道："是俺告诉娘的，娘做了一个月呢。这布鞋才做好，穿上舒服吧？"

"那是，好长时间没穿过布鞋了。你别说，这布鞋穿起来就是比皮鞋穿着舒服呢。谢谢娘。"白玉传感激道。

"都是一家人了，还说啥谢谢！你要是觉得穿着舒服，娘每年都给你做两双布鞋。只是这布鞋穿着，没有那皮鞋洋气呢。"娘笑着说道。

就这样，岳小燕和白玉传一起来到洛城，买了火车票后，就来到洛城百货大厦，买了一个新款手机，上了个号，花了2 000多元。

岳小燕接过手机，爱不释手，高兴了一会儿，突然担心地说道："这要是让俺娘知道了，这么贵买个手机，非骂死俺不成！要不，俺不要了，反正俺家有座机，一样可以和你联系。"

白玉传听了，哭笑不得，他看着朴实、善良的妻子，笑着劝道："你呀，咋这么笨？你不会对咱娘说这个手机不值钱，就花了两三百元？买都买了，退个啥？再说了，俺要是想你，想和你说说心里话，打你家座机也不方便呀。你家是有座机，可是那电话安装在你家商店里，是咱伯做生意用的，打电话很不方便的呀。"

白玉传劝了好一阵子，岳小燕这才拿起了手机。随后，他们又逛了会儿商场，白玉传又给妻子小燕买了几件新衣服。

中午吃完饭，白玉传对妻子小燕说道："俺的火车票是下午五点的，俺现在先送你去坐咱县城的班车。来的时候，听咱姐夫说他下午三点的班车，你坐上咱姐夫的车安全回家，俺也放心了。"

小燕没说啥，两人就来到了洛城长途汽车站，找到了白玉传的姐夫。白玉传特意对姐夫说道："姐夫，小燕她晕车，就让她坐在你旁边靠窗户那个位置吧。路上，你多费心照看着。"

姐夫听了，笑着说道："你小子啊，还真是长大了，会心疼人了。小燕交给我，你放心吧。"

到了下午三点钟，开往家乡县城的班车准时出发，白玉传望着渐渐远去的长途汽车，久久不愿离去。

随后，他一个人来到洛城火车站，坐上了开往兰州的火车。

第四章

天兰纪事

甘谷站位于甘肃省天水市甘谷县新兴镇，建于1952年，在陇海铁路甘肃天水段境内，与渭河相邻，距离兰州站281公里，距离连云港东站1 478公里，隶属兰州铁路局陇西车务段管辖，为二等站。

早上8点，白玉传到达甘谷火车站，出站后一抬起头就看到对面一栋三层楼房上挂着一块醒目的宣传牌"中原电气化局欢迎您"。白玉传知道，这就是队部了。

他一走进队部，迎头就碰到了李大虎师傅。李师傅笑呵呵地问道："大传来了？听说你回家结婚了，家里一切都好吧？"

"李师傅好。谢谢，俺家里一切都很好。"白玉传连忙答道。

"李书记在二楼202室，你快去报个到吧。"李师傅热情地说道。

白玉传来到李书记办公室报到，李书记让他找后勤王主任安排住宿。

白玉传安顿好后，就拿起手机，给妻子小燕打了个电话："小燕，我已到单位了，你放心吧。"

"这么快就到了？到了工地，自己照顾好自己。俺现在不和你说了，在喂咱娘吃饭呢。"妻子小燕在那头简单说了几句话，就挂断了电话。

白玉传听说妻子正在照顾娘，心里很欣慰，心想今后一定要好好工作，才对得起妻子在家替他为父母尽孝。

白玉传正一个人在屋里想妻子呢，突然听到门外传来了"飘飘"那大嗓门："大传，你小子来了也不找大哥我报个到？"

白玉传递给"飘飘"一支烟，笑着说道："来，抽根烟，新年快乐！"

"你小子可以呀，一结婚，烟也学会了。这新婚的烟，我可得抽，沾沾喜气不是？"说着，"飘飘"一把把那包香烟全拿走了，对着大传挥挥手，"这一根不够呢。反正你也不会抽烟，这包我拿走了。"

白玉传也不生气，笑着说道："拿走吧，俺还有一条呢，到时候给咱弟兄们都发发。"

"早上没吃饭吧,这些天也没啥事,工地上还没开工干活,都是些前期技术测量啥的。走,老哥带你去喝甘谷羊汤去。""飘飘"向白玉传一招手。

"那感情好。你一说羊汤,俺肚子还真饿了呢。"白玉传说着就跟"飘飘"走了。

哥俩走出队部,走了没多远,来到火车站东边的一家当地羊肉汤店。这家店的门前悬挂着一幅大大的广告牌,上写"平安羊肉汤",大门的两旁又有两幅小的广告牌,写的却是"幸福羊肉汤"。只见这店家在门口支起一口大铁锅,熬着香喷喷的羊肉汤,大铁锅旁边则架起几只刚宰杀的新鲜羊羔。店外已坐满了喝汤的客人,白玉传和"飘飘"只得先往里走。一进店门,首先看到的是一位30多岁的大姐,正烤着烧饼,边上一位大哥在熬羊汤,应该是大姐的丈夫。两个10岁左右的娃娃,男孩在洗碗,女孩在收拾桌子。店里面的地方也不大,摆了七八张桌子,也坐得满满的,都是本地人。

那位大姐见了白玉传二人,热情地问道:"来了,您二位吃点啥?"

"老板,来两碗羊肉汤、四块烤饼,每个人外加三两新鲜羊肉。""飘飘"脱口而出。

"好咧,您稍等,马上好。"那位大姐笑着说道。

白玉传听着"飘飘"点菜,笑着对"飘飘"说道:"行呀,'飘飘',没来几天就成老熟客了。"

"你可不知道,这家羊汤喝着可美了。咱队上好多人都一大早来喝。这地方冷,一大早出工,喝上一碗热腾腾的羊汤,暖和得很。而且,这家店的烤饼也很好吃。再说,这儿价格也公道,一碗汤5元钱,一个烤饼1元钱。""飘飘"热情地介绍道。

不一会儿,两碗热气腾腾的羊汤就端了上来,另有一个盘里放着4块大大的烤饼。

白玉传惊呼道:"这量挺大的,比俺老家的还大呢。"

"别一惊一乍的,先喝口汤,尝尝这味道咋样。""飘飘"笑着说道。

白玉传把烤饼撕成一块一块的放进汤碗里,又放了些辣子,就拿起勺子喝了口汤,又挑了块饼吃,不由得感叹道:"这汤可真鲜呀!羊肉也很香。尤其是那饼,在这汤里一泡,嚼起来可真带劲。"

白玉传吃着这饼,突然想起了大姐的烧饼,不禁想家了。

后来听"飘飘"说,这家羊肉汤店已经经营几十年了,来的都是回头客。大家都说,无论时代如何变,人的观念如何变,这家羊肉汤店的经营理念都不会变,羊肉的味道永远都那么香，所以大家才放心在他家喝羊汤。这家店恪守着做人的基本原则：付出的是平安，收获的是幸福。

刚回队上没几天，白玉传就听说，李书记要调离三队，到一队去任作业队队长了。他想起自己自1994年来到电气化上班以来，李书记就对他关怀备至。现在李书记要走了，心里一阵难受。

白玉传一个人来到李书记办公室，哽咽着道："书记，听说您要离开三队了？"

李书记笑着说道："是呀，段部领导让我这几天和新来的书记交接下工作，然后就要去一队报到了。"

"您走了，俺可咋办？俺一上班，您就是书记，七年了，都是您照顾我。这一下子，您要离开三队了，俺心里七上八下的，真的不想让您离开呀。"白玉传不舍地说道。

"大传，我也不想离开三队呀。我在三队上班有一二十年了，现在说走就走，真的舍不得咱们这些同甘苦共患难的兄弟姐妹们呀。"李书记无奈地说道。

"那您就不能和上面领导说说？三队弟兄们需要您。"白玉传幼稚地说道。

李书记笑着说道："铁打的营盘流水的兵。天下没有不散的宴席。只要咱们国家还要修电气化铁路，咱们这工程单位就会永远有干不完的活儿。我们这一代电气化工程人老了，需要你们年轻人接过我们手中的接力棒，领跑中国电气化铁路工程建设。"李书记又安慰白玉传道："不过，大传，我走了不要紧，咱们不是还有手机吗？遇到烦心事了，就给我打电话。"

"就怕您到了一队后，工作担子重了，没有闲工夫和俺聊天呀。"白玉传这才说出了心事。

"大传，别人的电话不接，还能不接你的电话呀？你经过这么长时间的现场锻炼也成长不少，有些工作也能独当一面了。以后多和你孟师傅学学技术，施工上多和你工长付哥请教。咱三队就一个好：一线弟兄们都很齐心。干啥事都要个脸，争个先不是？"李书记嘱咐道，"还有，大传，你的英语可不能丢，尤其是接触网专业英语，说不定啥时候就会用上。"

没过几天，时段长和新书记王德江同志来到三队，在队部会议室里召开了新书记的欢迎会和老书记的欢送会。

在会议上，时段长首先代表段部领导讲话，他说道："同志们，一队队长乔队由于市场开发需要，现在调任咱们单位西北片区经营处主任。经过段部领导的一致讨论，特命原三队书记李致远同志调任一队队长，调二队技术室主任王德江同志到三队任党支部书记。请大家今后多多支持王书记的工作。来，大家伙一起鼓鼓掌，欢迎新书记的到来。"

时段长的话音落下，现场下却是一片寂静。

魏队长在主席台上坐不住了，他站起来，严厉地望着主席台下的弟兄们，大声说道："你们这群兔崽子们，我还不知道你们心里是咋想的？不就是不想让李书记离开吗？是呀，这一起工作了一二十年的老战友，说实话，我也不愿意他离开。有他在，我这做队长的不知轻松多少。可是，现在咱们的李书记，段上领导另有重用，咋了，你们想拦着不让李书记走不成？听说，咱们单位不久要进行改制了，改成公司。这都市场经济了，不让有经验的同志去搞市场开发，以后没了活儿，咱都去喝西北风吗？家里妻儿老小不养活吗？这不是糊涂吗？"

魏队长缓了缓口气，又说："再说，刚才时段长不是说了嘛，给咱派了一名一线施工经验丰富的王德江同志来当书记？咱这新来的书记，可也是二队的'香馍馍'，那技术水平杠杠的，还是咱们孟师傅的得意弟子呢。你们都别给我使小心眼儿，以后无论是谁都必须无条件地服从王书记的工作安排。若有谁想当这刺头儿，别怪我不客气！来，都给我站起来，用热烈的掌声欢迎王书记加入咱们三队这个大家庭。"

这魏队长可是三队的元老，向来是说一不二的。别看他没上过啥学，可是对一线的接触网施工难题，只要问到他那儿，都不成问题了，因此人称"接触网土专家"。他的威望不仅是在队上，就连段上、处里也是无人不知、无人不晓的。见魏队长发了火，下面的人都不敢造次了，纷纷站起来鼓掌欢迎新书记。

这个时候，李书记也站起来，充满感情地说道："三队的各位兄弟姐妹们，我来三队有一二十年了，当书记也有十个年头了。我这一辈子最好的青春岁月都是和咱三队的兄弟姐妹们一起度过的。人非草木，孰能无情。说实话，我也不想离开咱三队，离开你们这些亲如一家的好兄弟好姐妹们。"李书记热泪盈眶，哽咽着说不下去了。

时段长见了，站起身来拍拍李书记的肩膀，说道："这种兄弟情是咱们电气化的魂呀。"

新书记王德江同志也站了起来，说道："说实话，干了半辈子的技术，没想到这个时候要我来当书记，当时我也想不通。我在二队也干了十几年，我也不想离开和我一起在现场摸爬滚打的好兄弟。可是，段部领导教导我，眼光要放远一些，要为单位的长远利益着想。所以，我最后还是服从了领导的安排，来到三队任书记。大家放心，我一定在书记的岗位上严以律己、兢兢业业，为大家伙服务好，为一线施工保驾护航。"

就这样，李书记去了一队。而李书记临走前叮嘱白玉传学好英语以后用得上的话，没想到还真说中了。十几年后，白玉传因为精通接触网专业英语，经文才大哥推荐，有幸参与局里组织的香港×××地铁前期投标技术实施方案编制工作，负责翻译港方提供的招标资料，并因扎实的专业理论知识和熟练的专业英语翻译，获得当时局里国际部李部长的好评。

在宝兰电气化铁路工程中，白玉传所属三队所管辖的区段多为山区，交通极为不便。该区段的施工项目不仅有新建线路，还有车站电气化改造、区间配合股道拨接等，点多线长，因此工期紧、任务重。面对复杂的一线施工情况和严格的工期节点要求，主管生产的胡队长一连几天都泡在现场进行前期施工调查。他越调查，心里越没底。

一天，胡队长来找孟主管，着急地问道："孟主管，这活没法干了！太多，太杂！建设单位不给咱强电专业施工时间，工期节点又压得那么紧，基本上都是与铺轨专业零工期完成，现场大面积作业面都需要和其他单位交叉施工。许多施工区段，大型机械无法进入作业，铺轨专业现场受制于土建单位，现场进度缓慢，这可咋办呀？"

孟主管看了一眼着急得满嘴起泡的胡队长，笑着说道："老胡，我只管技术。这生产上的事，你可别找我，我也管不了。"

胡队长听了，咧开大嗓门就嚷嚷道："那不行！你是老师傅了，你就忍心让我一个人在现场忙死、累死，到头来还是无法完成指挥部给咱下的生产任务？听说，咱指挥部刘指挥长不但年轻有为，而且是个干实事的主儿。前几天听二队严队长讲，这刘指挥长到他队上去检查，发现上个月给他队上下达的下部基坑施工任务没完成，气得当场发火了，还说要扣掉他们队上全部的月度奖金呢。你说二队队长严老哥，那岂是个善主呀？以前啥时候受过这气？可当时在现场，这个硬汉一下子成病猫了，吓得一句话都不敢说呀。"

孟主管听了，哈哈大笑道："你呀，守着个聚宝盆，还在我这里哭穷呢。走、走、走，一边凉快去，这不影响我正常办公嘛。"

孟主管这一阵大笑把胡队长笑懵圈了，连忙讨教道："师傅，都到这节骨眼上了，你就别再卖关子了！还胡说我有个聚宝盆呢，啥聚宝盆呀？我看我有个漏斗盆呢。这几天的现场调查都快把我老胡愁死了，你还在这儿笑我。我说的二队严队长的那事可是真的。听说,指挥部财务已经接到刘指挥长的命令,暂时停发了二队所有人员上月度奖金。咱三队可别到时候弄这一出。就咱三队那帮兄弟,要是干一个月不给奖金,那还不把我老胡给吃了呀?"

孟主管才不笑了,说道:"新来的王书记,那施工管理可是有一套。再说,他还是技术出身。这施工上的事,你多去找他交流交流嘛。"

胡队长听了,连声谢谢都来不及说,一路小跑着就去找王书记了。他到了书记办公室,刚推开门,就看到王书记在一张纸上画着。胡队长凑上前一看,见看不懂,就问道:"王书记,你在干嘛呢?这画的都是啥呀?"

"胡队长来了?我是把这几天的现场调查做个分析,看看咱这工程如何干、才能按节点要求完成工期。"王书记道。

"行呀,书记,和我老胡想到一块儿了。你快说说琢磨出啥好办法了?"胡队长乐了。

"我问你,干咱接触网的领导最关心的是啥?"王书记看一眼胡队长,问道。

"这个谁不知道呀?只要接触网支柱一安装,这接触网就算完成百分之六十了,其他活儿都不在话下。"胡队长脱口而出。

"不愧是干接触网的行家。那要立支柱,下部基坑、基础就要完成,对不对?这也是刘指挥长上次在二队发火的重要原因。因此,如何在上级领导要求的时间内完成接触网下部作业任务是咱队近期最重要的工作,你说对不对呀,胡队长?"王书记继续问道。

"这些我都知道,你说重点。咱们如何完成该项工作?说得有道理,我都听你的。"胡队长这急脾气又上来了。

王书记笑笑,摊开他画的工期节点完成分析图,对胡队长说道:"那好,你先听听我的分析和具体安排吧。甘谷站是个接触网改造车站,股道多,供电臂也多,施工繁琐,因此封锁点停电作业安全压力大、持续时间长,这个才是队上所有施工中的重中之重,需要引起高度重视。因此,我建议该项工作交给一班去完成,孟主管全过程负责现场技术指导。根据现场调查情况,需要队部技术、安质、调度等部门联合成立现场施工对接调查小组,每周更新一次数据,及时上报队部领导知悉,以便了解其他单位的进度,及时调整下一阶段的施工任务。在头三个月,从二、三、四班临时抽调老师傅组成人力立杆小组,即刻进入现场进行人工立杆前的准备工作。这点,请胡队放心,老师傅们对人工立杆这项工作都不陌生。计划成立5个小组,为确保施工质量及培养新人,建议每个小组按3人规模编制:一位老师傅,一位年轻新工,外加一个安质员。其他工班人员在这三个月内暂时打乱编制,分成安装和附加线架设两个大工班,力争在三个月内使我队管辖区段全部达到网内架线条件。"

王书记讲完他的总体工作思路后,笑着说道:"万事开头难。告诉弟兄们,咬咬牙,这三个月若能完成此阶段施工任务,那年底报开通大的工期节点就没问题了。三个月的施工任务一完成,剩下的,你老胡一个人就能运筹帷幄了。"

胡队长听着王书记的思路,心里暗暗佩服。他笑着对王书记说道:"行呀,王书记!这愁了多日的难题,到了您这儿,立马迎刃而解了。您的分析很贴近施工现场,我这就去安排。"

之后,胡队长特意邀请王书记和孟主管一起参加此次的生产会议。在会上,胡队长给四个工长大概讲了现场情况及下一阶段的主要工作开展思路。四个工长听了胡队长的工作安排,都觉得思路清晰、任务明确、现场可操作性强,纷纷表示赞同,并保证按期完成各自的施工任务。

临走前,四班工长王文才走到胡队长面前,小声问道:"胡队长,这次工作总体思路及安排水平高得很呢,有啥秘诀?可得教教兄弟。"

胡队长此时心情大好,笑着指指身旁的王书记,说道:"文才,你小子不服气咋的?现在我有了'诸葛军师',以后啥施工难题都不在话下。"

下阶段队上工作总体安排思路既定,接下来就是全队施工人员齐心协力地大干一场了。

白玉传被分到和老师傅李大虎、新工史金辉一组,负责一个叫马家磨的小站。三人下了送工车,一看这个小站只有四股道,区间新增线路股道都没铺设呢。放眼望去,周围全是一望无际的黄土坡,真是一片荒凉之地呀。

幸好在半山坡上有个小村庄,离车站不太远,大概有100户人家,这在当地也算是一个不小的村庄了。走进房东家里,环境还算不错,小院子整理得挺干净的。房东杨大叔50多岁,家里儿女都出门打工了,就剩下他和老太婆两人在家。杨大婶看到白玉传戴着一副眼镜,像个文化人,特意给他安排在儿子刚结婚住了不久的新房里。

李大虎见了,笑着说道:"大传,你看你文化人,到哪儿都吃香,杨大婶对你多亲呢。"

杨大婶笑着解释道:"看着这么大的娃娃就出了家门,这么远来到这儿干活,不容易呀。一看到他,俺就想俺在外打工的儿子了。"

说到这儿,杨大婶特意对白玉传说道:"以后就把这当成自己家吧,想吃啥就跟大婶讲，俺给你做。"

白玉传听了很是感激，连忙说道："谢谢您，杨大婶，以后在您家里住，少不了麻烦您呢。"

安顿好后，李师傅就带着白玉传和史金辉去现场调查情况。在路上，李师傅向两人说道："这人工立杆还是我年轻时干的。这活可不好干，是个费力不落好的差事。这法子好久没用了，要不是到了关键时刻，咱们领导也不会想到这一出。不过也好，对你们这些没干几年的新人来说，也是个锻炼学习的机会不是？"

他看着白玉传和史金辉，笑着说道："你俩呀，可要跟着俺好好学呀。听说，咱单位不久就要改制了，要脱离铁道部了。我们这些没有文化的老电气化人到时候就没啥用了，说不定就提前内退了。我18岁参加工作，到现在也干了将近30年了，参与过的电气化铁路工程有十多个。想当年呀，那施工条件可艰苦了，住的是帐篷，吃的是干饭。再说，当年咱国家科学技术也不发达，就那软横跨安装，全靠我们爬到软横跨支柱塔顶上去拿个绳索比划呢。现在好了，有软件可以计算了，精度也提高了不少呀，这作业车、轨道吊啥的也使用起来了，咱国家建设电气化铁路的步伐也明显加快了。"

来到线路上，李师傅望着平坦的铁路新线，喃喃自语道："老伙计，我又来了，这支柱组立还得靠我们人工立杆不是？"

白玉传听了李师傅的话，安慰道："不会吧。师傅，你虽然没有专业理论知识，可您施工经验丰富呀，我们都离不开你呀。"

史金辉在旁边听了半天，突然冒出一句话："李叔，提前内退也好。总比我爸强，干了一辈子电气化，家里净是我娘一人操劳了。放心吧，您把身上的本事都交给我们，我们一定好好干，不让你们丢脸。"

李师傅听了，哈哈大笑道："你小子，我看行，有你爹年轻时候那股初生牛犊不怕虎的冲劲。放心吧，只要你肯学，叔会毫无保留地教给你。"

说到这里，李师傅找到一个支柱号的标桩，蹲在地上，拿出尺子来，把一头递给白玉传，吩咐道："大传，把一头零的位置放到线路中心桩上。"然后他又把另一头递给史金辉，说道："你来拉基坑限界。我现在先教你们如何在新线上定支柱坑位。"

李师傅放好坑后，在坑中心位置的一边画出一条四五米长的直线，对两个年轻人耐心地说道："这人工立杆的重点之一就是掏马道。这马道呀，要斜着掏，与地面夹角大概45°，深度大约是坑的三分之二吧，宽窄要能把支柱放进去就行了。立第一杆时,你俩都来好好学习一下就是了。"

李师傅说完,又带着两人继续探路,看如何把支柱人工运进来。他一路察看,一路让白玉传把情况都记在本子上:"这里地质太软需要加固……那里有个小水沟,需要临时架个小桥……"

白玉传笑着对李师傅说道:"师傅,您真细心,想得太周到了。"

李师傅笑笑,说道:"人老了,不行了。咱们干工程的,有句老话不是说得好吗?养小不养老呀。说不定,这就是我干的最后一条电气化铁路了。我要站好最后一班岗,干好这个工程,也就对得起单位了。"

到了晚上,李师傅给队上打电话,把需要的材料、工具啥的都汇报了,让尽快运到现场,又问胡队长劳务队啥时候来。胡队长在电话那头笑着说道:"你那儿的劳务人员就用当地老乡吧。带头的组长我让海来木呷来当,他再带几个熟手去帮忙。老李,你可听好了,三个月的时间,你得把你管辖的两站两区的支柱全部人工完成,有没有信心呀?"

"放心吧,胡队,都是干接触网的老手了,我心里有数。不过,干活是干活,这奖金可不能少给我们三个。"李师傅打趣道。

"只要你们按期保质保量地完成任务,奖金少不了你们的,放心干吧!有啥困难,及时向队上提,我们一定在最短时间里给你们解决。"

第二天早上,海来木呷就带着他手底下的四五个弟兄,坐着拉材料、机械的送工车来到马家磨。他一下车,就对李师傅说道:"李工好。来时胡队长说了,10天后第一批50根支柱就会运到现场。他让我问问,咱们10天内能不能把这第一批支柱基坑挖好?"

"放心,有我老李在,你就看好吧!"李师傅胸有成竹地说道。

卸了这批材料和机械后,李师傅对大家伙说道:"来,咱们先开个会,讨论讨论这活该咋干。我先分分工:白玉传呢,平时就做好现场测量和技术资料填写;史金辉呢是个新工,就跟着我多学习学习;海来木呷呢,你就是人工立杆小组长,带着你手下的人立支柱。若是人手不够,我再从劳务队里抽几个。这人工立杆少说也得有10个人左右,人少了,支柱立不起来。"

李师傅给大家分好工后,又说道:"昨晚我和胡队长汇报工作的时候,他说劳务队在当地找找。我想也不需要太多人,大概30人吧,把他们分成3组,每10个人一组,专门挖坑。我也看了,当地人还行,能吃苦。明天,咱就和房东杨大哥商量着,让他帮忙给吆喝吆喝。"

"那您是按日计工呢还是包工呀？"海来木呷大叔问道。

"这个嘛，还没想好呢，到时候再说吧。"李师傅答道。

"我提个建议可好？结合我们在电气化上班的经验，我觉得还是包工好，因为啥呢？咱这次都是用的当地劳动力，他们都是农民，咱又不管饭，他们每家的吃饭时间不一样，有的早，有的晚，这上下班时间也就不好说了。若是包工给他们，那上下班时间由他们定，这工作效率说不定还能提高呢。"海来木呷大叔说出了自己的想法。

"海叔，这个建议好，俺看行，李师傅您说呢？"白玉传在旁边赞许道。

"行，就按你说的办。待明天我问问咱队上定额人员挖一个坑多少钱就是。"李师傅爽快地答应了。

天一亮，李师傅就和杨大叔谈了劳务的事。杨大叔一听，就说："家门口都能挣钱，这活谁不干呀？俺这就去给你们招呼去。"

不一会儿，杨大叔就带着一大群人来到李师傅这里，笑着说道："你看，我出去一吆喝，他们听了就都来了，都在问啥时候开工呢。"

李师傅看了看这群劳力，都是三四十岁，很满意，说道："乡亲们，我们的活儿主要就是挖坑，没啥技术，就像你们家里挖个红薯窖啥的。一个坑50元，一月一结账。你们看看，若愿意，今天下午就进行安全培训，后天就可以来干活了。"

就在这时候，来了一位30多岁的大嫂，她冲进人群，来到李师傅面前，问道："俺们女的，您收吗？这活俺也可以干。"

"女的，我们可不要，这活都是老爷们干的。"史金辉在旁边说道。

"要不，就让李嫂试试吧。她家里穷，可是她家那大姑娘可了不得，是我们这里方圆百里的神童呢，13岁就考上咱们中国科技大学了。要不，就让她和俺一组吧。"杨大叔在旁边帮这位大嫂说话。

"李师傅，要不咱就收了吧。家里供个大学生，不容易。"白玉传也在旁边劝道。

"好，那您就来干活吧。"李师傅对那位大嫂说道。

下午，队上的安质员就对这群老乡进行了铁路安全知识培训，然后他们都领了工具、安全帽、防护服，开始上班了。

别说，这些当地老乡干起活来真是不惜力，中午也都不回家，让家人把饭送到工地上，吃了饭，稍微休息一下，就继续干活，因此施工进度极快。不到一个礼拜，50个基坑都挖好了，人工立杆的马道也掏得很标准，就等支柱到了就能立杆了。而小史经过这几天的锻炼,也熟练掌握了现场新线定测坑位和校验基坑了,可以独当一面了。

支柱运到时,那条从公路边到铁路新线施工现场的简易运输专道已由海叔和他的弟兄们修好了。队上一下子来了三辆"跑车"(经改造专门运输支柱的架子车),李师傅把所有人分成三组,每组10个人,利用两天时间专门运输支柱。

等支柱全部到位,李师傅开始演示人工立柱。只见他先用大绳在两根又高又粗的木头头端1米左右处绑扎牢固,再把地锚打好,滑轮组、葫芦也连接好,然后他一声令下,众人齐力,把支柱运到早已挖好的基坑马道处放置好,接着用葫芦慢慢拉起支柱,待支柱离地大约2米时,用那木棒插住支柱,一边继续用葫芦小心拉支柱,一边跟着支柱起伏慢慢地移动木棒。同时,用滑轮组与另一个葫芦慢慢临时固定位置,以免支柱倾倒。大概20分钟后,第一根支柱顺利完成支柱组立。白玉传立即拿着经纬仪上前测量支柱斜率,史金辉则拿着尺子测量支柱限界。待确定支柱技术参数均符合设计要求后,再用大绳及葫芦把支柱临时固定好。依次下好横卧板后,李师傅就吆喝着坑边人员赶快回填基坑。每回填二三十厘米,用工具逐层夯实。就这样,一根支柱人工组立,从开始到结束,大概耗时一个半小时,投入劳动力10多个。整个活干下来,那是一口气也不敢歇,累得大家个个满头大汗。

李师傅在人工立支柱的全程中,整个人都是精神高度集中的,一点儿也不敢马虎,等这根支柱组立完成了,他才长长舒了口气,笑着说道:"这下,你们知道人工干活的难处了吧。"

白玉传一想到后面三个月还要这么立几百根支柱,头皮直发麻,小声问道:"李师傅,咱们管辖的这两站两区的所有支柱都要采用人工立杆吗?这法子也太慢了,再说安全风险也大呀。"

李师傅无奈地道:"是呀,这条线路工期紧、任务重,采用这人工立杆也是没有办法的办法。幸好,咱们有这群能吃苦的老乡,也算有福了。"

头天立杆,因为大家伙都不熟练,立了5根支柱后,李师傅就早早收工了,让大家伙早点回家休息。

这几天下雨,无法进行施工。白玉传闲来无事,除了给妻子岳小燕打打电话,互相倾诉相思之情外,就是窝在床上看小说。

一大早,杨大娘就熬好了粥,还特意摊了几张鸡蛋饼,早早就喊白玉传他们几个吃早餐。正在此时，李嫂来了，一进门就问杨大娘："李工在吗？恶（euo）*找他有点事。"

"李嫂，您有啥事？能不能先和俺说说呢？"白玉传看李嫂着急，忙问道。

"大兄弟，这本来是说好了一月一结账的。恶也知道恶才干了20多天，还不到一个月呢。可是恶家女子娃上学呢，今年大四了，听说要去实习，需要几百块钱。恶想着，能不能先预支一些钱？恶好给孩子寄去。"李嫂不好意思地说道。

白玉传听了，说道："这个事恐怕有点难办呢。俺们是单位，这发工资的流程可繁琐了，得好多部门审批呢。要不，你说说需要多少钱，俺先借给你些。你就是找李工，他也没法子呀。"

李嫂听了，又是一阵难为情，她低头想了想，又对白玉传说道："那好，大兄弟，能不能先借给恶500元？等发了工钱，恶及时还给你。"

白玉传从口袋里拿出500元，递给李嫂，说道："给你钱，快去镇上给你孩子寄去吧，这学业可耽搁不起呢。"

李嫂接过钱后，很是感谢，说道："大娘，麻烦您进屋拿张纸和笔来，恶给大兄弟打个借条吧。"

"那可不用了，这钱您先拿着用吧。"白玉传忙摆摆手说道。

"那可不行，得打个借条呢。"李嫂坚持道。

"好、好、好，我去拿就是了。"杨大娘知道李嫂的脾气，也不劝。

"大兄弟，恶不会写字，你写吧，写好了，恶按个手印就行了。"李嫂对白玉传说道。

白玉传看着一脸认真的李嫂，只好写好了借条。李嫂在那上面郑重地按了个手印，这才拿着钱，放心地离去了。

这时候，李师傅出来了，看到李嫂远去的背影，就问道："大传，李嫂来有啥事吗？"

"她是为她家女儿上学，想来这找您，看能不能预支些工钱。俺想，这事即使找您，也不好办。她要的钱也不多，就500元，俺就先借给她了。可没想到李嫂特认真，非得给俺打个借条。"白玉传答道。

李师傅向杨大娘问道："杨大嫂，这李嫂家里那孩子是不是你们嘴里常说的那个神童少女呀？小小年纪就考上了中国科技大学了。"

---

* 甘谷方言，"我"的意思。——作者注

杨大娘听了，连忙答道："是呀。前几年，她家13岁的女儿就考上了大学，并且还是咱们国家的重点大学，当时连市里电视台记者都来村里采访呢。说起她家情况，也的确困难。李嫂老公年轻的时候帮忙给别人家盖房子，不小心从房顶上摔了下来，落了个半身不遂。家里三个娃娃呀，全靠李嫂一人在家务农养着。闲了，她就在附近打些零工，勉强度日。县里、乡里政府看她家确实困难，就把她女儿四年的学费给付了。说起她家那女儿，可真是个神童呀。小学上了两年，老师就说教不了了。她有过目不忘的本事。天水市一中的老师知道了此事，特意把她找了去，还给她安排了专门的老师辅导呢。她上学可不是一级一级升上去的，都是跳着班上的学。12岁就参加高考，这一考，可了不得，高出高考分数线30多分。本来当年就有大学要录取她，可她娘说她太小了，一个人出门上大学不放心。就这样，她又学了一年，13岁再次参加高考，这次更神了，竟然考了个天水市理科状元，一下子被中国科技大学少年班录取了。"

李师傅听了，不由地赞叹道："这李嫂真有福气呀，养了个这么好的女娃娃！"

"是呀，别看李嫂夫妻俩大字不识几个，可她家那几个孩子可都是上学的料。家里剩下的弟弟妹妹，学习都特别好呢。这李嫂也是苦在心里。这上大学老费钱了，她难啊。"杨大娘叹了口气。

李师傅听到这儿，突然转身对白玉传问道："大传，咱们三队前几年不是以工会名义成立了'电化圆您大学梦'基金？也不知道现在搞不搞了。你给咱王书记打个电话问问，看能不能给李嫂申请一个名额。"

"对呀，李师傅，俺咋没想到呢？俺这就给王书记打个电话问问。"白玉传马上掏出手机，拨通了王书记的电话，把情况简单介绍了下。

王书记听了白玉传的汇报，在电话那头热情地答道："李书记走之前还特意跟我说了这个活动，说这个活动是咱三队自己创办的，让我继续办下去呢。你今天提供的信息很好，听了你对李嫂的介绍，我也很感动。这样，我明天就派咱们的工会主席王文才同志到你们那儿去，了解核实一下情况，填些表格，然后我们上会讨论下就可以了。"

白玉传这才知道文才大哥现在也高升了，兼职干起了工会主席。这也对，文才大哥能文能武，干工会主席，下面弟兄们没有一个不服气的。

第二天一早，文才大哥就来到白玉传所在的工点，于是白玉传、李师傅陪着文才大哥，跟杨大娘来到李嫂家里。李嫂家是三间当地最普通的土坯房子，窗户还是用白塑料布蒙着的呢。李嫂打开门，见到这么多人，也不知道发生了啥事，忙把这群人请到客厅。大家到了客厅一看,没有几件像样的家具,只有一把破破烂烂的木头椅子,上面坐着一位壮年汉子,看上去精神不太好,眼神也有些呆滞。

杨大娘指着那个汉子对大家伙介绍道:"这就是瘫痪七八年的李嫂丈夫,常年因病不能活动,这精神有点不太好,也不太认人了。"说到这里,杨大娘凑上前,贴着李大哥的脸对他大声喊道:"他兄弟,这是你家李嫂在人家单位干活的领导们,今国*特意来你家看看你。"

只见李哥慢慢地抬起手臂,颤颤巍巍地拿起身边桌子上的一包廉价香烟,递了过去,嘴里含糊不清地说道:"牛,驾来吃一锅烟!"

李哥这话把白玉传他们都听晕了,不知道这说的是啥意思,里面咋还有个牛呢?

李嫂听了,笑着对大家伙说道:"甭理他,他是说让你们抽支烟呢。"

文才大哥这才把自己今天来访的目的对李嫂说了:"经过我们今天对你家的实地调查,了解到你家情况确实不太好。我们电气化有个'电化圆您大学梦'基金,可以帮助你家孩子上完大学。你让你家女孩儿把这些表格填好,我们就可以先给你家申请5 000元的基金。不过,这钱可不是送给你们的,等你家孩子毕业上班了,就要把这钱及时返还的,以便帮助更多的上不起大学的孩子们。"

李嫂听了,感激地对大家伙说道:"谢谢,谢谢,恶明早就给女子娃寄去,和她说说此事。"

过了大概半个月,李嫂就把她孩子的回信给了白玉传,白玉传让送料车司机师傅给队部文才大哥捎过去。

不久,文才大哥给白玉传打了电话:"经过队部领导研究决定,同意李嫂的孩子为咱们'电化圆您大学梦'基金的帮扶对象,已批复5 000元的专项资金。你快点去告诉李嫂,让她把她的银行账号给咱财务说下,好把钱给她转过去。"

白玉传挂了电话后,马不停蹄地跑到李嫂家里,把这天大的喜讯告诉她。李嫂听了,也很高兴,慌忙去里屋把她家存折拿了出来。白玉传把账号、开户银行及姓名记录在本子上后就离开李嫂家了。

回到驻地,白玉传就把这些信息电话告知了文才大哥,文才大哥在电话那头说道:"再过个四五天,你就让李嫂到银行里查询一下,这笔款应该能到账户上。"

四五天后,白玉传让李嫂到镇上银行去查查。不一会儿,李嫂手里提着两瓶酒

---

* 甘谷话,"今天"的意思。——作者注

就回来了，笑着说道："钱已到账户上了，真的谢谢你们。你们电气化的大恩大德，恶一辈子都难忘。走，你们几个中午到恶家里，恶给你们炒几个菜，答谢你们。"

杨大娘见了，也笑着对白玉传道："那中午我就不做饭了，你和李师傅、史工几个就上李嫂家里吃顿便饭，也尝尝李嫂做菜的手艺，可好了。"

李师傅也很高兴，吆喝道："好，咱们都去李嫂家庆贺一下。"

到了李嫂家里，李哥的病仿佛也因为这天大的喜事好了许多，也是满脸的笑容。李师傅递给李哥一支烟，笑着说道："兄弟，来抽支烟。放心吧，你家里会好起来的。"

到了中午时分，李嫂做了一大桌子的菜，大家边吃边聊。快走时，史金辉看到李嫂的俩小孩脚上穿的鞋子都裂开口了，二话没说，就从兜里掏出200元，递给李嫂说道："李嫂，这200元您拿着，给孩子们买双鞋吧。你家里的事，我也没帮上啥忙。"

李嫂说啥也不愿意要，嘴里连声说道："这钱可不能要，你们已经帮了恶大忙了！"

史金辉也不管，把钱扔到桌子上，扭头就离开李嫂家，走了。

白玉传就劝道："李嫂，拿着吧，这也是小史兄弟的一番心意。"

李嫂这才把钱接了，装在口袋里。

李师傅和白玉传向李嫂道声谢后，也离开了李嫂家。

一个月后，李嫂拿了工钱，特意找到白玉传，把上次借的500元还了，才放心离去。

人工立杆的施工工作繁重，光运输用的"跑车"就坏了三辆，大家伙也都累得散了架。

一天一大早，海来木呷匆匆来到杨大娘家里，找到李师傅，着急地说道："李工，我手下一个弟兄，昨晚不知咋回事，今天早上吃饭的时候没有起床，咋喊都不醒。"

李师傅听了也很紧张，生怕因劳动强度过大而出安全事故，于是连忙与海来木呷大叔一起去看望这位工友。白玉传和史金辉也一起同往。

进了屋里，只见站满了人，大家都很着急。李师傅走上前，大声喊道："醒醒，醒醒，起来吃饭了！"

海来木呷大叔听了，苦笑着对李师傅说道："没用呀，我们都喊过了，可任凭我们喊破了嗓门，他还是那样，继续睡觉。"

旁边房东大嫂说道:"哎呀,这位小兄弟是不是昨晚去了啥不干净的地方了?是不是被鬼神附体了?"

房东大嫂这话一出口,大家伙都吓得魂飞魄散,大气都不敢出了。

这时候,同屋的工友小声嘟囔道:"昨晚,他的确是回来得有点晚,还喝了点酒呢,也不知道到底去哪儿了。"

房东大嫂听了,更加坚信地说道:"他昨晚肯定是去了后山上那片乱坟岗了。我小时候听说过这事,当时我大叔情况和他一模一样。要不,我去给你们找个法师来做做法,一会儿就好了。"

李师傅听了,哈哈大笑道:"啥鬼呀神的,都别胡咧咧!我这就去向队部领导王书记汇报,让他们赶快派车来把这位兄弟送到医院去治疗。"

说完,李师傅赶紧给王书记打电话汇报了此事。王书记听了,也是高度重视,他立马安排专车,并在电话那头嘱咐道:"要派专人在旁边照顾,一刻也不能离开,我一个多小时后就到。"

出了这档子事,李师傅心里七上八下的,他回头吩咐道:"小史,今天现场工作简单些,你带些人,就运输支柱就行了。白玉传,你和海来木呷大叔一起陪护这位大叔,一刻也不能离开。"

说完,李师傅就一个人到公路上去迎接王书记。

两个小时过去了,可王书记的车还没到。平时最多也就走一个半小时,这次咋这么长的时间呀。正在白玉传和海来木呷大叔心神不定的时候,李师傅回来了,他满脸大汗,急得都语无伦次了:"真是邪了门了!王书记的车走到将军庙附近时突然熄火了。司机师傅下车检查多次,愣是没发现问题所在。现在,王书记只好又从队上叫了辆汽车。"

说完,他又看了一眼那位沉睡的兄弟,问道:"他就这样一直睡,一点都没有醒的迹象吗?"

"是呀,他一直睡着。"白玉传忙答道。

"要不,咱还是去求求房东大嫂,让她找个法师来试试,可好?"海来木呷大叔急了,"其实,在我老家,法师也挺管用的。"

李师傅听了,斩钉截铁地说道:"不行,那都是迷信!我得为你兄弟的安危着想,都不知道他为啥沉睡不起,若是盲目去找啥法师来做法术,一旦无效或延误病情,这责任谁负担得起?别说了,我心中有数。"

时间一分一秒地飞逝,就在大家倍感煎熬的时候,李师傅的手机响了。他一看是王书记的电话，连忙接起来，电话那头传来王书记急促的声音："李师傅，车子大概5分钟到村子里，你快到公路边来带带路。"

李师傅挂了电话就一路跑着去公路边迎接王书记了。

不一会儿，王书记一行就来到这个小院子。一进屋，王书记上前看了一眼依然在沉睡的那位工友，立马吩咐把车上提前准备的担架抬下来，赶紧把人送到天水市人民医院。李师傅、白玉传、海来木呷大叔也一起去。

到了医院，大夫问明了情况，就先安排去做各项检查，然后住院观察治疗。一直到下午七八点，这位工友才从梦里苏醒过来。他睁开眼后，一见这陌生的环境，对海来木呷大叔轻声问道："这是哪儿呀？我咋在这里呀？"

海来木呷大叔一看到他醒了，高兴极了，连忙说道："在医院呢！你可醒了！你可真行，这一睡就是十七八个小时，可把我们吓坏了。你看，连队上王书记都亲自来看你了。"

"你现在身体咋样？"王书记在旁边着急地问道。

"我现在就是感觉好饿。"那位工友小声嘟囔道。

李师傅听了这句话，才放下心了，笑着说道："没事了。他能感觉到饿，说明没啥大病。快，大传，去给他买碗羊肉汤，多加些羊肉，再多买些饼来，让他好好吃一顿，补补身体。"

白玉传听了，赶紧上街去买吃的，不一会儿就买了回来。这位老兄也不客气，当着大家伙的面，大口吃着，大口喝着。大家看着他狼吞虎咽的模样，都忍不住笑了起来。

第二天，大夫查房时笑着对大家伙说道："今早我看了他的各项检查，身体基本没啥大碍。引起他久睡的直接原因，就是近来工作紧张、劳累，压力过大，造成他近段时间睡眠不足、休息不好等等。从检查结果来看，他可能患有贫血。这个病，以后可得注意了。我给他开些日常药，记着回家按时吃药，过一段时间到医院复查复查就好了。你们可以去给他办理出院手续了。"

李师傅笑着对海来木呷大叔说道："这下，你放心吧。当时看把你急的，非得说他啥鬼神附体了，还哭着喊着要去找法师。"

王书记在旁边听了，就对大家伙教导说："以后在工地上再发生类似事件，可不要迷信，要相信科学。若是一味愚昧迷信，延误了病情，可就真的无法向人家家属交代了。你们看，这到了医院检查检查身体，对他也是好事，检查出他患有贫血不是？今后在工地上，老海可要多多关照他，提醒他平时多注意身体，按时吃药才好。"

海来木呷大叔听后,一脸懊悔地说道:"当时我也真的是着急上火,昏了头了,请李师傅多多见谅。不过,我还真是佩服当时李师傅的冷静和果断呢。"

王书记听了,感慨道:"是呀,像李师傅这老一代电气化人,是我们队上宝贵的财富呢。他们不仅施工经验丰富,为人处世也很老练。大传,以后跟着李师傅多学着点。"

随后,王书记安排办理了出院手续,带着这位工友一起坐上车,返回工地驻地了。

一连两个多月的朝夕相处,白玉传和当地老乡们结下了深厚的感情。转眼间,人工立杆的施工任务就要完成了。在最后一根支柱组立圆满完成的那天下午,李师傅笑着对大家伙说道:"今天,咱们经过两个多月的日夜奋战,终于提前完成队上交给咱们的施工任务。在此,我真心地谢谢大家伙。今晚,我请客,咱们大家伙聚在一起吃个百家饭,庆贺一下,可好?"

说着,李师傅拿出200元钱,递给杨大叔,笑着说道:"这钱你拿着,今晚聚餐的肉,我包了!"

史金辉也拿出200元钱,笑着说道:"今晚的庆功酒,我管够!"

白玉传也不甘落后,对大家伙说道:"今晚香烟、糖果、瓜子啥的,都问我要!"

老乡们听了都很高兴,当场就分了工,还把庆功宴定在当地小学院内举行。杨大叔还说,晚上还要把这儿最有文化的齐校长请来呢。

黄昏时分,暖暖的夕阳洒落在这黄土高原上,人人脸上都洋溢着幸福的笑容。李师傅端起酒杯,对着在场的父老乡亲们说道:"为了咱们国家电气化铁路工程建设,我们电气化工程人不远千里来到贵地,有幸遇到你们,是你们用无数的汗水帮助我们提前完成这项施工任务。我也不多说了,先干为敬!"

白玉传的心里也是感慨万分。他想起这两个多月里,不管是哪家做好吃的,都会热情地招呼他们三人到家里去坐坐,一起乐呵乐呵。尤其是杨大娘一家,简直把他当亲儿子,啥好吃的都为他做。想到这里,白玉传端起一杯酒,来到杨大叔和杨大婶面前,说道:"谢谢您二老,您俩这段时间对俺的好,俺一辈子都难忘!"

临走前,杨大婶把白玉传的被褥拆了,把自家弹好的棉花拿出来,给加厚翻新了一下,她对白玉传说道:"我们山区到了冬天冷得很,你这被褥太薄了,夜里睡觉会被冻醒。这被褥我给你加厚了,也洗了洗。你一个男人在外,这些女工活,没个女人家可不行呀。"

白玉传接过杨大婶手中带着清香的被褥，心里很感动。他掏出100元，递给杨大婶，哽咽道："谢谢您，杨大婶，这100元钱您拿着！"

杨大婶说啥也不要，还埋怨道："你不把大婶当亲人了，和大婶这么外气，给啥钱呢！"

白玉传他们离开时，老乡们都来送行，跟着汽车后面一路送了许久，直到看不到汽车的踪影了，才怅然而回。

汽车在盘山山路上一路盘旋，也不知道上了几个坡，拐了几个弯，一直到晚上六七点，才到了目的地。白玉传他们下了汽车，借着昏暗的站台路灯，三个模糊不清的大字映入眼帘——"南溪沟"。

白玉传他们几个人这一路颠簸下来，整个人都散了架了，都想着到了驻地后赶快洗洗，就上床睡觉去。没想到，这个山区小站竟然没有水。这下，大家全都傻了眼，只好各自回屋里先凑合着睡吧。

第二天一早，先到达的其他同事都有经验，早早起床等着送水车来，一个个拿着大水桶，装得满满的，两个人抬着放到自己屋里去了。等到白玉传他们屋里的人睡醒了，拉水车早就走了。在炎热的夏天，没有水，谁能受得了呢？没法子，白玉传只好去其他房间借水洗脸。他刚一推开邻屋的门就碰到了"飘飘"，"飘飘"一看到他拿着一个空脸盆，就知道他为啥而来了，便调侃道："大传，咋了？没水了？来我们这里借水呢，可以，借一盆，还两盆。这里就这水最金贵呢。"

"'飘飘'，你真是个财迷呀！就借一盆水，还还两盆！俺不是昨晚刚到，不知道这地方会没水吗？也真是的，都啥年代了，咱们国家还有这地方，说出去都没人相信。"白玉传抱怨道。

"飘飘"听了，苦笑着说道："哎，这南溪沟站，我都不知道铁路部门为啥要设置个车站。一没水，二没路，离最近的镇子也有几十里山路呢。这下可真是与世隔绝了。一想到这下半年都要在这兔子都不拉屎的鬼地方度过，我这心里就堵得慌。"

白玉传一听，心里也是拔凉拔凉的，心不甘地问道："'飘飘'，那这附近就没个村庄吗？还有，车站工作人员咋在这里工作呢？他们日常用水咋解决呢？"

"大传，你闲了也出去转转。这鬼地方，除了大山，就是石头蛋，哪有人烟呢？人家车站工作人员用的水是火车拉过来的。每天早晚有趟慢车，是这里唯一与外界联系的交通工具了，停车只有三分钟。在这个小站工作的人也够苦的。这一辈子若都窝在这个小站里工作、生活，想想都没劲。""飘飘"回答道。

白玉传洗漱完毕后，又问道："咱队上几十口子人，每日的生活用水都从外面拉来吗？"

"飘飘"点点头："没法子，一个屋里是按照两人一个大水桶的标准准备的。拉水车两天送一趟。也就是说，一个人两天只有半桶水。以后用水就节约点吧。"

"那咋洗澡呀？总不能半年都不洗澡吧？"白玉传又问道。

"洗澡呀，只有一个星期洗一次了，得坐着慢车去天水市里的澡堂去洗。一大早去，到了晚上才能回来。洗个澡一整天，加上中午吃个饭啥的，没有100元拿不下来呢。"

白玉传听了，心里更郁闷了。他转身出了门，把脸盆放回自己宿舍，掏出手机，想给妻子小燕打个电话聊聊天。没想到，手机一点信号都没有，气得他一头倒在床上睡了。

转眼间，白玉传在这缺水的荒凉之地已度过了夏秋两季了。现在是初冬时分，这里的雪比家乡来得早了许多。夜里，刺骨的寒风从窗户缝里灌进来。虽然宿舍里早已生起了炉子，但是还是感到阵阵寒意。白玉传缩在自己的被窝里，冻得瑟瑟发抖。想到明天一大早就要去区间进行人工放线，2 600多米的回流线，直径185毫米粗的钢铝绞线，在全是曲线的区间里进行人工架设，尤其是在天寒地冻中进行野外作业，白玉传抖得更厉害了。

可是没有法子呀，全线送电的工期节点已定，就在年末的最后一天，可眼下需要施工的任务还很多。说起来也怪了，机械化施工在这山坳里失去了威力，大部分施工都靠人工。白玉传这一年来都没有回过家。

一夜无眠。第二天一大早，白玉传被工长付哥喊起，喝了几口稀饭后，就穿着他那军大衣和大家伙一起坐上汽车，一路颠簸了两个小时，才来到施工现场。

今天的回流线人工架设，由于线路太长，队上基本上是倾巢出动。除了女职工、做饭的师傅没来，其他能动弹的劳力全来了，有五六十口子人，整整坐满了一车。

把放线架子支好后，胡队长就开始安排今天的工作了："一班、二班、三班和队上其他人员全部跟着我在前面拉线，四班在后面挂放线滑轮，外加上巡线工作。"

胡队长说完，就大声吆喝道："弟兄们，都给我拉起线，每人间隔10米，一路排开。咱们加把劲儿干，早干完早回去呀！"

白玉传他们四十多个人，冒着严寒，顶着风雪，扛起了冰冷的钢绞线，一步一步向前走。刚开始还行，一次能拉个三四百米远。放线放了一半的时候，由于受制于曲线外力，再加上天气不好，大家伙的力气也用得差不多了，所以任凭胡队长喊破嗓子也无济于事。

此时刚好来到一个小山村附近，工长付哥看了一眼疲惫不堪的弟兄们，笑着对胡队长说道："胡队，眼看着就到了中午，要不让弟兄们休息休息，到村子里找些吃的喝的？等大家伙有力气了，咱再一口气干完它。"

胡队长听了，只好同意。就这样，现场留下一小部分人看护回流线，其余人到村子里去找些吃的。

"飘飘"见了，苦笑道："这下完了，看这光景，今天我是要挨饿了。"

在这风雪交加的天气里，路上一个人也没有。大家都不说话，继续往前走。大概又走了四五分钟，来到了一所小学门口，只见门口右边有家小商店。"飘飘"大喜，他一路小跑着抢先进了商店，对着老板娘就吆喝道："有啥吃的，全都拿出来，我们包了！"

老板娘哪儿见过这架势，望着一屋黑压压的人，胆怯地问道："你们是干啥的呀？这天气还出来干嘛呢？"

"老嫂子别害怕，我们是干电气化铁路的。中午回不去了，到您这里买点吃的喝的啥的。"胡队长笑着说道。

"可我这是小本生意，没多少吃的，就剩下这半箱方便面和几包火腿肠。对了，还有四五包面包啥的。"

大家伙听了，顿时心凉了半截。就这些东西，咋够这么多人吃呀？

胡队长无奈地问道："老嫂子，你有开水不？先把您这半箱方便面，让我弟兄们泡了吃着。"

"开水不太够，我可以给你们烧。"老板娘说完，就进里屋去烧水了。

"就这么些吃的，让谁吃，让谁不吃呀？""飘飘"在旁边嘟囔了一句后就出去了。

胡队长也很犯难，这僧多肉少的，大家伙吃不饱肚子，下午可咋干活呢？

正在胡队长为难的时候，只见"飘飘"回来了，高兴地对胡队长说："咱中午饭有了，可以喝羊汤、吃烧饼呢。"

"你小子是不是饿疯了，在这里胡说八道呢？哪来的羊肉？还烧饼呢！"工长付哥在旁边听了，气不打一处来地问道。

"你们想不想喝碗热气腾腾的羊汤暖暖身子，再吃上几个热乎乎的烧饼垫个饱？""飘飘"说着就要往外走。

他这一走，可别说，大部分人都跟着他走了。他把大家伙带到不远处一个大院里,手一指,说道:"就这里了,你看他们家屋檐下挂的那是个啥?"

大家定睛一看,乖乖,全是羊肉,看来这家是养羊专业户呢。

"飘飘"对大家伙说道:"我已和人家说好了,羊肉论斤卖,每斤10元钱,烧饼1块钱2个,羊肉汤每碗5元。这羊汤呢,大冬天里人家家里都有,大锅熬着呢。只不过今天咱们人太多了,得边喝边熬。"

"真有你的!你小子真成猴精了,啥时候都能寻到吃的喝的,真服你了!"工长付哥笑着说道。

这中午饭算是解决了,大家伙都吃得饱饱的,身子骨也暖和起来了。可一想到下午还要去拉线,大家伙又没精打采起来。

那个做羊汤的大爷看到大家伙垂头丧气的样子,就向胡队长问道:"咋看着你们都不高兴呢?有啥烦心事,说出来听听。说不定我还能帮上您的忙呢?"

胡队长就把下午要人工拉线的事和大爷说了。大爷听了,笑呵呵道:"这没啥难的,我让我家那两头牛帮你们拉线,可好呀?"

"啥,用牛拉线?不行不行,这要是传出去,还不把我们这些干电气化的人的鼻子都笑歪了呀!"胡队长一口回绝。

"别呀,胡队长。咱们不单单用牛拉线,咱们来个人牛合力拉线,可好?说实话,我还真害怕这一下午,仅仅靠咱这几十口子人干不完呢。"工长看看依然是风雪交加的天气,对胡队长劝道。

"那好吧,咱们就来个人牛合力拉线。大爷,您帮了我,我们咋付给您报酬呢?"

大爷听了,笑着说道:"要不,你就把你们剩下的4.0铁丝给我些,可好?"

胡队长听了,笑着说道:"就要铁丝呀?那可不行。我们还得给您付半天工钱呢。这样吧,我们干完活后,把剩余的4.0铁丝全给您,另外再给您200元钱,就算这趟您帮忙的工钱,行吗?"

大爷听了,很是高兴,连忙问道:"那啥时候去拉线呀?"

胡队长看了看表,已是下午两点半了,于是对大爷说道:"咱现在就走,行吗?"

就这样,大爷牵着他家那两头大黄牛,跟着胡队他们来到施工现场。胡队长把线头递给大爷,大爷把它捆绑在牛揽杆上,一声吆喝,这两头老牛就拉着线往前走了。别说,这牛的力气还挺大,一口气就拉出去二三百米远了。

胡队长连忙让大爷停下来:"大爷,让牛先歇歇,等我们后面把线拉起来,放在滑轮里,再让牛拉,就省劲多了。"

"那感情好。"大爷吆喝牛停了下来。

等后面四班的人把线都倒到放线滑轮里后，胡队长对大家伙说道："咱们可是说好了，是人牛合力拉线，可不能骗人家牛呀。来，大家伙都扛起线，一起拉线，齐心协力，早点干完，早点收工。"

"飘飘"听了，不太高兴地嘟囔道："你看这牛不是能把线拉走吗？就不能让我们休息休息？"

胡队长听了，笑着指着"飘飘"说道："你小子，找吃的你在行，这干活你就不懂了。若是光靠牛拉线，再拉个几百米，牛肯定也拉不动了。人家大爷一看，心疼家里的牛，不给拉了，可咋办？就你话多，快点去拉线。"

"飘飘"听了，觉得胡队长说得在理，也就没再说个啥。

有了这两头牛的加入，这人工放线的速度明显加快了，大家伙也不太感到累了，一路上说着笑着，不到两个小时就把这条最长的回流线给放完了。最后，四个工班合力，一齐把每处悬挂点回流线归位，这一天的施工任务才宣告结束。

胡队长把200元和剩下的4.0铁丝送到大爷手中，感激地说道："今天放线多亏了您，您不仅解决了我们的午饭，还帮我们完成了今天的架线任务，真的谢谢您。"

大爷听了，笑着说道："没想到我这老头子，都这把年纪了，还能给电气化铁路工程建设做做贡献。等这条线通车了，我就告诉他们，这修电气化铁路的功劳簿上呀，也有我老头子的一笔。"说完，老大爷就乐呵呵地牵着他的牛回家去了。

白玉传和工友们日夜奋战在这天寒地冻的黄土高原上，坚持大干了两个多月后，终于在新年到来的前几天完成了队上管辖区段的接触网施工，使接触网具备了送电条件。队上给辛劳了一年的弟兄们放了几天假，让他们轮流到天水市区里去逛一逛、玩一玩。

这天一大早，白玉传就和"飘飘"、小史、"猴子"四人一起，坐上那趟通往天水市的交通工具——慢车，一路哐当哐当地开了一个多小时才来到天水火车站。

哥儿几个到了天水火车站后，才发现离市区还有一段路程。于是，他们四人又坐上公交车，又是一个多小时，才来到天水最繁华的秦城区西关伏羲路。

他们先找饭店吃饭，吃完就来到伏羲庙游玩。天水市的伏羲庙是国内唯一有伏羲塑像的伏羲庙，十分值得一看。

出了伏羲庙，四人又往前走了三四百米远，见许多人围在一块空地上，热闹非凡，不知发生了啥事。白玉传挤进去一看，原来是天水市新华书店在此举办图书大型促销会。他一问价格，确实很便宜，部分图书三折起售，有的书还论斤卖呢。

对书，白玉传一向痴迷得很，这一下来到了书海里，他可就啥也不顾了，看看这本，又翻翻那本，全都爱不释手。最后，白玉传选了一百多本书，一算账，要一千多块呢。他只得向"飘飘"他们借钱，才把书买下来。

在接触网送电开通后，队上就通知放假了，于是大家都上街给家人买礼物去。白玉传也想给家人买些礼物，可是想到那些书，只得决定此次回家啥也不买，就把这些书安全地捎回老家就行了。

回家前，白玉传特意向料库吕主任要了几个编织袋，把书全部装好绑扎牢固，拿着"飘飘"为他加工的扁担，挑着书，跟大家伙一起搭队部的车到天水火车站。

到了洛城站，哥儿几个帮忙把白玉传的书抬下火车，然后白玉传就只能自己挑着那两编织袋的书走了。好不容易到了汽车站，一打听，离最早的车发车还有一个小时，他就在候车室里坐下来休息休息。也许是太累了，他竟然靠在椅子上睡着了。梦里，妻子小燕见编织袋里全都是些书，气得边哭边埋怨白玉传不爱他了。白玉传急得火烧火燎的，说了许多好话都不行。就在他无计可施的时候，车站的喇叭声唤醒了他。

白玉传想到梦里的情形，心里慌了，很是懊悔。正在此时，小燕打来了电话："下火车了吗？你现在到哪儿了？啥时候回到咱县城车站呀？爹说你东西多，拿着不方便，说开三轮车，让俺一起去车站接下你呢。你给俺带啥好东西了？"

白玉传心虚地道："东西不多，不用麻烦你和爹一起来接俺。俺想乘咱姐夫的车回家，到时候坐他摩托车就行了。"白玉传急中生智，决定请姐夫为自己出谋划策。他掏出手机，给姐夫打了电话。姐夫说，他的车大概七点半左右到，八点准时从汽车站出发返回县城。见到姐夫后，白玉传赶紧把心事告诉姐夫。姐夫听了，笑着说道："你呀，啥时候才能长大呀？没事，有我在，小燕不会说啥的。"

他俩到了县城车站后，姐夫帮忙把书搬上摩托车，就带着白玉传回家了。

到了家门口，刚好碰到妻子小燕，姐夫笑着调侃道："小燕，你看，传娃这次回来啥也没带，净带书了。给你买了这么多书，够你学习一辈子了。"

妻子小燕听了也没说话，赶紧帮忙把书拿到屋里。

到了晚上，妻子小燕就问白玉传："这次回家，你到底心里有俺没有呀？带这么多书回来，姐夫还说是送给俺。俺就那么稀罕书？俺不傻，俺知道是你央求姐夫帮你圆场的。不给俺买礼物也就算了，咋一点东西都没给咱爹娘买呢？你好歹买一点东西暖暖老人的心也行。"

白玉传连忙道歉道："都怨俺，当时头脑一热，一下子买了这么多书。说实话，其他同事给家里买礼物的时候，俺也想买，可一想到还有这么多书，俺就犯愁了，俺一个人扛不了啊。"

小燕笑着说道："你今年过年就和这些书过吧，俺明天就回娘家去住。"

白玉传听了，心里一急，连忙把工资卡拿出来，对小燕说道："小燕，别生气了。这工资卡以后你拿着，咱家里的钱你管着，还不行嘛？明天一大早，咱俩就上街去给爹娘买点好东西，一起回家看看二老。"

小燕接过工资卡，这才说道："这还差不多。你呀，眼里就没个钱的概念，脑子一热就冲动消费，全不管结果咋样。以后家里花钱的地方多了去了，咱家的钱我全管着，这样俺也放心了。"

妻子不再生气了，久别的夫妻俩才开始说悄悄话。

2003年的春节，白玉传一家过得很幸福。娘杨桂花在儿女们的精心照顾下，脸色红润了不少，说起话来也不再一个字一个字地往外吐了，爹也是每日哼着小曲，笑呵呵的。

过了正月二十，队部王书记给白玉传打来电话："大传，今年咱们单位的施工任务不太饱满。段上通知，在没有接到新的线路任务的情况下，职工可以先使用自己的调休及探亲假，若假期休完后还是没接到上班通知，就在家继续等通知，每个月只发基本工资。"

白玉传听了，心里一阵暗喜。对于他来说，钱啥时候能挣够呢？只要手里有钱花就行了，刚好在家里好好陪陪娘和小燕，这多好呀。他把今年单位暂时没有工程的消息告诉了家人。爹白文宣听后，笑着说道："你若是有工程，一出去就是一年半载的，这样也好，就在家多陪陪小燕吧。"

小燕听了没说话，晚上却对白玉传说道："你说咱这俩年轻人真的就啥也不干，天天待在家里吃老本呀？俺看你们工程单位也不稳定。听你说在家休息这段时间，每个月也发不了多少钱。以后，咱俩有了孩子，这花钱的地方多着呢。咱们年轻时不干，到时候可咋抚养孩子、赡养父母呀？"

"俺在家也不知道待多久，说不定下半年就通知上班了呢。要不，你说咋办？"白玉传不知所措地问道。

小燕就对白玉传说出了自己的想法："俺想学着嫂子，也在县城开一家服装店。进货方面，可以向嫂子多请教。刚好今年你也不上班，在家帮衬俺一下。等你再出去干工程时，俺这生意也熟了，也是个进项不是？"

"小燕，你这么年轻，又没做生意的经验，贸然去做，能行吗？"白玉传不放心地问道。

"不瞒你说，这段时间，俺经常去嫂子店里去学习。你知道吗？现在老百姓手里都有钱了，对衣着打扮也舍得花钱。一件女上衣，从省城进货时价格才100元，可到了咱县城，少说得卖个二三百。每个月下来，除去税费、管理费、工费、卫生费、房租、水电等各种费用，少说也能落个四五千块钱呢。"小燕胸有成竹地说道。

"看不出来，你小小年纪还挺有心呢。那你说说，在咱县城开一家服装店得多少钱呀？"白玉传问道。

"俺初步算了一下，大概需要四五万元吧。"小燕答道。

白玉传这几年在工程单位确实挣了不少钱，可盖房子、装修材料、办婚事也花得差不多了，手头上也就剩下3万左右了。

想到这里，白玉传说道："可咱手里没有这么多钱呀，咋开服装店呢？"

"咱只要能把服装店开起来，进货的钱，俺可以找俺娘去借一些。只要进了货，再卖出去，这钱就盘活了，生意就好做了。"小燕道。

"好，听你的，咱们明天就去你嫂子店里看看，现在快睡吧。"白玉传抱着妻子亲了一口，笑着催促道。

第二天上午，两人来到小燕嫂子的服装店里，对嫂子说明了情况。嫂子听了，也很支持小燕的想法。刚好，隔壁一家店的老板娘要生孩子了，不干了，要低价转让。经嫂子从中撮合，小燕很快就把这家店盘了下来。

嫂子拽着小燕说道："做服装生意，要能吃苦、有耐性，不能耍小孩子脾气。这钱投了进去，可要全凭自己一点点的辛勤付出，才能收到丰厚的回报。小燕，你能一大早三四点起床，坐着去省城的班车进货吗？"

小燕满口答道："嫂子你行，俺也能行。"

就这样，白玉传和小燕的创业就开始了，他们给服装店起了个很霸气的名字——"小香港"。

这件事，小燕从头到尾都没和双方父母商量，直到把店做起来了，才让她娘到新店参观。

娘看到此景，也没啥意见，只是心疼地说道："燕儿呀，你这么小年纪，就做服装生意。这行当起早贪黑的，一个女孩子家家的做这干嘛？现在有玉传帮你，到了他有工程要干的时候，可找谁帮你呀？"

小燕听了，笑着对娘说道："俺还年轻，啥苦都能吃。你看，你和爹都这么大年纪了，不也是为了咱家干菜生意，整日忙得团团转吗？"

娘临走前从包里拿出1万元，放到小燕手里，对她说道："这钱你先拿着。娘知道你们刚结婚，没啥存钱。"

小燕拿着钱，噙着泪水说道："等俺挣钱了，第一个就还娘。"

娘听了，摆了摆手，说道："啥还不还的？只要你们俩生活幸福就行，俺和你爹就放心了。"

做过服装生意的都知道，"正月二月是淡季，三月四月里熬一熬，五月六月冲一冲，到了十月才翻身，腊月新年挣大钱"。也就是说，白玉传和小燕开服装店的时间刚好是一年中的淡季，这段时间就是赔钱了。

小燕一连跟着嫂子去了省城三趟，每次回来都是空手而回。看着小燕沮丧的模样，白玉传也不敢多说话。到第四次去省城进货的时候，小燕让白玉传一起去，她说这次要拿一批货回来。

早上七八点钟，长途班车开进了省城车站。出了车站不远，就是服装批发城。这个服装批发市场是中原最大的服装批发市场，每天来进货的人川流不息。

小燕让白玉传推着一个手推车跟在她后面，直奔三楼而去。到了三楼一家女装专卖店里，小燕亲切地向店里一位30多岁的大姐问道："李姐，昨天俺要的货，您都准备好了吗？"

"大妹子，都准备好了，各种款式、码号、颜色都有，给你最优惠的价格。"李姐笑着说道。

"那您给算算多少钱吧，帮俺打包好！"小燕对李姐说道。

"一共100件，每件50元，总计5 000元。"李姐清点了一下货，然后站起身来，笑着对小燕说道。

小燕也弯下腰来一件件地清点、查看质量。最后，她笑着对李姐说道："李姐，俺是第一次做服装生意。你家的服装在俺老家县城卖得可好了，过年时都卖断货了。这次来，没想到俺就一句话，您就都给准备好了。等俺回家后，卖得好的话，俺想和您长期合作呢。谢谢您，李姐。"

"大妹子，我知道咱们做服装生意的都不容易。放心吧，这批货到了你老家，若卖得不好，只要质量完好无损，还可以退货呢，厂家负责统一回收。"李姐好心地告知。

小燕付了钱后，就把这批货装上了小推车，让白玉传推着，继续上四楼。到了四楼，来到一家"五朵云"女装专卖店，小燕还是一脸笑意地对人家老板娘问道："王姐，上次和您说的货，您弄好了吗？"

这位40多岁的王姐一见小燕，就很热情地答道："放心吧，都提前准备好了。100条女裤，一条也不少。就按照早先说好的价钱，每条30元，一共3 000元。"

　　小燕清点数量后，给王姐付了钱，让白玉传给装在车上捆绑好。她看着这满满一车的货，笑着问白玉传："你推着这些货，走着累吗？"

　　白玉传看着果断干练的妻子，笑着答道："俺不累，下一站咱去哪呀？"

　　妻子笑着说道："咱到一楼去看看，俺想再进些假发。现在人都爱美嘛，男女各种款式的假发，咱也进些，和服装搭配一起去卖，也许好卖些。"

　　于是，他俩就又下到一楼。这次，小燕没了目标了。她一家店挨着一家店看，一边仔细地查看假发质量，一边把咨询的价格都记在本子上。大概转了半个多小时，才选中一家。这假发，又进了1 000多块钱的。手推车上是放不下了，小燕只好拿着两袋子假发。白玉传看着这一大堆货，担心地问道："咱一下子进这么多货，花了小一万元了吧？到时候卖不出去可咋办呢？"

　　小燕听了，笑着说道："放心吧，就咱今天进的货，放到年前，要卖好几倍的价格。现在过了年了，到时候，咱们就搞个促销活动，比进价多一倍咱就卖，应该销路不错呢。"

　　白玉传听了，笑着对小燕问道："才来几天，你咋这么精明？看把你能的，咱县城那么多做服装生意的，人家都不知道？"

　　小燕也不生气，继续解释道："这都是俺嫂子对俺说的。她家生意那么好，那是在咱县城专卖。嫂子和人家都签有合同呢，别人家是进不到货的。嫂子和人家说，咱是和嫂子一家的，开的是分店，人家这才以最低的进价给咱货呢。"

　　白玉传听了小燕的话，这才放宽了心。他看了看手机，快中午11点半了，就对妻子说道："小燕，你看都快中午了，咱们去吃个饭吧。走，俺带你去'老蔡记'好好吃一顿。"

　　小燕听了，却说："去啥'老蔡记'呀？一顿饭下来，少说也得花100多，不去。咱们上六楼，那里10块钱就吃饱了，还有菜有汤的。"

　　白玉传知道，小燕说的是快餐盒饭。他说不过妻子，只好跟着上了六楼，去买了两份快餐盒饭。这盒饭是便宜，可是没啥味道，只能充饥而已，小燕却吃得津津有味的。真想不到，这家里的千金大小姐现在这么能吃苦。

　　下午五点左右，他们回到了县城，小燕又马不停蹄地忙着上货，摆好了衣服、裤子，准备第二天服装店正式开业。

　　到了第二天一大早，小燕早早地开了门，姐姐岳小花也特意来到店里帮忙。

到了中午白玉传给姐俩送饭的时候，只见妻子一脸不高兴地坐在那里，一句话也没有。

岳小花在旁边劝道："小燕，做生意都这样。刚开业，顾客都不熟悉，谁会一进门就买呀？再说，你是卖货心急，一味地压价出售，人家还担心你的服装质量呢。"

白玉传也上前劝道："小燕，别生气了，先吃饭。俺来给你促销想个法子，俺也在外闯荡七八年了，虽说不是卖衣服的，可俺见的多了，也知道些大城市促销活动的法子不是？我来店的时候，也留意看了看咱们县城这些开服装店的，都是冷冷清清的，都不会吆喝做买卖。"

小燕听了，着急地问道："都是一家人，你就甭卖啥关子了，快点说出你的法子，让俺听听靠不靠谱！"

白玉传也不敢再卖啥关子了，全盘托出自己的想法："首先，咱姐说得对，你不能一味地压价出售。俺的第一个建议是在门口摆两个模特，穿上咱家的衣服，头上再戴上假发，在模特腰间挂个价格牌，这价格不能太低，只是比年前价格低几十元即可。第二个建议嘛，再用个喇叭，录一段此次促销活动的宣传语。第三个建议是做一些价格牌，写上原价和促销价，促销价用红笔写。此次促销活动的重点就是咬紧促销价不松口，不怕她不买，就怕她不来。最后就是，凡是第一次进店购物的顾客，都发会员卡，以后再到店里消费，全部八折优惠。"

小燕听了白玉传的促销想法，脸上露出了笑容，对白玉传说道："就按你的想法去试试。下午，你就去准备这些东西，买不到的就先去向嫂子借。听你这一说，俺心里也有底了。来，姐，咱们一起吃饭吧，俺肚子还真饿了呢。"

看着妻子一边大口地吃着饭一边和妻姐有说有笑的，白玉传心里这才踏实了许多。

下午，他们几个又整整忙活了半天，把该准备的都准备好了，这才关了店门回家休息。

白玉传策划的这一连串促销活动在偏远的小县城里石破天惊。第二天小店一开门，不但吸引了无数顾客，还有同行成群结队地来店里学习。一天下来，这次进的货一下子就卖了三分之二，尤其是戴在模特头上的假发，女式假发几乎全部卖空，连男式假发也卖出了几十套。

天黑后，小燕和白玉传在店里清点库存后，又把一天的销售总额算了算。这真是不算不知道，一算吓一跳，除去各项开支，即使把他们三人的工钱也算上，还是纯盈利了将近700多块钱呢。夫妻俩做梦也没想到，这一天下来会挣这么多钱。回想起这段时间的艰辛，小燕欣慰地笑了。

她对白玉传说道："咱开的是女装店，你来不合适。俺想让姐来给咱看着店，每月给她开工钱，你看行吗？若可以，俺想后天就再去省城进货了。"

白玉传听了，笑着说道："老婆大人说了算，全听您的。"

回到家里，小燕她娘早已做好了晚饭。两人一边喝粥，一边把今天店里的情况向娘说了说，娘听了也很高兴。她看着小燕那疲惫的样子，心疼地说道："小燕，干啥事都不要太拼了，要多注意身体，身体健康才是福气呢。你俩让你姐去店里帮忙，我也就放心了。"

吃完饭后，小燕一进屋，衣服都来不及脱，倒头就睡着了。白玉传小心地帮妻子脱了衣服，心疼极了。

白玉传和小燕的服装店生意还算可以，一个月下来，除去一些必要的开销，也挣不了多少钱。嫂子说，只要熬过夏天，秋天的生意就会更好。

没想到，刚入4月，一场SARS风暴突然席卷全国。当地政府为了控制病情，开始进行交通管制。在县城通往洛城的通道上，均有交警设卡，日夜不停地检查进出人员的身体健康情况。一旦发现有人体温稍微偏高，即刻送往医院急诊病房，立马隔离起来。尤其是外出返回，都要隔离检查。这样一来，从省城进货的渠道就断了。

当时，整个县城人心惶惶，谁也不敢外出在公共场合瞎溜达了，都生怕感染上SARS。大家都知道，SARS可是不治之症呀，若感染了，只有在医院里慢慢等死了。医院里的板蓝根早已一抢而空了，就连香醋也是全县城告急。后来，医院还推出一些预防SARS的中草药，价格也是一路飞涨，最贵的时候要200多元一副呢。

一开始，小燕还坚持每天去服装店里开店营业，可是没几天，她就沮丧地关了店门。因为一天下来，一个顾客也没有。大家都害怕得不敢出门，谁还逛街买衣服啊？

直到7月底，这场席卷全国的SARS风波才宣告终结，可是却给白玉传和小燕的创业造成了致命的打击。初步算了一下，仅仅这几个月的房租和库存积压的服装，他俩亏空将近2万元。

那段时间，小燕愁得一连几日都睡不好觉、吃不好饭。白玉传见了，也是心疼得很，每日里小心翼翼地陪着妻子，生怕自己一不小心说错一句话，就会引发妻子的脾气。

小燕她娘见女儿整日里愁眉苦脸的样子，也很心疼。一天，她把白玉传和小燕叫到家里，对他俩说道："这次你俩做生意亏损，不怨你俩，都怨老天，让这非典给祸害的。俺和你爹商量了，亏空的钱由我们给你们垫付了。你俩呀，都年轻，本来做生意也没啥经验。这样吧，俺去求求小燕嫂子，让她帮忙找个人家，把店铺转让了吧。以后，小燕若是在家里闲着没事，就来咱干菜店里帮娘打理一下日常业务也好。"

白玉传听了，连忙说道："这生意干赔了，咋能让娘给我们出钱呢？要不，这钱就算借娘的，等俺上班挣了钱再还给娘。"

"好了，别说了，等你上班挣了钱就先攒着吧，以后你们这个小家用钱的地方多着呢。"小燕他爹在旁边说道。

无奈之下，小燕只好低价转让了服装店。前后一盘算，整整亏了4万。

白玉传对小燕说道："算了，小燕，咱们就吃一堑长一智嘛，别太往心里去了。只要你今后开开心心的，身体健健康康的，等俺上班挣钱了，俺来养你。俺到时候把工资都给你，让你来管咱这个家，以后家里的事都你说了算。"

小燕听了，扑哧一笑，说道："你把俺当啥了？让俺啥也不干，俺就那么稀罕你养俺呀？"

"俺愿意呀。再说了，养自己媳妇也不丢人呀，我就稀罕你。你给俺多生几个娃，到时候，俺从工地回到家里，孩子们都围着俺，左边一声爸，右边一声爸，多幸福呀。"白玉传对妻子小声说道。

妻子小燕一听，羞得脸都红了。

说起来，白玉传在家也有大半年了，和小燕天天在一起，可是小燕一点怀孕的迹象都没有。

有一次，小燕他娘问小燕："传以前整日都不在家，现在刚好没有工程，你俩待在一起这么长时间了，你咋没怀上呢？你给娘说实话，是不是采取啥避孕措施了？"

小燕听了，满脸委屈："没有呀，俺也不知道为啥呢。天天想着咋怀上，可是偏偏怀不上，心里也很着急呢。"

"要不你俩都到医院检查检查，看看有啥问题。若有问题，提前治疗，别到了他有工程了，又是一年半载地回不来，到时候想要孩子，可就没机会了。"小燕娘说道。

回家后，小燕对白玉传说道："今天，咱娘问咱们咋这么长时间了，俺咋还没怀上？是不是咱俩不想要孩子了？"

白玉传听了，连忙说道："俺可是做梦都想要孩子。也是，咱俩在一起都大半年了，你咋还没怀上呢？你说咋回事呢？"

"俺哪儿知道？过几天，俺去找俺姐商量商量，让她陪着俺上咱县城医院去看看咋回事。你闲了也去医院检查下。"小燕说道。

白玉传听了，着急地对小燕吼道："俺可不去，丢死人了！俺家里都没这个毛病，你也不许去。"

小燕听了，笑笑没说话。过了几天，小燕自己一个人找到姐姐岳小花，和她商量此事。小花听了此事，笑着说道："俺看你俩都没啥毛病。是不是你俩在一起都很紧张，心里老想着要怀上孩子呢？告诉你吧，俺和你姐夫刚结婚的那段时间也是心里紧张，越是想要就越是怀不上。后来找了个老中医看了，人家说没啥事，放松身体，顺其自然就好了。要不，你回家后先调整一下自己的心态，然后也让传自己放松自己。在这段时间，你俩可别在一起，等调整期过了再试试吧。"

小燕听了她姐一席话觉得很有道理，就决定暂时不去找大夫看了，回家和白玉传说了此事，白玉传也觉得小燕她姐说得对。

转眼就到了八月十五中秋节了。那天一大早，白玉传就上街去买了些月饼和水果，准备和小燕一起回娘家去看看。中午，小燕娘做了一大桌子好吃的，刚好小花姐和姐夫也一起回来了，他们几个人一起陪着娘和爹吃个团圆饭。

饭后，小花偷偷问小燕："这段时间咋样，怀上了没有呀？"

小燕听了，小声对姐说道："还不知道呢，不过这一连两个月的月事都没按时来呢。"

"傻妹妹，你咋不买个试纸去试试呢？要是怀上了，这头三个月可要多注意身体呢。"小花姐笑着点了下小燕的额头，心疼地说道。

"啥试纸呀？俺也不知道呢。"小燕一脸迷惑地问道。

"好了，你不用管了，咱俩一起上街去。"

说完，姐俩就手挽着手要一起上街去，白玉传见了，就问道："你们要上街去呀？干啥去呢？"

小燕看了白玉传一眼，笑着说道："是俺和姐之间女人家的事，你一个大男人家的乱打听个啥？"

白玉传听了，吐了吐舌头，没说话。

不一会儿，姐俩就回来了，一起上了卫生间。待了不多久，小花姐笑着就出来了，趴在娘的耳朵旁，小声对娘说道："娘，你家二丫头好像怀上了，都两个多月了。"

娘听了，好像不相信自己的耳朵似的，大声嘟囔道："啥？小燕怀上了？这鬼丫头咋不早说呢？"

"娘，俺也不知道呢，是今天姐带着俺上街买了试纸，回来测试了一下，这才知道怀上了。不过还不确定，明天俺和传一起上医院检查检查，确认一下才知道呢。"小燕笑着对娘说道。

"好、好、好，明早去医院的时候叫上俺，俺和你们一块去。"

白玉传在旁边听到这个好消息，也是很激动，一个人嘟囔道："这就好，这就好！"

"好啥呢？以后可得对小燕好些。她怀孕了，你平时可得处处让着她，别让她无缘无故地生气。特别是这头三个月，对胎儿发育很重要。"小花姐提醒道。

"放心吧姐，俺今后啥都听她的，她说干啥就干啥。俺可要当爸爸了！"白玉传激动地把小燕抱了起来。

"快把小燕放下来！真是年轻人，不知道轻重。她现在可不敢乱做剧烈运动，需要静养呢。"娘在旁边急忙劝道。

第二天，白玉传带着小燕，叫上娘，三个人早早来到医院。经过医院大夫的检查，确认小燕已怀孕2个月零4天了，大夫嘱咐了一些日常注意事项后，他们就离开了医院。

回到家里，小燕娘就对白玉传说道："传，俺和你商量个事。从今天起，就让小燕住到娘家里，由俺来照顾她。你娘有病，也照看不了她。你俩回去，把小燕的日常用品都拿过来吧。"

"娘，俺在家，俺能照顾好小燕，就由俺照看她不行吗？"白云传不情愿地说道。

"你呀，懂个啥？啥也不会干，俺才不要你照看呢。让俺娘照看俺，俺也放心。"小燕笑着对白玉传说道，"啥也不用带，你回去就把俺的洗漱用品带过来就行。咱家里离娘家这么近，每天你除了陪着咱娘锻炼身体外，就多来陪陪俺，就行了。"

白玉传想想也有道理，就说道："那好吧，俺这就回去，把你要的东西给带过来。"

回到家里，就在白玉传忙着给小燕收拾东西的时候，爹白文宣问道："传娃，小燕咋不回来？你在干吗？"

"爹，小燕她怀上了，俺娘让她去她家住去，平时好有个人照看小燕。"白玉传笑着对爹说道。

爹白文宣听了这话，也很高兴，笑着说道："这下可好了，俺和你娘也就放心了。小燕去他娘家住是再好不过了，不过就是太麻烦小燕她娘了。俺隔天得上门说声谢谢才行。传娃，你小子今后可不能忘本呀，要时刻记着你丈母娘一家对你的好。人家这可是把你当亲儿子对待。按道理来说，哪有嫁出的姑娘怀孕了，还要回娘家住呀？那是小燕她娘看到你娘有病，小燕一个人在咱家也没个女人家照看她，这是在帮咱们家的忙呀。"

"爹，俺都知道了，俺今后会对小燕和娘一家好的。"白玉传认真地说。

只见爹连忙趴在老伴耳旁，幸福地大声说道："他娘，咱家老三家怀上了！你也放心吧。"

杨桂花听了，脸上露出笑意，嘴里嘟囔道："好，怀上了，就好。"

进入初冬以来，天气一天天的寒冷起来了，加上这北风一刮，大街上路两旁的法国梧桐上残留的那几片黄叶一夜之间纷纷掉落在地上，留下干枯的树干在呼啸的风中摇摆着。

白玉传记得，那天的早上天气还有点暖意，下午却风云突变，突然天降瑞雪。院子里传来小燕娘的那个大嗓门："下雪了，下雪了啊！"

白玉传和小燕一起走出里屋，来到院子里，只见满天雪花在刺骨的寒风中翩翩起舞。瞬间，大地上一片白雪茫茫。白玉传望着雪中妻子娇媚的模样，尤其是脖子上系的那一条红围巾在一片白雪中分外妖娆。他忍不住紧紧抱住妻子，对着嘴就亲了一口，然后贴在妻子耳旁小声说道："小燕，你真美！"

妻子娇羞地用小手捶了他一下，挣脱了他的怀抱，笑着说道："俺现在可是咱家里重点保护对象，不许你乱来，小心肚里的宝宝知道了踢你。"

"是，那是，俺小燕现在是咱家里的大功臣，享受国宝熊猫的待遇呢。"白玉传打趣道。

"去！谁是熊猫呀？净乱说，俺不理你了！"说完，小燕扭身进了里屋。

白玉传跟着妻子也进了里屋，他拿起鸡毛掸子给妻子身上的雪打扫干净。他俩坐在屋里，小燕她爹已把火炉子烧了起来，屋里暖和极了。

小燕突然对白玉传说道："你看，这小家伙又踢俺呢。这么小，就这么调皮呢！"

白玉传不太相信，问道："小燕，你骗人吧？咱们孩子这么小，咋会踢你呢？"

"你不信，就趴在俺肚皮上听听。你看，你看，他又不老实了。"

小燕一边说一边把白玉传拉到怀里。白玉传贴着妻子凸起的肚皮，静静地听着。你别说，还真感受到小家伙在里面不老实呢。

日子就在小夫妻俩卿卿我我间悄然流逝。又下了几场雪后，2003年就要走到年关了。

除夕之前，白文宣特意找到白玉传，对他说道："传娃，这一年下来，你单位也没有个啥工程，你就窝在家里，啥也没干。虽说你单位每月还是会发些基本生活费，可是就那俩钱，到了孩子出生后可是不够花呀。若是过了年，你单位还不通知你去上班的话，你可不能再待在家里啥也不干呢。俺和你王大娘说好了，她二儿子在咱省城日报社上班，俺想让他帮帮忙，给你找个日报社印刷厂的活干干。你说你个大老爷们，好歹得出去挣些钱养家糊口不是？"

白玉传听了爹的话后，感激地说道："好，俺都听爹的。若过了年，单位还不通知上班，俺就去印刷厂上班去。多少得挣些钱，要不孩子出生了，可咋办呢？"

"这事，要不你提前和小燕说说，也听听她的意见。"白文宣又嘱咐道。

夜里，白玉传对小燕说了此事。小燕听了也没说啥，只是说道："你一个人到了外面去打工，这可不同于你在单位，干啥事都要过过脑子，可不能啥都说，说多了得罪人呢。"

正月十五过后，队上王书记突然给白玉传来了电话。王书记首先问候白玉传一家过年的情况，随后就通知他再过半个月就到徐州去上班，京沪电气化铁路工程开始建设了。

白玉传立马把这好消息告诉了妻子和爹。爹听了，笑着说道："这就好，这就好。眼看你们孩子再过几个月就要出生了。传娃，有了孩子才说明你真的长大了。男子汉嘛，不仅需要能吃苦耐劳，还要有勇于担当的勇气和责任。到了单位好好干。记着，以后挣了钱可不敢乱花了，平时多攒些钱，这过家家的，花销可大了。"

"爹，放心吧，俺这次走把工资卡留给小燕了，以后让她掌握俺家的经济大权就是。"白玉传对爹说道。

"那就好，你把工资卡给了小燕，俺就放心了。你打小就没吃过啥苦，对花钱没啥概念。小燕自打进了咱家门，俺也观察了很久了，她持家比你强。"

白玉传离家的头天晚上，小燕紧紧握着白玉传的手说道："你到了单位好好工作，不用担心俺，俺在家里有娘照看，你就放心吧。"

白玉传看着已有五个多月身孕的妻子，回想这一年来两人在一起的幸福日子，心里不由得一阵难受，依依不舍地说道：

"俺走后，你一个人在家可要事事小心，时时注意自己身体，想吃个啥就让娘给你做。对了，平时没事就给俺打电话，咱们一起电话里聊聊天。还有，以后可不许你在电话里报喜不报忧,夫妻俩可不许客气,要同甘共苦、同舟共济。"

"知道了,俺都记着了。到了咱孩子快生的时候再提前跟你说,你到时候提前几天回来就行了。家里有娘,她会把一切都安排好的。"小燕也很难受。

妻子小燕和白玉传夫妻之间仿佛有说不完的话,一夜难眠。

第二天一早,白玉传带上娘给做的干粮,就赶往徐州上班了。

第五章

京沪纪事

徐州是江苏省地级市，地处苏、鲁、豫、皖四省接壤地区、长江三角洲北翼，北倚微山湖，西连宿州，东临连云港，南接宿迁，京杭大运河从中穿过，陇海、京沪两大铁路干线在此交汇。作为中国第二大铁路枢纽，徐州素有"五省通衢"之称。徐州火车站建于1910年（清宣统二年），位于江苏省徐州市复兴南路235号，隶属于上海铁路局，是京沪铁路、陇海铁路两大国家干线铁路的交汇点，北距北京站814公里，南距上海站649公里，东距连云港站223公里，西距兰州站1536公里。在中国交通史上，素有"徐州通，则全国通"的说法。作为"中国铁路之咽喉"，徐州站历经百年，至今仍然是全国第二大铁路枢纽和中国第八大火车站。

白玉传于凌晨抵达徐州火车站。队部驻地杨屯村位于徐州市东北方向，有公交班车可以抵达，但火车站没有直达车，需要在彭城广场倒车。

白玉传在出站口问了铁路工作人员，才知道到彭城广场的头班公交车是6点半发车，还有好几个小时呢。他心想，若是找个宾馆去住，这钱花得太不划算了，才几个小时，还是在广场上找个地方小憩一会儿就行了。他来到售票大厅门口坐下，竟不知不觉地睡着了。突然，一阵刺耳的公交车鸣笛声响彻空阔寂静的广场，白玉传才从睡梦中惊醒。他赶紧拿起行李走到公交车站牌下。到了一看，才知道那不是去彭城广场的车。他看了看表，现在已是早上5点了，头班车上人不多，也就三两个人。白玉传脑海里灵光一现，心想：这公交车上多暖和呀，花钱又不多，也就一块钱，这不是这世界上最便宜的"移动宾馆"吗？管它去哪儿呢，先坐上再说。一个来回，这难熬的时间不就打发了吗？

于是，白玉传找出一个1元的钢镚，投进车上的自动投币箱，然后找了个靠窗户的前排座位坐了下来，把行李放好。他坐在舒适的座位上，眯起眼睛，为自己想出这个好法子乐得合不上嘴了。

5分钟后，这趟公交车准时出发。一路上，上下车的人不多，白玉传就只管歪着脑袋、眯着眼睛打盹，惬意得很呢。

公交车在繁华的都市主干道上一路向前奔驰，车上的其他人都陆续到站下车了，车上就剩下司机师傅和白玉传了。眼看车子快开出市区了，司机师傅终于忍不住问道："小伙子，你到哪个站下车？"

白玉传顺口一说："师傅，俺到终点站下车吧。"

司机师傅看了看白玉传带的行李，满脸疑惑地问道："听你口音，是外地人吧？一大早的你一个人去终点站干嘛？到了那里，天还没亮，你一个人不害怕？怪瘆人的！"

白玉传忙问道："师傅，终点站是哪儿呢？有啥害怕的呢？"

"那个地方是龟山汉墓，你一大早去那儿干嘛呢？"司机师傅好奇地问道。

白玉传只得照实说了："其实，俺是来徐州干电气化铁路工程建设的。俺3点多钟下的火车，而到我们队部驻地杨屯的班车是6点半。俺不想住宾馆，本来想在车站广场上休息休息，可实在是太冷了。刚好这趟公交车来了，于是俺就上车了。"

"你小子挺聪明呀，把这公交车当宾馆了。你还别说，花钱不多，既暖和又安全的。你早说不就好了，省得我一路好奇，想着你到底在哪儿下车。"司机师傅听后，哭笑不得地说道。

"不好意思啊师傅，都怨俺上车时没给您说明白。"白玉传连忙向司机师傅道歉。

"好了，好了，我看你小子也不容易，到了终点站就别下车了，还坐我开的这趟车回去吧。不过，回来这趟还得买票呢。"司机师傅好心地说道。

"谢谢师傅，俺知道了，会买票的。"白玉传感激地答道。

这趟车又继续开了约半个小时，就到了终点站，在终点站停靠25分钟后即发车返程。白玉传在开车时又投了1块钱，师傅见他投币，笑了笑，没说话。进入市区后，司机师傅特意指点白玉传在某一车站下车："你就在这里下车吧，对面的公交车站就有去杨屯的公交车，你就不用再去火车站倒车了。"

"谢谢师傅。"白玉传感激地说道。

白玉传下车后先吃了早饭，再坐车前往杨屯。

到了杨屯村一看，这个村子的规模还不小呢。村子里都是水泥路，主干道两旁开满了形形色色的小店，卖啥的都有。

白玉传给王书记打了个电话，询问队部驻地的具体位置。王书记笑着在电话里说道："大传，你站在公交车站牌下等着，别乱跑，我这就安排'飘飘'去接你。"

不一会儿，穿着一身工作服的"飘飘"就来了。

"'飘飘',新年好呀!你早就到单位了?"白玉传笑着跟"飘飘"打招呼。

"好!大传,我带你去咱队部。""飘飘"说着就接过了白玉传的行李。

等白玉传向王书记报到后,"飘飘"还帮着他一起收拾宿舍。于是,白玉传给"飘飘"讲了自己早上坐公交车的趣事。"飘飘"听了,笑着说道:"行呀,大传,这结了婚就是不一样呀,知道省钱了。"

刚报到没几天,白玉传就听说单位要改制了,要脱离铁道部了,就连单位名字都要改为"中原电气化局集团有限公司"呢。这一来,所有铁路职工享受的待遇都没了,就连坐火车免票的待遇也取消了。以后,大家伙再回家探亲,就得一样去火车站排队买票了。

上级单位一连下发了多个关于单位改制的专题文件,队上领导号召大家伙学习并贯彻执行。于是,其他行业的国营企业改制时的那一套立马被照搬了过来,还学着人家搞了个公开招聘,有闭卷考试、面试答辩啥的。一夜之间,所有人都在讨论"待岗""轮岗""下岗""内退""竞争上岗"等新名词,都人心惶惶的。

白玉传的心里也是七上八下的。他的孩子就快出生了,妻子又没有工作,还有病重的老娘,家境本就堪忧,再加上去年创业失败损失惨重,他本想今年出来上班挣钱,没想到却碰上了改制,现在别说挣钱了,先担心会不会下岗吧。他不敢懈怠,白天出去干活,晚上回来就抓紧学习理论知识,还央求经验丰富的老师傅帮他提高现场实际操作的技能,生怕考试通不过,丢了工作。

这时候,单位里的大学生们最得意了,一个个都被破格提拔。单位在全国的主要城市成立了38个办事处,大学生们纷纷被派到各地办事处任市场开发联络处主任,还配有专车。而一批近50岁的一线员工则面临着内退的尴尬局面,因为他们没什么文化,且其施工经验也跟不上高科技、新工艺的发展了——总之,他们的综合素质已不符合国家电气化铁路施工建设的需求了。

段上单位改制领导小组已经入驻作业队,针对单位改制的具体工作进度进行了详细的布置和安排。段党委书记梁书记开始和每名职工进行一对一的思想工作交流,尤其要重点和准内退的老同志交流。

一天晚上,白玉传正一个人在屋里埋头苦学专业理论知识,突然门外传来了王书记的声音:"大传,你在吗?我和孟主管找你有点事。"

白玉传忙应声道:"我在呢,马上来!"说着赶紧去开门,把王书记和孟主管迎进屋里。

王书记一见白玉传,就笑着问道:"大传,这段时间工作、生活上还好吧?家里情况咋样?"

"都挺好的,谢谢书记关心。俺现在白天出去干活,晚上回来就抓紧时间学习理论知识,争取竞争上岗,有个工作干。俺家里情况,领导都知道,要不俺可咋向老家父母和妻子交代呢?"白玉传一脸紧张地答道。

"你小子,王书记可惦记着你呢。为了你的工作,他特意找咱们段上的党委书记梁书记汇报了你上班这几年来在队上的工作表现。结合你自身身体条件,还有你的家庭情况,经领导们研究决定,让你到作业队技术室担任技术员,以后协助我做好咱们作业队上的技术工作。你有没有信心呀?"孟主管在旁边把王书记这次来的意图说了出来。

白玉传听了,心里百感交集,对王书记非常感激,激动地说道:"谢谢,谢谢王书记,俺一定好好干,好好跟着孟师傅学习技术!"

"大传,你的情况,你师父孟主管已和我说了多次了。再说,你好歹也是个学习铁道供电的中专生。以后,在技术工作上有啥不懂的,多向你师父学习,自己多操心就是了。"王书记笑着说道。

"大传,咱们王书记可也是一把技术好手呢,虽然现在因工作需要从事行政工作了,但是以后有啥技术不懂的,你也可以找找王书记请教。"孟主管在旁边叮嘱道。

"知道了师傅,俺以后会好好工作的,遇到不懂的技术难题,还请您二位多多指教才是。"白玉传高兴地说道。

"好了,你这件事过几天就会公布了,等公布后,你就到作业队技术室上班吧。"王书记向白玉传交待道。

等二位领导走后,白玉传按捺不住内心的激动,立马给妻子小燕打了个电话,说了此事。小燕听了也很高兴,特意在电话那头嘱咐道:"你在单位就好好干吧,要对得起人家领导对你的信任和关怀,家里一切都不用你操心。俺你也放心吧,有俺娘照顾,俺身体挺好的,就是这身子一天天重了,俺活动不太方便了,对咱娘平时就照看不到了。不过,咱爹和咱大姐说了,平时他们会多照看咱娘的,会盯着她每日按时吃药的。"

白玉传听了妻子小燕的话,心里一热,更坚定了好好工作的决心,可不敢再马马虎虎的了。

在一个春雨绵绵的早上,王书记组织全体作业队员,特意给这一批内退职工召开了欢送会。

在欢送会上,王书记动情地说道:"各位老师傅们,你们都为咱们国家电气化铁路工程建设无私地奉献了自己的青春和汗水。这次让你们提前内退，实在是无奈之举。谁不知道你们这个时候是人一生中最困难的时候，家里都是上有老、下有小，需要你们去挣钱养家呢？可是，现在全国都在响应改革开放的号召，这也是无奈之举。大家都说说各家有啥难处，只要不违反原则，咱们都尽量照顾到位。"

李大虎师傅听了，忽地一下站了起来，大声说道："我18岁就来到咱单位上班，一直在咱三队，几十年了都没挪过窝，干的大小电气化工程也有十多条线路了。这一下子让我走，离开我这帮兄弟姐妹，换了谁，谁能受得了呀？"

几位一起内退的老师傅们听了，也是愤愤然地应和道："是呀，是呀！我们年轻能干活的时候，咋不让我们走？这干了半辈子了，家庭负担最重的时候，简单一句话就让我们离开，虽然说每月按时给发工资，但是就那点基本工资，可咋去养活一大家子呀？"

王书记和其他作业队的领导听了，都是低头不语，谁也不敢抬起头来看一眼这群满脸沧桑的老师傅们。大家心里都在暗想：谁没有老的那一天呢？电气化又是专业性很强的行业，一旦没了工作，到了社会上，其他啥也不会，人又一大把年纪了，可咋办呢？

虎子师傅却突然开口大笑道："我们这群老人的确老了，不中用了，也没啥文化，那些啥高科技、新工艺的，这脑子也赶不上趟了。还是那句老话说得好，干工程的任何时候都是'养小不养老'呀。既然走，就让我们挺起胸脯，昂起头，走得潇洒些。"

几个老师傅突然都站了起来，对着主席台下的兄弟姐妹们深深鞠了个躬，虎子师傅代表老师傅们动情地说道："以后，咱们电气化局就全靠你们了！祝愿我们单位越干越大，越干越辉煌！再见了，我的兄弟姐妹们！"

"刚才，王书记问我们家里都有啥困难，那是领导对我们的关怀。说句实话，谁家没个困难？可都说出来让书记去解决，也不现实呀。所以，啥也不说了，就按照单位有关内退的管理办法执行吧。自己的难，自己渡；自己的责任，自己扛。我就不信了，这到了老家就无生路可活了？放心吧，天无绝人之路。"虎子师傅扭头对几位老哥哥们强笑道："老哥们，咱们回了老家，可得保持联系啊。谁有个好活或者有挣钱的门路，都互相通通气。咱们得靠自救不是？人家单位也不容易呀！"

王书记听到这里，眼睛都湿润了。他没想到这批内退的老职工只是发发牢骚，啥过分的要求都没提。到了这个时候了，他们心里还时刻想着单位的发展，这是多么高的思想觉悟呀。他带领大家全体起立，向着这几位可敬的老师傅们深深鞠躬。

开完了欢送会后，内退的老师傅们就陆续买了回家的火车票，准备离开了。这段时间，王书记让后勤师傅给他们买了一些纪念品，还特意找了个专业摄影师给他们在工地上和工友们合影留念。

虎子师傅走之前，胡队长叫来工长付哥、白玉传、"飘飘"、"猴子"、"盼盼"等几个人，一起给虎子师傅送行。

那天，虎子师傅特意对白玉传说："大传，听说你要到队部技术室做技术员了，你可要好好跟着孟主管学习呀。大哥这就要走了，临走前嘱咐你几句话，说得不对的话请多多原谅。"

白玉传连忙端起酒杯，对虎子师傅说道："师傅，您现场施工经验丰富，这几年没少教俺干活，俺先敬您一杯酒。您说吧，俺都会记在心里的。"

虎子师傅喝了这杯敬酒后语重心长地说道："大传，打你来三队上班以来，咱们俩一起上班，少说也有八九年了，你现在也结婚成家了，以后可得改改自己懦弱的性格。在工作上，只要自己觉得是对的，就要大声说出来，并且坚决去执行。另外，老哥再对你说句掏心窝的话：能嫁给咱们电气化工程人当老婆的女人，都是天底下最善良的女人，她们一个人在家，既要替咱赡养老人，还要抚养小孩，真心不容易。人呀，啥时候都不能坏了良心不是？因此，不管咱今后干啥工作，首先都要对自己老婆好。这一点，无论到了任何时候都不能变。"

白玉传听了虎子师傅的一席话，心里感激不尽。他再次端起酒杯，对虎子师傅说道："师傅，您说的话，俺都记在心里了。说句实话，俺真心不希望您走呢，俺还想跟着您再多学几年呢。"

"放心吧，在施工上有啥不懂的就给我打电话，我教你就是。"虎子师傅端起酒杯一饮而尽。

第二天一大早，白玉传帮虎子师傅拿着行李，送到徐州火车站，依依不舍地和虎子师傅告别了。望着渐渐远去的火车，他的心里惆怅万分。

一天中午，孟主管把白玉传叫到队部技术室，对他说道："大传，我家里有点事，要请假半个月。在我回家这段时间，你多往现场跑跑，要盯好杨屯站现场的接触网基础的开挖浇注工作，尤其是道岔区域和锚段关节。遇到技术难题，可以多向王书记请教。支柱基础位置可千万不能打错，一旦打错，那这个基础就报废了，要重新施工了。"

"俺知道了。师傅，你放心回家吧。每个支柱基础开挖前，俺都会拿着图纸到现场仔细核对，确认无误后再让工班进行开挖，还会做好现场有关技术参数的记录。"白玉传保证道。

孟师傅走后，白玉传一刻也不敢懈怠，每日早出晚归。每一个支柱基础开挖前，他都拿着施工图纸到现场仔细核对跨距、标高和限界，看看是否满足设计要求。等一切技术参数符合设计标准做好现场一手资料后，他才放心地让工班进行基坑开挖工作。

在一个燥热的下午，"飘飘"见白玉传拿着图纸和尺子蹲在坑边，一个一个基坑地认真测量、仔细记录，调侃道："白大技术员，可以呀！这一到技术室，你小子咋整个人都变了样了？这干起活来有模有样的，别说，还真像那么一回事呢。"

其他工友听了"飘飘"的话，个个笑得东倒西歪的，气得白玉传用手指着"飘飘"道："'飘飘'，你就不能说句正经话，在技术工作上多支持支持俺？净在这里说些风凉话，还拿不拿俺当哥们了？"

"好了好了，大传，谁不把你当哥们了？走吧，去我们施工的那个支柱基坑看看，坑内好多电缆呀，还有水呢，干起来费老鼻子劲儿了。""飘飘"拉着白玉传就往他负责的那个基坑去。

到了基坑边一看，白玉传顿时傻了眼。这个坑深才挖了不到2米，就已经发现4层电缆了。更可气的是，这些电缆走向错综复杂，坑内还有水呢。幸好基坑土质不错，不是那些软土坑和流沙坑。若遇到这些土质情况，这基坑挖起来就危险多了，极易诱发基坑大塌方，危及工人的人身安全和行车安全。

只见"猴子"在坑内累得满头大汗，光着膀子，用勺子把抽水机没抽干净的水一勺一勺地舀到小皮桶里，待小皮桶装满后，就通知坑上的"小锤子"把小皮桶从电缆夹缝处小心地拉上去，把小皮桶里的水倒掉，再放到坑里继续舀水。

白玉传苦笑道："哥儿几个，你们干这活是够辛苦的。"

"是呀！你看看这么多层的电缆，也不知道这个车站改造了多少次了。问了车站电务车间班组，他们也说不清楚哪些电缆能用、哪些电缆不能用，只说要保护好电缆。这都一连干了四五天了，才挖了不到2米，这活干得老窝心了，想想就来气！""小猴子"气得扔了勺子，从坑里爬了上来，用毛巾擦了擦汗水，无奈地说道。

白玉传翻了翻记录本，发现没有这个基坑的任何技术数据，于是问"飘飘"："这个基坑，俺还没复测过，你咋就开始挖了呀？若是挖错了，可咋办呢？"

"行了，大传，你还不相信我的技术水平？少说我也上班十几年了，这点常识还没有？""飘飘"一脸地不在乎。

"那可不行！俺师傅走之前特意交代过，基坑开挖前都要俺亲自到现场拿着图纸复核确认后才能进行开挖工作的，就是怕基础位置错了就要报废呢。"白玉传一脸认真地说道。

"那好，你复测吧，看看谁对谁错！""飘飘"也有点生气了。

白玉传连忙打开施工图纸，仔细核对这个基础位置。原来，这个基础是轨道终端下锚支柱基础。他和"猴子"一起拉尺子，复核现场跨距和限界。限界倒是符合设计要求，这跨距可就不对了，比图纸整整少了5米多呢。再复核了一下相邻的跨距，两个跨距数据一对比，这跨距比可就超标了。

这一下，白玉传急得汗都出来了，"飘飘"在旁边也不敢大声说话了。

"猴子"看了，气得大声吼道："若是这个基坑位置不对，那干了这么多就都白干了。我可不再干了，累死人了！"

"不就是轨道终端下锚柱吗？这个锚段有800多米，也不长，下锚支柱受力也不大。你看，我们哥儿几个这几天累得都快吐血了，都不容易呀，能不能将就一下就算了？""飘飘"对白玉传小声嘟囔道。

"那可不行呀！这一来跨距比超标，二来下锚基坑位置距轨道终端车挡5米都不到呢。按照《铁路电力牵引供电系统设计规范》第五章接触网第5.4.4条规定，'终端柱距车挡不宜小于5米，因地形限制不能满足上述要求时，支柱可以设置线路一侧'。看来，这个基坑铁定是要报废了。"白玉传无奈地解释道。

"就你能，就你懂得多！哥儿几个，咱们不干了，去找工长付哥说说去！"说完，"飘飘"就招呼大家拿着工具走了。

白玉传想来想去，自己也没啥错呀，只得去找王书记，把这件事的前因后果向书记做了详细的汇报。最后，白玉传小心翼翼地问道："王书记，您一线施工技术经验丰富，您给想想法子，看看这个基础开挖甭报废行吗？'飘飘'他们干得确实辛苦。"

王书记听了，严肃地说道："大传，你呀，就是现场立场不坚定！你那哥儿几个一忽悠，你就要放弃原则吗？你今天表现很好。能在现场发现这个技术问题，说明这段时间你是静下心来好好学习了。这一点还是要表扬的。听你这一说，'飘飘'这兔崽子还带头罢工不干了？这小子还真想翻天了！自己干错了，还要埋怨别人。你放心，看我咋收拾他！"

"王书记，那个基坑确实是把'飘飘'他们几个折腾坏了，他们完不成施工任务也心急，您就原谅他们吧。"白玉传还帮着"飘飘"说好话。

"那可不行呀！放松一次，这帮臭小子就不知天高地厚了，以后你们技术人员再说啥，他们也不会听的。这次必须对他们严格教育，要让他们写出深刻检查才行。"王书记很坚决。

那几天，"飘飘"哥儿几个一见白玉传都是扭头就走，谁也不理他了。白玉传知道，他们心里恨他去向王书记告状了，害他们几个写了检查。白玉传打算过几天拉着哥儿几个找个小饭店喝一顿，几杯酒下肚就啥也没有了。

孟主管从家里回来后，听说了此事心里很欣慰。他特意找胡队长说了此事，建议给白玉传进行通报嘉奖，以此鼓励大家都来学技术、懂技术。胡队长听了，哈哈大笑道："这个事，我看行。大传这小子，这件事干得漂亮。若真是报废一个基础，让指挥部领导知道了，咱三队的脸可都丢尽了。"

没隔几天，在一次全队早点名的时候，胡队长当着全队人的面宣读了对白玉传的通报嘉奖，还奖了他200元呢。

白玉传立刻把嘉奖的事和妻子小燕说了。小燕在电话那头也很高兴，鼓励道："你在单位一定要好好干。娘身体很好，俺在家里也很好，就是身子一天天沉了，行动有点不方便，夜里睡觉翻身有点困难。不过，你放心吧，俺娘天天陪着俺，给俺做好吃的，都把俺养成小熊猫了。你那未出生的孩子，在俺肚子里面也不老实，可会折腾人了。"

白玉传听了妻子的话，心里暖暖的，再想到自己的孩子再过几个月就要出生了，更是感到万分幸福。不过，到时候自己身上的担子就更重了，自己还有啥理由不努力工作呢？

大秦铁路西起山西省大同市，东至河北省秦皇岛市，纵贯山西、河北、北京、天津，全长653公里，是我国第一条双线电气化重载铁路，也是"西煤东运"的能源大通道。这条运煤专线于1992年底全线通车，2002年达到1亿吨的运量。

为最大限度地发挥大秦铁路的作用，有效缓解煤炭运输的紧张状况，自2004年起，铁道部对大秦铁路实施持续扩能技术改造，大量开行1万吨和2万吨重载组合列车，全线运量逐年大幅提高。于是，铁道部决定对大秦线既有电化设备实施扩能2亿吨的改造。铁道部刘部长为此做出重要指示："要把大秦线2亿吨扩能改造工程建设成铁路跨越式发展的标志性工程、现代化重载煤运通道的示范性工程、既有线扩能改造的样板性工程。要及早组织开工，确保按期保质完成。"还要求运量在2004年达到1.5亿吨，在2005年达到2亿吨，远期达到4亿吨。

电气化局集团公司接受任务后,于2004年2月22日成立大秦工程指挥部,集团公司副总经理吕斌任指挥长,指挥部全面负责指挥管理大秦线2亿吨扩能改造工程的实施,并于2004年7月10日至8月22日在集团公司内紧急抽调各路精兵强将,汇集大秦线,大干50天,确保工程按期完成。

7月5日,白玉传所属队部接到上级部门紧急命令:"3日内调2个施工经验丰富的工班,紧急支援大秦线。"于是,胡队长亲自点将:"此次支援大秦线的现场负责人为王文才,技术为白玉传,三班、四班共计46人当夜即刻出发。"

白玉传走之前,孟主管把他叫到办公室里,对他说道:"大秦线是个既有线电气化改造工程,牵涉到各个专业的协调配合问题,而且有效作业时间少,在封锁区段时间内就要完成各专业配合工作,封锁点一结束,就要恢复送电跑车,因此是一项环境极其复杂、安全压力大的难点工程。你到了现场,也许会看到一千多个施工人员同时工作呢,这对你干技术的来说是个大挑战,同时也是一个百年不遇的好机会。到了那里,要多向人家那边的技术人员学学宏观技术施工理念,上下班的时候要对技术交底和材料逐一核对,确保万无一失才能进场作业。"

白玉传听了师傅的谆谆教导,也为自己能参与这一大会战而激动不已。

当晚,支援大秦线的所有施工人员就坐上了开往河北唐山的火车,经过一天一夜的长途奔波,于次日抵达河北唐山火车站。火车站广场上早已停靠了三四辆崭新的大客车。与当地工程接待人员简单地交接询问后,他们就坐上了汽车,赶往一线现场河北遵化火车站。深夜1点半左右,白玉传他们才下了汽车,住进早已联系好的招待所。大家伙经过这一路的颠簸,都累得不行了,躺在床上就睡着了。

第二天一大早,文才大哥把大家伙叫醒吃早餐,然后就召集大家伙进行大会战前的总动员:"弟兄们,咱们此次有幸来参加大秦线,是代表咱们整个三队来的。到了这里,咱们都把心静下来,安心工作,把上级部门交给咱们的任务优质、高效地按时完成。一句话,不能给咱三队丢脸!"

早上8点左右,白玉传他们来到了人家的作业队。他们进门一看,偌大一个院子空无一人,安静得很。

"就这还大干呢?你们看看都几点了,还不出工上班呀?""飘飘"在旁边揶揄道。

"不知道就别胡咧咧!"工长付哥瞪了一眼"飘飘",厉声呵斥道。

大家伙围着院子转了几圈,才在食堂里遇到一位大嫂,文才大哥忙走上前去打听:"大嫂您好,我们是从徐州过来支援的,昨晚才到。我想问问,这一大早的,人都去哪儿了?"

那位大嫂听了,笑着说道:"你们来晚了,他们一大早5点就出发了,人老多了,站满了这个大院呢。每天上午有5个多小时的封锁点呢。"

文才大哥听了这位大嫂的话后,就拿起手机给指挥部总调度张调度长打电话:"张调度,您好,我是从徐州来的王文才。我们一共46名施工人员昨晚抵达施工现场,现向您报到,请您给我们下达施工任务。"

"今天的施工任务没了,早叫别人抢跑了。这样吧,上午指挥部给你们安排个安全培训,下午呢,你们就到遵化火车站把铁路围挡外面的接触网铁塔——大概五六根吧——人工运输到指定位置,明天封锁点就要立铁塔了。"

"啥,人工运输铁塔?那活多累呀!咱们是来支援的,又不是来当劳力的。咋,看不起咱咋的?让咱干这没啥技术含量的活,真是把咱看扁了!""飘飘"听了,气不打一处来。

文才大哥听了,笑着说道:"'飘飘',这都到啥时候了?这是大会战。啥苦不苦、累不累的,人家叫咱干啥就干啥,知道吗?发牢骚干嘛?有本事,到了需要发挥的时候,都给他们展现出来嘛。"

"飘飘"只得悻悻答道:"好了好了,都听你的还不行?下午去运铁塔了。"

上午,指挥部安全工程师曹工结合大秦线既有电气化铁路改造工程特点和现场施工条件,详细地给大家伙讲了讲有关施工、人身、机械等方面的安全注意事项及防范措施。通过一上午的安全培训,大家伙对即将进行的施工有了一个大概的了解,也对施工安全常识有了初步认识。

吃了中午饭,大家伙在文才大哥的带领下,全部出动去运铁塔。不就四五根铁塔吗?这难不倒他们这群久经沙场的电气化工程人,不到两个小时,就全部运到接触网支柱基础附近。文才大哥还叫来白玉传,让他带几个弟兄把第二天需要立铁塔的接触网支柱基础的螺栓校验一遍,发现问题及时处理,以便第二天立铁塔作业顺利进行。

吃了晚饭后,文才大哥不敢马虎,叫上工长付哥一起去找指挥部调度,问第二天的具体施工任务。8点左右,他们两人回到招待所。文才大哥一见白玉传就迫不及待地说道:"大秦线真是干疯了!这施工任务不是上面安排的,而是抢的,谁抢到了谁就干。都是各路精英,谁不知道这活咋干呀。幸好今晚我们去得早,要是再晚点去,明天就又没活儿了,那咱们可就又得干打酱油的活儿了,到时'飘飘'又得埋怨了。"

"那咱明天的任务是啥?"白玉传问道。

"是在遵化火车站封锁点内进行三、四锚段的接触网调整。封锁时间是早上6点半到11点半。对了,大传,你今晚去和人家技术室的技术员对接下,把技术交底、图纸、材料单领下。待会儿我让'飘飘'带几个人先把材料、工机具、梯车领一下。你可不知道,现在啥最吃香?材料!我们刚回来的时候,人家已经在领材料了。"文才大哥摇着头道。

"那好,俺赶紧去,要不去晚了,领不到材料,耽误了咱们的第一次亮相可不好了。"白玉传连忙站起来,准备去领材料。

文才大哥说得一点没错。白玉传和"飘飘"带着几个弟兄一进作业队大院,院内那是灯火通明呀,各路人马你来我往,好不热闹。白玉传找到技术员,要来了图纸、技术交底和第二天的材料单,他们哥儿几个就赶紧去中心料库了。到了那里一看,前面已经排了四五伙人了,都在那里着急地等料呢。这材料、梯车、工机具领得那叫个难呀,一直到了夜里11点才把东西领全了。

白玉传不敢把这辛苦得来的东西暂存在料库,害怕被别人再领跑了。于是,他给文才大哥打了个电话,叫了一辆车,把这些材料、工机具啥的都拉回招待所,才安心睡觉。

第二天5点左右,大家起床吃完早餐,就坐着车来到了遵化火车站,提前把施工需要的材料、梯车、工机具准备到位。然后,文才大哥给大家分了分工,白玉传的任务是带一组梯车进行接触网调整,分给他的只有三跨。这次的接触网调整可不同于以往,包括拆除既有线索及设备和安装新的接触网设备并精调到位,一切接触网技术参数要符合设计要求,在封锁点结束后是要恢复送电跑车的。

6点半,遵化火车站整个车站接触网停电。等验电、挂地线等一套停电作业流程结束后,白玉传放眼望去,整个车站全都是电气化的工人,有铺轨的、信号的、电力的、变电所、接触网的,乌泱泱的一大片的人。虽然各自的工作服不一样,但是安全帽上那醒目的企业标识说明他们都是一家人。这少说也有四五百人呢。

就在白玉传认真地进行接触网调整的时候,突然听见有人问他:"小伙子,先把你的活儿停一下,帮他们去拉拉线,可好?"

白玉传回头一看,是一位50岁左右的老师傅,头上戴着一顶白色的安全帽,而不远处有人工架设供电线的施工人员正在吃力地拉线,可惜人不够,线拉不动。

"俺可不能停呢,若是帮他们干了,俺的任务干不完可咋办?"白玉传摇头拒绝了。

那老师傅听了，苦笑一下，没有说话，只急匆匆地去帮忙拉线了。而那老师傅旁边的年轻人则掏出了手机，不知道向谁打电话呢。

不一会儿，白玉传的手机响了，文才大哥命令道："大传，你立马停止接触网调整作业，即刻投入人工架设供电线的行列！稍等，我们马上就到。"

白玉传刚想解释一番，文才大哥就挂了电话。无奈，他只好停止作业，带着他的这组人去帮人家人工架线了。很快，文才大哥带着其余几十口人，全部加入这人工放线的队伍中。真是人多力量大呀，很快就完成了这条供电线的架设。

白玉传望着不远处那位累得满头大汗的老师傅，小声问文才大哥："咱为啥不干好咱自己的活，全都跑来给人家帮忙呢？"

文才大哥指着那老师傅回答道："那是咱们的吴段长，他的命令谁敢不听呀？"

白玉传听了吓一大跳，顿时羞得满脸通红。

吴段长走过来，故意板着脸对王文才说："行呀，王文才，你小子手下这兵带得都是只顾小家、不顾大家的，这小集体意识很强嘛。我让他去帮忙，这小子还给我个下马威呢，说啥他们可不能停呢，若是帮人家干了，他的施工干不完，可咋办？"

白玉传连忙道歉："对不起，都是俺的错。"

"你小子错在哪儿了？还都是你的错！若这条供电线没在这个封锁点内架设完成，你们即使把接触网调得再好，没有电有啥用呢？真是个小混球，一点都不顾大局！你小子若在封锁点内不把你的接触网调整工作干完，看我咋收拾你！"吴段长严厉地道。

"放心吧吴段长，俺保证完成任务。"说完，白玉传一溜烟地就跑回他的施工现场，继续进行接触网调整作业了。

吴段长看着忙碌的白玉传，笑着对王文才说道："这小伙子不错，很敬业呢。"

就这样，白玉传在大秦线一干就是50多天。每天看着自己干的活儿在封锁点结束后就变成了安全、可靠的接触网运营设备，他的心里别提多骄傲了。

干完了大秦线，白玉传和他的弟兄们就返回京沪线去继续进行电气化工程建设了，文才大哥却被留了下来。由于一线现场的施工安全压力巨大，段部领导对施工安全工作高度重视，于是决定从各条战线上抽调一线现场施工经验丰富的人员组成安全质量督查大队，不定期对各条战线上的电气化工程工地进行检查指导，确保一线施工安全。文才大哥凭借渊博的专业知识、丰富的一线施工经验，被任命为安全质量督查大队副队长。

白玉传回到徐州不久,就接到了妻子小燕的电话:"你这几天快点请假,俺产期要到了,这几天身体很不舒服呢。"

"那好,俺今天就请假,明天就买火车票回家。"白玉传听了也着急,赶紧去向胡队请假。

胡队长听了,笑着说道:"好呀,大传要当爸爸了,祝贺你呀,赶快去买火车票吧。"

白玉传请好了假,赶紧来到徐州火车站买票,排了好久的队才轮到他,买了张去洛城的卧铺票,第二天下午5点发车,第三天早上10点半就可以到洛城了。

白玉传归心似箭,啥也没带,一路上就剩下激动了,只嫌火车跑得慢。火车整整晚点了3个小时,到了洛城已是下午1点半了。白玉传顾不得吃中饭,就急忙坐上了回县城的汽车。说也奇怪了,这一路上,白玉传只吃了一个面包,喝了一大罐牛奶,却一点都感觉不到饿呢。

下午4点半,白玉传见到了妻子小燕了。她吃得整个人都胖乎乎的,那十月怀胎的肚子出奇的大,走起路来蹒跚而行。小燕的小腿和脚也肿了,她撩起裤脚让白玉传看,埋怨道:"你可美了,净想着要孩子了,留下俺一个人受了多少罪呀。你娃在里面可不老实了,尤其是到了晚上,整宿整宿地折腾得俺睡不好觉。幸好有俺娘,在夜里陪着俺、照看俺。"

白玉传听了小燕的话,愧疚地低下了头,笑着劝道:"俺知道老婆最伟大了,放心吧,俺以后会对你好的。"

妻子小燕看了一眼白玉传,嘴角一撇,说道:"净会说好话!你咋对俺好?一出去就是大半年的。你们干工程的哪有家呀?铁路就是你们的家,工程就是你们的妻儿老小。俺算个啥呢?你也不用再说好话诓骗俺!俺都想好了,娃儿出生后还是得麻烦俺娘帮忙带着。俺也没啥经验,别的人都指望不上呢。你呀,以后对你丈母娘好点,她可是咱家的大恩人呢。"

"那是,咱家全靠咱娘了!说起咱娘,俺就想起娘做的油洛馍了,香得很呢。"白玉传笑着说道。

到了晚上,娘还真的做了油洛馍呢,白玉传一口气吃了三张,边吃边说:"好吃好吃,还是家里好呢!"

丈母娘看到了,就笑着说道:"这回家了就别客气了,想吃就多吃点。这几天你就陪着小燕吧,有啥事及时和娘说。"

夜里,白玉传问小燕:"你的产期是几号呀?现在身体有啥反应吗?"

"俺算了一下，产期就是这几天吧。现在身体还没啥反应，就是行动不便，夜里睡觉只能仰着睡，想换个姿势都得别人帮忙呢。今晚你可别睡得太死了，别忘了给俺翻身呢。"小燕叮嘱道。

"放心吧，俺忘不了呢。"白玉传嘟囔了一句就睡了，一觉就睡到了大天亮。早上一睁眼，白玉传就吓了一大跳，小燕不见了。他连忙穿好衣服，出了里屋去找小燕。刚走出里屋门，就碰到了丈母娘了。丈母娘一看到白玉传，就很生气地说道："昨夜咋回事呢？小燕半夜给俺打电话，说你一睡就不醒了，咋喊你都不醒。俺看，这几天小燕还是跟俺睡吧，和你睡，俺也不放心呢。你们都年轻，没啥经验。这个时候对孕妇的照顾是很重要的。"

白玉传听了娘的话，也怪不好意思的，连忙赔着笑脸说道："昨晚太困了，和小燕没说几句话就睡着了。不好意思，娘，俺以后注意点。"

白玉传见了小燕后也说了许多好话，可小燕不原谅他，说他心太狠，只顾自己睡觉，一点也不会照顾别人。白玉传没法子，只能一个人傻傻地坐在客厅里自我反省。

这时，小花回来了。她一看到白玉传，就笑着问道："回来了？小燕呢？咋一个人坐在这里呢？咋不多去陪陪小燕？"

"她在生气呢，都不理俺了。"白玉传把昨晚的事和小花说了，并央求小花给自己说说情。

小花见了小燕，就笑着说道："都快当妈妈了，还耍小孩子脾气呀？人家玉传都和俺说了，也向你认错了，你就原谅他吧。他回来一趟也不容易，对人家好点，知道了吗？"

小燕这才勉强原谅了白玉传。

眼看着到了产期了，可小燕的身体一点反应也没有。到医院检查了一下，大夫说："这产期是到了，可孕妇的身体还没啥反应。要不，你们再等等？要是想现在生也行，就得剖腹产了。给你们一个建议，这小孩个头大，恐怕到了顺产的时候不好生呢。"

"俺可不剖腹产，在肚子上拉一刀，多不美呢。"小燕在旁边嘟囔道。

大家拗不过小燕，只得又陪她回家等待。

小燕的小姨听说后，告诉小燕一个土法子。于是，白玉传陪着身怀六甲的妻子，在自家房子后面的万果山上整整走了2个小时，把小燕累得满头大汗，走起路来都东倒西歪的。两人下山后就来到小姨家里，小姨立马给小燕做了一碗红糖鸡蛋茶，小燕一口就喝了个干净。

当晚半夜时分，小燕突然有了要生的症状。白玉传接了丈母娘的电话，就陪着小燕赶往县人民医院。路上，小燕带着哭腔直喊疼，疼得受不了了就咬了白玉传的手臂一口，把白玉传也疼得直叫唤。

不过四五分钟，就到了县医院。奇怪的是，小燕到医院时却不疼了。

医生检查后说道："孕妇没啥事，还没到生的时候呢。"

小燕的娘问道："那她怎么睡觉时突然喊疼呢？"

大夫笑着问小燕："你是不是白天做啥剧烈运动了？胎位不太正呢。"

小燕此时再也不敢隐瞒，把小姨的土法子全盘说了出来。

大夫劝道："你可不能信什么土法子。现在尤其不能做剧烈运动，要静养，知道吗？要是回家觉得要生了，再及时来医院。你家宝宝个头大，可不敢大意啊。"

又过了半个月，小燕还是没生，终于在产检时被医生留院观察了。住院后的第三天夜里，小燕终于有了要生的症状。经检查，由于婴儿个头大，胎位也不正，医生建议孕妇剖腹产。这时，小燕也顾不得什么疤痕了，进了手术室。

大概一个多小时后，手术室的门开了，出来一位护士，大声喊道："谁是岳小燕家属？恭喜得了位千金。"说着，护士就把小孩递给了小燕她娘。

白玉传趴在手术室门上往里望，心里不安地问道："大夫，俺老婆咋还没出来呢？"

"放心吧，大人等会儿就出来了。你家这姑娘8斤1两呢。出生的时候，小脸蛋红扑扑的，尤其是那小手指甲也是红彤彤的，好可爱呢。"护士边说边关上了手术室的门。

白玉传看着娘怀里的女儿，正闭着眼睛睡觉呢，心里幸福极了。

又过了半个小时，小燕就躺在担架车上被推了出来，下午麻药劲过后才醒。她看着旁边的女儿，脸上露出了幸福的微笑。

小燕他娘问道："你们给妞妞起名字了吗？叫个啥呢？"

白玉传笑着答道："俺和小燕早就商量过了，大名叫白夏荷，小名就叫白妞。"

"好，那俺以后就对俺这外孙女叫白妞了。"小燕娘对着怀里的外孙女就叫了起来："白妞，白妞！"

这一叫，可把白妞叫醒了。她睁开小眼睛，小嘴一咧，放声大哭起来，任凭她外婆咋哄都不行呢。

护士听见哭声，进来说道："现在小孩的妈妈还在输液呢，暂时没奶，你们得让孩子先喝点奶粉,她是饿了呢。"

小燕她娘笑着说道:"谢谢护士。您看,只顾高兴了,把这茬给忘了,原来是俺家白妞饿了呢。"

白玉传赶紧打来开水,把奶瓶洗涮干净,冲上奶粉,递给了小燕娘,说道:"娘,奶粉冲好了,给白妞吃吧。"

"你呀,啥也不懂!这么热,可不敢给咱白妞喝呢。你快去水龙头下,给这奶瓶外面冲冲凉水,降降温。"

白玉传连忙照做。小燕娘接过奶瓶,先贴在脸上试了试温度,又从奶嘴里挤出一滴奶尝尝,这才放心地把奶嘴塞给白妞。白妞吃饱后,小眼睛一闭,又睡了。

小燕出院后就对白玉传说道:"你现在也当爸爸了,身上担子也重了。这次你回来,前前后后也有一个多月了吧?家里有咱娘帮忙照看着,你甭操心俺娘俩了。俺看,你还是早点去单位上班吧。这有了孩子,日后咱家里开销可就大了。"

白玉传虽认为小燕说得有道理,但他还是想陪女儿过了满月再走。可是,小燕不同意,说道:"你在家里也帮不上啥忙,到了单位好好上班挣钱吧。到了白妞满月的时候,家里双方老人会操心的,你还是去上班吧。"

最后,白玉传还是听了小燕的话,买了票走了。临走时,他弯下腰,对着白妞的小脸蛋亲了又亲。没成想,他的胡子把白妞扎得直哭,小燕又笑道:"走吧走吧,你看咱家谁也不待见你,连你丫头都不想理你了。"

白玉传到单位后,孟主管就找他谈话了:"大传,队上领导打算在大山村成立一个青年突击队,因为那个区间的接触网下部作业进展缓慢,严重影响了今年工期节点的完成。我想叫你参加,到现场锻炼锻炼。"

"好,师傅,到了现场,有啥不懂的技术问题,俺再及时向您请教。"白玉传一口答应了。

到了现场一看,白玉传不由得倒吸一口凉气。这是啥地质情况呀!只见一米多深的基坑里有土、杂石,更可怕的是,这石头不是原本就在的,而是后续土建单位垫路基时放下的。青年突击队的20多个人,你看着我,我看着你,谁也不敢贸然动工。

青年突击队队长就是那个史金辉。虽然他才20多岁,但他干活细心、脑子活、有管理能力,所以被作业队领导任命为青年突击队队长。他一边走一边看,紧锁眉头,最后叹了一口气,对着大家伙说道:"这可是块'硬骨头'呢!这个区间有400

多根支柱，可仅这杂石坑就占了三分之一，还没算那十几个大石头坑呢。三个月的工期节点，要想按时完成呀，难啊！咱们得集思广益，多想法子才行呢。"

白玉传看着一筹莫展的史金辉，提议道："俺有个建议，咱们在这个区间进行施工可以采用先易后难的思路，先把好干的基坑干完，然后再集中啃这'硬骨头'。俺想，在这段时间内，说不定咱们能找到解决问题的法子来。"

"好，听你的，明天就开始集中开挖好干的基坑，争取早日完成！"史队长笑着对白玉传说道。

第二天早点名的时候，史队长就给大家布置："咱就长话短说。从今天开始，在易开挖的区段，每天每2人完成2个基坑，早完成早下班，晚完成晚下班。遇到难题，大家要互相帮助。另外，这安全工作，大家伙都要引起重视。火车来的时候严禁作业。需要过夜的基坑必须做好防护。还有，一定不能污染道床，要保护好光电缆设施。"

白玉传在旁边听着，心里暗想，这小史可真不简单，没上几年班，布置起任务来倒像是干了多年的老工长呢。

到了工地，史队长就不停地催促白玉传开坑。白玉传一连开了十几个坑后，说啥都不敢再开了，他笑着说道："史队长，你还年轻，现场施工经验不足呢。在既有线上进行电气化铁路接触网支柱基坑开挖，必须2个人一组，严禁一人作业。再说，这施工区段过于狭长，不便于咱们监督检查，那安全质量如何保证呢？"

"你别管，我自有法子，你只管开坑就是，保证啥事也没有。这安全质量要保证，进度也不能耽误。要不，你说的先易后难的工作思路咋实施？把宝贵的时间都浪费在简单的工作上，那到了杂石坑的时候，可咋办呢？现在，咱连个法子都没想出来呢，三个月的工期如何确保呢？"史队长却很坚持。

"那你说说，你有啥法子，俺看看行不行。"白玉传还是不敢继续开坑。

"我的思路是，在基坑挖到1米8前，一人一坑，挖得更深时再两人轮换。至于质量嘛，这个好办。我们都是学校出来的，这点挖坑的基本常识和技术标准还是具备的。至于如何保证安全呢，我有个好法子。在远端防护员通知火车即将到来的时候，现场防护员只要喇叭一响，我们所有施工人员就会收到防护员发出的一条短信提醒，短信铃声一响，必须停止作业。若这个法子可行，那么效率会提高一倍呢。"史队长将自己的想法全盘说出。

"你这个法子挺新鲜的，那咱们现在先预演一下，可好？"白玉传饶有兴趣地问道。

"那好。若是这个法子可行,你就得继续开坑。"史金辉将了白玉传一军。

"好、好、好,若你这个法子可行,俺就继续开坑。"白玉传答应了。

只见史队长拿起报话机,向远端防护员和现场防护员喊道:"各位防护员,现在进入远端列车到达预警模式。"

不一会儿,现场防护员通过报话机提醒道:"下行列车已接近,请停止作业。"

不到20秒,史队长的手机短信铃声就响了起来:"火车来了,停止作业。"

史队长看了一眼白玉传,笑着问道:"咋样,这个法子灵不灵呢?"

"咱们还得去坑边看看他们到底停了没有。"白玉传不放心地说道。

"放心吧,他们一收到短信,就会停止作业的。我都提前和他们说好了,违反一次罚100元钱呢。若干得好,奖金多多,等这次工程结束后我还要请他们一起喝酒庆贺呢。"史队长充满信心地说道。

"史队长,你可真不简单,想法真多。"白玉传赞道。

白玉传和史队长来到开挖基坑现场一看,只见施工人员都早已停止作业了。过了两三分钟,呼啸的列车疾驶而过。

事实胜于雄辩,白玉传笑呵呵地继续开坑了。但是,他还是不放心,拉着史队长,一个基坑一个基坑地测量复核。到了下午四五点,40多个接触网支柱基坑全部开挖完成,并且各项技术参数均符合设计要求。

史队长笑着对白玉传说道:"你看看,我们这青年突击队的实力如何?我们是新一代电气化工程人,不仅要会干活,还要巧干活、多干活、干好活呢。"

到了晚上,史队长就向作业队胡队长报告了今天的施工进度。胡队长听了,在电话那头大声赞扬道:"好样的小史!你们青年突击队一到现场就开门红呢,一天就完成了40多个基坑作业。明天,我就通知安列班去你们那个区间立支柱。我看,那啥杂石坑也不成问题,三个月的工期是不是需要调整呢?"

"胡队长,可不行呢!我现在对那杂石坑是一筹莫展,啥法子也没有呢。就是想着先突击这好干的活,留下那难啃的骨头慢慢去啃呢。"史金辉一听胡队长说要调整工期,可把他急坏了,连忙向胡队长吐苦水。

"你小子咋就不经逗呢?老哥逗你玩呢。好好干,小史!我看好你,你是一把干电气化的好手。"胡队长在电话那头哈哈大笑起来。

青年突击队经过半个月的持续抢工,这个区间的200多个支柱基础已全部完工了。

容易干的活儿都干完了,剩下的工作不是石头坑,就是杂石坑了。史队长也不憨,他向队上请求调来柴油空压机和电镐,准备用于下阶段石坑开挖的工作。可是,具体的可操作实施方案还是没想出来,他愁得是看啥都不顺眼,吃啥都不香。

白玉传也是看在眼里,急在心中。一天早晨,他在村子里瞎溜达,见当地老乡正在河边砌石护坡,突然就有了灵感,于是赶紧跑回去告诉大家:"俺想到开挖杂石坑的好法子了,就是不知道行不行。"

大家伙一听说他有办法,呼啦一下就把他围了起来。史队长着急地问道:"白师傅,您有啥法子?说来听听。"

白玉传喘口气,道:"刚才,俺在河边看到当地老乡正在砌石护坡呢。俺看到人家把一块块石头码在护坡上,然后用砂浆在石头间进行浇灌,接着继续砌石头。就这样,护坡就一层层地砌上去了。俺想,咱们能不能也用这个办法来对付杂石坑?不同的是,人家是一层层往上砌,咱是一层层往下挖。当然,这个危险系数更高,如何保证层与层之间的稳固是关键,俺还没想好。不过,俺可以请教俺师傅和王书记,要不给他们打个电话让他们来一趟现场,可好?他们俩不但技术水平高,而且现场施工经验丰富。"

"好呀,那您赶紧给孟主管和王书记打个电话,让他们今天就来现场调查取证一下,看看你想的这个法子是否可行。不能一天天地干耗呀,那杂石坑还有那么多,想想就头疼。"史队长在旁边催促着。

白玉传掏出手机,拨通了孟主管的电话,把自己对付杂石坑的办法给师傅详细地讲了讲,也把自己遇到的难题说了出来,请师傅和王书记今天就来现场看看。

孟主管听了白玉传的汇报,很高兴,鼓励道:"看不出来呀,大传!你想到的这个对付杂石坑的办法,我觉得初步可行,不过还有许多地方需要完善。这样吧,下午,我和王书记一起去你们那个工地看看,咱们再一起完善完善,待具体实施方案编制完成后,你们可以先在现场试试,看看效果咋样。"

下午三点左右,孟主管和王书记到了。王书记亲自下到一米多深的杂石坑里,一边仔细查看一边和孟主管商讨如何完善白玉传提出的杂石坑实施方案。他俩一个基坑一个基坑地看,不停地发现问题、提出建议。经两位领导研究,最后形成杂石坑的实施方案如下:针对杂石坑的特殊地质情况,总体思路为大开挖、小浇筑的方式进行开挖。在开挖基坑前,一定确保路基稳定,不得污染道床。在每一层杂石坑处,采用钢模板进行固定,并进行混凝土浇筑,同时在基坑四周均预留钢筋,以便与下一层杂石进行可靠连接,并浇筑成整体。在这层杂石坑混凝土凝固后,再进行下一层杂石坑的开挖浇筑工作。逐层反复进行该项施工工序,直到基坑深度满足设计要求。待整个基坑完成后要及时进行组立支柱,并现场对支柱进行校正到位。取消底板和横卧板,对该特殊地段基坑支柱进行整体二次浇注,确保其与基坑周围通过钢筋连接形成整体,增强支柱基础的稳定性。

孟主管临走前特意嘱咐白玉传和史队长:"在初步试验阶段,你们一个基坑不得少于4个人。要确保路基稳定和行车安全,尤其要注意施工人员的人身安全。下基坑作业的人必须有救护绳索,并且一定要戴安全帽。这个活急不得,一定要一步一步来,千万不能蛮干。"

"还有,你们要收集好现场资料。开始施工时,我给你们捎个相机来,要把每一个步骤都拍下来。这个工法若可以,我打算向集团公司推荐,看能不能入选今年的工艺工法革新汇编。若能入选,这对咱三队来说可是破天荒头一次呢,对科技创新、工法革新有很好的推进作用。"王书记又给白玉传布置了一个任务。

有了详细的实施方案,史队长的心里就有底了,弟兄们也纷纷摩拳擦掌,准备大干一场。

白玉传连忙劝道:"史队长,这可是个新工法。你忘了孟主管走之前特意交待的注意事项了吗?俺看,咱们先召集人员进行集中化技术培训,要做到每个步骤、每个细节都心中有数。还有,所需要的混凝土、沙石要及时运到现场,水泥要有储备,这样才能开始施工呢。"

"白师傅说得对,现场不能乱,得好好分分工。我计划安排4组人专门开挖杂石坑,每组4人,另外安排一组6个人专门支模浇筑。待成批的基坑出来后,再安排一组6个人专门整杆,咱把现场的杂石坑做个台账,时刻掌握施工进度,及时根据现场情况予以调整作业。"史队长一口气说出自己的现场管理思路。

白玉传听了,很是敬佩。

送工车送钢模板过来时,把队上唯一的相机也捎了过来。料库吕主任特意叮嘱白玉传:"咱队上可就这一台照相机,是王书记的宝贵疙瘩。你小子平时用的时候小心点,可不敢大意马虎,弄坏了可让你赔呢。"

"放心吧,俺会爱惜的,一定保管好,到时候完璧归赵。"白玉传小心翼翼地收好了相机。

现场材料到位后,史队长就开始试验杂石坑施工了。他计划先开两个坑试试。白玉传也不敢懈怠,全过程现场盯控,生怕出个啥事就无法收场了。

在进行第一个基坑试挖的时候,孟小亮就发现了问题。他找到白玉传,问道:"白师傅,在基坑里面发现一块大石头。它一边侵入基坑大约300毫米,另一边大部分嵌入靠近线路方向的路基里。我们也取不动这块大石头，咋办呢？"

白玉传来到现场一看，见这和既定的杂石坑实施方案不吻合，需要根据现场情况另想办法。他找来史队长，一起针对现场发现的新问题进行商讨。经过一番讨论，他们初步达成一致性意见："这个大石头千万不能硬取，若是硬取，会造成路基不稳定，进而影响行车安全。是否可以利用机械设备对侵入基坑内的石头进行'切割手术'呢？"

白玉传立马把现场发现的问题向队上师傅做了汇报。孟主管听了，很是赞同，他笑着说道："大传，你现在在现场遇到技术问题时也会全面考虑了，这说明你在技术上不断进步呢。你的建议很好，就按照你们的想法去干吧。"

经过四天四夜的连续奋战，这两个杂石基坑顺利完成。白玉传用照相机把每道工序都拍了下来又及时洗出照片送到队部，让师傅和王书记看。

王书记看到现场照片后，对杂石坑实施方案试验的效果很满意。他特意给白玉传打来电话，说道："大传，从现场试验的效果看，挺不错的。我已向公司科技部打了报告，沙部长对这项工法革新很感兴趣，他们打算过几天亲自来现场实地调研。到时候，你可要把现场情况好好向领导做个汇报呢。还有，大传，现场每个基坑的施工过程都要拍照，尤其是遇到的技术难题及解决方案，更要拍照留存，这对咱们今后的工法革新施工总结有很大帮助。"

"放心吧，书记，俺会真实记录现场并做好施工经验总结。"白玉传信心百倍地答道。

一周后公司科技部沙部长和丁工一行在王书记和孟主管的陪同下来到一线工地，对"杂石坑实施方案工法革新"进行现场实地调研。他们从投入劳动力、机械工机具、使用的工序工法、施工安全质量和施工进度和效益等方面全方位地向白玉传进行了解和询问，又经现场察看，最后一致认为这项工法革新在现场是行之有效的，且具有广阔的推广价值和长远的经济效益。沙部长现场决定向集团公司积极推荐该套工法。

沙部长听说这套工法革新的想法来自一线技术人员时，很激动，他特意对白玉传说道："小白，你能在一线现场发现技术问题，并能结合现场实际情况，提出解决问题的建议，这一点很好呢。以后若有啥技术革新合理化建议或者啥小发明，就和丁工联系，说不定还能获得国家专利呢。"

这套工法革新后来经过公司推荐、集团公司审核、专家组复审，成功入选当年集团公司《优秀工艺工法革新汇编》一书，这也是三队建队以来第一个入选的工法革新项目。

经过两个多月的突击集中抢工，青年突击队这支年轻的队伍没有辜负队上领导的殷切期望，终于在三个月的工期节点内"啃"下了这块"硬骨头"，圆满完成了这项施工任务。现在，这支朝气蓬勃、顽强拼搏的青年团队已经成为胡队长手中的一支王牌军，哪里有困难，哪里有艰险，哪里就有这支队伍的身影。

在青年突击队撤离大山村的时候，有两个人却被留下了。这两个"倒霉蛋"正在屋里听胡队长和孟主管作相关工作安排和技术交底呢。

"大传，别冲我吹胡子瞪眼的！我知道，让你留下来，你是一百个不愿意。可是，在另外一个区间的接触网下部工程有块更难啃的'硬骨头'，这也是咱们三队所辖区段中的'卡脖子'区段。把你留下来是队上领导集体研究的决定。主要是你以前有带领民工施工的经验，现在又从事技术工作，这块难啃的'骨头'非你莫属了。你平时多带带孟小亮，让他尽快成长起来。这小伙子还是挺聪明的，就是办事慢了一点、性格温和了些。"胡队长耐心地解释道。

"胡队长，俺来参建京沪线，咋都和基坑对上了？前段时间刚干完土坑、石坑、杂石坑，这接下来还不知道是啥坑呢。你说说，总不能让俺到了技术室里，干了一个工程，就会挖坑了吧。俺还想多和俺师傅学学接触网上部技术呢。"白玉传委屈地道。

"好了，大传，想学接触网呀，今后的机会多了去了，有你学的。这学技术也不急在一时。既然作业队领导都决定了，你就静下心来好好干吧。"孟主管劝道。

"在大山村的另外一个区间，有座横跨老京杭大运河的铁路桥。这座桥梁在原先设计的时候没有考虑电气化工程的预留。现在，咱们设计院在这京杭大运河里设计了几个大基础。一个基础，仅出土一项就是100多立方米。这是相关设计图纸和交底，具体的施工工法我也给你带过来了。施工的时候，指挥部有专业工程师现场指导，你就跟着好好学吧。"孟主管把手头的技术资料递给了白玉传，又笑着说道："胡队长也很重视这项施工任务，他还特意给你们找了一批当地的劳力，听说以前都是在河里淘沙的，对付水，那是有一套经验的。"

白玉传一边看图纸一边笑着对胡队长说道："胡队长，咱是要在河里开挖基坑打基础，你找来一批淘沙的，有啥用呢？最好能找来一群做桥梁桥墩的，这才是专业对口呢。"

"你小子，甭给我耍嘴皮子！我去哪儿给你找专业施工队呀？再说，即使有专业的，咱也掏不起那个价钱。你没听说过'金桥银洞'吗？"胡队长板起脸，严肃地说道：

"再过几天，劳务队就来了，经过进场安全培训后就开始施工。你和小孟这几天先熟悉熟悉图纸和现场，提前准备些材料、工机具啥的。一个星期后必须开工，知道吗？"

说完，胡队长和孟主管就坐着车返回队部了，留下白玉传和孟小亮两个人大眼瞪小眼了。

白玉传苦笑一声，对孟小亮说："好了，就剩下咱俩了，还得带一群淘沙的去干桥梁桥墩的活唉！"

"这活可咋干呀？"孟小亮哭丧着脸问道。

"车到山前必有路，船到桥头自然直。咱们还是先把图纸看看，再学习一下技术交底吧。明天给劳务队的老板打个电话，让他带着他们的施工负责人，咱们一起到现场看看，先把所需要的机械材料准备准备，可不能误了正常开工。"白玉传无奈地说道。

第二天，劳务队老板就带着现场施工负责人来到了。原来，这老板原先就是淘沙的，他的现场负责人是他的表弟，叫王大路，跟着他也干了10多年了，听说还是工科生呢，对建筑工程大概了解些。

到了现场，王大路一边看图纸一边说道："这个工程可不简单呢，看图纸上说的，施工工序可够繁琐了。这一个基础下来，少说得一两个月呢。"

白玉传点头道："那是。一般来说，若要在流动的河水里开挖基坑和浇筑基础，要经过下面几个关键的施工流程。第一步是围堰，就是搭建围护水工建筑物施工场地的临时挡水建筑物，使施工场地免受河水冲刷。围堰施工简单、维护容易、拆除方便，并能满足稳定、防渗、抗冲及保持一定强度的要求。按与水流方向的相对关系，分为垂直河流方向的横向围堰和平行河流方向的纵向围堰。我们设计采用横向用土围堰，这个工作是重点，它干得好不好直接影响到后续施工的质量。因此，俺想一个基础围堰工作周期最少得半个月。第二步就是抽水，要把围堰内的水抽干净了，这个没有四五天也是不行的。第三步是利用井点降水法，把围堰内残留的水抽干净。第四步是开挖基坑。由于是在河道里施工，土质很松软，因此大型机械工具用不上，只能靠人力开挖。第五步是支模。因为这个基础庞大，所以采用大开挖、小浇筑的方式，因此支模的稳定性直接影响后续整个基础的质量和基础螺栓间距的准确性，这个工期最少也需要2天吧。第六步是基础浇筑。这道工序，咱们得集中抢工。因为混凝土浇筑过程中是不能长时间停止的，否则会形成断层，这样一来，基础就报废了。因为这个基础大,所以需要投入大量人力、机械进行混凝土浇筑作业,一天一夜是必需的。第七步是拆模和养护。这个工作相对简单些,但是也费时费力。它的养护周期长,每天都需要专人负责呢。"

王大路听了白玉传这一通现场施工交底,抬起头来望了一眼那滚滚的河水,倒吸一口凉气,叹道:"听白工这么一讲,这工程的确有难度呢。"

"咋了?遇到难题就不敢上了?可别给你哥丢脸,我可是在他们胡队长面前拍下胸脯说咱们能行的。"老板对王大路吆喝道。

"要干这活也行,不过哥你得答应我几个条件:这劳力得由我来选。年纪大的不要,年纪轻的也不要,女的绝对不要。我估摸着,这劳力少了还不行呢,至少要投入40个人才行。后续流水线工作了,还得再加人呢。"

"好、好、好,都依你!只要你把这活干好了,你说啥都行。咱可不能让人家电气化人笑话咱没本事呢。"老板拍着王大路的肩膀,笑着说道。

白玉传听了这哥俩的话,放心不少,便笑着问道:"俺看你哥俩都是性情中人,不像做生意的。老板咋称呼呢?"

老板听了,哈哈大笑道:"啥老板不老板的,叫我三蛋就行了。"

王大路笑着揶揄道:"我哥叫赵元帅,不过他轻易不说这名字,因为他连个士兵都没当过呢。"

白玉传和孟小亮带着王大路为开工做各项准备。经过几天的努力,终于在胡队长的要求时间内开了工。

转眼间就到年关了,白玉传他们在现场一连干了两个多月,却还是一个基础也没浇筑成功呢。现场遇到了许多施工难题,比如说围堰内残留的水老是抽不干净,在进行人力挖坑的时候必须边抽水边施工,再比如说,这儿是泥沙混合土质极易诱发大面积塌方,因此必须做好防止基坑塌方的措施,确保施工人员的人身安全。庆幸的是,此次项目不在铁路上施工,对外联络工作少,也不受制于线路所需的封锁时间啥的,想干到啥时候就干到啥时候。

元月1日,白玉传他们终于迎来了第一个基础浇筑工作。本来这一天是放假的,但是白玉传一想到这基础耗时将近三个月,多等一天就得多冒一天的风险,决定今天必须把基础浇筑完成。

他特意找来王大路,对他说道:"王师傅,今天元旦,本来是要放假一天的。可是你也知道,这个基础挖到现在多么不容易呀,咱们若是今天不浇筑,就多冒一天的安全风险。要不,你和弟兄们说说,咱们今天加个班吧,您看行吗?"

"看您说的，你们过节都不休息，我们还说啥？放心吧，我这就和弟兄们说去。让做饭师傅今天多做点好吃的就是了。"王大路满口答应道。

没想到，基础浇筑工作从早上9点一直持续到次日凌晨4点才结束，连午饭和晚饭都是在工地上吃的。当白玉传把第一个基础浇筑成功的消息汇报给胡队长时，胡队长百感交集，称赞道："大传，干得好！"随后，他又忍不住揶揄道："你这两年挖一个坑，这在电气化工程建设史上也算是开了先河了。"

"哪有两年呢？不就是挂了个年头年尾吗？听胡队长这意思，是嫌弃俺干得慢呢！"白玉传委屈极了。

"我可没那意思。不过，现场还是要抓紧呢。"胡队长笑着叮嘱道。

没成想，胡队长顺嘴说的"两年一坑"一下子就在作业队里流传开了，后来还传遍了整个京沪指挥部呢，还被编成了顺口溜："大传大传你真行，挖起坑来真要命。蜗牛都比你爬得快，两年一坑创纪录。"说实话，白玉传听了这段顺口溜很委屈，可就是有苦说不出，只能一笑了之。

"魏队长要调走了，上级给咱三队派来一位新队长，叫华王。他可是个人物，听说管理很严格，尤其是对下面的一线工人。"一大早，孟小亮就趴在白玉传耳朵旁小声嘀咕道。

"从哪里打听的消息？俺咋不知道呢？"白玉传一脸疑惑地问道。

"这你就甭问了。不过，他来了咱三队，今后干活都悠着点吧，别犯在他手下，他可是六亲不认，只认规章制度呢。听其他线上说，他平时有句口头禅：'我这里不养闲人，想挣钱就干活去。'他管理一个作业队，那是绰绰有余呢，就是给他一个段，人家干起来也不吃力呀。"孟小亮说起这个新来的队长，那是头头是道呀。

孟小亮的消息还真是灵得很。没过几天，孟主管就通知白玉传和孟小亮一起回队上参加新队长组织的全队人员见面会。

一大早，白玉传和孟小亮就赶到了队部。没想到，大家伙儿都早早到了会议室，等待新队长的到来。不一会儿，新队长和王书记一起走进了会议室。首先是王书记讲话，随后，新队长站起来，向大家深深一鞠躬，笑着说道："我叫华王，是咱三队新任队长。以后在工作上，请大伙多多支持。现在开始点名，点到谁就站起来，咱们认识一下。"说着，华队长还真就点起了名，这种见面方式倒是别具一格。

点完名，和大家都认识了，华队长正色道："我以前的同事都知道我有句口头禅：'我这里不养闲人，想挣钱就干活儿去。'"

听到这里，白玉传偷偷看了一眼孟小亮，两人会心一笑。

只听华队长继续说："同志们，我们的这个京沪线，现场遇到的施工技术难题很多，工期时间紧，咱们的施工进度现在还很缓慢。大家要提高认识，立足本职岗位，尽心尽责，干好每一件事。我管理作业队的总体思路就是'干一件，成一件'。想多挣钱，就得多干活。想瞎混的人，趁早滚蛋，我这里不养你们这些老爷兵！以后，咱们的后勤支出、人员考勤、工资收入、施工安全、工程质量、施工进度、材料机具等方面全部向作业队全员公开，欢迎大家监督指导，多提宝贵意见。在公平、公正、公开的前提下，大家只要多干活，就多挣钱。谁要是不服气，就来找我。我提前给大家透个风，今后咱们队上的奖金系数将大大拉开差距。也就是说，同样一个月，同样的出勤，每个人的奖金将会有天壤之别。也许，人家比你多拿一两千块钱呢。这奖金发放的依据就是你当月完成了多少工作量、安全上出没出啥事、干的活是否符合设计要求和验收标准。最后，我倡议把现场废料回收二次利用，也作为一项奖励予以发放。这个需要施工、物资、工程、定额等部门联合制定一个奖罚制度，做到奖罚分明。人人节约，勤俭持家的施工理念要宣贯到大家伙的灵魂里去。"

华队长这一席讲话，犹如冬日里的一声春雷，把大家伙从梦里惊醒了，一时都还反应不过来。

最后，"飘飘"壮着胆子站了起来，问道："华队长，咱可是国营企业，你说得那么好听，谁知道结果咋样呢，指挥部领导支持你的这套管理理念吗？可别一开始吃喝得起劲，骗着我们把活干了，到头来还是平均主义，这我们可不能上当。"

"飘飘"这一问，人群里顿时炸开了锅，大家伙七嘴八舌的，说啥的都有。

华队长提高了声调笑着答道："请大家伙安静一下，听我解释。我既然敢在这大庭广众之下向你们宣布我的施工管理理念，肯定是得到了上级领导的支持的。只要大家伙心往一处想，劲儿往一处使，齐心协力地干好京沪线，我所说的一定兑现。若是到时候不能兑现，我自愿离职。"

大家伙都顿时安静下来，心里暗想：看来这华队长是来真的了，以后工作可不能马马虎虎了。

很快，作业队就出台了各种管理办法，而且都极具现场操作性，全队上下的工作作风也随之焕然一新。大家干起活儿来不但认真负责了，而且还会自己找活儿干。现在，每个人都有个记录本，把自己每天干的活儿和废料二次利用的次数都记录在案，等着下月和新队长算账，看他说话到底算不算数。

这个冬天的第一场雪总算是来了。这一下雪就没法开工了，闲来无事，工长付哥打算去找"飘飘"他们一起打牌。没想到，到了"飘飘"宿舍里一看，一个人都没有。他正准备去找王书记聊天呢，就接到了料库吕主任的电话："小付，你们班的'飘飘'不要命了，非得在这大雪天里预配软横跨。你说说，这么冷的天，干嘛呀？以前也没见他工作这么积极啊，是不是咱华队长的奖惩制度出台了，他就疯魔了？可挣钱也不是这么个挣法啊。你快来料库，把这个小混球给我拉回去！"

工长付哥挂了电话就急忙往中心料库赶去。等他到了中心料库一看，只见"飘飘"和他宿舍的那四五个人真的正在大雪里弯着腰预配软横跨呢。看着他们认真的模样，付哥心头一热，连忙上前问道："'飘飘'，咋回事呢？这下大雪了也不休息，至于这么拼命干活吗？"

"太至于了！我想，反正下大雪了，闲着也是闲着，来预配软横跨，既能锻炼身体，又能挣钱。这年月，谁跟钱有仇呀？""飘飘"轻松地说道，手里的活儿是一点儿没停。

付哥无言以对。他眼见"飘飘"他们在大雪地里干得热火朝天的，知道自己再怎么劝也没用，只能回去了。他一个人坐在宿舍里，想着华队长在大会上讲的那番话，越想越觉得不对劲儿。现在队上的精神面貌确实是焕然一新了，人人想干活、要干活、多干活，可这一切都是因为钱啊。若是人的眼里只有制度和金钱，而没有友情、兄弟情和团队精神，难道就是新的管理理念了吗？他决定去找华队长，把心里的担忧说出来。

华队长听了付哥的话，笑着解释道："付工长，你想想，现在咱们单位改制了，以后就是自负盈亏了，再也不是计划经济那个年代了。咱若是不在管理制度上改一改，还是沿用以往的'大锅饭'，干得好与干得不好一个样，干得多与干得少一个样，搞平均主义，能行吗？若是一直这样管下去，早晚会把企业拖垮的。"

华队长递给付工长一杯热茶，继续说道："您说，咱们干工程的出来主要是为了啥？甭说那么漂亮的大口号，说实话谁不是为了多挣钱，把钱给爹娘妻儿带回去？这才是硬道理。只要咱们一线工人干出活来，我想指挥部领导不会赖着不给发钱吧。这都是咱们一线工人的血汗钱呢。走，我带你去个地方，给你看看现在咱们队上工人们的工作热情有多高呢。"

华队长说着就带着付工长来到食堂，推开门，付工长进去一看，大吃一惊。只见炊事班全员在班长的带领下预配吊弦呢。旁边还有个小本本，记满了密密麻麻的数据。

付工长忍不住问道:"你们咋也干起这活了?不做饭了?"

"看不起俺做饭的?好像你们干的活俺以前没干过似的。这有啥难的?只不过现在俺老了,支柱是爬不上去了,干不动了。"高师傅看了一眼付工长说道。

"放心吧,饭他们还是要做的。这都是他们利用工作之余的时间干的。不在一线的工人的奖金系数低呀。这高师傅找了我好几次了,说钱太少了,炊事班的工人都不想干呢。虽说在制度面前人人平等,但是这制度对人家做饭的师傅们不公平。一天下来,你们一线工人吃的喝的用的,哪一样能离开后勤呀?他们虽然在后方驻地,可是无论多晚哪一次你们回来没能吃上热菜热饭呢?因此,他们也很辛苦。既然制度无法更改,我就建议他们把预配腕臂、吊弦的工作干干,多少也挣点奖金不是?"

"华队长,你可真是个铁算盘呀。这账算得,谁也不得罪呢。"付工长这个时候才对这位新队长佩服至极。

当然,华队长的承诺在第一次月度奖金里兑现了,大家伙拿着劳动所得,个个喜笑颜开,工作的劲头更足了。

京沪线是国家重点线,也是政治线,在国家铁路整体框架中占有举足轻重的地位,因此,铁路部门对工程质量提出了更高的要求,指挥部也制定了创建精品工程的具体实施方案。

三队在华队长的带领下,早已把工程质量纳入了工班考核办法,打造精品工程的决心也早已深扎在每位施工人员的心里了。

一大早,青年突击队队长史金辉就带着他的弟兄们,拿着手持砂轮机和细绑线,来到他们的管辖区段,为拉线做"美容手术"。徐州火车站是三队的脸面工程,也是青年突击队的形象工程,他们憋足了劲,想争创优质工程呢。

到了现场,史队长一处拉线一处拉线地仔细检查,现场发现问题就现场予以整改,并将责任落实到人,一点也不马虎。

只见他指着一处拉线回头绑线对该处的负责人小李说道:"这是人干的活吗?咱们白学技术交底和质量验收标准了!你看看,这绑扎的是个啥?七扭八歪的。给我重新更换!这个材料钱,你得自己掏呢。"

"知道了,史队长,我立刻整改到位。"小李说着就拿出了钳子,开始拆了。

史队长又指着另一处的拉线回头说道:"这是谁干的?咋这回头剪得不整齐呢?还有,这里要求绑扎两圈半,咋就绑了一圈呢?这个也需要整改。"

孟小亮白了他一眼，嘴里嘟囔道："真是小题大做，鸡蛋里挑骨头！这个细节谁会注意呢？若是要求这么严，那咱干的活要返工的可多了去了。"

　　史队长听了，气得上去对着孟小亮就是一拳，然后自己拿着工具动起手来。只见他先把原来的那一圈绑扎线拆下来，又用钳子剪了一段细绑线，绑扎两圈半，绑扎得很密贴，接着用手持砂轮机对拉线回头残留的部分进行截断。经过史队长的一双手，一处标准、美观、牢固的拉线回头绑扎就呈现在大家伙眼前了。

　　史队长对围观的青年突击队员说道："这就是标准。今天，你们先自查，把发现的问题都整改到位。明天，我再来检查，若是还有问题，那就扣除当月奖金。"

　　大家伙听了，立马去检查自己的活是否符合标准了。

　　在华队长的领导下，三队的工程质量有了质的飞跃。他们所辖区段的京沪线电气化铁路工程不仅在工期节点内圆满完成，接触网送电一次成功，而且徐州火车站被评为京沪线样板工程和免检工程。

　　现在，三队上下对华队长，那是无话可说。大家付出了辛勤的汗水，也收获了丰厚的回报，并且工程质量上了新台阶，施工安全也得以确保。这一切喜人的成绩都离不开一个好的带头人啊。

　　京沪线电气化工程建接触网送电成功后，白玉传就想找领导请个假，回家去看看自己的女儿白妞。现在，白妞已是个2岁多的娃娃了，小嘴巴可甜了。小燕常在电话里对他说："你家白妞可又想爸爸了，天天喊着要爸爸呢。要不，你工程不忙了，就回来陪陪孩子吧。"听了小燕的话，白玉传心里很愧疚。这两年多来，他由于工作忙很少回家。和女儿白妞在一起的日子，满打满算也不超过两个月。一想到女儿那乖巧可爱的模样，他就恨不得立马飞回家去，把白妞抱在怀里，使劲地亲亲她。

　　白玉传刚走进胡队长的办公室，就听到胡队长在和家人打电话："刚刚接到公司领导电话，指示我们三队立即全员奔赴浙赣线。现在那里的工期急，需要紧急支援呢。这不，都来不及买火车票了，要求我们全部坐汽车走呢。"

　　"老胡，你说说你还是人吗？孩子都要高考了，也不回家陪陪孩子。孩子长这么大，你啥时候关心过孩子？一打电话，你就说忙、忙、忙，啥时候你才不忙呢？你不过就是个副队长，咋就那么忙呢？地球离了你就不转了吗？你呀，心里只有电气化，一点都不顾及家里。这次孩子高考，你若是再不回家，以后就再也别回家了，去和电气化过吧。"嫂子在电话那头满是牢骚。

　　白玉传知道，胡队长也确实不容易，为了干好京沪线，都三个春节没回家了，坚持在一线施工。

白玉传尴尬地站着，直到胡队长打完电话，才走过去小声地说道："胡队长，俺好久没见俺家白妞了。这京沪线咱们也干完了，俺打算请个假，回去好好陪陪俺家白妞。再不回家，孩子都不认爹了。"

"大传，刚刚接到吴段长下的死命令呀，要求咱们三队全队人员均不得请假探亲，紧急支援浙赣线呢。今晚就要走，火车都不让坐了，让咱们开汽车去呢。"胡队长无奈地说道。

"可是，俺想俺家白妞了，做梦都想见她呢。"白玉传难过地说。

"这就是咱们电气化工程人心里最大的痛，愧对家中父母妻儿啊。可是，这也是没法子呀。这浙赣线的施工形势不容乐观呢，听说那条线的路基还没好呢，可是工期节点已定在三个月以后了。你想想，咱们公司领导的压力有多大啊。不是万不得已，领导也不会轻易让各条线抽调精兵强将长途奔袭去支援啊。"胡队长耐心地给白玉传做起了思想工作，"大传，再坚持坚持，三个月很快就过去了。我答应你，只要把浙赣线干完，就批复你的请假申请，你看可以吗？"

白玉传听了胡队长的话，很无奈，只得给小燕打电话："小燕，我今晚就要去浙赣线了，回不去了。这一去，就要三个多月呢。"

"那好吧，你一个人在外多注意身体，家里都挺好的。"小燕叮嘱道。

白玉传难过极了，满眼都是白妞的身影，干啥都没劲呢，于是一个人出了队部大院，来到一家小饭店，点了几个菜，要了一瓶白酒，借酒消愁。最后，他醉醺醺地回到队部宿舍，躺在床上就一睡不醒了。

到了半夜时分，他猛地从床上惊醒，推开窗户，发现队部大院里静悄悄的，一个人也没有。他连忙穿好衣服，冲出小屋，来到中心料库找吕主任问个究竟："吕师傅，咱们队上的人都去哪儿了？"

"大传，你咋没去浙赣线呢？全队人员今晚都坐着汽车去浙赣线了。"吕师傅一脸惊诧地问道。

"俺可能喝多了，他们走也不喊俺一声呢。"白玉传一边和吕师傅说着话，一边掏出手机，给胡队长打电话："胡队长，俺是大传呀，你们走的时候咋不叫俺一声呀？"

"你小子喝得那是一塌糊涂，谁叫你都不醒呀。没得法子，公司领导催得急，必须连夜坐车去浙赣线呢。要不，你明天自己买火车票过来吧，先买到南昌火车站，然后再坐汽车到拖船埠下车就到了。到了以后给我打电话，我再派车去接你。记着是'拖船埠'这个地名，你到长途汽车站去问问人家车站服务人员，可别坐错车了。一个人坐车，路上注意安全呀。"胡队长说道。

无奈之下，白玉传第二天一大早就赶到徐州火车站买火车票。徐州到南昌的火车是在凌晨2点多发车，到南昌是下午2点多，整整12个小时呢。买当日的火车票，卧铺票是买不到的，只好买了一张硬座票。

第六章

浙赣纪事

白玉传一个人坐上了开往南昌的火车。这是趟慢车,几乎每个小车站都要停车。硬座车厢里人满为患,就连过道、车厢、厕所都挤满了人。因为走得急,白玉传只带了一包行李和一个水杯,其他啥吃的喝的都没带。他心想,若是这样坐着熬上十二个小时,到了南昌哪儿还有力气再去换乘汽车呀?于是,他找到列车员,说明了自己的情况,终于补到了一张卧铺票。来到卧铺车厢,白玉传上了铺,一觉就睡到上午10点多,醒来后又吃了一盒快餐盒饭,才觉得缓过劲儿来。

下了火车,白玉传找了辆出租车,他和司机师傅说去长途客运站。司机师傅笑着问道:"您是去哪个客运站呢?南昌有好几个长途客运站呢。一看你就是外地人,要不你和我说说你要去哪个地方吧。"

"大哥,俺要去拖船埠呢,你看俺是去哪个汽车站呀?"白玉传问道。

"这个地儿太小了,你知道是属于哪个城市吗?要不就送你到长途中心汽车站,这个车站发往省内各个地级市的班车都有,不过就是离这里有点远呢。"

白玉传笑着说道:"那就听师傅的吧,先谢谢您了。"

到了长途客运站,白玉传买了下午4点半的汽车票,又买了几个面包和一瓶水,就急匆匆地上车了。他一上车就对司机师傅说道:"师傅,到了拖船埠,麻烦叫俺一声,谢谢了。"

"好的,到时候听卖票员报站就是了。"司机师傅说道。

奔波了一天,白玉传太累了,上了车后,吃了面包、喝了水,竟然就睡着了。等他睁开眼睛一看,窗外已是满天星斗了。他心里一阵不安,连忙问道:"师傅,这是到哪儿了?到拖船埠没有呀?"

卖票员听了,一声惊呼道:"早过半个小时了,你咋没下车呢?在那地方停车五分钟呢,提前也报站了呀。"

白玉传一听,头都大了。这么晚了,自己又坐过了站,可咋办呢?

卖票员见白玉传都没主意了，笑着说道："你即使现在下车，对面方向也没有开往拖船埠的班车了。要不，你就到终点站樟树汽车站吧，你到了那里先住下，明天一早坐开往拖船埠的短途客车。"

白玉传也没有别的选择了，只得在樟树车站下车，找一家旅店住下，再饱饱地吃一顿，才给胡队长打电话："胡队长，俺是大传呀。不好意思，俺坐过站了，现在到了樟树市了。今晚先住下，明天一大早就坐车去拖船埠。"

"来之前就千叮咛万嘱咐的，你小子咋还是坐过站了呢？现在，咱们队已经分成了三个突击分队，你就到三分队史队长那里去吧。他们今天已经在张家山站住下了，你到了张家山站后再和他联系吧。记着，张家山站离樟树站不远，你就坐火车吧。我提前和史队长说下，让他去车站接你。"胡队长听说白玉传坐过了站，又是好笑又是好气。

白玉传也不好意思了，向胡队长保证道："放心吧，胡队长，这次一定误不了事。俺听你的，坐火车去。"

第二天一大早，白玉传就来到樟树火车站，买了一张去张家山站的火车票。看到铁路和火车了，他才放心，觉得自己这次不会迷路了。

到了张家山站后，白玉传立马给史队长打了电话。四五分钟后，史队长就来接他了。

到了驻地一看，原来是一处临近火车站的农家小院，弟兄们正在院内忙着卸料呢。

史队长对白玉传说道："白师傅，咱这个突击分队接到的施工任务是两站两区的接触网施工任务，工期只有三个月。听说，现场情况复杂，施工条件很不理想，再加上这个地方天气异常燥热，封锁点又是下午1点至4点，而咱们分队只有26人，因此我们压力巨大。我想和你商量下，你要身兼数职，技术、材料、调度、后勤都得让您兼着，您看行吗？"

"这么多的岗位，俺一个人可干不过来呢。"白玉传吓得直摆手。

"可是，我们工班，包括我，都得到一线施工干活呢，没有一个是脱产干部呀，真的是一个人都抽不出来了。这次施工任务重，咱们所招的劳务队又都是只会推个梯车，其他技术活啥也不会干的，他们是指望不上了。这次，只有靠我们自己干了。"史队长一脸无奈地央求道。

"那好吧，俺一定尽力去干好每项工作。"白玉传只得答应。

"那咱下午就带着几个小组长把咱们所管辖的两站两区的施工情况做个现场调

查，也好心中有数。光听别人说，心里不踏实呢。"史队长说道。

"相关技术交底和施工图纸、材料单都有没有呀？"白玉传不放心地问道。

"还都没有。我们只是领了第一批材料和这个阶段施工必备的工机具，他们给咱配了两辆中巴车，做饭师傅也找好了，就是房东夫妻俩。要不，你明天上午去樟树作业队和人家技术、物资部门对接下，把所需要的材料拿回来？"史队长立刻给白玉传派活了。

白玉传心里细细掂量了一下，在平常，这些工作起码需要4个人去干，现在却是他一个人全都干了，加上这人生地不熟的，工作起来肯定会有很多困难呢。想到这里，他眉头紧锁，一脸愁样。

史队长看到白玉传这个样子，笑着说道："白师傅，看把你愁的。放心吧，我来这几天也对他们现在的施工管理有所了解了。他们已把相关部门的职能流程全部简化了，也学着政府部门搞了一个'集中办公、简化流程、提高功效、服务一线'的总体工作思路。各个来支援的队伍里，像你这样身兼数职的人已是司空见惯了。"

吃了午饭后，史队长就带着他手下的几个小组长，拿着尺子、记录本和笔，和白玉传一起去现场调查。

出发前，史队长做了个简单的讲话："今天下午的调查主要有三个目的:（1）统计已完成的工作量，并现场检查质量是否存在问题;（2）统计未施工的工作量;（3）统计现场关联专业对咱们接触网专业施工的影响及需要上级领导协调的问题;（4）现场分工，责任到组，每个小组全面负责所管辖区段的施工安全、质量和进度，作为咱们分队内部考核的重要指标。调查完后，晚上及时把资料全部汇总给咱们白技术员，由他夜里加班形成调查报告和施工进度台账，以便后续进行施工进度动态管理。这次对这个施工进度动态管理，采用'掌握进度，色差标识，发现问题，及时预警，全面公开，人人平等'的理念。"

"啥叫色差标识呀？史队长，你这脑子里又有啥好点子呢？"白玉传好奇地问道。

"咱们先去调查吧，今晚回来后，咱俩再一起商讨一下，好好完善一下我的这个想法吧。"史队长还卖起了关子。

晚上吃了饭后，各个小组长把现场调查资料都汇总给白玉传，让他编制调查报告和做施工进度台账。这时，史队长来了，把自己对施工进度管理台账的编制建议说了出来："我想着，用红、黄、绿三色标识各小组完成的分项工程的工作量。绿色表示质量合格，黄色表示存在缺陷，红色表示必须返工。做完后要及时更新，及时公示。"

"这个建议好呀，我试试吧。"白玉传答道。

到了夜里10点左右，白玉传终于把现场调查报告和施工进度台账都做完了，又一鼓作气地为自己做了一张工作日程表，以便兼顾好每项工作。

06:00—07:00　到菜市场买菜
08:00—09:00　和作业队技术对接、物资对接
10:00—11:00　去车站召开点前协调会
13:00—16:00　参加封锁点施工
16:00—16:30　参加点后总结会
16:30—17:00　陪史队长进行当日工作检查
18:00—20:00　做好每日施工进度台账并及时上报
20:00—21:00　做好技术资料记录和物资保障工作

为了按时完成施工任务，弟兄们每天都早出晚归，在现场顶着火辣辣的太阳，铆足了劲儿干活儿，十分辛苦。南昌的夏天是出了名的热，白日里酷暑难耐也就不说了，到了夜里依旧闷热异常，常常累了一天了却热得难以入眠。

一天早点名时，亮子终于忍不住了，大声嚷嚷道："这活儿我不干了！白天那么累，夜里又热得睡不着，这是人干的活儿吗？不干了，不干了，我要请假回家！"

史队长看着大家憔悴的样子，一阵愧疚，于是向大家伙承诺道："这段时间，我净想着施工进度了，忽视了后勤保障工作。请给我三天时间，我保证今后让大家吃好、喝好、休息好。"

史队长这下可是对后勤工作下大力气了。他专门去了一趟作业队，把现场施工人员的真实情况向领导作了汇报，回来的时候就带回了三大箱防暑降温的药品。

他高兴地对白玉传说道："队上领导很关心一线工人的生活问题，答应给咱每个人每天后勤补助50元。咱们好好合计一下，看这50元怎么花才能用到实处、起到作用。还有，明天就会送来一批空调，以后保证让大家睡好。"

白玉传听了也很高兴，赶紧提了几个建议："俺看呀，一来可以在食堂饭菜上加大投入，菜的花样多些，做得好吃点，营养要跟上。二来，俺想着每天给大家伙熬点绿豆汤。对了，咱得向作业队后勤申请个冰柜，这样，大家就可以喝到冰镇绿豆汤了。这三嘛，每天的西瓜是少不了的。还剩钱的话，就每个星期出去聚一聚，乐呵乐呵。"

"白师傅，您的建议挺好的，就按照您的建议执行吧。"史队长听了，满意地

说道。

"对了，俺还有几件担心的事。"白玉传看了一眼史队长，趁机说道。

史队长忙说："你说说看。"

"咱们分队大部分都是年轻人，早上都没有吃早饭的习惯，这样下去可不行呀。你想想，早上啥也不吃，空着肚子去干活，哪有体力呀？这对施工安全也是个很大的隐患。因此，必须在早点名时重点强调下每个人必须吃早饭，不吃早饭，一经发现就不让出工。当然，早餐要丰富可口些。不管咋样，早上必须吃早饭。"白玉传认真地道。

史队长听了，点头表示赞同。

"到了现场后，每个人必须按量吃防暑降温的药品。这一点很重要，小组长要监督。要避免施工时工作人员发生中暑。"白玉传接着继续说道，"还有呀，史队长，你前段时间安排的工作量太饱满了。俺提个建议，要合理安排工作，尽量避开高温时段，多给弟兄们留点休息时间，不能一味地强调施工进度，毕竟人不是铁打的呀。最后，俺想呀，咱们刚刚干完京沪线就立马支援浙赣线，大家伙都好长时间没回家了，所以这思想工作也得重视起来。在闲暇时，你多和弟兄们交流交流，时刻掌握他们的思想动态，别把矛盾激化，也别让他们把问题埋在心里。"

史队长听后，很感激，连声说道："谢谢，白师傅，你今天这么多的建议都是肺腑之言呢，我今后在工作中一定注意。"

第二天，樟树作业队后勤负责人就把空调运到驻地，给每个屋里都安上了。

史队长也很心细，还特意给每个人采购了蚊帐和蚊香呢。

白玉传也是立马行动，向后勤负责人汇报了现场需要冰柜的事。得到同意后，这冰柜也很快就买回来了。他又来到菜市场采购了绿豆和西瓜，还定了鲜牛奶，让人家一大早就送过来。

下工返回驻地的弟兄们看到这些，都很高兴。亮子也说道："这样还可以，起码得让我们吃好、休息好嘛。只有这样，我们到了现场才有力气干活呀。"

史队长笑着捶了他一拳，然后对大家伙说道："今后对后勤上有啥要求，都可以去找白师傅反映，我们尽量满足大家的需求。"

转眼间就进入8月了，天气一天比一天炎热。天气预报发布的地面温度已逼近40度，那铁路上的温度就逼近50度了。在接触网调整时，即使是戴着手套也不敢摸接触线或者铁配件，一碰就烧心得很。

这段时间，南昌路局和集团公司等各级单位接连下发多个关于防暑降温的专项文件,全部都是一个主题:"切实做好防暑降温工作,确保施工人员人身安全,避免高温下工作人员的中暑现象发生。"

可是,既有线电气化改造工程是无法避开高温进行工作的,得在封锁点施工。因此,只有一线人员自己想办法防暑降温了。

为应对现场施工发生群体中暑的突发事件,指挥部和沿线各家医院急救中心取得联系并保持应对突发事件的通讯畅通。一线各个作业队及各支援突击小分队,全部成立现场防暑降温工作小组,密切关注天气变化,时刻注意现场施工人员的身体健康问题,以便及时应对突发事件。

根据这段时间在高温条件下施工的经验,史队长发现,一组梯车作业人员在高温情况下不能连续作业半小时以上。因此,他及时调整了工作思路,摒弃以往的大面积、大范围的分散作业,把突击分队队员全部召回,集中突击一项施工任务,便于现场施工安全管理和做好防暑降温的专项工作。同时,他积极联系车站相关部门提供临时电源,把冰柜运到施工现场,准备了冰块、西瓜和绿豆汤等防暑降温食品,让大家伙在施工间隙吃点东西降降温。

但是,现场中暑事件还是发生了。在一次封锁点施工过程中,活儿刚干了一半,就见亮子从二站台匆忙跑过来,对着史队长喊道:"快点过去看看吧,我那小组里有四个人喊头晕恶心呢。"

史队长和白玉传听了,赶紧跑过去。到了现场一看,只见站台上坐着四个劳务人员,都神志不清的。

史队长上去就问道:"咋回事呢?你们四个人是不是中暑了?"

"俺只感觉到头晕恶心,浑身无力呢。"其中一位有气无力地答道。

"上班前喝没喝藿香正气水呀?你们负责人监督到位了吗?"白玉传着急地问道。

"别问了,赶快去拿些冰块来,先让他们降降温。把绿豆汤也带来,让他们喝点。先让他们几个人休息休息,根据以往的经验,这是中暑的初期症状,不要紧的。体温降下来就没事了。"史队长叮嘱白玉传,又问道:"体温计带了没有?隔段时间就给他们量量体温,若是温度降不下来,就赶紧送医院治疗,可不敢耽误呢。"

"体温计带着的,我这就给他们量量。"白玉传赶紧给他们量体温,又让他们敷着冰块降温。

见他们的体温都不太高,史队长才放心,拉过劳务队负责人严厉地问道:"平时咋和你说的?让你负责监督他们到现场后及时服用藿香正气水,他们几个喝了没有呀?"

那位负责人连忙说道:"来之前都把药发到他们手里了,也在班前安全点名时叮嘱过了。其他人都喝了,就他们几个没喝,说这药太苦了,天天喝受不了。"

"他们说不喝就不喝了?这今天幸好没出事,若是真出个啥事,你咋和人家家属交待呢?你能负得起这个责任吗?我不管,这是严重失职,罚你200元,明天交了罚款才能上班。以后注意了,在施工安全上多操点心吧。"史队长严肃地批评道。

然后,史队长让这组作业人员全部停止作业,收拾好现场,回驻地自我反思去,并要求小组长亮子也得写份深刻的检查,在第二天早点名时当着大家伙的面做出深刻检查。

在一次利用行车间隙安装吊弦的工作中,青工小李坐着滑板,在承力索和接触线之间忙着进行人工布放吊弦的工作。一不小心,悬挂吊弦的铁丝挂钩从承力索上滑落下去,造成一垮吊弦瞬间脱落。刚好这个时候,一组货车通过张家山站,这些脱落的吊弦落在了货车顶上,跟着货车呼啸而去。

小李还悬在空中,眼看着吊弦跑了,吓得不知所措。当天施工完成后,小李一个人找到史队长,说道:"史队长,今天干活的时候,一垮吊弦被火车带跑了。"

史队长一听,气得火冒三丈,大声呵斥道:"吊弦长腿了吗?咋会自己跑了?到底咋回事?"

"我在做吊弦挂钩时没做好,造成挂钩滑落,从而引起吊弦脱落。刚好这个时候,货车开过来了,就带着吊弦一起走了。"小李吓得声音都没了。

"你可知道,现在的材料多重要呀,尤其是像吊弦这种需要提前预配好的接触网设备,更是金贵得很呢,那都是一个萝卜一个坑呢。你可好,一下子就弄丢了一整垮吊弦,你让我去哪里给你补这一垮吊弦呢?"史队长真是哭笑不得。

白玉传听说此事后立即向作业队技术和物资部门做了汇报,看看他们料库里有没有库存材料,同时了解一下工程部做材料计划的时候留的裕量是多少。

白玉传一打听,这条线的物资材料管得很严,所有材料都是指挥部统一库存发放,下面各作业队需要的材料都是严格按照工程部编制的《限额领料单》在指挥部料库统一发放,并对发出的材料逐一登记造册。而指挥部的中心料库在南昌市,作业队是一周才去拉一次料。指挥部还制定了一整套的现场丢失材料审批手续制度。可别小看这一整垮吊弦,要走完流程,没个十天半月的下不来呢,而且还要现场做出丢失材料的分析报告,对有关责任人予以一定金额的经济处罚。

白玉传把这些情况都向史队长做了汇报,史队长听后着急得很,嘴里连声嘟囔道:"这可咋办?这可咋办?别因为这一垮吊弦,造成咱们的工期节点无法按期完成,那咱们在这儿,不就白流汗了吗?"

这之后,史队长在材料管控力度上加大了管理,希望不再发生材料丢失的事。

就在他们着急的时候,白玉传接到了樟树作业队料库负责人的电话:"你们那里丢失的一垮吊弦,现在可以来料库取料了。不过,你们得自己现场预配。根据物资管控处罚制度的相关规定,经上级领导们的研究决定,对你们这个小分队处罚1 000元,在当月奖金中予以扣除。"

白玉传把这个喜忧参半的消息告诉了史队长。史队长听了很高兴,催促他马上就开车去队上料库领吊弦,生怕这吊弦再被其他人领走了。

白玉传立马让司机师傅开上车,一起到队上料库去领吊弦,顺便再带些其他材料。到了料库,白玉传领了吊弦和其他材料,人在处罚单上签了名字,然后才问道:"前几天俺问你们,你们不是说丢失材料得层层报审和审批,流程繁琐,没有个十天半月下不来吗?咋这次这么快就审批完了呢?"

那位料库负责人笑着解释道:"这个特例是专门针对你们这些外来支援分队的。不只你们丢材料,其他队也丢,但人家丢的都是些小材料,譬如螺母、垫片啥的,不像你们,一下子就是一整垮吊弦,性质比较严重,因此才决定对你们进行处罚。这些材料都是咱们接触网送电开通运营后要向人家铁路供电段移交的备品备件。咱们浙赣线对物资材料真的管控得很严,工程部提的材料计划也很准确,考虑的裕量很小。你们以后可要对现场材料加强管理,可不敢再整套整套地丢失材料设备了。现在已到了工程最后的冲刺阶段,一旦再次发生材料丢失,那材料啥时候到现场可真的说不准了。"

白玉传这才明白是咋回事了,也理解了他们华队长的施工管理理念。

在张家山车站的侧线停车线,11股道的路基才刚刚施工完成,铺轨单位的铺轨施工还停留在施工测量阶段。

一天,史队长找到白玉传,问道:"这11锚段的接触网可咋施工呀?这离总体工期节点的时间还剩下不到一个月,若是等到人家股道全部铺轨到位再进行施工,恐怕就会影响工期呀。你看看,咱们能不能先进行无轨施工呀?这样先把接触网粗调到位,待他们铺轨单位的钢轨静调到位后,我们接触网再跟着一起进行细调,这样才能保证整个工期节点完成。"

白玉传打开图纸,看了看张家山站接触网平面布置图。原来,这11股道是车站扩容新增的股道,接触网采用的是腕臂方式。他联想到前几年在天兰线的人工打造接触网的特殊施工经历，这和当时相比，简直就是小儿科，于是对史队长说道："这无轨施工也没啥难的，俺在天兰线也施工过的。这一股道接触网设计的是腕臂方式，因此相对简单些。走，咱们一起先到现场调查调查，了解一下铺轨单位的测量情况。"

于是，白玉传带着图纸和尺子，和史队长一起来到现场。到现场一看，人家铺轨单位的测量人员正在现场测量呢，线路中心桩已基本确定。白玉传找到人家现场测量的负责人，把图纸上接触网支柱处的施工里程告诉了人家，询问道："师傅，俺叫白玉传，是干接触网的。请问您贵姓呀？您看能不能抽空把接触网支柱处的线路中心桩给俺帮忙测量一下，然后再告诉俺该处路基和铺轨以后的设计标高。还有，若有曲线，能不能再告诉下该处的超高呢？"

那位测量负责人听了，笑着说道："我叫金明飞。我们今天的测量工作还没干完呢。要不这样，你编制一个测量数据表，提前告诉我，咱们明天下午一起到现场把你需要的技术测量参数都现场测量一下，你看行吗？"

白玉传听了很高兴，连忙谢道："谢谢您金工，要不您把手机号给俺说一下，明天下午俺们派个车去接您，可好？"

于是，两人互换了手机号，约定第二天下午再见。

回过头来，白玉传对史队长说道："这下好了，明天只要人家帮忙给咱测量到位，其他都好办了。到时候，拿着这测量数据，俺找下作业队技术，把腕臂计算一下，就行了。"

史队长听了也很高兴，说道："这块难啃的'硬骨头'一拿下，咱们按时完工的希望就有了。"

第二天，白玉传和人家测量班人员一起到现场，利用一下午的时间，把这股道有关接触网的数据都测量完成了。他生怕人家测量放桩的临时标桩会在以后的施工中丢失，特意把这些参数都换算到支柱上，并详细记录在本子上，这才放下心来。回来后，他把现场测量数据向作业队技术室报了上去，腕臂计算很快就好了，没过几天，料库也预配好了腕臂。

所有材料设备全部到位后，史队长带着弟兄们，不到三天时间就全部安装到位。因为是无轨施工，白玉传对安装好的腕臂不太放心，于是又到现场对着前期与铺轨单位一起做的新线交桩资料逐一复测比对，结果技术参数基本满足设计要求。虽然施工的时候，铺轨单位现场会有一些误差，但是在计算腕臂的时候已经提前考虑了调整裕量，应该是没问题的。

史队长又带着大家伙进行架设承力索和接触导线，随后就是接触网粗调了。等这些施工任务全部完成后，离总体工期节点完成也就不到一个礼拜了。不过，他们这个突击分队所管辖区段的接触网安装已基本到位，剩下的就是配合铺轨单位在精调钢轨时对接触网相关技术参数进行微调了。

　　时至今日，史队长的脸上才露出久违的微笑。

　　上级领导在现场检查白玉传他们这个突击分队的无轨施工时一致好评，也为他们这种没有施工条件自己创造条件的工作精神所感动，决定在指挥部内通报嘉奖。

　　白玉传根据此次无轨施工的现场经验，写了篇接触网无轨施工的论文，投给了专业期刊《电气化铁道》。没想到，编辑部老师看到这篇论文，高度重视，亲自给他打了电话，一个字一个字地帮他推敲，最后发出了录入发表通知书，计划在年底予以正式发表。这是白玉传在国家权威期刊杂志上发表的第一篇专业技术论文。他按捺不住内心的喜悦，赶紧把这个好消息告诉了他的师父孟主管。

　　师父听了也很高兴，对他说道："大传，恭喜你呀，你现在在现场独立应对技术问题的能力加强了。看来，在下一个电气化工程建设中，你当一个作业队技术主管是可以的。到时候，我就退居二线，给你做技术顾问好了。"

　　"师父，俺可不行，接触网还有许多知识和现场经验要向您学习呢。"白玉传对师父说道。

　　"大传呀，这次你的论文能在权威期刊杂志上发表，看来编辑部的老师们对现场施工经验总结性的论文还是很重视的。我跟你说呀，今后记着师父一句话，每个工程干完后都要认真总结自己在施工中遇到的问题和解决问题的办法，说不定你以后还能出一本接触网施工的专业书呢。"孟主管对自己的徒弟可真是一点私心都没有呀。

　　"知道了，师父，以后我一定按照您说的去做，每干完一条线，都认真做自我施工总结。到时候，俺就汇集成册，出本专业施工指导书，这名字还是师父给起个吧。"白玉传笑道。

　　"大传，我看就叫'接触网施工通鉴'可好呀？"师父饶有兴趣地问道。

　　"这个名字起得好呢。师父放心吧，俺一定不辜负您对俺的期望，一定在现场认真工作，积极学习专业知识。"白玉传满怀感激之心地答道。

　　在接触网送电开通前的最后一次工程质量自检工作时，白玉传陪着作业队技术、安质等部门正在对张家山站道岔区域的分段绝缘器的有关技术参数进行复检的时候，突然耳旁传来一个熟悉的声音："大传，你咋也来浙赣线了？"

白玉传站起身来，回头一看，顿时喜出望外，原来是他的老领导李书记呢。他连忙迎上去，紧紧抓住李书记的手，说道："李书记，你咋也来了？咱们好久没见面了，你还好吗？"

"我现在不是书记了，在公司安质部工作呢。这次听说你们这里搞了个接触网无轨施工，公司领导很重视呢，让我们来到现场实地调研一下，学习学习。"李书记笑着说道，"没想到是你小子搞出来的，还行，这几年你在技术工作上进步不小呢。老三队其他的弟兄们都好吧？"

"他们都挺好，魏队长也调到段上了，现在咱们三队队长是华队长，叫华王。胡队长在拖船埠车站呢，这里的突击分队队长是史金辉呢。"白玉传见了李书记，这话匣子一打开就收不住了。

"你们先干活，我再到前面去看看。"李书记笑着说道。

"李书记，今天别走了，你到我们驻地和弟兄们一起聚聚，可好？"白玉传热情地邀请道。

"好，我也好久没见你们了。再说，我还得好好和你商讨下这接触网无轨施工的技术问题呢。"李书记说完就继续向前走去了。

白玉传激动极了，立马给史队长打电话："史队长，今天在工地上遇到咱的老领导李书记了，他代表公司安质部来现场检查指导工作呢。"

"李书记来了？很好呀！咱可得多留几天，让书记对咱干的活多指导指导。"史队长高兴地说道。

"放心吧，俺已和李书记说好了，今晚请他到咱们驻地和弟兄们一起聚一聚，他说也好久没见老三队的弟兄们，挺想大家伙的。"白玉传接着说道。

"那好吧，你今晚就通知做饭师傅多做几个好菜。对了，再买几瓶酒。现在，咱们的工程也基本干完了，借此机会让大伙一起乐一乐。我把胡队长和其他小组长都叫上。大家这一到浙赣线都在现场大干呢，好久没见面了，说起来还挺想他们的。这样，李书记就能见到更多咱们老三队的弟兄了。"史队长叮嘱道。

"好，史队长，就按照您的指示去办。俺下午就去市场采购晚上聚餐的菜和酒。你放心，保证完成任务！"白玉传今天心情不错，说起话来也是一套一套的。

"对了，再买些水果和点心瓜子啥的。咱们吃了饭再开个茶话会。好不容易，一下子来这么多专业人士，多听听人家的施工经验，对咱这最后冲刺阶段是有很大帮助的。"史队长在电话那头再次叮嘱道。

"史队长，你啥时候都离不开工作呀，俺可真服你了。"白玉传在电话里调侃道。

下午，白玉传就带着做饭师傅一起到了菜市场，把晚上聚餐用的食材全部采购到位。因为晚上吃饭的人多了，史队长还特意叫来几个弟兄当帮手，一起动手做饭。到了晚上六七点钟，晚饭都准备好了，来参加晚上聚餐的人也陆续抵达了，可是李书记却迟迟未到。胡队长忍不住给李书记打了一个电话，询问咋回事。

"我现在还在樟树车站呢。今天检查的时候发现这绝缘位置卡错了，他们正在连夜整改呢，浪费了一段渡线锚段的承力索和接触线呢。这在接触网送电前一定要检查到位，尤其是绝缘锚段关节以及绝缘距离，还有临时接地线是否拆除，并要做绝缘导通测试，测试数据符合设计要求后才能对接触网送电。"李书记在电话里解释道，"要不甭等我了，你们先吃饭吧，我看离施工结束还得个把小时呢。"

"那可不行，咱哥俩几年没见面了。你现场施工一结束就过来，老三队的弟兄们都在等你呢。这样吧，我开车去接你，等会儿就到。"胡队长生怕李书记变卦不来了。

"走，大传、小史，你们和我一块去接李书记去。"胡队长对白玉传和史金辉说道。

路上，胡队长通报了樟树站接触网绝缘位置卡错的事，并提醒他俩注意现场检查，要确保施工质量。

到了樟树火车站，胡队长带着白玉传和史金辉一起来到施工现场一看，施工基本已到尾声，线索已重新更换了，承力索的绝缘也重新卡了，就剩下接触导线的绝缘了，也正在施工中。

李书记见了胡队长，互相打了个招呼，就继续盯着施工。

一直到晚上8点半，李书记他们才来到白玉传他们的驻地。一坐下，李书记望着老三队的弟兄们被太阳晒得黝黑黝黑的脸，忍不住站了起来，端起满满一杯酒，对大家伙说道："弟兄们来到浙赣线参加支援抢工大干，你们辛苦了。你们在短短三个月内干的活是以往一年才能干完的工作量，这和你们日夜奋战在一线，加班加点，不怕流汗，不怕吃苦的工作精神是分不开的。来，弟兄们，让我们都端起这杯酒，为咱电气化干了这一杯！"

说完，李书记一仰脖子喝干了，弟兄们见了也纷纷干了这杯酒。

吃饱喝足后，史队长又让上了一桌子的瓜果、点心和瓜子，大家坐在一起说说话。李书记还是对无轨接触网施工感兴趣，他对白玉传说道："你详细地写个施工总结发给我，我也好好学习下。"

"李书记，刚好俺写了篇《接触网无轨施工》的论文，现在已通过编辑部老师的审核，决定今年年底在专业期刊《电气化铁道》予以发表。我把初稿发给您，然后再把现场照片也一并发给您。"白玉传道。

"好，好，我一定拜读你的大作。"李书记笑着赞许道，又问，"我一直有个疑问，就是接触网在无轨上施工，如何确保接触网的技术参数在钢轨稳定后达到设计要求呢？大家都知道，这铺轨现场一般情况下是允许有一定误差的，尤其是钢轨面与路基之间的高差是不好控制的。对了，还有曲线超高和限界问题。这些铺轨专业的技术参数都会直接影响到咱们接触网的相关技术参数指标是否达标呢。"

"李书记说的都对，这都是需要提前考虑的。要提前拿着施工图纸和人家铺轨专业的图纸进行前期技术对接，然后再根据现场实际施工条件，提前向人家请教现场实际误差情况。然后在计算腕臂的时候把这些因素都考虑进去，人为考虑腕臂的调整裕量。经过详细的现场技术调查和对接后再进行接触网施工，一般情况下就不会出现啥大的问题了。"

李书记听了，很是满意，笑着对胡队长说道："这几年不见大传，他的确是成长了许多，现场技术水平和施工经验都有了很大的提高。更难能可贵的是，他不仅会干，还善于总结，能写出论文来，这一点不简单呀，比咱们这代电气化人强呢。"

"那是，大传，这小子这几年干得不错。告诉你吧，人家现在也当爸爸了，家里添了个千金宝贝呢。"胡队长也点头赞许道。

"是吗，大传，现在也当爸爸了？这身上的担子更重了。我说呢，这一见面，说话都不一样了呢。"李书记笑着说道。

"说实话，咱们干电气化的都不容易。我们刚干完京沪线，所有人员均未休假，一个电话就连夜赶来浙赣线参加支援工程建设了。大传当时还找我请假呢，我也没批准。我给他承诺了，干完浙赣线就放他的假，让他回家好好看看娃。"胡队长看了一眼大传，愧疚地说道。

"行了，胡队长，俺当时找你请假的时候，嫂子打的电话，俺也听到了。你孩子今年参加高考，你不是也没回家吗？这都惹得嫂子发火生气了。"白玉传心里一急，把胡队长的心事都说了出来。

李书记看了一眼胡队长和白玉传，又望了一眼这群可爱又可敬的弟兄们，心里一热，充满感情地说道："是呀，咱们干电气化的都不容易。这几年，国家大力发展电气化铁路工程建设，那工程是一个接一个的，并且都是重点线路，工期都压得很紧，大家伙都是疲于奔命，对家里的亲人无暇顾及。这一点，公司领导是看在眼里、急在心里呀。我现在私底下给你们透露个消息，浙赣线干完一直到年底是个工程招投标阶段,这对咱施工来说是个空档期,今年过年不用愁了,你们到时候可以回家里休整一段时间,过个好年。到了明年初,这工程就又多起来了。"

大家伙听了李书记的话,都喜笑颜开了。

2006年9月15日上午7时54分,浙赣电气化铁路技改工程竣工仪式在南昌火车站举行。随着首趟韶山9型电力机车一声鸣笛,由南昌火车站开往萍乡方向的N627次城际列车顺利始发。

浙赣线东起杭州、西至株洲,途经浙、赣、湘三省,全长942公里,仅江西省境内就长达547公里,是我国长江以南最重要的东西向干线,也是我国铁路网规划中"八纵八横"的重要组成部分。浙赣线是我国第一条按时速200公里标准进行电气化改造的干线铁路。这项改造工程也是全路第六次大提速的标志性工程。

白玉传有幸参与这条电气化铁路改造工程的建设,虽然只有短短三个月的时间,但这三个月是当地最热的时间。他们没有被困难吓倒,冒高温、战酷暑,日夜奋战在工地上,发扬"促创干、争一流"的集团精神,实现了浙赣线电气化改造在2006年9月15日安全、优质、按期正式竣工送电开通的目标。工程质量得到了南昌铁路局的赞誉。

一干完浙赣线,白玉传来不及去领取开通奖,就去找胡队长请假。这次,胡队长很爽快地答应了。于是,他连忙来到樟树火车站买回家的火车票,由于临近中秋、国庆双节假期,出行的旅客陡然增多,他只买到了站票。

夜里坐上火车,人还真不少呢。白玉传找到车厢门边,把行李包一放,坐在行李上很快就进入梦乡了。到了半夜,一泡尿把他憋醒了。他睁开双眼,看到的全都是腿呢。原来这一路上又上了不少人,车厢里全都站满了。他实在是忍不住了,只好站起来,拨开人群,向厕所冲去。好不容易来到厕所,只见连厕所里也坐满了人。他只得请厕所里的人都出来,上完厕所后再挤回放行李处。这一下,他真是害怕了,任凭自己的肚子再咕咕叫,嘴里再口干舌燥的,也不敢吃东西、喝水了。

到达洛城火车站后,白玉传先找了个饭店吃东西,稍作休息,才坐姐夫的长途车回县城。

这次,姐夫开的路线不一样了,全程走的是高速,不到一个半小时就到县城了。白玉传先到姐姐家吃午饭,吃完了饭就回家去。他正扛着包,急匆匆地往家赶,在北街小学门口就碰到了妻子小燕和白妞,白妞已经会到处乱跑了。

小燕看到白玉传后很惊讶,问道:"你咋回来了?这次回来也不提前打个电话说下,也好准备给你做饭呢。"

"这次回来得急，来不及打电话了。"白玉传道。

妻子对白妞笑着说道："白妞，这就是爸爸。你不是天天喊着要爸爸吗？快，叫爸爸呀。"

白妞胆怯地看了一眼白玉传，然后害羞地跑到妈妈的身后躲了起来。

小燕接过白玉传的行李，把白妞推到白玉传的怀里，笑着说道："白妞，这就是你爸爸。快叫爸爸，让爸爸抱抱。"

这个时候，白妞才知道这个真是爸爸了。她张开小嘴巴，甜甜地叫了声："爸爸，爸爸，抱抱。"

白玉传连忙弯下腰，一把抱起了白妞。然后，一家三口说着笑着，向家里走去。

到了家里，白玉传看了娘。娘还是老样子，但是精神不错。他又问起爹去哪儿了，小燕说道："爹在家也闲不住，这不在一家厂里做事呢。"

晚上爹回来后，看到白玉传也很高兴，嘴里连声说道："回来就好，回来就好。"

白玉传对爹说道："不是不让你去外面打工做事吗？你咋又出去干活了？这么大的年纪了，就不能在家里陪陪俺娘呀？"

白文宣听了，连忙说道："这次找的活不累，是你表哥德福自己开的厂，我就是看看材料，平时也不干活的。"

小燕听了，笑着劝道："行了，你刚回来就和爹吵吵个啥？爹在厂里寻个事儿做做，自己也就不心慌了。咱娘白天里有俺和姐呢，你就放心吧。"

第二天，白玉传带着小燕一起上街，买了些水果和月饼，送到小燕他娘家里去。丈母娘看到白玉传，心疼地问道："你咋这么黑呢？身板也瘦了不少呢，这精神上看起来也不太好。"

"人家归心似箭，想在八月十五过节前赶回来，和家人一起过节。这不，买了一张站票，硬是在火车上站了10多个小时呢。甭心疼他，休息一下就好了。"小燕对她娘说道。

"这次回来住多久呢？"小燕他爹问道。

"这次回来就不走了，大概能待到过了年吧。到了明年初，新工程开了，再通知上班呢。"白玉传忙答道。

"这感情好。这段时间，你也多陪陪白妞，省得她一出去，见了抱孩子的爸爸，都哭着喊着要爸爸。"小燕娘在旁边说道。

白玉传听到这里，心里一阵酸楚。

一家团聚的时间总是过得很快，转眼间已临近年关了。

一天晚上吃饭的时候，爹白文宣把小燕和白玉传都叫到身边，说道："俺不知道你们对今后的日子是咋考虑的。白妞现在已经2岁多了，眼看着就要上幼儿园了。咱们老家啥都好，就是教育质量太差。十多年来一个北大、清华都没考上。俺给你们提个建议，你们看看行不行。"

"爹，您有啥话，尽管说嘛。"小燕笑着说道。

"俺是这样想的，小燕她大伯呢在咱省城的铝业区上班，虽说那个地方离省城还有30公里的路程，但毕竟是省城的一个区，那教育质量应该比咱老家强吧。你们这一代人都没啥文化，可不能让白妞还走你们的老路。这教育得从娃娃抓起不是？俺是想，等小燕大伯过年回老家的时候，就让小燕问问看那个地方的房子贵不贵，要不，咱也买一套，让白妞去那儿上学。这样，小燕在那里有他大伯一家照看着，俺和小燕爹娘也都放心。再一点，就是对白妞的教育也好。"白文宣把自己的想法都说了出来。

"小燕这一走，俺娘咋办呢？总不能全靠你吧。"白玉传道。

"你娘呀，除了血压高，身体上也没个啥大毛病。这白天呢，有你姐照看着，晚上有俺呢，这个你就放心吧。还是要多考虑下一代人的教育问题。做父母的，只要有一线希望，就要给孩子创造一个机会嘛。"白文宣继续说道。

"俺很赞同爹的想法。等俺大伯一家今年过年回家，俺就向他们打听打听。"小燕赞同地说道。

到了夜里，白玉传埋怨小燕道："你也不打听一下省城的房价有多高，生活花销有多大。到了那里，咱们可咋生活呀？"

"你知道个啥！俺都问过俺大嫂了，他们那个区的房价并不高，每平方米1800元左右。要是一次性付款，还有优惠呢。白妞若是能到那里去上学，那对孩子的教育是有很大益处的。咱爹那么大的年龄了都懂这个道理，你咋不理解呢？你看看咱县城的教育质量，还有咱家所处的生活环境，这一切必然会影响白妞的成长呀。"小燕耐心地做白玉传的思想工作。

白玉传又仔细想了想，觉得爹和小燕说的都对，于是就再也没说啥了。

等小燕大伯一家回来过年时，小燕把买房的想法跟大伯说了说。大伯很支持她的想法，还说这个事情，小燕她大嫂能帮得上忙。

过完年白玉传和小燕就带着白妞跟大伯一家人一起去了省城。到了铝业区，大嫂就带着小燕四处去看房子了。不到三天时间，小燕就相中了一套房子。两室一厅，90多平方米，一次付款优惠2个百分点，还送一些家电。

大嫂笑着对白玉传说道:"现在房地产市场不景气,这房价并不高,这个时候买房还是很划算的呢。小燕相中的这套房子,总房款加上一个储藏室,也就不到18万元,加上后续装修啥的,应该不会超过25万元吧。要不,你明天和小燕一起再去看看?"

再去看房时,小燕是啥都准备好了,钱也准备好了。白玉传签了合同,交了房款后,再次来到这个已经属于自己的新家。他看看这里,瞧瞧那里,心里不由得感慨万千。可是再一想,这接下来房子还要装修呢,自己手头的钱不够,可怎么办呢?

小燕满怀信心地说道:"装修的事情,你就甭操心了。到时候,有咱这里的大姐、大嫂帮忙。白妞就让俺娘给带一段时间。咱们现在手头钱不足,家具和家电可以先不买全,先把其他居住的必要东西装修到位。等你上班后,手头有了积蓄,再逐步添置齐全吧。"

一想到今后的生活重担,白玉传心里就一阵发虚,忍不住给华队长打了个电话,询问上班的事情。

华队长听了,在电话那头说道:"咱们作业队的下一工程是大包线电气化工程建设,队部具体驻地暂定在土贵乌拉。现在那个地方呀,天寒地冻的。大概等到四五月份,等地面开冻了,咱们就可以去上班了。你若是想现在就来上班,那就得你自己去挖坑、打基础了。"

听了华队长的话,白玉传才稍微放心一点。只要有工程干就行。

第七章

大包纪事

　　大包线全长451公里,东起山西省大同,途经集宁、呼和浩特等大中城市,西至内蒙古自治区包头市,是内蒙古自治区境内首条电气化铁路,设计时速120千米。该工程计划于2009年5月建成开通,到时候京包铁路824公里全部实现双线电气化,对缓解我国北部铁路煤炭运能不足的紧张状况、加速内蒙古西部地区煤炭基地的开发具有重要意义,因此也是国家重点工程。

　　四月的春风吹绿了祖国的大江南北,但塞外的草原上还有着丝丝的寒意,真有点"春风不度玉门关"的味道。白玉传在土贵乌拉火车站下车,一到站台,一阵刺骨的寒风袭来,冻得他直哆嗦。

　　土贵乌拉镇位于内蒙古自治区察哈尔右翼前旗北部,是察哈尔右翼前旗旗委、旗人民政府驻地,也是察哈尔右翼前旗政治、经济、文化中心。虽然京包铁路纵贯全镇南北,G208国道穿镇而过,交通十分便利,但这个地区的经济仍然是欠发达的,基本停留在20世纪90年代的水平,没啥高楼大厦,也没有宽广的马路,街道上的行人也不多。

　　来接白玉传的司机师傅叫霍金锤,白玉传原先不认识。他告诉白玉传,队部驻地在一个被遗弃的部队大院,开车需要将近一个小时,而且那里方圆几里内是看不到人烟的。

　　白玉传听了,好奇地问道:"那么远,不会是在草原上吧?"

　　"听当地老乡说,那个地方几十年前就是个大草原,但现在草早就没了,只留下一大片的沙土。"霍师傅垂头丧气地说道。

　　终于来到部队,只见大院门上还有个木牌,上面依稀可见"中国人民解放军×××部队×××团"的字样。走进大院,放眼望去,清一色的红砖青瓦房,一排房子一个院。到了三队大院里,白玉传先找华队长报到,然后找到自己的宿舍休息。他一推开宿舍门,就看到这大屋子里生着一个大火炉,屋里还挺暖和的。这个屋里已经住着五六个人了，但他只认识史金辉。

史金辉一看到白玉传，就笑着打招呼："白师傅来了？这一路上可好？"

"好着呢，你也好吧？"白玉传笑着答道，然后指着屋里其他几个年轻人问道："弟兄们好，俺叫白玉传。看你们的年龄都不大，是刚分来的新工吧？"

史金辉笑着对白玉传说道："是呀，他们都是今年刚分到咱们作业队上的新工，有大学生，也有退伍军人。"

"啥，还有退伍军人？咱单位好长时间没有进过退伍军人了。"白玉传好奇地问道。

史金辉指着睡他对面的那个年轻人介绍道："他叫岳年雄，是个武警战士，听说是干消防的。"

这个腼腆的小伙子也戴着一副近视眼镜，他一把抓住白玉传的双手，说道："白师傅，我初来乍到，啥也不会，以后请多多关照。"

然后，史金辉又把其他几个大学生介绍给白玉传认识。

白玉传这才抬起头来，望了一眼史金辉，笑着问道："咋地，你现在当工长了？是不是新工班班长呀？"

"你咋知道的？说得太对了。其实我也不想干这新工班班长，带着这群学生兵，不好干呢。"史金辉抱怨道。

早上六点四十，白玉传和史金辉准时来到队部，洗漱完毕后，一起参加早点名。华队长亲自拿着队上花名册一个个地点名呢，这管理还真是很严格，然后就是各班组点名以及作业队队部点名，各自分配今天的工作任务。白玉传今天的任务就是和师父孟主管一起到土贵乌拉—苏集区间进行接触网支柱基坑纵向位置测量工作。对了，听说队上从二队分来一位名牌本科大学生呢，这位接触网大咖姓张，大家都尊称为"张大师"，他也一起去现场参与测量工作。

孟主管给他俩互相做了介绍后，白玉传才知道这位"张大师"名叫张伟东，是西南交通大学毕业的。西南交通大学是教育部直属全国重点大学，国家首批"211工程""特色985工程"重点建设并设有研究生院的研究型大学，是中国接触网高等技术专业人培养的摇篮。白玉传看着这位其貌不扬的"张大师"，主动走了上去，握着对方的双手，说道："张工，俺是大传，以后在接触网技术上请多多指导。"

"张大师"看了一眼白玉传，说道："没事的，互相学习嘛。"

孟主管在旁边催促道："好了好了先干活，等下了班后你俩再聊吧，以后有的是时间。这样，大传你准备好测量所需的工具和尺子、记录簿，张工你把施工图纸带好，我到工班里叫三个现场防护员。早上都得吃饭呢，咱们中午也不知道测量到什么时候，听说今天的测量区间刚好经过大草原，沿途各个小站可没有个啥饭店呢，咱们到了现场加油干，加快测量进度，争取早点到苏集车站，那个车站才有饭店呢。"

白玉传一听到大草原就心里很激动，他连忙把测量工具啥的准备好后，就跟着孟主管一起坐上送工车，开始此次的大草原之旅了。

到了土贵乌拉车站后，孟主管就给大家伙交代今天主要的测量任务："今天咱们主要对土贵乌拉—苏集区间上行进行接触网支柱基坑纵向位置定测工作，三位防护员一前一后各一位，距离不超过500米，现场测量设置防护员一位。大家伙没事就别在报话机里乱说话，节约点电。我呢来看图纸，大传呢就和张工一起测量。开始测量的时候，先用石蜡笔书写支柱号，不作为施工依据，待一个区间测量完后，若现场情况与图纸没啥冲突不需要调整跨距后，次日再来用红油漆书写正式施工支柱号。张工负责在轨腰上书写支柱号。大家伙听清楚了吗？若没啥疑问，就开始工作吧。"

大家伙听了孟主管的分工后就开始进行测量工作了。

出了土贵乌拉车站来到区间后，孟主管先找到起测点，正线车站的2#道岔定位柱的位置，现场查找一下里程，与施工图纸的里程位置做一比对，发现一致后，这才开始进行测量。孟主管一边测量一边对大传说道：

"这区间接触网支柱基坑纵向位置测量定位看起来没啥技术含量，可是许多技术人员都会麻痹大意心里不重视，这往往会造成不必要的测量失误。区间测量重点是在区间起测点、桥隧、涵洞等关键地段，一定要对现场里程与图纸做一比对，确认无误后，方可进行下一步测量，尤其注意里程长短链的问题，要重点复核图纸与现场里程是否一致；还有就是在锚段关节处也要重点关注，看一看现场情况是否满足下锚拉线基础施工；还要考虑咱们接触网附加线与区间高柱信号灯是否冲突，绝缘距离是否满足，这都是一个合格技术员现场测量需要考虑的。"

"张大师"和白玉传一边测量着，一边认真地听着孟主管的现场言传身教，这样的教育方式比啥都直接，也很有效果。

在一处跨越铁路的高压线处，孟主管停了下来，对他俩说道："这个也是在测量时需要注意的，提前了解电压等级和高压线与钢轨的距离，复核高压线与接触网的绝缘距离是否满足技术要求，把具体位置、电压等级、与钢轨的高度以及今后接触网的绝缘距离都要记录下来，回去后逐站、逐区间进行统计，并及时上报队长和施工班组,提醒他们在今后工作中高度重视,并做好安全防范措施,确保施工安全。"

"张大师"一边在轨腰上写着支柱号,一边笑着问道:"孟工,以前在其他线路上进行测量的时候,我们就只管测量,您说的这些都是属于现场调查范畴,是有作业队施工部门专门组织的,他们在开工前也会组织现场调查的,比如说施工通道、沿途交通情况等等。"

孟主管听了,笑着答道:"是呀,可是你想想,毕竟施工班组对设计理念和技术标准没有我们了解得多,再说,我们干技术的若对现场情况不清楚,到时候队长问起来一问三不知,或者即使知道也是听别人说的,这就很不靠谱了。你俩今后干技术都要记着,凡是影响施工的各种因素,干技术的都要自己去现场进行技术调查,做到心中有数才行。不要说今天测量我就管测量,其他延伸问题一概视而不见,那么这样的技术员就不是一个合格的技术员。"

"还是孟工现场施工经验丰富呢,这听了师父一句话,胜读十年书呀。""张大师"尊敬地说道。

"师父,这都走了老半天了,一路上看到的都是小土坡,咋没看到草原呢。你不是说今天测量要经过草原吗?"白玉传着急地问道。

"你呀,大传,就那么想看到草原呀,工作为先,看把你着急的。放心吧,再走一段路程你就能看到大草原了。"孟主管笑着说道。

师父说得一点也没错,白玉传他们又测量了大概一个多小时,渐渐地地势就趋于平缓了,走着走着,那一望无际的大草原慢慢地、慢慢地呈现在他们眼前。他们站在铁路边,透过铁路围栏,望着这蓝天白云间的茫茫大草原,还有不远处的一群群牛羊,心里激动得很。孟主管见大家都是第一次看到大草原,就笑着说道:

"大家伙休息休息吧,第一次看到大草原是不是都很激动呀?今后经常在大草原上施工,你们就不会再这么激动了。"

"师父,咋没看到蒙古包呢,以前在电视上的大草原不都会看到有蒙古包吗?"白玉传问道。

"现在咱们看到的还只是大草原的边缘,若是到了大草原深处,你就会看到蒙古包了。"师父解释道。

大家伙在这里休息了20多分钟,就又开始继续测量了。随后这一路上都在一眼望不到尽头的大草原上行走着,不经意间就到中午11点左右了,白玉传由于昨晚和史金辉一起喝酒喝得太多的缘故,这早上也没来得及吃早饭,此时是又饿又渴,他忍不住问师傅:"到苏集车站还有多远呢?俺有点饿了。"

孟主管听了，看了白玉传一眼，笑着问道："是不是你早上睡懒觉起不了床没吃早饭呀，这个时候就饿。你不知道咱们华队长为啥要早点名，为啥说不按时参加早点名的人当天没考勤，那是因为他知道这里施工环境差呀，到了区间除了草原就是草原，啥吃的也买不到。其实他是想用这一招，逼着大家伙晚上早点睡觉，早上早点起床，去食堂里吃个早饭呢，这样对你们自己身体健康也有好处的呀。"

"从这里到苏集站还得有一两个小时的路程呢，你再忍忍吧。咱们加快测量进度尽快赶到苏集车站，到了那里我请你们吃当地小吃——沙葱包子，喝马奶酒。"

"啥叫沙葱包子，听都没听说过，这沙能吃吗？""张大师"一脸疑惑地问道。

"说起这沙葱包呀，我到了这里也是第一次吃呢，你们呀就听我细细给你们讲讲这个沙葱包子吧。"孟主管一说起沙葱包子，嘴里就不由自主地咽了一口水，好像在回味那美味佳肴似的，继续说道："沙葱其实也就是野葱，它有葱的形状，有葱的辛辣，还有家葱所不具有的独特的芳香。用沙葱、羊肉做馅的蒙古包子可鲜香了。"

"别说了师父，你把沙葱包子说得这么好，俺肚子更饿了，这不咕咕叫呢。古代有'望梅止渴'的典故，您今天这一说起包子，可是适得其反了，俺现在是闻包更饿呢。"白玉传在旁边提出自己的抗议了。

说实话，大家伙到了这个饭点，若是早上水米未进，那肯定是饿得不行了，走起来路来也是没个啥精神，可是也没个法子，你说在这茫茫大草原上，前不着村后不着店的，去哪弄吃的呢，就是今天有'飘飘'在，他也是哭天天不应哭地地不灵。看来在这个地方，吃早餐还是很有必要的，不但要吃好，还要吃饱呢，因为你出了队部，不知道中午啥时候才能吃上饭呢。

一点一点地测量，一步一步地慢慢向前移动，终于在下午两点左右他们今天的测量工作完成了。到了苏集站，一个个累得坐在地上都不想起来了。

孟主管在大家伙休息了一段时间后，大声吆喝道："走，咱们一起去吃沙葱包子，喝马奶酒。"

白玉传他们一行出了苏集车站，找到了一家包子店，进去一看，店内顾客不多了，他们刚坐下，老板娘就招呼道："你们几位吃点啥呢？"

"先来二十个沙葱包子，六碗马奶酒。"

不一会儿，热腾腾的沙葱包子和马奶酒就端了上来。

白玉传还真是饿了，第一个沙葱包子整个囫囵吞枣咽下了肚了，硬是没尝出个味道来，到了吃第二个包子的时候，才慢慢地品尝这美味佳肴呢。他一边吃，一边说道："这包子吃起来真香呢，咱们内地可吃不到这么美味的包子呢，不行呀，师父，俺吃两个可不够，还想再吃几个呢。"

"大传，这包子管饱，马奶酒管够，你就放开肚子吃吧。"孟主管笑着说道。

白玉传端起马奶酒喝了一口，顿时满嘴的香甜可口，连声赞道："这是啥做的，喝起来酸酸甜甜的，还带着一股酒味，真好喝呀。"

店里老板看见，笑着说道："这是马奶酒呀，鲜马奶做的。"

到了四五点钟的时候，队上的接工车就来了，大家伙向店老板告别后，坐上车就返回队部了。

一天，华队长来到队部技术室，找到白玉传和"张大师"，对他俩说道："这条线点多线长，这里冬季很漫长，从当年的12月到次年4月份，由于天寒地冻的现场根本无法施工。这几年公司的工程是越干越多了，一线有经验的老师傅现在不够用呢，这次来咱队上的工人大多数都是新工，也没啥施工经验，我和孟主管商量了一下，给你俩分个一站一区的接触网，让你俩独立带着一只劳务队把接触网从头到尾干上一遍，这样对你们自己成长也有好处。现在咱们单位的都是干技术的不会施工，会施工的不懂技术，这对咱们单位今后长远发展没啥好处呢。"

"俺可不想去，俺想留在作业队技术室里和俺师傅好好学学接触网技术呢。"白玉传听了，一口就回绝了。

"大传，你真的以为这接触网技术是在办公室里学出来的吗？你呀要知道，一个好的接触网技术员不是点图工、抄书匠，他必须具有在一线现场发现技术难题、解决问题的能力，这才是一名合格技术员应该具备的能力。你看，你现在已经有一些施工经验，而张工的理论水平很高，你俩一起到现场互相学习下，我想这对你们俩今后工作都有帮助。再说，现场若是遇到无法解决的技术问题，这不是还有孟主管在队上坐镇的吗？"华队长耐心地解释道。

"行了，大传，就听华队长的吧，他也是为你们今后工作发展考虑。"孟主管在旁边笑着说道。

"那我们要去哪个车站呢？""张大师"在旁边问道。

"红砂坝车站吧，这里离队上近一点，以后遇到啥技术问题，你们也可就近找你们的师傅商量。"华队长答道。

"那好吧，你俩这几天准备准备，等那边房子找好了，你们就搬过去。听说跟着你们干的劳务队老板是个女的呢，应该现场施工这块很好管理的。"

白玉传本来是不想去的，可是仔细一想，这华队长说得也不是一点道理都没有，听着也挺在理的。因此他也就没啥抵触心理了。

没过几天，队上送工车就把他俩送到了施工现场红砂坝镇，他俩一下车来到驻地一看，顿时都傻了眼了：一个农家小院，三间土坯房，院内由于多年没住人了杂草丛生，更可气的是那窗户上的玻璃大多已经破碎了，有的窗户上压根就没玻璃用一块白塑料布临时围着了事，这风一刮，人站在屋里，顿时感觉到一阵寒冷。

"张大师"看了眼前这一幕，冷笑道："这个可真好呀，世外桃源呢，是让我们来工作的，还是来修身养性的。"

"你们就知足吧，就这房子还是队上找了好几天才找到的呢，这以前是铁路部门科级干部家属才能住的小院子呢，要不信你们可以在附近打听打听，这里条件就这样。"司机霍师傅笑着说道。

"放心吧，至于这里驻地条件其他需要完善的，后勤都在采购呢，到时候，一定会让你们满意的。只是这个地方太偏僻了，对你们年轻人来说的确是不太方便，不过我听说红砂坝火车站每天早上有一趟去集宁市的慢车，下午返回，到时候，你们抽空可以去大城市里逛一逛。"霍师傅继续热情地对他俩说道。

"好了张工，这里虽说不太好，但是总比作业队上住着强一点，起码咱俩一人一个屋，一人一个炕，晚上把炕烧得暖和和的，睡个好觉也是不错。"

"好了不说了，大传，来，咱们一起来拔草打扫卫生吧。""张大师"一脸无奈地说道。

白玉传看了一眼弯下腰去拔草的"张大师"，心里想到这个社会就是不公平，你说谁会想到一个名牌大学毕业的大学生会分到这里修铁路呀。怪不得人家心里窝火，生气了呢。

可是社会就是这么残酷，人呀只有在年轻的时候不断奋斗、不断拼搏，尽快让自己站起来，只有这样该得到的一切才会随之而来。要不，就得蹉跎岁月懊悔人生了。

整整用了两天时间，他们才把这个小院弄干净了，队里后勤也把一些生活必需品给送了过来，屋里也添了个大火炉，最重要的是把窗户玻璃全部换好了。

这个大院子里是没水的，需要到镇上那口大水井里自己挑水去。不过，这水质不错，纯天然矿泉水呢，白玉传于是就在这农家小院内开始过起了田园生活。

又过了几天，就在白玉传和"张大师"一起坐在小院子里下棋的时候，突然听到门外一阵叫门声："张工、白工在吗？俺是来干活的，请开开门。"

听着这大嗓门女高音，"张大师"对白玉传说道："说不定，这就是华队长说的那位劳务队的女老板，他们今天来了。快去开门吧。"

白玉传把门打开后，只见一位中等身材，穿着一件红色外衣的，年龄大概有四十多岁的大姐，笑着站在门外。白玉传把她引进大院，她笑着问道："俺叫王花，是你们手底下劳务队的老板。今天第一批十多个施工员已经到位，并且他们也在作业队经过安全培训学习了。请问你们哪个是张工，哪个是白工呢？"

张工指着白玉传说道："他是白玉传，我叫张伟东，欢迎王老板的到来，以后在一起工作了多多指教。"

王花听了，笑着说道："俺可不敢说指教，俺是第一次承包咱这电气化铁路工程的活，自己啥也不懂的，以后还得跟着你们二位好好学习呢。不过，具体干活请二位放心，下面都有小组长，他们都是跟了多年的师傅了。"

"那你以前是干啥的呀，一个女的咋跑这么远来干活呢，你看看这环境，老爷们都撑不下去，你行吗？""张大师"笑着问道。

"俺以前是在省城国棉厂里上班，这不厂子里经济不景气，俺和丈夫俩都下岗待业了，你说这上有老下有小的，自己不干点啥，可咋养活这一大家子呀。放心吧，即使再大的苦俺也能受得了，俺也是从农村里出来的，听说接触网下部活不就是像俺老家挖红薯窖那样在铁路边上掏洞洞吗，这个俺年轻的时候在老家也干过呢，这活不累的。"王老板说话语速快，一看就是个爽快人。

听了她的一席话，白玉传觉得她不简单呢，自己干了十多年电气化工程了，这劳务队里老板娘倒是见了不少，可是这女老板还是第一次遇到呢。看看她那浑身精神劲，还有那一脸灿烂的笑容，尤其听了她的人生经历，白玉传不由得对她产生了好感，觉得这位大姐在今后施工中表现一定不孬，一定会在电气化工程建设中站稳脚跟。因为她来自农村，她身上有股不服输的劲头，还有农民身上特有的淳朴善良，不怕脏、不怕累的传统和个性，因此，白玉传特别看好她呢。

王花名如其人，嘴巴特别地甜，见了谁都是一脸笑容，虽然她自己不懂接触网，但是她找的劳务队里的几个小组组长却是干接触网的好手。每天出工早点名，王老板都坚持和大家一起参加，并且每次都是笑着问道：

"你们吃得满意不满意，住得习惯不习惯？若有啥要求，尽管给俺提建议。俺第一次做事，不懂，大家可都别装在心里不说，时间久了，俺哪个地方得罪你们，俺都不知道呢。"

"张大师"一听这话，就暗暗竖起大拇指，对白玉传说道："这个王老板不简单，别看人家是个女的，可是这队伍管理上可比许多男的强多了。你看这么久了，她每天早点名都不问现场施工进度如何，人家问的都是衣食住行呢，你可不知道，这可是最高的管理境界。"

"张大师，啥是最高管理境界呢，给俺讲讲可好？"白玉传问道。

"大传，你就是个土老帽，没文化。这最高管理境界就是道家所说的'无为而治'，老子认为'无为而治'的目的是通过'无为'实现最终的'治'，即以'无为'的态度去'为'，变高压管理为自觉守纪。"

这个叫王花的劳务队老板干起活来真的是非同一般，经过三个月的朝夕相处，"张大师"也对她刮目相看，她不仅在作业队内部劳务队上是佼佼者，而且在项目部整个劳务队上也是排一排二的。

这不，项目部吴经理亲自点名让王花带领的劳务队立即去集宁火车站参加接触网施工。集宁火车站是个大站，始建于1952年，位于内蒙古自治区乌兰察布市。在集二线、集通线连接京包线的交汇处，站场布置呈横列式一级三场，属呼和浩特铁路局管辖的一等货运编组站，站场全长50千米，是连接京包线和集二线的重要铁路枢纽，其中包括集宁南站、七苏木站、大六号站、贲红站、葫芦站。国际铁路集二线穿越乌兰察布和锡林郭勒草原至二连浩特与蒙古人民共和国铁路联通。

华队长接到项目部吴经理的工作指示后，立马给"张大师"打电话："张工，你和王老板说下，这几天立马组织劳务队转场，去集宁火车站参加接触网施工，这是咱们项目部吴经理亲自点的将，让她即刻组织，即刻动身，那里的施工进度严重滞后，人家铁路局工程建设指挥部领导很不满意呢。"

"好，知道了，华队长，我这就去通知王老板，让她立马组织人员。""张大师"答道。

"张大师"找到王花，把领导的意思向她说了一遍，王老板笑着说道："和你们二位相处这一段时间，真的学到不少东西呢，这一下子又要离开你们，还真的有点舍不得你们呢。"

"集宁火车站可是个大站，轨道密度大，每日来往火车众多，到了那边呀，在施工时多注意安全。""张大师"叮嘱道。

白玉传也在旁边对王老板鼓励道："王老板，行呀，初来乍到就一炮打响，连我们领导都亲自点名让您去支援建设呢，真不简单。到了那边好好干，俺看好您，您一定能行的。"

"谢谢，谢谢你们二位，放心吧，俺一定好好干！"王老板答谢后，就立马吆喝着她的劳务队，准备搬家了。

"张大师"找到了白玉传说道："明天咱俩再叫上几个人去区间把腕臂计算用的

测量数据测量一下，下一步就开始接触网上部施工了，咱们提前把技术工作往前赶赶。"

"好，那咱明天就去区间测量。"白玉传答道。

夜里，白玉传加班把区间腕臂计算数据测量表做了出来，找了镇上唯一一家复印店，让人家帮忙给打印出来。

第二天早上，吃了早饭后，他们就来到区间开始了测量工作。"张大师"拿着图纸，其他俩人开始测量支柱限界和轨面标高，白玉传负责记录数据。测量了一段时间，白玉传突然问道："'张大师'，咱们支柱斜率没测呢，这腕臂还是计算不出来呀。"

"我知道，没事的，支柱斜率咱们明天再测，咱们专业技术人员人手不够呀。"他说道。

白玉传他们一路走着，一路测量着、记录着，不知不觉地就来到了大草原上了，除了火车通过时需要避让外，其余时间都在忙碌着。

"快到曲线段了，记着测量外轨超高呢。""张大师"提醒道。

"知道了，放心吧，记着呢忘不了。"那两个测量人员答道。

就在白玉传他们在忙碌地工作的时候，一大群牛羊在铁路护栏外悠闲地吃着草，不远处，一位蒙古大妈坐在草地上幸福地望着她的这群牛羊。

"张大师"的视角从施工图纸上移开，放眼望去，蓝天白云间，在这茫茫大草原上，一群牛羊在一边晒着天阳，一边吃着草，偶尔几位骑着马儿的牧民飞逝而过。他此时心情大好，对白玉传他们说道："咱们先休息一下，欣赏欣赏这美丽的草原。"

于是大家伙纷纷停下手中的活，个个来到铁路护栏边，看着这美丽的大草原。

就在这个时候，也不知道是从哪里冒出一辆摩托车，上面坐着两个留着长发的男子，他们穿一身牛仔服，脸上戴副大墨镜。他们刚把摩托车停稳当，就从上面跳下一个人，急不可待地来到羊群里顺手抱起一只小羊羔。小羊羔的叫声惊动了那位放牧的大妈。大妈看到很着急，她站起身来，奋不顾身地向这里跑来，一边跑，一边喊道："放下我的羊，来人呀，有人偷羊了。"

可是偌大的草原上，哪有人呀，更别说来帮助这位大妈了。

在现场的也只有白玉传他们这一伙干工程的人了，可是他们与偷羊的那伙人隔着个铁路护栏呢，他们在护栏内，人家和羊都在护栏外呢，那是有心也帮不上忙呀。

这个时候，那个男子早已把小羊羔弄到摩托车上面了，前座的人就要启动摩托车了。

大妈这个时候也赶到现场了,她一把抓住偷羊贼的衣服,两人就厮打了起来。

就在这千钧一发的时候,"张大师"拿起了手机,大声喊道:"是110报警中心吗?在红砂坝铁路大草原上,现在有个偷羊团伙。对,两个人,骑个摩托车,他们现在还在打人家大妈呢,你们快来呀。好,我知道了,你们五分钟就到,好的。告知具体位置呀?这大草原上也没啥标记呀,要不,告诉你们铁路旁边接触网支柱号吧,你们远远地就能看到,176号。对,是176号。"

两个偷羊贼一听到有人报警了,吓得他们丢下了小羊羔,开着摩托车一溜烟地就逃之夭夭了。

大妈紧紧抱着她的小羊羔,来到铁路旁,隔着护栏,她说道:"谢谢你们,今天多亏了你们我的小羊羔才没有丢呢,这该死的偷羊贼,坏透了。"

"不用谢,不过,大妈以后再放羊的时候可不敢离羊群这么远了。""张大师"好心地劝道。

"知道了,你们都是好心人呀。"说完,大妈就抱着羊羔去找她的羊群了。

望着远去的大妈的身影,白玉传看了一眼"张大师",埋怨道:"张工,待会警察来了咱们还得配合录口供呢,今天的测量工作甭干了。"

"你以为我傻呀,这大草原上报警,警察会这么快就来吗,我这是虚张声势呢,反正咱们离偷羊贼还有段距离,他们也不知道是真的假的。""张大师"一脸诡异地笑着说道。

"你可真贼呀,连偷羊的都被你忽悠了,俺还以为你真的打电话报警了呢,原来你压根就没拨通110,在那一个人自编自演呢。不过,当时你演得挺像的,连俺都信以为真了。"白玉传笑着说道。

天下无贼只不过是老百姓们的一厢情愿罢了,看来这世上也只有警察这个职业才是铁饭碗呢,不,简直就是不锈钢饭碗。

一次到作业队去拉材料,等材料装满了车就要出发的时候,司机霍师傅看了一眼油表,对白玉传说道:"车里油不多了,看来得去加点油呢。你稍等会,我找料库主任去开张油票去。"

"俺也好久没见吕主任了,俺和你一块去吧。"白玉传笑着说道。

到了料库吕主任办公室,白玉传和吕主任打了声招呼,霍师傅把车子需要加油的事向吕主任说了,吕主任听后立马给他开了张油票,白玉传在旁边看到他开的油票,笑着问道:

"吕主任,咱们料库油料管理咋越管理越倒退了,以前不是一直用的是油卡加油吗,你这开的咱们内部油票,到了加油站人家认吗?"

还没等吕主任搭话,霍师傅就笑着说道:"大传,你可不知道,咱们加油呀不用去加油站呢,拿着主任开的这油票就可以加油了。"

"这不去加油站,你去哪里加油呀?"白玉传一脸疑惑地问道。

"这个你就不知道了吧,就在咱们那部队大院里呀有个大房子里装满了油桶呢,用的时候就去那里加油呀。"

"原来是这样呀,我说呢,你要找主任开油票,这下我明白了。"白玉传笑着说道。

"你明白个啥,你啥也不明白,你可知道咱们项目部为啥一下子买这么多的油吗?以前计划经济,咱单位哪操过这心呀,可是现在是市场经济了,如果不全盘考虑经济成本哪行呀。这囤积油料的主意呀还是咱们吕主任想到的,现在油价每升都涨了一块多呢。"霍师傅继续说道。

"是吗,吕主任,你可真心细呀,这都想得到。"白玉传看了一眼忙碌的吕主任,笑着说道。

"我只是给项目部领导提了个建议,至于其他方面的成本预算和市场油价波动分析都是由物资部和经济部专业人士市场调查和分析呢,最后领导决策。不过,现在看来,咱们这次集中采购油料是赚了,初步估算,仅此一项就能给项目部节约50多万元呢。"吕主任谦虚地解释道。

"这不,现在各条线的工程管理都很严格,施工成本都要提前评估做预算的,这也是市场经济决定嘛,不是人力所能影响的。因此,我个人觉得以后的工程施工难度会加大,我们也必须跟上形势与时俱进,再也不能靠以前的粗放型管理了,现在不都在提倡精细化管理吗,过不了几年,咱们公司干啥事都会明明白白一清二楚的。"吕主任好久没和白玉传见面了,这一见面很亲切,话自然就多了起来。不过白玉传经过这几年的一线施工锻炼,也清楚当前企业存在的弊病和问题,上级领导同样也能看得到,他也坚信,公司领导有能力,也有魄力去面对过去的遗留问题,并能找到切实可行的解决方案。

到了快离开的时候,白玉传和吕师傅说了再见,然后就和霍师傅一起来到那个装满油桶的大房子。一走进这个大房子,白玉传明显就感到这里管理确实很严格,一共有三道关卡。

第一道关卡是在离大门口50米远的地方,有警戒线,路旁有岗亭,当然这岗亭都是以前人家部队留下的,只不过主人由士兵换成了管库员了,主要是进出信息登记和油票确认。还有就是是否带有明火进入,比如打火机啥的。

第二道关卡就设在大院门口,同样要登记,可是这次就要进行搜身检查确认了。

到了库房门口,就是第三道关卡,就是验明油票,提取油桶,进行加油了。

在这个大院子里,到处都是警示标语,时刻提醒着大家,这是个料库重地,闲人莫入。

等霍师傅给车子加满了油后,白玉传笑着对他说道:"这里弄得跟军事重地似的,看着怪吓人的。"

"你可不知道,咱们这个临时油库,可是在本地消防、公安等部门备案的,这一整套流程及硬件设施都是经过消防验收通过的。"霍师傅笑着对白玉传说道。

到了现场卸料的时候,"张大师"问道:"大传,咋回队上拉个料这么长时间呀?"

白玉传把这次上队上拉材料汽车需要加油的经过和他说了一遍。

"张大师"笑着说道:"看来咱们单位干工程也不容易呀,现场管理是一年比一年严格了。"

转眼间,草原上已是白雪皑皑,奇寒无比了,野外施工那是不行了,这个时候再说啥人定胜天的大口号也没啥意思了。因为汽车冻得开不动了,这人也出不去了,没法子,项目部全体人员进入冬季休眠期了。这里的冬天还是很漫长的,一般是头年11月份一直持续到来年四五月份,大概半年时间呢。

项目部集中全体人员连续进行了长达半个月的安全技术培训后,就宣布要放长假了。

这对于常年在外奔波的工程人来说,那是喜忧参半。喜的是可以回家和亲人团聚了,忧的是这不让休工也就罢了,一放假就是半年时间呀,工程人只要不在工地上班,就意味着每个月就发个基本工资,那点钱养活自己都困难,更别说还要养活一家子了。若是想出去找个活干干,也不现实,因为单位一旦通知上班,就得立马归队参建。哪有干几个月就不干一走了之的活呢。

白玉传认为其实自己和农民工没啥两样,都是干一天活挣一天的钱,没活就没钱,对于家庭和个人都有很不好的影响呢,因为你不知道工地上什么时候没有工程干,单位什么时候会长期放假。这在今后漫长的工程岁月里一直困扰着白玉传和他的一家人,始终在他们内心深处埋下一丝丝不安和焦虑。

不过,生活还是要过的,日子是一天天过,这哭也一天,笑也一天,自己本来就是个一线普通工人,想那么多也没啥用处,反而给自己平添了许多烦恼和困惑。

想到这里，白玉传轻轻叹了口气，出了门，坐上慢车来到集宁，想着给自己女儿白妞买点当地特产捎回家去。

白玉传一个人在超市里漫无目的地一顿瞎逛，也不知道买点啥好。就在他没个主见的时候，碰到了"飘飘"。原来，"飘飘"也在给家里买东西呢。他哥俩一见面，"飘飘"就问道："大传，来集宁干嘛呢？"

"给家里买点东西带回去，让俺看看你买了点啥东西？"白玉传一边说着，一边看着"飘飘"手推车里的东西，还真不少呢。有吃的，喝的，还有穿的，啥都有呢。

"'飘飘'，可以呀，买这么多东西坐火车自己可咋拿呀？你可真行，恨不得把集宁好东西都买回去呢！"白玉传看了一眼"飘飘"买的东西，犯愁地问道。

"就这还没买全呢，你嫂子说给爸妈一人各买一件皮衣，听说这里的皮衣质量好，价格可比咱老家便宜许多呢！""飘飘"笑着说道。

"嫂子这个提议好，俺也想买几件，要不等你买好东西，咱俩一起到皮衣店里去看一看。"白玉传问道。

"那好，咱这就去皮衣店里看一看去。""飘飘"说完这话就要和白玉传一起离开超市。

"先别急着走，俺也想买点奶酪、马奶酒，对了，还有你这老马清真牛肉干，带回家去，给家人尝尝鲜。"白玉传一边说着，一边往自己手推车里放着他自己挑选的东西。

等买完了东西，白玉传和"飘飘"就一起来到集宁市当地的皮衣批发大市场。到了那里一看，价格还真的很便宜。"飘飘"对皮衣还是挺有研究的，他对白玉传说道："大传，你别说，这里的皮衣不但价格比咱老家能便宜三分之二，而且质量上乘，只可惜这款式有点陈旧，不过，给老人买还是挺划算的，我打算买两件送给我爸爸和老丈人。"

"是吗？真的有你说的那么好吗？那俺也想买几件带回去。不过，俺想给老婆买一件皮衣，你帮我参谋参谋，款式啥的不讲究，只要是真皮就行。"白玉传央求道。

"放心吧，这里的皮衣都是真牛皮，只不过他们这里的人对衣服设计的款式不太重视，没有广州那边款式好看，要是给老婆买，质量绝对没问题。"

于是乎，在"飘飘"的帮助下，他们俩在一个店里一共买了五件皮衣呢。"飘飘"也很会讨价还价，又让人家老板在原有价格上打了8折，平均一件皮衣也就200多块钱，白玉传心里挺满意的，给老婆买的皮衣是黑色的。他一想到老婆穿上这皮衣，一定很好看，这一路上就笑个不停。

到了单位已是晚上，白玉传特意请"飘飘"吃个饭，在饭桌上，他对"飘飘"说道："咱俩一块走可以吗，这样路上也有个照应。"

"你家在洛城呢，咱俩不一个方向，坐的不是一趟车呀。""飘飘"笑着说道。

"告诉你吧，俺现在在咱省城铝业区买了个新房，现在也装修好了，老婆都搬到那里去住了。"白玉传说道。

"那感情好，咱们明天就去买火车票，一块回家。"

第二天，他哥俩到了土贵乌拉火车站，买了两张回省城中州的火车卧铺票，当晚就坐上了回家的火车，第二天下午四五点就回到省城中州火车站了。下了火车，"飘飘"就和白玉传分了手，自己拿着两大袋行李，坐上公交车回家了。

白玉传从省城中州市区到铝业区得倒两次公交车，到了晚上七点多，才来到了铝业区汽车站。白玉传给妻子小燕打电话："小燕，单位放假了，俺回来了，带的行李有点多，你来汽车站接我一下吧。"

"那行，你在那儿等着，我骑个电动车带着白妞一块去接你。"

不久，妻子小燕就来到了车站，白妞一看到白玉传就从电动车上跑下来，对着他喊道："爸爸，爸爸，爸爸抱！"

白玉传一把抱起了白妞，妻子小燕把行李放到电动车的前面，他坐在后面，妻子骑着电动车。就这样，这辆小小电动车幸福地行驶在铝业区的大马路上。

说来可笑得很，白玉传不会骑车，自行车、电动车、摩托车啥车都不会。每次回家，妻子就一人骑着电动车，前面站着白妞，后面带着他，一家三口上街逛超市。他坐在妻子后头，望着妻子那忙碌而疲惫的背影，不由得潸然泪下。

到了家里，白玉传把奶酪从行李包拿了出来让白妞吃，白妞轻轻咬了一口，就立马吐了出来，跑到妈妈身边，喊道："妈妈，妈妈，这个不好吃，酸。"

妻子小燕听了，也拿了一块放到嘴里咬了一口，酸得她也是难以下咽，就问道："这是啥东西，咋这么酸呢？"

白玉传听了，笑着说道："这是奶酪呢，是集宁那边的土特产，俺买了想让你娘俩尝尝鲜，没想到你们还吃不惯呢。"

然后，白玉传又把自己买的那三件皮衣拿了出来，对妻子小燕说道："那地方也没啥买的，就给咱伯伯他们一人买了一件皮衣，对了，给你也买了一件皮衣呢。你快穿上试试，看合适不？"

"你呀，咱这日子不过了？皮衣很贵的，你这一买还买三件呢。"妻子小燕埋怨道。

"那个地方的皮衣不贵，一件也就200多块钱，我们同事也买了好多件呢。"白玉传解释道。

妻子小燕听了，这才放心地穿上白玉传给买的皮衣，还行，正合适呢。

晚上，白玉传给妻子小燕说了这次单位要放长假的事。妻子小燕听了，沉默良久，对他说道："自打和你认识到结婚，俺也知道你的工作性质，有工程了，你们单位忙，你就常年不回家，这工地干不了活，就会放长假在家休假。发那一点工资，咱们没白妞的时候还行，这现如今有咱女儿了，家里开销就大了。虽然说你上班的时候，一个月工资的确很高，可是它不长久，也不稳定呀。这挣下的钱，今后也不能再任性胡乱花了，你可不知道，这平常一个家庭的开销有多大呢？"

白玉传听了，也是沉默良久。两人躺在床上，看着躺在床中间的小白妞，她已经睡着了，可是脸上却带着笑意，妻子见了，就笑着对白玉传说道："放心吧，天无绝人之路，咱白妞现在也两岁多了，你在家这段时间呀就多陪陪孩子，等到你明年四五月份上班的时候，咱白妞也就三岁了可以送到幼儿园了，这样俺就清闲了。俺明天就去找找咱嫂子，俺想在她开的服装店里打工，这一个月下来也能赚个七八百块钱呢，也可以补贴下家用。"

白玉传听了，感到自己做个男人很不称职呢，连自己老婆孩子都养不起，还得让妻子出去打工挣钱。想到这里，他紧紧抱着妻子，贴在妻子耳朵旁，小声说道："老婆，让你一个人在家受累了，你真好！"

妻子小燕听了，小声说道："早点睡吧，俺明天早上就去找咱嫂子说这事。"

第二天，白玉传带着白妞在家里玩耍，妻子小燕一大早就去找她嫂子说打工的事了。到了中午，妻子小燕回到家里，笑着对白玉传说道："嫂子同意了，俺明天就可以上班了，并且嫂子说让俺好好干，等以后你上班了，俺就长期给她干，并且嫂子说每卖出一件衣服，还给提成呢。"

白玉传听了，也对妻子小燕说道："俺在家里也不能这样长期闲着，俺想把自己的施工经验好好总结一下，写一写，汇编成一本书，名字俺师傅都想好了，叫《接触网施工通鉴》。"

"那好，你就在家里抽空写吧！"妻子小燕笑着说道。

就这样，白玉传白天在家里就带着白妞，他爷俩一起玩耍，妻子小燕就到她嫂子服装店里去打工卖衣服。晚上，白玉传在白妞睡觉前给她讲几个故事，哄她睡着后，他就开始了他的接触网施工经验总结专业书籍的编写工作。

这段日子虽然清贫，可是过得却是很充实，一家三口每日都笑呵呵的，幸福得很呢。

很快就临近年关了,嫂子开的服装店的生意还是异常地火爆,妻子小燕和她嫂子说了多次要回老家过年,可是嫂子总是笑着对她说道,再过几天吧。就这样,一直到了腊月二十八,嫂子才让妻子小燕准备回家过年。不过,这两个月呀她嫂子也没亏待小燕,一个月下来,连工资和提成给她发了一千多块钱呢。

白玉传带着大包小包的,带着妻子和女儿白妞,经过四五个小时长途客车的颠簸,终于在腊月二十八夜里八点回到了他们的老家。

那个年,白玉传记得是过得最幸福的一个年头了,他娘杨桂华的身体恢复得不错,一家团圆,阖家幸福。

过了年后,白玉传和妻子小燕一直在老家待到四月份,直到白玉传他们单位通知上班,这才全家回到省城中州铝业区。在给白妞找好幼儿园后,白玉传想着再过几天就打算准备去单位上班了。

利用这段放长假在家休息的时间,白玉传把自己干过的每个工程,现场施工中出现的问题以及采取的措施和建议,都分列详细编写了出来,有10万多字呢,使用的还是他师父给起的那个书名《接触网施工通鉴》。他打算把这本自己工作的经验之作,先给师父看看,然后再上报给公司科技部沙部长,看能不能内部刊一下,也算是对自己以往工作的一个总结。

就这样,白玉传携带着他的这本《接触网施工通鉴》初稿,满怀信心地坐上开往大包线的火车。

白玉传来到单位后,把自己写的这本《接触网施工通鉴》初稿送给师父看看,孟主管看到后,连声赞道:"大传,没想到你还挺用心的,人家别人的工作总结都是净拣好听的写,你这可好,把自己这上班以来多年的发生在施工现场的问题认真总结,更加难能可贵的是,还提出了合理化建议及现场采取的措施。虽然有些建议还不成熟,但是我觉得对今后从事接触网技术施工的人员还是有好处的。你先放到这里,我抽空看看,到时候再给你提提意见吧。"

又过了半个多月,孟主管特意把白玉传叫到办公室里,拿出十几页写得满满的建议书,笑着对他说道:"大传,这是这段时间我看了你写的那本书提的修改意见,你看看,若觉得合理就修正一下,然后把定稿给我,我给你向公司工程部推荐一下。对了,整部书写得太杂乱,要分项汇总,逐一展开描述,在修改的时候你注意下。"

白玉传没想到师父这么用心,他拿过师父的建议书仔细看了起来。师父不但修正了专业上存在的问题,而且连错别字和标点符号用错了,都标示得一清二楚。他感激地对师父说道："谢谢师父了，要不这本书咱俩还是合作吧，其实上面许多问题都是从你给我的那本工作日志上抄来的，你看，你又这么费心地修改了一版。"

孟主管听了，笑着说道："不用了，大传，你的这本书若是能在咱单位内部发行，对你个人前途是有好处的，今后你在技术岗位上可要好好干呢。"

白玉传听了师父这番肺腑之言心里很感动，师父的高风亮节着实让他敬佩。

白玉传利用两个多月的时间，在下班后，结合师父的建议书，逐项逐句地仔细推敲，然后把修改后的定稿给了师父。师父看了后，笑着说道："这下显得专业了许多了，整本书看起来也很清晰了。那好吧，我这就和咱公司工程部领导打个招呼，把你的这本书给他们寄过去，先让他们看看。"

在一个下午下班后吃饭的时候，师父对白玉传说道："公司工程部领导王总看了，他对这本书很感兴趣，觉得很实用，也对一线从事接触网技术人员有一定的指导意义，已经和科技部沟通了，决定近期先内部刊印一批下发到一线项目部呢，还听说公司要给你通报嘉奖呢。"

白玉传听了，连忙对孟主管说道："都是师父平时教导有方呢，俺只是把平时的施工经验教训写了出来，没想到公司领导这么重视呢。"

很快，白玉传所属项目部工程部就收到了公司下发的白玉传所编撰的这本专业施工经验小册子，一下子，白玉传出书的消息就传遍了项目部了。大家看到了这个小册子，纷纷赞道："人家大传写的这本小册子都是干货，一点虚头都没有，对现场施工很有指导作用呢。"

财务室会计也通知白玉传过去领奖励，2 000元呢。

白玉传领到这笔额外奖金心里很高兴，他特意给妻子小燕打了个电话，说了此事。妻子小燕听了也很高兴，笑着对他说道：

"以后在单位上班，记着少说话多干活，像这样的活动多参加，对你个人今后发展有好处呢。"

"俺想好好谢谢师父，这本书师父费了很多心呢。"白玉传对妻子小燕说道。

"那是应该的，这点小事就不用和俺汇报了。"妻子小燕诙谐地说道。

白玉传在一个周末晚上，叫上师父、"张大师"，还有工长付哥、"飘飘"、史金辉等几个人，一起找了家饭店，准备大家伙一起坐坐，白玉传也想借此机会答谢一下大家伙平时工作上对他的支持和帮助。

在饭桌上，大家伙一边吃着菜，一边喝着酒，心情都很愉快。大家纷纷对白玉传，这个一线普通接触网工，能自己写出这10多万字的专业书籍，并且还能获得公司领导认可在内部刊发一事，表示敬佩和祝贺。白玉传听了大家伙的这一通赞美声，红着脸不好意思地端起酒杯，站了起来，对他师父说道：

"这都是俺师父平时教导得好，俺这辈子命好，遇到了俺师父和你们这群好兄弟呢，真心地谢谢你们。来，俺敬你们一杯。"说完白玉传端起酒杯，就先干为敬了。

大家伙听了白玉传这一席话，也纷纷端起酒杯喝了起来。随后，只听工长付哥颇有感慨地说道："这大传呀能走到这一步也不容易呀，自打他上班以后就没离开过咱三队，一直在我三班一线从事接触网施工呢。看看他写的这本书和其他人真的写得不一样，没有一点吹嘘，都是他的施工经验之谈呢，这比那些所谓的每年工作总结实在得多了。"

师父听了，也笑着说道："我也没想到，一般咱们单位放长假都是和家人团聚，一起乐呵呢，谁想到大传他利用这段时间竟然写出了10多万字的专业施工经验之书，真心不容易呀。像他这样能静下心来，深刻剖析自己从事一线施工的问题，并能把施工经验写出来，不怕别人笑话他，这对于干技术的专业人士来说是需要多么大的勇气呀！我干了几十年的接触网技术了，也没见过一个人像他这样剖析自我呢。"

"张大师"也举起酒杯，对白玉传说道："来，大传，我敬你一杯酒，咱哥俩这条线合作得不错，为你这份勇气，咱们干一杯。"

白玉传连忙站起身来，端起了酒杯笑着说道："'张大师'，你可是真正的'天之骄子'呢，那接触网专业理论知识丰富得多了，你不仅知道施工技术，而且还知道它的来龙去脉，跟着你现场没少学接触网理论知识呢。"

大家伙一边吃着，一边喝着，时间不知不觉就到了深夜10点多了。最后孟主管端起酒杯，站了起来，对大家伙说道："来、来、来，咱们干了这杯酒就结束吧，早点回去休息，明天还得早起上班呢。"

大家伙听了孟主管的话，也纷纷站了起来，在酒杯碰撞声中结束了这次晚饭聚餐。

在回项目部的路上，师父孟主管小声对白玉传说道："大传，公司工程部王总前几天跟我说想调你去参加襄渝线，在项目部工程部上班，那边项目部缺专业技术人员。你这几天好好想想，想好了就来找我说一声，我好答复人家王总。"

经过几天的深思熟虑，白玉传觉得自己还是不想离开三队，更重要的是他不想离开师父，他还想着跟着自己师父再干个工程，自己再学习学习接触网技术，因为自己的独立工作能力还很欠缺，他找到师父孟主管，向师父表明了自己的内心想法。

师父听白玉传的一席话，笑着对他说道："大传，这次去襄渝线项目部干技术，对你个人今后发展来说可是个好机会，你可不能错过了。听说那里的项目总工是西南交大毕业的研究生呢，你跟着他干比师父强多了，师父教你的都是一线施工经验，可是你到了那边，人家叶总教你的可是接触网的理论知识呢，你可得好好想想。没事的，你离开三队，离开师父，在现场遇到啥技术难题，不是一样可以给师父打电话吗，我也会竭尽全力帮助你的。"

白玉传听了师父这样说，一时不知道咋办了，他回到屋里，给妻子小燕打了电话，说了此事。妻子小燕听了却非常支持他去襄渝线，因为那是去项目部工程部从事技术，应该对白玉传今后工作上会更有帮助，因为工作环境变了，接触的人的层次也变了。

听了妻子小燕一席话，白玉传觉得也很有道理，于是他再次找到师父，对他说道："师父，俺又想了想，决定去襄渝线上锻炼一下自己。"

"那就好，年轻人嘛，有机会就得抓住了，到了那里好好干。"师父孟主管点头赞许道。

就这样，没几天，一张调令就把白玉传调到了襄渝线。白玉传就要离开工作十几年的三队了，也许这次离开就是永远离开三队了，也可能多年都不能见到三队这帮亲如兄弟的哥们了。可是对于他个人来说，调到襄渝线项目部工程部从事技术工作确实是好事，但是面对着即将到来的新的工程、新的工作环境和新的人际关系，白玉传心里不由得生出一丝丝忐忑不安来。

可是既然自己决定的事，自己就要勇敢面对，他坚信，只要自己用心工作、细心办事、团结同事，就像妻子小燕说的那样多干活少说话，就一定能干好本职工作的。

第八章

襄渝纪事

白玉传接到调令后,来不及回趟老家,就直接买了火车票,一个人坐车去了襄渝线的项目部所在地——陕西省安康市紫阳县。

到了紫阳火车站,白玉传下了火车,看到紫阳火车站并不大,它濒临汉江,沿江而建,由于受地势所限,这个火车站设有宏伟的车站广场,出了车站就是一条小马路,盘山而上,直达紫阳县城。

白玉传在马路边找了辆出租车,对师傅说道:"俺要去襄渝线中原电气化局项目部,多少钱呢?"

"你要去电气化局呀,离这里不太远,5块钱就行了。"司机师傅笑着说道。

白玉传坐上出租车,不到十分钟,就来到一处三层小洋楼。下了车后,首先映入眼帘的就是那块醒目的项目部牌子。他拿着行李走了进去,见一楼是项目部的食堂,里面坐着一位50多岁的中年人,就问道:"师傅,工程部在几楼呢?"

"你是白玉传吧,从大包线来的?我叫王喜财,是咱项目部后勤主任。工程部在二楼,不过叶总不在,一大早就去工地了,还没回来呢。要不,先把你住宿安排下,你先住下歇歇?对了,你是花城铁路机械学校毕业的吧?咱们项目部安全总监也是你那个学校毕业的,叫皮建业,不知道你认识不认识呢?"

白玉传没想到王主任这么热情,并且对他的过去很了解,最重要的是竟能在这个地方遇到他的同班同学皮建业。这皮建业和他一起分到了三队,不过听说他一直在干技术工作,想不到现如今转行干安质了,还当上项目部安全总监了呢。

想到这里,白玉传心里不由得一阵感慨,回想起他们同学四人当时一起分到三队上班。冯天和爱好写文章,上班一年多后就调到段上宣传部了;刘耀华一直在干技术,现在也是一个项目部的工程部部长了;这个皮建业,刚上班的时候在队上技术室里做技术员,多年没联系了,没想到在这里碰到了。

白玉传只管一个人在那里胡思乱想,也没和王主任答个话,王主任也不生气,就一直笑呵呵地望着他，又问道："小白是不是坐车累着了？到了咱这项目部就算到家了，以后有啥要求跟我说。"

白玉传听了，这才回过神来，连忙赔着笑脸说道："对不起，王主任，听你说到皮建业，那是俺同学，这心里一激动就傻了。谢谢您，您看我住在哪里呀？要不俺先把被褥领下可好？"

"好，那你先领被褥吧。你就住在三楼302房间，先和你同学皮建业住一个屋吧。"说完，王主任就带着白玉传去领被褥了。

白玉传领了被褥和房间钥匙后，就来到三楼302房间。打开门一看，这房间整理得挺干净整齐的，心里想皮建业这小子多年的勤快习惯还没有改呢。

他铺好自己的被褥后，看了看时间，才下午三点多钟，就给妻子小燕打了个电话："小燕，俺现在已经到了襄渝线了。告诉你一个好消息，俺听说俺同学皮建业也在这里呢，以后工作上同学间能有个照应，挺好的。"

"那就好，在那里好好干。来，白妞，快叫爸爸。"妻子小燕在电话里说道。

白玉传听到电话里传来白妞一声声"爸爸、爸爸"的呼喊，心里不由得又想白妞了。他在电话里问道："白妞，在家乖吗？喜欢去幼儿园吗？在幼儿园都干嘛了？"

妻子小燕听了，在电话里埋怨道："你看看你，像当爸爸的吗？哪有你这样一连几个问题，白妞听了都来不及回答了。好了，白妞，来，和爸爸说再见了。"

白玉传在电话里听到白妞小嘴巴甜甜地说道："爸爸，再见！"

还没等白玉传在电话里对白妞说"亲亲白妞"，妻子小燕就挂了电话，留下白玉传一脸幸福地傻站着，一个人沉醉在无限美好的憧憬中。

过了许久，白玉传才从幸福的回忆中清醒过来，打算去趟街上，买些日常用品啥的。

出了项目部后，沿着一条小马路上了后山，不太远就来到了紫阳县城最繁华的一条街。这条街上，卖啥的都有呢。白玉传来到一家小超市里，买了两个脸盆、一条毛巾，还有牙膏牙刷，对了，还得买瓶洗发水和一袋洗衣粉。买齐了这些，对于一个普通工程人来说，这临时家当就算置办齐了，剩下的就等着上班了。

白玉传拿着这些东西，一路返回项目部。在项目部门口，他碰到了从工程车上下来的皮建业。说实话，不是皮建业喊他，他还真不敢认了。这小子现在也发福了，由于多年在一线施工，皮肤黑黝黝的，更让他想不到的是，这小子头发也是不多见了，乍一看，不像30多岁的，倒像一位40多岁的中年汉子呢。皮建业拉着白玉传笑着问道："大传，你咋来了？来之前也不打个招呼，我好去车站接你去。"

"想给你打电话,这一来,俺不知道你也在这项目部,二来即使知道也没你的手机号呢,也不知道你小子离开三队这几年都去哪儿了。"白玉传看着这位老同学,高兴地说着话。

"走,走,先把你的住宿问题解决了,晚上咱哥俩再好好聚聚,叙叙旧。"皮建业道。

"皮总,把你同学安排和你住一个屋里,你没意见吧?"王主任在旁边笑着问道。

"那感情好,我哥俩住一个屋里挺好的。"皮建业听了王主任的话,笑着答道。

他哥俩上楼来到了宿舍,皮建业脱了工作服,去卫生间洗漱一番后,就对白玉传说道:"你这次来项目部工程部上班,可是咱们这里叶总亲自点名要你的。我也听说了,你这几年在三队技术上干得不错呢,还出版了一本接触网施工经验小册子,叫那个啥《接触网施工通鉴》,还挺不错的。来到这里就加油干吧,接触网技术就多向咱们叶总学习,他可是西南交大毕业的研究生呢。"

白玉传听了同学皮建业一席话,心里也是很激动,他笑着说道:"和你比干接触网技术,俺可不行呢。俺是半路出家,好多系统知识都不懂呢,你今后可得好好教教俺呢。俺还有个疑问,你不是一直在干技术吗?咋现在又转行干安质了?"

"你不知道,咱这个项目部呀是啥人都缺呢。你别看我是干安质的,可是工程部的接触网技术工作大多数还是我在负责。一个人实在忙不过来了,这才找咱项目总工叶总要人呢,没想到的是他却点名要你来。这到了襄渝线上,你可要好好干呀。这条线,施工环境极其复杂,交通极为不便,有电气化既有线改造、新线交桩施工、特大桥梁,对了,还有长达10多公里的西坡隧道,总之有你干的。不过,只要你坚持下去,以后接触网技术就算入行了,再到其他线上去干技术都不算难事了。"皮建业又是一番长篇大论。

白玉传听到这里,疑惑地问道:"襄渝线咋就这么缺人呢?别的线上,各部门配置很齐全呀。"

"你可不知道,以前是配置很齐全的,可是这条线不同凡响。由于既有线上封锁点太难审批了,项目部成立一年多了,许多施工都没法正常开展,上级领导一着急,就把各部门的精兵强将全都调走了。说实话,这也难为咱项目部经理秦总了,他也是整夜整夜愁得睡不好觉呢。前几年,铁路指挥部刚刚开了工期节点计划完成专题会议,说要到明年10月全线开通呢,现在咱们现场干的工作量还不到20%呢。咱这个项目部有变电、电力、接触网、房建等专业,工程部就剩下叶总一人和我兼职干技术了,你来了也就三人。这变电、电力和房建的技术都靠专业作业队了,只有这接触网,公司是不会再派技术人员来了。也就是说,这条线接触网的技术只有咱们三个人了，叶总全面负责，下面现场也只有靠你我二人了。你来这里要有个心理准备，可能要干许多工作呢。"

白玉传听了心里一阵紧张，问道："干活俺不怕，在支援浙赣线时俺也是身兼数职呢。可是，俺从来就没独立去干一条线或是一段接触网工程，俺心里没底呢。"

"好了，不说了。只要你愿意干，就好好学。走，咱哥俩出去转转，今晚我请客，给你接个风。"皮建业听了白玉传的话，二话没说，站起来就往外走去。

晚上，哥俩喝得酩酊大醉，深夜10点多才回到项目部。

白玉传在忐忑不安中度过了一夜。

第二天一早6点半，白玉传就被皮建业床头那个闹钟叫醒了，他睁开眼睛，看了一眼皮建业，依然在被窝里熟睡，心里想到，这小子还和学校一样，自己定的闹铃把别人叫醒了，自己却还在蒙头大睡呢。他苦笑一声，来到皮建业床前，一把掀起他的被子，对着他耳朵吼道："起床了，懒猫！"

皮建业睁开懒洋洋的双眼，漫不经心地看了一眼白玉传，嘴里嘟囔道："几点了？"

"6点30分。"白玉传顺口答道。

皮建业听到后，立马从床上坐起，一边穿衣服一边说道："你也快点穿好衣服，今天早上咱们秦总要开早例会。你头次来，可不能迟到了。"

白玉传听了也是一脸紧张，赶紧穿衣洗漱。来到餐厅的时候已是6点45分了，他哥俩匆忙喝了几口汤、吃了个馒头，就赶紧拿上本子和笔来到二楼会议室里。到那里一看，里面已经坐了不少人了，大多数人白玉传都不认识，因为这个项目部干接触网的主要是公司四段的人，白玉传是五段的，当然许多人都不认识了。

又过了一会儿，只见一个戴着眼镜的高个子年轻人来到会议室，白玉传远远看着觉得有点面熟，却想不起在哪里见过面。皮建业在旁边小声说道："这就是我们项目总工叶小飞。"

听了同学的介绍，"叶小飞"这三个字在白玉传的脑海里久久难以消失，他心里暗想：难道这世上真有这么巧的事吗？这叶小飞难道就是多年前他和李书记还有工长付哥赞助过的那位大学生吗？可是，现在看着这位总工叶小飞不太像呢。就在白玉传胡思乱想的时候，项目部经理秦春宝来到了会议室。

他一米八几的个子，年龄大概40多岁，穿一件黑色西服，走起路来虎虎生威。刚坐下，他就问道："叶总，接触网隧道内弓形腕臂底座的材料计划提出来了没有？"

"秦总，计划已提报物资部门了。"叶总看了一眼自己的本子，立马答道。

"任部长，这批材料生产单下给厂家了吗？问没问几号能到现场？"秦总又问道。

"秦总，已经连夜发给厂家，预计20天材料到达现场。"物资部任部长答道。

"姜队长，这批材料影响不影响现场施工进度呢？"秦总看着接触网队长问道。

"秦总，暂时不影响，现场可以先在高架桥上进行腕臂安装。不过，要想这个区间接触网下月中旬达到放线状态，就不仅隧道内弓形腕臂底座月底要到货，而且弓形腕臂也要月底到货才行呢。"接触网作业队姜队长把自己心里的顾虑全盘说了出来。

"叶总，姜队长要求的这些材料月底到现场，您看有啥难度吗？"秦总再次焦虑地问道。

此时，叶总看了一眼白玉传，笑着答道："现场主要是缺乏专业技术人员，测量跟不上，今天从大包线调来的白玉传已经来了，应该不成问题。"

这时候，秦总才发现了白玉传，他笑着说道："襄渝线项目部欢迎你的加入。你这一来就得立马投入现场紧张的测量技术工作中去，小白，你有信心吗？"

白玉传听到秦总这番话，连忙站起身来，大声说道："放心吧，秦总，俺保证完成任务。"

秦总又问了问其他部门负责人和专业作业队负责人，看有没有施工现场需要协调的问题。最后，秦总说道："前几天，我参加了一个工期节点梳理会，咱们工期节点是明年10月全线接触网开通送电。留给咱们的时间不足一年了，可是咱们的剩余工作量还有80%之多。在今后的工作中，还希望各位同仁加把劲，工作上互相支持，互相帮忙，共同努力，争取优质、高效地完成工期节点任务。"

整个会议议程简单明了，没有闲话、废话，就事论事，不到半个小时就结束了。

白玉传从秦总急促的语速里感受到了建设单位对襄渝线电气化铁路整个工期节点要求的紧迫性，也从大家伙的谈话中看到了这个项目部的管理模式。

等会议一结束，白玉传等其他参会人员全部离开会议室后，把会议室里的垃圾清理干净，然后又拿了拖把想把会议室地面拖一拖。就在他一个人拿着拖把在会议室里拖地的时候，秦总突然来到会议室里，原来是他的记录本忘在桌子上了。他看到白玉传一个人在那里专心地拖着地，就笑着对他说道："小白呀，从这件小事上，我就能看得出，你来襄渝线确实是想把工作干好呢。放心吧，我看好你，今后好好干活，接触网技术上有啥不懂的，多向叶总请教。"

白玉传也没想到，就是这个自己不经意间的小动作瞬间拉近了他这个一线普通接触网工人和项目经理之间的距离。他感激地说道:"放心吧,秦总,俺一定把项目部的工作当成自己家里的事去做,尽心尽力地完成领导交给俺的工作任务。"

"好一句项目部的工作当成自己家里的事去做。"秦总听了赞叹道,随后就拿着本子离开了会议室。

白玉传做梦也没想到,他和秦总的关系会日益渐近,最后俩人会成为无话不谈的好兄弟呢。秦总这人虽然是项目经理,可他也是从工班里一步步干出来的,一个台阶一个台阶走上领导岗位的,在他眼里没有高低贵贱之分,有的只是兄弟情义和对电气化工程建设的一份赤子之心。

白玉传随后来到工程部,见到了叶总。叶总一见白玉传,连忙站起身来,紧紧握住他的手,笑着对他说道:"白师傅,您不认识我了?我是叶小飞呀。我毕业后就分到咱们公司四段了,干的也是接触网,现在上班也有五个年头了。这次把您叫来,您可得在技术工作上多多指导。"

"真的是你吗?叶小飞,你变化太大了,俺都不敢认你了。放心吧,俺今后在技术工作上一定好好干。"白玉传一脸惊喜地说道。

"那您可得给我挑大梁呢。您先在工程部熟悉熟悉图纸,随后我想安排您到一线独立负责安康站(含)—大竹园站(含)的接触网技术工作,您看行吗?"叶总听了,接着问道。

白玉传听了,心里一阵不安,连忙说道:"俺可不行呢。以前都是跟着俺师傅干技术,从来都没有自己独立干过一个区间车站呢,俺怕到时候由于自己工作能力的原因影响现场施工进度,那就不好了。"

"白师傅,谁也不是一生下来就会干工作的。你也在一线从事施工工作十多年了,还根据自己的施工经验写了本《接触网施工通鉴》。我看了你写的这本书,说实话,虽然理论知识水平不高,但是还是有一定的施工技术经验的。放心吧,有啥问题,你也可以向你同学皮总学习呢,他可是接触网施工技术行家呢。"叶总笑着鼓励道。

白玉传听到叶总这番话,心里对今后干好技术工作也有了信心,他答道:"放心吧叶总,俺一定好好干,不说为了单位,就是为了俺家白妞,也得好好干。"

"那你准备一下,今天开始就和我们几个人去区间隧道进行测量。咱们可能出去一星期都回不来呢,记着多带几件换洗衣服,还有要多带几个头灯呢。这里交通不便,咱们得坐火车才能到西坡隧道呢。"叶总这就开始安排工作了。

白玉传来到宿舍,看到皮建业也在准备行李,就笑着问道:"你今天干啥工作?

咋也准备行李呢？"

"现在项目部人手不足，这不叶总叫我和咱项目部调度郭师傅一起和你们上区间测量呢。"皮建业说道。

白玉传他们四人背着行李包，手里拿着测量仪器，坐上了开往紫阳火车站的送工车。大概坐了一个半小时的火车，就来到了大竹园火车站。下了火车后，叶总笑着对大家伙说道："咱们先到镇上去找家旅店住下，再吃点饭稍微休息下吧。"

"您说得对，这西坡隧道长度9.271公里，够咱测量的，是要吃饱喝足后才能进入隧道测量。要不饿着肚子，到了隧道内一片漆黑，要吃的没吃的，要喝的没喝的，那可就麻烦了。"项目调度郭师傅说道。

说起这个大竹园火车站，并不大，它坐落在安康市汉滨区大竹园镇。说是个镇子，其实就一条小街，街上吃的喝的啥都有，旅店也很好找。他们出了火车站不远就看到一家小旅店，名字叫"查老三旅店"。这店虽小，但是还挺干净，一问价格，也不贵。

叶总定了两间房，他和郭师傅一间，让白玉传和他同学皮建业住一间。他们把自己随身携带的行李放入房间后，就去找家饭店准备吃点饭。

这里的主食就是大米饭了，又点了几个菜。白玉传吃起大米饭，觉得这里的大米饭好香呢，不由得对他同学皮建业说道："这米饭咋和别的地方不一样呢？吃起来咋这么香呀？"

"安康地处汉江，环境保护很到位，在这里你基本看不到一家污染企业，因此水好，加上土地也很肥沃，自然这大米质量就好了，吃起来香得很。在当地饭店里，这大米饭是免费的，管饱，你喜欢就多吃点。"皮建业在旁边解释道。

白玉传一听大米饭不要钱，就一连吃了两大碗。吃饱了饭，叶总又让他们几个喝点茶水，然后就准备去西坡隧道测量了。

他们带齐了测量工具和充足的照明设备，走了没多远就来到了西坡隧道。到了西坡隧道口，叶总说道："这次来主要是进行接触网纵向跨距测量和现场里程与施工图纸核对。"

接着，他又对白玉传说道："说起西坡隧道，它是襄渝二线新线工程的第二大隧道，总长9 271米，是个双线路隧道。电气化铁路接触网工程上下行总计有18个锚段，接触网下锚采用吊臂方式下锚，它对前期测量精度要求高，一旦前期测量不准确，就会造成补偿滑轮内补偿绳脱槽，从而引发接触网线索崩断的质量隐患。而这一切的前期测量均不能等到铺轨单位铺轨到位后再进行，因为生产下锚吊臂厂家需要一定的生产周期。这对于我们项目部工程技术人员也是一个技术挑战。这个工作就交给白工你负责了。当然，前期与土建铺轨单位的技术对接，我和皮总都会参与的，至于后期具体新线交桩测量就需要白工具体负责实施了。"

郭师傅听了，笑着对白玉传说道："白工，看起来叶总很看重你呀，你这一来就被重点培养呢。"

"郭师傅，可别这样称呼俺，俺听了不习惯呢，还是叫俺大传，听着亲切些。"

"那好，以后，我可叫你大传了。"郭师傅听了哈哈大笑道。

叶总听了笑着对大家伙说道："那咱们先分下工吧。我来看图纸，郭师傅和白工负责测量，皮总负责写悬挂点号和测量记录。"

听了叶总的测量工作具体分工后，白玉传他们几个就开始了忙碌的测量工作。在闷热潮湿的隧道内，一口气干了两个多小时后，汗水顺着安全帽的边沿缝隙流了下来，叶总说道："大家伙先休息休息吧。看现在咱们照明设备的电量，看来咱们再干两个多小时的活就得考虑返回去了。"

大家伙听后，纷纷熄灭了头灯，一个个都不说话，坐在地上稍作休息。

又测量了两个锚段后，叶总看了看表，说道："现在已是下午6点了，今天的测量工作就暂告一段落，明天继续测量。"说完，他们几个就收起测量工具，开始原路返回了。

在回去的路上，郭师傅笑着说道："这隧道太长了，净是来回走路了，太耽误事了。要不咱们明天多带几个头灯，早上吃饱饭，中午咱们带点东西在隧道内吃，吃了饭接着干活，这样到了下午，我们大概可以测量隧道单边工作量的三分之二。剩下的那三分之一，咱就到隧道另一头去测量，这样就可以少走点路。你们看，我的这个建议可好？"

叶总听了郭师傅的话，笑着说道："还是老师傅施工有经验，就按您说的办。"

一连数日，叶总带着白玉传他们四个人，就这样一整天都泡在隧道内进行忙碌的测量工作。

在测量工作结束后，叶总又带着白玉传来到铺轨施工单位中铁十二局找到了人家总工李总。经介绍，原来李总和叶总都是西南交大毕业的，因此前期技术对接工作开展得很顺利。李总当场就安排他们的工程部部长袁部长专门负责与白玉传对接技术工作。

他们这次出来进行区间隧道测量已经有7天时间了，由于叶总是项目部的总工程师，他还得负责其他专业技术的总体工作安排以及参加铁路建设单位组织的各种施工、技术专题会议，所以他们在结束了西坡隧道接触网纵向测量后就要返回项目部了，其余的测量工作就交给白玉传全面负责了。

白玉传从西坡隧道测量回到项目部没过多久，叶总就找他，对他说道："为了确保工期节点，经咱们项目经理秦总向公司领导请示，公司领导决定临时再组建一个接触网作业队，施工管辖区段为安康站（含）—大竹园站（含）。经项目领导研究决定，任命你为作业队技术主管，全面负责作业队的技术工作。这几天，你先把需要的施工图纸和技术资料以及现场必备的测量工具列出个单子来，等安康作业队驻地找好后，你就搬过去吧。"

"俺能行吗？这临时组建的队伍好多人都不熟悉，干起工作来难度大呢。"白玉传不安地问道。

"放心吧，这点领导有考虑的。虽然说这作业队是临时组建的，人员是四段、五段都有，但是作业队长你熟悉，就是咱们的老工长付战武同志。这下你放心了吧？"叶总笑道。

白玉传听了这话，心里不由得信心百倍，他笑着答道："工长付哥来当作业队队长呀，这下俺就放心了。"

等白玉传把作业队前期技术开展准备的资料和测量仪器都备齐后，他就接到后勤主任王主任的通知，说安康作业队的驻地建好了，要他今天就搬到安康去。

白玉传把自己的行李被褥准备好，又再次确认一下携带的资料和测量仪器，生怕自己马虎的毛病再犯了。因为这次工作不同以往了，是自己从事电气化工程生涯中一个重大转折点，他就要独立去完成一段电气化工程的接触网专业工作了。干好了，自己今后的人生之路就会宽广许多；干不好，恐怕自己今后就再也没有机会了。

现在的白玉传已经娶妻生子了，身上养家糊口的担子日益加重，自己再不好好工作，可对得起谁呢？因此，他暗暗在心里对自己说道："大传，你可一定要抓住机会好好工作，要真心地把项目上的事当做自己家里的事去面对，去尽心尽职干好。"

就在白玉传搬到安康作业队驻地三天后，他的老大哥付战武同志就给他打来了电话："大传，我明天上午到安康，此次和我一起来的还有史金辉、孟小亮。对了，和你说一下，史金辉是咱们作业队副队长，主管一线施工生产，以后日常技术工作你要多向他汇报，还有孟小亮是一工班班长。"

白玉传听了，心里更加高兴了，他对今后的工作更有信心了。他在电话里对他的老大哥、现在的作业队付队长说道："俺明天一大早就到安康站去接你们，中午俺给你们接风洗尘。"

白玉传当夜激动得是一夜都没睡好，他一大早就起了床，叫上司机师傅，来到安康火车站广场上，等着付队长他们几个的到来。

上午8点15分，在出站口，白玉传远远就看到了他们三个人，他急忙跑了上去，接过付队长的行李，然后把他们领上汽车。其实，安康作业队的驻地就在离安康火车站不远的一个村庄里，租赁的是当地老乡的一栋四层小洋房。

等付队长他们几个把自己的住宿安置好后，白玉传就笑着说道："付队长，走，咱们中午一起出去吃个饭，庆贺一下咱们的再次重逢。"

付队长听了，笑着说道："中午咱们就不出去吃饭了。这下周一要到项目部参加月度生产例会，我想咱们几个人这几天把现场施工情况了解一下。你配合史队长把工程进度台账编制一下，咱们对自己管辖区段的施工情况也好心中有个数。还有，现场调查时要重点发现影响施工进度的需要上级领导协调的问题，这个到时候我要重点汇报。"

在队上食堂吃中午饭的时候，付队长对白玉传他们几个说道："今天下午2点半，咱们几个先到安康站现场看看，然后有时间的话，再到咱们作业队中心料库看看材料准备情况。"

白玉传听了，在旁边劝道："付队长，你们刚下火车，要不下午休息一下，明天早上咱再去现场调查。"

"工期不等人呀，来的时候，秦总都把咱这边工程施工现场的情况说了，公司领导也要求我们跑步进现场，尽快熟悉现场，尽快开展工作，尽快开始施工。这几天，作业队其他人员都会陆续到位，咱这个队上的人员呀可都是从各条线上临时抽调过来的，以后咋管理还是个问题呢。因此，我们既然早到几天，就得干出些成绩让他们看看，要不人家凭啥听咱的呀？"付队长紧锁眉头，对白玉传说道。

白玉传听了付队长一席话，这才恍然大悟。原来不仅是自己在今后工作中独立作业，对于付队长，还有史队长、孟小亮他们来说，何尝不是在独立工作呢？今后现场施工都是要考验他们的工作能力的呀，可见每个人心里的压力都很大。

其实，对于工程人来说，相比其他问题，他们会更加看重自己的面子，因为都想把自己分内的工作干好，不让别人笑话他，也正是这种不服输的精神激励着千万个普通工程人在自己普通的工作岗位上无私奉献、不断拼搏、不断进取。

经过一下午的现场调查，付队长的脸色是越来越难看。安康站是个新建扩容车站项目，接触网既有新线，又有既有线电气化改造，可是截至现在，接触网下部工程才完成20%。现场许多能开展的施工项目都还没开展呢，要想在短短一年时间里干完以往三年才能完成的工作量,其工作难度有多大,自己身上的任务有多重呀。付队长心里不由得暗暗吸了口凉气。

到了作业队料库,一看库存材料情况,付队长终于忍不住发火了,对身边料库人员大声吼道:"这活可咋干?截至现在,大部分接触网材料都没到,到了的材料又都不配套,一件都无法安装呢!"

"给你们三天时间,你们料库人员把入库材料重新梳理清楚。到了哪些材料,哪些材料是配套可以安装的,哪些材料不配套,不配套的材料缺啥零部件,一项项都给我梳理出来!"

晚上,白玉传对付队长劝道:"付队长,你今天刚到,先别发火。等咱们人员都到位,可得好好管理一下,各尽其职,奖罚分明。俺觉得,华队长管理作业队的那一套管理办法在咱们这条线上是很管用的,虽然看上去不讲情面,可是在咱们这里,您就得严格管理才行,要不下面再这样稀里糊涂的,俺看咱们按期完成工期节点可真悬了!"

"是呀大传,你说的一点都没错。等作业队书记杨书记来了,我们俩好好合计一下,要尽快扭转这混乱局面才行。"

没过几天,作业队书记杨书记和其余作业队成员陆续到场。付队长和杨书记为了今后管理好作业队,陆续出台了许多日常工作管理办法,并对现场施工情况进行了详细的了解,把三个工班的施工区段也划分清楚了,接下来就要全面进入施工阶段了。

白玉传也利用这段时间,把下阶段所需要的材料编制了几个材料计划,准备去一趟紫阳项目部,交给物资部任部长,让他尽快要厂家发货。

刚好,付队长和杨书记要到项目部办事,于是白玉传就坐上了顺风车,和二位领导一起来到项目部。

白玉传拿着U盘来到工程部,准备把材料计划打印出来送给任部长。可是到了工程部一看,一个人都没有,问了问后勤主任王师傅,他说:"一大早,叶总就和皮总一起去现场调查了,他们回来可能要到晚上了。你找他们啥事呀?也不提前打个电话。"

"俺做了几个材料计划,准备打印出来找叶总签字,好及时送给物资部任部长,让他帮忙催催厂家发货呢。"白玉传道。

"这个不难,我来帮你吧。"王主任说完就带着白玉传来到办公室,打开电脑,让他打印材料。

很快，材料计划就打印出来了。白玉传谢过王主任，就急匆匆地来到物资部任部长的办公室。

白玉传在门外敲了敲门，只听到屋里面任部长说道："请进！"

白玉传推开门走了进去，看到任部长正在电脑旁忙着统计材料设备进场登记台账呢。他笑着说道："任部长，这是我编的材料计划，请您尽快联系厂家发货吧，现场急着用。"

任部长接过材料计划一看，立马变得很严肃，生气地把材料计划一把扔给白玉传，把眼睛一瞪，气呼呼地说道："小白，你这是写的啥呀？这也叫材料计划？你以前编制过没有？要封面没封面，里面材料规格型号、具体尺寸都不写，更可笑的是，你都不知道打印几份。还有，这表格咋编辑的？行距不一，字体大小也不一样。你看，有的字都没打印全。你还说现场急需要材料，连个到货时间和到货地点都不写。这不叫材料计划，这叫未完工作量统计表。你们总工叶总咋教你的？这要是说出去，可叫人笑掉大牙了。"

白玉传听到任部长这一顿臭骂，羞得那是满脸通红，站在那里，一动不动。

任部长看了一眼尴尬的白玉传，笑着说道："看来这也不怨你，你也许是第一次编制计划吧。没事的，谁都有第一次嘛。这编制材料计划就像古代写八股文，都有固定格式和模板的。这样吧，我给你拷贝一份模板，你拿回去再好好修改修改。"

"谢谢，谢谢任部长，俺立马去修改。"白玉传连声道谢后拿着U盘来到工程部，此时他才领会了任部长工作严谨的一面。

白玉传打开办公电脑，把U盘插入电脑，打开任部长给他的模板，又打开接触网图纸，一项项地写清楚，最后又仔细核对了一遍，这才放心地又送到任部长那里去。

这次任部长看了，严肃的脸上露出了久违的笑容，他笑着说道："小白，这次看到你编制的材料计划，还像那么回事。不过，以后你要记着打印材料计划，纸质版要三份，物资部、工程部和中心料库各一份，还有电子版的要提前发给我，我要逐项统计呢。对了，还有材料计划编号呢，这个你要提前和叶总对接，封面上的编制人是你，审核人是叶总，审批人就是咱们项目经理秦总了，最后要到办公室里去加盖项目部公章，这一整套流程办完后，我们物资部才能给厂家下单呢。"

白玉传听了任部长详细的介绍，很感激地说道："谢谢任部长，俺今后一定按照正常流程办理。"

"那这次你就先把这几份材料计划放到我这里，再把电子版给我拷贝一份，等叶总回来了，我帮你补办手续吧。"任部长说道。

通过这次上交材料计划的事件，白玉传心里才清楚，原来在项目部从事技术工作和作业队那是不一样的，它要求更高、更严、更精确。因为这材料计划一旦提出，物资部门下发给厂家，若是规格型号不对或者是数量不准确，那都是要严重影响施工进度的，更重要的是会给项目部带来严重的经济损失。

等白玉传把材料计划办完后，满头大汗地找到付队长和杨书记，杨书记看到他那满头大汗的模样，就笑着问道："大传，你这不像是提材料计划，倒像是去卸了一车的坠砣呢。我就搞不清楚了，提个材料计划需要耗费那么多的体力吗？这弄得你还满头大汗了。"

白玉传听了，羞得哑口无言，他哆哆嗦嗦地说道："俺可是怕了任部长了，他工作的时候很严谨，训起人来也是一点不留情面，今天可把俺训惨了。"

"你小子不会是马虎的毛病又犯了吧？遇到任部长，够你小子喝一壶的。"付队长听了，哈哈大笑道。

白玉传委屈地看了一眼付队长，把今天他第一次提取材料计划的经过一五一十地向二位领导做了汇报。

付队长听了，对杨书记说道："今天这事不能怨大传，他以前没在项目部工程部干过，一直都是在一线施工干技术。不过你小子也是，不知道提前问问呀，就一头雾水地去干，真是个愣头青呢。"

杨书记听了，也是哈哈大笑道："这不算个啥，大传，谁都有第一次嘛。虽然咱们这个作业队是临时拼凑的，但是请你放心，今后作业队上的技术工作有我和付队长撑腰，你就大胆地干，没有啥难的，记着多学、多问、多到现场看。"

白玉传听了二位领导的话，他心里一阵激动。多么好的领导呀，自己干错了事情，不但不批评，还鼓励自己，自己今后在作业队技术工作上若是再不尽心，再不上进，可咋对得起这二位领导对自己的殷切希望呢？想到这里，白玉传激动地说道："谢谢杨书记，谢谢付队长。中午了，要不俺请你们吃面可好？"

杨书记听了，笑着对付队长说道："大传这顿面，咱俩不吃还不行呢。走，老付，叫上司机师傅，咱们一起去吃面去。"

说完，他们四人就到了紫阳最繁华的地段紫阳广场，找了一家面馆吃面去了。

从紫阳项目部回来后，白玉传就一头投入到紧张的施工中去了。他白天忙着一线技术测量工作，晚上加班编制施工表和技术交底，常常是忙到半夜三更才睡觉。

他没有电脑，用的都是付队长的笔记本电脑，在一天晚上加班做资料的时候，不知道为啥，电脑突然一下子黑屏了，把白玉传急得那是满头大汗。他找到付队长说道:"付队长,你的电脑今晚不知道为啥一下子黑屏了,干不了活了,可咋办?"

付队长来到办公室一看，就是电脑黑屏了，可任凭他咋摆弄，那台笔记本电脑就是无法启动开机了。他最后无奈地说道:"我这台电脑才用了不到半年呢,咋就坏了?没事的,这还在质保期内,要不你们明天送到安康市里找家电脑维修店去看看吧。"

第二天一大早，白玉传起床后吃了早饭，就连忙喊上司机师傅去安康市里找家笔记本电脑维修店，去看看电脑咋回事。

白玉传来到这个品牌的笔记本电脑安康专门维修店，让人家专业维修人员检测了一下电脑，人家对他说道:"是显示屏坏了,要返厂维修。"

"那需要多长时间呀?"白玉传着急地问道。

"大概需要20天。"维修人员答道。

"啥?换个屏就要20天?这么长时间,俺还要用这台电脑办公呢。"白玉传急道。

维修人员见到白玉传那猴急的模样，笑着解释道:"你这电脑是新买的,才用了不到半年时间,还在质保期内,你放心,返厂维修不花你一分钱的。"

"花钱不算啥，就是耽误俺日常工作呢。俺们干工程的,这一天也离不开电脑,甭提还要等20天呢。"白玉传摇摇头,无奈地说道。

"那要不你再买一台新笔记本电脑。我们这款DELL电脑正在搞活动,原价5 000多元,现在只要4 200元。"旁边一位店员好心地劝道。

白玉传听了，心想自己若是今后长期从事技术工作，也不能长期用人家付队长的呀，这次又把人家笔记本电脑用坏了，虽然付队长嘴里没说啥，可是白玉传自己心里很是过意不去。想到这里，他掏出手机给妻子小燕打了个电话，把用人家付队长电脑办公并且又把电脑用坏的事向妻子小燕说了个清楚，最后他对妻子小燕说道:"老婆,要不俺也买台笔记本电脑,现在人家这个店里笔记本电脑搞特价活动,原价5 000多元,现在只要4 200元。"

妻子小燕听了，立马对白玉传说道:"早就想着给你买一台笔记本电脑了。你说说你干技术的,自己没个电脑,老是用人家的,那咋行呢?你看好了就买吧。"

"可是现在咱家不是缺钱吗?白妞住的那个小屋,咱还没装修呢。俺一下子就花了4 000多块钱,俺心里不舍得呢。"白玉传一听到妻子小燕赞成他买电脑,心里不安地说道。

"你就放心吧，白妞还小，她一到晚上时刻都离不开俺。今年咱就咬咬牙，先给你买台电脑，等明年攒下钱了，再说装修白妞那小屋的事。"小燕道。

白玉传听了妻子小燕这番话，也就下定决心购置电脑了。他让人家店员把该装的系统都装好后，就从钱包里掏出了钱，数了数只有 2 800 元，还不够，他就向司机师傅借了 1 400 元，凑够了 4 200 元，交给店员并让人家给开了张发票。

就这样，白玉传把付队长那台笔记本电脑留在维修店里，准备返厂维修，自己带着新买的笔记本电脑上了汽车。在回去的路上，他央求司机师傅在一家建设银行门前停了下来，自己来到银行里取了 2 000 元，把 1 400 元赶紧还给司机师傅，留下 600 元做自己的生活费。

到了作业队上，杨书记看到白玉传的新电脑，笑着问道："大传，想开了？这新电脑都买了，以后可得好好干技术呢，要不咋对得起这新电脑呢？"

"那是，杨书记，俺若是干不好技术工作，不是对不起这新电脑，而是对不起俺白妞呢。"白玉传笑着答道。

"你这买个电脑，咋还和你家丫头扯上关系了？咋回事？说来听听。"付队长在旁边听了，饶有兴趣地问道。

白玉传一脸正经地答道："这可是花的俺家白妞小屋装修的钱，俺得靠着这台电脑把俺白妞小屋装修的钱给挣回来呢。"

"你小子也不知道整日脑袋里都想点啥。好了，你新电脑也买了，我们也不打扰你工作了，赶紧把安康站接触网剩余下部施工表和技术交底给做出来吧，明天一大早就要用了。"

付队长说完这话，就和杨书记去工地检查工作了。

你还甭说，这新电脑用着就是反应快呢，不到两个小时就把付队长交代的工作完成了。白玉传望着自己的这台新电脑，心里不由得一阵感慨。不知道为啥，他此时突然想起了师父孟主管的那把老算盘，它可是陪着师父一起度过了风风雨雨 20 多年的电气化岁月呀。白玉传再次看了一眼眼前这台崭新的笔记本电脑，嘴里轻声唠叨道："新伙计，俺不知道你能陪俺多久，可是你在俺心里早就不是一台电脑了，俺是把你当兄弟对待的，希望咱俩一起加油干，为了更美好的明天一起努力。"

就在白玉传干得热火朝天的时候，叶总突然给他打来一个电话："白工，安康站扩容新线区段图纸，设计院已经下发，安康铁路工程指挥部要求我们三个月完成接触网下部作业，为明年按期开通打下一个夯实的基础。我决定，由你全面负责新线交桩技术工作。"

"可是叶总，俺前两天才到安康站调查过，那新线段部分路基还没好呢，这三个月咋可能完成呀？再说，俺以前没有独立完成这么大一个站的接触网新线施工呀。俺说句实话，心里真没底呀，就怕打错接触网基础，丢人呢。"白玉传担忧地说道。

"我不管！白工，叫你去安康，咱们可是提前都说好了，你是去独立负责全面技术工作的，甭想会有人去指导你。许多日常技术工作都需要你负责，去踏踏实实地干，你不干，不去经历，难道你师父能陪你一辈子吗？那你啥时候才会成长起来呢？放心吧，整个安康站接触网基础螺栓我给你多提了10套，也就是说允许你干错10个基础，超过10个基础全部由你负责。"叶总一半严肃一半开玩笑地说道。

"啥呀？叶总，一个安康站，俺要是一下子干错10个基础，俺师父知道了还不气晕过去？放心吧，俺会努力工作的，力争一个基础也不报废。"白玉传也听出叶总调侃的意思。

"那就好，君子一言，驷马难追。你就好好干，我已经和中铁十二局总工李总说过了，他将安排他们工程部袁部长全面配合你的新线交桩工作，你只要把接触网基础位置的里程标出来，他们就会把该位置的线路中心、现在地面高程、竣工路基高程、轨面高程、曲线段超高等数据全部现场实测出来。你记着，一定做好边桩工作并做好记录。等基础完工后，即刻组立支柱。我预测，明年咱们的工期时间会更紧张，任务会更繁重，因此，安康新线区段要在铺轨前完成接触网粗调工作呢。"叶总这是给白玉传下达了死命令了。

白玉传听了叶总的话，一刻也不敢懈怠。他立马摊开图纸，在图纸上一点点地量，推算出接触网基础位置的每个具体里程，做成测量记录表后，下午就拿上图纸去安康中铁十二局指挥部找人家袁部长进行对接和现场调查了。

以前在西坡隧道测量的时候，白玉传已经和袁部长打过交道，知道他是一位具有丰富现场测量经验的工程师。他找到袁部长，把来意说明白后，袁部长立刻把铺轨图纸摊开在长长的桌子上，两个人弯下腰来，一个一个接触网基础位置里程进行核对。突然，袁部长指着12道接触网终端下锚支柱基础里程，对白玉传说道："这个地方，根据施工现场我们铺轨设计图纸有调整，而你们的接触网平面布置图上的设计还没调整过来。你们图上显示的位置已经离护坡边沿不足3米了，这下锚拉线基础是铁定无法进行施工的。这个咋办，你得记一下，请教一下你们设计看看咋处理。"

"那咱们一起到现场去看看，俺拍几张照片，若真是和您说的那样，俺就向设计建议取消下锚拉线基础，将该处下锚柱加大容量，改成独立锚柱就行了。"白玉传道。

"那好，咱们拿着图纸和全站仪一起到现场复测一下吧。"袁部长说完后，就叫上了他们测量工班，和白玉传一起来到现场进行复测。经当天复测，发现还是袁部长说的对。于是，白玉传就根据今天图纸对接情况写了个专门报告，还附上现场照片及自己提的合理化建议，一并发给叶总，让他转发给设计院。

叶总收到白玉传的报告，很是满意，他笑着说道："没想到，你第一次独立负责新线交桩测量就能发现这么大一个问题，还和人家铺轨单位一起到现场复测，并拍了现场照片，同时提出自己的合理化建议。我看呀，你离一名合格的工程技术人员的距离不远了。这样吧，我就不转发了，我把设计院赵工的电话给你，你直接和他联系吧。"

"这哪儿行呀？叶总，以往这些技术问题都是工程部负责与设计院对接的，俺可没干过呢。人家设计院来了，俺不知道咋说呢。"白玉传心里又打起了退堂鼓。

"你呀，白工，这条线我没有把你当做作业队技术主管用，我是把你当做专业工程师在用，今后的对外施工单位对接、设计联络、厂家产品出厂验收、监理的日常检查工作、负责区段的建设单位的各种会议召开以及今后施工的各种施工方案实施，你都要参与，并且全面负责。不会的，我来教你，你只要干好襄渝线，再去干其他线路，你就心中有数了，干起技术来就不会怯场了，因为咱们襄渝线几乎囊括了全部电气化不同性质、区段的施工。你看看咱们襄渝线，既有电气化铁路改造又有新线工程，既有桥梁又有隧道，只要你肯学，我就肯教你。"叶总语重心长地说道。

白玉传知道他现在能遇到叶总，那是他千年都难以修来的福气呢。他心里清楚，有些干了一辈子接触网的人，都没有完完整整地从头到尾干完一个工程，叶总这是在全面培养自己呢。自己现在已经是人过三十了，再不努力工作，今后的路可就越走越窄了。他心里清楚地知道，工程单位是养小不养老的，你人到中年之后，若还是啥都不会干，那可就麻烦了，你到了哪个项目部都会惹人烦的。因此，白玉传充满感情地对叶总说道："放心吧，叶总，俺一定好好干，谢谢您。"

白玉传和设计院赵工电话联系后，他把现场情况和赵工汇报后，赵工说道："那你把现场调查材料发过来我们先看看。"

没过几天，设计院赵工就来电话了，他在电话里对白玉传说道："明天早上我到安康站，我们一起到现场看看。"

"那好，赵工，俺明天叫上铺轨单位工程部袁部长，再把图纸带上，到时候俺接到您，咱们一起到现场调查。"白玉传连忙答道。

第二天，经过设计院赵工的实地调查，初步认可白玉传提出的设计优化方案。

走之前，赵工对白玉传笑着说道："白工，看得出来，你一线施工经验还是很丰富的，以后现场遇到啥技术问题，甭客气，尽管给我打电话。"

"谢谢，赵工，以后少不了麻烦您。"白玉传谦虚地说道。

经过此次和设计院赵工的工作来往，白玉传自己感觉他的对外协调沟通能力有所提高。

"知其学，学何为，人知学，贵在专。"白玉传把这句古训抄录下来，放在自己办公桌上，时刻激励自己奋发学习，不断进步。

在年前的三个月时间里，白玉传忙得几乎没有主动给妻子小燕打过一个电话，每次都是妻子小燕给他打电话。在一次妻子小燕给他打电话的时候，白妞在电话那头委屈地问道："爸爸，爸爸，妈妈说你不要我们了，是真的吗？"

白玉传听了，不由得潸然泪下，他哽咽着说道："白妞，甭信你妈妈的话，爸爸可想白妞了。"

"可是你咋老不回家？人家小孩都是爸爸接送上幼儿园，你都没接过我一次呀！"白妞继续问道。

"爸爸忙，等过年了，回家了，爸爸就去幼儿园接白妞，好吗？"

白妞听了，不愿意了，她在电话那头埋怨道："爸爸，爸爸，你骗人，过年我们幼儿园都放假了，你咋接我呀？不和你说了，你回来，罚你每天给我讲10 000个故事，我才睡觉。"

白玉传知道，现在在白妞的眼里，10 000这个数字是最大的了。转眼间，白妞已是5岁的娃娃了，明年她就要上小学一年级了。可是自己常年在外，陪伴白妞的日子那是屈指可数呀。对于白玉传来说，没有一天他不在想着他的乖乖女白妞。

可是，为了让妻子小燕和白妞过上幸福美满的生活，白玉传自己就是在外面再苦再累，他也心甘情愿，无论他在外面受了多么大的委屈，只要回家看到白妞那天真、活泼、可爱的笑脸，他都觉得自己活得值了。

而现如今，对于白玉传来说，是他从事电气化工程十多年来最好的人生机遇，他只有紧紧抓住这宝贵的机会，一心工作，多学习，尽快让自己在接触网技术上能独当一面。

功夫不负有心人。白玉传这三个月付出的辛劳终于有了回报。经他之手测量，整个安康站新线区段300多个基础，一个也没报废，并且在新年放假前他把腕臂、下锚装置及附加线肩架都安装到位，为新年后进行的接触网架线施工提供了有力的保障。

更让白玉传引以为豪的是，现在，他不但对接触网专业图纸了然于心，就是对铺轨专业的图纸也很是熟悉。在一次配合铺轨单位测量班组新线测量的时候，细心的白玉传发现铺轨测量班组把道岔中心线位置定错了，因为他们的该处里程和接触网图纸里程整整差了500毫米。他找来了铺轨单位的图纸，经过比对，发现是铺轨单位图纸因为时间长了，那个"800"有些模糊了，这个"8"字就少了半拉变成"3"了，因此，他们测量班组在输入计算器计算里程的时候就按照"300"输入了。这件事不知道咋回事就传到了他们总工李总那里，李总听说后亲自给白玉传打来电话，对他表示万分感谢呢。

年关临近，项目部决定再过几天就放假。就在白玉传准备把手头工作梳理梳理的时候，妻子小燕的一个电话打破了白玉传平静的生活。妻子小燕在电话那头急促地说道："咱娘病又犯了，这次挺严重的，已经住院了。我现在就要回咱老家，你也赶快回家吧。你不要来省城了，直接买火车票到洛城，到时候直接回老家。"

白玉传听了妻子的话，心里一阵紧张，看来这次娘病得不轻呀，要不妻子小燕也不会连夜往家里赶。想想娘这一病就是十几年呀，多少个日日夜夜都是父亲和大姐在家里照顾，自己能做的只是电话里问候一下，就连陪她老人家说说话的次数都少得很。

白玉传不敢怠慢，连忙找到付队长向他说明了家里情况。付队长听了也很着急，他连忙叫上司机师傅，陪着白玉传来到安康火车站。到了安康火车站一看，人山人海，在售票厅里排队买票的人都一眼望不到边。白玉传看到到处都是人，心里一阵心慌，嘴里不停嘟囔道："这可咋办？这可咋办？回去晚了就看不到俺娘了。"

"甭着急，要不你把咱们上岗证拿着，我直接送你到站台上，上了火车再补票吧。"付队长灵机一动说道。

"能行吗？人家不会让咱们进站的呀。"白玉传担忧地道。

"我给他们值班主任打个电话吧，看人家能不能帮上忙。"付队长说着就掏出手机，给值班主任打电话。值班主任听了付队长的介绍，心里也很同情，他说道："你们干电气化铁路工程的真不容易，这本来常年不回家，今天又遇到小白娘病重，这个忙我一定帮。你们可以走绿色通道，直接上车后再让小白补个票就行了。"

在付队长和好心的值班主任的帮助下，白玉传匆忙坐上了回家的火车。这趟车是特快车，要坐10多个小时才能到洛城火车站。白玉传站在挤满车厢的人群中，心里初步估算了一下，自己这要到深夜12点左右才能到洛城火车站，到时候回老家的班车是没有的，只有包个出租车回家了。

坐在火车上，白玉传一路无话，一直在思念娘。特快车还是很准时的，准点抵达洛城火车站。出了车站，白玉传找到出租车，人家司机一听他要去那么远的地方，都不愿意去，任凭白玉传说破了嘴皮也没用。白玉传此时已是心灰意冷了，他一个人孤零零地蹲在马路旁，任瑟瑟寒风无情地吹打着他那颗破碎的心，一行热泪顺着脸颊流了下来。就在白玉传感到无助的时候，一位中年出租车司机看到了他，关心地问道："小伙子咋回事？天这么冷，一个人坐在地上冻着可不好了。"

"俺是干工程的，一年也回不了几趟老家。现在俺娘病重住院，俺从安康坐火车来到咱们洛城火车站，可是到我们老家县城的客运班车早就没了。俺着急回家看看俺娘，可是人家出租车司机没有一个愿意去呀！俺心里着急得很。"白玉传焦急地道。

这位好心的司机师傅听了白玉传的遭遇很是同情，他对白玉传说道："快上车，我帮你跑一趟。"

白玉传听了此话，连声道谢，然后就坐上了出租车。

大概过了两个多小时，在凌晨2点多钟，白玉传回到了老家。他匆忙下了出租车往家里走去。

刚走到大门口，白玉传就感到家里气氛不对，灯火通明的，远远就看到妻子小燕穿着一身孝服在院子里坐着。他知道自己回来晚了，没能和娘见上最后一面。想到这里，白玉传腿脚一软，扑通一下就跪在地上嚎啕大哭起来。他爹白文宣听到后，从里屋出来，哽咽着对白玉传说道："你娘走了，走的时候眼睛都闭不上，俺知道她是想她的三儿呢。"

白玉传听了爹的这番话，心里更加难受，他仰天哭泣道："娘，俺回来晚了，没能见您最后一面，是儿子不孝呀。"

妻子小燕也来到他身旁，把他扶了起来，悲痛地对他说道："俺回来的时候，在医院里看到娘，当时娘的身体还挺好的，中午咱姐还给她喂了小半碗稀饭呢。没想到，到了下午6点多，娘就不行了。娘走的时候，腿都伸不直呢，一直弯曲着，看着让人心痛。"

白玉传来到棺柩前，望着躺在这小木框里的娘，他不由得用手轻轻抚摸着娘那条弯曲的腿，嘴里不停地嘟囔道："娘，你睁开眼，再看一眼你的三儿吧。"

可是，此时的娘面带微笑，再也不会睁眼看他一眼了。白玉传知道自己的娘这次真的是走了，永远地离开了他，今后他就成了没有娘的人了。想到这里，白玉传不由得再次嚎啕大哭起来。

三天过后，家里就按照当地风俗把娘安葬了。白玉传这几天除了流泪就是流泪，啥也不想吃。

这个新年对于白玉传一家注定是个悲痛之年。娘的离去对爹白文宣的打击很大。娘在的时候,爹整日整夜地给病榻上的娘喂吃的、喂喝的,把屎把尿的,虽然累得他腰酸背疼,可是对于老人来说,他还有个老伴,夜里心里烦躁的时候还是能和娘一起拉拉家常。可娘一旦真的走了,永远地离开了,这一下子,爹真的是在短期内难以适应。

根据当地风俗,大姐把娘以前穿过的衣服啥的都要拿到外面去烧掉,还有那几大箱大姐给娘做的尿布,现在也用不上了,自然也要拿到外面烧掉的。可就在大姐准备焚烧这些东西的时候,爹白文宣颤颤巍巍地走过篓子,拿起一块尿布,嘴里嘟囔道:"烧吧,都烧吧,就给俺留下一块你娘用过的尿布,俺今后也好有个念想。"

白玉传在老家过了年后,就对大姐说道:"自打咱娘走了后,咱爹整日精神不佳、昏昏沉沉的。俺想让爹换个环境,把爹接到省城去住一段时间。大姐,你看行吗?"

"那感情好,俺看也是得让咱爹换个地方去住上一段时间,散散心,不然让他一个人还是住在这屋里,他心里还是会经常想起娘的。"大姐同意白玉传的想法。

白玉传和爹商量这事后,爹听了也很高兴,决定这次就和白玉传一起到他三儿省城那新房子里去看看。

就这样,白玉传一家人带着爹就来到了省城铝业区。

爹白文宣和妻子小燕她大伯打小都在一个村子里长大,也不陌生,每天爹就去找找小燕他大伯逛逛街,两个老人一起回忆回忆他们的年轻岁月。白玉传发现,这段时间,爹白文宣整个人的精神面貌焕然一新,他有时也到幼儿园去接送一下白妞,晚上睡觉前还给白妞讲故事。这段美好时光,爹也是享受到了天伦之乐了。

妻子小燕对爹也很好,平日里做饭前都要先问问爹喜欢吃个啥就做啥饭,还陪着爹到服装店里给爹添置了几套新衣服。

转眼间,白玉传就要再次离开家园,奔赴工地去继续修建电气化铁路工程了。在离开家的那个晚上,白玉传对妻子小燕说道:"爹这一辈子不容易。娘这一病就是十几年,平时都是爹和大姐在照顾娘的日常起居。你今后对咱爹好一点,他脾气怪,你别和他一般见识。"

妻子小燕听了,笑着说道:"你放心去上班吧,我会对咱爹好的。白妞现在可亲爷爷了。你看,咱爹来了没几天,咱家白妞就与咱爹寸步不离了,每次从幼儿园回来,小嘴首先问的就是:'爷爷呢?爷爷在哪儿呢?'"

白玉传听了妻子小燕的一番话,心里踏实了许多。没过几天,白玉传就买了张安康的火车票，准备去上班了。

白玉传到了单位后就接到叶总的电话，叶总说道："白工，赶紧组织人员去测量一下月河特大桥的接触网支柱预埋基础，项目部准备计划下月开始架线了。"

"知道了，叶总，我明天就去现场测量。"白玉传答道。

提起这月河特大桥，白玉传这心里就发怵。它不仅桥墩高，而且交通极为不便。送工汽车是到不了桥下的，需要步行很远的路，还要穿越好几个隧道才能到达桥上呢。没法子，既然来干电气化铁路，就得自己克服困难，其实心里仔细想想，比起人家架桥的，自己这点困难不算啥。

想到这里，白玉传心里也就不发慌了。他找来图纸，仔细地做起了测量记录表，做完技术资料后就去找付队长，让他给安排几个年轻人。这在大桥上测量，年纪大的、手脚不灵活的可不敢用呢。

付队长了解后笑着说道："我知道月河特大桥上不好测量，给你安排4个年轻力壮的小伙子，配合你测量。这样吧，我安排咱们青工小姜带队，把他小组手底下那三个人呀也全部给你，这几天配合你去测量。"

"付队长，您这样安排，俺就放心了，谢谢您。"白玉传笑着说道。

就在白玉传要离开付队长办公室的时候，付队长突然一把拉住他，叮嘱道："大传，这次去月河特大桥上测量，你可要注意安全呢。记着多带几条安全带，还有要带几条防护绳索，一定要确保人员安全。"

"记着了付队长，俺一定在现场保证安全。"白玉传为付队长这般操心而深深感动。

下午，白玉传就叫来了小姜和他同组的三人，先给他们进行安全和技术交底，然后大家伙就坐在一起琢磨琢磨这测量工作咋开展。小姜别看他年轻，头脑却很灵活，人家虽然没在电气化工程干几年，可是在付队长的眼里早就是重点培养对象了。他听后，紧缩眉头，考虑良久，这才对白玉传说道："白工，月河特大桥的桥墩离月河水面可高得很呢，甭说干活了，只要人站在桥墩上就会一阵眩晕呢。为了确保人身安全，尽量减少人员在桥墩上干活的时间，咱们应该做个基础模具。这样一来，咱们只要把限界测量好后，就可以把模具套上去，用防水记号笔标识打孔位置了。"

"小姜，你这个建议提得好，可是这基础模具用啥材料做呢？用钢板太沉了，用塑料又容易变形，测量精度达不到呢。"白玉传把自己心里的疑问提了出来。

"白工，可以用有机塑料板呀。至于模具尺寸精度，可以用数孔打孔机进行加工，它的精度误差可以控制在1毫米之内呢，并且人家加工起来很快的，咱们只要提供图纸，不到2个小时就可以加工好的。"看来小姜是胸有成竹了，他不但有好的建议，连咋加工都想到了。

"那好吧，你现在就去加工吧。记着，每个型号加工2套。"白玉传笑着说道。

小姜听了，就拿着图纸去加工基础模具了。白玉传提前让剩下那三人准备一下测量工具。

第二天，送工车把他们送到安康市恒口镇就无法前行了，从这里出发到月河特大桥就只有坐船才能到河对岸去。

提起这恒口镇，它可是个千年古镇，而且还是陕西省人口第一大镇。恒口之所以出名，是因为它拥有一条迄今我国北方保存较完整且具有明显长江流域文化特色的古街道。此街道长达2公里，在西北地区乃至全国都十分罕见。古街现存明清历史风貌的民居建筑700余户，且户户相连；古街内留存老井5口，至今水源不断。古街上醒目的马头墙昂首峭立，极富特色的多重式屋檐和多重式天井四合院布局融汉水文化与南北文化于一体，可谓独树一帜。

白玉传他们几个人拿着测量仪器穿梭在这古镇里，仿佛穿越到了古代。他们找了一家吊脚楼旅店先住了下来。听店家老板说，他们这个旅店还管饭，只要每天每位多加25块钱就可以了。白玉传听了觉得很划算，也就答应了下来。

到了中午，他们吃了店家的饭菜，个个都觉得味道真不错呢，尤其是那道当地名吃"生煸鳝鱼"，更是美味佳肴。

吃了饭后，他们几个稍作休息，就准备坐船去。汉江里的游船都是些机动小船，并不大。他们坐上船后，船很快就行驶在碧波荡漾的汉江上。这汉水呀，那是清得很呢。这里环境秀美，山青水绿，真是人间仙境呢，哥几个都看傻了。一个个都不说话。

大概半个多小时吧，船就靠了岸。他们下了船也没走多远，就来到襄渝二线新建铁路线上。顺着铁轨向月河特大桥方向走去，走了不多远就来到了一个新建隧道口前，他们刚想进去，就听到身旁其他施工单位的一位老师傅对他们说道："这隧道现在没打通呢，走到中间就过不去了。"

"这可咋办？俺们是要到月河特大桥上去测量呢。"白玉传一脸担忧地问道。

那位老师傅听了，笑着说道："也只有绕过这隧道了。你们坐当地人的摆渡船，到了对岸，再沿着山路走半个多小时就到隧道那头了，到了那里，你们就能看到月河特大桥了。"

白玉传他们几个人听了也是很无奈，只好听从老师傅的建议，来到河边，找到一条当地摆渡船。不过，人家渔家老翁说一次只能渡两人。因为这条摆渡船就是当地渔民打鱼用的小木船，是靠人力划船，河中央的水流急，有漩涡，人坐多了不安全。

白玉传看了一眼这位已是鬓发斑白的老人，担心地问道："老师傅，这安全吗？"

"放心吧，俺在这里打鱼40多年了，对这里的水势了如指掌，只要你们到了河中央千万别动就没事。"渔家老翁笑着说道。

他们若是不坐这小船就到不了对岸，到不了对岸就无法抵达月河特大桥，到不了月河特大桥，这测量工作就无法完成呢。白玉传脑子里飞速地考虑着这一连串的因果关系，心一横，牙一咬，就对小姜说道："来，咱俩先坐这头班船。"

说完，他俩就跳上了这艘小木船，然后又让其他人把手中东西递上了船。只听到老人家大声喊道："坐好了，咱们走起！"

只见老人家奋力划起了船桨，小木船在老人家的指挥下缓缓驶向河水中央。刚开始，小木船行驶得还算平稳，白玉传那颗紧张的心也就稍微放松了一下，可是没过多久就来到了河水中央，这个区域的河水确实流得很急，能看到河面上有好几个湍流漩涡，小木船一到这个地方好像就不会动了，任凭老人家如何奋力划桨也都无济于事。突然，小木船一个倾斜，接着就是一个急转弯，这下可把白玉传吓坏了，他身子一斜，半个身子都靠在小木船边沿上，刚想坐起身来，耳旁传来老人家急促地喊叫声："找死呢，可不能乱动，抓紧船边，很快就要过去了。"

白玉传听了吓得一脸煞白，紧紧用双手抓住船边，半躺半卧在那里，一动也不敢动，眼睛吓得都不敢睁开了。

惊魂动魄的那一刻也就是两三分钟，过了河水中央，小木船就又恢复了它的正常航行，很快就到了河对岸。白玉传和小姜跳下船后，把船上的东西卸了下来，老人家立马又自己划起了小木船，到河对岸去接剩下的几个人。

来回三趟，把他们几个人安全送到河对岸，这个时候老人家累得满头大汗。白玉传连忙把船钱给付了，然后递给老人家一根香烟，笑着问道："老师傅，那下午最晚一趟摆渡是几点呢？俺们下午测量完后还要坐你的船返回河对岸呢。"

"我也没个时间，反正天黑了就回家了，不过你们要是还要坐客船，那就得在下午6点钟前赶到码头，那是最晚一趟了，错过了就没船了。"

白玉传谢过老人家后看了看表，现在已是下午3点了，听先前施工老师傅说这还要走半个多小时的山路呢，他们是下午一点从旅店出发的，这一算仅单趟去一次工地就要耗时两个小时，看来今天下午即使到了月河特大桥也测量不了啥。想到这里，他对大家伙说道："看来咱们今天下午是啥活也干不成了，时间都耽误在路上了。要不咱们就先去探探路,到了月河特大桥上先看看现场,咱们就得立马往回赶。这样吧,咱们明天一大早就来,中午咱们带点吃的、喝的,就不回去了,下午早点收工,你们看这样行吗?"

小姜听了,苦笑着说道:"也只能这样了,走吧,今天就算看风景了。"

小姜说完就拿起测量工具,其他几个人拿着安全带和防护绳,还有基础模具,一路沿着山路继续前行。

又走了40多分钟的山路,他们终于来到月河特大桥上。走近一看,小姜惊讶地喊道:"哎呀,这新建的月河特大桥现在连桥护栏都还没安装呢!"

"看来还是咱们付队长有经验呢,让咱们提前带了防护绳索,要不这次来了,活还真是干不成呢。还有你小姜,你的基础模具加工也是个好建议啊!"白玉传看了一眼小姜,笑着说道。

他们在现场调查了一番,提前把测量过程中可能遇到的安全隐患都考虑了一下,并提前想好了防范措施,这才放心地离去。

到了旅店已是晚上7点了,经过这一下午的瞎折腾,再加上坐摆渡小船过河中央的那顿惊吓,几个人都没了话语,吃了晚饭后早早就洗洗睡了。

第二天一大早,他们吃了早饭,来到小商店里买了些面包、饼干、火腿肠还有矿泉水,然后就出发了。这天,测量工作的进展还算顺利,小姜的基础模具在测量工作中发挥了极大的作用,测量工作的进度明显大大加快。

他们用了3天时间才把这月河特大桥上接触网支柱桥墩基础测量完成。说实话,这几天可把小姜哥几个累坏了。到了完工的那个晚上,白玉传特意让店家老板多加了个菜,并买来了几瓶白酒,让大家伙喝点白酒,解解乏。

随后,白玉传就给付队长打了个电话,汇报说这里测量工作已经完成,让次日早上队上派个车来接他们归队。

白玉传从月河特大桥测量回到队部,付队长就对他说道:"大传,你今天和史队长一起到安康火车站货运室去一趟,把咱们这条线上唯一的两台进口'电热水器'给拉回来。"

"啥?项目部对咱们队上这么好,还专门给咱们从国外进口两台电热水器呢?这领导可真是关心咱们一线工人的日常生活呀。"史金辉队长风趣地问道。

"美得你!史队长,这是咱们全线唯一的两处特殊接触网下锚装置,用在咱们月河特大桥接触网下锚处,它的学名叫弹性补偿下锚装置,因外观形似咱们日常家用的电热水器,因此我们就亲切地叫它'电热水器',可不是用来洗澡的。它来自法国，价格不菲呢，比咱们普通滑轮补偿装置贵10倍以上呢。这以前咱们可是谁也没装过，到时候还得靠你史队长去试装一下呢。"白玉传笑着解释道。

"我说呢，咱们洗个澡犯不着用他们不远万里漂洋过海的西洋玩意不是？"史队长挠了挠头，自我解嘲地说道。

废话不说，白玉传和史队长叫上几名工人后，喊上司机师傅，就到安康东站货运室去办到货领取交接手续。

很快就来到了安康东站货运大楼，他们步入办公楼大门，白玉传和史队长来到窗口处，迎面坐着的是一位面如桃花的美少妇，年龄约30岁出头。白玉传见了心里大乱，脱口而出："小姐，请问交款是在这吗？"

那张面如桃花的脸一听"小姐"二字，顿时变得冷如冰霜，口气坚硬而简练："何事？"

此时，白玉传的大脑也是高速运转，朦朦胧胧中大脑提示他：称呼错了。

可惜，此时白玉传的"CPU"运转过于迅速，短路了，瞬间"哗"的一下黑屏了，说话也说得更加结结巴巴："大……大……大姐，我交货款。"

这位冰冷如霜的美人此时一脸的不屑和嘲笑，头也不抬，问道："哪家单位？"

这下，失去理智的白玉传更是摸不着南北了。他黑着眼，又是一句："师、师、师傅，我、我、我是……"

望着白玉传那个不知所措、惊恐万分的模样，这位美妇终于发出银铃般的笑声："慌啥呢？慢慢说嘛！想好了再回嘛！"

更可笑的是，白玉传一听到笑声，整个人更懵了，直溜溜地戳在那儿，无语了，很久很久才从他嘴里蹦出一句话："同志，俺交款呀！"

事已至此，大堂里其他人顿时哄堂大笑。最后，还是一起去的史队长社交能力强，会办事。只见史队长笑着说道："美女，我们是中原电气化局的，今天来办理提货手续。"

那位冷美人听了，就在电脑上查了查，随后顺利地办理了提货手续。

在回去的路上，白玉传尴尬得那是一脸通红，他谦虚地向史队长请教道："史队长，你说到底该咋称呼行政办公人员呢？尤其是女士，喊小姐挨打，喊大姐挨骂，喊师傅老土，喊同志老左。你说该咋称呼呢？"

"土老帽了不是？你呀，整日就知道忙着工作，社交圈就局限在咱们工程单位范围内，外面的世界很精彩。你不知道，现在只要是见了女的，统一叫'美女'，你只要喊'美女'，保证没错。"史队长说道。

"你可别说,你今天的经历挺逗的,要不你回去后,闲了把这段特殊经历记录下来写成一篇文章,在新浪博客上发表下,说不定点击率还不少呢。"史队长笑着劝道。

"啥是新浪博客?俺咋都没听过呀?发表就那么容易吗?俺又不认识人家编辑老师。"白玉传一头雾水地问道。

史队长看着他那一脸疑惑的样子,哈哈大笑道:"你可真是个古代人呀,咋穿越到现在呢?还天天在电脑上瞎鼓捣,也不知道你都在电脑上看点啥。这新浪博客呀,是中国主流门户网站之一——新浪网的网络日志频道,新浪网博客频道是全国主流、人气最高的博客频道之一。博客是让朋友了解自己最新动态的途径,也是社交的一部分,它是一个讲述心声的地方,这些都是不需要编辑老师的。你只要在新浪网上注册一下就行了。"

"可俺不会注册呀,要不回去后你帮我注册一个新浪博客吧。"白玉传听了史队长的介绍,就央求着他给自己也注册个新浪博客账号。

"行,这个很简单,今晚下班我就给你注册。"史队长笑着说道。

在史队长的帮助下,白玉传很快就拥有了自己的新浪博客账号,白玉传还给自己新浪博客起了个有纪念意义的名字"恒传语录"。

白玉传利用工作之余,还真的把这段特殊经历写了出来,起了个名"小姐乎,大姐乎?",发到他的新浪博客上,没想到的是还真的像史队长说的那样,点击率在短短几天内就突破了10 000,还有几百条的精彩评论呢。

白玉传做梦都没想到,就是这么简单的一件事却开启了他的文学创作之路。以后,他就把自己身边经历过的事和人都写了下来,统统都上传到新浪博客上。在那上面,他结交了一大批文学好友,其中一位叫芷兰的老师,对他在文学道路上笔耕不辍影响很大。可以这样说,芷兰老师就是白玉传文学之路上的启蒙老师呢。后来,就是这篇文章,经过芷兰老师的多次精心修改和润色,还给推荐到《文友》杂志上发表了,这也是白玉传第一次在期刊杂志上发表文章呢。

时间如梭,转眼就到了下个月初了。根据项目部的统一施工要求,这个月的主要施工任务就是完成月河特大桥上接触网架线工程,为了按期完成项目部下达的这项施工任务,白玉传就想到了那两台"电热水器",不安装就无法进行接触网架线工作。于是,他就去找付队长商量这件事。付队长听了,哈哈大笑道:"这头次吃螃蟹的人,我看还是让史队长来吧。他年纪轻,有文化,关键还脑子活。"

于是,白玉传就找到史队长和他说了这事,史队长听了,满不在乎地说道:"这有啥难的？人家西洋人能造出来，咱们就能安装上去，不就是几个电热水器吗？放心吧，交给我。"

第二天一早，白玉传就和史队长带着一伙年轻人就来到月河特大桥上，等他们把这两台宝贵疙瘩打开了箱子一看，全都傻眼了，里面的说明书全都是洋文呢。史队长笑着对白玉传说道："早就听说你英文学得好了，赶紧给咱看看上面都说的啥？"

白玉传拿起安装说明书一看，也是一个字也看不懂，因为这不是英语，应该是法语。他苦笑一声，说道："得，俺也看不懂。俺只懂点英语，这上面好像是法语呀，俺一点也看不懂呢。"

"这可咋办？总不能再把这家伙拉回去吧。要不咱们打开包装，试试装一下可好？"史队长说着就打开了包装，这个弹性补偿下锚装置外观看还真是像个电热水器呢，长得胖乎乎、圆溜溜的。大家伙一看，都七嘴八舌地说道："这么个家伙，可咋把它弄到支柱上安装牢固呀？绑绳的地方都无处下手呢。若是绑不牢固，一不小心就会掉进河里，冲跑了可麻烦了。"

史队长蹲在地上，眼睛死死盯着这台设备，脑子里飞速旋转。好久，他才站了起来，对大家伙说道："咱们先把下锚底座安装到位，我仔细研究了一下，采用三角及铰接绑扎方式，咱们先试试可以吗？"

大家伙也没啥主意，只好先听他的了。两名作业人员很快就攀爬到支柱位置，绑好安全带，下面的人立刻把底座绑扎好，利用小绳索，通过支柱上的小滑轮，把底座拉到支柱安装位置。这个底座安装没啥难度，很快就安装好了。

接下来就是进行最难的主体安装了。史队长亲自绑线，他利用三条绳索采用三角形原理，把这家伙前后左右都绑扎牢固，然后通过支柱上的三个大滑轮，下面拉绳的人同时用力，这大家伙就缓缓离开了地面，一点一点地向上攀爬了，很快就到了支柱指定位置。可是，在它与底座对接螺栓时却遇到了麻烦，不管地上的人咋用力拉，也无济于事。因为这么大个家伙，在支柱上操作安装的人员无法保证它的平直度，怎么都不能对好连接孔，那个连接螺栓就是无法正常穿入呢。

这一通折腾，可把大家伙折腾坏了，都累得满头大汗，气得史队长那是一声大吼："不安装了，把它放下来吧。"

"史队长，你可不能泄气呀，来的时候，咋说的呀？"白玉传笑着说道。

"你们在安装的时候，俺在旁边仔细观察了，发现安装过程中存在的问题就是在它与底座对接时螺栓无法正常穿入。这个大家伙太笨重了，到了上面咱们就控制不了它的方向了。"白玉传接着说道，"要不今天就不安装了，俺看人工安装太费力了，要不就用作业车安装吧。"

大家伙听了白玉传的话，都纷纷说道："这感情好，白工说得没错，还是用作业车安装吧，人力安装太费力了。"说着，大家伙就准备解下设备上的绳索，打道回府了。

史队长看到此景，着急地拦住了大家伙，气愤地说道："你们还真的想着用作业车安装呀？咋地，咱们今天再把拉出来的这两台设备拉回料库，你们能丢得起这脸，我可丢不起呢。都不准走，大家伙坐在一起研究研究，讨论一下看咋把这大家伙安装好。我今天把这话撂这里，装不好，今天谁也不能走。"

大家伙听了，个个面面相觑，都不说话了，一个个垂头丧气的。

史队长看到大家伙都不说话，自己就一个人蹲在地上，想法子。没过多久，他突然眼前一亮，笑着说道："我有个法子，你们看看行不行。"

"你就别卖关子了，快点把想法说出来，看看行不行。"白玉传在旁边催促道。

史队长听了，笑着说道："我是想在捆绑这设备装置的三角形的三边主绳子上再各自绑一条细绳子，用来校正该装置到位后的精调，确保螺栓完好穿入。"

"那咱们就试试这个办法，看行不行。"白玉传说完，就赶紧招呼大家伙干起来。

还别说，这法子好。大家拉起绳索，将该设备拉到支柱指定位置的底座附近，利用这三条细绳，还真的把这东西安装到位了。

有了经验后，第二台设备装置安装起来就顺利多了，不一会儿也就安装到位了。

在回队部的路上，大家伙打心眼里佩服史队长的这股不服输的勇气和智慧呢。

到了要进行该锚段的接触网架线的时候，项目部总工叶总不放心，他要亲自到现场来看看这两台弹性补偿下锚装置安装是否到位。他和安全总监皮总，特意到作业队上叫上白玉传，他们一行坐上架线作业车来到现场。到了下锚处，叶总、皮总、白玉传上了作业车操作平台上一看，叶总就发现这弹性补偿下锚装置装错了，他生气地问道："咋会装反了呢？你没看到上面的标识箭头吗？说明书没看呀？上面说得很清楚，箭头标识侧为田野侧，你装在线路侧。这若是没发现，这一放线，该设备装置只要受力就毁了。"

"说明书上都是法语，俺也不懂呀。"白玉传小声嘟囔道。

"不懂你不会问呀？净瞎胡闹！赶紧拆了重新安装。"叶总严肃地命令道。

白玉传立马拿起报话机，把这个消息告诉了史队长。史队长听了也是哭笑不得，他叹了一口气，说道："这没文化真是害死人呀！放心吧，我尽快组织人员返工。"

利用作业车对这设备装置进行拆除及更换位置就方便多了，可是对于一线干电气化工程的人员来说，最恨的就是干返工活。虽然大家伙都没说话，可是白玉传心里却感到很愧疚。

白玉传从月河特大桥上回来后，付队长就找到了他，对他说道："这月河特大桥的接触网这块硬骨头总算啃下来了，接下来就是咱们管辖区段的供电线基础施工，这也得抓紧呀。"

"放心吧付队长，俺明天就去现场进行测量，尽快把供电线线路调查清楚，把测量工作先进行完。"白玉传说道。

付队长听了，看了一眼白玉传，笑着说道："我不担心你的技术工作，主要是担心这个工程交给谁干呢，听说变电所的房子所需的一砖一瓦都是先用船运到山下，然后再用当地的马匹拖运到变电所工地。说句实话，这可都是人工一点一滴磨出来的，咱们供电线基础线路又长又分散，这若是找不到一家过硬的劳务队，可干不下来呢。"

白玉传听了付队长心里担心的事，觉得这活确实难干。他心里突然就想到了那位女老板王花。王花老板在大包线干接触网下部工程那可是一炮打响呀，连项目部领导都知道她的大名呢。想到这里，他连忙说道："付队长，不知道你还记得咱们大包线那位女老板王花吗？"

"就是那位特别心细、特别能吃苦的女老板呀？我有印象。听说她对手底下弟兄们可好了，再困难的工程，在她眼里都不算个啥。"付队长听了，饶有兴趣地问道。

"是呀，在大包线，俺和咱们队上'张大师'带过她，对她的施工特色还是有所了解的。俺觉得她来了也许能行。"白玉传说道。

"那好吧大传，你先和她联系下，看看人家愿意来不。要把咱这里的施工困难和人家说清楚，让她心里提前有个数，别到时候干了一半不干了，咱们可耽搁不起这时间呢。"付队长交待道。

"好咧，俺这就给她打电话，看人家咋说。"白玉传说着就拿起手机给王花老板打电话。不一会儿，电话拨通了，白玉传简单把这边的施工情况和现场困难和王老板说了说，没想到人家王花老板听了一口答应，并在电话里问道："白工，那俺们啥时候去安康？需要几个人？大概工期多久呀？"

付队长在旁边听了他们的对话，就让白玉传把电话拿过来，白玉传连忙在电话里对王老板说道："王老板，俺们付队要和你说话呢。"

说完，白玉传就把手机递给付队长，付队长接过电话，就说道："王老板，你好呀。我们这里的供电线基础施工情况和现场困难，白工刚才都和你说了，你要提前想好呀，来了就要坚持干完，可不能半途而废呢。若是想来，那就三天后到安康，大概需要30多个人，工期3个月。放心，你们若是干完了，还有其他工程项目可以让你们干，保证你们一直到明年夏天都有活干。你再想想看，若是要来，就给我打电话，我这里好安排呀。你把我的手机号记下，到时候咱们提前联系。"

"谢谢付队长。俺们到了那里，无论遇到啥困难都不会半途退场的，白工心里也清楚俺们在大包线上是咋干的。好，俺把您的手机记下了，三天后我就带着人马到安康。"王老板说道。

"没想到这位女老板还是个爽快人呢，都没问下工费咋算，人家就要三天后到安康。像这样敬业又能干的劳务队，咱们到时候可不能亏待人家呀。"付队长充满感情地说道。

"是呀，王老板也不是第一次和咱们电气化打交道了，她是相信咱们单位呀。"白玉传也在那里感慨道。

王老板还真是雷厉风行呀，没想到第二天她就带着她的现场负责人来到了安康。一见白玉传，王老板就笑着说道："谢谢兄弟，你还记得俺。"

"那是，你王老板的威名在大包线上那早已是家喻户晓了。要不，俺也不敢向领导推荐你来呀。"白玉传笑道。

王老板和白玉传简单寒暄一番，就说道："白工，走，先带着俺去和队上领导见个面，下午俺就安排俺的人，一队去找住所，一队跟着俺。麻烦您带个队，俺要去现场看看，调查下施工条件。"

"你呀，王老板，刚下火车也不歇歇呀？要不你先歇歇，下午俺再带你去见我们的付队长，可好？"白玉传看了一眼风尘仆仆的王老板，心疼地说道。

"睡不着呀。昨天一听付队长说话那着急样，俺就在家里坐不住了。既然领导看得起俺这个队伍，俺就得好好干，干出成绩来，给领导脸上增光不是。"王老板笑着说道。

白玉传听了王老板一席话，无奈地笑着说道："王老板，真拿你没办法。还和在大包线上一样，一听到有工程，你就心里急。走，俺带着你们去见我们的付队长去。"

王老板一行人见了付队长，把自己的打算向付队长做了汇报。付队长听了，心里很是满意，他笑着对白玉传说道："王老板工作起来真是不含糊，愿您这朵花中之王再次绽放在巴蜀山水间。"

吃了中午饭，白玉传就带着王老板几个人去就近的供电线基础现场进行调查。

到了现场一看，王老板一路上也是紧皱眉头。白玉传知道，这活确实不好干，并不是基础开挖有啥困难，主要是灌注混凝土的所需材料难以运输到位，许多地方连条路都没有，材料都要人工运输才能到位。白玉传看了一眼严肃的王老板，笑着问道："咋了王老板，这活不好干吧？是不是后悔来襄渝线了？"

"俺既然答应你们来，就不会不干完就走的。俺是在想，恐怕这许多材料都需要到当地租船才能加快施工进度呀。放心吧，俺明天就安排人去和当地船家取得联系，谈谈运输材料的价格。无论遇到多么大的困难，俺都能克服，一定按期完成施工任务的。"王老板斩钉截铁地说道。

白玉传听了王老板这番话，心里很是佩服，他说道："俺早就说了，你王老板带的队伍和别人不一样，因为你心地善良，把你下面的弟兄们当亲人对待，在生活上无微不至地关怀他们。更为重要的是，你从不拖欠他们的工资，这一点是其他劳务队老板无法和你比的。好好干吧，王老板，俺付队说了不会亏待你的。"

就这样，供电线基础施工工作在王老板的带领下紧张有序地开展起来了。

就在白玉传他们作业队管辖区段的供电线基础即将全部完成的时候，王老板给白玉传打来了电话："白工，你快点来现场看看吧，咱们的一个供电线基础的限界也太小了，离线路中心只有2.5米。"

"咋回事？在既有线路上施工，咋会发生这么低级的错误呀？"白玉传气得也忍不住发了火。

"这些事，你可得问问你们现场带班的。俺听说，在开挖基础的时候遇到大塌方了，他们已及时在现场加固了，这坑口就会比正常基坑的口开得大了许多。到了基础支模板的时候，现场不知道为啥就找不到尺子了，你们的带班师傅说，这还不简单，就自己拿了一根线绳，用自己手掌量了量，然后就按照线绳的标示地方给基础支模好，就开始打起了基础。等基础浇制完后，第二天拆了基础模板，拿尺子一量，就不对了嘛！这可咋办呀？这是不是要报废呀？说实话，这个基坑可是费了老鼻子劲了，现在现场工人师傅们的情绪不稳定呀，大家伙都吵吵着不想干了。"王老板在电话那头委屈地倾诉道。

白玉传听了，心里更加气愤了，他立马把此事报告给了付队长。付队长听了，也是气得火冒三丈，大声喊道："这个带工的是谁？真是吃了豹子胆了！上班期间连把尺子都不带，真不知道他一天在工地上是咋操的心？这次一定要对他重罚！"

付队长说完就带着白玉传来到施工现场。他俩到了现场一看，只见带班人员小李被劳务队的师傅团团围在中间，低着头，一句话也不敢说。

白玉传拿出随身携带的尺子,和付队长对已经浇筑完成的基础限界进行复测,经过测量,这个基础限界就是2.5米,看来真的是限界太小了,注定是要报废的。付队长看了,二话没说,拨开人群,来到小李面前,手指着基础,气冲冲地问道:"咋回事?"

"我……我……我也是担心影响咱们施工进度,想着尽快完成施工任务,可是现场咋找尺子都找不到,我一心急,就用手掌去丈量了。平时我的手掌测量东西挺准的,拇指到中指之间一下就是200毫米,一点也不差。可能是当时我太心急,心一发慌就忘了数了几次了。你要不相信,可以拿把尺子来和我的手掌长度校验一下,我的手掌上的拇指到中指之间,长度真的是200毫米呀。"小李吓得连说话都不流畅了,他哆哆嗦嗦地伸出他的左手掌来。

付队长听到这里,气得哭笑不得,他对小李说道:"我是真服你了!这事要是传出去,咱们电气化的脸面都让你丢尽了。你说让我说你啥好?一天天不学好,净会给我捅娄子!你不知道咱们这供电线基础施工起来有多么难呀?这些材料都是咱们劳务兄弟们一袋袋扛到工地上的。你回去给我写份深刻检查,并限你3天内到队部安质室上交500元罚款。"

然后,付队长回过头来,对着大家伙,双手抱拳,笑着说道:"对不起弟兄们了!放心,你们的返工我保证重新给你们计量,这误工半天的工费,我也保证给你们出。请大家伙给我老付一个面子,继续复工可好?"

大家伙听了付队长这话,嘴里也无话可说了,纷纷站了起来,又开始干活了。

白玉传看了一眼身旁垂头丧气的小李,把他拉到一旁,笑着劝道:"你呀,小李,也不是刚来上班。你说说你,也是干了许多年的电气化师傅了,咋会出这个么蛾子呀?你看看把咱们付队长给气的。你呀,天天蹲在现场,说实话,也是很辛苦的,可是你也亲眼看到了王老板这手底下的弟兄们天天是咋干活的。他们为了确保工期也是付出了许多汗水的呀,你这一胡闹,人家辛苦了几天的劳动成果就全报废了,哪个心里会舒坦呀?"

小李听了,心里也很是愧疚,他轻声对白玉传说道:"放心吧白工,吃一堑长一智,我今后一定严格要求自己,多学技术,保证不再干返工活了。"

王老板见了,赔着笑脸,对付队长求情道:"付队长,说句实话,人家李工这段时间也是够辛苦的,没日没夜地泡在工地上,和我们同吃同住同工作。你看,以前这么多供电线基础,不是一个也没报废吗?要不这次就别罚款了,让李工写份检查就行了。"

"那可不行,小李这次是工作态度问题,不是他自身技能问题。若是由于自己技能水平有限而无意造成的返工,那是可以原谅的。可是你想想,就他这用手掌丈量基础这件事,干过电气化的,谁听了不来气呀?不行,必须罚款,让他长点记性,这对他今后的成长是有帮助的。你就别再劝了,这不关你的事,都是他小子自己胡闹的。"付队长直到此时心里的火还没消呢。

付队长和白玉传在离开工地时,付队长再次把小李叫到跟前,严厉地问道:"小李,这次你犯的错,让你写检查,罚你款,心里服不服?若是下次再犯,你小子滚出我的这个作业队,净给我丢人!"

小李听了付队长的话,连忙说道:"付队长,我错了,我保证今后不再犯类似错误了。我一定按您要求写出深刻检查,并保证在3日内上交500元罚款。"

在回队部的车上,付队长笑着对白玉传说道:"咱这工程单位里真是林子大了啥鸟都有,你都想不到,啥稀罕事都会遇到,有时候让你气得那是哭笑不得。"

白玉传听了,也是感到很好笑,他对付队长说道:"看来咱们作业队对现场检查的频次和力度还要加强呢,要不是今天人家王老板把现场情况及时汇报过来,这要是到了开通送电后让人家铁路运营供电部门发现,咱们电气化这张脸可是丢到家了。"

付队长听了白玉传的建议,就对他说道:"这件事就由你牵头负责,检查时叫上我和杨书记还有咱们队上的安质人员,一周联合对现场检查一次,发现问题就要求现场及时整改,并对现场负责人予以一定的经济处罚。"

离铁路建设部门的工期节点越来越近了,剩余时间已经不足3个月了,可是施工任务还剩下三分之一没完成。可想而知,现场领导的压力有多大呢。

集团公司、公司领导一天一连几个电话催问现场施工进度,项目经理秦总再也顶不住工作压力了,只好如实向上级领导汇报现场施工进度和难度。

上级领导高度重视,立刻要求就近集团公司所有项目部紧急抽调精兵强将,并点名要项目副经理挂帅,项目总工负责现场技术,即刻启程奔赴襄渝线参加援建工作。

秦总也给付队长打来电话,要求他们作业队管辖区段现有工程即刻向兄弟单位进行移交并尽快投入其他区段进行施工作业。

付队长听了秦总的电话,心里很是着急,他愤愤不平地说道:"我们队上所管辖区段的施工任务没问题呀,保证按期开通送电。这若是让兄弟单位接手支援,我心里不甘呢。这眼看着就要摘苹果了,让我们把唾手可得的劳动成果转手给人家,让他们捡个漏，那可不行。这要是传出去的话，丢人就丢大发了。"

"付队长，我知道你心里委屈，可是这是集团公司领导的命令。你心里有意见可以保留，但是命令必须服从。限你作业队全体成员3日内抵达紫阳，参加紫阳火车站的既有线电气化铁路大拨接的接触网配合施工任务。"秦总说完话就撂了电话。

付队长气得很久都说不出话来。没法子，看来这次是下了死命令了，他无奈地对杨书记说道："书记，看来咱们这次是要把手头的香馍馍拱手相让了。这样，留下大传一人负责与兄弟单位进行对接，明天一早全体作业队人员即刻启程奔赴紫阳火车站参加大拨接接触网配合工作。"

白玉传此时也看出了事态的严重性，他认真地对二位领导说道："放心吧，我一定配合兄弟单位把现场工作调查清楚。"

第二日一早，作业队全体成员就开始忙了起来，纷纷进行搬家工作。

就在这个时候，白玉传接到了一个陌生的电话。他接通后就听到电话里面传来一阵急促的声音："请问你是安康作业队的白工吗？我是二公司西康指挥部的项目总工，我叫冯延。请告知你作业队的具体位置，我们即刻见面到现场进行调查工作。"

"冯总，你们来得好快呀。俺们头天才接到通知，你今天一早就来了。好，俺马上给你发俺们作业队的位置。"白玉传一脸惊诧地说道。

"白工，我们是前期技术调查组，一行三人。我是技术负责人，另外两位，一位是后勤主任，一位是作业队长，后续大部队在3日内抵达。"冯总笑着说道。

大概一个小时不到，白玉传就听到作业队门外一阵喇叭声。他连忙下楼，只见从一辆三菱牌越野车上下来一位年龄不到30岁的年轻小伙，他身穿一身浅灰色工作服，头戴一顶崭新的安全帽，笑着走上前握住了白玉传的手，说道："你就是白工吧？我叫冯延，是来和你一起进行现场工作量调查核对的。"

"欢迎冯总，快请进！咱们到队部技术室里先熟悉一下图纸吧。"白玉传很是热情地招呼道。

没想到人家冯总早有准备，他笑着说道："我就不上去了，图纸我早已带来了，就放在车上。要不咱们现在就去工地现场进行调查吧，每拖延一分钟都是损失呢。"

白玉传听了，也真是被冯总这工作态度所折服，他连忙说道："那好，您稍等，我去拿个记录本，马上就下来。"

就这样，白玉传带着冯总一起，三天三夜都是在工地上度过的。白天在现场进行技术调查，晚上走到哪里就在哪里休息。在晚上休息的时候，冯总一个人还要把现场调查情况、交通便道、车站联络及其兄弟单位配合的联系方式都分别写进调查报告里，常常是忙到半夜时分才上床休息。

白玉传配合冯总完成工作后，也要奔赴紫阳参加此次车站大拨接接触网施工了。

在即将离开安康的那天中午，叶总突然给他打来电话，对他说道："白工，你先不忙着回紫阳，我把设计变更方案给你发过去，你赶紧打印6份出来，到咱们安康临时办事处去盖章，然后就到西安铁路局供电处找李处长，让领导审核，再连夜奔赴成都铁二院设计院找曹工，要他赶快报请院领导审核，现场等着呢。"

"可是俺不认识李处和曹工呀，再说现在西安也没火车了。"白玉传道。

叶总听了心里很是恼火，他第一次对白玉传发了脾气，气冲冲地问道："都啥时候了，还脑子这么死板！你不会去坐高速客车吗？时间我都给你算好了，你下午1点半坐上车，下午4点半就可以到西安了。到了西安，记着别害怕花钱，不要坐公交车，打个的直接去铁路局，我已经把电子版发给供电处李处了，你到了铁路局，直接去找李处就行了。"

叶总说完，就把李处和设计院曹工的手机号发给了白玉传。

白玉传看了一下表，现在已是中午12点了，他生怕耽误事，连中午饭都不敢吃了，连忙把这次设计变更方案打印了6份，赶紧让队上留守的司机师傅开车把他送到安康临时办事处，找到工作人员，盖好项目章后，再把他送到安康长途客运站，买了汽车票后就坐上了开往西安的高速大巴车。

这个时候，白玉传才感到饿了，肚子咕咕叫。幸好在大巴车发车前有商贩在车上卖吃的，他连忙买了一瓶水和几个面包，这才解了挨饿的难题。

白玉传吃了面包，喝了水，就一路在大巴车上昏昏欲睡，一直到下午4点左右，突然一阵手机铃声惊醒了他。他打开手机一看，原来是叶总的电话，他连忙接通手机，只听到叶总着急地询问道："你现在是不是已经下了高速，进入西安市区了？"

白玉传打开车上窗帘，往外一看，还真是到了西安市区内了。他连忙答道："叶总，俺现在已经在市区了，就是路上车多，堵得很呢。"

叶总听了，在电话那头叮嘱道："白工，你和司机师傅说一下，看能不能就近下车，下车后别打出租车了，你打个摩的吧，这样就会快些到铁路局。记着下午5点前必须找到供电处李处长。"

白玉传听了叶总的话，心里一阵好笑，觉得自己就像个木偶，身后面一根长长的绳子，在绳子的末端，叶总掌控他的一举一动。

白玉传此时也不敢耽搁，连忙赔着笑脸，在司机师傅等红绿灯的时候，问人家："师傅，俺有急事需要就近下车，你看能不能找个方便的地方让俺提前下车呀？"

司机师傅看到他一脸急样，笑着对他说道："等过了这个大马路口，再走不远就有个公交车站牌，到时候你就可以在那里下车了。"

白玉传听了连忙答谢师傅。大巴车到了前方公交车站牌停稳后，白玉传就赶忙下了汽车，着急地站在马路边眼巴巴地望着马路上行驶的各种车辆，可是一辆摩的也没发现。就在他一边看着手机上的时间一边着急地等候摩的出现的时候，只见不远处开来一辆摩托车，他连忙招手喊道："摩的，摩的，快过来！"

开摩托车的是一位50岁左右的老师傅，他把摩托车停稳后，就问道："先生，你去哪里呀？"

"俺要在5点前赶到西安铁路局，你看时间来得及吗？"白玉传一脸汗水，着急地问道。

司机师傅看了下表，笑着说道："你找我还真找对了。现在已经是4点20分，你若是不坐我这摩的，那是说啥也到不了了。来，戴上头盔上车吧，我保证你在5点前赶到西安铁路局。我是老西安人，对去铁路局的路熟得很，咱们抄近道，很快就会到达的。"

白玉传来不及问价钱了，他戴上头盔，跳上摩托车后座，那位司机师傅就启动摩托车了。

还真悬呀，在下午4点55分，这位摩的师傅还真的是把白玉传安全地送到了铁路局门口，白玉传问道："师傅，多少钱？"

那位师傅笑着答道："给20块钱吧。"

白玉传心想这价格还算公道，付给师傅钱后，他三步并作两步来到铁路局大门口的登记室登记好了人员信息，然后他就进入铁路局大院。这个时候，他才想起要给叶总打个电话，省得他心里惦记。叶总听了白玉传的电话后，电话里只说了两个字："好，好！"说完他就挂了电话。在他说话期间，白玉传听到叶总应该是在项目部里开生产会呢，因为好像领导们正在讨论工期节点问题呢。

白玉传来到了铁路局供电处李处办公室，把资料交给了李处审核，因为前期叶总已经把电子版发给李处审核了，因此，李处在签字的时候很爽快，没多久就办好了。

直到这个时候，白玉传心里才深深地呼了一口气，这一通搅和，可把他累坏了。他心里想着，今晚可以先找个旅店住下，吃个饭，洗个澡，美美地睡个好觉，明天一早再买张去成都的火车票，去找设计院曹工签字。

于是，白玉传就在西安铁路局的对面找了一家旅店，登记好，放下自己的小行李包，然后就出门来到背街的一家小吃城，点了一份油泼面、一瓶啤酒和一个肉夹馍。也许他是真的饿了，这一下子全吃了，肚子没啥反应，还是饿。白玉传心一横，牙一咬，又买了个肉夹馍，这下吃得可是肚子饱饱的，一连打了几个嗝。

酒足饭饱后，白玉传来到旅店内美美地洗个澡，就躺在床上看电视了。就在他惬意地休息的时候，叶总的电话又来了。说实话，白玉传是真心不想在这个时候接叶总的电话，可是叶总这个人很固执，手机铃声一直响个不停。没个法子，白玉传硬着头皮接通了叶总的电话。叶总在电话里一上来就是一阵询问："白工，你去哪里了？你咋不接我电话呢？"

"俺……俺刚才在厕所呢。"白玉传顺口一个瞎话。

"你现在立刻打出租车去西安火车站，今晚连夜奔赴成都，明天一早9点前必须把资料交到曹工手里。他们院领导下午要到北京去开会呢，这一去就是三四天，咱们可等不及呢。"叶总道。

"可是叶总，俺已经找了家旅店住下了。再说，这个时候去买票也不见得买得到票呀。"白玉传一肚子委屈地说道。

"这个旅店，你马上退掉。火车票嘛，我给你在网上预定好了。你现在立马打个出租车赶到西安火车站还来得及呢。"叶总严肃地说道。

白玉传听了，对叶总的办事效率和工作流程熟悉程度是佩服得五体投地。自己这一整天的行程都是叶总提前策划好的呢。想到这里，白玉传对叶总说道："那好吧，俺都听你的，现在就去把旅店退掉，即刻赶往西安火车站。"

就这样，白玉传又连夜坐上开往成都的火车，在第二天早上8点到了成都火车站。出了火车站，白玉传顺手打了一辆出租车，不到半个小时就来到了设计院的大门口。他给曹工打电话说明来意，曹工把自己办公室的位置告诉了白玉传，然后，白玉传找到了曹工，把手头的资料移交给曹工，这趟差事才算圆满完成。

出了设计院大门，白玉传给叶总打了电话，汇报此事已经办好了，叶总这个时候才在电话里笑着说道："白工，你这趟出差，我知道时间挺赶的，你也挺累的，要不下午就给你放假半天，你到成都市区逛一逛，明天早上再买火车票回来吧。"

白玉传听了叶总的话，这心里才乐开了花，连声道谢。

说实话，此时的白玉传哪有精神头去逛街呢，他只想赶快找家旅店，洗个澡，美美地睡上一觉解解乏呢。

斗转星移，转眼间，白玉传已经在巴蜀山水间施工一年多了，他们所管辖区段的襄渝二线电气化工程建设终于在2009年10月31日正式通车了。

襄渝铁路二线是国家"十一五"重点工程，是国家西部大开发十大重点工程之一，东起湖北襄阳，途经十堰、安康、万源、达州、广安等地，全长873公里，总投资147亿元，设计时速160公里。至此，重庆北上的列车运行时间大大缩短。

在通车的那个夜晚，叶总特意叫上皮总和白玉传，三个人来到项目部所在属地——紫阳火车站。他们三个人站在铁路沿线的护栏外面，看着火车风驰电掣般地行驶在汉江浩瀚的铁路桥上，叶总内心百感交集，他充满感情地说道："不容易呀，从2007年进场以来，三年多的时间，我们遇到了多少困难呀，打了多少次的攻坚战呀。最难忘的就是向阳镇站的变电所房建工程，那里的一砖一瓦，所用的每一粒沙子石子和水泥都是咱们现场工人人拉肩扛运上去的，施工之困难、工人之艰辛、协调之繁琐，都是前所未闻的，可是我们还是按期完成了铁路建设单位的工期节点，圆满地完成了开通送电的任务。"

"叶总，您说得没错。您作为项目总工、总体技术，负责变电、电力、房建、接触网等专业，每次看到您在深夜时分，一个人在夜灯下把图纸展开在地面上，蹲下身子，一点一点地看图审图，一边香烟是一根接着一根地抽，在灯光的照耀下显得更加疲惫不堪，我都很心疼呢。您看看您，现在才三十出头，这头上的白头发倒是不少呢。回想起咱们一起走过的1 000多个日日夜夜，咱们坚持到了最后，终于圆满开通送电，真的是不容易呀！"皮总此时也是眼里噙着泪水，哽咽地说道。

就在他们三人在这铁路边发感慨的时候，突然从后面传来一阵熟悉的声音："是你们三个呀，我还以为是谁呢！咋了，这襄渝线开通送电了，跑到这里找回忆呢？"

他们三人连忙回头一看，原来是项目部经理秦总。

"秦总，你还说我们，你是不是也睡不着呀，来到此处看看现场呢？"叶总笑着问道。

"皮总，咋了？这么大的人了，啥大风大浪没经过呀？看你那怂样，还抹起眼泪了！"秦总看了一眼皮建业，风趣地说道。

"秦总，你今晚可得请客呢，俺早惦记着你那瓶好酒呢。"白玉传在旁边笑着说道。

"好、好、好，今晚我请大家吃面去。"秦总爽快地说道。

"秦总，你每次请客都是吃面，这次咱们能不能不吃面呀？吃个米饭可好？"叶总说道。

"咋了？叶总，面条不好吃呀？我想起来了，你是南方人，不爱吃面。好，今晚咱们几个人就去吃你家特色湘菜可好？一定让你辣得过瘾！"秦总说着就招呼大家往回走。

到了一家湘菜馆，几个人坐了下来，叶总就自告奋勇点起了菜。好家伙，全是辣菜呢。到了最后，叶总对秦总说道："秦总，你看看，再点几个菜吧。"

秦总看了看菜单，笑着说道："每人再加一碗酸水面。"

"秦总，您啥时候都离不开面条呢。"皮总笑着说道。

他们边吃边聊，秦总向叶总问道："叶总，你不是要立刻到贵广高铁项目去吗？这剩下的竣工资料移交工作可咋办呢？"

"那就让皮总全面负责，接触网具体工作交给白玉传，让他锻炼一下自己，其他专业也都有人去办理。"叶总答道。

"俺以前在技术工作上都没独立干过啥工作，这一到咱襄渝线，俺真的是学习了不少东西。这竣工资料移交工作，俺一定干好，放心吧，各位领导。"白玉传充满信心地说道。

"小白有这个信心就好，干活是累不死人的，只要自己愿意干，那就一定能干好。你在这一条线上的工作，大家都是有目共睹的。"秦总欣慰地说道。

"放心吧，你同学皮总在其他线路上也当过总工，他是接触网技术里的行家呢，有啥不懂的多向他请教。"叶总看了一眼旁边的皮总，笑着对白玉传说道。

"好了，二位领导，咱都别光说话了，为襄渝线圆满送电开通，来干一杯！"皮总端起了酒杯一干而净。

那一夜，他们几个是喝大发了，白玉传都不知道是咋回地宿舍。

襄渝线开通送电后，一线的施工人员很快就陆续离开了工地，纷纷到其他线路继续电气化铁路建设了，叶总也去了南广高铁指挥部了。白玉传留了下来，继续进行竣工资料的编制工作。他是第一次进行竣工资料编制，开始的时候那是一头雾水，不知道从何下手，多亏了他同学皮总手把手地教他。

白玉传一个人负责接触网专业从开工以来所有竣工资料的编辑、排版、分类和汇总并进行组卷移交工作，系统地全面参与竣工资料的移交工作。只有参与了，他才知道竣工资料要求的严谨性、及时性、准确性和完整性。科技档案资料来不得半点马虎，它是工程建设过程真实的写照和记录。

经过将近4个月的竣工资料编制工作以及和移交单位安康供电段技术科的多次对接、核对后，终于在12月10日，白玉传把竣工资料正式移交完成。在正式办理完竣工资料移交手续后，他一个人走在安康市繁华的大马路上，心里一阵激动，忍不住给叶总打了个电话："叶总，咱们襄渝线接触网专业竣工资料今天全部正式移交了,并办理了正式移交手续。谢谢您给了俺一次锻炼的机会,这次俺是第一次参与竣工资料编制工作,走了不少的弯路。我想闲下来,这几天把自己从事竣工资料的编制工作时犯的错误认真总结下,写篇档案资料论文可好?名字俺都想好了,就叫《工程竣工资料整理如何与施工进度同步》,写好后发给您,您帮我审核下,多提些修改建议。"

"白工,你这样做很好呀。你善于总结工作经验,这一点真不错。放心吧,你写好后发给我,我好好看看,并向有关国家期刊推荐下,争取予以发表。"叶总说道。

白玉传听了叶总这番鼓励的话,心里对写这篇有关资料整理的论文充满了勇气和信心。接下来几天,他一个人静下心来,分项梳理自己在此次竣工资料编制过程中遇到的问题,并根据自己的实际经历,认真总结自己的经验教训,洋洋洒洒地写了3 000多字的论文。他及时地发给叶总,让他给看看。

叶总收到白玉传发来的论文后,第二天一早就给他打电话:"白工,我仔细读了你写的论文,虽然有些语句不太通畅,但是可以看得出来,全是你的竣工资料编制工作的经验总结,我连夜给你修改了一版,发给你,你再看看,若没啥问题,我就给你推荐到国家级期刊《中国科技纵横》编辑部。"

"谢谢叶总,我一定仔细看看你修改过的论文,真的,谢谢您。"白玉传感激地说道。

白玉传看到经过叶总修改过的这篇论文,他惊讶地发现,整篇论文的论点更加清晰,论据更加具有说服力了,而且就是自己不小心写错的字和用错的标点符号,叶总都逐一进行修正。叶总严谨的工作态度让白玉传敬佩不已。

白玉传写的这篇论文,经过叶总的推荐,终于在国家级期刊《中国科技纵横》上发表了,这也是白玉传收获的第二篇专业技术论文,给他今后的技术革新及开展其他科研项目打下一个夯实的基础。

后来,公司科技部新任丁部长不知道从哪里看到这篇论文,他专门给白玉传打来电话:"白工,听说你写的一篇关于工程资料的论文被国家级期刊发表了,你能不能做个QC项目,参加今年咱们集团公司的优秀QC小组评选活动呀?"

"可是俺以前从来没有参与过QC呀,俺不知道咋弄呀。"白玉传听了丁部长的话,心里没底气,胆怯地说道。

"这个好办呀,我可以给你发些有关QC小组活动开展的资料,还有一些其他人写得好的QC成果模板。你只要把你日常如何收集及整理工程资料的过程写清楚,重点描述你所遇到的工作难点,还有你在现场解决难题的办法和途径。记着,QC小组活动不是一个人，而是一个团队进行的。我相信你所写的论文也不是你一个人的工作经历吧。"丁部长说道。

"那俺就试试吧，写得不好，你可千万别见笑。"白玉传说道。

过了几天，白玉传收到了丁部长发来的有关QC方面的资料，认真学习了几天，就准备开始进行编制QC成果PPT汇报材料。由于是第一次自己制作PPT，他连起码的操作都不会，就在电脑里百度，硬是一个人独立完成了这项QC成果的PPT汇报材料，发给了丁部长。

丁部长一看，笑着在电话里说道："还真是服了你了！没想到你第一次搞这个还挺像回事呢，起码入门了。你放心吧，后期的修改和调整，我来帮你，争取通过公司专家组的审核，给你报到集团公司去参加今年的优秀评选活动。"

"谢谢丁部长，让您费心了。"白玉传感激地说道。

"甭客气，你以后有啥科研方面的想法都写下来和我说，到时候说不定还能获得国家发明专利呢。"丁部长鼓励道。

白玉传真是做梦也没想到，他第一次参加集团公司的优秀QC小组成果评选就获得了集团公司级优秀QC成果奖，集团公司给白玉传他们这个小组成员通报嘉奖并奖励奖金8 000元。

后来，秦总知道了这件事，亲自给白玉传打来电话，笑着赞许道："行呀，大传，你现在不但会干技术，还会写总结，真了不得呢。你这次的QC获得集团公司级优秀奖称号，可真是给咱项目部长脸了。咱们襄渝线正在申报中国中铁级的优质工程，你这项荣誉称号，给这次申报优质工程项目加分不少呢，我代表项目部谢谢你。"

"都是秦总您领导有方，这个获奖项目也离不开叶总、皮总平时工作上的指导呢。"白玉传笑着说道。

竣工资料正式移交后，白玉传待在安康也就没啥事了。一天早上，秦总打来电话，对他说道："小白，你来上班也很长时间了，这次竣工资料移交，你付出了许多心血，铁路运营单位对此表示满意。在此，我代表项目部谢谢你。队部暂时没事，你可以回家休整一段时间，等咱们宝鸡那边的工程投标成功了，就通知你来上班。"

白玉传听了秦总的话，答道："也是，俺好久都没回家了，那俺这几天再收拾一下收尾工作，与皮总移交一下，俺就买票回家了。"

没过几天，白玉传就把手头的工作梳理好了，写了个工作移交清单，和他同学皮建业正式办了移交手续后，他就打算买票回家去看看自己的妻子和女儿白妞。

可是不知道为啥，白玉传心里却涌出一股莫名的淡淡忧愁。对安康这个地方，心里总是有一股难以割舍的情感。在一个深夜里，他一个人躺在床上翻来覆去，就是睡不着。也许对于白玉传在电气化工程建设的生涯中，安康这个地方对他太重要了。他在这里遇到了此生最重要的贵人，他们就是秦总、叶总和他同学皮总，正是由于他们在工作上对他无微不至的关心和鼓励，他才在接触网技术工作上有了质的飞跃。正因为有了这段难以忘怀的亲身经历，他对自己独立从事接触网技术才有了信心和勇气。经过这几年的经历，白玉传深深地爱上了安康，这个美丽的城市，它的一山一水都让他难以忘怀。想到这里，白玉传打开了电脑，充满感情地写了一篇美文，以此纪念安康的这段日子。

这篇文章写好了，白玉传连夜就上传到自己的新浪博客上，第二天点击率就突破了10 000次，好评如潮。他的老师芷兰也亲自给他打来电话鼓励道："小白，看不出来，你写散文的水平也是越来越高了。这篇散文你再修改下，我打算给你推荐到《散文月刊》上。"

"谢谢老师，那俺再修改下，让老师费心了。"白玉传答谢道。

很快，白玉传就回到了家乡，见到了自己日思夜想的妻子小燕和女儿白妞了。白妞现在已经6岁了，上小学一年级。

白玉传这次与家人团聚，他狠下心，打算好好学学做饭，要不以后再自己一个人在工地上就有得挨饿了。每日接送白妞上学的任务也交给了白玉传。妻子小燕还在她嫂子的服装店里上班，虽然每月工资不多，但是也能贴补一些日常家用。

白玉传利用闲暇时间，还在网上自学了CAD绘图知识。在安康编制竣工图的时候，就是因为自己对CAD绘图操作不太熟练，耽误了他不少时间呢。

过了年后不久，他同学皮建业就给他打来了电话，对他说道："大传，赶紧买票来宝鸡吧。咱们在这里投的工程中标了，是车站电气化扩容改造工程。工程规模不大，可是日常工作流程很繁琐。你快点来，现场技术还需要你负责呢。"

"那好，俺今天就去买票，争取早点去宝鸡上班。"白玉传说道。

白玉传来到火车票售票窗口买了张第二天去宝鸡的火车票。可是，他第二天来到火车站坐火车的时候，因连日的大暴雪造成铁路瘫痪，多趟火车晚点和停运。白玉传也没坐上车，在车站退了火车票后，就给妻子打了电话说："我今晚走不了，还得连夜赶回家呢。"

深夜11点左右，当白玉传下了汽车时，发现她娘俩站在马路旁等着接他呢。

白玉传生气地说道："都几点了？你们还不睡觉，接俺干啥呢？"

白妞没说话,只是睁大眼睛看着爸爸,很久很久。

在回家的半路上,白妞瞌睡得眼睛都睁不开了,白玉传心疼地抱着白妞,一直抱到了床上。

第二天,白妞和爸爸、妈妈一块儿上火车站买火车票,到了火车站一问,工作人员还是说没票。在回家的路上,白妞对妈妈说:"到超市给我买点东西吧。"

到了超市里,白妞对她妈妈说道:"妈妈,给我买个笔记本吧。"

白妞一回到家里,就立刻从塑料袋里掏出笔记本,拿着铅笔,对爸爸妈妈说她要写日记。白玉传惊奇地问:"你字都不认识几个,咋写呢?"

白妞说她认识字,就要写。就这样,白妞写下了她人生中的第一篇日记:"今天和爸爸、妈妈去火车站买火车票,没买到票,爸爸、妈妈不高兴。爸爸走不了,我却很高兴,晚上又可以让爸爸给我讲故事了。"

然后,白妞就一脸灿烂地大声读给爸爸妈妈听,她不停地反复朗诵着她写的日记,一脸的天真,一脸的笑容。

到了真的要离开的那天下午,她娘俩又去送白玉传。在去汽车站的半路上,白妞突然问起白玉传:"爸爸,你晕车吗?要是晕车就买瓶冰冻水放到肚子上,冰一会儿就好了。"

白玉传听了,心里一阵感动,一股温暖油然而生,连声对白妞说道:"爸爸不会晕车,谢谢白妞。"

到了宝鸡,白玉传就给他娘俩打电话报平安,白妞接到电话就大声喊道:"爸爸,你说你现在想我吗?"

白玉传说:"想呀,当然想白妞了。"

白妞听了,又接着说:"爸爸,我在学做饭呢,现忙着呢,你挂了吧,拜拜。"

可白玉传还不想挂电话,还想再听听白妞的声音,可白妞在那边不停地催促道:"爸爸,你快点挂电话吧。我忙着呢,没时间理你呢。"说完白妞就挂了电话,留下白玉传一个人在异乡他地陷入无限的遐想中。

宝鸡这个工程是个小项目,规模不大,工期却很紧,只有两年多时间。因此,项目部干技术的就只有两个人,现场技术负责人就是白玉传,项目部技术负责人就是他同学皮建业了。

白玉传一到宝鸡施工现场千河车站后,就投入了紧张的开工前技术各项工作。白天,他到现场进行技术调查和测量;晚上,他加班熟悉施工图纸和编制施工方案,还有材料计划和技术交底工作。

那段时间可把白玉传累坏了，可是他心里很欣慰。因为他深深地知道，只有在自己年轻的时候干得越多，才学习得越多，自己只有现场经验多了，说话才有力度，其他人才会心服口服。

在白玉传没日没夜、加班加点地努力工作下，他终于在一个月内完成了既有线电气化铁路改造施工开工前的各项技术准备工作。开工前所需的材料都是人家供电部门提供的，他们这条线不负责材料采购任务。因此，白玉传就拿着近期需要的材料计划，坐上一辆拉货车，和几位现场师傅来到了供电段物资材料调剂中心料库。他们到了人家供电段材料库办了交接手续后，就来到了料库存放材料的现场。白玉传一行人一看现场材料堆放的情况，全都傻眼了。这哪里是料库呀，简直就像个废品收购站。所有接触网零部件都乱七八糟地堆放在一起。

白玉传一边看手中的材料计划，一边望着眼前这情景，心里顿时倒吸一口凉气，垂头丧气地说道："这可咋办呀？这乱哄哄的，我们要扒拉到啥时候才能找齐咱们需要的材料呀？"

埋怨归埋怨，可是今天拉材料的工作任务还是要完成的，要不这开工仪式可咋搞呢？没法子，白玉传就吆喝着几位师傅在大海里捞针了。一上午很快就过去了，他们几个也没扒拉出几件全套完整的材料。他很无奈，就和他同学皮总打了个电话，把现场情况说明了一下。皮总听了，笑着说道："你呀，干起活就没个章法了。你这不是白用功不出活吗？自己累得半死，效果却不佳呢。"

"那你说咋办？俺今天拉材料的任务是无法完成了。"白玉传一肚子委屈地问道。

"你呀，老同学，真是笨死了！你中午请人家料库主任吃个饭，把咱们的情况向人家解释一番，到人家清点齐整的库房里先把材料拉走。隔天，你再安排几个师傅来人家料库帮忙把堆放如山的材料给整理一下。这下一次你再去拉料，不就轻松许多了吗？我相信人家是会帮咱们这个忙的。"

经老同学指点迷津，白玉传一下子就开窍了。他连忙找到人家料库主任，给人家点支香烟，笑着把自己的想法和人家一说，没想到人家满口答应道："你说的这个办法可行。不瞒你说，这些材料也是刚刚入库的，我们料库人员少，还没来得及整理呢。"

白玉传听了，心里很高兴，就连忙叫上人家库房几位师傅一起到外面吃个工作餐。

这吃了中午饭回来，拉材料的工作开展起来就顺利了许多。

走之前，白玉传对人家料库主任笑着说道："今天拉材料这事，主任您帮大忙了。放心吧，我明天就派几个师傅过来帮你们整理材料，不管几天，一直把这批材料整理完了为止。"

"那就谢谢你们了。"主任说道。

在项目部全体人员的努力工作下，千河车站既有线电气化工程改造项目终于如期进行了。

当日的工作任务是在停电封锁点内更换既有软横跨三组。这既有线施工的流程是相当繁琐的。别看只有一个多小时的干活时间，可是需要提前申报月计划、周计划和日计划，每日施工前要申报封锁点，提报当日施工方案，开停电作业票，还要召开点前协调会、点后总结会等一系列的工作流程，一个流程都不能少。

等白玉传这一通忙活后，时间就到了晚上8点多了。吃了晚饭，他就早早洗洗睡了。

这样的工作流程，白玉传是哪一天都少不了的，一干就是3个多月。可是对于白玉传来说，这些累都不算啥，最可怕的就是怕自己在计算腕臂、软横跨的时候大意，若是算错了，那就会造成安全行车事故。因为在这条线上进行封锁点停电施工，封锁点一结束线路马上就要开通送电运营的。因此，白玉传每次在计算完后，还要把数据发给他在项目部的同学皮建业，给他审核把关后，才放心地把数据交给工班人员去预制安装，以确保计算万无一失，现场安装一次到位。

这既有线电气化改造工程对从事接触网的技术人员来说就是一个噩梦，天天提心吊胆的，生怕出个啥事。因为在既有线上施工，安全质量无小事，只要出事，那就一定是大事，单位是要承担安全质量事故责任的。幸好白玉传有他同学皮建业在此为他的计算数据进行再次的核对，要不他也不知道这一天天的日子自己一个人是咋熬过来的。

幸运的是，在白玉传和他同学皮建业的共同努力下，技术工作没有拖施工进度的后腿，这一点也得到了人家监理和业主的好评。

就在白玉传忙碌地工作的时候，妻子小燕给他打来了电话，告诉他一个天大的喜讯："俺又怀上了，现在都四五个月了，也不知道是男是女。"

白玉传听了妻子小燕这一席话，心里很高兴。他擦了把脸上的汗水，兴奋地对妻子小燕说道："不管这次你怀的是男是女，咱都要。这样，白妞长大了也好有个伴，只是你可能今后生活更加辛苦了。俺要在外面上班，你一个人在家独自一人抚养两个小孩，到时候你可咋办呀？"

妻子听了，一脸无奈地说道："那有啥法子？到时候，俺就央求咱娘来省城帮咱们带孩子。"

　　白玉传接了妻子小燕这个电话，觉得自己身上的担子更重了，马上自己就是两个孩子的爸爸了，若不好好干，可咋养活这个家呢？想到这里，白玉传在日常工作中就更加卖力了。

　　在同学皮建业一次干部现场盯岗的时候，白玉传忍不住把这个好消息告诉了他。皮建业听了，笑着说道："行呀，大传！你可以呀，马上就有老二了！要不今晚你请客，咱们庆贺一下？"

　　"这个没问题，等封锁点干完了，俺请客，咱们找一家油泼面馆，点几个菜，咱哥俩喝上一壶。"白玉传笑着说道。

　　封锁点干完，白玉传参加完施工总结会后，就和他同学皮总在车站附近找了一家小饭店，坐了下来，点了几个下酒菜，要了一壶酒，他哥俩就边吃边喝起来。

　　皮建业几两酒下肚，话就多了起来："不瞒你说，大传，俺也是两个娃娃，你嫂子在家可辛苦了。咱们干工程的男人，虽然说在外是很辛苦，可是相比人家电气化家属一个人在家所受的磨难，那都不算个啥。她们不仅要替咱们抚养孩子，还要替咱们对父母尽孝，有时咱们工资发放不及时，为了贴补家用，你嫂子还要去超市打工挣钱呢。你说说看，人家嫁给咱们图个啥？不就是图咱这个人吗？你呀，今后可要对弟妹好一点，别动不动就像老哥，几杯马尿下肚就不知道天高地厚了，每次回家短暂的团聚都惹得你嫂子生气。有时候想想自己做的事，真不像个男人做的事。唉，不说了，说多了都是泪呀。来、来、来，咱哥俩再干一杯。"说这话时，皮建业眼里噙着泪水，他端起酒杯就喝了起来。

　　白玉传听了他的话，心里也不是滋味，也端起酒杯一干而尽。

　　那个晚上，他哥俩喝得是酩酊大醉，自己都不知道咋回的队部。第二天一早起了床，才知道是人家老板把他哥俩送回了队部呢。

　　工程单位的日子忙起来就会感觉到过得很快。这不，白玉传已经在工地上班大半年了，日子不知不觉已是深秋的10月初了。在一个秋风瑟瑟的晚上，妻子小燕给他打来了电话，说道："要不你现在就请假回来吧，俺再有十天半月就到临产期了。现在俺实在行动不便呀，俺娘她早就来咱家了，可是她现在年龄也大了，咱家住六楼，每日爬上爬下接送咱白妞上学放学也不太方便，累得咱娘每天都腰酸背疼的，每晚还要照顾俺。俺看咱娘的身体，近来一段时间那是吃不消了。再说，到时候俺坐月子不是还得麻烦娘伺候俺吗？"

　　"那好吧老婆，俺明天就去向领导请假。这次争取在家给老二过个满月，俺再来上班。"白玉传对妻子说道。

第二天,白玉传向项目经理秦总请了假,技术工作上的事和他同学皮建业办了交接后,就买了一张回家的火车票。

白玉传一到家里,就看到妻子小燕的身子这个时候确实行动不便了。白妞见爸爸回来很高兴,并要求以后要爸爸每日接送她上下学。

晚上,白玉传和妻子小燕躺在床上,妻子小燕对他说道:"这次生咱老二,医院我都提前找好了,就在区人民医院吧。接生大夫刚好咱大姐认识,她也帮忙给联系好了,还有住院部也打过招呼了,给咱留个单间病房。这样,晚上娘和你也可以在屋里休息一下。咱就不回老家去了,到时候人手不够的话,俺姐小花也来,有咱娘和咱姐小花就行了,你这几天上街逛一逛,给孩子买个奶瓶和奶粉,还有提前准备下生产需要的东西,以免到时候手忙脚乱的。"

白云传看了一眼疲惫的妻子,心疼地说道:"小燕,你辛苦了,一个人在家还要带着白妞,看你多憔悴呀。"

妻子小燕听了,用手摸了摸鼓起的肚皮,笑着说道:"你家老二可不老实了,每天在俺肚子里活泼得很呢。一想到这小家伙就要出生了,俺再辛苦也不觉得累呢。"

妻子说到这里,突然问白玉传:"你这几天没事了就好好琢磨下,给咱老二起一个好听点的名字,到时候医院里要开出生证明呢,还有新生婴儿上户口要用呢。"

"那你知道咱老二是男孩还是女孩呀?"白玉传好奇地问道。

"这俺也不知道,不过听娘说,根据她的经验,说老二是个丫头呢。"

"丫头好,刚好和白妞有个伴。放心吧,现在咱也不知道孩子的性别,俺男孩、女孩的名字都起几个,到时候咱再选选看。"白玉传说道。

接下来的几天,白玉传在家里一刻也没闲着,他每日除了接送白妞上学外,就是陪着妻子小燕一起下楼到外面转转,给老二买些出生时需要的东西。

在一个下午,妻子小燕突然感到不适,娘见了,赶紧让白玉传打"120"电话。没过多久,医院的救护车就来到了小区院内,白玉传搀扶着妻子小燕坐上了救护车,很快就来到了医院。到了医院,人家大夫一看就没让回家,说到了临产期了,孕妇需要住院观察。白玉传办了住院手续后,就对娘说道:"娘,今天你去接白妞。俺待会给小花姐打个电话,让她明天就来吧。这白妞每日上学还得有个人接送呢。"

"那好吧,你在这里陪着小燕,俺接了白妞放学,做好晚饭后,就给你们送过来。"小燕娘说完就离开医院回家了。

晚上7点多钟,娘带着白妞来到了医院,给白玉传夫妻俩送晚饭。这个时候,妻子小燕已经打上点滴了，娘就问白玉传："小燕现在身体情况咋样？"

白玉传说道："大夫已经看过了，孩子不大好顺产，还得剖腹产呢。明天先检查化验一下，计划后天早上动手术。"

"那你小花姐啥时候从老家来呀？"娘接着问道。

"俺小花姐明天一早就坐车，估计中午就会到了。到时候，娘也来医院，有你在身边，俺心里踏实，让俺小花姐每日接送白妞上学，可好？"白玉传笑着对娘说道。

"妈妈，咋了，咋躺在床上不说话了？"这个时候，白妞在床边拉着妈妈的手心疼地问道。

"白妞，你妈妈要生宝宝了，你说你是喜欢要弟弟呢还是想要个妹妹呀？"娘在旁边问道。

"俺……俺啥也不想要，就想要妈妈！"白妞看了一眼床上躺着的妈妈说道。

白妞和娘在医院里待了一会儿。等妻子小燕醒了，她看到白妞也来了，就对娘说道："你们快点回去吧，这医院病房里细菌多，还是少让白妞来。白妞，你这段时间在家里听姥姥的话，记着每日写作业，晚上早点睡觉。"

打发走了娘和白妞后，妻子这才对白玉传说道："俺饿了，想吃点东西。"

白玉传连忙打开饭盒，一看，娘做的正是妻子小燕最爱吃的肉丝面条，于是连忙拿到妻子小燕面前，笑着对她说道："你看，娘给你做的你最爱吃的肉丝面条。"

妻子小燕看了也很高兴，白玉传立马就拿起筷子给妻子喂面条。妻子小燕也是饿了，不一会儿就把一饭盒的面条吃个干净。擦完嘴，她对白玉传说道："俺现在嘴里没味，你上街去给俺买些橘子吃。"

白玉传看了一眼妻子头顶上那即将输完的药水，笑着说道："等这瓶药输完了，俺扶着你上趟厕所，再去给你买。"

妻子笑了笑，也就没说话了。很快，药瓶里的药水就输完了，护士说今天的药没了，给小燕拔了针后，叮嘱道："今晚让孕妇早点休息，记着明天早上不能吃早饭，等化验检查后才可以吃饭。"

白玉传搀扶着妻子小燕去了一趟厕所后，又把妻子搀扶到床上安顿好了，他这才放心地出了医院大院门口，来到对面马路边的水果店，给妻子买了点苹果、橘子、香蕉啥的。然后，他就赶紧返回医院。

到了住院部，他打开房门，看见妻子小燕斜躺在床上看电视呢。白玉传把水果放好后，就拿了一个橘子，给妻子剥开送到嘴里。妻子小燕笑着说道："你有多久没有像今天这么对俺好了？"

白玉传听了，也笑着说道："俺不是干工程回不了家吗？再说，不对自己老婆好，对谁好呀？"

夫妻俩一夜无话。第二天一早，白玉传拿着化验单，搀扶着妻子去做化验检查，一直忙到10点多。刚把妻子小燕搀扶到病床上让她躺好了，小花姐就来到了医院里。妻子小燕一看到她姐姐，就激动地问道："姐，你咋这么早就到了呀？家里都安排好了吗？"

"放心吧，家里有你姐夫呢。俺是坐的咱老家来省城最早的班车，4点半的，所以10点就到了。"小花姐答道。

"那你还没吃早饭吧？要不俺去买点早饭，小燕今天一早要化验检查，刚好俺俩也没吃早饭。"白玉传笑着说道。

"大街上有啥好吃的，俺来看一眼小燕就回咱家。俺刚才给娘打过电话了，娘说在家里都把饭做好了，是饺子呢。等俺吃好了就给你们送饭来。"小花姐说道，"小燕的手术安排到啥时候呀？"

"等化验结果出来就知道了，听说是安排到明天早上8点呢。"白玉传答道。

"那好，俺先回家去看看娘，待会俺再过来。"说完，小花姐就离开医院回家了。

没多久，小花就把饺子送了过来，等白玉传他俩吃了饺子后，小燕就说累了，想休息一下。

到了下午4点多钟，大夫来了，进行例行检查后，对他们说道："孕妇的化验结果出来了，一切正常，明天早上9点就安排手术。你们家属记着，在这段时间里，要让孕妇静卧修养。今晚让孕妇多吃点有营养的，过了夜里12点后，孕妇可不能吃任何东西了。"

第二天一早，娘和小花姐把白妞送到学校后，就赶忙来到医院里，她们帮着白玉传一起把小燕送到了手术室里。

等手术室门一关，剩下的就是等待了。娘在小花姐的陪伴下坐在凳子上，白玉传这次也不知道为啥，在走廊里走来走去。娘看到了，就笑着说道："你咋回事？你在小燕生白妞的时候不是挺淡定的吗？这次生老二，你咋六神无主了？在俺面前晃来晃去的，惹得俺心慌，要不你到外面去静一静，可好呀？"

"娘，小燕进去这么久了，咋还不出来呀？俺心里慌得很呢。"白玉传焦急地道。

"你呀，你看看你，还像个爷们吗？这才多久呀，才进去20多分钟，你心里着急啥呀？剖腹产手术哪有那么快呀？"小花姐看了一眼白玉传，笑着劝道。

白玉传听了小花姐的话，再也不敢在娘面前来回走动了，可是他也不知道为啥，就是一直牵挂着妻子小燕。白玉传在忐忑不安中等来了从手术室里走出来的护士，只见护士抱出个新生婴儿，笑着问道："谁是岳小燕的家属？恭喜了，得了个千金呢。"

娘听了，连忙答道："俺是岳小燕他娘。来，给俺抱吧。"

"那好，你们把孩子送到护理间，让那边的护士帮忙给登记一下，办个手续就行了。"说完，护士就要关门进去，白玉传连忙问道："那产妇咋还不出来呀？"

护士听了，笑着答道："放心吧，母女平安。我们还在给产妇进行手术后的处理工作，再等个10多分钟就出来了。"

听了护士的话，白玉传那颗悬着的心才放了下来。这个时候，娘对白玉传说道："你看你家老二，刚出生就在那儿笑呢，要不咱小名就叫她开心吧？"

白玉传听了，连忙凑了上前，看了一眼自己的宝贝闺女。娘说的还真对，虽说那小眼睛还没完全睁开，可是仔细一看，她那小嘴巴可不是在轻微地咧着，在那儿微笑呢？

"娘这小名起得好，咱就叫她开心吧。"白玉传高兴地说道。

娘抱着小开心就去护理间登记去了，留下小花姐和白玉传等着小燕出来。

没过多久，小燕就躺在手术床上被推了出来，几个护士一起把小燕送到住院部病房里。白玉传一路上看着还在沉睡的妻子小燕，这个时候的她，脸色煞白，显得很是憔悴。

等把妻子小燕在病床上安顿好后，护士看了一眼输液瓶，调好点滴的速度后，叮嘱道："剖宫产术后一般6小时之内要平卧，头放低，撤去睡枕，早下床，防止术后血栓性静脉炎的发生，排气后增加饮食，促进伤口愈合。这个时候产妇身体很虚弱，需要平躺静卧。切记，麻药过后，产妇无论多疼或者是多不舒服，肚子上的沙袋都不能动，这沙袋有利于伤口愈合。"

没多久，娘就把宝宝给抱了回来，她笑着对白玉传和小花姐说道："咱们小开心出生时，你们知道有多重吗？比她姐白妞还重，八斤六两呢，你看这小家伙长得多俊呢。"

就在这个时候，小燕的麻药药效已散，她张开干裂的嘴唇小声问道："俺生个啥？快，抱来让俺看看。"

娘听了，赶紧把宝宝抱到小燕旁边，笑着说道："是个闺女，俺给起个小名叫开心，你看中不中？"

小燕看了一眼身旁的小宝宝，刚想用手去抱一抱她，这小家伙突然咧开嘴巴，大哭起来了。小燕见了，连忙说道："俺现在奶水还没下来，她是不是饿了？娘，你快点给她先烫点奶粉吃。"

娘赶紧打开奶粉，让白玉传去把新买的奶瓶用开水烫烫，然后冲了半瓶奶粉，先从奶嘴里挤出一滴奶水自己尝了尝，感觉温度刚好合适后，这才放心地把奶嘴放到小开心的嘴里。刚开始，小开心还不愿意吃呢，小嘴巴倔强地来回动，可是一旦喝到了奶水，她那小嘴巴就吸个不停了。人家吃饱喝足后，就不哭不闹了，闭上小眼睛睡着了。

接下来的6个小时是小燕最难熬的一段时间。为了手术后伤口愈合得更好、更快，任凭她再央求，娘就是不让白玉传把放在小燕肚子上的沙袋取下来。

出院前是要开新生儿出生证明的，这个证明很重要，是报户口的重要凭证。因此，老二的大名得起好了才行。于是，白玉传就和妻子小燕商量道："咱白妞大名叫白夏荷，那咱老二开心就叫白秋沐行吗？"

妻子小燕听了，嘴里嘟囔道："秋沐，秋沐，沐浴在秋天瓜果飘香里，咱开心那是一辈子不愁水果吃了。好，就叫白秋沐吧。"

小燕在医院里住了一个礼拜后，就出院回到了家里，开始坐月子了。小花姐又在白玉传家里待了几天，然后也回老家了。

白玉传心里不放心把妻子小燕一个人留在家里让老娘一个人照看，再说白妞每天要上学接送呢，因此不管妻子小燕和娘几次催促他去上班，他都没答应，一直在家陪着妻子小燕，等给开心过了满月后才安心去上班了。

白玉传到了单位上班后，更加卖力工作了，因为现在他的家庭压力更大了。不过，一想到二丫小开心那乖巧的模样，他心里就会不由自主地涌出一股幸福感。

既有线电气化改造工程，虽然一线工程量不大，但是其施工性质注定其施工质量的要求更高，安全上容不得半点疏忽。因此，白玉传一到单位就投入紧张有序的工作中。

一天下午5点左右，白玉传一个人坐在办公室里，忙着编制次日既有线施工方案，突然耳旁传来熟悉的声音。他推开门来到大院里一看，原来是老三队的料库主任吕主任。他连忙迎上去，紧紧握住吕师傅的手，激动地说道："吕师傅，你咋来这里了？咱俩好多年没见面了。"

吕主任也没想到在异乡他地会遇到白玉传，心里也很激动，一脸笑意地道："是大传呀，真想不到你也在这里呢。我来之前在项目部见到皮建业了，在这条线上没想到咱老三队的人还不少呢。要不今晚，咱们一起聚一聚可好？"

"那好，我去联系。对了，付队长，还有史队长、孟小亮他们几个都在呢。"白玉传笑道，"对了，吕师傅，你这次到宝鸡是为了何事呀？"

"咱们公司专门成立了轨道分公司负责修建地铁工程，我现在在郑州地铁1号线。这次来宝鸡，就是到宝鸡器材厂催料呢。刚好我听说皮建业在这里，他和宝鸡器材厂的人熟悉，于是就找到你们这里，想着让他给帮帮忙呢。"吕主任道，"对了，大传，你文才大哥现在也在咱们这个新成立的轨道公司，在郑州地铁1号线任项目副经理呢，主管接触网专业。你想不想去地铁上干干，锻炼一下自己？"

"俺十多年来干的都是大铁接触网，听说地铁接触网隧道内是刚性接触网悬挂，俺不太懂呢。"白玉传一脸无奈地说道。

"你呀，大传，在咱工程单位里，你若不学习就会被淘汰的。你看师傅我，这么大年龄了，离退休没几年了，不也在不断学习吗？"吕主任鼓励道，"若你想去，我这次回去就和王经理说一下，看那边需要不需要现场接触网技术人员。若需要的话，我再和你联系。"

白玉传听了吕主任的话，心存感激地说道："那谢谢吕师傅了，若能到地铁上工作，放心吧，俺一定好好干活。"

"我知道你小子这几年在技术工作上干得不错，这次回去我就找领导反映一下你的情况。"吕主任笑着说道。

到了晚上，白玉传找了一家饭店，叫来了项目部的皮总、付队、史队和孟小亮。他们几个人坐在一起，吃个饭，聚一聚，庆贺一下他乡遇故知。

在酒桌上，付队长拿起酒杯，笑着对吕主任说道："师傅，你都干了一辈子电气化了，这眼看着都要退休了，还那么拼搏。听说你现在又在地铁干上了，还在学习呢？"

"小付呀，这人老了，再不学习，到了哪里都会成了别人的累赘。师傅我刚强好胜了一辈子了，也许人家一句无心的话、一个不经意的眼神，我都会难受好几天呢。这在单位干一天，咱就得学一天不是？这知识学到自己肚子里，那才叫真本事呀。等我退休了，我就可以不再这么累了，带着你嫂子，好好到全国各地去逛一逛，散散心。"吕主任无奈地道。

付队长听了，二话没说，端起酒杯，招呼着大家伙，向他们心中这位可敬的老师傅敬一杯酒。

那个夜晚聚餐时吕主任的肺腑之言，在白玉传的脑海里久久挥之不去。他一个人在床上翻来覆去难以入眠，满脑子都是吕主任的身影。吕主任说的话真是太对了，有多少老师傅在年轻的时候，那干起活来都是没得说，说话总是底气足，干啥事都是雷厉风行的；等上了年纪，若是自己跟不上时代的步伐，就得忍气吞声，听小年轻的指挥。有时候遇到一些盛气凌人的年轻人对着老师傅指手画脚的，然后再看看佝偻着背、低声下气的老师傅那张无奈的脸，白玉传心里就不由得一阵心酸。

想到这里，白玉传心里一阵寒意。他突然想起吕主任劝他到地铁工程上干活的事，他拿出手机给妻子小燕打了个电话，说了今天遇到吕主任的事，并把他也想到地铁工程上去学技术的事和妻子小燕说了说。

妻子小燕听了，对他说道："这是个好事呀，对你来说是个好机会。若是能到地铁工程上干活，你就能多学习一下专业知识，而且离家也近了，可以经常回家看看白妞和小开心不是？"

妻子小燕一席话，更加坚定了白玉传去地铁工程上参加技术工作的想法了。

第二天一早，在吕主任要走的时候，白玉传把他拉到一边，笑着说道："吕师傅，去地铁上干活的事，俺想了一夜，觉得若是能到地铁上干活，对俺今后工作上会有更大的帮助。若是有机会，还要请吕师傅多费心了。"

吕主任听了，笑着说道："放心吧，我这次回去就找找领导，看看那边需要不需要现场接触网技术人员。若需要，我就叫你文才大哥给你打个电话。"

又过了半个月，白玉传突然接到一个来自省城的陌生电话，他连忙接通后就听到了文才大哥那熟悉的声音："大传，听出来我是谁了吗？你的事，吕主任都和我说了，我也和咱们轨道公司的领导讲了你的事。这边刚好需要一个现场接触网技术工，你若是想来，就尽快把你那边的工作办个交接手续，争取早点过来吧。"

"俺咋听不出来您的声音呀？您是文才大哥。那先谢谢您了，等俺把这件事和我们这里的领导谈谈，若是可以，俺就等办了技术工作上的交接手续，即刻赶往地铁工地。"白玉传笑道。

白玉传挂了电话，心里那是又喜又愁。喜的是自己可以去地铁工程上干活了，愁的是自己咋和秦总开这个口呢？因为他知道这边现场的技术工作一直都是他在负责呢，自己冷不丁地撒手而去，这下子可就对不住人家秦总了。这几年和秦总的朝夕相处，他深知秦总是个重情义的好领导，心里时刻装着一线工人呢。

这个问题困惑了白玉传好几天，平时干起活来也是精神恍惚的。一天，同学皮建业来到工地检查工作，发现他一脸不高兴的样子，就笑着问道："咋了，大传？有啥烦心事和我说说，咱们干工程的可不能总是带着情绪工作呀。这时间长了，可不利于施工安全呢。"

白玉传看了一眼自己的同学皮建业，嘴里嘟嘟囔囔地把自己想去地铁工程上干活的事和同学说了说。皮建业听了，笑着说道："这是好事呀，这个好机会你还是要把握好，对你今后从事接触网技术工作是会有很大的帮助的。"

"可是俺走了，这现场技术工作可咋办？俺就是对秦总开不了这个口呀。"白玉传担心地说道。

"放心吧，老同学。作为你的老同学，你有这个好机会，我为你感到高兴。现场技术的工作，你和我交接。我今天回去先把你这件事和秦总汇报下，看看领导的态度再说。"皮建业对白玉传说道。

白玉传听了老同学这一番话，心头一热，哽咽着说道："那就先谢谢老同学了，我等你电话。"

没过几天，皮建业就给白玉传打了个电话，说道："大传，秦总让你今天下午来项目部一趟，他想和你谈谈心。记着来的时候带两瓶酒，晚上咱们三人一起坐一坐，聊聊家常。"

"那俺的事，你和秦总说了吗？"白玉传问道。

"你来了就知道了，记着来的时候买两瓶酒，下酒菜我来买。"皮建业这个时候却卖起了关子了。

老同学这个电话把白玉传弄得是丈二和尚摸不着头脑。没法子，他心一横，决定下午去一趟项目部。这件事成不成对自己也没啥大碍，若能去更好，不能去，自己就好好在现场干活就是。

下午三四点的时候，白玉传在去项目部路上的一家烟酒店里买了一盒香烟和两瓶好酒。到了项目部，他把酒放到老同学皮建业的办公室后，皮建业就陪着他一起去见秦总。到了秦总办公室，白玉传敲了敲门，里面传来秦总那熟悉的洪亮声音："哪位？"

"秦总，俺是白玉传。"白玉传大声答道。

"快请进！"秦总在屋里热情地答道。

白玉传推开了门，和皮建业一起来到秦总面前。白玉传连忙给秦总递了一支香烟，秦总看了一眼白玉传，笑着问道："大传，我记得你不是不会抽烟吗？咋了，学会抽烟了？"

"俺没烟瘾，都是瞎抽着玩的。"白玉传笑着说道。

"大传，你和皮总都先坐下来，咱们好久没在一起坐坐聊聊天了。"秦总招呼着他俩坐下来后，先问白玉传现场的施工情况，白玉传连忙把近段时间内现场施工进度和下一阶段的施工任务向秦总做个汇报。

秦总听了白玉传的工作汇报，心里很满意，他接着说道："大传，你的事，皮总和我说了。你来襄渝线后所干出的成绩，我是都看在眼里的。说句心里话，我也不舍得放你走，因为你也知道，咱们这边也需要接触网技术员。再说，现场技术一直都是你在负责的嘛。"

白玉传听了秦总这番话，心里顿时凉了半截。他看了一眼秦总，笑着说道："俺知道，俺现在提出离开是不太合适。没事的，就当没这回事，我回到现场一定好好干活。"

秦总听了，脸上假装严肃地说道："那就好，有你这句话，我就放心了。若是没啥工作上的事，你就回工地吧，好好干活。"

白玉传听到秦总这样说，知道自己的事没戏了。他刚想着向秦总话别离开，皮建业就笑着对秦总说道："秦总，大传是个老实人，你就别逗他开心了，要不就由我来说吧。"

秦总看了一眼急着要回现场的白玉传，笑着没说话。

皮建业就笑着对白玉传说道："我回来和秦总说了你的事，秦总听了很是支持你的想法，说你在襄渝线技术上干得不错。若是你有机会去地铁工程上学习技术，他是大力支持的。"

皮建业说到这里，看了一眼白玉传那一脸惊诧的样子，笑着继续说道："秦总为你这事还专门找了咱们公司工程部部长叶总呢。对了，就是以前咱们襄渝线的总工叶小飞，现在人家是公司领导了。他把你在襄渝线和在宝鸡这边工程上的日常工作表现做了详细的汇报，并请求人家叶总提前给轨道公司那边领导打个招呼呢。叶总对你这次想去地铁工程上学技术也很支持，还专门给咱这边分来个大学生呢，让他做我的助手，协助我在现场的日常技术工作，这下你就放心去吧。"

白玉传听到这里，心里才明白是咋回事。他满怀感激之情，对秦总说道："秦总，说实话，俺来到襄渝线，遇到您和叶总，还有皮总，俺真的是在接触网技术上学习了不少知识和现场经验。这一下子就要离开你们，俺心里还真的是很舍不得呢。真的，谢谢秦总。您放心，俺到了地铁工程上一定好好干，不会给您和叶总丢脸的。"

秦总听了，笑着说道："大传，我也看得出来，你平时工作踏实，态度认真，对待项目部工作积极负责。到了那边就好好干，多学东西没坏处。"

皮建业听到此处，就笑着对白玉传说道："大传，要不你今晚就别回工地了，晚上咱们一起和领导坐坐，聚一聚，可好？"

"那好吧，大传，咱们今晚就一起坐坐。"秦总笑着说道。

白玉传听了，心里很高兴，他连忙说道："那俺这就出去找家饭店去，订一间包间，晚上咱们说话也方便一些。"

"好了，大传，你就别忙活了，说好了你买酒，我负责小菜。到了晚上，秦总还要亲自下厨给咱们做地道的臊子面呢。到时候，你就等着吃秦总做的面吧，可好吃了。"皮建业在旁边说道。

秦总在旁边笑着没说话，最后他特意叮嘱道："皮总，我让你买的五花肉买了没有？这臊子面若是没有五花肉可不成呀。"

"放心吧，秦总，早就买好了，我买了三斤呢。"皮建业笑着答道。

到了晚上，三个人一通忙活。那个夜晚，白玉传吃到了他一生之中最好吃的臊子面，一连吃了好几碗呢。

第二天早上，皮建业和白玉传就一起来到施工现场进行现场技术对接工作。

这白玉传要到地铁工程上去干活的消息很快就传遍了作业队。付队长听了，找到白玉传，笑着说道："大传，看不出来呀，你小子这消息封锁得挺严实的，到了要走的时候都不告诉老哥一声。咋了，是怕老哥不放你走吗？"

"哪能呢付哥！俺是怕走不了，不就成了笑话了吗？这才没敢告诉您。"白玉传赔着笑脸说道。

"你呀，就你心里那花花肠子，我还不知道呢？你说说看，你一到咱三队上班，我就是你的工长，多少年了，我还不了解你？放心吧，老哥心里巴不得你在工作上上进呢。你越在工作上干出成绩来，我这当工长的不是脸上越光彩吗？"付队长哈哈大笑道。

史队长看了一眼一脸尴尬的白玉传，也笑着说道："大传，到了那边就好好干，没事了多来电话聊聊天。你说你这一走，我们大伙都挺想念你的。"

"那是一定的，俺啥时候也不会忘了老三队的兄弟姐妹呀。咱们的那份兄弟情是任何东西都换不来的。"白玉传充满感情地说道。

"那你啥时候走呀？走之前，咱们哥几个一起聚聚，给你送个行。到时候可不许说自己不会喝酒呢。"孟小亮在旁边问道。

"再过个三五天吧，等俺把手头的技术工作和皮总交接清楚了，俺就走了。"白玉传说道。

接下来的几天，白玉传和同学一起到现场把施工情况调查得那是一清二楚，他还特意做了个技术工作交接表交给皮建业。皮建业看了，笑着问道："大传，没想到现在干既有线电气化工程改造比以前要求得更严了,这每日的十项日常技术工作,那是一件都少不了呀。"

"那是,现在干封锁点停电作业流程就是这么多,说是一个小时的施工时间,掐头去尾的也就剩下不足40分钟的有效施工时间了。现在干这活是挺不容易的。"白玉传看了一眼手中列出的日常工作项目,笑着说道。

白玉传和他同学皮建业把日常技术工作交接完成后,他就给文才大哥打了个电话汇报了一下自己这边工作的进展情况,并问自己啥时候可以去地铁工程上班。文才大哥听了他的汇报,对他说道:"大传,你那边若是没啥事就赶快过来吧,咱们地铁工程这边车辆段的柔性接触网的基础已经施工了三分之一了,马上就要进入上部作业了。你到了这里就先负责这一块的技术工作。"

"啥,柔性接触网?我去地铁工程上是想学习一下刚性接触网的,咋又让俺负责柔性接触网呀?"白玉传嘴里嘟囔道。

"你小子要想学刚性接触网,到了这里有你学的。你别废话,先赶紧过来,到车辆段去盯一段时间。"文才大哥严肃地说道。

"好、好、好,俺都听你的还不行吗?"白玉传听到文才大哥这一席话,嘴里连忙答道。

就这样,白玉传真的要离开宝鸡了。这对他来说是个崭新的开始,不仅是在技术工作上,而且还要面对着新的同事和新的领导。这日常沟通协调工作对白玉传来说也是一个新的挑战呢。

白玉传买了第二天早上的火车票,他打算先回家看看妻子和两个乖女儿,过几天后再去地铁工程上班。当然,自己心中这些小九九,那是打死也不能让那位工作严谨负责的文才大哥知道的。

那个晚上,白玉传注定是要酩酊大醉的。在一起10多年的兄弟即将分离了,这一离去,说不定10多年都难以见面了。干过工程的人都知道,一旦自己从事的是和以前不一样的工程,那就可能好久都难以碰到自己以前的兄弟姐妹了。这也是一个作业队里的弟兄们在异乡他地偶遇自己以前的兄弟时感觉特别亲的缘故吧。

白玉传给妻子小燕打了电话,说了自己想去地铁工程上工作的这件事已经成功了,明天就要先回家待几天,然后再去上班。小燕听了也很高兴,她说道:"那你别在家里待太久了,过上几天就去上班吧,反正以后都在一个城市里,想回家看看,还是挺方便的。"

第二天早上,付队长特意安排作业队的送工车把白玉传送到宝鸡火车站。白玉传从站台上走向火车上的时候,回头望了一眼轨道上方那熟悉的接触网,心里不由得感慨万千,心里默默地念叨:"别了,大铁!永别了,大铁接触网!"

夜里8点左右,白玉传就回到了家里,见到了妻子小燕和自己的两个宝贝姑娘——白妞和小开心。这个时候,小开心已经会认人了,一刻也离不开妈妈,白玉传只要一抱她,她就小嘴巴一撇,哇哇大哭。最可笑的是,晚上人家是要紧紧地抱着妈妈睡的,白妞也不能靠近妈妈了。

白玉传也不敢在家里待太久,回家后第三天就给文才大哥打了电话,说他已经回到省城了。文才大哥听了,在电话里说道:"那你明天早上就先来咱们地铁项目部,我把地址给你发过去。到了那里,你就给我打电话,先在工程部跟着赵总熟悉熟悉图纸,然后再去车辆段现场工地吧。"

白玉传听了文才大哥的话,连忙说道:"那好,俺明天一早就从家里出发去咱项目部上班。"

第二天早上,白玉传简单拿了几件换洗衣服就坐上开往省城的公交车,到了市区又倒了一次公交车,大概上午10点多就来到了项目部大门口。白玉传望着眼前这个临时搭建的二层高的活动板房——地铁工程项目部,心里一阵激动,他心里默默念叨:"地铁,俺来了,大传加油!好好干,干出个名堂来!"

第九章

郑州纪事

白玉传走进项目部大院，问了问门卫师傅："师傅您好，请问王经理办公室在哪里？"

门卫师傅对他说道："你找王经理呀？他的办公室在106。"

白玉传答谢门卫师傅后，径直找到106房，敲了敲门，听到屋里传来文才大哥的声音："请进！"

白玉传推开门，走进去一看，只见王经理正坐在办公桌前，紧皱眉头，在看图纸呢。

听到白玉传的脚步声，他这才抬起头来，笑着说道："大传，你来了？来了就好。你这几天赶紧先跟着工程部赵总熟悉熟悉图纸。过几天，你赶紧去郑州东车辆段，那里现在施工有点混乱，你先过去熟悉熟悉现场，尽快把施工进度和技术都抓起来。来，我带着你先去见一见咱们轨道公司领导费总和办公室刘主任，先去报个到。"说着，王文才大哥就带着大传去和领导见面了。

等白玉传报到后，王文才大哥又带着他来到工程部，找到技术负责人赵总，把白玉传介绍给了赵总。

赵总中等身材，年龄40多岁，整个人看上去很干练。在来的路上，白玉传听王文才大哥说，这位赵总可是接触网施工技术的专家呢，他现场施工经验极其丰富，而且还在国外修过多条铁路和地铁工程呢。

赵总一见白玉传，二话没说就递给他一套投标资料和施工组织方案，笑着对他说道："今天你刚来，先熟悉一下咱们地铁1号线的技术资料，有个整体概念。到了明天上午，我就带着你到现场去看看，了解一下地铁接触网技术知识。"

白玉传谢过赵总，接过资料，坐在赵总旁边的凳子上，开始认真地看起了技术资料。文才大哥见了，笑着说道："大传，既然来到地铁工程部，可要好好学习，遇到啥不懂的多向赵总请教。"说完，王文才大哥就离开了工程部，回他办公室了。

赵总一边看着急匆匆离去的王经理，一边对白玉传说道："你来了，就好了，起码现场技术上有个人顶着呢。现在车辆段的施工进度不太理想，你看把王经理一天天愁的，好久都没看到他笑了。"

白玉传听了，谦虚地说道："俺也是第一次干地铁，许多知识都需要学习呢，以后少不了麻烦赵总多多指导呢。"

"放心吧，只要你肯学习，这条线上有许多新知识供你学的，好好干吧，年轻人！"赵总说完，就开始在电脑上提取材料计划了。

白玉传环顾了一下四周，发现工程部大多数都是年轻人呢，但是都在忙碌着工作，谁也没有说笑，旁边年轻人打电话也全都是在谈论现场施工和技术上的问题呢。白玉传第一次来到轨道公司就体会到了一股浓浓的学习氛围。

赵总停下手中的工作，站起身来，扭扭腰，笑着说道："岁月不饶人呀，这人上了年龄，工作起来真的是力不从心了，不像人家年轻人那样天天充满活力。咱们轨道公司是个新成立的公司，是专门修建地铁工程的，这大部分员工都是年轻人，他们都是大学生，不仅理论知识扎实，学习起来的勇气和韧劲也是让人佩服呀。我看你小白呀，年龄也不小了，到了地铁工程来干，可得抓紧时间多学习呀，要不你可就落伍了，赶不上这帮年轻一代的知识分子了。"

白玉传听了，心里一惊，再次回头看了看周围。这群忙碌的年轻大学生此时吓得都不敢乱说话了，只是埋下头，仔细地看着技术资料。

赵总看了一眼白玉传，笑着说道："要活到老学到老，一天不学习，赶不上刘少奇呢！抓紧学习吧，小白。"

"赵总，您还是叫俺大传，亲切些！"白玉传笑着说道。

"那好，我以后就叫你大传了。到了现场，遇到啥技术问题，及时沟通联系呀。"赵总说道。

"对了，大传，地铁工程质量要求得更严格。你到了现场，一定把图纸吃透了，下的技术交底一定要有针对性、实效性，并且每道工序都要亲自到现场进行自检，要是叫咱们项目部安质上那位'包黑子'发现了问题，他可是六亲不认，是要开罚单的呢。"赵总善意地提醒道。

白玉传第一天和赵总见面，他就发现地铁工程有许多和大铁工程管理不一样的地方，具体有啥不一样，他一时也说不清楚，只是感觉到自己今后在工作上一定要严谨，马虎的毛病可不能犯。

第一天的工作经历在白玉传的脑海里烙下深深的痕迹，尤其是赵总说的那位铁面无私的"包黑子",看来自己在今后施工中可要小心谨慎了,千万别犯在他的手里呀。

第二天,赵总就带着白玉传,拿着图纸,坐车来到了郑州东车辆段。

一路上,白玉传心里很激动,也很忐忑。激动的是自己终于可以参建地铁工程了,忐忑的是自己对地铁知识很是匮乏,到了现场,自己说话可要严谨了,不懂的可不敢瞎说呢。

到了车辆段,赵总说先去看看中心料库,看看材料近期到货的情况。

一到中心料库,白玉传的眼睛都不够使了,看啥都很新奇,因为许多材料都是第一次见到,他都说不上名字来。他站在一排排码放整齐的长长的、方方的铝合金物件旁,看得都着了迷了。赵总见了,就笑着解释道:"大传,这就是刚性接触网固定接触线的汇流排,主要用在隧道内。"

"可是它咋卡接触网呢?俺看了许久也百思不得其解呢。"白玉传疑惑地问道。

"你看,这汇流排下方有一条缝隙,接触导线通过作业车,再经过放线小车牵引,就可以把接触导线放到汇流排的下方夹槽沟里了,放线时还要涂抹导电膏呢。你放心,今天回去我给你找些刚性接触网技术资料,你学习一下就了解了。"赵总耐心地解释道。

看了中心料库,赵总又带着白玉传来到车辆段现场。白玉传看到地铁上的接触网支柱都是钢管柱,在大铁上那是很少用到的,并且地铁上的软横跨不叫软横跨,它有个更好听的名字,叫"门型架"。这里的下锚拉线也很奇怪,不全是拉线,是由一半拉线和一半链接杆件组成的。

总之,白玉传看到啥都是稀奇的,他越是看不懂,就越是有学习的兴趣。他就像一个刚入学堂的小学生,屁颠屁颠地跟在赵总后面,一边看着一边听赵总讲着。这一天,他似乎感觉到自己的眼睛和耳朵都不够使了,生怕自己忘了赵总的话。

赵总看着一脸着急样的白玉传,笑着劝道:"大传,万事开头难嘛。你初来乍到,别乱了阵脚。你先在车辆段盯上一段时间地铁柔性接触网。这柔性接触网,你不陌生,等熟悉了现场施工情况后再慢慢地学习刚性接触网。咱们这条线是国内第一次使用膨胀接头,到时候厂家来了,你可要好好跟厂家学习一下安装技术呢。"

"放心吧,赵总。俺既然来到地铁工程上干,就是抱着很大的决心来的,一定好好干、好好学。咋说俺也是上班10多年的老电气化人了,虽然说文凭不高,但是学习的勇气和信心还是有的。"白玉传答道。

就在赵总和白玉传在现场一边看着图纸一边调查的时候,突然看到前面一伙人围着一个大个子，在那里不知为啥吵了起来。那个大个子声音很大，远远的就能听到他那洪亮的声音："我说了，不行就是不行，这拉线回头这么长也不及时截掉、绑扎，若是工程车来来回回碰到了咋办？再说了，你们为啥不严格按照技术施工表上的长度提前在料库预制好，到了现场瞎球搞，让人家监理和业主看到了，对咱项目部是啥看法？这是咱们在家门口干的第一条地铁工程，领导一直强调要把工程干成精品工程，你们就是这样干的吗？"

"李工，俺们及时整改还不行吗？您看看，整个现场不就这一处吗？其他地方都是按照技术施工表上施工的。今天拉到现场的材料就剩下这一点了，俺们就用到这里了，还没来得及处理，您就来了。您看，要不这罚款单就别下了，可好？"有人求饶道。

"不下罚款单不行，只要我看到了就得罚。不罚你们，你们今后咋长记性呢？"那个大高个说着，就拿起相机在现场拍起了照片，一边拍一边气嘟嘟地说道："明天就把罚款交到项目部财务处，若不及时上交，就让你们停工整顿。"

赵总听到此，用手一指前方那个大高个子，笑着对白玉传说道："看到了吗？大传，那就是咱们项目部的安质干事李工，号称铁面无私的'包黑子'。今天你算是看到他的处罚力度了吧。这个李大个子，我说了他多少次，这急脾气就是改不了。你说说看，这都人到中年了，学校里养成的脾气咋还改不了呢？"

白玉传听到这里，心里才恍然大悟，原来赵总和这位"包黑子"是同学呢。

他俩一边说着话，一边也来到了现场。旁边一位带工的年轻小伙子见了赵总，连忙喊道："赵总，您快点和李工说说，就饶了我们这一次吧，我们下次真的不敢了。"

赵总听了那位年轻小伙子的央求，心里就起了恻隐之心。他犹豫半天，这才开口说话："李工，他们都按照您的要求进行整改了，现在都是为了赶进度，他们也没有办法，你看要不……"

"就算了吧"这四个字还没说出口呢，李工就眼睛一瞪，扫了过去，差点喘不上来气，高大的身体还晃了晃，这是给气的！

大家看到李工气得那个模样，顿时个个噤若寒蝉。

李工定了定神，就开始口头教育："咱们建设的是家门口的地铁工程，必须严格地按照标准施工。不要存在侥幸心理，出了问题你负得起责任吗？像拉线回头这种问题，必须提前测量好长度，在料库预制好了一头然后在现场安装后及时进行绑扎……"

"李工，我们及时整改到位，就是别罚款了。"一旁的劳务人员赔着笑脸说道。

"安全质量问题容不得半点马虎！说了罚款就必须罚款！今天必须给你们开罚单，这个问题如果在3日内整改不了，那就停工整顿学习！"李工斩钉截铁地说道。

赵总见了，苦笑一声，对白玉传说道："你看看，这个疯子，干起工作来真的是执法如山、六亲不认呀。"

李工几番说服教育，最后勒令整改，这可让白玉传领教了"包黑子"的威力了。现场大家伙听了李工的一席话，那也是心服口服的，立马着手现场整改了。李工看了，这才会心地笑了。

白玉传没在项目部待上几天，王经理就要他赶紧去车辆段现场。在离开项目部的时候，王经理严肃地对白玉传说道："我给你半个月的时间，若是你到了车辆段，现场施工进度和技术还是没有起色的话，那你在这里的实习期就算结束了，你立马卷铺盖走人！"

"俺……俺……俺刚来，你就这么严格呀！"白玉传听了，嘴里嘟囔道。

"我叫你来不是来学习的。俗话说得好，'三十不学艺'。你现在已经是30多岁了，你学习的阶段已经过去了，单位也不可能负责你一辈子，给你培训学习。我不看过程，只要结果。半个月后，我就组织工程部、安质部去车辆段检查验收，看看你这段时间工作得咋样。你技术上有啥不会就晚上自己学习，不懂就问工程部赵总，但白天照样和别人一样上班，盯在现场，负责施工进度和技术。若是现场发生一点点安全质量问题，不用我出面，有人会收拾你。这几天你也领教咱们项目部的'包黑子'了，今后你若是犯到他的手里，有你小子受的。"王经理说的话可难听了。

白玉传听了心里一阵紧张，他看了一眼这位陌生的王经理，这还是以前那位和蔼可亲的文才大哥吗？咋变化这么快呀，一点都不像了呢？他没说话，刚想扭头离开的时候，王经理又说了一句话："大传，既然来了就要把自己的长处展现给大家，用自己辛勤的汗水和工作成绩让别人认可你，知道吗？只有好好干、好好学，你才能在陌生的环境里站稳脚跟。"

白玉传此时才听懂文才大哥这段话的言外之意。文才大哥是用另外一种方式在激励他好好干，鞭策他好好学习呢。

白玉传也不敢懈怠，当天就让项目部司机师傅帮忙把他的行李被褥拉到车辆段工班所在地。他把自己的住宿安排好后，没来得及休息，就拿着图纸来到现场统计施工进度情况。中午吃了饭后，他又来到中心料库，找到他的老师傅吕主任，让他帮忙给打印一份库存材料清单。白玉传看了看手里打印出来的材料清单，心里那是哇凉哇凉的。他苦笑着问吕主任："吕师傅，你看看咱们现在料库库存的材料，这腕臂是来了，可是套管双耳没来，咋预配呀？这门架梁来了，可是连接螺栓没到货。这材料是到了不少，可是都不配套。俺不管，你是老师傅了，可得想办法帮俺把材料给弄齐了。现在王经理只给俺半个月的实习期，若是时间到了，现场还是老样子，他就让俺滚蛋呢。"

吕主任听了，哈哈大笑道："你小子就是有福气呀。这材料我早就在催厂家了，放心吧，三天以内，料库既有库存材料、配套材料全部到货。到时候，你就撸起袖子，加油干吧。"

只要肚里有粮食，这心里就不慌了。白玉传听到这里，就笑着对吕主任说道："那俺就不打扰你了。俺得回去好好合计一下，把现场施工进度情况捋一捋，做个台账，晚上和带班人员，还有劳务队负责人开个会，讨论一下下阶段咋开展施工呢。"

白玉传整整忙了一下午，这才把车辆段的工作量捋清楚了。他做了个工程进度台账，把工程数量总量、已完成的工程量、未完成的工程量、现场制约条件，还有下阶段施工编制了一个施工计划，并细化到每一天、每一班组。这样，他就心中有数了。

吃了晚饭，白玉传把带班人员和劳务队现场负责人叫到一块，准备开个会，讨论一下下阶段的施工进度计划。

大家伙被叫到一起，因为彼此都不熟悉，谁也不愿意说话，就这样冷场了四五分钟。白玉传看了一眼现场会议情况，心想自己初来乍到的，可咋开个好头呢？他正在苦思冥想的时候，只听到人家劳务队负责人说道："俺们都是出来干活的，谁不想多干活呀？可是看看咱们料库存放的料，都是缺胳膊少腿的。本来是可以一次性安装到位的，硬是让我们分几次完成，这活干得真窝心呢。"

白玉传听了，就接着这位师傅的话说道："俺已经和料库主任沟通了，他保证三天内材料到齐。"

旁边一位带班人员心有余悸地说道："这工程管理得太严格了，安质部动不动就要罚款呢，我来干没多久就被罚了三次了。说实话，还是咱们现场技术交底不清晰，没有针对性的交底，现场干起活来工艺无法统一。"

"您这个建议提得好。以后的技术交底，俺来负责，编制完成后，咱们一起开个会讨论一下咋把咱们的工艺标准统一了。实际上，技术交底的有关技术标准，技术上说了算，可是现场咋干活、咋把工艺水平提升，你们现场干活的人最有说服力。我相信，只要咱们心往一处想，劲往一处使，心里都把彼此当亲兄弟对待，就没有干不成的活。"白玉传这一席话瞬间拉近了同事们的心，大家听了都哈哈大笑起来。

随后，白玉传又说道："俺初来乍到，希望弟兄们别把俺当外人。咱们一起干好车辆段，争取在半个月时间内，把料库里所有接触网材料全部拉出去安装到位，大家伙说有没有信心呢？"

"干得越多，罚得越多呢。"那位带班师傅嘴里嘟囔道。

"这点你放心，既然俺来了，就要承担起责任来。以后我们工班要坚持自检，工班间要坚持互检，咱们还要坚持交接检。只要大家伙不是有心的，再被安质部发现安全质量问题，俺一个人承担责任，你们看这样行吗？"白玉传把自己的心里话和大家伙说了出来。

大家伙听到白玉传都这样说了，也都不好意思了，尤其是那位带班人员，他笑着说道："人家白工都这么说了，咱们还有啥说的呀？只要材料到位，技术交底扎实，我想咱们一定能干好的。再说，都是出来干活挣钱的，咱们也不能净看着白工一个人罚款不是？"

白玉传听到这里，知道现在这个团队的思想工作算是宣传到位了，剩下的就是看如何现场组织协调了。他笑着对大家伙说道："若是弟兄们看得起俺，以后就别再叫俺白工了，就叫大传吧，这样听起来亲切一点。你们看，咱们明天是否先把现场已完成的工程量自己检查一下，发现质量问题就自己整改到位。然后，每个工班再抽出几个人到料库把材料清点一下，等后天材料到了，咱们就在料库把材料配齐了，一次拉出去，一次安装到位。俺这几天把现场技术测量工作提前做做，还有施工表和技术交底争取提前完成。哪位师傅对施工进度和工艺水平提升有啥好的建议，欢迎大家伙今后畅所欲言，咱们共同进步。"

白玉传带着他的弟兄们，经过半个月的紧张施工，终于把料库库存的材料全部拉出去安装到位了。王经理看着每日的施工进度汇报，心里也很高兴，他不止一次地问白玉传："啥时候我们项目部组织一次对车辆段的联合大检查呀？你可别只管赶进度，不管安全质量呀。"

白玉传听了，笑着说道："您放心吧，等再过几天我们自检合格后，再通知项目部领导来检查。这次，一定不会让您脸上无光的。"

又过了三四天，白玉传经过自检，把发现的质量问题都自我整改到位后，他还是不放心，又再次到现场自己检查了一遍，这才放心地给王经理打了个电话："王经理，你们项目部可以来车辆段现场检查指导工作了。"

"是吗？那我们明天一早就过去，你做好准备吧。"王经理在电话那头大声说道。

第二天一早，王经理就带着工程部赵总、安质部李工来到车辆段现场进行联合大检查。

他们一行先来到料库，一看，柔性接触网材料基本没库存了。王经理一问料库主任吕主任，吕主任笑着答道："这段时间，大传干活都疯了，他和他弟兄们干得那是热火朝天呢。许多材料都是他们自己在料库里装配齐整，用人力车一车一车地拉到现场，这施工进度没得说呢。"

李工听了后，担心地问道："活是干了不少呢，可就是不知道现场安全质量有没有问题，咱们还是快点去现场看看再说吧。"

他们一行一起走进车辆段，看到一线施工人员都是安全帽佩戴齐整，防护服穿戴规范，尤其是那个容易被人遗忘的安全帽帽带是否系牢的问题也不存在了。更难能可贵的是，一线现场施工人员见了领导不胆怯了，一个个充满笑意，主动地向领导们问好。赵总看见了，笑着说道："没想到呀，这大传干起施工管理还是有一套的呢，这手下弟兄们的精神面貌焕然一新呢。"

"还是再看看他们干的活吧，好好检查检查。"李工说着，拿起尺子仔细地量着拉线回头绑扎，一连复测了几处都没问题，这才放心地抬起头。突然，他惊喜地指着支柱上贴的那张小卡片，激动地对王经理说道："大传这个创意好呀。每个支柱上都贴上关键工序质量卡控表，每道工序谁负责安装的，谁是质量员，谁是技术员，一清二楚，而且还有每道工序的自检结果呢。"

王经理听了此话也凑上前，仔细地看了起来，然后回过头来对赵总说道："赵总，您看这个是否可以全线推广一下呀？我觉得大传这个创意挺不错的呀。"

赵总听了，赞许地看了一眼白玉传，笑着说道："我看可以，这样也能在业主和监理面前展现一下咱们单位在工程质量管控中是如何开展工作的。"

赵总一边说着一边看看不远处一处处腕臂棒瓷上都包着一层厚厚的草珊，草珊外面还用细铁线绑扎牢固，在腕臂和底座连接处也用双股铁丝帮助固定。他会心地一笑："这个大传呀，是把大铁上一套高标准要求全部移花接木了，这下现场的成品保护工作是大大提升了一个台阶呢。"

他们一边走着一边看着，白玉传也是一路陪着，心里一直忐忑不安，生怕那位"包黑子"发现啥问题。就在这个时候，只见带班人员小张一路小跑过来，见了白玉传就气喘吁吁地说道："大传，我们在装腕臂前复核尺寸，发现预配的腕臂长度与预配表上的长度不一样呢，你可得跟料库主任说下，我们得再到料库换一根腕臂过来，要不装上了也不合适呢。"

"那好,我立马给料库主任打电话,给你们更换腕臂。咱们今晚开个会,讨论一下看看是谁在负责预配腕臂。"白玉传一边说,一边拿起手机给料库主任打电话。

小张听到白玉传这么说,这才放心地走了,去料库领腕臂去了。

"包黑子"李工看到此情此景,笑着对白玉传说道:"白工,可以呀,你没来几天就和你手下的弟兄们打成一片了,这都不叫白工了,全都叫你大传了,这大传叫起来亲切。现在,你们工班里都会在安装前自己检查了,看来咱们现场的安全质量管理工作做得很扎实呢,这下我就放心了。"

能得到项目部铁面无私的"包黑子"的认可,可不容易,就在白玉传脸上刚刚露出喜色的时候,王经理看到了,脸上依旧严肃地对白玉传说道:"大传,这柔性接触网对你来说不陌生,下一步,刚性接触网对你才是个挑战呢,你可不能沾沾自喜,要知难而进呀。"

白玉传听了,连忙收起脸上的笑容,一脸谦卑地说道:"俺知道,俺知道。"

赵总在此次车辆段联合检查结束后对白玉传说道:"大传,前几天王经理已经给你们作业队的施工区段划分了一下,你们东区负责紫金山站(不含)—郑州东车辆段(含),共计九站十区含一个车辆段,正线里程15.2公里。你明天若是没啥事,我就带着你一起到你们所管辖隧道区段现场技术对接下,你也好心里有个数,可好?"

"俺明天没事,那明天早上咱们项目部见。"白玉传说道。

第二天早上,白玉传吃了早饭就和司机师傅一起开了辆面包车来到项目部,去和赵总一起调研隧道区间。

赵总见了白玉传后就笑着说道:"来得挺早的,带手电了吗?有些区间里面没有临时电源,挺黑的,需要照明设备呢。"

"这个俺忘记带了,这可咋办呢?"白玉传听了,心里着急地问道。

"放心吧,我给你准备了一个头灯,你今天先凑合着用吧,图纸和尺寸都带了吗?"赵总问道。

"这些资料都带了,放心吧。那您看咱们啥时候走呀?"白玉传问道。

"这上午一早是上班高峰期,进市区的交通拥堵,咱们上午就先走东风南路站—车辆段这部分区间吧,下午咱们看看上午现场情况再定吧。"

项目部离东风南路站不远,白玉传就和司机师傅交代好,让他先在项目部等候,等快到中午了再和他打电话联系。然后,白玉传就和赵总一起来到东风南路站隧道内,这也是白玉传第一次与刚性接触网近距离接触,因此心里特别激动。

来到站台上,白玉传看到这个车站的汇流排已经安装到位了,就剩下架设接触线了。赵总指着隧道顶的刚性接触网，对白玉传做起了现场技术交底。很快，白玉传就了解了刚性接触网的基本材料了。

东风南路站是个通过站，没有侧线，因此相对简单些。赵总接着对白玉传说道："地铁接触网接口多，施工空间狭隘，轨行区交叉作业多，因此，前期技术调查和测量尤其重要，许多材料都是测量后才能给厂家下单生产的，所以前期技术工作量很大。你这边还剩下一半区间的测量工作没开展呢，因此需要尽快成立测量小组，尽快开展测量工作。"

白玉传一边跟着赵总现场调查，一边虚心地向赵总学习刚性接触网技术。赵总来到一处道岔区域，对白玉传说道："这刚性接触网接触线导高要求精度特别高，刚性接触网的跨距一般为8～10米，接触线高度应符合设计要求，允许施工误差为±5毫米，设计高度变化时，其坡度变化应不大于0.2%，悬挂点处拉出值允许误差±30毫米，保证汇流排呈现正弦波的布置的圆滑曲线，膨胀关节两侧的2个（共4个）悬挂点的拉出值要求同向误差10毫米以内。因此，需要特殊高精度仪器进行测量，尤其是道岔区，这是刚性接触网的技术关键所在。对于交叉道岔处的预留弯汇流排的接触线的导高和拉出值尤其要高度重视，该处图纸上涂黑的导高和拉出值是不能随意更改的，必须严格按照图纸施工。"

白玉传一边听一边在微弱灯光的照耀下把赵总说的话一一都记录在本子上。

"大传，东风南路站是咱项目部的样板站，在这个车站内，刚好有膨胀接头，你今后一定要重点关注，这也是咱们第一次遇到的新设备。到时候厂家来现场技术指导，你可要重点学习一下呢。"赵总叮嘱道。

"俺来地铁上干活，就是为了学习刚性接触网的嘛。赵总，到时候我一定全程跟进，认真学习，配合厂家做好现场技术指导工作。"白玉传充满信心地说道。

赵总和白玉传在隧道内继续前行，赵总尽可能地对白玉传进行现场技术交底，并把今后在施工中、技术上需要注意的事项逐一向白玉传交待得一清二楚。时间过得飞快，很快就到了中午了。他们看完体育中心站后，赵总就让白玉传给司机师傅打个电话，来接他们回项目部去吃中午饭。

吃了中午饭，稍作休息，赵总就叫上白玉传开始了下午的现场调查任务。他们先来到紫荆山站，到下午5点多钟，他们就把这一区段的现场都走了一遍。在当天现场调查结束的时候，赵总笑着问白玉传："大传，今天的施工调查就到此为止吧，明天上午咱们再开始体育中心—车辆段区段的调查工作。咋样，经过今天的现场调查，心里有没有底气呀？对明年5月的工期节点要求，心里有数吗？"

"经过这一天的现场调查，俺对刚性接触网有了感性的认知。刚性接触网比起柔性接触网来说，施工相对简单一些，可是由于它受制于地下隧道的有限空间，加上需要在轨行区交叉作业，给人的感觉就是有劲使不上呀。看来，用抢工这个大铁上经常使用的战术那是不行了。要想确保明年的工期节点目标，俺看呀，这地下隧道内刚性接触网只有靠平时一点一滴地硬磨了。"白玉传把自己的心里话都说了出来。

赵总听了白玉传的一席话，笑着对他说道："你小子，看来头脑很灵活，说的话有道理。你既然知道地铁接触网的施工特点，那么平时干技术时都要超前想好，并且要严谨认真，容不得半点马虎。若是有一点考虑不周全，就会引起一连串的返工现象，这返工现象发生得越晚，它带来的后果就越严重。"

白玉传和赵总又利用了半天的时间，把剩余区段现场调查进行完成后，白玉传就根据现场调查的结果，做了个工程进度台账，汇报给了赵总和王经理，并把工期节点倒排计划也编制完成了，分别从工作量、人员、材料、机械和安全质量重点盯岗等几方面进行详细的计划。

至此，白玉传来轨道公司上班已经一个月的时间了。通过他自身的努力工作，新的领导和同事基本认可他的工作能力，这也为他今后在轨道公司开展工作打下了一个良好的基础。

因为东风南路站接触网是样板站，所以项目部对东风南路站刚性接触网接触线架设高度重视，特意成立架线领导小组，王经理任小组长，赵总任副组长，组员是项目部各部室负责人。尤其值得一说的是，王经理要求办公室做宣传的专业人士全程对此次架线过程录制视频，以便后续进行技术培训用。

负责提供刚性接触网架线用的放线小车的厂家——宝鸡器材厂也早早把技术代表派到现场，并且他们已经在料库里预演了许多次了，因此，白玉传对如何使用放线小车并不担心。他唯一担心的就是这膨胀接头呢。这是从德国进口的产品，虽然设备已经进场，厂家安装技术指导书也已收到，并且王经理为了让大家伙提前有个感性认识，还特意从料库里调拨了一台膨胀接头，召集工程部、作业队技术人员在他办公室里一起进行拆箱学习，可是大家伙经过一下午的学习也没研究透如何保证把该设备上需要的两根辅助导线完美地放入卡槽里，并且其平直度还要符合设计要求，这一点太难了。因为接触网导线在出厂前是缠绕在线盘上的，截下一段长度的接触线都是弯曲的，是不会顺直的呢。

一连几天，王经理带着大家伙都在中心料库里研究如何把该设备的备用接触导线完美放入卡槽内，并且还要满足受电弓通过时不能因为该处导线平直度问题而引起打火或打弓现象发生。

他们一连用了几个方法，比如用木槌敲打、葫芦拉线，可是效果都不是太好。看着眼下这几根歪斜的接触线，大家伙都泄了气，不知咋办才好。

就在大家伙一筹莫展的时候，厂家中方技术代表来到了现场。他首先在项目部会议室里给大家伙进行该设备安装的技术交底，在进行技术交底互动的时候，白玉传把这个备用线如何放进卡槽内的技术难题提了出来，厂家技术代表听了，哈哈大笑道："有这么难吗？谁让你们把卡槽上的螺栓全拆了呀？下午到了你们料库里，看我教你们如何解决这个技术难题吧。"

到了下午，一行人陪着厂家技术代表来到中心料库，找到吕主任提了一台膨胀接头设备。只见厂家技术代表把该设备拿到一处放置接触线导线线盘附近，他先打开设备箱，然后把卡槽上的螺栓轻轻拧了几下，使卡槽内缝隙仅仅能放下一根导线，然后他从线盘上拆下一根2米多长的导线，把一头顺直了轻轻塞进卡槽内，然后借着接触导线自带的弯曲张力，顺着卡槽，一点点用臂力推进卡槽内。说来也神了，人家厂家技术代表竟然不费吹灰之力就轻松地把备用导线完美地放进卡槽内了。他回头看了一眼旁边瞠目结舌的大家伙，笑着说道："看到了吗？就这么简单，其实没有你们想的那么复杂。这设备是德国人发明的，现场操作起来是很简单的。安装膨胀接头的技术重点不在这里，备用线两端端头导线的打磨处理才是重点呢。记着，一定要按照安装技术说明书打磨到位，要不就会引起打火或者打弓现象发生。"

白玉传听到这里，不由得想起自己在襄渝线上安装的那套下锚弹性装置了，看来国外先进的设备还不少呢，自己需要学习的东西还有很多呢。想到这里，他笑着对厂家技术代表说道："看您这一操作，这个也不难，就是熟能生巧嘛。你这次来可不能急着走，要在我们这里待上一段时间，等我们安装几台设备到位并且通过我们自制的受电弓内部提前进行接触网冷滑试验后你再走，可以吗？还有，你得配合我们做一套技术交底视频呢，到时候你来当现场技术培训讲解员。"

"可以，没问题。这次来，我一定把你们都教会了再走。要不，即使我走了，这心里也不放心呢。这一旦安装不到位，运营后就是个质量安全隐患呢。"厂家技术代表满口答应道。

接下来的几天，白玉传陪着厂家技术代表全程盯控现场，并配合项目部宣传人员把刚性接触线架设和膨胀接头安装的工艺全部录制成视频，为今后新工进场技术培训提供现场一手素材和资料。

白玉传虽然人在省城，离家只有短短的40公里，可是由于自己在轨道公司是初来乍到，人生地不熟，加上这段时间现场施工确实繁忙，因此他一连在工地上干了两个多月，眼看着已经临近年关了，都没回家一趟。妻子小燕打来电话对他说道："你家丫头想爸爸了，尤其是你家二丫，天天喊着要爸爸呢。你看，若是不太忙，就回来一两天吧。"

"那好吧，我这个周末和领导请个假，回家过个礼拜天。说实话，俺也想白妞和开心了。"

在这个周五的下午，白玉传向领导请了假，打算回家一趟，看看自己的妻子和女儿们。

倒了两次公交车，晚上7点多，白玉传才回到家里。妻子小燕一看到他，就惊呼道："你咋剃个光头？难看死了，咋看咋别扭呢！"

还没等白玉传解释，二丫开心就张开双手，嘴里嘟囔道："爸爸，爸爸，抱！"

白玉传一把抱起二丫开心，开心举起小手，对着白玉传的光头就是啪啪几巴掌。她一边拍一边嘴里喊道："爸爸，爸爸，光头！"

大丫白妞看到爸爸的光头，心里也是不高兴，她晚上偷偷地问白玉传："爸爸，你咋了？咋理个光头呢？"

"爸爸是少白头，以前都是染发，现在爸爸不想再染发了，对身体不好。"

白玉传在家里短暂待了两天后，就赶紧来到地铁工程现场继续进行施工。他剃光头的事，一下子项目部全都知道了，王经理还特意把他叫到办公室里问他："大传，你咋想着剃个光头呢？是不是对咱们公司有啥意见呢？"

"俺对公司没啥意见，俺觉得咱们轨道公司挺好的。俺剃光头就是因为自己是少白头，以前都是染发，这染发时间长了确实对身体不好，因此俺就剃了个光头了。"白玉传赶忙解释道。

从此，白玉传又多了个外号，叫"光头大传"。

时间不知不觉地就到了2013年。这一年的春天有点长，已经是阳春三月了，可依然是寒风凛凛，一点春意都没有。白玉传他们经过三个月的集中施工，现在主体工程基本完工，接下来就是一些接触网试验和号码牌施工了。

这条线上设计院设计的号码牌需要喷涂在距地面3.5米的隧道侧壁上。由于在地铁隧道内有许多其他专业设备，所以施工起来必然很麻烦。为了加快施工进度和提高施工质量，王经理特意找来了白玉传，笑着对他说道："大传，这几年听说你对工法革新挺感兴趣的。这号码牌喷涂工法革新你就多动动脑子,给咱们想个好法子出来,可好?"

"谢谢领导的信任。说实话,俺这几天也在琢磨这个事呢。全线共计8 000多个悬挂点,点多线长,并且隧道壁有众多其他专业设备影响,另外又是轨行区作业,现场存在着交叉作业,站前各种车辆来回作业,隧道空间太小,传统的梯车作业根本无法躲避其他专业车辆,给号码牌安装带来极大不便。这样一来,我们现场不但不能保障安全,而且施工效率也不高,施工成本大大增加呢。"白玉传接着王经理的话头说道。

"那是,大传,我们不能墨守成规,能干多少就干多少,必须想办法在短时间内给解决掉才行。"王经理听了白玉传的现场分析,终于下定决心,准备研发一种新型梯车设备,解决现场的施工难题。

"大传,你赶紧到现场进行技术调查,争取在半个月内给我想出一个好办法来。"王经理下了死命令。

白玉传接到王经理这项科技创新课题,心里很是高兴。当天,他就来到施工现场,把现场情况、有关技术参数都了解得一清二楚,然后连夜就在办公室里起草他的初步设计方案。

第二天一早,他就把自己的这套喷涂号码牌的安装新方案发给了王经理。王经理接到他发的邮件,不到10分钟就给他打来电话:"大传,你这是个啥?让你想个好法子,你就是这样想的吗?"

"俺是设想着让料库加工个模具,模具两边有把手,让一人在梯车上举着,另外一人就可以进行号码牌喷涂了,这样施工质量就有保障了。"白玉传小声地把自己的初步设想说了出来。

"你这个想法太繁琐。你想想看,那么多的号码牌,照你说的这么干,要干到猴年马月呀?这样吧,我给你发几张照片,你看看其他专业是咋干活的吧,然后你再琢磨琢磨。"说完,王经理就给白玉传发来了几张其他专业的施工照片。

白玉传看到这些照片,结合自身专业的施工特点,一个崭新的科技创新思路就呈现在眼前:"该车梯高3.3米,宽1.3米,设计为两轮车梯,车梯为倾斜式,车梯上方为轮对式(该处为双轮,接触隧道壁)。为避让隧道壁上其他专业设备,该处车梯设计成上下移动方式,并且在上方两轮间固定号码牌模具。喷涂采用电动工具进行。车梯下方为两个大轮,设置工具台,该工具台为活动式,与车梯上方操作台为对称设计。这样一来,当轨行区有车辆来的时候,现场就可以把车梯放置工具台上的工具卸下来，然后把工具台合在车梯边上，减小车梯空间，成功避让车辆。"

白玉传把他二次创新思路汇报给王经理后，王经理听了很高兴，在电话里对白玉传说道："你这个想法靠谱。赶快把加工图画出来，我立马让料库把你这个新车梯给加工出来，然后拉到现场去做个实验，看看行不行。"

"那好吧，俺今天就把加工图绘制完成，明天就交给料库吕主任，您提前和他说下。"白玉传说完就又趴在桌子上，仔细地绘制他的加工图了。

第二天一早，白玉传就带着自己连夜绘制的新型车梯加工图和构思设想，找到了料库主任吕师傅。吕主任远远看到白玉传，就笑着说道："昨晚听王经理说了，说大传你有个好想法，可以加快现场号码牌施工进度，让我们料库全力配合你的工作，尽快把车梯加工出来。"

白玉传把图递给了料库吕主任，吕主任看了看图，笑着对白玉传说道："看你的加工图不太难做。放心吧，我今天就去买材料，大概三天时间就可以加工好了。"

"那谢谢吕师傅了！"白玉传说完就离开料库，回到他的办公室里。料库吕主任说话算话，在第三天的下午就电话通知白玉传，说他的新车梯加工好了，让他到料库验验货，看看有啥修改的没有。

白玉传来到料库，一眼就看到静静躺在地上的那台新车梯，心细的吕主任还给这台车梯穿上了新"衣服"呢——在车梯四边都喷涂上了反光黄色油漆。白玉传找到料库吕主任，笑着说道："没想到您说话真算话，三天时间内您就加工好了。俺想明天一早就和工班人员把这新车梯拉到隧道内实验一下，看看效果咋样。"

第二天一早，王经理也早早来到现场，想看看白玉传搞出来的这个新玩意到底效果咋样。

到了现场，白玉传就指挥着大家伙把车梯扶了起来，靠在隧道壁上，然后再把工具放到下面的工具台上，两名施工人员就爬上车梯，坐在操作平台上，开始喷涂号码牌，不到五分钟就喷涂好了一处。

就在大家伙在庆贺成功的时候，王经理却发现了一个现场施工问题，那就是在推梯车走的过程中前轮有掉道现象，并且因现场其他单位在隧道侧壁上铺设的电缆高低不一样，那么在喷涂号码牌的时候，推车上方的轮就有压漆痕迹。针对王经理发现的这些问题，现场立即组织人员讨论，经过半个多小时的研究讨论，决定对其进行修改，初步修改方案："车梯下方大轮改为双沿轮，车梯上方小轮可做成调整移动轮，这样就可以解决车梯掉道和压漆痕迹这两个问题了。"

经过改进的这种新型车梯立刻投入现场使用。随着施工人员熟练程度的提高，每日的施工进度也很喜人,喷涂号码牌的质量也有了保障。这项新车梯的成功研发并及时投入施工现场使用得到了业主和建设单位的好评,项目部也对白玉传这个科技创新研发团队进行了通报嘉奖。

那段日子,白玉传着实得意了好几天呢。

2013年3月29日是白玉传难忘的一个日子,这是他第一次参与地铁接触网送电。地铁接触网送电不同于铁路上接触网的送电,它牵连到几十个专业的接口问题,尤其是比铁路接触网送电多了一个工序,就是限界检测。在限界检测实验结束后,这才进行接触网送电工作。

通过参与编制接触网送电开通方案的工作,白玉传也深刻认识到赵总工作严谨和技术精湛,仅仅这个接触网送电方案都几易其稿,前前后后修改了20多次。建设单位也高度重视此项工作,专门召开方案讨论会,多达5次之多。

因此,白玉传他们一线员工收到接触网开通送电方案后,已经是极具操作性和指导性的实施方案了。

项目部领导高度重视,专门成立接触网开通送电领导小组,项目经理任组长,总工任副组长,主管接触网生产的王经理任现场指挥长,下辖绝缘导通测试组、验电组、出清组、后勤保障组、抢险组、对外联络组等,每个小组又分别任命小组长,职责分明,任务到位。每个小组都有一份小组工作清单,大家都提前在项目部进行了接触网开通送电预演。

接触网绝缘导通测试是接触网开通送电前的最后一道关键工序。白玉传分到的任务是现场接触网绝缘导通工作,他任小组长。他们小组三人提前来到了他们的管辖区段。

一到现场,白玉传就拿起报话机向接触网送电现场指挥长王经理报告道:"王经理,俺是白玉传,第一组接触网绝缘导通小组全员到位,现处于体育中心站上行线大里程绝缘关节处,汇报完毕。"

"好,收到信息,请等候下一步工作指示。"王经理在报话机里洪亮地答道。

大概过了10分钟左右,白玉传的报话机里就传来王经理的下一步工作指示:"白玉传,经与现场确认,接触网隔离开关位置全部处于打开位置,体育中心站—出入段线上行线区段所有人员已经出清,准予你小组即刻开始进行接触网绝缘导通测试。"

"收到,白玉传明白,现在开始进行体育中心站—出入段线上行线区段接触网绝缘导通测试。"白玉传向王经理报告道。

白玉传通过与另外一端第二接触网绝缘导通小组的联系，确认他们地线已连接牢固后，立即组织人员把绝缘摇线头与他们该处的地线接好，然后就开始进行接触网导通测试。白玉传通过绝缘摇表数显屏上显示的数据，把测量区段、测量时间、测量数据结果都详细记录在案。然后，他再通知另外一端第二接触网绝缘导通小组把地线拆除后，就告知他们开始进行接触网绝缘测试了。

等接触网绝缘测试结束后，白玉传先通知第二接触网绝缘导通小组该区段接触网绝缘导通测试完毕，并确认所有人员撤离安全地带后，这才拿起报话机向王经理报告："王经理，我是白玉传，体育中心站—出入段线上行线区段接触网绝缘导通测试已经完成，接触网绝缘电阻值为97兆欧，接触网导通电阻值为0欧姆。"

"收到，你们现在可以先到体育中心站—出入段线下行线待命。"王经理命令道。

就这样，一个区间、一个车站地进行接触网绝缘导通测试，这项工作一直进行到下午5点才结束。

5点30分开始进行分段分区间进行接触网送电，一直在现场忙活到深夜11点多。由白玉传参与的郑州地铁1号线全线接触网通电，为以后的机车上道联调联试打下了一个夯实的基础。

那个晚上，白玉传激动得一夜都没合眼，回忆起自己在参建郑州地铁1号线接触网的这段施工经历，他的确学习了不少专业知识，对刚性接触网有了感性认识，并且也参与了一项科技创新项目。通过自己的努力，他已经在这个公司新成立的轨道分公司内站稳了脚跟，他将在广阔的轨道交通工程建设领域大有作为。

随后的一段日子里，白玉传在现场主要就是配合电客车上道联调联试期间的接触网调整工作。那段时间基本上都是夜里停电作业。一段时间下来，他们这个团队的成员个个都成夜猫子了，都是白天睡觉，凌晨0点至4点半工作。

在一天上午9点，一个电话把睡梦中的白玉传惊醒了，他一个激灵，以为现场有啥问题了，拿起电话就喊道："俺是白玉传，请问您有啥事？"

"大传呀，我是王文才呀。咋了，这个时候惊了你小子的好梦了？"王经理在电话里哈哈大笑道。

"你前段时间研发的那个新车梯，咱们公司科技部领导很重视，过几天就要派人现场调查呢。你抽空写个技术革新总结，科技部若感兴趣，说不定还会给你申报国家专利呢。"文才大哥道。

"那感情好，我这就准备写总结。"白玉传一脸笑意。

大概过了四五天，公司工程部叶总和科技部丁部长在王经理的陪同下来到白玉传现在的驻地。他们首先在会议室里听了白玉传的专题汇报，然后又到中心料库看了看新研发的车梯实物。随后，丁部长对白玉传说道："现在公司领导高度重视对现场工艺工法的革新，尤其是一些新工具的科技创新发明。你们这个团队研发出的这种新型车梯已经在现场投入使用并且效果良好。我看这样，白工，你把你手头上的资料都给我发一份，我抽空向领导汇报下，看能不能申报一下国家专利。"

白玉传听了心里很高兴，连忙说道："那谢谢丁部长，我再把资料整理一下，给您发到电子邮箱里。"

叶总看了一眼白玉传，说道："白工，你今年在现场从事接触网技术工作，干得很不错。但是，这个车梯要申报国家专利，我觉得自身的科技含量不高，是否可以加一些高科技的东西呢？比如自动测量功能，还有你的刹车效果不太好呢。"

"叶总说得对，我回去后再找找其他机械方面的专家，再把你这个科研项目的科技含量提高一些，这样申报国家专利就会顺利一些。"丁部长对叶总提的建议表示认可和赞许。

丁部长走后，白玉传就把自己手头的资料全部给他发到电子邮箱里了。没过几天，丁部长就打来了电话，对他说道："白工，你的这个科研项目，我已经向领导报告过了，领导高度重视。为提升整个科研项目的科技含量，特意给你找了一个机械专家唐大华。他可是咱们公司机械行业的专家呢，人家唐师傅自己已经有多项国家专利了。我把唐工的手机号给你发过去，你先和他认识一下，彼此了解一下。给你们一个月的时间，你们先把优化设计方案初稿给我，然后我再组织专家进行论证。"

"这么麻烦呀？"白玉传心里一阵发虚，轻声问道。

"你这个可是要申报国家专利的，没有它的独特性和先进性，到时候是很难通过的呀。"丁部长严肃地说道。

随后，白玉传就给唐工打了个电话，说明了丁部长的下一步工作指示和自己的想法。没想到唐师傅很是热情，他在电话里说道："明天一早，我就到工地上找你，咱们一起再商讨商讨下一步工作咋进行吧。"

白玉传和唐大华一见面，他就从心里喜欢上这位师傅。别看他比白玉传年长几岁，可是从他的言谈举止中，白玉传发现他就像个老小孩，心里特纯净，说起话来也特简单，沟通起来很流畅。他把这个车梯现在存在的问题毫不留情地全都指出来了，并指着自己模拟的三维图，针对他提出的问题，一一详细地向白玉传讲解，同时把自己的建议也提出来了。

白玉传看到此处，真的是对眼前这位科技创新专家佩服得五体投地。这才是科技创新的楷模呢，自己那些小想法，在唐工这里都是小巫见大巫了。想到了这里，白玉传崇敬地说道："唐工，以后俺若是有啥科技创新的想法都和您说说，咱们成立一个科技创新团队可好？说实话，俺今天看了你的三维模拟图形很震撼呢。"

"这个没问题，以后你有啥想法尽管来找我就是。"唐工依然是一脸热情地答道。

经过半个多月时间的不断构思和改进，白玉传和唐工一起把他们的新型便捷式隧道多功能车梯的设计图纸完成了，白玉传及时把初稿发给公司丁部长审核。

丁部长看了他们这次的设计构思和图纸，心里很满意，他对白玉传说道："下个月就让专家组初评一下，若是没啥问题，就可以立项申报国家专利了。"

后来，这个科研创新项目顺利通过专家组的审核，此项研发成果在2014年获得国家专利。

经过6个月时间的电客车联调联试，郑州地铁1号线一期工程于2013年12月28日正式开通试运营，标志着郑州成为中原第一个、中部第二个、中国大陆第16个开通地铁线路的城市。

此时，白玉传的角色也顺利变为维管期间的保驾护航员，他也从郊区偏远地段搬到了市内繁华区段——郑州火车站。

白玉传每日胸前戴着维管期间办理的特殊通行证，通过工作人员特别通道穿梭在郑州地铁1号线沿途车站，心里就不由自主地涌出一股自豪感。

就在白玉传每日忙碌着一线维管期间的保驾护航工作的时候，王经理又给他打来了电话，对他说道："大传，你不是平时经常说你英语学得好吗？这次有机会了，想让你和项目部赵总一起到京城集团公司参加香港地铁项目的前期投标工作，你愿意去吗？"

"这个好，俺当然愿意去了，这可是学习的好机会呢。"白玉传听了，一脸惊喜地说道。

"大传，你可听好了，这次是去投标，去做标书的前期技术资料准备。我可把丑话说在前面，这次香港地铁项目招标资料全是英文，你要先得看懂招标文件，然后再用汉语写成投标技术文件。你可别到关键时候给我拉稀了，这不仅是丢你的脸，也是丢咱们公司的脸呢。"王经理严肃地道。

"放心吧，王经理，俺这次若能上京城参与香港地铁投标前期技术资料准备工作，俺一定好好干，跟着赵总好好学习。到了京城，俺一切行动都听赵总的指挥，您看行吗？"白玉传听了王经理的一席话，连忙表起了自己的决心和勇气了。

"那好吧，你赶紧把手头工作和身边的人移交一下，今晚的火车，你和赵总一起上京城吧，集团公司催得急呢。"王经理在电话里催促道。

白玉传听了，心里很激动，他赶紧把自己的工作和身边同事办了交接后，就拿起电话，把这个好消息告诉了妻子小燕。小燕听了，心里也为他高兴，在电话那头，她提醒道："现在北京已经很冷了，你去的时候记着多带几件衣服，别到时候冻着了。对了，你这次出差要去几天呢？你可好久没回家了，你家开心想爸爸了。"

"俺也不知道去几天呢，今晚就坐火车去北京，明天早上就到了。到了那里安顿好了，俺再给你打电话。"白玉传对妻子小燕说道。

白玉传和妻子小燕通完电话后，就赶紧准备一下自己的电脑和几件换洗衣服，装进背包里，就坐上了地铁。不久，他就来到了项目部，见到了王经理和赵总。赵总一看到白玉传，就笑着说道："听王经理说你英语学得好，这次上京城参与香港地铁标书的编制工作可全靠你了。"

"哪呀，赵总，俺这是第一次参加投标工作，没有经验呢，到时候你可得好好帮助俺，别到时候俺出了洋相让人家看笑话。"白玉传和赵总在一起工作已经一年多了，因此他也没把赵总当外人呢。

王经理看了一眼满脸激动的白玉传，一脸严肃地说道："大传，这次你能到京城参加这次投标任务，主要是看重你对英语有所了解，你可要特别珍惜此次宝贵机会，到了京城，要多学习多看，少说话多干活，知道了吗？有啥不懂的，多向赵总请教。赵总在国外从事地铁工程建设将近10年了，他可是专家呢。"

"俺知道了，您放心吧，俺一定珍惜这次机会，好好学习。"白玉传说道。

吃了晚饭，项目部调度就派了一辆车，把赵总和白玉传二人送到火车站。白玉传和赵总通过验票口，就来到了候车室。到了候车室一看，真是人山人海呀，连个坐的地方都没有，他们二人只好背着行李包，站在那里等候上车。

白玉传看了一眼这人满为患的候车室，笑着对赵总说道："赵总，俺这次可是第一次去北京，上街闲逛时你可得多多关照，别到时候把俺弄丢了，俺可是个路痴呢。"

"大传，看来你还真是没干过投标工作呢，你以为这是让你去北京旅游呢？到了集团公司，你就知道了。一到了那里，你就出不来了，那是要集中办公，封闭性工作的。在加班的时候，就连你吃的喝的全都有人给你送到办公室里，在那里吃饭呢。你想得还挺美，还想着出去闲逛呢。"赵总看了一眼满脸激动的白玉传，苦笑一声说道。

"那啥，这不是成了监狱了吗？俺还想着有时间到北京好好逛逛呢。"白玉传一脸惊诧地说道。

就在他俩闲聊的时候,候车室的广播开始通知他们坐的这趟车要进站了。候车室等候这趟列车的旅客一听到可以进站了,顿时像炸了锅似的,个个蜂拥向前,生怕自己晚几分钟就坐不上火车似的,顿时把白玉传和赵总冲得那是东倒西歪的。好在,最后在火车站工作人员的指挥下,进站的旅客终于排列成整齐的两排,开始有序进站了。

真得感谢项目部办公室人员给他俩买的是卧铺票,要不真不敢想这若是在硬座车厢里,他们如何度过这漫漫长夜呢。

第二天早上7点多,白玉传就和赵总来到了北京西火车站。一下火车,白玉传的眼睛可就不好使了,他没想到这个车站这么大。他此时此刻一点也不敢懈怠,紧紧跟在赵总身后,生怕自己一时疏忽就走丢了似的。

很快他们就出了站,来到火车站广场上。赵总给集团公司国际部负责人李部长打了个电话,报告说他俩已经到了。李部长听了,在电话里说,让他们稍等,20分钟后就有车去接他们,并把司机师傅的手机号码告诉了赵总。

白玉传站在宏伟壮丽的火车站广场上,顶着瑟瑟寒风,就像一个山里来的孩子,睁大眼睛不停地看着周围。不经意间,他抬头看到不远处那六个大字——北京西火车站,便兴奋地对赵总说道:"赵总,你给俺拍个照片,留个纪念可好?"说完,他连忙站直身体,睁大眼睛,一脸严肃地看着赵总。

赵总看了,笑着说道:"大传,你说说你拍个照片,弄得那么正规干嘛呢?你就不会笑笑吗?"

"俺可不敢笑。这是啥地方?这是咱们祖国的心脏,是个严肃的地方呢。"白玉传一本正经地说道。

赵总听了没说话,拿起手机就给白玉传拍了几张照片。

很快,接他们的车就来了,白玉传和赵总坐上了车,大概不到半个小时就来到了他们集团公司。

下了车后,赵总带着白玉传上集团公司招待所登记好房间,吃了早餐后,他俩带着电脑就来到了集团公司国际部的会议室,去向李部长报到。

白玉传和赵总来到集团公司国际部李部长办公室,李部长一见赵总,连忙站起身来,紧紧握住赵总的手,笑着说道:"此次香港地铁投标时间紧、任务重,并且招标文件全部是英语,因此,仅仅靠国际部的力量,还是显得有些薄弱。今天,您这位一线施工经验丰富的技术专家到来,我心里就有底了。因为这是明年初期开辟海外工程市场的重头戏，集团公司领导高度重视此项工作，所以特意从集团公司商务部调来了一位翻译专家甘部长。待会她就到了，到时候你们先接触一下，具体分下工。这次投标前期技术方案编制工作只有半个月，到时候，不但投标技术初稿要出来，而且还要翻译成英语呢，因此工作压力很大呢。"

就在李部长和赵总谈工作的时候，门外传来一阵铿锵有力的女高音："我在商务部正忙得不可开交呢，这领导一个电话就让我放下手头工作，立刻找你李大部长报到，你快给我说说，有啥天大的事还有你李部长摆不平的呀？"

白玉传抬头一看，只见从门外走进一位30多岁、中等身材、一头短发、整个人都显得很精神的知性女士。呀，原来她就是李部长嘴里说的那位集团公司翻译界的权威大姐呢。

李部长听了甘部长一席话，笑着说道："在咱集团公司内部，您的大名那是谁人不知、谁人不晓呀？听说您参与编写的《英汉汉英轨道交通技术词典》已经正式出版发行了，你可得给我们这次参加投标小组的成员每人送一本并签名做个纪念呢。"

甘部长看了一眼身旁的赵总，笑着说道："我知道我是为啥而来了，又是海外投标项目吧？要不你也不会把这位老专家请来呢，我说的对不对呀，赵总？"

白玉传这个时候才知道，赵总和他们都不陌生，是熟人呢。就在白玉传低头在那儿胡思乱想的时候，只听到甘部长向赵总问起了他："赵总，你也不介绍一下你这位同事，让我们也认识一下？"

赵总听了，连忙把白玉传向他们介绍道："这是白玉传同志，他也是在一线从事接触网技术工作10多年了，更加难能可贵的是，他一直坚持学习英语。这次有个锻炼的工作机会，我们领导就派他也来参与此次投标工作，让他也有机会学习学习。"

说到这里，赵总又向白玉传介绍起甘部长："大传，这是咱们集团公司的翻译专家甘建业，现在在咱集团公司商务部任部长。"

此时，甘部长看了一眼站在赵总身旁一脸紧张的白玉传，然后伸出手，笑着对白玉传说道："How do you do? Nice to meet you!"

"I am gald to see you! Please guide my work in the future."白玉传也用英语答道。

"好了，好了，欺负我们不懂英语吗？"李部长在旁边笑着说道。

接着，李部长就开始部署下阶段的工作了，只听他说道："这次投标前期技术方案的编制工作，技术方面由赵总负责，小白配合完成，咱们集团公司电化设计院吴总给予设计方面支持。他明天也会来到现场，到时候咱们有啥技术问题可以向他请教。商务部分由咱们国际部张部长负责，技术方案翻译方面由甘部长负责，后勤保障由李工负责。这段时间就要辛苦大家伙了。咱们还是沿用以往的投标模式,集中办公,封闭式管理,谁若是有事必须请假。我想咱们得每天早上9点开个会,重点解决在投标工作中遇到的难题。请大家记着,10天以内初稿必须形成,留下5天时间,我们进行方案优化工作。好了,我就说到这里。今天上午,你们就先熟悉一下招标资料,明天就开始正式进入工作状态吧。"

甘部长带着赵总、白玉传离开了李部长办公室,来到一楼会议室,开始集中办公。没过多久,李工就把招标资料带了过来,每人一份,并且创建了一个QQ工作群,上面有上传的一些招标文件和其他国外项目的参考资料。当然,这些资料都是企业技术机密,是不允许私自外传的。

白玉传拿起招标文件一看,都懵了,这些全都是专业英语,自己平时肚子里的那些英语单词在这个时候可就不好使了。虽然凭着自己有限的英语水平和一线施工技术经验能看懂个30%,可是看通篇都是专业英语的技术性特强的招标文件,白玉传还是不行的。

他回头一看,只见赵总拿着那本招标文件,已经埋下头仔细阅读起来了。看着赵总那严谨的模样,他佩服得很呢,人家不仅专业技术水平高,就连这英语水平也不知道比自己高多少倍呢。在休息的时候,白玉传把赵总叫到大院里,小声说道:"赵总,看来俺得提前回去了。这活,俺可干不来呢,就俺现在的英语水平,根本就不入流呢。"

"你小子哭着喊着要来,来的时候兴高采烈,这才来,一看到困难就要回去。你想回去也行,就看回去后王经理咋收拾你吧!你把这次投标工作当儿戏了吗?你没听说时间只有半个月呢?你这一回去,可把咱公司的脸丢尽了。"赵总听了,一脸生气地呵斥道。

白玉传听了赵总这一番训斥的话,耷拉着头,苦笑道:"俺没想到这投标工作这么难。再说,俺专业英语水平真的不行,就怕到时候耽误事不是。"

"好了,好了,别说了。大传,既来之则安之,别动不动就说走。你也三十好几的人了,这话若是传出去,丢人不丢人呀?这次你来就当来学习的,没事的,主要工作我来负责,你能干多少就干多少吧。"赵总安慰道。

白玉传听了赵总一席话,这才放下了心。他也想借着这个机会,自己多学习一些专业技术英语,说不定在今后啥时候就能派上用场呢。想到这里,一股不服输的勇气再次浮现在白玉传的脑海里。

再次回到会议室,白玉传看到甘部长也坐在旁边看招标资料,他壮了壮胆,走到她跟前，小声问道："甘部长，听说您编了一本《英汉汉英轨道交通技术词典》，能不能这几天先借给俺用用？跟您说实话，俺的专业技术英语水平不行，这参与投标工作又是第一次，俺一下子接触到这么专业的招标英文资料，心里有点乱呢。"

甘部长抬起头来，看了一眼一脸紧张的白玉传，笑着说道："你甭紧张，谁还没个第一次呀？你放心，我这就去办公室给你拿词典去。说句实话，到了你这个年龄还有股学习的勇气，真心挺不容易的。"

说完，甘部长就起身去给白玉传拿词典。

白玉传一接到甘部长的这本词典，顺手翻了几页，心里就感到有了底了。这本词典里全都是专业英语词汇，对于白玉传来说真的是雪中送炭呀。他感激地对甘部长说道："谢谢甘部长，俺一定珍惜这次机会，好好学习。"

接下来的一个星期，真的和赵总来的时候说的一模一样。他们来的这几天就没出过集团公司的大院，真的是封闭性军事化管理。每天早上点名的时候都会把分到各自身上的工作任务说得一清二楚，自己有啥难题和需求都可以提出来，领导都会想办法解决。

分给白玉传的具体工作就是编制技术实施方案。这几天下来，白玉传借着甘部长给的那本词典，吃透招标文件的需求，进度一天比一天快了。毕竟他是在现场具体从事技术施工的，因此对招标中对技术上的需求特别敏感。他把每道工序的技术实施方案写好后就立刻交给赵总审核，赵总看了以后提出修改意见，然后再交给甘部长，让她负责组织专业翻译，译成英语版。

说实话，在这段时间内，除了吃饭、睡觉，全部都在工作。白天的工作任务没完成，自己就主动在夜里加班完成。

去京城里看看风景，吃些京城小吃，对于白玉传来说都成了奢望了。每日只要工作结束，一沾上床，他就很快进入梦乡了。

来的时候带的衣服不多，没想到要在北京待上这么长的时间。衣服穿久了还是要换一换的呀，自己没带洗衣粉，可是又没时间上街去买。一个晚上，白玉传对赵总说道："赵总，俺的衣服需要洗洗，这没洗衣粉可咋办呢？"

赵总听了，笑着说道："我来的时候就多带了几套衣服。我知道这投标工作忙起来都不按天算，有时候是按小时算的。你要是真的想洗衣服，我教你一招，你就用招待所那一次性沐浴液洗吧，一样可以洗干净的。"

"这能行吗？用沐浴液洗衣服，俺可是第一次听说呢？"白玉传半信半疑地问道。

没有法子，白玉传只好按照赵总说的办。他来到卫生间，拿起几袋沐浴液，先把衣服浸湿了，然后把沐浴液倒在衣服上，用手使劲搓了起来，你别说还真的效果不错呢。第二天早上，白玉传换上这件洗得干干净净的衣服，来到会议室开始工作了。

甘部长刚好坐在他的身边，一边看着资料一边捂着嘴巴，笑着对白玉传道："白工，你今天咋回事？咋洒这么多香水呀？好刺鼻呀！"

"俺……俺没有洒香水呀，咋回事？有味道吗？"白玉传一脸疑惑地问道。

赵总听了，哈哈大笑道："大传，那是你沐浴液用多了，衣服没涮干净，残留在衣服上的沐浴液的味道。"

赵总这一席话使会议室里一起办公的同事听了都笑了起来，把白玉传羞得那是满脸通红，低着头，不敢说话了。

甘部长听了赵总的解释，连忙找来李工，对他说道："这都怨咱们前段时间只考虑让他们吃好、休息好了。这样，你赶紧给他们去买些脸盆和洗衣粉，这个人卫生也得考虑呀。"

李工听了，也连忙道歉道："这是我的工作失误。放心吧，我立刻去买。以后，你们在生活上有啥需求，别不好意思说。"

很快，李工就买来了脸盆和洗衣粉。细心的李工还给买来了几个衣架呢。

甘部长拿着白玉传写的技术实施方案初稿，找到赵总和白玉传，对他们说道："这是这段时间翻译工作人员对咱们写的技术实施方案初稿的反馈意见。他们一致认为文字描述过于繁琐，翻译起来工作量很大。这写英语技术实施方案，少点描述词语，多点主语、谓语、宾语就可以了。就是说文字越简练越好。要不一经翻译，可能想表达的意思就与原稿风马牛不相及了。因此，还得辛苦二位把这技术实施方案修改提升一下。这样吧，我给你们一个以前做的国外投标技术实施方案的版本，虽然专业不同，可是还是有可以借鉴的地方。"

白玉传一听就急了，他脱口而出："都啥时候了，还要修改？这时间能来得及吗？"

"咱们这次是代表中国中铁去投的标，而香港方面尤其重视技术实施方案，这一点容不得半点马虎。你们必须在三日内修订完毕然后及时交给我，由我负责进行润色后再进行翻译。"甘部长一脸严肃地说道。

甘部长看了一眼身旁沉默无语的赵总，补充道："这样吧，你们先修改好第一个工序的技术实施方案，然后就立刻给我，我先看看效果咋样。若可以，再进行下一步工作，这样也少走弯路不是。"

赵总看见甘部长都这样说了，也没话可说了，带着白玉传就开始了技术实施方案初稿的修订工作。

两人仔细学习了甘部长提供的海外其他线的投标模板，反复琢磨后才下笔进行修订。经过一上午的时间，他们俩才完成对第一道工序技术实施方案的修订工作，交给甘部长审核。甘部长拿到后，仔细地看了起来，边看边点头。最后，她笑着说道："这下可以了。经过你们这次的修订，方案思路清晰、表达简练，这样翻译起来就会好很多。"

听了甘部长这一席话，赵总和白玉传这才长长地舒了一口气。白玉传也笑着对赵总说道："师父领进门，修行靠个人。剩下的技术实施方案修订工作，您交给俺吧，俺把剩下的每道工序修订好后及时交给您，您审核通过了再交给甘部长好了。"

赵总听了，也笑着说道："大传，你这次来京城参与投标工作，真的是进步很快，不仅是在专业技术上有了很大的提高，这为人处世的能力也见长了。"

甘部长听了他们俩的谈话，在旁边说道："是呀，是呀，以前和白工没有相处过，这次与他共事这几天，发现他身上的确有股不服输的韧劲和勤奋好学的精神，这一点的确不错。我看他就是缺乏锻炼机会呀，若是有机会去海外干上几个工程，他这个人也就真的成长起来了。"

白玉传听了甘部长这番激励的话语，心里也很激动。其实，回忆起这几天和甘部长的相处，他也为这位女中豪杰的敬业精神和严谨的工作态度所深深折服。他想到这里，心头一热，对着甘部长就表了自己的决心："放心吧，甘部长，既然知道了工作的方向，我会加班加点地干。明天下午下班前一定把修订后的技术实施方案交到您手里面。这样一来，就可以多给翻译同志们一点时间。"

甘部长听了，连忙对身边的李工说道："这今后他们若是夜里需要加班，就给他们买点零食、水果啥的，实在不行就点外卖，咱们一定要在生活上关心到位，可不能让他们饿着肚子工作呢。"

"放心吧，甘部长。这样吧，赵总，你们夜里加班需要加餐的话，提前打个电话，我来安排。至于一些小零食和水果，下午我就买好放到会议室里，你们想啥时候吃都行。"赵总听了连忙站起身来，表示感谢。

白玉传忙活了一下午才修改完整个技术实施方案的三分之一。看来晚上是要加个班，熬个通宵干活了，他心里这样想着。

吃了晚饭，白玉传陪着赵总在集团公司大院内散了散步，然后来就来到会议室，准备挑灯夜战了。白玉传每修订完一个工序内容就及时发给赵总审核。偌大一个会议室内就剩下他俩在加班呢。他们谁也不说话，都在埋头苦干，时间不知不觉地就到了夜里11点多了。白玉传看了看手头的工作，笑着对赵总说道："赵总，要不你就回去先睡觉吧，俺再加会儿班，争取今晚把初稿完成了，明天上午你再审核一遍，咱们下午就可以正式向甘部长交稿了。"

"大传，你也别熬夜了，实在不行的话，咱们明天不是还有一个白天吗？走吧，一起回去，早点睡觉吧。"赵总看了一眼白玉传那双布满血丝的眼睛，心疼地劝道。

"俺还是今晚加个班吧，给咱们留下一个下午的宝贵时间。俺怕到时候甘部长那里通不过审核，到时候咱们不能按时完成投标任务，这可要挨人家李部长训了。到那个时候，咱们可就真的被动了。"白玉传担心地说。

赵总听了白玉传一席话，苦笑一声，对白玉传说道："大传，那你也别太拼命了，累了就休息一会儿。这要是饿了、渴了就甭客气了，这里好多好吃的、好喝的，你尽管吃喝。"说完，赵总就离开了会议室，回去休息了。

说实话，这人要是一到夜里这个点还不睡觉，那肯定是困得不行了。白玉传来到卫生间里，用凉水洗了把脸，让自己清醒一点，然后回到会议室里，给自己泡了一杯咖啡，喝了一口提提神后，就继续开始自己的工作。

这个时候的办公室超级安静，白玉传的工作效率比白天提高了不少，因此工作进度很快。他一边在电脑上放着一首古典名曲，一边聚精会神地修订着剩余的技术实施方案。就在他全神贯注地投入在工作中的时候，突然听到会议室门外一阵急促的脚步声，心里一阵紧张，想道，这深更半夜的会是谁呢？难道也和他一样在连夜加班不成？就在白玉传一个人在那儿胡思乱想的时候，只见赵总从门外走了进来，他一进门，就问道："咋样，大传，都3点多了，还剩下多少没搞完呢？"

白玉传一看到是赵总，心里一阵温暖，他哽咽着问道："您咋又来了？不是让您早点回去休息吗？还剩下三个工序就全部修订完毕了。"

"你一个人在这里加班，我回去后也休息不好呢。这不，一个人迷迷糊糊的时候，一睁眼发现已经是凌晨3点多了，而你这个时候还没回来，我不放心，就过来看看你咋样了。"赵总一边说着，一边拿把椅子，坐在白玉传旁边说道。

白玉传连忙起身给赵总沏杯茶，然后端给他，笑着说道："赵总，看来您也是睡不着觉。来，先喝杯茶，再有半个小时就完成了。"

赵总端起茶杯喝了口热茶，没说话，拿起手边的招标文件仔细地看了起来。

又过了半个小时，白玉传终于完成了此次技术方案的修订工作。他站起身来，伸了个懒腰，笑着对赵总说道："赵总，俺的任务完成了，明天上午您再审核一下就可以正式交给甘部长了。咱可说好了，明天上午俺可要好好睡上一觉呢。"

"还明天上午呢，看来大传你这段时间是太紧张了，这都没个时间概念了。现在已经是凌晨4点多钟了。好、好、好，我答应你，今天上午让你好好休息。"赵总说完，他俩就离开了会议室，回到驻地招待所休息了。

白玉传也真的是太困了，一沾上床就打起呼噜，很快就进入了甜蜜的梦乡了。这一觉睡得真香呀，一口气睡到中午11点半，还是赵总把他叫醒了。赵总笑着说道："大传起床了，该吃中午饭了。"

白玉传听到赵总的呼喊，这才从床上坐了起来，睁开一双朦胧的眼睛，着急地问道："赵总，咱们的技术方案通过甘部长的审核了吗？"

"放心吧，大传，这次的修订工作，甘部长很满意，她在会议室里还当着其他同事表扬了你呢。"赵总笑道。

"这下，俺就放心了。"白玉传连忙站起身来，穿好衣服，进了卫生间里去洗漱了。

等洗漱完毕后，白玉传就和赵总一起来到集团公司内部食堂。说起这个食堂，那可是规模宏大，一次性可以容纳几百人共同进餐，伙食花样也很多，有各种炒菜、馒头、面条、稀饭。白玉传他们这次来参与投标工作，国际部李工给他们发了一张卡，想吃啥都行。

赵总和白玉传一走进食堂，刚想着要排队打饭，远远就看到李工在向他们招手，他们连忙走了过去。李工笑呵呵地说道："李部长听说你们的技术实施方案初稿已完成，他很高兴，召集此次参与投标的工作人员一起在咱们食堂小餐厅里吃个饭，庆贺一下。"

李工说完，就带着他俩来到了食堂小餐厅。刚进门，李部长就笑着握住赵总的双手，连声说道："谢谢，谢谢，你们二位这次参与香港地铁工程前期技术投标工作辛苦了。听说，你们的技术实施方案初稿已经完成，并顺利通过咱们的翻译专家甘部长的审核，不容易呀。"

然后，李部长就招呼着他俩赶快坐下。赵总看了一眼身旁一脸严肃的甘部长，笑着对她说道："甘部长，你看看你平时都不苟言笑，把我们白工吓得在夜里都做起了噩梦呢。"

"咋回事，赵总？我有那么凶吗？"甘部长听了，露出难得的笑容，问道。

"可不是嘛，我们白工昨晚加班到凌晨4点多钟才回到招待所休息，一沾上床，就做起了噩梦，在梦里他一直呼喊着：'别追俺，别追俺，俺不行了，真的跑不动了.'这下害得我也是一夜无眠。上午白工休息了,我还得上班呢,你说说我这么大的年纪了,这是惹谁了,冤不冤呀?"

白玉传听赵总这么一说,才知道赵总那是一直没休息,夜里担心他,凌晨3点多了还去会议室找他,好不容易回到驻地可以休息了,自己又做起了噩梦,在梦里大喊大叫,又让他休息不好。想到这里,自己心里就很愧疚,他连忙站起身来,对赵总说道:"赵总,对不起了,都怨俺。俺在梦里遇到女鬼了,她一路上不停地追俺,俺咋跑都甩不掉她。"

甘部长听了,哈哈大笑道:"白工,你说我是那个女鬼了?"

"俺可没说呢,那是个梦。"白玉传满脸通红地解释道。

大家伙听到此时,再也忍不住了,全都哈哈大笑起来。

这个时候,只见李部长端起酒杯,倒满了酒,充满感情地说道:"看来,白工这段时间工作压力不小呀,精神高度紧张。听说你和赵总来了十几天了,就没出过咱们集团公司这大院,说起来还是我们做得不到位呢。这样吧,再过几天,等标书通过咱们内部审核了,我就让李工带着二位到京城里去逛一逛,你二位也放松一下心情。"

"来、来、来,大家伙都端起酒杯,斟满酒,让我们喝了这杯酒,庆贺一下咱们这次香港地铁工程投标第一步圆满完成。"说完,李部长就喝了满满一杯酒。大家伙也纷纷端起酒杯一干而净。

接下来的几天对于赵总和白玉传来说就轻松了许多,他们平时只是配合甘部长在翻译过程中对个别词语和语句做些微调,赵总还负责把施工总体计划、投入的机械设备、人员做个统计表,其余都是很轻松的工作了。

此次香港地铁工程投标技术方面的资料准备,在李部长要求的时间内完成了初稿,并顺利通过内部专家组的审核,甘部长显得尤其高兴,她对赵总说道:"咱们这次编制的香港地铁工程技术实施方案,内容简单,条例清晰,语句干练,表达精准,翻译起来很是省力,我看可以作为今后其他海外项目工程投标的范例了。"

赵总听了,笑着说道:"在咱们集团公司内,谁不知道你的工作态度呀?那干起活来雷厉风行的,一点稀泥都不带的。你看这几天把我们白工累的,连打理自己光头的功夫都没有了,你看看这满头白发的小伙子都显得苍老了许多呢。"

甘部长回头看了一眼身旁的白玉传,笑着说道:"白工,这些天也是太辛苦你了。说实话,若是让一位刚出道的大学生来负责编写此次技术实施方案的话,虽然说他的理论知识和专业英语水平比你强,可是毕竟他没有一线施工经验,肯定没有白工对招标文件的理解程度深呢。白工第一次参与香港地铁工程投标任务，面对着全是英语的招标文件，你没有在困难面前退缩而是迎难而上，能在短短时间里编制完成技术实施方案，的确是不容易呀。在此，我代表集团公司国际部向你说声谢谢。"

白玉传一听到甘部长的这番表扬，羞得说话都结巴起来了："俺……俺……俺可不敢当，这都是俺们赵总指挥有方呢，具体技术实施方案的修订都是赵总给俺指明了方向呢，俺只是做了一些基本工作。"

说着这话，白玉传拿起身边那本《英汉汉英轨道交通技术词典》递给甘部长，他说道："谢谢甘部长，正是这本专业词典让俺对此次招标文件的理解度大大加深，这次投标结束了，俺把它还给您。"

甘部长看了一眼白玉传，笑着说道："你若喜欢，这本《英汉汉英轨道交通技术词典》就送给你，留个纪念，希望它在你今后从事电气化工程施工大路上继续给你提供理论帮助。"

白玉传听到甘部长这席话，仿佛不敢相信自己的眼睛似的，回头看了一眼赵总。赵总笑呵呵地说道："拿着吧，大传，这也是甘部长一番心意，是对你这段时间工作上的一种认可和鼓励。"

"那，俺就谢谢甘部长了。"说完，白玉传小心地拿起这本《英汉汉英轨道交通技术词典》放到自己随身携带的电脑包里。

他觉得在集团公司参与香港地铁工程投标的这段时间里，虽然自己一步都未踏出这个大院，整日里白天黑夜的就是工作和工作，可是自己付出的汗水没有白流，自己辛勤工作的成果获得集团公司领导的认可，这一点比啥都强呀。再说，自己不但学习了许多先进的地铁工程技术，而且还锻炼了自己的工作能力，自己的专业英语水平也有了很大的提高。

白玉传一个人从会议室里出来，来到集团公司大院内，给妻子小燕打了个电话，说了这段时间自己的工作经历。小燕听了也很高兴，她对白玉传说道："这就对了，你年龄不小了，只要是领导给咱的学习机会，咱都应该珍惜，并抓住机会，好好学习，勤奋工作才对。只有这样，你才能有更多的工作机会，你的白妞和二丫今后的幸福生活才有保障呢。"

听到妻子小燕在电话里谈到自己的那两个乖女儿，白玉传这才想到都快半个月没听到女儿们的声音了。他连忙问道："白妞、二丫在家吗？"

"白妞在上学呢，二丫在俺旁边。咋了，想女儿了？"小燕问道。

"俺是有点想女儿了，好久没听到她们喊爸爸了。"白玉传心里不由得一阵感慨道。

"就只想女儿，就不想自己老婆。"妻子小燕在电话那头假装责怪道。

"当然想老婆了。再过几天，这边投标工作就完成了，俺就可以回家了。"白玉传一听到妻子小燕生气了，连忙赔着笑说道。

打完电话，白玉传回到会议室里，只听赵总对他说道："明天上午，李工说陪着咱俩去京城转转。你看你想去哪个地方呀？上趟京城也不容易呢。"

"俺以前也没来过京城，也不知道哪个地方好玩呢。赵总，你说咱们去哪儿就去哪儿。"白玉传笑着说道。

"那好吧，那咱们就到天安门广场去逛一逛，那个地方是游客必去的，到时候让李工给你拍几张照片，留个纪念。中午我请客，请你们吃地道的北京炸酱面。"

夜里，白玉传激动得一夜都没睡好，他不停地向赵总问这问那，赵总也是有问必答。因为此次上京城的工作任务已经完成，并且效果不错，可说是圆满完成了领导交给他俩的任务，所以今晚的谈话气氛格外的轻松。

第二天早上9点，李工就带着他俩来到了宏伟的北京天安门广场，广场上到处是旅客，热闹非凡。白玉传站在毛主席的画像下，让李工给拍个照，做个纪念。随后，他们又来到故宫里看了看，最后来到人民英雄纪念碑、毛主席纪念堂、人民大会堂逐一瞻仰。到了下午2点多，他们参观完了这所有的景点。赵总找到一家北京炸酱面馆，请他们吃面。吃了面后，赵总对李工说道："我们的投标工作已经完成了，我想要不你先回去忙你的工作？我和白工一起去火车站，订一张明天回省城的火车票，我们就回去了。"

李工听了，说道："那好，我们就此告别。你们知道去火车站的路吗？"

"知道，知道，我对京城不陌生。"赵总笑着答道。

就这样，赵总和白玉传与李工告别后，就坐上了去北京西客站的公交车，准备买票回省城了。

到了北京西客站的售票大厅一看，真的是人多呀，排队买票的人都排到广场上了。赵总一看，对白玉传说道："这都是春运要回家过年的在外打工人员，看来咱们排队买票是够呛的，就是排到天黑也买不到票了。"

"那可咋办呢？总不能不回去吧？"白玉传担心地问道。

"看来还得麻烦李工呢，他在北京熟得很，也许能帮上忙呢。"赵总说完就拿起手机给李工打了电话，在电话里说了火车票不好买这件事。

李工听了，笑道："我还想你们有办法买票呢，没想到你们是去火车站排队买票呀。放心吧，这个事交给我了，把你们俩的姓名和身份证号码发给我。"

等了不到半个小时，李工就给他们打来了电话："你们的票已经订好了，是明天早上10点的高铁票。"

"那好，谢谢李工，等我们回到集团公司就把车票钱给您。"赵总在电话里说道。

白玉传和赵总回到集团公司找到李工，把车票钱给了人家后，他俩就回到了招待所里。

一走进房门，白玉传就问起赵总："咱们这次坐的是高铁票，可是这票报不了呢，我们还得倒贴钱呢。"

"行了，大传，这个时候能买到票就不容易了。你要是可惜钱，我就再找李工，麻烦他把你这张票给退了，你等着买普通座席的火车票可好？"赵总说着就假装起身拿起手机，准备给李工打电话。

白玉传一看就急了，他连忙说道："算了，算了，赵总，俺还从来没坐过高铁呢，这次就算自己花钱开个洋荤了。"

赵总听完，哈哈大笑起来。

第二天早上，赵总和白玉传他俩早早就来到北京西客站，在售票大厅里的自动取票机前取了自己的火车票，然后就随着人流来到候车室大厅等候上车了。

在候车的时候，白玉传对赵总说道："这几年，咱们国家的高铁建设真是厉害呀。这北京到咱们省城，坐上高铁，不到3个半小时就到了，真是速度快呀！说实话，我真的还没坐过高铁呢。"

到了9点40分，白玉传就听到车站工作人员通过火车站候车大厅内的广播通知他们坐的这趟高铁可以进站了。白玉传连忙拿起行李包，和赵总一起排了队，进站上车。

到了火车上，白玉传往座位上一坐，感觉很舒适，他顺手拿起前排靠背上的竖兜里的那本时尚杂志，饶有兴趣地看了起来。

10点整，这趟高铁准时驶出北京西客站，第一次乘坐高铁的滋味令白玉传兴奋不已。乘坐高铁的感觉就是快，太快，看到车厢内显示牌上显示的速度是每小时303公里，跳跃的数字令他兴奋。从20世纪90年代10多个小时的车程到现在的不到3个小时的车程，从快速铁路、普通铁路到高速铁路，是多么大的质的飞跃。

白玉传坐在飞逝的列车上，却没感到一丝一毫的晃动。他透过窗外，望着窗外一闪而过的大好河山，心里不由得对祖国这些年高速铁路的蓬勃发展而感到骄傲和自豪。

回想起自己刚上班没几年时参建的中国第一条准高速电气化铁路——广深线，那时的高速铁路80%的设备材料都需要进口。短短10多年，现在的中国高速铁路运营里程已经达到11 000公里，并且所有设备材料已经初步实现国产化了。

就在白玉传一个人陷入深深的回忆中的时候，赵总突然对他说道："大传，已经即将抵达邯郸车站了，听说你刚上班的时候在这里干过工程呢。我也干过京郑线，不过我们不在邯郸，是在邢台呢，这也算是旧地重游了。"赵总充满感情地回忆着。

"是呀，赵总，俺刚上班的时候干的第一条电气化铁路工程就是北京—郑州电气化铁路邯郸—安阳区段，一干就是4个年头呢。"白玉传说道。

说到这里，白玉传突然看到座位旁边把手上有个按钮，他好奇地问赵总："赵总，这个是干啥用的呢？"

"这个是……"还没等赵总把话说完，白玉传就按了一下把手上的按钮，只见座位瞬间就在移动了。赵总见了，连忙喊道："大传，快点松下按钮，这是移动座位的。"

白玉传听了，吓得连忙松开了按钮，座位这才停止转动，旁边的旅客都是一脸惊诧地望着他，羞得白玉传低下头，啥话也不敢讲了，最后在赵总的帮助下，把座位调整到原来位置。这下，白玉传老老实实地坐在座位上，啥也不敢动了。

高铁很准时，下午1点21分准时抵达省城东站。白玉传和赵总下了火车，没出站，直接坐上地铁，到了东风南路站下车后，走没多远就到了他们项目部了。

他们到了项目部，见到了王经理。王经理笑着对他俩说道："眼看着要过年了，咱们项目部这几天就要放年假了，你们俩也准备一下，准备回家与家人团圆，过个好年。提前祝福你们新年快乐，阖家幸福。"

白玉传听了很高兴，他背起行李包就再次坐上了地铁，一口气坐到西流湖地铁站，再坐上回家的公交车，下午4点多钟就来到了自己的家门口。他激动地敲了敲门，从屋里传来开心的问候声："您是谁呀？"

"俺是爸爸。"白玉传在门外大声答道。

"妈妈，妈妈，爸爸回来了，爸爸回来了。"小开心欢快地喊着妈妈。

妻子小燕打开了门，看了一眼白玉传，笑着责怪道："你回来也不提前告知一声，俺也好到公交车站去接你一下。"

白玉传放下行李包，一把抱起小开心，然后对妻子小燕说道："俺今天才从北京回到省城，一到项目部碰到了王经理，他说放年假了，于是俺就直接回来了，也没来得及告诉你一声。对了，咱白妞呢？咋没看到她？"

小开心贴在白玉传的耳旁,小声说道:"爸爸,爸爸,我知道姐姐去哪儿了,她去上辅导班了。"

到了5点半,白玉传抱着小开心,和妻子小燕一起去接他的大丫头白妞去。见到白妞后,白妞就喊着:"爸爸,爸爸,今晚你请我们吃饭可好?"

"好呀,你们想吃啥?今晚爸爸请客。"白玉传满口答道。

"妈妈,那咱们去吃饺子可好?"白妞笑着问妈妈。

妻子小燕说道:"好,咱们今晚就吃饺子了。"

小开心在爸爸的怀抱里高兴得一边拍着小巴掌一边笑嘻嘻地说道:"吃饺子了,吃饺子了,和爸爸、妈妈还有姐姐一起吃饺子了。"

他们一家四口来到一家饺子馆,妻子小燕要了一斤半水饺,又点了几个凉菜,还特意给白玉传买了一瓶小酒,笑着对他说道:"你辛苦了,今晚就喝点白酒,解解乏。"

白玉传看了一眼身边的两个女儿和妻子,幸福地拿起酒瓶,就打开瓶盖。白玉传拧下瓶盖一看,笑着说道:"咱们中奖了,再来一瓶。"

妻子小燕接过酒瓶盖一看,还真的中奖了。她找来老板,把酒瓶盖给老板看,老板看了后,笑着没说话,就又拿来了一瓶。这个时候,妻子小燕对白玉传说道:"你再打开看看,这瓶里有奖吗?"

白玉传再次打开酒瓶盖,一看,还真神了,瓶盖内赫然写着:"再来一瓶。"

白妞接过瓶盖,一脸笑意道:"爸爸,又中奖了,还是再来一瓶。"

老板听了,又是一脸笑容地送来一瓶酒。他笑着对白玉传说道:"这牌子的酒中奖机率高。快过年了,这也是厂家促销,大家伙图个吉利。你再打开看看,这次你还能中奖吗?"

白玉传又打开了酒瓶盖,他都不好意思看了。老板拿起酒瓶盖一看,一脸惊呼道:"兄弟,你一连三瓶都中奖了,这说明来年是鸿运当头呀。来,咱敬兄弟一杯酒,提前祝福你们一家新年快乐,幸福美满。"

白玉传听了,也连忙端起酒杯倒满了酒,一干而净,随后笑着说道:"谢谢老板,咱们同喜同贺,也祝你明年生意兴隆,财源广进。"

这顿饺子吃得大家伙心里那是暖暖和和的。这晚,白玉传高兴,一连喝了半斤酒,在回家的路上还给妻子小燕和女儿们唱了小曲呢。

还是回家好呀,回家的感觉就是暖心呢。

白玉传在家没待几天,妻子小燕就和他说道:"咱们腊月二十回老家过年吧。这几天白妞吵着说她在这里太孤单,没人玩呢,急着回老家找她的姐姐们玩呢。"

"那好呀，咱们也别等到腊月二十了，就看天气吧，哪一天天气好，咱就回老家过年，要不咱这一大家子的不好坐班车呢。"白玉传答道。

妻子小燕听了，笑着说道："放心吧，咱姐今年买了一辆小轿车，到时候提前说下，让咱姐他们来接咱们回老家。现在咱们老家县城又一条高速公路通车了，回老家很方便的，大概2个半小时就能到家了。再说，咱家白姐的辅导课也是要上到腊月十九才结束。这几天你在家多带带开心，俺上街给咱爹和娘买几件新衣服，到时候咱姐开车来的时候一块捎回去。"

"咦，没想到咱小花姐家也买车了。"白玉传笑着说道。

"这几年，咱小花姐做的小生意也还行，人家起早贪黑地干，也挣不少钱呢。"妻子小燕说道。

到了腊月二十的中午，小花姐就开着车来到白玉传家里，准备接他们一家回老家过年呢。白玉传一见小花姐就笑着问道："小花姐，不简单呢，你现在也会开汽车了。"

小花姐听到，笑着说道："咋，看不起老同学呢？俺现在开得可熟练了。"

他们中午在家里吃了饭后，白玉传一家就坐上小花姐的汽车，驶出了省城铝业区，没多久就上了高速公路，一到高速上，汽车提速到了100公里/小时。白玉传看着小花姐那娴熟的驾驶水平，心里不由地感慨道："这社会进步得真是太快了，做梦也没想到小花姐也会开汽车，并且开得这么好呢。"

大约下午4点多，他们就安全抵达了老家县城。来到妻子小燕家门口，小花姐帮着把行李先卸在前排她娘家后，就说道："好了，俺的任务完成。这店铺里生意忙着呢，你哥一个人在那儿俺不放心呢。你们房子里长期不住人肯定很潮湿，今晚就先住在咱娘家。这长途跋涉的，孩子们也都累了，晚上早点休息。"

就在小花姐要离开的时候，白妞跑上前去，对她说道："姨妈，姨妈，你带上我，我要去找姐姐们玩。"

妻子小燕听了，连忙嘱咐道："白妞，你到了姨妈家，可要听姨妈的话，可不能自己一个人乱跑。跑丢了，就再也找不到妈妈了。"

白妞听了妈妈的话，不耐烦地伸了个舌头，做个鬼脸，笑着说道："知道了妈妈，就你话多。"

白玉传在一边笑着没说话，等见了他岳父岳母，说了一些家常话后，白玉传就抱着开心回到后排他的家里。他一推开门，就见他爹白文宣正在院子里烧火做饭呢。白玉传一见此景，忍不住走上前，哽咽着问道："爹，现在你咋还生火做饭呀？家里没钱买煤球了吗？"

爹白文宣扭过头来，看到是他儿子回来过年，高兴地说道："你回来也不提前打个电话！"

爹说着就要抱抱开心，开心在爷爷的怀里，小嘴巴可甜了，一连叫了几声"爷爷"，把爹高兴得哈哈大笑。随后，爹问起白玉传："你这次回老家过年，能待上几天呀？"

"这次放假时间长，能在家里过正月十五呢。"白玉传答道。

爹听了，高兴地连声说道："那就好，那就好！"

随后，爹又问道："白妞和小燕咋没回家呀？"

"白妞上她姨妈家玩几天，小燕在她娘家陪着她妈说话呢。"白玉传答道。

晚上，白玉传陪着爹吃了顿晚饭，就在吃晚饭的时候，妻子小燕回家了。她把给爹新买的衣服递到爹手里，说道："爹，快过年了，给您添了一套新衣服，您穿上试试，看看合适不？"

爹白文宣接过衣服，看了看，就责怪道："以后别再乱花钱给俺买衣服了，俺衣服多得都穿不完呢。这不，这件外套还是你去年给买的，到现在不还像个新的似的。"

"过新年，给您买件新衣服是应该的。您就穿上试试吧。"妻子小燕笑着催促道。

爹拗不过儿媳妇这一番热情，就顺从地换上了新衣服。妻子小燕看了，对自己给爹买的这套新衣服很满意，她笑着问白玉传："你看爹穿上这套新衣服显得多精神呀。"

白玉传看了一眼爹，心里涌现出一股家的温暖，妻子小燕的孝心和细心都让他感动，他为自己有这么好的妻子而感到幸福。

第二天，妻子小燕把开心放到她娘那儿，让娘帮忙给带着，她就和白玉传回到他们自己的家，一起开始了家里的卫生大扫除，利用一整天的时间把房里房外都打扫得干干净净，然后上街买来了新的碗筷。爹看着焕然一新的家，乐得他老人家一连几天都合不上嘴。

到了腊月二十三那天，爹对妻子小燕说道："今天是小年了，你抽空去你小花姐家一趟，把白妞带回来。这小年，老灶爷爷、老灶奶奶是要点名的。"

"好，爹，您放心吧，俺这就去接白妞回家。"妻子小燕说完，骑上电动车就出了门去接白妞回家了。

没过多久，白妞就回来。她一见爷爷，就喊道："爷爷，爷爷，你说话要算话呢，我今年获得'三好学生'了，你要兑现你的诺言呢。"

爹白文宣听了，假装一脸不解地问道："白妞，爷爷老了，不记得爷爷许过啥愿了。"

白妞听了，急忙把"三好学生"奖状从书包里掏了出来，递到爷爷手里，依偎在爷爷怀里，着急地问道："爷爷，爷爷，你不是说只要我获得'三好学生'奖状，过年的时候你就奖励我100元钱吗？"

爹白文宣接过白妞的奖状，拿到眼前，看了又看，然后从衣兜里掏出一张崭新的百元大钞递到白妞手里，鼓励道："白妞给爷爷争气了，到了暑假争取再获奖，到时候爷爷还奖励你。"

白妞接过爷爷奖励的钱，高兴地说道："谢谢爷爷，我一定好好学习。"

小燕在旁边看着，对白妞说道："白妞，爷爷老了，没有钱，快把钱还给爷爷。"

就在白妞犹豫的时候，爹白文宣说道："这是俺爷俩之间达成的协议，白妞学习好，俺就得兑现自己的承诺。你就别说了，这钱俺是要给的。"

这个新年白玉传过得很幸福，一家人其乐融融。爹白文宣每天都要抱着开心上街逛一逛，吃过晚饭，开心就央求爷爷给她讲一个故事，她才肯去睡觉呢。这段日子，小开心和爷爷结下了深厚的爷孙感情呢。

过了年后，到了正月初九的那天下午，白玉传正在小花姐家里和姐夫一起喝个小酒，突然接到王经理打来的电话：

"大传，新年好！经领导研究决定，让你到郑焦城际铁路'四电'集成项目部任接触网专业工程师，现在正处于项目前期筹建阶段，你明天就得来轨道分公司向总工赵总报到。"

"王经理，明天恐怕不行吧。前天下大雪，这路上雪还没化掉，俺们老家开往省城的班车都停运了。"白玉传听到此消息，向王经理解释道。

"我不管，你自己想想办法，反正明天你必须到单位报到，其他同事今天都已到了。"王经理在电话里毫不留情地说道。

"那好吧，我和家人说下，明天就到省城报到。"白玉传听后连忙答道。

回到家里，白玉传把这个要上班的消息告诉了爹白文宣和妻子小燕。爹白文宣听了，叹了口气说道："本来你今年过年前回来时说可以在家过个正月十五呢，没想到你们单位提前通知你去上班了。你是工程单位的，本来就没啥规律，还是以工作为重，明天你想办法按时上班吧。"

"这去往省城的班车都停运了，你可咋去省城呀？再说，这一路上雪都没化，滑得很呢，也不安全呢。"妻子小燕在旁边担心地说道。

"车到山前必有路。放心吧,到了明天再说吧。"白玉传慢悠悠地说道。

到了第二天一早,小燕陪着白玉传来到县城汽车站,一打听,车站工作人员还是说道路封锁,现在没有开往省城的班车,具体啥时候有车得等上级交管部门的通知呢。

白玉传听到此话也没办法,他要了汽车站的客服电话后就打算先回家等候消息。真是"山重水复疑无路,柳暗花明又一村"呢。就在他夫妻俩刚走出汽车站大门来到马路旁,就看到马路边停靠着一辆小轿车,车上已经坐上了三个人了,司机师傅看到白玉传背着行李包从车站走了出来,就好心地上前问道:"师傅,你这是要去省城吗?"

"是呀,可是去往省城的班车停运了,今天俺要去单位报到呢,着急得很呢。"白玉传说道。

"我也是今天去往省城上班,你看要不咱们就拼一下车,一起走可以吗?"司机师傅问道。

"那一路上安全吗?人家班车都停运了,你还敢跑车?"白玉传不放心地问道。

"这不也是没法子吗?放心吧,我这车轮子上装有防滑链,再说咱们也不走高速,就是可能时间长一点。不过,为了安全驾驶,咱们也没必要着急赶路不是。"司机师傅耐心地解释道。

"那多少钱呢?"小燕在旁边问道。

"一位100元,您要是愿意,交了钱咱就走。"司机师傅笑着说道。

白玉传交了钱后,就和妻子挥挥手,踏上了这趟拼车去省城的旅程。

这一路上,司机师傅开得是战战兢兢的,本来3个小时的路程,他们硬是耗时5个多小时才到省城市区。司机师傅这人不错,把旅客都安全送到目的地。白玉传平安到达轨道分公司的时候已经是下午4点钟了。他谢过司机师傅,走进了一楼会议室,看到前期来的同事已经坐满了会场,个个在那里埋头苦干呢。他找到总工赵总报了到后,赵总给他个U盘,笑着说道:"大传,这即将开始的郑焦城际铁路的接触网专业技术工作就由你负责了,你先熟悉一下前期招投标资料吧。"

白玉传接过U盘,打开电脑,把上面的资料导到电脑上,就开始了前期技术学习。

吃过晚饭,白玉传给妻子小燕打电话报个平安。妻子小燕在电话里说道:"那就好,你就安心工作吧,俺和白妞、开心在老家过了正月十五后再回省城。"

就这样,白玉传就开始了他工作生涯中一个伟大的转折点,他就要一个人负责一个工程的专业技术工作了,这在以前他是想都不敢想的。既然领导这么信任他,他在心里暗暗给自己打气:"大传,你能行,加油!"

白玉传静下心来认真地学习了招投标资料,得知郑焦城际铁路为河南省开工的第一条城际铁路,其建设在中原大地上拉开了城际铁路建设高潮的大幕,也是公司内部第一个中标的四电集成电气化铁路工程项目。

郑焦铁路自郑州枢纽南阳寨站引出,在郑州东南接京广铁路并行,向北沿京广铁路通道跨黄河,经武陟、修武西站至河南西北重镇焦作市。郑焦黄河特大桥是该城际铁路的控制性工程,主桥为郑焦客运专线暨改建京广铁路跨越黄河的公用桥梁,长2 200米,四线合建,采用大跨度钢桁梁桥结构,引桥部分郑焦线与京广线分行,以预应力混凝土简支梁为主。该桥是我国首座跨黄河四线铁路特大桥。大桥郑焦城际线部分全长9.63公里,设计时速为250公里;京广线部分全长11.28公里,设计时速为160公里;主桥为四线合建,全长2 200米。

看来本工程的重点就是与京广线并行的这座黄河四线铁路大桥,它的主体设计和电气化铁路设计均出自中铁咨询设计院。负责接触网设计的是一位年轻的设计师,叫赵名师,毕业于国内一所知名大学。

白玉传通过两天有关资料的学习,对郑焦线的整体工程建设及工期节点要求有了大概的了解。他找到总工赵总,对他说道:"赵总,您若有空,俺想咱们是否明天到现场去进行一次前期技术调查呀?这样也能给今后开展技术工作提供一些现场一手资料。"

赵总听了,说道:"好吧,明天一早,我叫个车跟着咱们开始现场调查,这样也能为开工前编制现场调查报告做个准备。"

第二天一早,白玉传带上一份全线工程示意图、一把尺子、笔和记录本就找到赵总,打算一起去现场调查。赵总见了,就问道:"大传,你带照相机了吗?现在调查都需要现场照片来说明问题呢。"

"去哪儿找相机呀?"白玉传问道。

"到办公室找下刘主任吧,他那里有相机。"赵总说。

白玉传找到刘主任,借了一台数码相机,然后就和赵总一起坐上车,去往郑焦线现场进行前期技术调查。

他们先来到郑焦线的起点——既有京广线南阳寨站的站外。到了现场一看,郑焦线新建线路的土建单位正在那里进行紧张的路基施工呢,在不远处,一路高架桥的主体结构已经初步形成了。

赵总拿起相机，拍了几处关键点。他一边拍照一边问起白玉传："大传，你在其他线干过主管工程师吗？自己是否独立负责过一条线路的接触网技术工作呀？"

"俺没有，以前都是在现场从事施工技术工作呢，这是第一次负责全线接触网技术工作。"白玉传老实地回答。

"在项目部从事技术和作业队是不一样的，你做任何技术上的事都得要考虑全面了才能下手工作，要不一不小心就会造成大面积返工或者影响施工进度呢。"赵总耐心地对他说道。

白玉传听了赵总的话，笑着说道："有您在项目部当总工，我心里有底，今后有啥不懂的就提前向您请教。"

"这做一名合格的主管工程师可不简单呀。你自己对设计方案和图纸要有个清晰的认识，而且前期的现场技术调查和图纸审核都极其关键。你这次能想到要到现场进行技术调查，说明你的头脑还是清醒的。"

赵总一边和白玉传说着话，一边要白玉传详细地记录现场发现的问题。

白玉传知道，这是一位老师傅教育新人最好的方式和方法，因此他一路上遇到啥不懂的地方都及时向赵总请教，赵总也结合现场情况和自己多年技术经验详细地进行讲解。

通过三天的现场调查，白玉传在赵总的指导下写出了一个详细的前期现场技术调查方案，并通过在网络上自学，制作了一套图文并茂的PPT汇报材料。

在第一次项目部组织的周例会上，白玉传做了关于接触网专业前期现场技术调查专题汇报，得到了项目经理牛学文的赞许。他在会上总结道："白工的此次现场调查汇报，不仅对技术方面，还对现场站前施工单位的施工进度、现场干扰因素、施工便道等方面全面细致地进行了汇报，这为今后施工开展打下了夯实的基础。希望其他专业技术人员也能像白工那样尽心尽责，多往现场跑跑，多了解一些现场情况，为今后开工建设提供一手现场宝贵资料。"

后来，白玉传从赵总那里得知，牛总以前在工程上是从事变电专业技术的，工作也有十多年了，也是从一线工班干起，担任过队上技术主管、主管工程师、项目部总工等技术岗位，因此他对技术管理工作并不陌生。

白玉传一听牛总以前也是干技术出身的，心里就不由得产生一股莫名的好感和信任，这也坚定了他自己能干好郑焦线接触网技术工作的信心和决心。

他做梦也没想到自己后来会和这位实干的项目经理一起合作多年，并且他们还一起进行科技创新，获得多项国家专利呢。

不久，郑焦四电集成项目部就建好了，地点在省城北郊的黄河风景区内，这里风景秀美，交通便利。白玉传和大家伙一起入住了新项目部。

白玉传接下来的工作主要是准备开工前的施工组织设计实施方案的编制。由于以前自己没有独立编制过，所以这段时间他起早贪黑，到处打电话咨询和请教，好不容易完成了该方案的初稿，交给赵总审核。赵总仔细看了一上午，吃过中午饭就把白玉传叫到办公室了。白玉传看到赵总一脸严肃，心里知道方案做得不好，可是他又不敢说话，站在那里，战战兢兢的。赵总抬起头来，看了一眼白玉传，这才开口说话："大传，你是不是觉得编制一个方案就是到处打打电话向别人要来些模板，然后就依葫芦画瓢就行了？你自己看看这方案哪句话是你写的，没有一点现场指导意义。就你这水平，我只能给你20分，我看你都没入门呢。"赵总说到此处，一把拿起方案扔给白玉传，生气地说道："再给你一个礼拜的时间，好好看看招投标文件、设计交底和施工图纸，结合现场情况和工期节点要求，编制出一个属于你自己的方案。少说些废话、套话、大话，多说些实际的话，贴近一线施工需求，要真正起到指导一线施工的作用。"

白玉传听了赵总这一顿训斥，吓得一句话也不敢说，赶紧拿起方案，逃也似的离开赵总办公室。

来到自己的办公桌前，白玉传一脸茫然，不知道自己下一步该如何开展工作。他一个人傻傻地坐在那里，足足有半个小时才缓过劲来。这个时候，他突然想起了同学皮建业来，于是他拿出手机拨通了皮建业的电话。在电话里，白玉传一脸委屈地把赵总训斥他的话一字不落地告诉老同学。

皮建业听后，哈哈大笑道："大传，你呀，太书呆子气了。你也不想想，若是靠东拼西凑就能干好技术，那许多人都能干了。这你也是碰到赵总这样的老师傅了，他不但工作态度认真负责而且心眼好，只是对你发火，没有去向领导汇报。就凭这一点，你就得感激人家一辈子了。"

白玉传听了同学这一席话，心里稍微平静了一些，但是他还是不知道下一步该咋办，于是他又连忙讨教道："那俺下一步可咋进行呢？你给俺出出主意。"

"我告诉你，大传，把你以前从别人那里讨要来的所有方案、模板统统扔掉。你的方案，你自己编写，用自己的话语描述。你要换位思考，别把自己当主管工程师，试着从以前你在作业队工班当技术员的思路去尝试着写一写，找准方案的需求。你回忆一下，以前在襄渝线，咱们叶总编制的方案是否很接地气呀？作业队队长和技术主管看了都说好，那方案编制得简单明了。我最后再告诉你一个小窍门吧，能用表格描述的尽量少用文字描述，这样现场指导清晰，大家伙一看都很清楚。我把我刚编好的方案给你看看，你参考参考。但是切记，别再抄袭了。若是你第二次方案编制还是通不过的话，这可会给领导留下一个不好的印象呢。"

白玉传听后，心里一股暖流涌出，想着还是同学好呀，都是肺腑之言呀，也都是经验之谈。想到这里，他感激地说道："谢谢你皮总，还是老同学对我好呀。"

白玉传从同学皮建业那里领悟了编制方案的真谛所在，再加上皮建业给他发来的具有现场指导意义的方案模板，他心里一下子底气十足。工作的方向有了，剩下的就是艰辛的过程了。

这次，白玉传对编制方案工作再也不敢掉以轻心了。他再次系统、全面地学习了招投标文件、设计交底和施工图纸，再结合现场情况和工期节点要求，开始潜心编制属于自己的施工组织设计实施方案。这次，他采纳了同学皮建业的意见，大量使用表格去描述，整个方案的篇幅大大缩减，更加贴近一线施工需求，具有现场实际指导意义。他完成初稿后，自己还是心里没底，特意先发给同学皮建业给把把关。皮建业看了他这次的方案编制后，没给他电话，只在QQ上发了一个大大的笑脸符号而已。

白玉传还是不放心，他特意来到作业队找到作业队长马队长和技术主管赵工，让他们给看看。他俩看了以后，异口同声地说道："这方案编制得好，和以前看到的方案不同，给人的感觉就是简单明了、一清二楚。"

通过多方询问，白玉传的心里才稍微有了点底气，才有勇气去找赵总审核方案了。

白玉传把这次重新编制的施工组织设计实施方案拿到赵总那里，赵总接过他的方案开始仔细阅读。白玉传站在旁边大气都不敢出，一直默默地站着。

赵总一边看一边点头，足足看了半个多小时，这才抬起头来一脸笑容地说道："你呀，大传，这脑子真不笨，你看看你这次写的方案多好呀。还别说，你大量利用表格去描述还真是编制方案的一个创举呢。这样一来，不但整个方案篇幅锐减，而且更加直观了。好、好、好，你先放到我这里，我再好好看看。"

白玉传听到这里，心里才长长舒了一口气，这段灰暗的日子总算熬过去了。

其实，能得到一向工作严谨的赵总的认可还是挺不容易的。想到这里，白玉传更加坚定了干技术工作一定不能偷懒马虎的信念。他心里隐隐觉得，这也可能是赵总教育他尽快成长的一个途径或者方式吧，只不过这个办法有时候可能很残酷，也很恐怖，遇到一位心里抗压能力弱的人，可能早就丢盔弃甲狼狈而逃了。可是，对于白玉传来说，他其实是有股不服输的精神和面对困难不退缩的勇气和决心的，这一切都来源于家庭生活的压力。他在单位里工作，不管遇到多么大的困难、多么大的挫折，他都不可以后退半步，因为妻子小燕在家里看着他，白妞在看着他，小开心也在看着他，想到这里，白玉传干好技术工作的力量和决心更加增强了。

离开工日3月18日越来越近了，白玉传手头的工作还有许多呢，诸如图纸会审、设计交底、厂家设计联络、材料计划编制、施工表、技术交底、吊装专项方案特种人员报审、材料进场报验、首件工程方案等，都是要在开工前完成的。因此，白玉传整日都在加班加点地工作，虽然离自己的家只有一步之遥，可是却感觉仿佛与妻子小燕天涯海角。想想从过了年离开家，转眼已经过去了将近一个半月了，可是为了工程按期开工，整个项目部全体参建人员谁都无暇顾及自己的小家，大家都是心往一处想，劲往一处使，个个都铆足了劲，力争干好自己的本职工作，各部门内部和外部工作都协调运转，每项开工前准备工作都在稳步向前推进。

赵总把修改后的施工组织设计实施方案的电子版发给了白玉传，对他说道："大传，按照此稿打印出来后可以报审监理审核了。"

白玉传拿到赵总修改过的方案一看，心里不由得佩服他的严谨。整个方案的字体大小统一，并且还增设了目录和页码，在电脑上浏览起来更加方便了。

白玉传把施工组织设计实施方案拿到监理那里审核，总监李总一看，也是一通赞许："你们项目部工程技术人员编制的这个方案堪称方案中的精品，真的很贴近现场呀。"

白玉传这下才深刻领会到赵总平时在技术工作上为啥要求得那么严格，在总监李总这里，他找到了答案。

接下来的工作就好干多了，对于白玉传来说都是轻车熟路。他把开工所需的其他技术资料全部都准备到位，打印好开工报告的有关报审资料后，再次来到监理站找到监理李总。李总仔细看了开工报告资料，又询问了一线现场施工的准备情况。

白玉传笑着答道："放心吧李总，现场施工环境具备开工条件，我们的人员、机械、设备、材料均已进场，随时待命准备开工。"

李总听了还是不放心，他拿起手机给现场监理徐工打电话询问此事。徐工听了，汇报道："李总，放心吧，他们现场确实具备开工条件。这样吧，我把现场照片给您发一些，您看看。"

李总收到徐工发来的现场照片，这才放心地对白玉传说道："开工前要对进场作业人员进行安全技术培训，确保施工安全，确保施工质量呀。"

"放心吧，李总，我们项目领导也是高度重视有关安全、技术培训的。"白玉传连忙解释道。

李总随后就给白玉传他们这个工程项目签发了开工令，时间定在2014年4月17日。

在项目部筹划召开的即将进行开工典礼仪式的专题会议上，项目经理牛总说道："这次郑焦'四电'集成项目工程开工，郑焦铁路指挥长杨德声要亲临一线参与开工典礼。"

为此，项目部所有参建人员都紧张地忙碌起来。赵总找到白玉传，要他把接触网第一杆实施方案再次细化，并把工序落实到人，要求每人一个方案，内容包含材料工机具、技术交底、安全防范、质量控制点等方面，同时提前做好有关技术交底工作。

白玉传听后，问赵总："咱们郑焦线接触网第一杆的地点是选在黄河四线铁路桥附近，当时选址该地方是考虑它的历史纪念意义，这一点不会更改吧？"

赵总听了，笑着说道："这个地点是不会变了，不过项目部给作业队下达的当日施工任务是不得低于50根。开工仪式很快就可以结束，接下来就是宝贵的施工时间，咱们可不能让租赁的吊车闲着，人家可是按天结账的，因此前期的材料准备工作很重要。你让作业队长提前把50根接触网支柱运到现场，注意调整钢柱的螺母，垫片要带足了，工机具也要提前检查到位，可不能马虎。到时候，许多领导都要亲临现场的，要切实落到实处，一点也不能麻痹大意呀。"

项目部也高度重视此事，特意成立开工领导小组，下设作业组、技术组、安全组、质量组、后勤组、宣传组等一线各小分组，并把各自小组的任务提前落实到人。为确保开工典礼顺利进行，项目部还提前一天到现场进行实地模拟演练。

2014年3月18日，终于到了开工这一天。白玉传和赵总早早吃过早饭就一起来到施工现场检查现场准备情况。到了现场一看，现场所有准备都已到位。赵总看到吊车司机没戴安全帽和穿防护服，立马让司机小张师傅去车上拿来备用的安全帽和防护服，让吊车司机师傅穿戴好。

从上午9点，公司及指挥部领导陆续进场。9点30分，郑焦铁路"四电"集成项目开工仪式在南阳寨—黄河风景区区间黄河四线并行铁路大桥附近举行。郑焦铁路指挥长杨德声一声令下："我宣布，郑焦铁路'四电'集成项目开工仪式开始。"现场施工负责人随即指挥现场起吊人员将尼龙套子放到吊车的吊钩内，只听到一声长长的口哨声，吊车司机师傅将吊臂缓缓升起，将接触网支柱缓缓吊起，悬挂在支柱上的横幅迎风飘扬，然后在四个辅助人员的微调下，接触网支柱缓缓落下，随后就是在基础螺栓上放置垫片，紧固螺母，整个过程还不到5分钟就进行完毕了。

现场的媒体记者、公司宣传干事纷纷将手中镜头对准现场一线施工人员，真实记录下这难忘的历史瞬间。

10点半左右，来参加开工典礼的领导们陆续离开现场，随后就是作业队组织施工人员在骄阳下开始紧张的立支柱的工作了。中午也来不及吃饭，现场施工负责人让后勤把饭菜送到现场。到中午12点半，他们已经完成20多根支柱组立了。

大家伙吃完中午饭稍作休息后，就又投入到忙碌的施工中去了，一直干到下午5点多，今天的组立接触网支柱的施工任务才算完成。班组人员又检查一遍现场支柱组立情况，细致检查每一根支柱的基础螺母紧固到位的情况，发现无任何安全质量隐患后，这才放心地离开工地。

此时已是夕阳西下，调皮的月儿悄然升起，给劳作一天的弟兄们带来一阵阵凉意，大家伙坐上送工车，在几个90后青工的一路高歌声中凯旋。

接下来，郑焦城际"四电"集成项目全面开工。由于工期紧、任务重，所有参建人员都日夜奋战在工地上，在不到两个半月的时间内全部完成全线接触网支柱组立2 760根的任务，这也为7月份恒张力放线车进场进行接触网架设铺平了道路。

在这个项目工程上，白玉传唯一能嗅到的就是紧张，到处弥漫着战火硝烟的味道，工作节奏很快，但是各部门之间的协调很通畅，大家伙的工作效率也很高。

为啥会这样呢？这都是受他们项目经理牛总的工作作风所影响的。他有一句口头禅："要不就不干，要干就干好！"

正是由于有一支这样高效率运转的项目管理团队，他们在恶劣的外部施工环境下，自己创造条件也要干，所以在短短几个月里就超额完成了建设单位制定的阶段性节点工期的施工任务。

这一点，白玉传感受颇深。因为这条线设计得早却开工晚，所以原来的施工图纸与现场实际情况不符。他为了不影响正常的施工进度，在一周内紧急联系设计院赵工三次，并且都是去现场进行调研，再制定切实的实施方案。尤其是在黄河并行四线铁路桥上的接触网下锚处的施工图纸与现场不符这一点上，白玉传一连让设计院赵工来到现场两次。

白玉传记得那是夜里10点多钟，设计院赵工刚从郑州坐上高铁回到北京，他就又给人家打了电话："赵工，你今天制定的现场下锚位置，俺和厂家技术人员对接了，他们说下锚限制架安装起来有点难度呢。您看，明天一早能不能再来一趟现场呀？"

赵工听了哭笑不得，他沉思良久，才在电话里对白玉传说道："真是服了你了！白工，你就不能让我好好过个周末吗？你看，这一周我净往你那儿去了，其他线的设计任务都耽误了。"

"都是俺考虑不周到呢。要不您明天上午还是来一趟吧，他们厂家技术人员也来，咱们现场制定了方案您再走，可以吗？"白玉传在电话里着急地问着。

"都那么急吗？非要明天去现场吗？"设计院赵工有点生气地问道。

"是呀，赵工，我们已经向郑州铁路局调度室提报了下个月黄河大桥并行段的停电封锁点，一共申报了7个封锁点。若是您这下锚方式解决不了，到时候可就耽误大事了，我们的接触网就无法架设了，那我们经理还不把俺吃了呀？"白玉传向赵工求情道。

"好了，好了，你别说了，我明天早上赶最早的高铁，到了现场，让你给我陪酒请罪。"赵工在电话里调侃道。

白玉传听到赵工这话，心里大喜，他连声说道："好、好、好，只要您能来，让我干啥都行。"

第二天一早，白玉传害怕市区堵车，就早早去找办公室要了一辆车，提前一个小时就到了郑州东站，去接赵工。

接上赵工，他们一起在一家市区面馆吃了一碗面后就直奔施工现场了。

到了现场，厂家技术人员早已到了，他们三人根据现场情况进行了仔细的测量，最后形成一致性施工方案。不过，在离开现场的时候，厂家技术人员的一句话让白玉传那颗刚刚放下来的心一下子又提了起来。厂家技术人员说道："白工，黄河大桥上下锚装置有8套需要特殊加工，下锚角钢带有角度，是非标件，因此生产周期会很长，我估计需要一个多月的时间呢。"

"那可不行，你的生产周期只有20天，要不就会影响正常施工进度的。"白玉传看了一眼厂家技术人员，斩钉截铁地说道。

"仅仅零部件图就要绘制一个礼拜的，这还要通过设计审核计算后才能生产，加上模具加工，至少得需要一个月的时间。"厂家技术人员向白玉传讲起了非标件的加工流程。

"这可咋办？这要是下锚角钢生产不出来，我们下个月的工期节点就完成不了，这就会影响后续9月份总体工程工期节点的完成呀。"白玉传急得一下子坐在铁路路肩上六神无主了。

赵工看到此景，笑着对白玉传说道："白工，看你那着急样，这工程好像是你们自己家里似的，真是干起来不要命，操碎了心呀。"

白玉传看到此时此刻赵工还是一脸笑意，感觉这件事可能还有补救的措施。于是，他站起身来，笑着对赵工问道："赵工，你就甭逗我玩了，是不是你早就有更好的法子了？"

"那是。我们千里迢迢来到此地，你也不请个客、喝个酒啥的，好好招待我们一下？就这，还想要好的法子呢？门都没有！"赵工此时却卖起了关子来，说完就不说话了。

白玉传知道赵工的为人，你别看他年轻，可是他工作沟通能力很强，尤其是他的专业技能水平高超。其实，他是不善于喝酒应酬的，能和白玉传说这话，就说明他没把白玉传当外人。在这条线上，赵工教了白玉传许多高铁接触网的理论知识，白玉传打心眼里是很尊敬这位年轻有为的专业人士的。

白玉传回头叫上厂家技术人员坐上车子，找了一家当地特色小饭店，点了四个菜、一个汤，然后又特意买了一瓶家乡的杜康酒，给大家都倒满了。他端起酒杯，笑着说道："赵工，这段时间是我工作没到位，现场技术水平有限，考虑问题不全面，害得您连个周末都不能好好陪着家人度过。来、来、来，俺先自罚一杯酒。"说着，白玉传端起酒杯就一干而净了。

赵工看了，笑着说道："这几天不见，白工酒量见长了，好！"

说着，赵工端起酒杯喝了一小口酒，吃了口菜，笑着对白玉传说道："这黄河大桥上的接触网下锚装置，我刚好在南方一条城际铁路上遇见过。前段时间厂家零部件图刚好经我们设计院计算审核过，和这里的情况一模一样。也就是说，零部件图已经不成问题了，接下来就是厂家生产加工的事了。"

听了赵工这一席话，白玉传高兴得不知道说啥了。他再次端起酒杯，斟满酒，对着赵工就是一口喝干，然后看着厂家技术人员说道："你回去告诉你们领导，请务必在20天内将这8套特殊下锚装置生产完并尽快送到现场料库。"

还没等犹豫不决的厂家技术人员回话，白玉传就又说道："你只管负责把话带到就行，我会让我们物资部长给你们销售部打电话的，下阶段我们物资部门会派专人盯控此事。"

这个老大难技术问题让赵工给解决掉了，真心不容易。这次，白玉传那是放开了胆子陪着赵工和厂家技术人员喝酒，因为心里没啥顾虑和负担，所以一不小心就喝大发了，他连自己咋回的项目部都不知道了，只是第二天听司机师傅说他在车上吐了一路，害得人家司机师傅连夜又去洗车了。

时间过得飞快，转眼已是初秋时分。白玉传在这条线上通过一系列的项目层面的技术岗位上的锻炼，他自己的技术能力和水平有了很大的提高，因此心里也很高兴。刚好项目总工赵总家里有事，回家休一个月的长假，而此时的郑焦线接触网工程主体工程已经基本完成了，剩余的就是靠近营业线新月铁路的封锁停电作业了。在这个与营业线新月铁路并行区段，有18组硬横梁需要组立，影响新月线的上下行共计36处的接触网悬挂点的倒装作业，因此需要白玉传编制一个营业线施工专项方案。

其实，白玉传已经带着作业队技术主管到现场调查三次了，前期的硬横梁基础是土建施工单位预留的，硬横梁测量也已经完成了，厂家已经生产完毕。白玉传特意交代厂家技术一定要按照现场测量数据进行生产加工，并且在出厂前进行尺寸模拟核对，确保硬横梁的生产精度。因此，他对这次编写营业线施工专项方案还是很有信心的。可是，白玉传万万没有想到，公司领导也很重视，特意委派工程部部长叶总带队，专门成立技术专家组，亲临现场进行技术调查，审核该营业线施工专项方案。

叶总特意给白玉传打来电话，对他说道："我们明天上午到项目部，随后就到现场进行实地调研。你将方案打印三套，一起带到现场，记得要带上图纸和相关测量工具。"

白玉传深知叶总的工作作风，他雷厉风行、技术水平精湛、业务能力强，现在已经是高级工程师了，已入选集团公司专家组团队了。因此，他一刻也不敢懈怠，再次静下心来坐在电脑旁，逐字逐句地自我审核起方案来。他一连审核了三遍，把其中的错别字以及多余的标点符号都修订了一遍，这才放心地打印了三套。然后，他又给作业队技术主管打电话，让他明天一早就赶到现场，配合此次公司专家组的现场办公。

第二天早上9点多，叶总带着公司专家组成员一行6人到了项目部，他们先在项目部会议室里开了一个碰头会，然后就叫上白玉传，一起去施工现场。

到了施工现场，首先听取了白玉传对现场情况的汇报，然后，叶总让白玉传摊开图纸，针对现场进行图纸审核并逐一审核方案里的具体实施步骤。

就在白玉传忙着核对一处硬横梁基础限界的时候，他远远看到叶总向他招手示意他过去。

白玉传远远看到一脸严肃的叶总,心里暗叫一声不好,一定是自己编制的方案有致命的问题,要不叶总不会是这个表情。他一下子就紧张起来了,急忙跑到叶总身边。叶总指着图纸上一处新月营业线的既有接触网下锚的延长一跨,厉声问道:"此处既有接触网支柱悬挂的非支接触网的高度有没有测量过?当时提取硬横梁高度时,有没有考虑该处的绝缘距离是否满足设计要求?"

白玉传一听此话,顿时吓得一脸冷汗。他嘴里哆嗦着答道:"俺好像现场量过了,应该绝缘距离够吧。"

旁边一位技术专家老师傅听了,笑呵呵地道:"小伙子,干技术的可不能用这模棱两可的态度来对待技术工作。你现在是负责一条线接触网技术工作的主管工程师呢,是就是,不是就不是,可不能自己心里糊涂,没个主心骨,那你可咋让人家一线施工人员信服呢?尤其是营业线封锁点内施工,这施工一结束,营业线上就要开通运营的,因此对于接触网技术那就要求更高了。也正是由于这个原因,咱们公司领导才不放心,让我们来到现场监督一下,确保到时施工安全和质量。"

白玉传听了,羞得更加找不到北了。叶总看到他那尴尬样,就气不打一处来,大声问道:"我问你到底测量了没有?有没有这方面的测量数据?我仔细看了图纸,这一点是最关键的技术所在。你考虑到了,就说明你做一名主管工程师是合格的;若是没有考虑,那就说明你还是个学徒工呢。"

白玉传在专家们的连番轰炸下,大脑一片空白,确实记不起自己到底是否测量过该处的绝缘距离了。就在此时,作业队技术主管拿来了当时现场硬横梁的测量数据,小声提醒道:"白工,当时你考虑到了,这是测量数据。经过测算,在咱们新架设的硬横梁下面绝缘距离满足设计要求呢。"

白玉传一听,这才欣喜若狂起来,他一把抓过测量记录拿给叶总看。叶总仔细看了当时的测量数据,笑着说道:"你呀,白工,还是不成熟呢。经我们一通发问,你就整个人傻了,啥都不知道了。说到底呀,你平时还要加强接触网理论知识学习才行。"

然后,叶总又把硬横梁测量数据让其他专家组成员看看,大家看了以后,这才都放下心来。

专家组通过图纸审核和现场实地测量调查,采取现场办公形式,对白玉传编制的方案进行把脉问诊。经过专家组的优化补充,整个方案显得更加合理,现场可操作性更强了。

经过专家组修订审核通过的方案,只利用4个封锁停电点就可以全部完成18组硬横梁的架设任务，大大减少封锁点频次，节约了施工成本，提高了施工质量，确保了施工安全。

赵总休假归来后，看到白玉传编制的这个方案，也笑着赞许道："三日不见，当刮目相看。你的接触网技术水平见长呀，这方案编制得让我都感到佩服。"

白玉传听了，骄傲地看了一眼赵总，笑着答道："赵总，你可要抓紧学习了，一天不学习，可赶不上刘少奇呢。"

旁边的人听到了，笑着说道："赵总，前段时间，咱们公司专家组亲临现场办公，听说对白工编制的方案现场集中把脉问诊了一番呢。"

"原来是这样啊。大传，算你小子有福了，有这么好的机会让你跟着专家们学习。"赵总看了一眼白玉传，调侃道。

好久没回家了，白玉传心里特别想自己的女儿们，因此在一个礼拜五的下午，忙完自己手头上的工作，就向赵总请了个假，回家了。

白玉传本打算在家待几日，好好陪陪女儿和老婆，系统地教教女儿白妞英语的入门知识。没想到，他刚到家，单位就来电话催他回去上班。接了电话后，他心情由喜转忧，一股邪火在内心绕来绕去，看啥都不顺眼。此时刚好他在教白妞学习英语单词，教了几次，白妞总是记不住，于是这股邪火就全部发在女儿白妞身上。望着白妞那委屈的模样，白玉传不知为啥一点疼爱之心也没有，反而变本加厉地去呵斥她。最后，白妞终于委屈地跑去另一个房间写作业了。

妻子小燕见了很生气，她厉声呵斥道："你对自己的女儿凶啥呀？不要把工作上的情绪带到家里面。本来你能回家，咱白妞可高兴了，今晚她一直不吃晚饭，非得等你回来和你一起吃饭。你看看你是咋对她的，这多么伤她的心呀！"

白玉传听了小燕的话，心里也很不好受，自己一个人躺在床上不说话了。

其实，白玉传对女儿白妞一直疼爱有加，从没对她说过一句重话，更没动过她一根手指头。这次，他真是昏了头了。

自从家里添了二妞后，白妞懂事多了，做的事、说的话好些都和她的年龄不符，爸爸成了她唯一的开心果。女儿没有更多的奢求，仅仅是让爸爸带她去书店看看书，夜里睡觉前给她讲讲故事。可就连这小小的要求，白玉传都没法满足她，还找各种理由去敷衍她。

第二天上午，一家四口出去逛街，白妞抱着妹妹，一路蹒跚，即使再累也舍不得让妹妹走路。望着她幼小的身躯、满脸的汗水，白玉传潸然泪下，哽咽着对女儿白妞说："来,白妞,别累着了,把开心放下来,让爸爸抱。"可开心却紧紧抱着姐姐,不让他这个爸爸抱。

女儿白妞说："爸爸,我不累。看看,开心不要你抱。"白玉传听了,很是无语。

白玉传整年在外工作,所得收入仅够她们娘仨糊口而已。难得的全家团圆的美好时光,却让他搞得乌烟瘴气。那样对待女儿,那样刻薄的话语,女儿白妞既没有哭泣,也没有申诉,只是一个人默默地承受。

回到单位后,白玉传心如刀绞、痛苦不堪。他给妻子小燕打电话,让白妞接电话,可白妞已经不像从前那样一接到爸爸的电话就欢天喜地地无话不谈,只是平淡地对妈妈说她在吃饭。

白玉传听了,更是心痛。他知道,因为他的过失、他的自私,让女儿白妞对他有了看法。他作为白妞的父亲,对女儿的爱远远不够,对女儿也没有尽到自己应尽的责任。

仰望雨中明月,它是那么冷酷,白玉传的心变得更加的冰冷,自责的念想时刻煎熬着他那颗思念女儿的心。

经过一年时间的日夜奋战,白玉传他们项目部承建的郑焦城际铁路终于在2015年3月22日全部通电。这条线全长77.785公里,其中新建线路长68.137公里,利用既有京广铁路9.648公里,设计时速250公里。24日上午,动态检测车上线,对轨道、路基、桥梁、接触网等展开检测。郑焦铁路联调联试分为静态验收、轨道检测、冷滑实验、热滑弓网检测、动车组试车等步骤,每个步骤完成后都要对调试中发现的问题进行解决。这项检测工作完成后,郑焦铁路将迎来用于联调联试的综合检测车,进行动车组试车。联调联试全部结束后,铁路才具备开通条件。

2015年4月5日8点51分,一列车次为DJ55102的白色动车组由郑州车站1道开出,行至南阳寨站后,沿郑焦铁路上行线运行,标志着郑焦铁路联调联试工作已经全面展开。

2015年5月4日8时10分,一列"子弹头"列车缓缓驶出郑州车站。此趟列车为执行郑焦铁路运行试验任务的DJ55108次动检车。这意味着郑焦铁路在经历近一个月的联调联试,圆满完成各项试验目标之后,正式进入开通运营前高速铁路运行试验阶段。

2015年5月12日8时51分,随着汽笛的一声长鸣,C2900次动车组从郑州站经过铁路黄河大桥向焦作站疾驰而去,标志着郑焦铁路开始按照运行图"试跑"。

郑焦铁路作为中原城市群区域一体化发展的重要基础设施，除郑州站和焦作站外，沿途共新增设4个站，分别为南阳寨站、黄河景区站、武陟站、修武西站。郑焦铁路建成通车后，郑州至焦作间的旅行时间将大大压缩，焦作也将融入郑州半小时经济圈，为焦作市300多万居民创造了更好的出行条件，这对于促进中部崛起战略实施、完善区域综合交通网络以及推动沿线城市化进程等均具有积极作用。

白玉传在郑焦线正式开通运营后继续留在项目上，进行竣工资料编制移交工作，这项工作一直持续到11月初才告一段落。

郑焦城际铁路工程建设是白玉传首条独立负责的接触网技术的项目工程，也是他全程参与的一条线路。从项目组建、前期技术调查、开工报告、设计联络以及施工过程中编制的各种专项方案，一直到开通送电，包含后期的竣工资料移交、工程变更索赔及结算，他全程参与并坚持到最后一刻，这一点对他个人工作能力的提升的确发挥了很大的作用。因为工程项目是经验性的行业，许多流程只有自己亲身经历了，才有可能在今后工作中具有一定的话语权。

就在白玉传把郑焦线接触网竣工资料正式办理移交手续后，牛总给他打来电话，对他说道："白工，你这几天把手头工作向其他人进行移交。分公司领导研究决定，让你去厦门地铁1号线接触网安装工程2标项目部任工程部部长。11月15日，你和前期项目组建人员一起到厦门，参加合同签订工作，然后即刻展开现场前期调查，为后续项目部组建和开工建设提供一手现场资料。"

白玉传听了牛总的话，心里泛起一阵涟漪。这项任命对自己个人工作生涯的确是好事，因为又一个新的工程项目即将拉开帷幕，自己可借此机会锻炼一下对外协调能力，对今后自己从事项目技术管理工作是很有利的。可是，这样一来，自己就又要背起行囊远走他乡了，又得过上牛郎织女的生活了，一年回不了家几次呢。想到这里，白玉传给妻子小燕打电话说了此事。

小燕听了，就耐心地劝道："你想想，若你在还能干得动的时候不努力学习，不奋进拼搏，到你老的时候，哪个地方肯要你去工作呀？因此，你得抓住每次工作机会，好好干，多学习。你只有学习得多，自己肚子里知道得多，你的工作机会才会更多，这样咱家的生活压力才不会那么大。"

白玉传听了妻子小燕的一席话，心里一阵心酸，他知道自己这个普通一线接触网工人只有在单位好好干，自己的家人才能在生活上过得稍微幸福一些。因此，白玉传坚定了去厦门干地铁工程的决心。

和同事办理了手头工作的移交手续后，白云传就回到家里，利用短暂的时光，再多陪陪自己的妻子和女儿们。

在家里没待几天,轨道分公司办公室就打来电话告知白玉传,已经给他定好11月15日下午2点半飞往厦门的航班,并要求他在15日上午先到分公司找厦门区域市场开发部负责人曹学艺报到。

曹学艺不会是自己的同学吧?这家伙啥时候当上领导了?白玉传心里一阵激动。

此时的北方已经进入初冬了,白玉传在离开家的时候都穿上毛衣、毛裤了。他一来到轨道分公司,见到曹学艺,发现还真是他的同班同学呢。自从武广线一别,他哥俩也是10多年没见面了。

曹学艺看了一眼他这一身行头,笑着说道:"厦门那个地方不冷呀,现在是20多度,你到了那里就知道了,当地人还在穿短袖呢。"

白玉传一听此话,心里就后悔起来了,原来他的行李包里全都是冬天的衣服,夏天的一件都没带呢。

说实话,这次去厦门是白玉传第一次坐飞机呢,因此他心里很激动。大概下午1点左右,分公司派车把曹学艺和白玉传送到了省城机场,他们取了票过了安检后,就到候机大厅等候登机了。

下午2点,白玉传准时登上这趟飞往厦门的班机,跟着人群进入飞机内舱,找到自己的座位,把行李包放好后,他就坐在座位上,系上安全带,开始闭目养神了。

2点半,飞机准时起飞。经过2个小时的飞行,白玉传和曹学艺在下午5点安全抵达厦门高崎机场。出了机场,来到停车场,前期已经抵达的司机小杨已经在那儿等候了。他们坐上车,大概半个小时的路程,就来到了厦门岛内SM广场附近的临时驻地——一套租赁的三居室。

白玉传一到厦门就热得不行,他坐在车子里抬眼望去,大街上来往的行人大多数还都穿的夏装呢。

没法子,白玉传吃过晚饭后就一个人来到超市,买了一件薄的长袖汗衫,要不穿着这厚夹克可要把自己热坏呢。

第十章

厦门纪事

白玉传在初冬时节感受到了鹭岛厦门的热情。一大早,曹总对他说道:"大传,咱们今天8点半要到厦门轨道交通集团去代表公司进行合同签订谈判。咱们吃过早饭,7点半出发。"

"好,我都准备好了,不过有几个技术问题需要澄清一下。"白玉传答道。

他们吃过早饭就坐上司机小杨的车去往厦门轨道交通集团。路上,白玉传透过车窗向外望去,这里的环境真好,蓝天白云,一片南国海滨城市的景色。回想起自己的家乡,此时此刻正是天寒地冻,大部分日子都是雾霾重重,一片天昏地暗。因此,白玉传心里隐隐喜欢这个城市。

8点左右,他们提前来到轨道公司,曹总就带着白玉传首先来到业主项目经理郑昶的办公室,打算给郑经理介绍一下白玉传。

白玉传看到一位30多岁、中等身高、一脸笑容的年轻人正坐在电脑旁聚精会神地看着啥。

曹总对着郑经理就问道:"郑总,一大早就这么认真工作呀?"

"哪儿呢!这不今天早上要跟你们签订合同了,我再把合同看一看,是不是遗留问题都解释清楚了。"郑经理抬起头来,笑着说道。

"这位是白玉传,是我们项目部工程部部长。"曹总指着白玉传向郑经理介绍道。

"郑总好,以后在工作上多多指教。"白玉传连忙说道。

郑经理看了一眼白玉传,笑着答道:"我代表厦门轨道集团欢迎白工加入厦门地铁1号线工程建设,以后在工程施工中遇到啥问题,你尽管和我说。"

早上8点半,白玉传和曹总准时来到503会议室,进行合同签订谈判。参加此次会议的有业主、设计、监理和施工单位等代表。

该次合同签订由厦门轨道交通集团副总经理贺明华主持,首先是各方代表自我介绍。曹总指着身边的白玉传,向大家笑着介绍道:"这位是白玉传,他是我们这个项目部的工程部部长。"

听了曹总的介绍，白玉传赶紧站起身来，大声说道："俺叫白玉传，初来乍到，以后请各位领导多多指教。"

贺总听了，哈哈大笑着说道："白工看起来是很操心的，你看头发都没了。"

大家伙听了贺总一席话，拘谨的气氛瞬间活跃起来。通过彼此介绍，白玉传很快就知道了设计是来自中铁电化院的陈赫，总监是来自中铁二院的王岳，现场监理是陈宝胜。

接下来就是有关前期招投标工作中技术和商务方面预留问题的逐项澄清工作。

业主项目经理郑经理打开电脑，把PPT汇报材料打开，大家伙对着投影仪上的内容，逐条认真地核对、研究和确认，整个过程严谨务实。

到了讨论即将结束的时候，白玉传看了一眼在座的各位领导，把压在心里的担忧提了出来："俺来之前仔细地看了设计院前期出的招标图纸，发现在场段接触网门型架连接方式采用的是焊接。根据在其他线上的施工经验，发现该种连接方式在施工过程中很不方便，并且高空进行焊接作业，安全和质量都无法很好地保证。俺提个建议，各位领导研究一下看是否可行。"

白玉传说到这里，特意看了一眼设计院陈总，陈总笑着说道："白工，你看我干啥呢？有啥合理化建议就大胆提出来，只要合理，符合设计要求，我们就会采纳你的建议，并及时在后续正式施工蓝图上进行修订。"

有了设计院陈总的鼓励，白玉传的底气更足了，他大声地说道："俺建议场段接触网门型架连接方式是否可以采用栓接。这样既可以提高施工效率，又能保证施工质量。在高铁上，我们以往的钢管型的硬横梁的连接方式就是采用栓接。"

"这种连接方式，我们设计院也不是没有考虑过，主要是这种栓接方式对基础施工要求精度很高，恐怕你们施工单位的精度达不到。其实，采用焊接方式也是可以满足设计要求的。"设计院陈总把心里的顾虑说了出来。

监理陈总听了，也在会议上发表了自己的意见："我也在多条地铁线路上工作过，真的如白工说的那样，若是门型架连接方式采用焊接，他们施工单位施工起来的确有难度，并且施工进度很慢。在高空作业，焊接质量不是太好。这一点，运营单位的平推检查过程也是一个问题集中爆发区段。因此，我也建议门型架连接方式采用栓接。据我所知，现在广州新建地铁线路上已经采用该方式进行设计施工了，并且效果良好。"

贺总听了，很高兴，他总结道："其实，无论是设计还是监理、施工，只要提的建议对工程建设有帮助,那么咱们就要高度重视起来,全面系统地进行前期技术实施方案的理论论证。若是可行,陈总你就采纳这条合理化建议,在后续正式施工图纸上予以修订。"

"好,贺总,我会把白工这个建议上报给我们设计院专业构造工程师,让他帮忙给计算一下,我想基本上是可行的。"设计院陈总答道。

白玉传没想到的是,头次见面自己的一个小小建议就能得到领导们的高度重视,并且现场部署下一步工作。他们这种务实求真的工作态度让他心生敬意。

很快,合同签订洽谈,各方代表就达成了一致,并及时形成书面资料,后续就是进行正常的合同签订流程了。

在白玉传和曹总即将离开会议室的时候,业主项目经理郑总叫住了曹总,他说道:"曹总,你们的项目组建工作啥时候开展?要尽快安排工程技术人员和设计院陈总碰一下,先按照设计院的电子版图纸抓紧和监理一起到现场进行调查,我们开工前准备工作可要抓紧进行呀。这样吧,我计划每双周星期五上午9点,咱们碰下头开个会。下次开会,我可要听你们的现场调查汇报情况呢。"

贺总在一旁听了,笑着说道:"人家白工刚到厦门,你看看,这么着急就开始安排工作了。小郑呀,你就不能让人家白工歇几天,先熟悉一下厦门市的交通情况?要是他一个人走丢了,曹总可管你要人呢。"

"郑经理说得对。这几天,我就安排白工去和设计院陈总对接下,先熟悉一下设计图纸,随后就和监理一起尽快启动现场调查。"曹总连忙说道。

在回去的路上,曹总笑着对白玉传说道:"咋样,大传,今天与各位领导初次见面,感觉如何?其实,他们都是接触网专家呢。你看看,你提的建议,贺总多重视呀。因此,在今后开展技术工作中,心里不要有啥顾虑,这里的工作环境很通畅,都是抱着一种要把工程建设干好的态度去各自开展自己的工作。好好干吧,你会在这条线上学到不少东西的。"

"那是,各位领导务实的工作作风,俺算是领教了。放心吧,曹总,俺一定好好干,不会让您丢脸的。"白玉传笑着答道。

回到驻地,曹总对白玉传说道:"大传,你提前和设计院陈总联系下,看人家啥时候有空,你去和陈总接触一下,了解一下设计的意图。第一次去,你去的时候买点水果吧。"

"好,我这就联系,刚好俺也想去认认门。"白玉传答道。

曹总听了,接着说道:"这几天,我还要和司机小杨忙着项目部驻地选址,你就坐公交车去吧。厦门的公交车很方便的，刚好你也感受一下厦门的空中巴士，那是一路高架桥，绿灯放行呢，可比开车去方便多了。"

"啥，空中巴士？俺以前还没坐过呢，刚好此次去试试。曹总，您放心去办您的事，不用管我了。技术上的事俺会操心的。"白玉传对曹总说道。

吃过中午饭，曹总递给白玉传一张公交卡，对他说道："以后你再出门办事、开会啥的就坐公交车吧，这是一张E通卡，很方便的，里面还有100多块钱呢，你拿着先用吧。"

"那谢谢曹总了。"白玉传接过公交卡，放进自己的口袋。

中午稍作休息后，在下午2点半左右，白玉传给设计院陈总打了个电话，把自己想去找他的意图和人家说了说。陈总在电话里说道："我下午3点有个会，大概4点半在办公室，你到时候就来办公室来找我吧。咱们加个微信好友，我把我们设计院具体的位置发到你的微信上吧。"

"好，陈总，我这就加你的微信，我们到时候再见面。"白玉传说着就发出了微信好友的邀请，不到一分钟，陈总就把设计院的地址发了过来。

白玉传用手机的高德地图查了查，设计院离驻地不太远，坐公交车也就七八站吧。他想着第一次去设计院一定要准时呢，因此决定下午3点出发，提前坐一坐厦门的空中巴士，感受一下厦门BRT交通的便利和快捷。

想到这里，白玉传就连忙来到卫生间洗把脸，然后带了个U盘，就准备出门了。

白玉传出了门，没走多远就来到一个BRT公交车站。他沿着人行天桥的步梯来到了高架桥上，过了安检，刷机进站后，在候车区域等了不到5分钟，就坐上了一辆公交车。一路高架桥蜿蜒盘绕在美丽的厦门市区，窗外繁花似锦的市区景色尽收眼前。坐在车里面，望着窗外的蓝天白云、高楼大厦，尤其是那段跨海区段的风景，更是让人心旷神怡。

大概4点左右，白玉传就到了设计院附近的车站，下车出了站后，根据微信上的高德地图显示，再走200米左右就到了设计院所在的小区大门口。白玉传一路前行，很快就来到了大院门口，一看时间，还好，才4点10分。白玉传想起来之前曹总交代的，他赶紧来到附近一家水果店里，准备买些水果。

白玉传进了水果店一看，里面各种水果都有，许多都是第一次见到，看得他自己都不知道买啥好。就在他犹豫的时候，在店里一个拐弯处，他惊喜地发现了商家已经做好的几个水果篮，他连忙挑选了一个，给老板掏了钱后，就提着水果篮进入了小区内。

根据设计院陈总发的具体位置，白玉传很快就找到了他们办公的那栋楼，进了电梯，来到16楼606房前。白玉传敲了敲门，不一会里面陈总就打开了门，让白玉传进去。

白玉传进了门一看，他们设计院也是临时租赁了一套四居室。客厅里摆放了几张办公桌，几个年轻的设计员正在电脑前忙碌着；餐厅则被改造成一个小型会议室和陈总自己的办公室。

白玉传把水果篮递给陈总，说道："给你们买点水果，工作之余，吃一个提提神。"

"白工，客气了，来就来吧，还带东西，以后可不允许呢，我们这里啥都有呢。"陈总说完就带着白玉传来到他的办公室。等白玉传坐下，陈总就连忙去烧水，准备给白玉传沏杯茶。

等陈总把茶水沏好后，就笑着对白玉传说道："昨天你的建议提得很好。我昨天下午就咨询了一下我们设计院的构造工程师，她说作为门型架构造本身，栓接方式也没啥大问题，这几天她抽空帮忙给演算一下。"

"那就谢谢陈总了，真的，若是门型架连接方式能改成栓接，这对于我们施工单位，可是帮了大忙了。"白玉传感激地说道。

白玉传喝了一口热茶后，对陈总说道："俺今天来，目的就是让您当面把这条线接触网设计理念给俺交下底，俺也好心中有数。还有，您能不能把前期设计的电子版图先给俺一份，俺准备这几天就和监理一起去现场做个前期技术调查。"

"这个没问题。"陈总爽快地答应了。

陈总打开电脑，调出设计交底，开始系统地向白玉传宣贯厦门地铁1号线接触网工程的设计理念和技术交底。通过将近半个小时的详细讲解，白玉传初步了解了设计意图，他心里不由得对这位年轻的设计工程师表示由衷的敬意。他笑着对陈总说道："陈总，俺听了您的这番讲解，觉得您的设计交底和其他设计院的不一样……"

还没等白玉传说完，陈总就一脸紧张地问道："白工，咋了？是不是我哪点讲得不对呀？没事的，反正这也不是正式设计交底，有啥问题你尽管提，我再修订就是了。"

"陈总，您太多虑了。俺觉得您的设计交底内容很详实，尤其是您写的施工注意事项，那可都是干货，没有一点套话、大话，对我们施工单位今后施工具有实际性的指导意义呢。"白玉传真心地说道。

陈总听了白玉传这番话，这才哈哈大笑道："白工，听你这样说，我才放心呢。其实，我做地铁接触网设计也有七八年了，我的设计交底，一贯作风就是把我在其他线施工中遇到的施工难题都总结一下，写进下条线的设计交底里面，以便尽早提醒和我合作的施工单位的工程技术人员，以免类似错误一而再、再而三地发生。"

"还是陈总务实呀。说句实话，您这设计交底，我们施工单位拿过去换个封面就可以作为我们的技术交底，真的挺好的。"白玉传的这番肺腑之言一下子拉近了他与陈总的距离。

陈总看了一下表，笑着对白玉传说道："白工，昨天第一次与你接触，就觉得你也是个务实的人，心里也想着咋把厦门地铁1号线接触网工程干好，并且现场施工经验丰富。我觉得咱俩很投缘呢。这样吧，时间不早了，今晚我请你吃个便饭，和我手底下的弟兄们一起喝个小酒，大家放松一下，咋样？"

"那可不敢当，本来应该是俺请你的，这咋还要你请客呢？"白玉传一下子就慌了神了。

陈总看了一眼不知所措的白玉传，笑着说道："你看，你给我们送来水果，我们要礼尚往来嘛。别客气了，今晚说定了我请客。"说完，陈总就来到客厅，大声对正在埋头苦干的小兄弟们说道："今晚，我们设计院一起请施工单位白工吃个便饭，大家坐在一起相互认识一下。"

大家伙听了都很高兴，收拾完自己手头的工作，纷纷离开办公室，准备抓住这难得的机会放松一下自己。就在大家伙纷纷离开办公室的时候，陈总对着一位瘦瘦的年轻人说道："易大师，记着带两瓶酒，我们今晚开心一点，喝点酒，解解乏。"

"好咧，没问题。"这位年轻的设计工程师爽快地答道。

陈总指着易大师的背影，对白玉传说道："这是我的助手，叫易天祥，是西南大学毕业的研究生。以后工作中有啥技术问题可以找他，他可厉害了，对供电系统研究得很透彻呢。"

在陈总的带领下，他们一伙人来到一家海鲜大排档。陈总指着大排档，笑着对白玉传说道："就这里吧，今晚我请你吃最地道的厦门特色海鲜。"

他们找了一个露天临街的座位坐下。老板似乎和陈总很熟，看到陈总来了，笑了笑，给大家伙上了一壶茶，然后说道："您稍等，还是老样子吗？"

"今晚我们白工第一次来厦门，你加个你们的招牌菜面线糊吧。"陈总笑着补充道。

"好咧，马上好！"老板答应着去了。

在一起喝茶闲聊的时候，陈总充满感情地说道："我们国家电气化铁路技术的不断提升离不开科技创新，每次技术进步都离不开一线科技人员的技术改革，现场一个小小的工艺改进都对电气化铁路技术总体水平的提高起到了很大的促进作用。"

听了陈总这番话，白玉传心里很激动，把自己改进基础帽的科研攻关项目和获得国家专利的情况向他汇报了。陈总听了表示出浓厚的兴趣，他饶有兴趣地说道："这个国家专利好呀。这样吧，你把手头的有关资料给我发一份，我报到设计院，找一下构造工程师帮你计算一下看是否可行。你的这个设想确实也解决了一线的技术难题。"

"那就谢谢陈总了。我明天就把有关资料发给您，让您多操心了。"白玉传感激地说道。

这个晚上的饭吃得好，酒也喝得美。白玉传没想到的是，自己有幸参建厦门地铁1号线工程，而且身边的业主、监理、设计都是一群年轻务实的专业人士，他们心里只有工程，没有其他杂念。白玉传心里高兴，这酒一下子就喝多了。

第二天一早醒来，曹总对他说道："大传，你可真行呀，昨晚喝大发了，还让设计院陈总亲自给你送了回来。不用说，昨晚还是人家设计院请的客吧？"

"是，昨晚是陈总掏的钱呢。"白玉传不好意思地说道。

"你呀，也是在现场工作一二十年了，咋能让人家设计院陈总出钱呢？"曹总责怪道。

"本来是俺要掏钱的，人家陈总死活不让，说俺给他买了水果，要礼尚往来，他就掏了饭钱。"白玉传实话实说。

"让我咋说你呢？今后在技术工作上多操心吧，你看看你身边的团队成员都是多么的敬业和严谨呢。"曹总笑着劝道。

"知道了，曹总，俺一定不会让你失望的。你看咱们签订合同的时候，俺的一个合理化建议不是被领导认可了吗？仅此一项就可以给咱项目部节约一大批施工投入资金，而且还可以保障施工安全质量和进度呢。"白玉传在老同学面前邀功呢。

"好、好、好，你这点做得对。不过，可别忘了下一步业主郑经理交待的现场调查工作任务。这几天，你在家里先熟悉一下设计院给你的设计交底和图纸，然后联系一下监理陈总，尽快启动现场调查工作。记着，人家这里的汇报材料格式都是要求PPT，你若是不老练，就多在电脑上自学一下，可别第一次亮相就打个哑炮。"曹总看了一眼沾沾自喜的白玉传，给他敲响了警钟。

"谢谢曹总提醒，我知道自己咋做了。"白玉传感激地说道。

白玉传抓紧时间，一边进行设计图纸和交底学习，一边在电脑上自学制作PPT。通过几天时间的学习，他初步学会了PPT制作，对设计图纸也有了大概的了解。

就在白玉传静下心来编制现场调查情况统计表的时候，他接到了一个陌生电话："白工，我是监理陈宝胜，你的现场调查资料准备得咋样了？我打算明天开始进行现场调查，你看看方便的话，咱们就一起去现场。"

"好，陈总，我下午把我做的现场情况调查统计表发给您，您帮我审核下。明天早上8点半，我去您那里接您一起进行现场调查。"白玉传向监理陈总汇报道。

"好，我把地址给你发过去，咱们明天8点半见面。对了，到时候别忘了带相机呢，现场需要拍照。"陈总提醒道。

"好，知道了，谢谢陈总。"白玉传答道。

下午3点多，白玉传把自己编制的现场情况统计表发给了陈总审核。不到半个小时，陈总就打来电话说道："白工，我看了你编制的这个表，内容很详细，想得也很周到，尤其是你对今后施工交通情况也有体现，这一点很好。"

能够得到监理陈总的认可，白玉传觉得这几天自己加班加点的工作也值了。

晚上，白玉传向曹总汇报了现场调查的事情。曹总听了，对他说道："那好吧，这几天就让司机小杨陪着你去现场调查。天气还很热，到了现场，记着买点矿泉水，中午若是回不来，就吃个工作餐。告诉你吧，监理陈总可是接触网施工专家呢，他现场施工经验很丰富，以后多向陈总请教工作，多向陈总学习。"

"好，知道了，那俺提前准备一下明天调查所需要的东西。"白玉传说完就拿起工具包，把明天现场调查所需要的图纸、尺子、记录本、笔和相机都装了进去，生怕自己一时疏忽忘了个啥。

第二天一大早，白玉传和司机小杨吃过早饭后就接上监理陈总一起前往厦门北车辆段。

一到厦门北车辆段，白玉传一看现场土建单位的施工进度，心里就哇凉哇凉的。除了几座房子在施工，路基现在还没开始施工，到处坑坑洼洼的。他们再来到试车线上一看，也是一样。

白玉传苦笑道："陈总，这试车线接触网开通的工期节点要求是明年十一，您看看现状，俺真害怕到时候完不成呢。"说着，白玉传拿起相机，把现场调查情况拍了下来。

陈总看了也是眉头紧锁，说道："是呀，土建路基交不出来就谈不上新线交桩，咱们的接触网支柱下部基础就无法施工。听说，这一区域都是大山呢，恐怕基坑不好挖呀，你要提前有个思想准备呢。厦门地铁1号线接触网新线交桩与其他线可不一样，它是由第三方测量公司给你们交桩，铺轨单位是不对你们进行新线交桩的。这一点，你也要引起高度重视，你们得有专业测量人员进场进行接触网支柱基础定位测量才行。"

白玉传听了陈总的一席话，心里一惊。陈总说的可是他们接触网专业测量时的一个新问题，这个需要提前向领导汇报，提前做好专业测量人员进场的准备呢。

就这样，白玉传和陈总一边调查一边讨论，并及时拍照留存。大概一个小时左右，他们就把现场情况调查得一清二楚。

下一站就到了岩内站。白玉传在车辆行驶的途中，遇到路况变窄区段就赶紧下车，让陈总帮忙拉拉尺子，把道路的宽度记录下来，遇到限高标志也记录在册，这样也好给后续施工进场做好前期调查工作。

岩内站的土建施工进度就更缓慢了，隧洞都还没贯通呢，因此这个站的现场调查相对简单一些，拍几张照片就行了。

时间过得很快，转眼间已经是临近中午12点了。陈总邀请白玉传在监理站吃了午饭。

下午1点半，他们一行继续来到厦门地铁1号线工地进行调查。一路上，陈总一边看一边把其他线上的工作经验讲给白玉传听，白玉传一边听着一边不停地在本子上记录着。

一直到了下午5点半左右，他们已经完成了八站八区间的调查任务，现场总体调查情况不是太好。陈总说道："白工，今天的现场调查就先告一段落吧，明天再继续。还得麻烦你们司机师傅帮我送回监理站。"

"好，那就先把您送回监理站，咱们明天早上见。"白玉传笑着答道。

第二天，白玉传他们又利用一整天把剩余的四站四区间现场施工情况进行了调查。通过这次现场调查，白玉传发现跨海高价区段的接触网施工条件是最好的，这个区段的高架桥已经贯通，就等着铺轨单位进场作业了。

白玉传花了整整三天的时间，结合招投标文件对工期节点要求和设计交底及图纸，从现场土建施工进度情况、施工附近交通情况、当地民风民俗、当地环保法规要求、现场存在的问题及确保工期节点的建议、人员机械、材料进场计划、工程总体计划及2016年年度计划等方面对此次现场调查做了一个PPT汇报材料。

他随即把此次现场调查报告汇报材料发给监理陈总审核。陈总第二天上午才给他打来电话，笑着说道："白工，你此次编制的现场调查报告，整体效果不错，内容详实，考虑周到，看来你也是一位工作很务实的人。不过，我给你提个建议，你在编制施工计划的时候需要把咱们专业对关联施工单位工期节点的需求提出来，尤其是站前预留预埋件的移交时间要重点提出。"

陈总一席话真的是一针见血，一语惊醒梦中人呢。白玉传很感激，他遵照陈总的工作指示，又完善了汇报材料后再次发给陈总审核。陈总看了很是满意，他在电话里说道："经过这次修改，我看行了，可以上报业主郑经理了。"

白玉传听了陈总的话，笑着说道："陈总，通过这几天和您的工作交流，发现您真的是一位工作很严谨、很务实的一位好监理。这样吧，俺以后就不叫你陈总了，就叫师父可好？"

"好、好、好，白工，我就收了你这个徒弟。"陈总爽朗地答应了。

在业主组织的第一次供电系统工程双周例会的头一天，白玉传把自己写的汇报材料发给了业主项目经理郑总。郑总看了也很满意，他特意给白玉传打来电话，对他说道："白工，你工作很精细，考虑情况很全面，这次你们上报的汇报材料很好，比其他单位写得好，值得表扬。"

第一次供电工程双周例会按期进行，到会的有业主、设计、监理、施工等20多人，白玉传在此次汇报中获得了现场人员的一致好评。

白玉传这个时候才感觉到自己来厦门参加1号线工程建设算是打响了第一炮，起码自己在各位领导心目中留下了一个务实的良好形象，因此他心里很高兴。

回到驻地，曹总也笑着说道："大传，这段时间你干得不错。来厦门也有快一个月了，你也没时间到厦门到处逛一逛。这样吧，明天给你放假一天，你自己一个人出去散散心吧。"

"谢谢，曹总！"白玉传一脸笑容地说道。

第二天早上，白玉传睡了个懒觉，一睁眼已经是早上9点半了。他连忙起床洗漱，然后决定利用这难得的休息机会去趟鼓浪屿风景区，看看鼓浪屿这个宁静美丽的小岛。听说那里有着各种风格迥异、中西合璧的建筑，汇集了各种特色的商铺，充满了文艺范儿，还有白玉传最敬仰的林语堂大师的故居。

白玉传在年少的时候一口气买了林大师好几本英语原版小说，如《京华烟云》、《吾国吾民》、《风声鹤唳》，他最喜欢的是那本号称"当代红楼梦"的《京华烟云》。这本厚厚的书陪伴着他走过风风雨雨二十多年的电气化岁月。无论他身在何地，在他床头相伴的永远都是那本已经掉了封皮的经典文学作品《京华烟云》。他都看过五六遍了，虽然自己英语水平不咋地，可是他一直坚持不买中文版，因为他觉得只有看林大师的原版小说才有味。每当心烦的时候，这本书就成了抚慰白玉传急躁心情的灵丹妙药了，瞬间就会使他忘记这凡尘中的一切烦恼，静下心来和书中的人物进行心灵交融。

白玉传一想到即将亲自去拜访林大师的故居，心里就激动万分，一个人在那里咯咯傻笑。曹总见了，笑着说道："咋了，大传，给你放一天假，自己高兴傻了？"

"哪有呀，曹总，我今天想去鼓浪屿，去看看林语堂大师的故居。"白玉传一脸幸福地解释道。

白玉传和曹总闲聊了几句后就出发了。从白玉传的驻地去往鼓浪屿也不算远，坐上BRT公交车，大概半个多小时就来到了第一码头。

轮船码头到鼓浪屿只隔一条宽600米的鹭江，白玉传买了票，坐上轮渡，大概10分钟左右就登上了鼓浪屿。

虽然现在已经临近元旦，可是岛上的游客仍然很多。当地居民不紧不慢的生活让白玉传一下子就有了宁静的感觉。给他印象最深的是岛上的那些亚热带植物，沿着弯弯长长的街道，冷不丁就伸出一棵百年榕树，让他非常震撼；还有那些从老房子院墙里长出的三角梅，鲜艳夺目，也让白玉传惊叹不已。白玉传一路前行，在他前方有个旅游团队，导游正在讲着鼓浪屿的由来："鼓浪屿的名字是因岛上有一块发出声响的'鼓浪石'。不过让鼓浪屿真正出名的倒不是这块石头，而是岛上那些不同建筑风格的老房子。"

白玉传心里一阵暗喜，决定跟着有免费的导游一路同行。

白玉传和这群游客在岛上绕来绕去，才在一条破旧巷子里找到了林语堂的故居。这是一座非常古旧的英式别墅，那种感觉有点像影片《简爱》里的废弃庄园。因为没有人住的原因，台阶上长满杂草，走廊里有一股发霉的气息，那栋写着"立人斋"的别墅的大门上扣着一把锁。不过相比之下，白玉传倒是喜欢这种原汁原味的场景，仿佛时光停滞，甚至可以嗅到100多年前的气息。

这个时候，导游站在一处门槛前，开始给大家讲起了有关大师林语堂的故事："其实严格来说，把廖宅称为林语堂故居，可能会有一点牵强，但这幢老房子对于林语堂来说应该是不同寻常的。因为他从10岁到17岁，在鼓浪屿孕育了一个懵懂的少年的梦。后来回厦门大学教书，他也和太太、女儿经常来这里小住。林语堂许多年乡音不改，他的文字温润有暖意，他的生活态度从容淡定，都是与鼓浪屿的老房子、榕树、大海有关的。"

听了导游的一通讲解，白玉传对林语堂大师的生平更加了解了，他似乎觉得自己和林大师更近了。

就在白玉传浮想翩翩的时候，曹总给他打来了电话："大传，刚才接到业主郑经理的电话，他们想组织监理、设计、施工等单位技术人员去宁波地铁进行考察，明天早上就出发。我让司机小杨给你订票了，明天早上10点多的火车，你今天早点回来准备一下吧。"

白玉传看了下手机，现在已经是下午3点半了，鼓浪屿上还有许多景点还没来得及去逛呢，可是曹总的电话让他心里一下子就没了继续游玩的兴致。想想这次上鼓浪屿能看到林语堂大师故居也值了，于是他打算打道回府了。

第二天一早，白玉传一行在厦门北火车站坐上开往宁波的高铁，经过5个多小时的长途奔袭，于下午4点2分准时来到宁波火车站。出了站，来到广场，一辆商务别克车早就停在那里等着接他们了。

白玉传一行人坐上车后，就奔往宁波地铁2号线车辆基地黄隘车辆段。在路上，这条线的供电设计负责人齐总给大家伙大致介绍了一下宁波地铁2号线的建设历程："宁波轨道交通2号线一期工程线路全长28.35千米，其中地下线22.23千米、高架线5.77千米、过渡段0.35千米；设4座高架站、18座地下车站，平均站间距约1.331千米；列车采用6节编组B型列车。设有1座车辆综合基地和1座停车场，分别为南端的黄隘车辆综合基地及东北端的东外环停车场。黄隘车辆综合基地位于海曙区石碶街道机场路以东、鄞州大道以南，紧靠花厅港河和西塘河，接轨于鄞州大道站，占地20.1公顷，出入段线长710米，铺轨9.2千米。东外环停车场位于镇海区蛟川街道清水浦村，位于宁镇公路以东、前大河以北、宁波铁路枢纽北环线以南，接轨于清水浦站，为高架停车场，用地8.3公顷，出入段线520米，铺轨5.2千米。"2010年12月23日，随着7座地下车站的开工，宁波轨道交通2号线一期工程全线开工。2014年6月，宁波轨道交通2号线地下隧道全线贯通。2015年3月23日，宁波轨道交通2号线一期地下段电通。2015年3月23日，列车开始经过鼓楼站联络线进入宁波轨道交通2号线并进入黄隘车厂。2015年3月28日，地下段列车开始上线调试，而高架段列车的调试工作也于5月6日展开。全线于6月11日开始空载试运行，并于8月28日至31日完成试运营评审。2015年9月26日，宁波轨道交通2号线一期工程正式投入运营，自此宁波轨道交通进入网络化运营时代。"

一路上，大家伙听了齐总的详细介绍，对宁波地铁2号线的建设历程有了大致的了解。大概下午5点钟左右，他们就来到了黄隘车辆段，在当地地铁供电车间一位副主任的陪同下，他们进入已经投入运营不久的运用库内实地考察。

白玉传一进运用库，就被室内的环境所震撼了：里面非常干净，放眼望去接触网工艺给人一种艺术的享受，尤其是那上网电缆摆放得横平竖直，松弛度一致，宛如一排排列兵站在那里，时刻接受检阅，悬挂在轨道上方的一个个分段绝缘器也是整齐有序。

就在白玉传拿起相机对着这里精美工程一一拍照的时候，业主郑经理指着不远处的均回流电缆焊接，笑着对白玉传说道："白工，你看人家这里的均回流电缆连接均是电缆槽敷设，在地面上基本都看不到电缆敷设。还有人家的焊接，外观美观、整齐划一，这的确是施工中的一大亮点呢。希望你们在厦门地铁1号线施工中也能做得这么好。"

还没等白玉传表态，总监王总就一脸严肃地说道："白工，若是你们在厦门地铁1号线均回流电缆焊接工艺达不到你今天看到的工艺标准，我们监理就会让你们返工。"

白玉传听了，连忙笑着说道："放心吧，俺这次回去一定认真总结此次考察情况，提前编制一套工艺标准化手册，加强对一线工人的技术培训。"

这一路走来，给白玉传的感官认识就是两个字——震撼。他是不停地拍照，恨不得把整个车辆段的接触网好的工艺照片全都拍下来，带回去好好学习。

天不知不觉地就暗了下来，白玉传一行人忘记了时间，每每看到一处精美的工艺就停下来，细心地欣赏着，一点都没感觉到饿。这时候，设计院齐总笑着对大家伙说道："时间不早了，我准备了一点薄酒，尽一尽地主之谊，咱们去吃饭可好？"

在齐总的提醒下，大家伙这才知道此时已经是晚上7点多了，都恋恋不舍地离开车辆段，坐上车来到饭店里准备吃饭。

吃过晚饭，齐总在离开的时候告知大家明天上午的行程安排：上午9点到宾馆接大家伙到几个地下段的变电所设备房内去参观一下；中午吃个工作餐，下午3点钟让司机师傅把大家伙送到宁波高铁站。

第二天上午，白玉传在供电车间那位副主任的陪同下又去地下车站实地看了几个变电所设备房内的工艺，总体觉得效果不错。

在回厦门的高铁上，白玉传心里暗想，看来厦门地铁业主对现场施工质量和文明施工要求挺严的，通过此次宁波地铁考察过程中业主郑总和总监王总的谈话，他知道今后施工过程中一定要高度重视这项工作才行。

晚上8点59分，白玉传他们一行坐的高铁准时停靠在厦门北站。出了站后，司机小杨的车早已停在那里。等把业主、监理、设计他们几个人一一安全送到家里后，白玉传和司机小杨回到驻地已经是夜里10点多了。一连几天的奔波劳顿，白玉传感觉到身体很累了，来不及向曹总汇报此次宁波地铁考察情况，进了屋里，来到床边，倒头就睡了。

第二天早上，业主项目经理郑总给白玉传打来电话："白工，我看咱们的厂家技术第一次设计联络会须在春节前完成，这样才不会影响年后的正常施工。这样吧，你和设计、监理先讨论一下，写个初步实施方案，三天后报给我。"

"好，郑总，俺这就和他们联系。"白玉传答道。

白玉传向曹总汇报了此事，曹总听了说道："郑总考虑得很周全。这样吧，时间暂定为2016年1月15日—17日，会议室由司机小杨负责对外协调，你负责编制有关实施方案。到时候，许多单位领导都会参与的，你把工作细化一下，多用点心。"

"好，知道了，俺今天写好后先报给您审核下，再和监理联系。"白玉传答道。

这项工作对于白玉传来说是轻车熟路，他先创建一个厂商技术工作QQ群，把有关厂商技术代表全都拉进来，然后编写工作联系单和有关厂商技术问题的汇总表，提前做好设计对接工作，最后是编制一个会务手册。一个上午，他就全部完成了编写工作任务并发给曹总审核。

曹总看了看基本满意，他补充道："这会务手册写得再详细些，分专业进行，没必要要求厂商集中一起来嘛。咱们这次设计联络计划召开三天，可以根据专业分开进行。"

"好，就按照您说的，我再修订一稿。"白玉传根据曹总提出的意见，很快完成了修改，再次发给曹总审核后，就发给监理陈总了。陈总看了，就说了两个字："可以。"然后，他又把电子版发给设计和业主，逐一审核通过后，就以工联单的形式上报有关单位知晓，并给每家厂商都下发了正式工联单，要求他们安排专业技术人员按时参会。

会议室选址工作在司机小杨一连几天的调查后也尘埃落定了。布置会议室的横幅和有关指示标牌及桌上的单位标牌，白玉传也联系了广告公司提前做好了。

经过几天来大家伙的共同努力，此次厂商设计联络会议召开的一切准备工作都已就绪了，现在是万事俱备，只欠东风了。

2016年1月14日下午，曹总还是不放心，他亲自来到会议现场检查工作，经过一下午的仔细检查，这才安心离去。

第一次厂家技术设计联络会议如期进行，参会的有建设单位总工办、业主项目经理、总监、设计、施工及各家厂商技术代表，用了整整三天时间，一起商讨有关材料设备的技术问题，并形成会议纪要。

由于白玉传前期准备工作扎实，各个厂商技术问题都逐一提前和设计进行了对接、落实和澄清，因此这次会议召开得很顺利，得到业主、监理上级领导的一致好评。

曹总会后也很高兴，对白玉传说道："这下我就放心了，咱们明年的材料设备进场就会顺利许多呢，尤其是监理陈总提醒得好，把关键材料设备的生产周期都写进了此次会议纪要，这一点对于厂商提供的材料设备按期生产有了保障。"

"是呀，还是陈总工作经验丰富呢，以后俺在技术工作上可要好好向师父学习才行。"白玉传笑着说道。

在回去的路上，白玉传对曹总说道："曹总，工程部不可能只有俺一个人吧？咱们的专业工程师也要尽快到位呀。眼看着明年就要组建项目了，技术上很多工作需要完成的呀，编制施工组织设计及各种方案，还有作业指导书、材料计划、技术交底、现场技术对接都需要专业技术人员呢。"

"这个你放心吧，专业工程师过了年就可以进场工作。"曹总胸有成竹地说道。

白玉传此时突然想起在上次施工调查中监理陈总的善意提醒，他连忙向曹总汇报道："对了，曹总，俺有件事忘了向您汇报了。上次在现场施工调查过程中，监理陈总对俺说，厦门北车辆段接触网支柱基础定位、新线交桩不同于其他线路施工惯例，它是由第三方测量公司独立进行交桩，他们交的可不是线路中心桩，这些还需要咱们的专业测量人员独立完成引桩测量工作，还要写测量报告呢。俺知道，这一点对于咱们接触网专业来说可是个短板，咱们以往的接触网交桩都是从铺轨单位手里进行交桩的，这一点您可要提前想好，找专业测量人员和测量仪器进场呢。"

"大传，听你这么一说，这还真是个问题呢。本来厦门北车辆段施工条件就很差，若真是这样操作，咱们过了年就得要专业测量人员进场呢，要不明年10月份的试车线接触网专业送电工期节点就无法保证了。"曹总听了也是心里一惊，担忧地说道。

"是呀，我们得提前考虑周全了，要不到时候可就手忙脚乱了。"白玉传答道。

到了驻地，吃了晚饭，曹总对白玉传和司机小杨说道："眼看着就要过年了，现在咱们设计联络会议也顺利召开了，过几天还有个轨道公司业主组织的双周例会，我估计着开完会，年前也就没啥事了。咱们可以提前订票回家了，因为春节票可不好买呀。小杨，你这几天提前给咱们定个票吧。"

"好，我这几天关注一下火车票，看能不能订上。若是不行，就只有订飞机票了。不过，这个时候的飞机票很贵呀。"司机小杨答道。

"咱们这些工程人常年在外,春节再回不了家,那可就太说不过去了。因此,无论多贵,只要能回家就行。"曹总笑着说道。

"那是,家里老婆孩子都盼着这一天呢,只要能回家,多贵的票,咱也得买呀。"白玉传一听到要放假回家过年了,就激动地说道。

司机小杨费了九牛二虎之力才买到3张卧铺票,是腊月二十晚上7点半在厦门火车站上车,是慢车,要第二天下午5点半左右才能抵达省城火车站。不过,这已经是万幸了,能买到票回老家过年,对于常年在外漂泊的游子来说就很幸福了。

白玉传默默地在心里数着日子,离回家的日子一天天临近,他心里充满了幸福。

到了坐火车的那天下午5点多钟,白玉传他们三人坐上开往厦门火车站的公交车,大概40多分钟就来到了车站。

晚上7点,火车准时进站。白玉传他们检了票,进了站,顺利找到自己的位置,把行李放好后,就躺在卧铺上开始了这趟漫长的绿皮车归乡之旅。

火车开得很慢,开不了多久就会停靠车站,有时候还要在车站里避让其他快车呢。白玉传这几天也是兴奋过度了,因此很快就进入梦乡了。

白玉传这一觉睡得那叫舒服,第二天一睁眼就已经是早上8点多了。曹总和司机小杨早已起床了,他们坐在火车车厢的边座上在聊天呢。

不一会儿,白玉传也洗漱完毕了。三人吃了早饭后,就又各自躺在卧铺上玩起了自己的手机。

下午5点多到了省城火车站,他们出了站后就各自坐上公交车回家了。

晚上7点多,白玉传到了家里,见到了妻子小燕。小燕问他:"吃过晚饭了吗?"

"中午饭在火车上吃过了,晚饭还没吃呢。"白玉传说道。

"爸爸,你吃我的面包吧。"小开心拿着自己的面包,递给了白玉传。

白玉传看了一眼小开心,心里一阵热浪扑鼻,鼻子一酸,忍着泪花,笑着说道:"开心,爸爸不吃你的面包,你吃吧。"

开心听了,立马就不开心起来。她自己撕下一大块面包硬是塞给爸爸,还小嘴一撅,连声说道:"爸爸,爸爸,你吃吧,吃了面包就不饿了。"

白玉传幸福地嚼着香甜可口的面包,感慨地一把抱起小开心,对着她的小脸蛋狠狠地亲了一口,笑着说道:"俺小开心也长大了,知道心疼爸爸了。"

白妞在旁边看到了,嘴里一个劲地催促妈妈:"妈妈,妈妈,你快点给俺爸爸做点面条吃吧。"

小燕听了,对白玉传说道:"你这两个宝贝姑娘都是白眼狼呢,你看平时你也不回来，这一回来都争着对你好。俺一个人在家累死累活地抚养她们，哪里享受过这份待遇呀！"

"那是，俺姑娘们对俺亲呢。"白玉传幸福地笑了。

没过多久，小燕就做好了一碗肉丝鸡蛋面给白玉传端了过来。白玉传吃着妻子小燕做的可口的面条，心里一点一滴地感受着家的温暖和亲人的关怀。

又是一年雪花飘，又是腊梅庭院红。白玉传携着全家大小，大包小包地一起回到老家，与家乡亲人团圆。对于工程人来说，与亲人聚少离多，他们格外珍惜这难得的团圆幸福的日子。虽然有的时候妻子小燕会无理取闹，白玉传也不生气，只是憨憨地一笑了之，因为他深知妻子一个人在家抚养两个姑娘的艰辛，自己是没有资格和人家吵架的。

相聚的日子总是显得那么的短暂，一转眼，就过了元宵佳节了，眼看着白妞就要开学了，因此小燕打算这几天就回省城。

爹白文宣特意给他孙女买了两大箱当地特色麻花，让他们带回家吃。这次返回省城，又得麻烦人家小花姐开车送了。

到了省城，没过多久，曹总就打来电话："大传，明天上午咱们项目部有汽车去厦门，你是坐汽车呢还是坐火车来上班？"

"曹总，要不俺明天坐汽车去上班吧，省得自己去买火车票，挺麻烦的。"白玉传说道。

"那好吧，你明天9点半到咱们轨道分公司来吧，他们10点钟准时走。"曹总说道。

就这样，第二天白玉传和两名司机师傅坐上自己项目部的汽车，开始了长途跋涉，沿着高速公路一路向着厦门进发。他们一边开车一边欣赏着车窗外祖国的大好河山，心情无比舒畅。到了次日下午1点多钟，他们才来到厦门北站临时驻地。

次日早上，白玉传就先到业主项目经理郑总那里报个到，看看领导们对下一步工作有啥指示。业主郑总说道："白工，这新年也过了，你既然来到厦门参建地铁1号线工程建设，就应该收收心，下一步就要启动图纸会审和设计交底工作，还有筹备开工前各项准备工作。咱们还是计划每双周召开一次碰头会议，汇报一下工作进展情况和下一步工作计划。对了，现场调查工作可不能断，要经常到现场去看看，多了解一下土建单位的施工进度，尤其是厦门北车辆段接触网下部基础施工，它是今年各项施工工作的重中之重。前几天，我们轨道公司内部刚刚召开了今年的生产专题会，会上要求你们厦门北车辆段接触网支柱基础要在8月底全部施工完成，为

10月份的试车线接触网送电以及首列电客车人上道调试打下一个扎实的基础。你回去后赶紧和你们曹总汇报，尽快编制出今年的施工计划上报监理审核。"

白玉传听了郑总这一席话，心里也充满了紧迫感，他立马当面表态道："放心吧，郑总，我们一定不会延误既定工期节点的。"

说完，白玉传就要离开轨道公司，准备着赶紧回到项目部编排个工作计划，把手头上的工作梳理一下。就在他转身要离开的时候，郑总又叫住了他，善意地提醒道："白工，项目部组建和料库建设工作也不能懈怠呢，也要抓紧开展。告诉你吧，厦门当地居民的环保意识可强了，当地环保部门的执法力度也是全国闻名的。你们的临建工程开工前要编制实施方案，报审监理审核通过后方可进行。"

"知道了，郑总，谢谢您的提醒。"白玉传感激地说道。

白玉传回到项目部临时驻地，立马向曹总汇报了业主郑经理的最新工作指示精神。曹总在电话里说道："我明天上午就到厦门，专业工程师和我一起到，还有咱们的生产经理郑德中也一起到，后续各部室负责人及现场工班长也陆续到达。再告诉你一个好消息，你的老领导赵总也在下个月中旬到。"

"啥，赵总也来呀？这下俺就放心了，他可是接触网专家呢。"白玉传听了，高兴地在电话里说道。

曹总和郑经理来到项目部临时驻地后，没过几天，其他部室和现场工班长也陆续到达厦门，静寂的项目部临时驻地一下子就人丁兴旺、热闹非凡了，各项工作也陆续开始走上正轨了。

生产经理郑德中也是一位一线施工经验极其丰富的老同志了，工作也有将近20年了，一直在一线从事施工管理。他脾气急躁，做事雷厉风行，虽然说话声音大，可是确实真心关心一线施工人员。他的到来使现场调查工作开展得有板有眼，不到一个礼拜，业主、监理对他的工作能力大加赞赏。

项目部和料库建设也是同步进行并进展迅速，不到一个月的时间，项目部建设就初步完成了，并顺利通过业主、监理的联合验收。

白玉传这段时间主要是带领专业工程师和设计加强技术对接，结合现场调查情况，把图纸会审、施工组织设计及其他专项施工方案编制工作稳步推进。

整个项目部全体参建人员都本着务实求真的工作态度，积极开展各项开工前的准备工作。

这个项目部的管理人员大多都是年轻人，他们身上充满朝气和活力，在这个像家一样的项目部里，人人都很勤奋，个个都尽心尽职地工作着。

终于到了要搬进新家的时候，白玉传他们项目部全体人员都很高兴。白玉传记得食堂师傅在搬到新家的当天晚上特意给大家伙包了水饺，曹总还特意让人拿来几瓶家乡酒，笑着对大家伙说道："这新年刚过没多久，咱们有缘相聚在这美丽的厦门，一起参建地铁1号线接触网工程，我们要把1号线工程当成自己家里的亲人一样，去细心呵护、精心施工，争取把厦门地铁1号线打造成精品工程，让厦门人民放心，让上级领导安心。来、来、来，大家伙一起端起杯中酒，一起干一杯。这一边喝酒一边吃水饺，是咱们北方人最惬意的时候，今晚大家伙放开肚子尽情地吃喝。"

大家伙听了曹总的话，纷纷端起酒杯一干而净。大家伙吃着可口的饺子，喝着香味十足的家乡酒，深深地感受着项目部领导的一片关爱之心。

大家伙搬进了这亮堂堂的崭新的项目部，新的办公环境、温馨舒适的住宿条件、人性化管理，再加上这海滨城市的蓝天白云、青山绿水，让人在工作中不由得干劲十足。

白玉传所在项目部深藏在风景如画的厦门集美区埼沟村海楼里，是个名不见经传的小村落，也算个世外桃源了。它在历史的长河里已静静地流淌了2 000多年了，犹如仙家隐士，默默地观察着历史的演绎。

可是，无论时代如何变迁，久居此地的人们却时刻坚守着属于他们的传统文化。村落内庙宇众多，宗庙祠堂香火不断，族长乡约依然在发挥着强大的作用。百年老房子屹立坚固，百年老人斜靠在门前，闭目享受着阳光的温暖。那口百年老井还在使用。村内小道纵横，四通八达，八卦式的设计使偶尔闯入此地的陌生人迷失方向。

就在白玉传无限遐思的时候，曹总给他打来电话："大传，赵总来了，现在已经到了项目部了。他要你即刻向他汇报近段时间的技术工作开展情况和下一步工作计划呢。"

白玉传来到项目部总工办公室，看到赵总正在整理办公室。他连忙跑上去，对赵总说道："赵总，刚下飞机你也不歇歇，就开始办公了？"

"大传，工期节点不等人呀，我哪敢歇呀？"赵总笑道。

"咱现在还没开工呢，都在筹备进行中。"白玉传一脸惊讶地说道。

"人无远虑，必有近忧呀。大传，我早看了这条线的招投标有关文件，时间不等人呀，许多技术工作都要超前进行呀。"赵总担忧地道。

"那是，您来了，俺就放心了。"白玉传笑着说道。

赵总看了一眼白玉传，脸色一沉，严肃地说道："大传，你现在也是项目部工程部长了，考虑事情要全面，尤其是技术工作要超前谋划才行呀。你先汇报下咱们工程技术工作的进展情况及下一步工作计划。"

"那好，赵总。截至今日，咱们开工前的各项技术工作已经准备到位，现场调查已经进行了18次，全都有调查报告。设计交底和图纸会审也已经完成。第一批次材料计划已经提报物资部门，开工选址也已经完成，就选在跨海区段路基段集美学村站—园博苑站区间。接触网支柱预计这月底进场，开工时间暂定在5月上旬，具体时间由业主定。因为这是厦门地铁工程建设中的第一条地铁，所以他们要邀请有关省市台媒体隆重报道此事。下一步的技术计划就是继续提取材料计划和编制作业指导书，还有一些技术交底工作和一线员工的技术培训工作。"白玉传一口气把近期完成的技术工作和下一步工作计划向赵总详细介绍了。

赵总听了白玉传的工作汇报，笑着说道："行呀，大传，干了不少工作呢。不过，我提醒你一下，要尽快把材料计划台账建立起来。还有，要高度重视厦门北车辆段接触网支柱基础新线交桩工作进展情况。这个技术工作由我负责，你来实施，要每周向我汇报一次。"

"可是，咱们项目部的专业测量人员啥时候进场呀？还有，俺听说咱们现有的测量仪器精度满足不了现场测量要求。俺打听了一下，人家第三方测量公司的有关高精度测量仪器，仅仅一台水准仪都要10多万元呢。"白玉传担忧地问道。

"这个你放心，测量工程师预计下周一就可以到，听说是以前在铺轨单位专门从事测量工作的，他叫丁锋。至于现场需要的高精度仪器，到时候丁工来了，让他提报一个仪器仪表需求计划，我想要不咱就在市场上租赁也行。"赵总对白玉传说道。

"那就好，我这段时间再加强和第三方测量的沟通联系，把前期测量工作所需的测量资料先要过来，别到时候影响丁工正常开展工作。咱们这条线，门型架的连接方式，设计已经采用栓接，因此对接触网支柱基础施工精度要求也很高呢。不过，我已经要求厂商技术代表严格按照现场测量数据进行门型架加工生产，并且厂商都会在出厂前进行模拟安装，确保生产环节零误差。因此，今后门型架到了现场是否能一步安装到位，最关键的环节就是要测量精度要高，施工误差要小呢。"白玉传道。

"你说得对，考虑得也很全面，你前期做的技术工作值得表扬。"赵总笑着说道。

白玉传听了，才长长舒了一口气，笑着对赵总说道："能得到您老人家的赞许，可不容易呀。"

"别贫嘴了。我给你三天时间，先把材料计划台账给我建立起来，还有把你电脑上有关这条线的技术方面的资料给我拷贝一份，我今天先熟悉一下技术资料。三日后，咱们两人要把所有管辖站场区段全部现场调查一遍，我要看看现场施工条件。"赵总嘱咐道。

"好咧，赵总，我这就去给您拷资料。"说完，白玉传就离开了赵总办公室。

走之前，白玉传还不忘记善意提醒一下："赵总，要不今天你先休息休息，明天再看资料吧。"

"不行呀，我也睡不着呢，还是看看技术资料，心里踏实点。"赵总笑着说道。

白玉传在赵总要求的时间内把材料计划台账编制完成后及时发给赵总审核。随即，他俩一连几日进行现场调查，在高架桥区段集美学村站的一处绝缘关节，赵总看了现场情况，对白玉传说道："这区域是该条线接触网施工技术的关键区段。我看了你给我的电子版图纸，实际上在该地方设置绝缘关节是不太合理的，因为它既不是曲线段也不是直线段，是个S型区段。若是按照设计图纸进行施工，那到时候接触网是调整不到位的，这一点要引起高度重视，提前和设计对接并优化设计方案，拿出一套可行的实施方案。记得要先在CAD软件上进行模拟安装调整后再编制方案，提取材料计划时要注意，一个合格的技术员不是点图工，也不是记录员，要在设计图纸上认真进行图纸会审。这图纸会审工作不是要你坐在办公室里凭空设想，而是要经常到现场拿着图纸与现场施工条件进行认真核对，提出自己的合理化技术方案。其实，设计院的工程师们对有头脑的施工技术人员很赞许的，只要咱们提的合理，一般情况下设计院都会接受的。"

白玉传一边听赵总的讲解，一边把赵总的提醒详细记录在本子上，以便时刻提醒自己。

根据这几天的现场调查，赵总又亲自优化了白玉传前期编制的施工组织设计实施方案，尤其补充了有关工序开工前的接口问题确认内容，还对工期计划进行了全面的优化。经过赵总的这次修订，该方案显得更加有血有肉，现场施工指导意义很强。

经过优化的施工组织设计实施方案，拿到监理总监王总那里审核的时候，王总笑着问道："白工，几日不见，这技术水平大增，真是三日不见当刮目相看呀。你看看，你这次编制的方案真的很好呢。"

白玉传听了，笑着答道："我们赵总来了，他可是我们公司接触网施工技术专家呢。"

测量工程师丁工也按照既定时间进场并很快进入了工作角色。厦门北车辆段接触网支柱基础新线交桩工作也在赵总的指导下稳步扎实地向前推进。

"赵总来了，感觉真好！"白玉传在项目部逢人便笑呵呵地说道。

5月1日劳动节这天上午，总监王总给白玉传打来电话："白工，你们的开工报告申请已经通过审核了，我们监理已经签发了开工令，时间定于5月9日正式开工。你安排一个人来监理站把资料带回去吧。"

"好，谢谢王总，我们这就安排人去监理站拿资料。"白玉传答道。

接着，业主项目经理郑总也给白玉传打来电话："白工，你们的开工时间已经定了，是在5月9日。我们轨道公司领导高度重视这个节点，邀请了多家省市媒体记者现场采访。到时候，我们贺总也要亲临现场。这样，你提前编制一套接触网第一杆组立开工现场策划方案，今天下午下班前发给我。明天，咱们联合监理，先到现场实地调研，看看你写的策划方案是否可行。"

"知道了，郑总，俺这就写，写好后及时发给您审核。"白玉传听到这个好消息，高兴地答道。

因为白玉传所从事的厦门地铁1号线建设是国内第一条海景地铁，所以在白玉传工程建设史上也是具有里程碑式的历史意义。听曹总说，到时候公司领导也要来现场，并且公司宣传部的专业人员也要亲临现场进行宣传报道呢。

白玉传立马把这消息上报曹总和赵总，他俩听了也很激动。曹总二话没说，立马让办公室安排辆车，叫上生产经理郑经理，四人就来到了施工现场进行再次实地调查。

到了现场，曹总看了场地，对白玉传说道："你先把现场情况拍几张照片，然后在本子上绘制个开工典礼现场布置图，把展现咱们公司有关宣传牌和工程概况等标识牌位置都在图上标识出来。你先写个初步策划方案，下午2点发给我，我让咱们公司宣传部领导给把把脉，然后再发给业主郑经理。"

"好，知道了，曹总。"白玉传一边现场拍照一边把曹总的工作指示记录在本子上。

"大传，有关到时现场的技术交底和安全质量要提前考虑清楚，可以分几个组，每个组都要有负责人，把每个组当时的工作内容及技术标准、安全注意事项都写清楚了。还有，你要尽快让广告公司制作关键工序粘贴卡，同时工机具和支柱提前准备到位。有时间的话，就提前预演一遍，做到心中有数。"赵总也在旁边针对技术工作进行现场指导。

"不就立一个接触网支柱吗？这对咱干接触网的还算问题吗？"生产经理郑经理笑着说道。

"可不能有半点马虎呢。这一次,听说厦门轨道交通集团领导高度重视呢,咱们公司领导也要参加。到时候,就看你这位现场总指挥的表现了。"曹总在旁边说道。

"放心吧,没问题,你就看好吧。"郑经理胸有成竹地答道。

现场调查完后,白玉传回到办公室,根据此次现场调查情况,很快就编制完成了策划方案,让曹总发给公司宣传部领导审核。

下午4点多,曹总把白玉传、赵总、郑经理叫到办公室,对他们说道:"公司领导很重视咱们厦门地铁1号线的开工典礼。当天,咱们公司领导费总也要来参加,因此公司宣传部也高度重视,到时候无人机也会全程录像呢。"

说到这里,曹总又接着对白玉传说道:"宣传部已经把你写的策划方案重新优化,并制作成了PPT格式。这一修改,显得高大上了许多。我待会儿发给你,你在下班前发给业主郑经理吧,以后也多学着点。"

"好,知道,曹总。"白玉传点头道。

白玉传在业主郑总的要求时间内,把经过修改的策划方案发给他审核。郑总看了以后,感觉很满意,他在电话里说道:"这次你们编制的策划方案考虑周全,现场可操作性强,很好。"

一切都准备就绪,整个项目部参建人员都怀着无比激动的心,期盼着这一历史时刻的到来。

5月9日上午8点,鹭岛厦门海景铁段的施工现场,一片蓝天白云,到处是充满笑容的电气化人,他们正在为即将进行的厦门地铁1号线接触网开工典礼进行着最后的"彩排"。

一架银白色小型无人机正在低空飞翔,它在公司宣传部刘老师的指挥下,时而俯冲,时而攀高,不断转化着角度,在寻找着最佳的拍摄位置。

人员、机械、材料、工机具以及所有现场标识标牌全都到位,临时停车位也用黄色线标识醒目。

上午9点,轨道公司领导贺总一行进入现场,没过多久,多家省市媒体记者们也陆续进场。

上午9点半,在这美丽的海景地铁工程施工现场,轨道公司领导贺总发表了热情洋溢的讲话,并亲自给项目部青年突击队授旗。红红的旗帜在海风中迎风飘扬,一张张稚嫩的年轻一代电气化人的笑脸在阳光的照耀下显得格外精神。

上午10点整,贺总宣告:"我宣布,厦门市轨道交通1号线接触网安装工程2标段正式开工。"

随着现场总指挥郑经理的一声令下，在集杏海堤上，一辆大型吊车舒展巨臂，将一根平躺在工地上的7米高的银色支柱吊起、立正、稳稳落下。4名施工人员立即上前，拧紧6根如小孩手臂般粗的螺栓，将支柱牢牢固定在一个混凝土台墩上。只用了十几分钟，地铁1号线接触网的第一杆就完成了安装。

在施工现场，到处洋溢着幸福的笑声，业主项目经理郑昶成了众多媒体记者采访的对象，他欣然接受了采访："今天在集美学村至园博苑区间路基段，厦门市轨道交通1号线一期工程接触网第一杆安装成功，标志着地铁1号线接触网工程进入实质性施工阶段。"然后，他又向记者们普及接触网有关知识，介绍1号线工程进展情况和工期节点要求："接触网系统由分布轨道两侧的支柱和支柱顶端架设的线路构成，是地铁驰骋的动力之源。接触网系统是为地铁列车提供电能的关键设备且无备用，沿地铁钢轨线路上方架设，一旦出现问题，整条列车都将停止运营。接触网'电通'是地铁施工中涉及专业最多、协调难度最大、技术含量最高的阶段。接触网'电通'后，地铁列车方能上线调试，每列车通过不少于2 000公里的上线'试跑'才能最终投入运营。今后，1号线的多个路段将陆续开始接触网工程施工。1号线一期工程计划在2017年5月份实现全线'电通'，2018年初正式开通。"

记者们听了郑经理的这番讲解，纷纷对他竖起了大拇指。他不仅专业技术精湛，而且还很会对外沟通宣传，一些接触网专业名词经他一解释，记者们很快就知道意思了。

在当日晚上，公司领导费总专门在项目部召开动员会，号召所有参建人员要精神抖擞、全力以赴地投入到紧张的施工现场中去。项目部要根据分阶段工期节点超前谋划、合理安排，优质高效地完成业主的工期节点要求，为今后厦门地铁工程建设打下一个夯实的基础。

至此，由白玉传参与的厦门地铁1号线接触网安装工程全面进入施工阶段。

时间如梭，转眼就到了2016年盛夏。在8月的一个普通日子里，一阵急促的电话铃声惊醒了正在电脑前埋头苦干的白玉传。他一看，原来是劳务队现场负责人张老板的电话，只听到现场一阵嘈杂声："白工呀，你快来现场看看吧。咱们前几天刚刚新交桩的标识桩全都不见了，我这几十口子人，现在是在现场干着急，没活干呀！"

"好，知道了，俺马上去现场。"白玉传挂了电话，赶紧坐上车去往厦门北车辆段的施工现场。他到现场一看，也是很生气。只见前几日测量班组埋下的临时线路中心桩全都不见了，一大群劳务人员把张老板围在中央，吵得那是沸沸扬扬的，一片混乱。

白玉传见此景，心里也是一阵心酸，人家劳务队人员不远千里地来到这里就是干活挣钱的，要不谁愿意背井离乡呢。想到这里，他拨开人群，对着大家伙说道："各位师傅们，我是项目部工程部部长白玉传。我知道你们来到这里就是要干活，要挣钱的。今天发生的事不怨你们，是我们工程部没有把现场情况调查清楚，我向大家伙说声对不起了。现在，我立刻安排测量班组全体人员无条件配合你们施工，只是可能你们今天的正常施工进度会受影响，这一点还望各位师傅们多多包涵。下一次，我们工程部一定注意做好保护交桩标桩的工作，再也不会因测量工作原因而影响你们干活，你们看这样行吗？"

现场师傅们看到白玉传一脸真诚的模样也就原谅他了，大家伙散开了，三五一群地坐在地上稍作休息。

白玉传赶紧给测量班负责人丁工打电话，让他从其他测量区段紧急赶到厦门北车辆段，为已经造成暂时误工的接触网基础支柱施工进行再次测量工作。

大概一个小时左右，丁工就带着测量班来到厦门北车辆段进行现场测量和现场开挖基坑。一下子，所有劳务队人员都很高兴，他们又可以投入到紧张的施工中了。

张老板见了也很高兴，他笑着对白玉传说道："谢谢您白工，要不是您及时来到现场处理问题，今天我还不知道咋收场呢。"

"这也是咱们平时工作沟通不畅造成的，以后有啥技术问题，你可以随时和俺电话联系。俺保证工程部绝不会影响你们的施工进度的。"白玉传说道。

然后，白玉传看了一眼现场施工条件，眉头紧锁。他对张老板说道："张老板，试车线及联络线的接触网基础务必在8月底完成，要不就会影响10月份试车线接触网送电的工期节点。这可是咱们项目部完成业主的第一个工期节点要求，你可要鼓足干劲呀，有啥难题尽早提出来呀。"

张老板看了不远处试车线的施工现场，他又回头看了看白玉传，一副吞吞吐吐的模样。白玉传见了，笑着问道："张老板，现场有啥难题你尽管提出来，俺现场解决不了还可以回项目部向领导们汇报。你可不能把啥困难都埋在心里，到时候延误工期节点可都是你的错了。"

"白工，跟您说实话，我带的这支队伍啥活都不怕，我们手底下这几十口子人啥苦都能吃，就是害怕没个法子对付那几个试车线石坑。我们用正常开挖方式一连进行了10多天了，你看看才向地下开挖不到半米深呢。这天天愁得我那是吃不好、睡不香呀。"张老板终于说出了自己内心最大的施工难题和担忧。

白玉传听了,连忙让张老板带着来到试车线那片石坑区段,走近一看,确实如张老板所说,一连七八个石坑,每个石坑里都有两个师傅,拿着一把电镐在那里紧张地施工着,可电镐打在石头上一点动静都没有呀。看来,这里的石头太硬了,仅靠电镐是解决不了问题的。白玉传看到这里,连忙拿出手机,把现场施工情况拍了下来,准备带回项目部向赵总汇报一下,商讨一个解决方案出来。

白玉传对张老板说道:"你先别心急,俺这就回项目部去向领导汇报此事,尽快商讨一套石坑开挖实施方案出来。"

说完,白玉传就要坐上汽车回项目部去。就在白玉传即将离开施工现场的时候,测量班负责人丁工从远处一路小跑而来,他跑到白玉传面前已经是气喘吁吁了。

白玉传笑着问道:"丁工,有啥紧急事情呀?看你跑得这么急。"

丁工站在白玉传面前,稍微调整一下情绪后,对白玉传说道:"白部长,今天现场情况您也看到了。若咱们还是采用原来交桩标桩进行测量定位,那肯定是行不通的;这若是采用今天这测量办法,测量定位就会很慢,严重影响人家劳务队的施工……"

白玉传听了,一脸无奈地说道:"丁工,今天的情况属于突发事件。可是,你提的问题很好,咱们的确得想想办法,看看如何保护好标桩不被破坏。你有啥好的建议,尽管提出来吧。"

"我以前在其他单位进行新线交桩的时候,都是采用测量钉在路基上进行标示,这样一来就不会被其他单位的施工机械破坏掉了。我想要不咱们也买些测量钉可好?"丁工把自己的建议提了出来。

"那好呀,丁工,你这个建议好,赶紧去买。买了,我给你签字报销。"白玉传听了很高兴,他笑着说道。

"知道了,白部长,那我明天上午就去买。"丁工说道。

白玉传和丁工谈完工作,这才上车准备回项目部,赶紧把现场石坑施工进展缓慢这个情况向赵总汇报一下,看他老人家有啥灵丹妙药可以救治这一施工难症。

白玉传在回项目部的路上,大脑里时刻在想着如何解决石坑施工这个施工难题。就在白玉传一心纠结这个问题的时候,总监王总给他打来了电话。白玉传一接电话,就听到王总严厉的声音:"白工,现场咋搞的?这几天,厦门北车辆段接触网支柱基础一个也没完成呢。你不知道这是我们这条线工程的管控重点,业主每天都要看施工进度吗?"

"王总,不好意思,我们前几天的新线线路中心交桩标桩不见了,不过今天上午俺已经到了现场,现在测量工班正在再次进行测量。放心吧,我们项目部也很重视厦门北车辆段接触网支柱基础施工进度的,一定会在工期节点内完成施工任务。"白玉传忙汇报道。

王总听了白玉传的汇报,又问道:"你们也是经验丰富的施工单位了,咋刚刚测量过的标桩就会丢失呢?咋现场不保护好呢?你也知道,现在的厦门北车辆段有多家施工单位在进行,互相交叉施工在所难免,你们今后一定要注意这项工作。还有,对咱们已经施工完成的接触网支柱基础一定要做好成品保护工作,可别再让其他单位施工给人为破坏了。同时要切实做好现场文明施工工作,咱们开挖基坑出来的弃土要及时组织清理出施工现场。再者,你们项目部要每周加强现场安全质量、文明施工情况检查,要把该项内容写进每周监理例会汇报材料。若是让现场监理发现这方面的问题,你可别到时候怪我给你们下达监理通知单了。"

"知道了,王总,我们立即按照您的工作指示,紧急组织项目部全体参建人员学习宣贯,并切实做好现场文明施工和成品保护工作,并想尽一切办法,确保施工稳步向前推进。"白玉传在电话里向监理王总表态道。

"好了,不和你多讲了,你也了解我的工作态度,一切以务实为基准,就看你们下阶段的表现吧。"王总说完就挂了电话。

这可是监理总监王总第一次发火,让白玉传感到措手不及。没想到平时看王总一副温文尔雅的模样,发起火来还是挺吓人的呢。可再静心一想,总监王总说的一点没错,还是自己工作没做到位,让他在业主面前丢丑了不是。因此,还是要在自身工作上找差距,并及时更改,迎头赶上这里业主监理的高标准、严要求才对呢。想到这里,白玉传心里一阵紧张,看来自己刚来厦门的时候,曹总说的一点都没错呀,人家只认活干得咋样,其他都是虚的呢。

白玉传回到项目部把总监王总的最新工作指示上报给曹总,曹总很重视,紧急召开项目管理人员专题会议,并在会上要求安质部门加大对现场安全质量、文明施工的检查力度,并针对现场发现的问题先行内部通报批评处罚。

曹总还要求将项目部将此次现场安全质量文明施工专题会议拍成视频,发给监理王总,以示项目部高度重视此项工作。

总监王总看了此次会议视频后,给曹总打来电话,他说道:"我看到你们这次紧急召开的会议视频,可见你们项目部还是高度重视现场安全质量和文明施工的,这点我还是很欣慰的。不过,仅仅开会是看不到啥效果的,咱们一切以现场实际情况为准。好好干吧，别辜负了业主对你们公司的殷切期望，祝愿你们厦门北车辆段试车线接触网按照既定工期节点顺利完成施工任务。到时候，我代表监理公司请你们项目部所有管理人员喝庆功酒。"

曹总听了，连忙在电话里笑着说道："王总，放心吧，我们今后一定注意现场文明施工，加大现场安全质量检查工作的力度，想尽一切办法确保施工进度。"

开完会后，白玉传一个人来到赵总办公室，把今天厦门北车辆段接触网支柱基础施工情况向赵总做了专门汇报。赵总听后心里也是一惊，他对白玉传说道："该条线的试车线环境很复杂，隧道、路基段，柔性接触网、刚性接触网、刚柔过渡区段都齐活了，这不但对施工单位是一种考验，对运营单位后续开通运行也是一个不小的压力，因此施工质量必须确保。你在现场临时决定及时从其他工地抽调测量班来进行接触网支柱基础新线测量，稳定了劳务队大家伙的心，这一点你做得很到位。及时采取测量班负责人丁工的建议，采用测量钉标桩，这就为后续正常开展施工提供了可靠的技术保障。"

"赵总，您就甭想着表扬俺了。俺对您说的关于试车线接触网支柱基础石坑开挖，现在看来可是个施工难题呢。俺在现场看了，一上午，那个石坑几乎纹丝不动呢，倒是把咱们一线施工人员累得半死。"白玉传一脸焦虑地问道。

赵总没有说话，他盯着电脑上白玉传从现场拍回来的施工照片，很久才说："从现场石头来看，确实是坚石坑呢，仅用电镐工具进行施工那是无用的，耗时耗力，施工进度还很缓慢……"

赵总首先把现场施工存在的问题找了出来，白玉传听了，也是一脸无奈地说道："本来这石坑就够咱难受的了，再加上这阴雨绵绵，你是没到厦门北车辆段现场看，那里现在都成一片汪洋了。咱们工人穿着雨鞋，浸泡在水里不停地干，可是施工进度一点都没有加快，看着俺都心疼得很呢。"白玉传一脸悲情。

"大传，你看你那个样，还是中原铁军吗？咋能一遇到困难就想知难而退呢？遇到现场施工问题要善于找到解决问题的办法，而不是盲干、乱干、瞎干，否则能干好吗？"赵总笑着问道。

白玉传一看到赵总一脸笑意，知道办法是有了，他连忙问道："赵总，你有啥好办法，赶快说出来吧，现场工人都急死了。"

赵总看了一眼白玉传，笑呵呵地说道："你呀，大传，你看看你也是人到中年了，咋把你以前干过的活都忘了呢？你想想这么硬的坚石坑，用电镐有用吗？"

白玉传经赵总这一开导，心里顿时豁然开朗。他突然想起自己在其他铁路线路上进行石坑施工的时候都是靠着大马力的开山炮进行施工的。此时，白玉传笑得像个小孩一样，他对赵总说道："俺知道咋对付这坚石坑了。俺立马通知物资部门去外面紧急联系租赁几台开山炮来，这样一来，进度一定会加快。"说完，白玉传就要去找物资部部长去。

赵总见了，一把拉住白玉传，一副恨铁不成钢的模样，嘴里大声说道："你呀，大传，就是个急躁脾气。你只知其一，不知其二。你可知道，为啥我看你拍回来的照片那么久呢？你可知道这是啥坚石呀？你就是把开山炮拉到现场，照样施工进度上不去，还多耗油，白白增添施工成本。"

白玉传听赵总这么一说，可就全傻眼了，他站在那里，不知该说啥了。

赵总看着白玉传一脸傻帽的模样，再也忍不住哈哈大笑道："大传，你呀，以后记着，要想成为一名合格的工程技术管理者，在面对施工现场发生的技术难题时，自己一定要先稳住神、沉住气，要把问题的方方面面都考虑周全，你所提出的实施方案一定要切实可行才对。"

"我问你，厦门北车辆段附近村庄为啥叫岩内村？试车线区段所处位置以前又是叫啥山？这坚石是何石头？你以为做一名合格的接触网专业工程师那么容易呀？你要上知天文、下知地理才行。"

白玉传听得目瞪口呆，问道："赵总，看来若是要当一名合格的接触网工程师，还真不简单呢。"

"山叫太仔山，位于厦门北集美区后溪镇岩内村，这里崇山峻岭，郁郁葱葱。太仔山的对面是葫芦尾山。从远处看，两座山峦连在一起，错落有致，连绵起伏。伴着鹭岛晚霞落日，青山绿水，犹如一幅出自大画家之手的美丽长卷，可谓处处皆美景。在两座山的夹缝中，有一条长达1.8公里的狭长区段，修建了一座厦门地铁1号线车辆基地，这就是厦门北车辆段。它的主要作用是电客车调试、存放、检修等功能。"赵总讲起厦门北车辆段的地理知识那是头头是道呀。

"我告诉你吧，这接触网支柱基坑石坑区段的石头是孤石，它是坚石头中最难啃的硬骨头呢！"赵总对白玉传讲解道。

"啥叫孤石呀？"白玉传一脸好奇地问道。

"所谓孤石，即不形成整体而单独存在的岩体，若想把它打断，就连老石匠都无能为力呢。随着科技的发展，目前新型的静态爆破施工技术可以采用静爆超级岩石分裂机，运用液压机械方式对岩石进行开裂，在建筑土石方工程中不能使用炸药的情况下破碎岩石具有很大的技术优势。机械化静态爆破技术作业时无振动、无冲击、无噪声、无粉尘,立即见效,不用等待,不间断重复作业,工作效率高,工作效果显著,应用于不能爆破作业并要求产量高、工期紧等技术难度大的土石方工程,开山破石就像劈豆腐,轻松破碎坚硬岩石,比传统使用膨胀破碎剂的方式快10倍以上,并且成本更低。"赵总道。

白玉传听了赵总这一详细的讲解,顿时茅塞顿开,心里一下子亮堂了许多,他高兴地说道:"赵总,您真是项目部的宝呀!您咋啥都知道呢?简直神了,真是咱们接触网行业里的诸葛亮呀!"

"行了,大传,甭给你师父戴高帽子了!这也不算啥,都是拜'百度'所赐。只要你想了解啥、学习啥,百度一下就啥都知道了。"赵总笑道。

在赵总的英明指引下,物资部很快到市场上租赁了一台静爆超级岩石分裂机,于是试车线接触网支柱石坑开挖进度神速,在不到20天的时间里,试车线接触网下部作业全部施工完毕,这为今后支柱组立及后续接触网施工打下了一个夯实的基础。

在紧张的施工中,岁月的脚步一步步逼近中秋月圆之际。在中秋佳节来临的前一天,项目部综合办早就给常年奔波在外的工程人准备了丰盛的节日大餐和各种庆贺活动。

生产经理郑经理也早就对大家伙宣布:"中秋节放假一天,大家伙好好乐呵乐呵。"

虽然"莫兰蒂"台风刚生成时,时任厦门市气象局局长的潘敖大向市领导汇报过中秋节台风可能要来,可是谁也没想到,他们遭遇的是百年不遇的超级台风。

从9月12日开始,厦门市气象局发往市委办、市政府办的重要天气预警报告的应急响应从四级提高到一级。台风正步步逼近,形势愈发严峻。厦门轨道交通集团也是一连发了几次防台风的专项会议文件,要求所有参建施工单位全部停工,并切实做好应对台风的预案,所有应急人员就位,手机24小时处于开机状态。

白玉传他们项目部所有参建人员大部分来自中原大地,对台风所带来的危害还是不太了解,大家伙的心里还都觉得不就是一场大风而已,有啥可怕的。

9月14日晚上,白玉传和妻子小燕通了电话,互相问候一下中秋佳节,又和白妞和小开心也说说话后,他也就早早上床睡觉了。谁也没想到的是,第14号台风"莫兰蒂"于15日3时5分在厦门翔安沿海登陆,登陆时中心附近最大风力15级,中央气象台早晨继续发布红色预警。

白玉传亲历了台风"莫兰蒂"登陆时的威力。他所住的项目部宿舍在狂风暴雨中轻微摇晃，室内灯光出现短时闪烁的状况。至凌晨3时30分，大楼已经停水停电了。走廊上不断传来"乒乒乓乓"的玻璃破碎声。白玉传再也不敢在屋里睡觉了，他打开手机的手电筒，借着微弱的光一路狂奔下楼。等他来到地下室的时候，地下室里已经挤满了项目部的所有员工，大家伙都是一脸煞白，一个个地站在那里都不说话。此时，狂风暴雨更加猛烈了，豆大的雨点敲打着玻璃，狂风卷起，任意肆虐着室外的一切。

就在这静寂漆黑的地下室里，几个微弱的手机手电筒发出淡淡的光，不知谁叫了一声："不好了，咱们地下室的卷闸门要被风吹破了。"这声尖叫瞬间划破这漆黑的地下室，显得那么的恐怖和阴森。

"快点，你们几个立刻拿起杠子去顶住卷闸门，千万不能让卷闸门受损，要不外面的大量雨水进入，咱们刚进的化学锚栓药剂可都要报废了。"生产经理郑经理吆喝着几个年轻力壮的员工，拿起杠子就冲了上去。

"大传，赶紧配合物资部小赵把发电机找出来发上电，然后启动临时电源点亮几盏灯。"赵总一边说着，一边拿着手机上的手电筒，给他们照明引路。

很快，他们就找到了发电机、电线、灯。白玉传配合小赵接好电灯和电线后，就连忙弯下腰去拉绳启动发电机，可是他一连拉了几次都没把发电机启动。郑经理看到了，他推开白玉传，双手紧紧拉着绳，大喝一声："走！"只听到发电机终于启动发电了。瞬间，光明再次眷顾这阴森漆黑的地下室。大家伙通过这几盏灯，发现刚才几个人用杠子顶着的卷闸门，正在狂风的肆虐下慢慢地变形了呢。

"赶紧去拿几个基础螺栓和葫芦，临时搭起三角支撑，加固卷闸门。"曹总一声令下。

几个年轻小伙子赶紧扛来了四五根基础螺栓，用钢丝套子把它们连起来，再用几个葫芦链条紧紧与卷闸门连在一起。在大家伙的齐心协力下，经过加固的卷闸门终于顶住了狂风的洗礼。

随后，狂风暴雨持续了近2个小时，一直到了早上5点多才渐渐小了。大家伙纷纷离开地下室，来到二楼办公区域，一看，顿时个个傻眼了。工经部、安质部办公室都受到不同程度的损坏，最严重的是工程部。白玉传带着工程部技术人员一走进办公室，看到的是工程部墙体玻璃被强大的风力吹得支离破碎，大部分资料因雨水浸泡而报废。

看着自己几个月以来付出的辛勤汗水瞬间化为乌有，白玉传的心情跌落谷底。

"没想到一阵台风把资料全吹跑了，你以前的工作白干了。"一起帮忙整理资料的同事对白玉传打趣道。

白玉传望着工程部室内一地报废的资料，擦干眼泪，带着大家伙一起默默地投入到再次编制申报资料的工作中。这次"莫兰蒂"台风对工程资料造成的危害让白玉传更加重视资料的日常保管工作。

早上6点多，风雨渐小，白玉传来到项目部大院门口，看到不远处的马路上到处都是一片狼藉，碗口大的树被连根拔起，倒在电线上，砸断了通讯线路。不远处，几家商店的广告牌也被吹得四分五裂，吹落在大马路上。更远处的十几棵两层楼高的大树横七竖八地倒在道路上。铁质路灯也被大风吹倒，倒在一起。在道路两旁的低洼处，有30至40厘米深的积水。多辆准备穿行的汽车因大树挡道，掉头而回。

此时的厦门已不再魅力四射，街道上满目疮痍，顽强的厦门市民正在紧张地进行灾后自救工作。

曹总把大家伙召集起来，说道："此次超级台风'莫兰蒂'是1949年以来登陆闽南的最强台风，它给厦门带来的危害，大家都看到了吧？可是，对于咱们中原铁军来说，咱们要不等不靠，紧急投入自救工作中。这样吧，项目部综合办即组织提供大家伙每天所需的生活用水和一日三餐；工程部所有技术人员的工程技术工作一刻也不能停，立马寻找有电的宾馆住下，开展正常的技术工作。尤其是材料计划提取工作，这个工作赵总要亲自组织，白玉传配合。其他人员立即成立灾后自救小组，先把项目部全面清理出来，然后再去中心料库进行灾后恢复工作。"

这群来自中原大地的中原铁军没有被台风吓倒，他们没有等外援到来就开始了灾后自救工作。

这停电停水一下子就是半个多月，可是项目部工程部的全体技术人员却在赵总的亲自领导下，加班加点地进行技术工作，尤其是材料计划工作开展顺利，在这短短的半个月时间里，材料提取计划完成整个工作量的80%以上，这就给后续施工铺平了道路。

曹总近段时间经历了超级台风"莫兰蒂"后项目临建工程的二次建设，加上施工现场的管理，还有对外联络一系列的工作压力，一连几日加班加点，为这个项目工程操碎了心，即使再强壮的身体也扛不住他这么玩命地工作，在一天深夜11点多钟，他由于高血压引起了突发脑梗，紧急被"120"急救中心的救护车送到了医院，在重症监护室里一待就是一个礼拜。曹总妻子也被紧急从家乡叫到了厦门。那个时候，项目部没了领导，可是每个部门的负责人都是自觉承担起属于自己部门的工作。轨道分公司党委书记马书记从本部来到厦门地铁项目部，主持项目部的日常工作。

曹总发病的那个晚上，白玉传是全程陪护的。当时的情景，他心里一清二楚。他咋也想不到，平时看着身体强壮似牛的曹总，说倒下就倒下了。看来，人到中年，不服老那是不行的。他和妻子小燕说了此事，妻子小燕也很担心，她在电话里劝道："你年龄也不小了，平时可要注意身体，少喝酒，尽量不抽烟，夜里少熬点夜，平时多量量血压。若你住的地方不方便的话，就买个电子血压计自己量一量。"

白玉传听了，心里一暖，他感受到妻子小燕对他深深的关爱之情。

白玉传利用工作之余上医院去看望了曹总三四次，可是每次人家医生都不让看，曹总一直在重症监护室里观察治疗。曹总妻子此时已经哭成泪人了，白玉传看到此情此景，心里也是一阵悲痛，一行热泪夺目而出。

曹总在重症监护室里待了一个礼拜后，经过专家多次的联合会诊才进行了手术治疗，随后又住院半个多月身体才基本康复，回到了项目部。

大家伙一看到曹总那虚弱的身体，都忍不住流下了眼泪。曹总看到大家伙这个模样，他强装微笑，轻声对大家说："看来，我的身体是不行了，这厦门地铁1号线接触网工程就全靠大家了。"说完，他向大家伙挥挥手，在嫂子的搀扶下走向了宿舍。

大家伙望着他渐渐远去的背影说道："请曹总放心，我们一定会干好厦门地铁1号线接触网工程的。"

曹总在项目部又休养了一段时间，身体还是很虚弱，经公司领导研究决定，让曹总回到省城本部好好休养，然后兼顾工经部门的领导工作，另调一线项目工程施工经验丰富的牛学文同志来接替曹总任项目经理。本来临阵换帅是兵家大忌，可是事发突然，公司领导选择牛学文同志来厦门担任项目经理也是经过深思熟虑的：一来，牛学文同志的确是一位施工管理经验很丰富的工程施工管理者；二来，这厦门地铁1号线项目部的大多数人都是郑焦线上过来的，因此大家伙彼此都很熟悉，这就为今后正常开展工作提供了良好的基础。

牛总简单和曹总办了工作移交后，曹总就要离开厦门返回省城本部了。牛总陪着曹总来到火车站，一直把曹总和嫂子送上火车，这才回到项目部。

他一回到项目部就把白玉传叫到办公室，对他说道："大传，你把咱们的工期计划和工程进度台账给我发一个，我先熟悉一下。明天叫上赵总，咱们一起到现场走走、看看。"

"好，牛总，我这给您发过来。"白玉传答应一声，立马回到办公室给牛总发资料。

牛总整整看了一下午,第二天一早就叫上白玉传和赵总,一起到施工一线进行现场调查。一路上,他一边看一边紧锁眉头,一声不吭,花了三天时间把每个站、每个区间、每个角落都不落地看了个遍。

到了晚上,他亲自组织了他的第一次项目周生产例会,会议室坐满了项目部管理人员及作业队负责人,大家伙一个都不说话,一股低迷的气氛瞬间弥漫了整个会议现场。

牛总抬起头来,看了一眼大家伙,笑着说道:"咋了,这是咋了?咱们在郑焦线的时候,大家伙不是干得很好嘛?这一到厦门地铁是水土不服了吗?一个个的都像霜打了似的,没有一点斗志,这还像咱们中原铁军的战斗风格吗?"

说到这里,牛总突然提高嗓门,大声吼道:"我既然来到厦门地铁1号线,就是奔着一定干好来的。大家伙在郑焦线也是了解我的工作作风的,咱们要么不干,要干就干好,干出一番成绩,让业主监理看看,咱们不是孬种。你们没有信心呢?"

大家听了,七嘴八舌地小声答道:"有。"

牛总听了没有说话,沉默了大概一分钟,就在大家伙尴尬时,他又大声问道:"我咋听不到你们的声音?到底有没有信心干好?"

大家伙听到牛总这一声大吼,长时间闷在心里不服输的斗志瞬间迸发,大家伙异口同声,大声答道:"有,我们有信心干好!"

这震耳欲聋的声音带着中原铁军的豪迈,传出窗外,一路冲向云霄。

牛总此时此刻看到的是沉睡已久的雄狮再次焕发出高昂的斗志,他知道这人心算是聚齐了,剩下的就是超前谋划、合理安排施工了。

一连数日不见笑容的牛总,此时脸上才了露出久违的微笑,他笑着对白玉传说道:"白部长,你可以开始把咱们此次现场调查情况向大家伙通报一下。"

"好,那俺就把现场调查情况向大家伙讲一讲吧。"白玉传说着就打开PPT,大家伙通过投影仪,一起看着白玉传的现场调查情况。

看了后,大家伙又是一片寂静。牛总严肃地说道:"工程施工建设不是靠嘴去说的,是要咱们一步步干出来的。不付出汗水,哪来的成绩?你们看看,现场安全质量进度,哪一条可以亮出来让人家业主和监理看的呢?"

说着,牛总来到电脑前,插上U盘,打开一个Excle表,说道:"这是我根据业主对咱们分阶段的工期节点,分专业进行梳理,并把施工任务分专业、分区间落实到人。你们先看一看,咱们内部讨论下。若可行,咱们也学着公司给在场的各位签订责任状,按期完成的咱们奖励,到期没有完成的就问责处罚。还有,完成的必须确保安全，保质保量。"

大家伙看着详细的施工任务分解表，再抬起头来看了一眼眼里布满血丝的疲惫的牛总，一个个都内心暗暗敬佩牛总的实干务实精神。大家伙都觉得他安排合理、考虑周全。

牛总讲完后，笑着问道："你们有意见尽管提，若是现在不提，等会正式签订了责任状可就晚了。到时候，我可就六亲不认，该奖谁就奖励谁，该处罚谁就处罚谁。咱们一视同仁，不偏不向，一切以制度说话。"

在牛总的管理下，项目部的各项工作很快都走上了正轨，施工进度赶上去了，一线安全工作也在稳步进行，施工质量也得到了保证，文明施工也做得很到位，在第三季度轨道交通集团公司质安部组织的机电工程十多家施工单位绩效考核中获得了第一名的好成绩。

在一次吃晚饭的时候，一线员工四五个人，由于为了完成当日施工任务，晚回来了四五分钟，到了食堂，看到所剩饭菜不多了，于是他们也没说话，默默地准备离开食堂，到外面自己掏钱吃个便饭。牛总看到了这场景，心里很不舒服。他年轻的时候也是从现场工班干起的，因此他深知一线员工的辛苦。他连忙叫住即将离开的那几个员工，笑着问道："是不是嫌弃咱们食堂的饭菜做得不好呀？咋了，挣钱多了，准备到外面换换口味吗？"

一个员工腼腆地笑笑，小声说道："俺们几个干活回来晚了，也不好意思麻烦食堂师傅再单独给俺们做饭，于是就想着出去，自己掏钱吃点饭。"

"小伙子，你这说的是啥话？咋都没把咱们项目部当作自己的家？现在，公司上下不都在宣传'项目家文化'吗？奇怪了，难道都是喊口号，不干实事的虚假活动吗？"牛总看了一眼那位老实可爱的员工，接着说道，"你们几个都别出去吃饭，跑几千里地来到厦门这里干活，不就是想多挣几个钱，拿回家里养家糊口吗？今晚，我亲自给你们做碗肉丝面。也好借此机会，让你们几个尝尝我的厨艺。"说完，牛总推开吃了一半的饭菜，来到食堂厨房操作间，洗洗手，开始为他手底下这些可爱的普通员工做起了面条。

牛总一边做一边想到了自己年轻时的经历。咋十多年都过去了，今晚的场景却仿佛好像刚发生一样呢？想到这里，他心里一酸，加快了做肉丝面的节奏。不到半个小时，热腾腾香喷喷的肉丝面就做好了。几位在现场辛劳了一天的弟兄们做梦也没想到，牛总会亲自给他们做饭。吃着可口的肉丝面，他们一个个心里暖洋洋的，向牛总纷纷道谢："谢谢，牛总！"

牛总看着他们一个个大口吃饭的幸福模样,他自己也欣慰地笑了。

食堂大厨师傅看到了,他自己心里也过意不去,特意来到牛总办公室,惭愧地说道:"都是我平时后勤工作做得不到位,今晚还麻烦您亲自给他们做饭。我知道错了,以后不会了。现场人员每天无论多晚回来,我都会及时提供热饭热菜的。这一点,请牛总放心,您就看我今后表现吧。"

牛总听了大厨这番话语,严肃地说道:"咱们做后勤的,就是要让施工人员吃好,休息好。若有个别施工人员加班,赶不上食堂的吃饭点,你们食堂部门的师傅就要及时提供给他们热饭热菜。依据我以往的施工经验,一线施工人员,尤其是普通的施工人员,常常在一天加班后,碍于面子,不愿麻烦,自己凑合着吃点东西。但是,要深知每名施工人员都是单位的宝贵财富。试想一下,若长期加班回来都是自己凑合着吃点,虽然嘴里不说,可心里难免对这个单位寒心。这势必会影响其工作态度,极易诱发安全事故苗头。"

"我知道了,牛总,放心吧。我以后保证每一位员工一天三餐都能吃上热乎乎的饭菜。"食堂大厨师傅说道。

"这就好,这就好!"牛总笑着说道。

通过这件小事,项目部所有参建人员看到他们的领导牛总是这么地关心他们,一个个心里都暖洋洋的,他们都暗地里说道:"遇到像牛总这么好的领导,咱们还有啥理由干不好自己手头上的工作呢?"

于是一个个员工心里铆足了劲,精神抖擞地投入紧张的厦门地铁1号线施工中……

自5月9日厦门地铁1号线接触网开工以来,经过白玉传所属项目部全体参建人员5个多月的日夜奋战,他们所管辖区段厦门北车辆段接触网下部基础已基本完成,支柱及门型架组立完成了总体工作量的90%,腕臂及软横跨安装完成85%,达到接触网放线条件的锚段也占到总体工作量的70%。更加难能可贵的是,试车线接触网施工已经全部完成并通过冷滑试验,具备送电条件。

此时,牛总终于松了一口气,在和业主监理交流工作时,说话也有了底气,不时地还开几个玩笑呢。

10月28日,在建设单位的组织下,监理、设计、运营等单位人员的现场见证下,试车线接触网通过了绝缘导通测试,并于当晚8点45分,接触网顺利带电。

那个晚上,白玉传和赵总也来到现场全过程参与。此时的白玉传望着夜幕下那透过灯塔泛出的金色亮光的接触网验电器发出悦耳动听的蜂鸣声,知道他们成功了。这来之不易的成绩让每一位参建者都激动不已。他充满感情地对赵总说道:"赵总,俺去年11月和监理陈总第一次来现场调查的时候,厦门北车辆段现场还是一片狼藉,到处坑坑洼洼的。没想到,短短5个多月,咱们就干出这样的成绩,真的是不容易呀。"

"那是,大传,你要好好总结一下施工经验,尤其是接触网支柱基础新线交桩测量工作,更得好好写写。本来我刚来的时候,最头疼担忧的就是这项工作,生怕由于咱们测量不准确造成门型架立不上,引起后续施工无法正常进行。"赵总笑着说道。

白玉传听了,也是一番感慨道:"说句实话,测量班负责人丁工刚到咱们项目部的时候,俺看着他那么年轻,咱们就把这么重要的工作交给他负责,俺心里当时也是七上八下的。"

"你担心个啥?丁工这小伙子真不错,干起工作来认真负责,还会动脑子。现如今,像这样工作负责、爱学习的年轻人可不多见了。你看看,咱们厦门北车辆段接触网支柱和门型架组立不都很顺利吗?全都合格,符合设计技术标准。"赵总说到这里,心里也是很高兴,他接着对白玉传说道,"我建议你专门写一个通报嘉奖申请,上报公司工程部,对测量班人员给予通报嘉奖。"

"赵总,您这个建议好,俺回去就写。"白玉传笑道。

10月31日上午8点,白玉传来到厦门北车辆段,参加建设单位组织的厦门地铁1号线首列电客车接车仪式。现场早已搭起了主席台,路边插满了旌旗,迎风飘扬,到处充满着欢声笑语。

首列地铁拥有时尚流线型车身、六辆编组铝合金车体,长118.7米,停靠在位于岩内车辆段的试车线上。

上午9时,接车仪式正式开始,中车唐山公司领导向出席仪式的厦门市副市长杨洋递交地铁车钥匙。首列地铁鸣笛,现场掌声雷动。轨道交通集团领导贺总接着向杨市长讲解电客车的有关内容:"厦门地铁1号线车辆为B型铝合金车体新型地铁车型。该车具有轻量化、耐高温、启动快、制动准等特点,4动2拖6辆编组,最大载客量2 062人,最高运营速度80公里/小时。整车采用了分布式车载电子计算机控制、全车轻量化、节能降耗等多项世界领先技术,有效降低列车运营能耗和车辆全寿命周期成本。针对厦门高温、高湿、高盐的气候特点,厦门地铁1号线车辆车体内部采用特定防腐设计,车内所有紧固件采用不锈钢材质,车下大设备承载紧固件采用达克罗防腐处理，防腐等级为国标中最苛刻的4级，提高了整车的抗腐蚀性。"

轨道交通集团领导贺总在主席台发言时还特意提到了施工单位——中原电气化局，他讲道："今天，厦门地铁1号线首列车辆接车仪式在车辆基地顺利举行，这标志着地铁1号线向通车运营迈出了关键性的一步。厦门地铁1号线计划于2017年9月试运营，2018年初开通运营。在此，我代表轨道交通集团公司对施工单位——中原电气化局所有参建人员在既定工期内完成试车线接触网施工任务所付出的艰辛和汗水表示感谢。"

白玉传听到贺总这番感谢，感到无比的光荣和骄傲。

随后，贺总又向媒体记者解释道："地铁在地下跑，靠的是电力牵引。如果将地铁所需的电力比作人体源源不断的血液，那为地铁供电的主变电所就好比是'心脏'，而负责输送电的接触网就似'血管'。为地铁供电的主变电所建好了，地铁列车就能运行了吗？当然不能，因为还需搭建起接触网系统，才能为地铁列车提供稳定电能。何为接触网呢？"

面对着现场的充满求知欲的记者们，贺总笑呵呵地继续说道："就像电车一样，在地铁行驶轨道的上方铺设电线。地铁列车和轨道是轮轨关系，它和接触网是弓网关系。"

上午10时，地铁1号线首辆列车慢慢启动，速度由慢变快，行驶在长约1.35公里的岩内北试车线上，时而以每小时20公里的速度缓慢滑动，时而以每小时70公里的速度驰骋，来回进行4次折返跑"训练"。

白玉传也亲身体验了那趟试跑，用了不到2分钟，整个过程中列车行驶平稳。

"等1号线正式开通，行驶的速度将最高不超过80公里/小时。为了保障安全，地铁首列车在正式对乘客开放之前，至少要试跑5 000公里，以确保车辆各系统性能稳定、可靠。按照1号线全长30.3公里计算，市民在登上首列车前，这辆车需要在全线试跑83个来回。"厦门市轨道交通集团运营事业总部一位副主任对记者们介绍道。

此次，白玉传有幸参与厦门地铁1号线首列电客车进场并坐上电客车感受一下它神速试跑的潇洒英姿，心里也感到无比地高兴。

临近年关，妻子小燕给白玉传打来电话，说道："多长时间没打电话了？你都那么忙吗？你家开心想你了，天天喊着要爸爸。"

接着，从电话里就传来小开心的声音："爸爸，爸爸，你啥时候回来呢？"

"我过年的时候就回来了。"白玉传答道。

"那啥时候过年呀?"小开心对时间长短还没个概念呢,她好奇地问道。

"再过一个多月吧,爸爸就可以回家了。"白玉传笑着说道。

白玉传只听到小开心在电话里笑呵呵地对妈妈说道:"妈妈,妈妈,爸爸下个月就回来。我有爸爸了,我有爸爸了!"

听着小开心童真无邪的话语,白玉传心里一阵酸痛。是呀,作为工程人,不但要忍受艰辛和汗水,而且还要备受亲人分离的煎熬和痛苦。这一点是外人难以理解的。

实际上,只要一过元旦,常年在外奔波的工程人的心都乱了,在离春节还有一个多月的日子里,工程人不是按天计算的,他们都是按分按秒地计算,都在幸福地憧憬着尽快与家人团圆,恭贺新春。

可是有的时候,根据工作需要,还是有人需要留守值班,坚守工作岗位。今年的春节与往年不同。这不,牛总从轨道公司开完会后就紧急组织项目部全体人员开会,他在会上传达了轨道公司领导决定春节期间不放假的消息。大家伙听到这个消息,顿时会场上都炸开了锅了,七嘴八舌地说道:"都在外面漂泊一年了,眼看着到了春节了,咋的,还不让回家过年了?真是没有一点人情味呢。"

牛总其实心里也不好受,因为他知道弟兄们今年由于工期紧、任务重,平时都舍不得回家,都在期盼着春节能放几天假,回家与亲人团聚一下。可是,上级领导是这样要求的,他也很无奈。这个时候,你就能感受到为啥说铁路工程单位是半军事化管理了。"一切行动听指挥,无条件服从命令是军人的天职"这些部队上的管理制度对白玉传他们这些工程人来说也同样适用。

牛总看了一眼现场乱哄哄的场面,他知道此时此刻必须快刀斩乱麻,要及时调整工人们的心态,做好春节期间继续留守施工的思想工作。因此,他笑着对大家伙说道:"咋了,都是男子汉大丈夫,偶尔一个春节回不了家,都不活了?看看你们这点出息!虽然今年咱们项目部春节不放假,但是家属可以过来探亲,家属来往车票全报销。到了过年的时候,项目部在合适的时间再组织大家伙一起到鼓浪屿上过个开心的新年;不愿意来的员工家属,咱们也搞个春节联欢视频茶话会,也学着人家中央电视台办的春节晚会那样同步转播。你们说,咱们这样过年好不好呀?"

大家伙听牛总这么一说,心里都知道看来今年春节不放假,那是没啥可说的了。既然回不了家,就只有安心好好干活,因此谁也没个怨言,大家伙异口同声地答道:"好,春节这样过也蛮不错的。"

距离春节的日子越来越近了,眼看着就是腊月二十三,这个中国人眼里所谓的"小年"了。到了这个时候,白玉传也不想再对妻子小燕隐瞒春节不回家的消息了,于是在一个晚上,他给小燕打了电话,说了春节不回家的消息。小燕听了,先是一阵长时间的沉默,然后无奈地说道:"那好吧,看来今年春节只有俺娘仨过了。"

"要不,你也带着白妞、开心一起到厦门来吧?咱们今年在工地上过个有意义的新春佳节,你看行吗?项目部领导牛总说了,家属要是来厦门过春节,还管来往路费报销,并且还组织到鼓浪屿去游玩呢。"白玉传对妻子说道。

"俺也想去厦门,可是你家白妞现在已经是初中一年级了,明年下半年就要上初二了,俺给她报了寒假补习班,课程要一直上到腊月二十八呢。过了年,她还有许多作业要做呢,哪有时间去厦门浪漫呀?"小燕说道。

"那看来,今年春节俺是回不去了,要不你们娘仨就在家里好好过春节吧。"说完,白玉传就挂了电话,因为心情很不好,所以早早就上床睡觉了。

2017年的除夕,白玉传是在项目部度过的。说句实话,牛总为了稳定大家伙春节不能回家过年的思想情绪,还是想了许多法子让大家伙高兴起来的。

这不,大年三十的一大早,项目部人员及从祖国四面八方赶来与亲人团圆的家属们,一个个喜笑颜开,伴着孩子们欢快的笑声,开始布置项目部大家庭新春庆贺会场。牛总也是早早起了床,亲自指挥着大家伙,忙这忙那。

"大传,咱们贴对联的活就交给你了。"牛总对白玉传吩咐道。

"好咧,这个活没啥难度,俺喜欢。"白玉传笑呵呵地答道。

"赵总,这布置会场的花灯、标语,还得您老人家多操心呀。"牛总对总工说道。

"好咧。"赵总爽快地答道。

旁边生产经理郑总调侃道:"赵总,这挂花灯、横幅的工作可是属于高空作业呢,要不让白部长写个实施方案咱们讨论一下,可要保证安全呢。"

还没等赵总说完,一旁的白玉传就着急了,连忙说道:"这都大过年的,还要俺写啥实施方案呀?俺可不写!你们一个个的都怪美呢,就俺一个人写方案,要写也得赵总写呢。"

"大传,你就是个大傻帽,这是郑总逗你玩呢。"牛总在旁边听了,忍不住笑出声来。

牛总特意叫住食堂的大厨师傅,问道:"今晚的饺子馅准备得咋样了?"

"放心吧,牛总,准备了几种口味的,有韭菜鸡蛋馅、羊肉大葱馅,还有虾仁馅的，一定让大家伙吃好。"

牛总听了很是满意，他看着忙碌布置现场的员工和家属们，还有一旁玩耍的孩子们，提高声调，大声宣布："今天下午3点钟，大家伙准时到食堂参加包饺子活动。咱们搞个'饺子大王'评比活动，看谁包得又快又好，新年祝福红包就奖励给他。大家伙，你们说好不好呀？"

"好！"大家伙兴高采烈地答道。

"不好，这个不公平呢。"白玉传在旁边小声嘟囔道。

"咋了，大传？有意见就大声提嘛，小声嘟囔个啥？"牛总笑呵呵地问道。

"俺不会包饺子，这个活动对俺不公平呢。"白玉传大声提出自己的疑问。

"你不会包饺子，会吃饺子吗？"赵总问道。

"吃饺子谁不会吃呀？俺当然会吃了。"白玉传一脸疑惑地说道。

"原来你会吃饺子呀，我们没有问你要手工费就不错了，你还在这里瞎嚷嚷着不公平呢。"赵总对着白玉传说道。

一旁众人看了一眼羞红脸的白玉传，顿时哄堂大笑起来。

到了晚上7点钟，项目部所有留守参建人员及家属成员欢聚一堂，热腾腾的饺子端了上来，桌子上摆满了八大凉菜八大热菜，还有白酒、啤酒、红酒，应有尽有。

牛总端起酒杯，站了起来，他充满感情地说道："在这辞旧迎新、全国人民普天同庆的幸福时刻，我们为了厦门地铁1号线工程建设按期完成，舍小家顾大家。在此，我代表项目部感谢你们这些不远千里来厦门的家属们，还有因各种原因留在家乡不能来此相聚的其他家属们，并向你们拜年了，祝你们幸福安康，新春快乐！来，咱们端起酒杯，共同干了这一杯酒。"

大家伙纷纷端起酒杯，一干而净，然后吃起热腾腾的饺子和可口的饭菜，这个年三十过得充满了家的温馨和幸福。

2017年的春天来得似乎早一点。不过，对于鹭岛厦门当地市民来说，好像没有这个概念吧，他们一年只有夏秋两季而已。而对于来自中原四季分明的白玉传来说，还是感到很惊奇的。阳春三月的天，这里已经是骄阳似火了，长衫都穿不上了，得早早换上夏天的短裤短衫才行。

过了新年，繁重的施工任务压得项目部的每个人都喘不过气来。他们一个个就像个疯子一样，一天24小时不停地围着一线工地转。有时候一连几天，每晚只睡上个四五个小时，用冷水洗把脸，就又精神抖擞地投入一线施工中。

这么拼命地干，不为别的，只是想着争一口气，给公司争光添彩，谁也没有私心去偷个懒。经过一个半月的紧张施工，白玉传所属项目部管辖区段的接触网安装工程施工全部完成，初步达到送电状态。直到这个时候，整个项目部所有参建人员才露出久违的笑容。大家伙在短暂的就餐时间里互相开着玩笑，气氛逐渐变得活跃起来。

在一个异常平静的下午，白玉传正坐在电脑前埋头写着《接触网开通送电实施方案》，公司科技部丁部长打来了电话："白工，告诉你一个好消息。经过公司领导班子成员研究决定，为提升公司科技创新的科技含量，决定由科技部牵头组织，与大专院校进行科技攻关校企联合呢。你一线施工经验丰富，今年有啥好的科技项目提前和我说，我到时候给你报上去，可好？"

"谢谢丁部长。公司领导的这个决策好。其实，我们一线施工人员因为自身专业理论水平不高，只能发现现场技术难题，也许找到的所谓科技创新的办法可能科技含量不高，这若是能把我们现场一些技术人员的初步科技创新设想让象牙塔里的研究生们给咱们镀镀金，那这科技创新就会发生质的变化呢。"白玉传听了激动地说道。

"那你今年有啥好的科技创新项目？找几个发给我，我先看看。"丁部长和白玉传也熟，这不已经开始给他下任务了。

"俺刚好手头上有两个科技创新课题，一个是'导电膏涂抹装置'，另外一个是'一种新型电动、手动葫芦装置'。现在这个导电膏涂抹装置已经在厦门地铁1号线投入使用了，效果还不错呢。本来想着再晚些时候，等一种新型电动、手动葫芦装置的零部件设计图纸出来，再一起向您汇报，看能不能申报个国家专利呢。"白玉传报道。

"那好，你先把手头资料发给我，我先启动咱们公司这校企联合科研攻关项目。至于行不行，那还得看咱们合作伙伴省城工业大学的黄博士的意见呢。"丁部长在电话里催着白玉传尽快把手头资料发过去。

白玉传赶紧把前期资料打包给丁部长发过去。

不到三天时间，丁部长就给他打来电话："白工，你的这两个科技创新项目，我已经让黄博士看过了，他觉得可行。不过，他需要和你见一面，商讨一下有关技术方面的专业问题。我已经和你们轨道分公司总工打过招呼了，你现在就向你们项目经理牛总请假，争取明天回省城。咱们公司领导副总工程师刘小兵很感兴趣，他要亲自带着咱们到工业大学里拜访一下黄博士呢。"

"那好，我先向牛总请个假，明天早上10点多就可以到省城了。"白玉传高兴地答道。

白玉传来到牛总办公室，向牛总汇报了此事。牛总对此大力支持，他对白玉传鼓励道："你有这个科技创新的爱好和兴趣，这几年来一直坚持搞科研，你这种持之以恒、不服输的劲头确实让人佩服。这次，有这么好的机会，说啥也得让你回去一趟，好好向黄博士学习学习。"

白玉传把手头的技术工作向总工赵总汇报了一下，第二天一早就坐上飞往省城的飞机，上午10点半就到了省城机场。现在的省城交通那是发达得很，不用出机场，就可以直接坐上地铁到达公司总部。大概11点半，白玉传就来到公司本部，见到了丁部长。

中午，他们一起在公司本部食堂吃了个便饭。下午1点半，丁部长要了个车，就和白玉传一起来到公司副总工程师刘小兵的办公室。丁部长向刘总介绍了白玉传，刘总握着白玉传的手，笑着问道："早就听说你在现场不仅会干而且会写，尤其会进行技术总结，善于发现施工难题，并积极开展科研攻关，你这一点真不错。"

"谢谢刘总，那只是俺的一个爱好和兴趣。"白玉传小声说道。

"你这个爱好和兴趣很好，希望你一直保持这种不断创新的兴趣和爱好。"刘总笑道。

"刘总，您看咱们现在走呢还是休息一会再走？"丁部长小声问着刘总。

"现在就走。咱们不是和黄博士约的是下午2点半吗？第一次见面可得守时呢。"刘总雷厉风行地说道。

下午2点20分，刘总一行三人来到黄博士的办公室，丁部长分别向黄博士介绍了刘总和白玉传后，黄博士就把他们带到一间实验室里，他打开电脑，把自己这几天写的这两个科研项目实施前期策划方案用PPT向他们进行展示。

看过黄博士专业的技术分析后，白玉传一下子信心百倍，他笑着说道："今天听了黄博士这一番专业技术分析，俺对这两个科研项目信心大增。"

"白工，我只是针对这两个科研项目本身进行了优化和市场开发方面的研究，具体的专业技术我也不太懂。这样吧，咱们成立一个微信群，以后有啥技术问题都可以在里面探讨。"博士谦虚地说。

"黄博士这个提议好，我看咱这个微信群就叫'科技创新孵化基地'可好？"刘总在旁边笑呵呵地说道。

至此，白玉传在科技创新的大道上走得更加顺畅了。有了公司领导的支持和黄博士的加入，许多困扰他内心的技术烦恼终于找到解答之人了。

白玉传回到厦门，向牛总、赵总说了此事，因为"导电膏涂抹装置"这个科研项目不是白玉传一个人的，而是有一个科研攻关项目团队。牛总听了很高兴："大传，这下好了，咱们有了黄博士，以后再有啥创新课题就不愁了。"

"我再看看咱们报的这个'导电膏涂抹装置'，把专业技术方面的描述尽量完善，写得清楚些，也好让黄博士了解得更加透彻。"赵总听了，也是兴趣倍增。

经过赵总修改的这个科研课题前期实施方案，白玉传通过微信群及时发给了黄博士。大概过了一个礼拜的时间，黄博士回话了："白工，我收到你们这次提供的修改版，内容详实，有关技术方面的阐述也很到位。通过看你们的方案，我初步了解了你们的前期构思和设想。我听说，你们已经在现场投入使用了，效果咋样呢？能不能把现场使用试验情况写个材料？若是有现场使用的实物照片和效果展示，那么上报国家专利通过的概率就会更大。"

"好，黄博士，俺这几天就收集一下现场使用试验照片，写个汇报材料发给您。"白玉传说道。

这个时候，厦门地铁1号线现场施工已经没啥工作了，主要是针对运营部门提出的问题进行一些整改工作，所以白玉传平时也不太忙了。他抓住这难得的空闲机会，和赵总一起，用了半个多月的时间，编制完成了《导电膏涂抹装置在一线使用试验总结》，并做成了PPT，发给了黄博士。黄博士收到后立马给白玉传打来电话："你们这个总结写得好呢。我已经向院领导汇报，领导初步同意咱们合作的这两个科研项目立项。我对这个'导电膏涂抹装置'的科技水平提升做了补充和完善，另一个《一种新型电动、手动葫芦混合装置》也写了说明，发给你们。你们看了后，尽快反馈信息，大概下个月就要正式申报国家专利了。"

"好，谢谢黄博士！俺们收到您的资料后，争取一个礼拜内给你反馈信息。"白玉传高兴地说道。

白玉传详细地看了黄博士给的资料，觉得还是人家黄博士的理论水平高，看看人家做的科技创新研发项目汇报材料，真好！他把材料转发给赵总，然后来到赵总办公室。

白玉传一进赵总办公室，就看到赵总正在聚精会神地看他发的资料。赵总抬头看到白玉传进来，就笑着说道："大传，你看看人家黄博士写的科研立项汇报，有现状分析、问题所在、新思路阐述、研发经历、使用试验、市场开发展望等项目展开，并且每一项都是有理有据。这汇报材料看着都舒服，尤其是这一点……"赵总说到这里，向白玉传招招手，让他靠近电脑，指着其中一段内容，继续说道，"你看，黄博士提升导电膏涂抹装置科技含量的最大亮点就是工厂化生产、一次性使用。这样一来，咱们的导电膏涂抹更加均匀，质量更有保障了。"

赵总又说："还有，针对咱们的电动、手动葫芦混合装置，黄博士更是从专业机械电气方面进行了全面的科技提升。我觉得经过黄博士的优化，咱们可以找唐工出零部件图了。"

"好、好、好，俺这就去通知唐工出零部件图。"白玉传说完就离开了赵总办公室，把黄博士的资料打包，全部发给他们这个科技创新团队的绘图大师唐大华。白玉传和唐师傅已经认识四五年了，他们俩一起合作已经获得2项国家发明专利了。这两个申报的科研项目，唐师傅也是全程参与的。因此，白玉传对唐师傅说话也就没那么多的客套话："唐师，黄博士的资料我已经给你发到QQ邮箱了。赵总也看过了，觉得可行。这样，给你10天时间，你把图纸绘制出来。黄博士说，咱们搞的这两个科研项目已经立项，决定申报国家专利了。"

"好，大传，保证完成任务。"唐师在电话里笑着答道。

唐师一向是说话算数，提前两天就把图纸全部绘制完成，发给了白玉传。他在电话里说道："大传，老哥的任务完成了，剩下的就靠你了。"

"放心吧，唐师，俺觉得咱们这两个项目都能获得国家专利呢。"白玉传在电话里充满自信地答道。

白玉传和赵总又一起把图纸详细地核对了一遍，确保图纸与他们的设想一致，这才放心地发给了黄博士。黄博士收到后，对白玉传他们这种务实严谨的工作态度也很是佩服，他在电话里说道："白工，我计划下个月中旬，也就是4月15日左右，上报给咱们两家内部专家组进行评估审核。你看到时候能不能回省城一趟，参加此次专家组审核评估会呢？"

"黄博士，可能到时候俺回不去呢。下个月，厦门地铁1号线接触网要送电呢，俺走不开呢。"白玉传担忧地说道。

"实在回不来也没事，到时候你可以在当地参加咱们的视频会嘛，有啥问题可以在线上解答。"黄博士笑着说道。

4月15日上午9时，白玉传、赵总、牛总一起在他们项目部二楼会议室参加此次科研项目内部专家评估审核会，经过两个小时的答辩，最后专家组一致通过评估审核，这就为正式申报国家专利铺平了道路。

这两项科研项目后续经过一年半的国家专利局的严格审核，终于获得国家发明专利,这也是白玉传在科技创新道路上最大的收获。截至目前,他已经获得4项国家发明专利。这在他单位里也是不多见的。

随着4月28日厦门地铁1号线接触网开通送电工期节点的日期逼近,业主贺总对此次接触网开通送电工作高度重视。因为接触网送电牵连专业众多,现场安全风险压力大,所以对于施工单位提报的《接触网开通送电实施方案》,贺总已经亲自组织业主、运营、设计、监理、施工等单位的专业技术人员进行了5次专题方案讨论,方案修订几易其稿,已经修改了20多稿了,可是贺总还是不满意。他在第五次专题会上特意提出:"为确保此次接触网开通送电顺利进行,我要求总监牵头,各家施工单位配合,根据现场最新调查情况,重新梳理《接触网开通送电实施方案》,最后定稿请总监负责汇总。我要求此次修订方案内容务实,便于一线操作,能用表格描述的就尽量用表格描述。记着,一定要在接触网送电前进行现场分区段、分站区进行前置条件确认,并且要求现场监理、施工、业主、运营四家单位联合签字确认,并留存现场影像资料以备后查。我们计划在4月20日进行最后一次方案讨论会,请大家伙务必高度重视,工作做得再扎实一些。这是你们付出了许多艰辛和汗水才换来的成果,可不能到了最后一班岗了,砸在自己手中。安全最重要。送电现场关键环节,施工单位项目经理、总工、工程部长、生产经理、安全总监全部盯岗作业,这一点要写到方案里去。"

"好,贺总,保证完成任务。"总监王总大声说道。

会后,总监王总又把各家施工单位的技术负责人留下来,开个小会。他说道:"今天贺总的讲话大家都听到了吧?为啥咱们编制的方案迟迟通不过呢?那是因为咱们技术人员都是惯性思维。你看看你们编制的方案,都是从一条线依葫芦画瓢地搬到另外一条线,有多少现场实际指导性呢?这样吧,我今天下午给你们各家施工单位技术负责人发一份方案大纲,你们要静下心来,按照我的要求逐项落实编制完成,三天内发给我。"

到了这个时候了,参会的各家施工单位技术负责人听到总监王总这一番严厉的训话都低下了头,不敢说话了。总监王总看了一眼现场人员,笑着说道:"咋了,各位,害怕了?怕到时候完不成任务?别害怕,你在编制方案时,只要在内心剔除一切以往编制方案的惯性思维,按照务实求真、便于现场操作的原则进行编制就行了。"

大家伙听王总这么一说,这紧张的气氛才稍微缓和了一些。最后,在大家伙离开会议室的时候，总监王总提醒道："各位，可要记着第三日下班前按时提报方案，若到时不提报，我就约谈你们项目经理。"

赵总和白玉传回到项目部后，吃过中午饭，还不到1点钟，白玉传在QQ上就收到了总监王总发来的方案初稿。在赵总的指挥下，白玉传根据王总提供的模板，一项项地补充完善，夜里加班加点地干。就这样，一连干了两天两夜，初稿才算初步形成。在第三日的上午，赵总又亲自审核了一遍，然后才让白玉传发给监理总监审核。

下午3点，总监王总给白玉传打来电话："白工，这次的编制方案，看来你们项目部工程技术人员是下了真功夫了，编得很好。"

直到这个时候，赵总和白玉传才松了一口气。赵总站起身来，长长舒了一口气，笑着对白玉传说道："走，陪着师傅到村庄里去转一转，散散心去。"

"好咧，咱们这就去。"白玉传也是一脸高兴地答道。

这次总监王总亲自组织编写的接触网开通送电实施方案在最后一次讨论会上获得了业主贺总的高度评价，并顺利通过评审工作。业主还专门以红头文件形式予以正式下发，要求所有牵连接触网送电的各家施工单位予以实名制全体进行交底培训宣贯。

4月28日这一天，厦门的天格外地蓝。一早，白玉传和赵总来到他们与其他标段的接口处——那段号称国内第一条海景地铁高架区段。这段接触网安装施工是白玉传所属项目部参建施工的。此时，他格外激动，和赵总一起沿着蜿蜒盘绕在这一片蓝色海湾的钢轨，对接触网设备进行着开通送电前的最后一次巡检。

根据此次接触网送电实施方案，送电次序是先从岛内分段进行送电，一路分供电、分区逐一区段进行送电。当日，业主、运营、设计、质量监督、监理、施工等众多家单位联合进行现场送电作业，一直到了中午12点半，现场送电领导小组才通知白玉传所管辖区段可以开始进行接触网送电。随着变电所一声合闸，接触网送电工作开启，现场一名工人穿着绝缘鞋，手上带着绝缘手套，只见他高高举起验电笔，触碰到悬挂在蓝天白云间的闪闪发光的导线上，发出蜂鸣声，这一声标志着该区段接触网带电成功。一旁监护的生产经理郑总拿起专用800兆手提电话，向送电领导小组汇报道："2017年4月28日中午12时45分，高崎站—集美学村站上行线接触网带电，请指示下一步送电工作范围。"

"你好，2017年4月28日中午12时45分，高崎站—集美学村站上行线接触网已带电成功，我命令你开始做好进行高崎站—集美学村站下行线接触网带电前准备工作,现场验电人员就位。"电话里传来送电领导小组组长的指示。

"收到,我们开始做好进行高崎站—集美学村站下行线接触网带电前准备工作,验电人员已经就位。"生产经理郑总回复道。

就这样,严谨的接触网送电工作在白玉传项目部所管辖区段有序进行,一直到了晚上6点半,白玉传项目部所管辖区段的接触网全部送电成功。

4月30日,在业主组织下,又完成了湖滨东路站至岩内站(含出入场线)接触网"热滑"(带电运行)试验,这就为电客车上道进行联调联试工作提供了可靠的电源。

紧张的联调联试配合工作拉开帷幕,白玉传也是全程参与配合调试工作,对他们所负责的接触网隔离开关远动控制进行进一步调试确认工作。所有参与厦门地铁1号线工程的各家施工单位紧密配合,在业主的组织下,为力保年底顺利试运营而竭尽全力,切实做好电客车上道联调联试工作。

白玉传在公司广信通平台上无意间发现了一则消息通告:由中国铁道学会电气化委员会组织的"2017高速铁路及城市轨道交通牵引供电系统新技术研讨会"定于2017年12月2日在北京举办。上面要求各家单位提报研讨会资料的名单上刚好有白玉传所属集团公司。白玉传特别想去参会,他知道这是国内顶级大师间的技术交流,若是有机会参加,肯定对自己今后从事电气化铁路工程建设有很大的帮助。

"不要有啥顾虑,也不必再理会他人的脸色,有想法就要去行动!"这种近乎疯狂的想法时刻主宰着现如今已是人到中年的白玉传。

他依稀记得,那是在一次厦门北车辆段试车线接触网架线过程中,一位厦门轨道集团公司外聘的接触网专家马渊来到现场指导工作。在一次技术探讨中,白玉传把心中的顾虑说了出来:"马总,俺干接触网施工已经20多年了,可是现场咱们接触网零部件的防腐防锈效果一直不太好呢,尤其是在南方潮湿区段,咱们的镀锌件的防腐防锈效果确实很不好呢。不知道马总您有啥好的想法呢?"

"你这小伙子,看不出来心还挺细的,这不关乎施工单位的事你也挺操心的。你说的这个问题,跟你说句实话,我已经研究10多年了,现在已经初步找到了一种纳米材料。纳米技术可以解决这个技术难题,不过现在正在进行各种投入使用前的试验呢。你若感兴趣,咱们加个QQ,我把资料发给你学习一下。"马总说道。

"那就谢谢马总了,这是我的手机号和QQ号,请您记一下。"说着,白玉传把自己的联系方式写在一张纸上,递给了马总。

马总接过纸条就放进了自己的口袋。

就是这匆匆相见,白玉传没想到的是以后他却和马总成了忘年交。共同的科技创新爱好把他们紧紧连在一起。马总是个讲信用的人，他说话算数，没过几天就把纳米技术资料发给了白玉传。白玉传通过对纳米技术涂料资料的学习，觉得这确实是个好东西，唯一不足的就是它太过娇嫩，不敢硬碰，这是它投入实际应用的致命毛病。白玉传把自己发现的这个问题及时告知马总，马总听了，笑着说道："白工，看来你也是个爱琢磨问题的人。你提的这个问题我早就发现了，并且一种新型防腐防锈强度高的纳米涂料正在研发中。"

想到这里，白玉传决定自己先动手写一篇《纳米材料在轨道交通供电系统中的应用探讨》，他利用半个月时间写好了初稿发给马总，并在电话里向马总报告说他想和马总一起参加今年这个高铁技术研讨会。马总听了，也很高兴，他说道："好、好、好，白工，我这几天好好看看你写的这个技术稿件，再进一步提升一下发给你。你先报名参加。"

一个礼拜后，马总对白玉传提供的这篇技术原稿进行了全面的完善和补充，并制作成一个PPT汇报材料。白玉传收到马总的资料时心里也是很激动，可是他心里暗想，自己就是一个一线普通接触技术人员，恐怕若以自己的名义上报，是不是有点难通过初审呢？因此，他想到了自己以前的老领导叶小飞，现在的叶总已经调入集团公司任副总工程师了，他是高级工程师呢。这下，进入初选的可能性就会很大。

白玉传把他和马总合作写的这篇《纳米材料在轨道交通供电系统中的应用探讨》发给了叶总，并把自己的想法和叶总说了说。叶总看了稿件，对白玉传这个想法很支持，并同意三人一起合作上报汇报材料。有了叶总这位顶级接触网专家的参与，白玉传信心百倍。

大概在11月上旬，一个陌生的首都北京的座机号码出现在白玉传的手机上。白玉传接通电话，就听到里面传来悦耳动听的女中音："您好，请问您是白玉传吗？你们上报的《纳米材料在轨道交通供电系统中的应用探讨》这篇科技交流文章已经顺利通过初审和复审。现我代表中国铁道学会电气化委员会诚挚邀请你们在2017年12日2日参加'2017高速铁路及城市轨道交通牵引供电系统新技术研讨会'，随后会把详细会务手册和邀请函发到您的邮箱里，请您注意查收！"

"谢谢，谢谢老师！"白玉传听到这个激动万分的好信息，心里顿时乐开了花。

白玉传立马把这个好消息告诉了叶总和马总，他们听了也很高兴。

11月底，白玉传向牛总汇报了此事。牛总对白玉传能参加这么高级别的技术论坛，表示很支持。于是，白玉传在网上预定了一张11月30日开往北京的普铁卧铺票，准备按时参会。

11月30日，白玉传来到厦门火车站，坐上开往北京的这趟列车，经过18小时35分的长途跋涉，于次日中午抵达首都北京西火车站。此时的首都北京已是寒风瑟瑟，奇寒无比了。白玉传按照会务手册里提供的酒店地址，坐上公交车，大概40多分钟就来到了酒店所在地。他先到一楼签到，然后就入住提前预定好的酒店。

第二天8点，白玉传来到既定会议室现场。此时，各位专家学者陆续就位。

9点整，由中国铁道学会电气化委员秘书长许一鸣主持会议，他首先介绍了各位到场的有关专家学者，随后是此次参加学术技术论坛的各位作者的自我介绍。

通过介绍，白玉传发现上台演讲的其他人都是专家学者、教授高工，只有他一人是来自一线普通接触网的技术人员，因此心里很怯场。

白玉传的这个技术交流课题安排在下午3点多钟，因此整个上午他都是在学习中。

到了下午3点30分，白玉传在台下听到了主持人许总介绍道："下一个上台演讲的是来自一线接触网施工的白玉传，他今天的讨论话题是《纳米材料在轨道交通供电系统中的应用探讨》，大家欢迎。"

白玉传慌忙站起身来，在一片掌声中，他回头看了一眼马总，马总笑着向他挥挥手，做了个胜利的手势"V"，给他鼓励。

白玉传来到演讲台上，打开PPT汇报材料。说实话，白玉传为了此次技术探讨会，自己已经演练多次了，对其中的内容也是了如指掌。可是，对于他个人来说，这么大的场面，面对这么多的顶级学术界权威大咖，他心里还是没了底，因此开始演讲时声音很小。

这个时候，许总笑着对他说道："咋了，白工？来到北京，是不是我们招待不足没吃饱饭呢？你讲话大点声嘛，让大家伙听清楚你要讲个啥。"

白玉传此时羞得满脸通红，可是当他抬起头来看到许总满脸鼓励的神情，他一下子胆子就大了起来，随后的汇报就通畅了许多。经过20多分钟的演讲，白玉传在一片热烈的掌声中走下演讲台。马总对他竖起大拇指，笑着说道："好样的，白工！"

白玉传有幸参加此次国内高铁及城市轨道交通牵引供电系统技术研讨会，给他继续探索科技之奥秘，把握高铁牵引供电系统新技术之科研方向提供了丰富的知识大餐，他学习颇多，收获颇丰。

12月3日，在回厦门的火车上，白玉传在心里默默地鼓励自己："加油，大传！奋进，2018！"

又是一年春节来到，2017年的脚步即将远去，2018年的新春气息扑面而来。

在这辞旧迎新的时刻，远在家乡洛城的芷兰老师给白玉传打来电话，告诉他一个天大的喜讯："白玉传，告诉你一个好消息。你的洛城作家协会申请已经通过审核，经研究决定，吸收你作为洛城作家协会新成员。"

"啥，芷兰老师，这是真的吗？"白玉传此时都不敢相信自己的耳朵，他兴奋地问道。

"是真的，方便的时候来洛城作家协会领取你的作家证。"芷兰老师在电话里笑着说道。

"谢谢芷兰老师，您是我的文学启蒙老师，俺真的谢谢您。"白玉传在电话里向芷兰老师表示感谢。

"你能够顺利加入洛城作协，说明你这几年的文学创作得到了认可，也算走向文学正规大道了。希望你笔耕不辍，创作出更多的精彩作品。"芷兰老师在电话里鼓励道。

白玉传忍不住内心的激动，一个人来到小村庄的田地间，仰天高呼："俺是作家了，俺是作家了！"

随后，白玉传把这个好消息告诉了妻子小燕，小燕听了也很高兴，她在电话里说道："你这个爱好挺好的，希望你坚持下去，写出个名堂来，这总比其他男人打麻将、赌博强呢。"

说起和芷兰老师的渊源，那就有一段故事了。白玉传记得那还是在9年前的安康，自己在干襄渝线的时候，闲了没事就开了自己的新浪博客，名字就叫"恒传语录"，他利用工作之余把自己写的东西都上传上去。

在一个风和日丽的下午，白玉传也不记得是啥季节了，反正是挺暖和的，他一个人坐在办公室里，听着那首百听不厌的《梁祝》，突然手机铃声响起，一个陌生号码给他打来了电话。白玉传接通电话，里面传来一个女人的声音："你好，请问你是白玉传吗？我是芷兰老师，我在你的新浪博客里看到你写的一篇关于你妻子的散文《背影》挺不错的，我给你推荐到《文友》杂志上，你看行吗？"

"好呀，那就谢谢您了。"说实话，当时白玉传也没把这当成事。

让他没想到的是，白玉传写的这篇散文还真的在《文友》杂志上发表了，这可是他在正规期刊上发表的第一篇文章呀，当时着实让他激动了几天。

接下来，白玉传写的许多诗歌、散文都陆续在芷兰老师的推荐下，在一些期刊媒体上予以发表。也就是说，是芷兰老师把他带到了文学创作这条道路上，并无私地帮助他、指导他、推荐他。

最让白玉传感到愧疚的是，他和芷兰老师认识都将近10年了，可是他们却是一面都没见过，许多文学方面的事都是电话联系，像这样的师徒关系也只有在工程单位里才会出现吧。

可是，芷兰老师并没有计较这些琐事礼仪，她还是一如既往地支持白玉传的文学创作。在又一次电话联系的时候，白玉传充满感情地说道："芷兰老师，您对俺真好，这么多年来都是您一个人默默地支持俺写作。俺有个想法，能不能喊您一声大姐呀？"

"好呀，有你这么个弟弟，也是不错的。"芷兰老师在电话里爽快地答道。

"好呀，好呀，俺又多了个疼俺的大姐。"白玉传高兴得都跳了起来。

这次白玉传能顺利加入洛城作家协会，也是芷兰老师的推荐。因此，白玉传想在过年的时候，回到洛城，专门请芷兰老师吃个饭，表示一下这么多年人家对自己无私帮助的感谢之意。白玉传把这个想法告诉了妻子小燕，妻子也很赞同，并答应白玉传到时候和他一起去洛城答谢他的恩师芷兰老师。

在即将放假的一个日子里，牛总把白玉传叫到办公室对他说道："大传，告诉你一个好消息，咱们厦门地铁2号线变电工程投标成功了，我想向上级领导推荐你来当项目总工，你愿意吗？"

"可是牛总，俺是干接触网的，恐怕到时候胜任不了这个重要岗位呢。"白玉传说出了自己心里的疑虑。

"这个嘛，可以边干边学习嘛。你放心吧，到时候公司会委派一名技术经验丰富的工程部部长来咱项目部的。你呀，现在年龄也不小了，都40多岁了，在技术工作上可不能说自己只会干接触网，要有大供电系统的意识。你看看我，不也是变电专业技术出身吗？可是经过几条线的锻炼，这不也对接触网专业的基本流程有所了解了吗？"牛总语重心长地说道。

"那好，牛总，俺接受该项岗位提名，保证在今后好好工作，以后变电专业上有啥技术问题就找您请教了。"白玉传回答道。

"这个没问题，随时欢迎你来找我，咱们一起探讨技术问题。"牛总笑着说道。

白玉传从牛总办公室里出来，心里不由得一阵感慨。他和牛总一起参建了两条线了，深知牛总的为人。他一贯务实求真、工作严谨，干起活来雷厉风行，不喜欢办起事来拖拖拉拉、没个朝气蓬勃的样儿。因此，白玉传觉得若是能继续在牛总的领导下参建厦门地铁2号线变电工程建设，对于自己来说也是一件大好事，起码拓宽了自己的知识面。他坚信，通过自己的努力，一定会在厦门地铁2号线变电工程建设中学到自己想学的专业知识，为今后工作提供一个可靠的保障。

白玉传把牛总这个消息告诉了妻子小燕，妻子也很支持他的这个想法，她说道："是呀，眼看你都是奔五的人了，若再不抓住机会多学习点专业知识，到了50岁以后，你们单位哪个项目部还会要你呢？你现在心里有危机感，还想多学习专业知识，这一点值得俺支持你。家里父母和孩子你就放心吧，一切都有俺呢。和你结婚也有十多年了，俺早就习惯一个人独立承担家里所有事了，只要你在单位好好干，俺就放心了。"

"小燕，那可就苦了你了。"白玉传在电话里心疼地说道。

妻子小燕听了，笑呵呵地说道："你呀，平时就会耍嘴皮子，话说得好，一回家，啥活也不干。"

白玉传把有关厦门地铁2号线变电工程的招投标文件及前期招标图都提前拷到自己的移动硬盘里，准备此次回家过年时利用假期提前熟悉一下资料，为明年的厦门地铁2号线变电工程开工前做些有关技术前期准备工作。

这个新年，白玉传在家里除了陪着妻子、孩子出去逛一逛、玩一玩，享受一下一家人团圆的幸福时刻，一到晚上他就坐在电脑旁学习，遇到不懂的地方就向他干变电工程的同学们请教。因此，这个春节假期，白玉传感觉自己过得很充实，也很幸福。

在家里过完正月元宵佳节后，牛总就给他打来电话："大传，业主要求咱们在下周一要参加一个2号线开工前工作梳理专题会，你订一张礼拜六的飞机票先赶过去，我和工程部陈部长礼拜天到厦门。"

"好，知道了牛总，俺这就去订票。"白玉传连忙在网上订了一张礼拜六的飞机票，准备飞往厦门，投入到紧张的厦门地铁2号线变电工程开工前的准备工作中去……

斗转星移，弹指间，白玉传已经在电化局里工作25年了。现在的他已经是人到中年。回忆往昔，自己的青春年华都奉献给了他喜爱的这份电化事业，多少美好回忆、芳华岁月，一一在眼前浮现。

1994年参加工作至今，他先后参建京郑、广深、武广、宝天、京沪、大秦、浙赣、大包、襄渝、郑州地铁1号线、郑焦、厦门地铁1号线、厦门地铁2号线等电气化铁路建设工程,其间先后担任工班技术员、技术主管、主管工程师、工程部副部长、工程部部长、项目总工等岗位。

在科技创新之路上,白玉传勇于探索、不断进取:截至2018年,一共获得国家实用新型发明专利证书4项;"一种新型整体吊弦自动化预配装置"获得集团公司2017年度科研项目立项;2013年至2017年期间多次获得集团公司合理化建议和技术改进成果"晓林奖";获得公司级优秀QC小组称号2次;《一种新型吊弦预配工艺流程探讨》《工程资料与工程进度的同步收集及整理》等4篇论文在国家级期刊上发表。

"科技创新路漫漫,永无止境探索忙。孑然一身孤星照,雪飞梅花香满园。"这是白玉传在科技创新之路上的真实写照。他静得下心,耐得住寂寞,守住清贫,收获幸福。

他也坚信,在即将进行的厦门地铁2号线变电工程建设中,他和项目部其他弟兄们一定会继续创造辉煌,为把厦门地铁2号线变电工程打造成精品工程,继续努力奋斗、拼搏不息。

后 记

2018年12月28日是个难忘的日子,这部关于电气化铁路工程接触网工人的长篇纪实小说——《中国铁路人》得以完稿,至此该部小说全部创作完成。

本部小说主人翁白玉传只是千千万万个普通铁路职工之一。他的青春从铁路上开始,从一个拿着扳手、钳子的电气工人成长为一个手握数项国家专利的铁路专业技术员。他用自己的青春书写了铁路发展的篇章,也在这个岗位上成就了自己。通过一个一线工程技术人员在电气化铁路工程建设过程中发生的悲欢离合的故事,本书真实地记录了祖国电气化铁路建设者在铁路上二十余载的风雨岁月,向国人展示了电气化人的风采。

该部长篇纪实小说约44万字,分为京郑纪事、广深纪事、武广纪事、天兰纪事、京沪纪事、浙赣纪事、大包纪事、襄渝纪事、郑州纪事、厦门纪事等十章,前后无缝衔接。

回顾这部长篇小说的创作历程,几多彷徨,几多曲折,只有经历过的人才知道其中之艰辛。我本是一个普通的接触网工人,常年奋战在一线现场,至今已经有25年了,既没有过高的文凭,也没有文学创作的专业经历。促使我拿起手中的笔,鼓足勇气去书写这段属于我们自己的祖国电化历史的是我身旁可爱的兄弟姐妹们。他们把自己的年少青春无私地奉献给祖国电气化工程建设事业,在他们身上发生了许多可歌可泣的动人故事,让我每每回忆起来都是泪流满面。

我深知自己文学功底薄弱,生怕自己写不好,可是在我身旁却有许多领导同事、亲朋好友默默地支持我,是他们给了我继续写下去的勇气和信心。

我从2018年3月16日开始动笔,经过288天的创作才完成。其中最难忘的是在11月,我将在家乡探亲期间创作的第十章(已完成3万多字)剪切到U盘上,来到单位后发现U盘坏了,资料全无,只好重新创作。当时,我很苦闷,甚至打算放弃写作。这时,是阅文集团小说阅读网总编冯老师的不断鼓励使我有了继续写下去的勇气。

"江南几度梅花发,人在天涯鬓已斑。"时至今日,我已经是人到中年,本一事

后　记

无成，所幸承蒙众多老师不弃，大力指导，才能坚持创作，完成了这部长篇纪实小说。

在此，首先要感谢的是我的启蒙老师芷兰老师，是她给了我文学之梦的动力和源泉。其次，要感谢的是引导我走向文学道路的阅文集团小说阅读网总编冯老师。我还记得第一次发到网站上的是一篇篇零散的文章，是在冯老师的指导下才写成了该部小说的第一章。从此，我慢慢地走上了小说创作的道路。再次，要感谢的是鼓励我坚持创作的公司宣传部部长吴军来。在我初次进行创作时，他就对我鼓励有加，在对外宣传上也是大力支持。还有李忠民老师、倪树斌老师也在创作过程中给予我耐心细致的指导和帮助，同事时义乐为我拍了许多宣传照片，在此我一一深表谢意。

最后，我要感谢我的妻子和女儿们，是她们在后方给予我支持，我才能有个良好的写作环境。

在此，我怀着一颗感恩的心，向一直默默支持我的各位领导、同事、亲朋好友再次说声"谢谢"。

恒传录

二零一八年十二月二十八日夜写于鹭岛厦门古楼农场